DE OLIJFBOOM

Ook verschenen van Lucinda Riley bij Xander Uitgevers

De zeven zussen (2017)

De zeven zussen – Storm (2018)

De zeven zussen – Schaduw (2018)

De zeven zussen – Parel (2018)

De zeven zussen – Maan (2019)

De lavendeltuin (2018)

Het meisje op de rots (2018)

De nachtroos (2018)

Lees meer over Lucinda Riley en al haar boeken op www.lucindariley.nl

LUCINDA RILEY

De olijfboom

XANDER

Uitgegeven door Xander Uitgevers BV
Hamerstraat 3, 1021 JT Amsterdam

www.xanderuitgevers.nl

Oorspronkelijke titel: *The Olive Tree*
Oorspronkelijke uitgever: Pan Macmillan
Vertaling: Anne-Marieke Buijs
Omslagontwerp: Studio Marlies Visser
Omslagbeeld: Imageselect & Getty Images
Zetwerk: Michiel Niesen, ZetProducties

Eerste druk 2019
Vierde druk 2019

ISBN 978 94 0161 044 5 | NUR 302

Voor de 'echte' Alexander

Volg een schaduw, die ontglipt je;
Doe alsof je ervoor vlucht, dan zal die je volgen.
Ben Johnson

ALEX

PANDORA, CYPRUS
19 JULI 2016

Pandora komt in zicht als ik met de auto om de gevaarlijke gaten in de weg laveer... Na tien jaar zijn die nog altijd niet opgevuld en ze worden steeds dieper. Ik hobbel een stukje verder, kom dan tot stilstand en staar naar het huis. Vergeleken met de vakkundige foto's van vakantiehuizen die je op onroerendgoedwebsites gericht op het hogere segment ziet, is het eigenlijk niet zo mooi. Het is massief, degelijk en bijna sober, zeker van de achterkant gezien; precies zoals ik me de voormalige bewoner altijd heb voorgesteld. Opgetrokken uit een bleke, plaatselijke steensoort, zo vierkant als de legohuizen die ik als jochie bouwde, verrijst het uit het omringende dorre, krijtachtige land, dat zo ver het oog rijkt bedekt is met tere, bloeiende wijnranken. Ik probeer deze realiteit te verzoenen met de virtuele momentopname in mijn verzameling herinneringen – die van tien zomers geleden dateert – en besluit dat mijn geheugen me niet in de steek heeft gelaten.

Ik parkeer de auto en loop om het stevige bouwwerk heen naar de voorkant van het huis en het terras op, het element dat Pandora boven het alledaagse verheft en in een totaal eigen, spectaculaire klasse plaatst. Mijn doel is de balustrade aan de rand ervan, vlak voor het punt waar het terrein geleidelijk afloopt: een landschap gevuld met nog meer wijnranken, de aparte gewitte boerderij en groepjes olijfbomen. Aan de horizon scheidt een reepje glinsterend aquamarijn land en lucht van elkaar.

Het valt me op dat de ondergaande zon een masterclass geeft in kleurschakeringen; zijn gele stralen sijpelen door in het blauw om het zo in omber om te toveren. Dat is trouwens een interessant punt, aangezien ik altijd heb gedacht dat geel en blauw zich tot groen vermengden. Ik kijk naar rechts, naar de tuin onder het terras. De lieflijke borders die mijn moeder tien jaar geleden zo zorgvuldig had aangelegd, zijn niet onderhouden en zijn door gebrek aan aandacht en water opgenomen door de droge aarde, verdrongen door lelijk, stekelig onkruid, waarvan de soortnamen onbekend zijn.

Maar daar, in het midden van de tuin, met een uiteinde van de hangmat waar mijn moeder vroeger in lag nog om zijn buik – de touwtjes als oude, rafelige spaghetti – staat de olijfboom. 'Ouwe', dat was de bijnaam die ik er toen aan had gegeven, omdat me door de verschillende volwassenen was verteld dat hij dat was. Maar terwijl alles eromheen is gestorven en gefermenteerd, lijkt de boom groter en majestueuzer te zijn geworden, misschien wel door de levenskracht weg te nemen van zijn zwakkere botanische buren, voortgedreven door een eeuwenlange vastberadenheid om te overleven.

Hij is best mooi, een metaforische overwinning van tegenslag, waarbij elke millimeter van zijn grillig gevormde stam trots zijn worsteling laat zien.

Ik vraag me nu af waarom mensen de kaart van hun levensloop haten die op hun eigen lichaam verschijnt, terwijl een boom als deze, een vervaagd schilderij, of een nagenoeg vervallen gebouw wordt geprezen vanwege zijn oudheid.

Met die gedachten in mijn hoofd draai ik me om naar het huis. Tot mijn opluchting zie ik dat Pandora in elk geval de recente verwaarlozing lijkt te hebben overleefd. Bij de hoofdingang gekomen pak ik de ijzeren sleutel uit mijn zak en maak de deur open. Terwijl ik door de schemerige kamers dwaal, beschut tegen het licht door de gesloten luiken, besef ik dat mijn emoties verdoofd zijn en misschien is dat maar goed ook. Ik durf het niet aan te voelen, want hier – misschien meer dan op welke andere plek ook – hangt de herinnering aan háár...

Een half uur later heb ik beneden alle luiken geopend en in de zitkamer alle lakens van de meubelstukken getrokken. Ik sta daar in een mist van stofdeeltjes die het licht van de ondergaande zon opvangen en herinner me dat ik de eerste keer dat ik deze ruimte zag dacht dat alles zo oud leek. En ik vraag me af of, terwijl ik naar de doorgezakte stoelen en de versleten bank kijk, er een bepaald punt komt dat oud gewoon oud is en er geen zichtbare verdere veroudering optreedt, als grootouders met grijs haar in de ogen van een jong kind.

Natuurlijk ben ik de enige in deze kamer die onherkenbaar veranderd is. Wij mensen leggen het grootste deel van onze fysieke en mentale evolutie af tijdens onze eerste jaren op de planeet aarde, van baby tot volgroeide volwassene in een oogwenk. Daarna zien we er, in elk geval uiterlijk, de rest van ons leven hetzelfde uit. We worden simpelweg uitgezakte en minder aantrekkelijke versies van ons jongere zelf, terwijl genen en de zwaartekracht hun schade aanrichten.

Wat betreft het emotionele en intellectuele aspect… Tja, ik moet geloven dat er wat voordelen zijn die het langzame verval van onze omhulsels compenseren. En mijn terugkeer naar Pandora maakt me heel goed duidelijk dat die er zijn. Ik loop de hal weer in en grinnik om de 'Alex' van vroeger en ik krimp ineen als ik aan hem denk: dertien jaar oud en, achteraf bekeken, een egocentrische lastpak.

Ik doe de deur naar de 'Bezemkast' open, mijn koosnaampje voor de kamer waar ik tijdens die lange, hete zomer tien jaar geleden sliep. Ik reik naar het lichtknopje en besef dat ik de geringe afmetingen ervan niet heb onderschat en dat de ruimte zelfs nog verder lijkt te zijn gekrompen. Ik stap naar binnen met mijn een meter vijfentachtig en vraag me af of als ik de deur dichtdoe en ga liggen, ik mijn voeten door het piepkleine raampje moet steken, een beetje à la Alice in haar Wonderland.

Ik kijk langs de planken aan weerszijden van dit claustrofobische gangetje omhoog en zie dat de boeken die ik zorgvuldig in alfabetische volgorde had gezet er nog altijd staan. Instinctief pak ik er een – Rudyard Kiplings *Rewards and Fairies* – en blader erdoorheen om het beroemde gedicht te zoeken dat het boek bevat. Terwijl ik de regels van 'If' lees, de wijze woorden van een vader aan zijn zoon, springen de tranen in mijn ogen voor de tiener die ik toen was: zo wanhopig op zoek naar een vader. Toen ik die eenmaal had gevonden, besefte ik dat ik er al een had.

Als ik Rudyard terug op zijn plekje zet, zie ik ernaast een dun boekje met harde kaft staan. Dat is het dagboek dat mijn moeder me voor kerst had gegeven, een paar maanden voor ik Pandora voor de eerste keer bezocht. Zeven maanden lang heb ik er vlijtig elke dag in geschreven en, mezelf in die tijd kennende, nog pompeus ook. Net als alle tieners geloofde ik dat mijn ideeën en gevoelens uniek en baanbrekend waren, gedachten die niemand anders vóór mij had ervaren.

Ik schud droevig mijn hoofd en zucht als een oude man om mijn naïviteit. Ik heb het dagboek achtergelaten toen we na die lange zomer Pandora verlieten en terug naar Engeland gingen. Nu, tien jaar na dato, rust het weer in de palmen van mijn inmiddels veel grotere handen.

Een biografie van mijn laatste maanden als kind, voordat het leven me de volwassenheid in sleurde.

Ik neem het dagboek met me mee als ik de kamer verlaat en naar boven ga. Terwijl ik door de schemerige, bedompte gang dwaal, twijfelend in welke slaapkamer ik tijdens mijn verblijf hier zal slapen, adem ik diep in en ga naar háár kamer. Ik raap mijn moed bijeen en doe de deur open. Misschien is het mijn verbeelding – na een afwezigheid van tien jaar moet dat het wel zijn – maar ik ben ervan overtuigd dat mijn zintuigen worden belaagd door de geur van dat parfum dat ze ooit droeg…

Na de deur stevig dicht te hebben getrokken, er nog niet toe in staat om de herinneringen uit de doos van Pandora die uit deze slaapkamers zouden ontsnappen het hoofd te bieden, ga ik weer naar beneden. De avond is gevallen en het is buiten pikkedonker. Ik kijk op mijn horloge, tel twee uur bij het tijdstip op vanwege het tijdverschil, en besef dat het hier bijna negen uur 's avonds is. Mijn maag rommelt.

Ik laad de auto uit en berg de boodschappen die ik in het dorpswinkeltje heb gekocht op in de voorraadkast. Daarna neem ik wat brood, feta en heel warm bier mee naar het terras. Daar in de stilte, met zo af en toe enkel een slaperige krekel die de puurheid ervan doorbreekt, nip ik van het bier en vraag ik me af of het echt een goed idee was om twee dagen eerder dan de anderen te komen. Ik ben dan ook een expert in navelstaren. Zo erg zelfs dat iemand me onlangs een baan heeft aangeboden om het op professioneel niveau te doen. Die gedachte doet me in elk geval grinniken.

Om mijn gedachten te verzetten sla ik mijn dagboek open en lees ik de tekst op de eerste bladzijde.

Mijn liefste Alex, gelukkig kerstfeest! Probeer hier regelmatig in te schrijven. Het kan interessant zijn om terug te lezen als je ouder bent.

Liefs, M xxx

'Nou, mam, laten we hopen dat je gelijk hebt.' Met een vermoeide glimlach blader ik door de vellen vol zelfingenomen tekst tot ik bij het begin van juli kom. In het licht van het eenzame schemerige peertje dat boven me aan de pergola hangt, begin ik te lezen.

JULI 2006

AANKOMST

DAGBOEK VAN ALEX

10 JULI 2006

Mijn gezicht is een perfecte cirkel. Ik weet zeker dat je het met een passer zou kunnen natekenen en dat slechts heel zelden de randen van de cirkel en die van mijn gezicht niet zouden samenvallen. Ik haat het.

Ik heb binnen die cirkel ook nog appelwangen. Toen ik jonger was, trokken de volwassenen eraan. Dan namen ze mijn vlees tussen hun vingers en knepen ze erin. Ze vergaten dat mijn wangen geen appels waren. Appels zijn levenloos. Ze zijn hard, voelen geen pijn en als ze gekneusd raken, dan is dat slechts oppervlakkig.

Let wel, ik heb best aardige ogen. Ze veranderen van kleur. Mijn moeder zegt dat ze een levendig groen zijn als ik bruis van de energie. Als ik gespannen ben, dan krijgen ze de kleur van de Noordzee. Persoonlijk denk ik dat ze nogal vaak grijs zijn, maar ze zijn vrij groot en gevormd als perzikpitten, en mijn wenkbrauwen, donkerder dan mijn haar – dat meisjesachtig blond en steil is – vormen een prima kader.

Ik staar op het moment in de spiegel. Tranen prikken in mijn ogen, omdat als ik niet naar mijn gezicht kijk, ik in mijn verbeelding iedereen kan zijn die ik maar wil zijn. Het licht hier in het piepkleine vliegtuigtoilet schijnt als een aureool boven mijn hoofd. Vliegtuigspiegels zijn nog wel het ergst: daarin zie je eruit als iemand die tweeduizend jaar geleden is overleden, maar net is opgegraven.

Onder mijn T-shirt zie ik het vlees boven de tailleband van mijn korte broek uitpuilen. Ik pak een rolletje beet en vorm het in een redelijk geloofwaardige imitatie van de Gobiwoestijn. Ik schep duinen, met daartussenin kleine kuilen, waaruit hier en daar een palmboom zou kunnen ontspruiten rondom de oase.

Dan was ik grondig mijn handen.

Ik ben oprecht op mijn handen gesteld, omdat die zich tot nu toe niet hebben aangesloten bij de opmars naar Blubberland, waar de rest van mijn lichaam onlangs naartoe is verhuisd. Mijn moeder noemt het puppyvet en zegt dat het hormonenknopje met het etiket 'breid zijwaarts uit' na de eerste keer indrukken had gewerkt. Helaas is op datzelfde moment de knop 'breid in de hoogte uit' blijven steken en het lijkt er niet op dat die al is gerepareerd.

Trouwens, hoeveel dikke pups heb ik ooit gezien? De meeste zijn gestroomlijnd door de uitputting na al hun enthousiasme en opwinding.

Misschien heb ik wat opwinding nodig.

Hier volgt het goede nieuws: vliegen bezorgt je een gevoel van gewichtloosheid, ook al ben je dik. En er zijn talloze mensen aan boord die veel dikker zijn dan ik, want daar heb ik op gelet. Als ik de Gobi ben, dan is mijn huidige buurman de Sahara, helemaal in zijn eentje. Zijn onderarm neemt de armleuning in beslag, huid en spieren en vet verspreiden zich als een muterend virus naar mijn persoonlijke ruimte. Dat is echt zwaar irritant. Ik hou mijn vlees bij me, binnen de aan mij toegewezen ruimte, ook al levert het me een zeer pijnlijke kramp in mijn spieren op.

Om de een of andere reden denk ik in een vliegtuig altijd aan sterven. Nou ja, eerlijk gezegd denk ik aan sterven waar ik ook ben. Misschien is dood zijn een beetje als de gewichtloosheid die je hier voelt, nu, in deze metalen koker. Mijn jongere zusje vroeg de laatste keer dat we vlogen of ze dood was, omdat iemand haar had verteld dat opa ergens op een wolk zat. Ze dacht dat ze naar hem toe ging toen we er langs een kwamen.

Waarom vertellen volwassenen kinderen altijd zulke belachelijke verhalen? Dat zorgt alleen maar voor problemen. Zelf heb ik die nooit geloofd. Mijn eigen moeder heeft het jaren geleden opgegeven die op me uit te proberen.

Ze houdt van me, mijn moeder, ook al ben ik de afgelopen maanden in een berg blubber getransformeerd. En ze heeft me beloofd dat ik me op een dag zal moeten bukken om mijn gezicht te kunnen zien in met water bespatte spiegels als deze. Ik kom kennelijk uit een familie van lange mannen. Niet dat dat een troost is. Ik heb gelezen dat genen soms een generatie overslaan en met mijn geluk word ik de eerste dikke dwerg in de eeuwenlange geschiedenis van Beaumont-mannen.

Trouwens, ze vergeet daarbij de andere helft van het DNA dat mij heeft helpen creëren…

Dat is een gesprek dat ik deze vakantie per se wil voeren. Het kan me niet schelen hoe vaak ze probeert het te vermijden door van onderwerp te veranderen. Ik neem geen genoegen meer met het verhaal van de ooievaar. Ik móét het weten.

Iedereen zegt dat ik op haar lijk. Maar dat kan toch ook niet anders? Ze kunnen me niet vergelijken met een anonieme zaadcel.

Trouwens, het feit dat ik niet weet wie mijn vader is zou ook kunnen bijdragen aan eventuele grootheidswaanzin die ik al koester. Wat erg ongezond is, vooral voor een kind als ik, als ik nog kind ben. Ben ik dat überhaupt ooit geweest? Ik betwijfel het.

Op dit precieze moment, terwijl mijn lichaam over Centraal-Europa scheert, zou mijn vader iedereen kunnen zijn die ik me maar inbeeld; wie me op dat moment maar past. Een voorbeeld: het vliegtuig staat op het punt neer te storten en de kapitein heeft maar één extra parachute. Ik zou me aan hem kunnen voorstellen als zijn zoon en dan zou hij toch zeker mij moeten redden?

Bij nader inzien is het misschien beter dat ik het niet weet. Mijn stamcellen zijn misschien ergens uit Azië afkomstig en dan zou ik Mandarijn moeten leren om met mijn vader te communiceren, wat een megamoeilijke taal is om onder de knie te krijgen.

Soms wens ik dat mam meer op andere moeders leek. Ze is geen Kate Moss, hoor, want ze is best oud. Maar het is gênant als mijn klasgenoten en leraren en elke man die bij ons thuis komt op die manier naar haar kijken. Iedereen is dol op haar, omdat ze attent en grappig is en kookt en tegelijkertijd danst. En soms lijkt mijn aandeel van haar niet groot genoeg en wens ik dat ik haar niet zo hoefde te delen.

Want ik hou het meest van haar.

Ze was niet getrouwd toen ze mij kreeg. Honderd jaar geleden zou ik in een armenhuis geboren zijn en zouden we waarschijnlijk allebei na een paar maanden aan tuberculose zijn bezweken. Dan waren we in een armengraf begraven en zouden onze skeletten tot in de eeuwigheid bij elkaar liggen.

Ik vraag me vaak af of ze zich schaamt voor de levende herinnering aan haar verdorvenheid: mij, dus. Stuurt ze me daarom naar een kostschool?

Ik zeg geluidloos 'verdorvenheid' tegen mezelf in de spiegel. Ik hou van woorden. Ik verzamel ze, zoals mijn klasgenoten voetbalplaatjes of meisjes sparen, afhankelijk van hoe oud ze emotioneel gezien zijn. Ik haal ze graag tevoorschijn, gebruik ze in een zin om mijn gedachte van dat moment zo nauwkeurig mogelijk te verwoorden. Misschien vind ik het op een dag wel leuk om er professioneel mee te spelen. Laten we wel wezen, gezien mijn huidige bouw zal ik nooit voor een topvoetbalclub spelen.

Er bonkt iemand op de deur. Ik ben zoals gebruikelijk de tijd uit het oog verloren. Ik kijk op mijn horloge en zie dat ik hier al twintig minuten sta. Ik zal nu een rij kwade passagiers het hoofd moeten bieden die wanhopig moeten plassen.

Ik werp nog een laatste blik in de spiegel, een laatste blik op de berg blubber. Dan wend ik mijn blik af, adem eens diep in en stap naar buiten als Brad Pitt.

1

'We zijn verdwaald. Ik moet zo even stoppen.'

'Jezus, mam! Het is stikdonker en we donderen zo van deze berg. Er is hier helemaal geen plek om te stoppen!'

'Nu even niet in paniek raken, lieverd. Ik vind wel een veilig plekje.'

'Veilig? Ha! Ik had mijn klimijzers en ijspriem meegenomen als ik dit had geweten.'

'Er is hier ergens een parkeerplek.' Helena stuurde de onbekende huurauto schokkerig door de haarspeldbocht en kwam tot stilstand. Ze keek opzij naar haar zoon die een hand voor zijn ogen had geslagen en legde haar eigen hand op zijn knie. 'Je kunt nu kijken.' Toen tuurde ze door het raam, langs de steile helling naar de daaronder gelegen vallei, en zag de lichtjes van de kust als vuurvliegjes onder hen dansen. 'Het is zo mooi,' verzuchtte ze.

'Nee, mam, het is niet "mooi". "Mooi" komt als we niet meer verdwaald zijn in een vreemd land, op een paar meter afstand van een afgrond van iets van zeshonderd meter diep die een zekere dood betekent. Hebben ze hier niet van vangrails gehoord?'

Helena negeerde hem en tastte boven haar hoofd naar het knopje voor de binnenverlichting. 'Geef me die kaart eens, lieverd.'

Alex gaf hem door.

Helena bestudeerde de kaart.

'Je houdt hem ondersteboven, mam,' merkte hij op.

'Oké, oké.' Ze keerde de kaart om. 'Slaapt Immy nog?'

Alex draaide zich om om naar zijn vijfjarige zusje te kijken, die languit op de achterbank lag met Lammie, haar knuffelschaap, veilig onder haar arm geklemd. 'Ja. Dat is maar goed ook. Deze reis kan haar voor het leven tekenen. We krijgen haar nooit de achtbaan in bij Alton Towers als ze ziet waar we nu zijn.'

'Oké, ik weet waar ik verkeerd ben gereden. We moeten de heuvel weer af...'

'Berg,' corrigeerde Alex.

'... dan links bij het bord met Kathikas en verder de weg volgen. Hier.'

Helena gaf de kaart aan Alex en zette de pook in zijn achteruit. Dat dácht ze. Ze schoten naar voren.

'Mám! Jezus!'

'Sorry.' Helena keerde schokkerig en reed terug naar de hoofdweg.

'Ik dacht dat je wist waar die plek was,' mopperde Alex.

'Lieverd, ik was maar een paar jaar ouder dan jij toen ik hier voor het laatst was. En even ter informatie, dat is vierentwintig jaar geleden. Maar ik weet zeker dat ik het herken als we bij het dorp zijn.'

'Als we daar ooit komen.'

'O, hou nou toch eens op! Waar is je gevoel voor avontuur?' Er doemde een afslag naar Kathikas op, die Helena opgelucht nam. 'Het is het allemaal waard als we er eenmaal zijn, dat zul je zien.'

'Het is niet eens in de buurt van een strand. En ik haat olijven. En de Chandlers. Rupes is een ei...'

'Alex, klaar! Als je niets positiefs te melden hebt, hou dan maar je mond zodat ik me op de weg kan concentreren.'

Alex verzonk in een nukkige stilte, terwijl Helena behoedzaam met de Citroën de steile helling bedwong en dacht hoe jammer het was dat het vliegtuig vertraagd was waardoor ze vlak na zonsondergang in Paphos waren geland. Tegen de tijd dat ze door de douane waren en hun huurauto hadden gevonden, was het al donker. Ze had zich verheugd op deze rit door de bergen, om de ervaring te vergelijken met de levendige herinnering uit haar jeugd en het allemaal opnieuw te beleven door de ogen van haar eigen kroost.

Maar het leven voldeed slechts zelden aan de verwachtingen, dacht ze, vooral wat betreft cruciale herinneringen. Ze was zich er heel goed van bewust dat de zomer die ze hier op haar vijftiende in het huis van haar peetoom had doorgebracht schuilging onder een laagje geschiedkundige feeënstof.

En hoe belachelijk het ook was, het was belangrijk voor haar dat Pandora net zo perfect was als dat ze het zich herinnerde. Verstandelijk gezien wist ze dat dat niet mogelijk was, dat het weerzien misschien wel gelijk zou zijn aan een eerste liefde tegen het lijf lopen na vierentwintig jaar: op het netvlies gebrand, stralend door de kracht en schoonheid van de jeugd, maar in werkelijkheid vergrijzend en langzaam aan het vervallen.

En ze wist dat dát ook nog een mogelijkheid was...

Zou hij er nog zijn?

Helena greep het stuur steviger vast en verdrong die gedachte vastberaden.

Het huis genaamd Pandora, dat toen als een villa had aangevoeld, zou ongetwijfeld kleiner zijn dan ze het zich herinnerde. Het antieke meubilair, door haar peetoom Angus vanuit Engeland overgebracht toen hij met de scepter zwaaide over de restanten van het Britse leger die nog op Cyprus gelegerd waren, had verfijnd, elegant en onaanraakbaar geleken. De met poederblauwe damast beklede banken in de verduisterde zitkamer – de luiken normaliter gesloten om het schadelijke zonlicht buiten te sluiten – het achttiende-eeuwse bureau in de studeerkamer waar Angus elke ochtend achter had gezeten en waar hij zijn brieven had geopend met een smal miniatuurzwaardje, en de enorme mahoniehouten eettafel waarvan het gladde oppervlak aan een ijsbaan had doen denken… Ze stonden allemaal als schildwachten in haar geheugen opgesteld.

Pandora stond nu al drie jaar leeg, aangezien Angus vanwege zijn slechte gezondheid naar Engeland had moeten terugkeren. Hij had fel geklaagd dat de gezondheidszorg op Cyprus net zo goed was, misschien zelfs beter. Maar zelfs hij had met tegenzin moeten toegeven dat het gebrek aan een stel betrouwbare benen en regelmatige bezoekjes aan een ziekenhuis dat op vijfenveertig minuten afstand lag het wonen in een bergdorpje nu niet bepaald makkelijk maakte.

Hij had uiteindelijk het gevecht opgegeven om in zijn geliefde Pandora te blijven en was zes maanden geleden door longontsteking en van ellende gestorven. Het was altijd al onwaarschijnlijk geweest dat een toch al broos lichaam dat het grootste deel van zijn achtenzeventig jaar in subtropische streken had doorgebracht aan de niet-aflatende vochtige grauwigheid van een Schotse buitenwijk zou wennen.

Hij had alles aan Helena, zijn petekind, nagelaten, inclusief Pandora. Ze had gehuild toen ze het nieuws had gekregen; tranen die deels aan schuldgevoel te wijten waren omdat ze niets met al die recente plannen had gedaan om hem vaker in zijn verzorgingstehuis op te zoeken.

Het rinkelen van haar telefoon uit de krochten van haar tas onderbrak haar gedachten.

‘Neem jij even op, lieverd?’ zei ze tegen Alex. ‘Dat is waarschijnlijk pap die wil weten of we er al zijn.’

Alex ondernam de gebruikelijke vergeefse grabbeltocht in de tas van zijn moeder en viste de telefoon eruit een paar tellen nadat de beller het had opgegeven. Hij controleerde de gemiste oproepen. 'Dat was pap. Zal ik hem terugbellen?'

'Nee. Dat doen we wel als we er zijn.'

'Als we daar komen.'

'Natuurlijk wel. Het komt me hier bekend voor. We zijn er over tien minuten.'

'Was Hari's Tavern er ook toen jij hier was?' vroeg Alex toen ze langs een gloeiende neonpalmboom reden die voor een opzichtig restaurant stond vol gokautomaten en witplastic stoeltjes.

'Nee, maar dit is een nieuwe verbindingsweg met veel mogelijkheden voor handel. In mijn tijd was dit eigenlijk niet meer dan een zandpad naar het dorp.'

'Ze hadden daar Sky TV. Kunnen we er een keertje 's avonds heen gaan?' vroeg hij hoopvol.

'Misschien.' Bij Helena's visioen van zwoele avonden op het heerlijke terras van Pandora met uitzicht over de olijfgaard onder het genot van een glas plaatselijke wijn en vijgen rechtstreeks van de tak hadden geen televisie of neonpalmbomen gehoord.

'Mam, hoe eenvoudig is dat huis waar we heen gaan eigenlijk? Ik bedoel, is er wel elektriciteit?'

'Natuurlijk, gekkie.' Helena bad dat de plaatselijke vrouw die de sleutels bewaarde die had ingeschakeld. 'Kijk, we rijden nu het dorp binnen. Over een paar minuten zijn we er.'

'Ik kan ook wel naar die bar fietsen,' mompelde Alex. 'Als ik tenminste een fiets kan krijgen.'

'Ik fietste bijna elke dag op en neer naar het dorp.'

'Hadden ze die dan in de oertijd?'

'Haha, heel grappig! Het was een ouderwets degelijke fiets met drie versnellingen en een mandje erop.' Helena glimlachte toen ze eraan terugdacht. 'Ik ging altijd naar de bakker om brood te halen.'

'Net als die fiets waar de heks op zit in *De tovenaar van Oz* als ze voorbij het raam van Dorothy fietst?'

'Precies. Wees nu even stil, ik moet me concentreren. Door die nieuwe weg zijn we vanaf de andere kant aan komen rijden en ik moet even de juiste richting vinden.'

In de verte zag Helena de verlichting van het dorp. Ze ging langzamer rijden naarmate de weg smaller werd en het stoffige grind onder de wielen knarste. Er kwamen gebouwen in zicht, opgetrokken uit crèmekleurig Cypriotisch steen, tot die uiteindelijk aan weerszijden een aaneengesloten wand vormden.

'Kijk, een stukje verderop staat de kerk.' Helena wees naar het gebouw dat het hart van de kleine gemeenschap van Kathikas was geweest. In het voorbijgaan zag ze twee jonge meiden met donkere ogen heel nonchalant op een bankje op het pleintje ervoor zitten, omringd door een aantal jongens. 'Dit is het centrum.'

'Duidelijk een hotspot.'

'Blijkbaar, er zijn hier de afgelopen paar jaar een aantal heel goede restaurantjes gekomen. En kijk, daar is de winkel. Ze hebben die uitgebreid tot in het huis ernaast. Ze verkopen werkelijk alles wat je maar zou kunnen willen.'

'Dan moet ik er nodig langs om de nieuwste cd van The All-American Rejects te kopen, hè?'

'O, Alex!' Het was gedaan met Helena's geduld. 'Ik weet dat je hier niet wilt zijn, maar jeetje, je hebt Pandora nog niet eens gezien. Geef het in elk geval een kans, voor mij, als je dat niet voor jezelf wilt doen!'

'Oké. Sorry, mam, sorry.'

'Het dorp was heel schilderachtig en dat is niet veel veranderd voor zover ik dat kan beoordelen,' zei Helena opgelucht. 'Maar we kunnen het morgen verkennen.'

'We rijden nu het dorp uit, mam,' merkte Alex nerveus op.

'Ja. Je kunt het nu niet zien, maar aan weerszijden liggen eindeloze wijngaarden. De farao's verscheepten ooit wijn van hier naar Egypte omdat die zo lekker was. We moeten hier afslaan, dat weet ik zeker. Zet je schrap. Deze weg is behoorlijk hobbelig.'

Terwijl het ongelijke grindpad tussen de ranken omlaag slingerde, schakelde Helena terug naar de eerste versnelling en zette ze voor de veiligheid het grote licht aan om de verraderlijke gaten in de weg te vermijden.

'Fietste je hier elke dag?' vroeg Alex verrast. 'Wauw! Het is een wonder dat je niet tussen de druiven bent beland.'

'Dat gebeurde soms ook, maar na verloop van tijd weet je waar de ergste gaten zitten.' Vreemd genoeg was het een geruststelling voor Helena dat de gaten nog net zo diep waren als dat ze zich had herinnerd. Ze was al bang geweest dat er asfalt had gelegen.

'Zijn we er bijna, mama?' klonk een slaperig stemmetje vanaf de achterbank. 'Dit is heel erg hobbelig.'

'Ja, lieverd. Het duurt letterlijk nog maar een paar tellen.'

Ja...

Een mengeling van opwinding en onrust maakte zich van haar meester terwijl ze afsloegen naar een smaller pad en het donkere, massieve silhouet van Pandora in zicht kwam. Ze reed door de roestende gietijzeren poort die al die jaren geleden altijd open had gestaan en die inmiddels waarschijnlijk niet meer dicht kon worden gedaan.

Ze bracht de auto tot stilstand en zette de motor uit. 'We zijn er.'

Er kwam geen reactie van haar twee kinderen.

Ze keek om en zag dat Immy weer in slaap was gevallen. Alex zat naast haar voor zich uit te staren. 'We laten Immy lekker slapen en gaan op zoek naar de sleutel,' stelde ze voor terwijl ze haar portier opendeed. De warme avondlucht kwam als een muur op haar af. Ze stapte uit, ging recht staan en ademde de sterke half vergeten geur in van olijven, druiven en stof... Een wereld zonder geasfalteerde wegen en neonpalmbomen. Het reukvermogen was écht het sterkste zintuig, dacht ze. Het riep met de grootst mogelijke precisie een bepaald moment op, een sfeer.

Ze besloot Alex maar niet te vragen wat hij van het huis vond aangezien er nog niets van te vinden was en ze een negatieve reactie niet zou kunnen verdragen. Ze stonden in de diepe duisternis aan de achterkant van Pandora. De luiken voor de ramen waren dicht en alles was afgesloten.

'Het is hier wel heel erg donker, mam.'

'Ik zal de koplampen aanzetten. Angelina heeft gezegd dat ze de achterdeur niet op slot zou doen.' Helena reikte in de auto en zette het licht aan, daarna liep ze met Alex op haar hielen over het grind naar de deur. De koperen klink bewoog moeiteloos. Ze duwde de deur open en tastte naar een lichtknopje. Toen ze dat had gevonden, hield ze haar adem in en drukte erop. De gang werd opeens verlicht. 'Godzijdank,' mompelde ze, terwijl ze een andere deur opendeed en het licht aanknipte. 'Dit is de keuken.'

'Ja, dat zie ik ook wel.' Alex slenterde door de grote bedompte ruimte met daarin een gootsteen, een antieke oven, een grote houten tafel en een kast die een hele wand in beslag nam. 'Dit is behoorlijk eenvoudig.'

'Angus kwam hier bijna nooit. Zijn huishoudster handelde alle huishoudelijke taken af. Volgens mij had hij in zijn hele leven nog nooit gekookt. Dit was vooral een werkplek, geen plek om te ontspannen zoals de keukens van nu dat zijn.'

'Waar at hij dan?'

'Buiten op het terras, natuurlijk. Dat doet iedereen hier.' Helena zette de kraan aan. Met tegenzin sputterde er een zielig stroompje uit, maar gelukkig begon het algauw sneller te stromen.

'Er is zo te zien geen koelkast,' zei Alex.

'Die staat in de voorraadkast. Angus ontving hier zo vaak gasten en het was zo'n lange rit naar Paphos dat hij ook in de voorraadkast zelf een koelsysteem had laten installeren. En nee, voor je het vraagt, er was hier in die tijd geen diepvries. De deur is links van je. Kijk jij even of de koelkast er nog is? Angelina had gezegd dat ze wat brood en melk voor ons zou achterlaten.'

'Tuurlijk.'

Alex liep weg. Helena knipte onderweg het licht aan en kwam in de grote hal aan de voorkant van het huis terecht. Haar voetstappen weerkaatsten op de versleten stenen tegelvloer die in een dambordpatroon was gelegd. Ze keek omhoog naar de grote trap, de zware gebogen trapleuning die door ervaren vakmannen uit eik was gemaakt. Ze wist nog dat Angus die speciaal uit Engeland had laten overkomen. Achter haar stond een staande klok op wacht, maar die tikte niet meer.

De tijd is hier stil blijven staan, dacht ze, terwijl ze de deur naar de zitkamer openduwde.

De banken met het blauwe damast waren bedekt met stoflakens. Ze trok er een af en zonk neer op het zachte kussen. De stof, hoewel nog altijd brandschoon, voelde broos aan onder haar vingers, alsof zijn substantie, maar niet zijn aanwezigheid langzaam weg was gesleten. Ze kwam overeind en liep naar een van de twee paar openslaande deuren die uitkwamen op het terras voor het huis. Ze maakte de houten luiken open die de kamer tegen het zonlicht beschermden, trok de stugge ijzeren schuif open en stapte naar buiten.

Alex vond haar daar een paar tellen later, leunend tegen de balustrade aan de rand van het terras. 'Die koelkast klinkt alsof die een zware astma-aanval heeft,' vertelde hij, 'maar we hebben melk, eieren en brood. En hier is zeker weten genoeg van.' Hij zwaaide naar haar met een enorme roze salami.

Helena reageerde niet.

Hij ging naast haar staan. 'Mooi uitzicht.'

'Spectaculair, hè?' Ze glimlachte, blij dat hij het waardeerde.

'Die kleine lichtjes daar beneden, is dat bij de kust?'

'Ja. Morgenochtend zul je ook de zee kunnen zien. En de olijfgaarden en wijngaarden onder ons in de vallei, met aan weerszijden de bergen. Er staat daar in de tuin een prachtige olijfboom die volgens de legende meer dan vierhonderd jaar oud is.'

'"Ouwe"... zoals alles hier oud lijkt te zijn.' Alex keek omlaag, naar links en naar rechts. 'Het ligt heel erg, eh, geïsoleerd, hè? Ik zie nergens andere huizen.'

'Ik had verwacht dat dit gebied ook bebouwd zou zijn, net als langs de kust, maar dat is niet het geval.' Helena keerde zich naar hem om. 'Geef me een knuffel, lieverd.' Ze sloeg haar armen om hem heen. 'Ik ben zo blij dat we hier zijn.'

'Fijn. Ik ben blij dat jij blij bent. Kunnen we nu Immy gaan halen? Ik ben bang dat ze wakker wordt, schrikt en dan verdwaalt. En ik rammel.'

'Laten we eerst naar boven gaan en een slaapkamer voor haar uitzoeken. Dan kun je me daarna misschien helpen om haar naar boven te dragen.'

Ze liepen terug over het terras en bleven kort onder de met ranken bedekte pergola staan die broodnodige beschutting bood tegen de middagzon. De lange gietijzeren tafel waar de witte verf af bladderde en die grotendeels schuilging onder rottende bladeren afkomstig van de begroeiing erboven stond er wat verloren bij.

'Hier aten we elke middag en avond. En we moesten ons altijd netjes kleden. Badpakken of natte zwembroeken waren niet toegestaan aan de tafel van Angus, hoe heet het ook was,' vertelde ze.

'Dat hoeven wij toch niet te doen, mam?'

Helena ging met haar hand door het dikke blonde haar van haar zoon en drukte een kus op zijn hoofd. 'Ik mag van geluk spreken als ik jullie überhaupt aan tafel krijg, ongeacht wat jullie aanhebben. De tijden zijn veranderd,' verzuchtte ze, en ze stak haar hand uit. 'Kom op, laten we boven de boel verkennen.'

Het was bijna middernacht tegen de tijd dat Helena eindelijk op het kleine balkon bij de kamer van Angus ging zitten. Immy sliep heel vast binnen op het enorme mahoniehouten bed. Helena had besloten dat ze haar dochter de volgende dag in een van de kamers met twee eenpersoonsbedden zou installeren, toen ze eenmaal had ontdekt waar al het beddengoed werd bewaard. Alex lag in een kamer verderop in de gang op een kaal matras. Hij had alle luiken dichtgedaan om zichzelf tegen muggen te beschermen, ook al was het daarbinnen daarna net een sauna. Er stond vanavond geen zuchtje wind.

Helena pakte haar telefoon en een verfrommeld pakje sigaretten uit haar tas. Ze legde beide voorwerpen op haar schoot en staarde ernaar. Eerst maar een sigaret, zo besloot ze. Ze wilde de betovering nog niet verbreken.

Ze wist dat het niet Williams bedoeling zou zijn om haar met beide benen op de grond te zetten, maar de kans was groot dat dat wel zou gebeuren. En dat zou dan ook niet de schuld van haar echtgenoot zijn, omdat het heel logisch was om haar te vertellen of die man al dan niet was geweest om de vaatwasser te repareren en haar te vragen waar ze de vuilniszakken had verstopt omdat hij het afval buiten moest zetten zodat het morgen kon worden opgehaald. Hij zou aannemen dat ze blij zou zijn om te horen dat hij alles onder controle had.

En... dat zou ze ook zijn. Alleen niet nu.

Helena stak de sigaret aan, ademde in en vroeg zich af waarom het zo'n sensuele ervaring was om te roken in de hitte van een mediterraanse avond. Ze had haar allereerste trekje op slechts een paar meter afstand genomen van waar ze nu zat. Ze had toen schuldbewust genoten van de verboden vrucht. Vierentwintig jaar later voelde ze zich even schuldig en wenste ze dat het een gewoonte was waar ze eindelijk vanaf kon komen. Toen was ze te jong geweest om te roken; nu, op bijna veertigjarige leeftijd, was ze te oud. Ze moest glimlachen bij die gedachte. Haar jeugd, ingekapseld tussen de laatste keer dat ze in dit huis was geweest en haar eerste sigaret had gerookt en vanavond.

Toen had ze zoveel dromen gekoesterd, had het vooruitzicht van de volwassenheid zich voor haar uitgestrekt. Van wie zou ze houden? Waar zou ze wonen? Hoever zou haar talent haar brengen? Zou ze gelukkig zijn...

En nu waren de meeste van die vragen beantwoord.

'Laat deze vakantie alsjeblieft zo perfect mogelijk zijn,' fluisterde ze tegen het huis, de maan en de sterren. De afgelopen weken had ze een vreemd gevoel van naderend onheil gehad wat ze maar niet van zich af had kunnen zetten. Misschien kwam het door het feit dat ze een confronterende leeftijd naderde... of misschien wel simpelweg omdat ze had geweten dat ze hier zou terugkeren...

Ze voelde de magische atmosfeer van Pandora al om zich heen sluiten, alsof het huis de beschermende lagen weghaalde en haar ziel bloot-legde. Net als de vorige keer.

Ze drukte de half opgerookte sigaret uit en wierp de peuk de donkere nacht in, pakte haar telefoon en belde naar huis, naar Engeland.

William nam op toen de telefoon voor de tweede keer overging.

'Hallo, lieverd, met mij,' zei ze.

'Dus jullie zijn veilig aangekomen?'

Helena werd meteen getroost door het geluid van zijn stem. 'Ja. Hoe gaat het thuis?'

'Prima. Ja, prima.'

'Hoe gaat het met onze driejarige terrorist in opleiding?' vroeg ze met een glimlach.

'Fred is eindelijk rustig, godzijdank. Hij is erg boos dat jullie allemaal weg zijn en hem hebben achtergelaten bij zijn vader.'

'Ik mis hem. Soort van.' Helena grinnikte. 'Maar met alleen Alex en Immy hier heb ik in elk geval nog een kans om het huis op orde te krijgen voor jullie komen.'

'Is het bewoonbaar?'

'Ik denk het wel, maar dat zal ik morgenochtend beter kunnen bepalen. De keuken is erg eenvoudig.'

'Nu we het over keukens hebben, de man van de vaatwasser is vandaag geweest.'

'O?'

'Ja, die is gemaakt, maar we hadden net zo goed een nieuwe kunnen kopen, zo duur was het.'

'O, jeetje.' Helena onderdrukte een glimlach. 'De vuilniszakken liggen in de tweede la links van de gootsteen.'

'Dat wilde ik je net vragen. De vuilnismannen komen morgenochtend, maar dat wist je al. Bel je me als je wakker bent?'

'Dat doe ik. Een dikke kus voor jou en Fred. Welterusten, lieverd.'

'Trusten. Slaap lekker.'

Helena bleef nog een tijdje naar de prachtige nachtlucht staren – talloze sterren die hier veel feller leken te twinkelen – en voelde dat de uitputting het van de adrenaline begon te winnen. Ze glipte stilletjes naar binnen en ging naast Immy op het bed liggen. Voor het eerst in weken viel ze onmiddellijk in slaap.

DAGBOEK VAN ALEX

11 JULI 2006

Ik hoor hem. Hij hangt ergens boven me in het donker en scherpt zijn tanden in afwachting van zijn maal.

En dat ben ik.

Hebben muggen eigenlijk tanden? Dat moet haast wel, want hoe komen ze anders door de huid heen? En toch, als ik het ultieme doel bereik en het me lukt een van die kleine rotzakjes tegen de wand te pletten, klinkt er geen krakend geluid, alleen een zacht meegeven. Er is geen barstend glazuur, zoals ik dat hoorde toen ik op mijn vierde van het klimrek viel en mijn voortand brak.

Soms hebben ze het lef om bij je oor te komen zeuren, om je alert te maken op het feit dat je op het punt staat te worden opgegeten. Je ligt daar met je armen in het niets te maaien, terwijl zij onzichtbaar boven je dansen en waarschijnlijk helemaal in een deuk liggen om hun hulpeloze slachtoffer.

Ik haal Kaa uit mijn rugzak en leg hem naast me onder het laken. Hij redt zich daar wel omdat hij geen zuurstof nodig heeft. Even voor de goede orde, hij is een knuffelkonijn en hij is net zo oud als ik. Hij heet Kaa, omdat de K voor konijn staat. Ik heb hem zo genoemd toen ik een peuter was – mam zegt dat het een van de eerste woorden was die ik zei – en de naam is blijven plakken.

Ze zegt ook dat 'een speciaal iemand' die aan me heeft gegeven bij mijn geboorte. Ik neem aan dat ze daarmee mijn vader bedoelt. Hoe zielig het ook is om op je dertiende nog je bed te delen met een stokoud knuffelkonijn, dat kan me niets schelen. Hij, Kaa, is mijn talisman, mijn vangnet en mijn vriend. Ik vertel hem alles.

Ik heb vaak gedacht dat als iemand alle miljarden troostende kinderknuffels bij elkaar zou kunnen krijgen om ze te ondervragen, ze veel meer over ieder bijbehorend kind zouden weten dan een van diens ouders. Enkel en alleen omdat ze echt luisteren, zonder hem of haar te onderbreken.

Ik bedek de kwetsbare delen van mijn lichaam – vooral mijn dikke wangen die een mug met één teug van ontbijt, lunch en avondeten zouden voorzien – zo goed mogelijk met kledingstukken.

Uiteindelijk val ik in slaap. Dat denk ik in elk geval. Nou ja, ik hóóp dat ik droom, want ik bevind me in een gloeiend heet fornuis. Vlammen likken aan mijn lichaam, de hitte laat het vlees van mijn botten smelten.

Als ik wakker word, is het nog donker, maar dan besef ik dat ik geen adem krijg. Er ligt een onderbroek op mijn gezicht: de oorzaak van mijn ademnood en de reden dat het donker is. Ik haal die weg, zuig lucht in mijn longen en zie lichtstraaltjes tussen de luiken door kruipen.

Het is ochtend. Ik baad in het zweet, maar dat is het waard als die kleine rotzak me niet te pakken heeft gekregen. Ik maak me los van het vochtige matras, stroop de drijfnatte kleren van mijn lijf. Er hangt een kleine gevlekte oude spiegel boven de ladekast en ik strompel daarheen om mijn gezicht te bestuderen. Er zit een enorme rode bult op mijn rechterwang.

Ik vloek, gebruik woorden die mijn moeder verschrikkelijk zou vinden, en vraag me af hoe het dat beest is gelukt om onder die onderbroek te komen. Maar alle muggen zijn onderdeel van een eliteteam, getraind in de kunst van het infiltreren.

De rest van mijn gezicht is ook vuurrood. Ik loop naar de ramen, doe de luiken open en stap knipperend met mijn ogen als een mol het kleine balkon op. De hitte van de ochtendzon brandt als dat fornuis uit mijn droom.

Als mijn ogen zijn gewend aan het felle licht zie ik een schitterend uitzicht, precies zoals mijn moeder had beloofd. We zitten heel hoog op een berg. Het gele, bruine en olijfgroene landschap onder me oogt dor, uitgedroogd, net als ik. Heel in de verte glinstert de blauwe zee in het zonlicht. Ik kijk naar beneden en richt mijn aandacht op het figuurtje daar aan de rand van het terras.

Mijn moeder gebruikt de balustrade als barre. Haar goudblonde haar golft als ze haar bovenlichaam als een slangenmens naar achteren buigt. Haar ribben zijn duidelijk zichtbaar onder haar balletpakje. Ze voert deze balletoefeningen elke ochtend uit. Zelfs op eerste kerstdag, of als ze er een heel late avond en een paar glazen wijn op heeft zitten. Het is zelfs zo dat als ze dit ooit een dag niet doet, ik zal weten dat er iets verschrikkelijk mis is. Andere kinderen krijgen Coco Pops en geroosterd brood bij het ontbijt, met ouders die recht overeind staan. Mijn moeder kijkt me voorovergebogen tussen haar benen door aan terwijl ze me vraagt of ik de waterkoker wil aanzetten.

Ze heeft een keer geprobeerd me aan ballet te laten doen. Op dat vlak lijken we dus totaal niet op elkaar.

Ik heb opeens een ondraaglijke, ongelooflijke dorst en ik word duizelig. De wereld draait om me heen en ik loop struikelend de kamer in, laat me op het bed vallen en doe mijn ogen dicht.

Misschien heb ik malaria. Misschien wordt die mug me fataal en heb ik nog maar een paar uur te leven.

Wat er ook met me aan de hand is, ik heb water nodig én mijn moeder.

2

'Uitgedroogd, meer niet. Vermeng de inhoud van dit zakje met water om zijn zouten aan te vullen en geef hem er dan nog een voor het slapengaan. En goed blijven drinken, jongeman.'

'Weet u zeker dat het niet malaria is, dokter?' Alex nam de kleine Cyprioot achterdochtig in zich op. 'U kunt het me gerust vertellen, hoor. Ik kan het wel aan.'

'Natuurlijk is het dat niet, Alex,' snauwde Helena. Ze keerde zich naar de dokter toe die zijn dokterstas dichtdeed. 'Bedankt dat u zo snel bent gekomen, en mijn excuses dat ik u heb gestoord.' Ze begeleidde hem de slaapkamer uit en de trap af, naar de keuken. 'Hij leek wel te ijlen. Ik was bang.'

'Natuurlijk, dat is heel begrijpelijk en het is ook geen probleem. Ik heb kolonel McCladden jarenlang als patiënt gehad. Zijn dood… zo droevig.' Hij haalde zijn schouders op en gaf Helena zijn kaartje. 'Voor het geval u me nog eens nodig hebt. Het is in de toekomst beter voor u als u me in de praktijk bezoekt. Ik ben bang dat ik extra moet rekenen voor een huisbezoek.'

'O, jeetje, ik denk niet dat ik voldoende contant geld bij me heb. Ik was van plan om vandaag in het dorp naar de bank te gaan,' bekende Helena gegeneerd.

'Geen probleem. De praktijk ligt vlak in de buurt van de bank. Geeft u het bedrag later maar af bij mijn receptioniste.'

'Dank u, dokter, dat zal ik doen.'

Hij stapte door de openstaande deur naar buiten.

Helena volgde hem.

Hij draaide zich om om naar het huis te kijken. 'Pandora,' mijmerde hij. 'U hebt de legende vast gehoord?'

'Ja.'

'Wat een prachtig huis, maar net als de doos in het verhaal waarnaar het is vernoemd is het vele jaren afgesloten geweest. Bent u degene die hem opent, vraag ik me af?' Hij keek haar met een vragende glimlach aan en ontblootte daarbij een verzameling rechte witte tanden.

'Hopelijk laat ik niet alle rampen, ziekten en zorgen van de wereld ontsnappen,' merkte Helena op met een droge glimlach. 'Maar dit is nu mijn huis. Angus was mijn peetoom. Hij heeft het aan mij nagelaten.'

'Aha. En zult u er net zo van houden als hij?'

'O, ik ben er nu al dol op. Ik heb hier als tiener gelogeerd en ik ben het nooit vergeten.'

'Dan weet u dat dit het oudste huis van deze omgeving is. Er wordt gezegd dat hier duizenden jaren geleden al een onderkomen stond. Dat Aphrodite en Adonis ooit zijn gekomen om de wijn te proeven en dat ze hier de nacht hebben doorgebracht. Er doen veel geruchten de ronde in het dorp...'

'Over het huis?'

'Ja.' Hij keek haar recht aan. 'U doet me heel erg denken aan een andere dame die ik ooit heb ontmoet hier op Pandora, vele jaren geleden.'

'Echt?'

'Ze was op bezoek bij kolonel McCladden en ik werd gehaald om haar te behandelen. Ze was mooi, net als u,' zei hij met een glimlach. 'Zo, zorg ervoor dat de jongen goed drinkt. *Adio*, mevrouw.'

'Dat doe ik. Een fijne dag verder en dank u.'

De man reed weg en liet een wolk van kalkstof achter.

Helena keek om naar Pandora en ondanks de verzengende hitte liep er een huivering langs haar rug. Dat vreemde onheilspellende gevoel keerde ook terug. Ze dwong zichzelf zich te concentreren op het mentale lijstje van klusjes. Het eerste wat ze moest doen was controleren hoe het zwembad eraan toe was, dus ze liep vastberaden om het huis heen, het terras op, waarbij het haar opviel dat het wel wat kleurrijke planten kon gebruiken in de beschimmelde potten die op het moment leeg waren en ze voegde die taak aan haar lijstje toe. Het zwembad, dat via een afbrokkelend trapje bij het terras te bereiken was, leek in verbazingwekkend goede toestand te verkeren. Al moest er natuurlijk een dikke laag vuil uit worden verwijderd dat zich daar door de jaren heen had opgehoopt.

Toen Helena zich omdraaide om terug naar het huis te gaan, keek ze omhoog. Wat zag Pandora er van deze kant anders uit. Vanaf de hoofdingang maakte het op het eerste gezicht een ietwat sobere indruk, zonder tierlantijnen, maar de voorkant was absoluut schilderachtig. Het lange terras met de pergola verzachtte de aanblik en elk slaapkamerraam was uitgerust met een sierlijk en romantisch klein gietijzeren balkon, wat het de bizarre uitstraling gaf van een Italiaanse villa. Ze vroeg zich af waarom ze zich het niet zo had herinnerd, maar besefte toen dat ze sinds ze hier voor het laatst was geweest een tijdje in Italië had gewoond, waardoor ze nu die vergelijking kon maken.

Ze liep naar binnen en ging de trap op naar Immy's slaapkamer. Haar dochter stond voor de spiegel in haar mooiste roze feestjurk. Helena moest glimlachen toen Immy, zich onbespied wanend, zichzelf bewonderde, haar kleine lichaam vanuit verschillende hoeken bekeek en haar prachtige lichtblonde haar naar links en daarna naar rechts schoof terwijl ze haar weerspiegeling met grote, onschuldige blauwe ogen tevreden in zich opnam.

'Ik dacht dat jij je kleren zou uitpakken, lieverd.'

'Dat heb ik ook gedaan, mama.' Met een geërgerde zucht maakte Immy haar blik los van de spiegel en ze wees om zich heen naar de kledingstukken die niet langer in haar koffer zaten, maar door de hele kamer op de vloer lagen.

'Ik bedoelde dat je die in de lades moest opbergen, niet op de vloer moest gooien. En doe die jurk maar uit. Die kun je nu niet dragen.'

'Waarom niet?' Immy trok een pruillip. 'Dit is mijn lievelingsjurk.'

'Dat weet ik, maar die is voor een feest bedoeld, niet om mee in de hitte door een stoffig, oud huis te rennen.' Ze raapte de kleren op, legde die in een berg op het bed en begon ze op te ruimen.

'Maar die lades ruiken raar.'

'Ze ruiken gewoon naar ouderdom,' wierp Helena tegen. 'We laten ze open zodat ze kunnen luchten. Dat komt goed.'

'Wat gaan we vandaag doen? Hebben ze hier ook het Disneykanaal?'

'Ik...' Het was al bijna middag en de ochtend was in een waas van paniek voorbijgevlogen terwijl ze probeerde een dokter voor haar schijnbaar ijlende zoon te vinden. Helena ging abrupt op bed zitten, opeens verlangde zij ook naar het Disneykanaal. 'We moeten veel doen vandaag, lieverd, en nee, we hebben hier niet eens een tv.'

'Kunnen we er dan een kopen?'

'Nee, dat kan niet,' snauwde ze, en daar had ze meteen spijt van. Immy had zich zo goed gedragen, zowel op de heenreis als vanmorgen toen ze zichzelf rustig had vermaakt. Ze pakte haar dochter vast en knuffelde haar. 'Mama moet een paar dingen regelen, dan gaan we op verkenningstocht, oké?'

'Ja, maar ik heb misschien een beetje trek. Ik heb geen ontbijt gehad.'

'Nee, dat is ook zo, dus dan denk ik dat we maar heel snel boodschappen moeten gaan doen. Ik kijk even hoe het met Alex gaat, en dan vertrekken we.'

'Ik weet het al, mama!' Immy straalde toen ze zich snel van Helena's knie af liet glijden en in de kleine rugzak grabbelde die ze mee het vliegtuig in had genomen. 'Ik maak een kaart voor Alex dat hij snel beter moet worden, om hem op te vrolijken.' Immy zwaaide triomfantelijk met papier en viltstiften door de lucht.

'Dat is heel lief van je, lieverd.'

'Of...' Immy stak nadenkend het uiteinde van een stift in haar mond. 'Als hij niet beter wordt, mag ik dan buiten wat bloemen plukken om op zijn graf te leggen?'

'Dat zou je kunnen doen, maar ik beloof je dat hij niet doodgaat, dus ik denk dat die kaart een beter idee is.'

'O. Hij zei anders van wel toen ik vanmorgen bij hem ging kijken.'

'Nou, hij gaat niet dood. Begin jij maar aan die kaart en dan zie ik je over een paar minuten.' Helena verliet de kamer en liep door de gang naar de kamer van Alex. Ze wenste half dat haar zoon een normale hoodydragende tiener was, een die van voetbal en meisjes hield en 's avonds graag met zijn vrienden rondhing bij winkelcentra en af en toe een omaatje de stuipen op het lijf joeg met zijn streken. In plaats daarvan had hij een torenhoog IQ, wat theoretisch gezien goed klonk, maar in de praktijk voor meer problemen zorgde dan zijn hooggespannen brein ooit kon oplossen. Hij gedroeg zich meer als een oude man dan als een tiener. 'Hoe gaat het?' Ze tuurde voorzichtig om de deur heen.

Alex lag in zijn boxershort op bed, met een arm over zijn voorhoofd gedrapeerd. 'Mmm,' klonk zijn antwoord.

Ze ging op de rand van het matras zitten. De antieke ventilator die ze vanuit de slaapkamer van Angus naar beneden had gezeuld om haar oververhitte zoon wat verkoeling te bieden, ratelde terwijl hij moeizaam heen en weer zwenkte. 'Geen goed begin, hè?'

'Nee.' Alex deed zijn ogen niet open. 'Sorry, mam.'

'Ik ga met Immy naar het dorp om boodschappen te doen en de dokter te betalen. Beloof je me dat je flink wat water drinkt terwijl ik weg ben?'

'Ja.'

'Heb je iets nodig?'

'Muggenspray.'

'Lieverd, je krijgt niets van Cypriotische muggen, hoor.'

'Ik háát ze, het maakt me niet uit waar ze vandaan komen.'

'Oké, ik neem wel wat mee. En als je je morgen beter voelt, dan gaan we naar Paphos. Ik heb een lijst van de dingen die we moeten kopen, zoals ventilatoren voor alle slaapkamers, beddengoed, handdoeken, een nieuwe koel-vriescombinatie en een tv met dvd-speler.'

Alex deed zijn ogen open. 'Serieus? Ik dacht dat een tv niet op de planning stond?'

'Ik denk dat een dvd-speler wel handig is voor Immy en Fred, vooral als het 's middags heet is.'

'Wauw, het gaat hier de goede kant op.'

'Mooi.' Helena glimlachte naar hem. 'Rust vandaag maar uit, hopelijk kunnen we morgen dan een uitstapje maken.'

'Ik zal vast beter zijn. Het was toch maar uitdroging?'

'Ja, lieverd.' Ze kuste hem op zijn voorhoofd. 'Probeer maar wat te slapen.'

'Doe ik. Sorry van dat hele malariagedoe, trouwens.'

'Het is al goed. Tot straks.' Helena liep de trap af en hoorde haar telefoon in de keuken rinkelen. Ze rende door de hal en nam net op tijd op. 'Hallo?'

'Ben jij dat, Helena? Met Jules. Hoe gaat het?'

'Prima, ja, het gaat prima met ons.'

'Uitstekend. Hoe is het huis?'

'Prachtig. Precies zoals ik het me herinnerde.'

'Van vierentwintig jaar geleden? Hemeltje, ik mag toch hopen dat ze in de tussentijd het sanitair hebben vernieuwd!'

'Nou, eigenlijk niet.' Helena genoot er wel een beetje van Jules lichtjes te plagen. 'Het heeft hier en daar een cosmetische ingreep nodig en een aantal nieuwe toiletbrillen kunnen geen kwaad, maar volgens mij is het verder wel degelijk. Zeker structureel gezien.'

'Nou, dat is dan nog iets. Ik ben blij dat het dak niet zal instorten als we liggen te slapen.'

'De keuken mag ook wel wat gemoderniseerd worden,' ging Helena verder. 'Ik denk dat we meer gebruik zullen maken van de barbecue dan van de oven. Het is eerlijk gezegd misschien niet waar je aan gewend bent.'

'We redden ons wel. En ik neem natuurlijk onze eigen lakens mee… Je weet dat ik dat sowieso altijd doe. Laat me maar weten of je verder iets nodig hebt.'

'Bedankt, Jules, dat zal ik doen. Hoe gaat het met de kinderen?'

'O, met Rupes en Viola gaat het goed, maar voor mijn gevoel ben ik al weken bezig met prijsuitreikingen, het schoolbestuur en waterige aardbeien. Het is Sacha gelukt om daar allemaal onderuit te komen, die mazzelkont.'

'O.' Helena wist dat Jules het in werkelijkheid geweldig vond. 'Hoe gaat het met Sacha?' vroeg ze beleefd.

'Hij werkt dag en nacht, drinkt veel te veel... Je weet hoe hij is. Ik heb hem de afgelopen weken nauwelijks gezien. Jeetje, Helena, ik moet ervandoor. We hebben hier vanavond een etentje, dus ik moet nog van alles regelen.'

'Dan zie ik je over een paar dagen.'

'Inderdaad. Je mag nog niet te bruin worden, begrepen? Het komt hier met bakken uit de lucht. *Ciao*, lieverd.'

'Ciao,' sprak Helena zonder geluid te maken somber in de telefoon. Ze ging aan de keukentafel zitten. 'O, god,' kreunde ze. Had ze zich nu maar niet door Jules laten overhalen om hen hier twee weken lang te laten logeren. Ze had elk mogelijk smoesje gebruikt, maar Jules had daar gewoon geen genoegen mee genomen. Het gevolg was dat vier leden van de familie Chandler – Jules, haar twee kinderen en haar echtgenoot Sacha – over een week Pandora onveilig zouden komen maken.

Helena wist dat ze de tegenzin waarmee ze het bezoek van de Chandlers tegemoetzag voor zichzelf moest houden. Sacha was Williams oudste en beste vriend. Zijn dochter Viola was Williams petekind. Er zat niets anders op dan de situatie te aanvaarden.

Hoe moet ik dat toch allemaal voor elkaar krijgen... Helena wapperde zichzelf wat koelte toe in de bedrukkende hitte, bekeek de vervallen keuken met de scherpe blik van Jules en wist dat ze de kritiek niet zou kunnen verstouwen. Ze pakte het haarelastiek dat ze gisteravond op tafel had laten liggen, draaide haar haar in een knot op haar hoofd en zette die vast met het elastiek. De plotselinge koelte bij haar nek voelde heerlijk aan. Het lukt wel, sprak ze zichzelf toe. Er zat niets anders op. Ik ga me erdoorheen slaan. Dat móét.

'Gaan we nog?' vroeg Immy achter haar. 'Ik heb honger. Mag ik patatjes met ketchup in het restaurant?' Ze sloeg haar armpjes om het middel van haar moeder.

'Ja, we gaan.' Helena stond op, draaide zich om en het lukte haar een zwak glimlachje op haar gezicht te toveren. 'En ja, dat mag.'

De middagzon drong gloeiend heet door de ramen van de auto naar binnen terwijl Helena over de weg reed die tussen wijnranken door slingerde. Immy zat illegaal naast haar voorin en ze droeg de autogordel als een druilerig accessoire terwijl ze op haar knietjes op de zitting zat om naar buiten te kunnen kijken.

'Kunnen we stoppen om wat druiven te plukken, mama?'

'Ja, laten we dat doen, al smaken ze niet helemaal hetzelfde als normale druiven.' Helena bracht de auto tot stilstand en ze stapten allebei uit.

'Hier.' Helena bukte zich en onder een waaier van bladeren onthulde ze een vol trosje felrode druiven. Ze trok het van de tak en plukte er een paar.

'Moeten we die wel eten, mama?' vroeg Immy, terwijl ze er weifelend naar staarde. 'Ze komen niet uit de supermarkt, hoor.'

'Ze zijn nog niet heel zoet, omdat ze nog niet helemaal rijp zijn, maar probeer er maar eentje.' Helena stopte er een in haar eigen mond.

Immy beet met haar kleine witte tanden voorzichtig in het stevige velletje. 'Die is wel lekker. Kunnen we er een paar meenemen voor Alex? Zieke mensen houden van druiven.'

'Goed idee. We nemen twee trosjes mee.' Helena stond op het punt nog een tros van een tak te trekken, maar ging recht staan toen haar het gevoel bekroop dat er iemand naar haar keek. Haar adem stokte toen ze hem zag. Op nog geen twintig meter afstand, midden tussen de wijnstokken, stond hij naar haar te staren. Ze schermde haar ogen af tegen het felle zonlicht in de irrationele hoop dat dit een hallucinatie was, want dit kon met geen mogelijkheid… Dat kon gewoon niet… Maar daar stond hij, precies zoals ze zich hem herinnerde, op precies dezelfde plek waar ze hem vierentwintig jaar geleden voor het eerst had gezien.

'Mama, wie is die meneer? Waarom kijkt hij zo naar ons? Komt dat omdat we de druiven hebben gestolen? Moeten we nu naar de gevangenis? Mama?'

Helena stond als aan de grond genageld, haar hersenen probeerden de onzin te verwerken die haar ogen haar lieten zien.

Immy trok aan haar arm. 'Kom op, mama! Snel, voor hij de politie haalt!'

Helena maakte haar blik van zijn gezicht los en liet zich door Immy meetrekken naar de auto, die daarna naar de passagierskant rende en vol verwachting naast haar ging zitten.

'Kom op dan. Rijden,' beval Immy.

'Ja, sorry.' Helena vond op de automatische piloot het contact en draaide de sleutel om de auto te starten.

'Wie was die meneer?' vroeg Immy toen ze over de weg hobbelden. 'Ken je hem?'

'Nee, ik... Nee.'

'O. Je keek alsof je hem kende. Hij was heel lang en knap, als een prins. De zon maakte een kroon op zijn hoofd.'

'Ja.' Helena concentreerde zich op de weg tussen de wijnranken door.

'Hoe zou hij heten?'

Alexis...

'Dat weet ik niet,' fluisterde ze.

'Mama?'

'Ja?'

'We zijn de druiven voor Alex vergeten.'

Het dorp was verrassend weinig veranderd, vergeleken met het lelijke legolandschap dat beneden langs de kust was gecreëerd. De smalle hoofdweg was stoffig en verlaten. De bewoners hadden zich teruggetrokken in hun koele huizen om de verzengende zon te vermijden die nu op het heetst van de dag boven ze de lucht domineerde. Het enige winkeltje had een dvd-uitleen aan het assortiment toegevoegd. Helena wist dat Alex daar blij mee zou zijn. Maar op een paar nieuwe cafés na, zag alles er verder nagenoeg hetzelfde uit.

Na een korte stop bij de bank, gevolgd door een bezoekje aan de receptioniste van de dokter daar vlak naast, nam Helena Immy mee naar de mooie binnenplaats van Persephone's Taverna om daar te lunchen. Ze gingen in de schaduw van een olijfboom zitten, waar Immy meteen onder de betovering viel van een groepje schattige magere kittens die aandoenlijk miauwend tussen haar benen door kronkelden.

'O, mama, kunnen we er eentje mee naar huis nemen? Alsjeblieft, alsjeblieft,' smeekte Immy, terwijl ze een kitten haar laatste frietje gaf.

'Nee, lieverd. Ze wonen hier, bij hun eigen mama,' antwoordde Helena ferm. Haar hand beefde iets toen ze een glas plaatselijke jonge wijn naar haar mond bracht. Die smaakte precies zoals ze zich die had herinnerd: ietwat zurig, maar toch zoet. Ze had het gevoel alsof ze zo terug in de tijd werd gezogen...

'Mama! Mag ik nou ijs hebben of niet?'

'Sorry, lieverd, ik was aan het dagdromen. Natuurlijk mag dat.'

'Zouden ze hier Hooked on You van Ben & Jerry's hebben?'

'Dat betwijfel ik. Ik stel me zo voor dat je hier heel ouderwets uit vanille, aardbei of chocolade kunt kiezen, maar we kunnen het vragen.'

Immy wenkte de jonge ober, de bestelling voor een ijsje werd geplaatst en Helena vroeg om Cypriotische koffie met een klontje suiker om de effecten van het glas wijn tegen te gaan.

Twintig minuten later verlieten ze het restaurant en slenterden ze over de stoffige straat naar de auto.

'Kijk eens naar de nonnen, mama, daar op het bankje.' Immy wees in de richting van de kerk. 'Ze moeten het wel erg warm hebben in die jurken.'

'Dat zijn geen nonnen, Immy, dat zijn de oudere dames van het dorp. Ze zijn in het zwart gekleed omdat hun mannen overleden zijn. Ze worden ook wel weduwes genoemd,' legde Helena uit.

'Ze dragen zwart?'

'Ja.'

'Geen roze? Nooit?'

'Nee.'

Immy keek ontsteld. 'Dat hoef ik toch niet te doen als mijn man doodgaat?'

'Nee, lieverd. Het is maar een traditie op Cyprus.'

'Nou, dan ga ik hier nooit wonen,' zei Immy beslist, en ze huppelde naar de auto.

Ze keerden terug bij Pandora met de kofferbak vol boodschappen.

Alex verscheen bij de achterdeur. 'Hoi, mam.'

'Hoi, lieverd, voel je je beter? Kun je me helpen bij het uitladen?'

Alex hielp Helena alles naar de keuken te brengen.

'Jeetje, wat is het heet.' Ze veegde met haar hand langs haar voorhoofd. 'Ik lust wel wat water.'

Alex ging op zoek naar een glas en schonk het vol met de kan koud water uit de koelkast. 'Alsjeblieft.'

'Dank je.' Helena dronk het in één keer leeg.

'Ik ga naar boven om wat te rusten. Ik ben nog steeds een beetje duizelig,' verkondigde Alex.

'Oké. Kom je straks wel naar beneden voor het avondeten?'

'Ja.' Hij liep naar de deur, bleef toen staan en draaide zich om. 'Trouwens, er is iemand die je wil spreken.'

'Echt? Waarom heb je me dat dan niet meteen verteld?'
'Hij is op het terras. Ik heb hem gezegd dat ik niet wist hoe laat je terug zou zijn, maar híj wilde toch blijven wachten.'
Het kostte Helena moeite een neutrale uitdrukking op haar gezicht te houden. 'Wie is hij?'
'Hoe moet ik dat weten?' Alex haalde zijn schouders op. 'Maar hij lijkt jou te kennen.'
'Echt?'
'Ja, volgens mij zei hij dat hij Alexis heet.'

DAGBOEK VAN ALEX

11 JULI (VERVOLG)

Ik sta bij het raam in mijn slaapkamer en gluur om de luiken heen zodat ik niet zichtbaar ben vanaf het terras.

Ik hou de man in de gaten die voor mijn moeder is gekomen. Hij beent op het moment zenuwachtig heen en weer, met zijn handen in zijn zakken geduwd. Hij is lang en goedgebouwd en heeft een donkerbruine huid. Zijn dikke zwarte haar is ietwat grijs bij de slapen, maar hij is zeker geen oude man. Ik schat zo in dat hij maar iets ouder is dan mijn moeder, en jonger dan mijn stiefvader.

Het viel me op toen hij aankwam en ik hem van dichtbij zag dat hij blauwe ogen heeft, heel blauw, dus misschien is hij geen Cyprioot. Tenzij hij natuurlijk gekleurde lenzen draagt, maar dat betwijfel ik. Het resultaat van alle losse onderdelen is dat hij echt heel knap is.

Ik kijk toe als mijn moeder het terras op komt. Ze is zo gracieus dat het haast lijkt alsof haar voeten de grond niet raken, want haar bovenlichaam beweegt niet, maar haar benen wel. Ze blijft op een meter of twee afstand staan, haar handen hangen losjes langs haar zij. Ik kan haar gezicht niet zien, maar dat van hem wel en ik zie er een uitdrukking van pure vreugde op verschijnen.

Mijn hart bonkt nu en ik weet dat het niet langer aan de uitdroging ligt. Of aan malaria. Dit komt door angst.

Ze zeggen geen van beiden iets. Ze staan daar voor mijn gevoel uren, alsof ze elk de ander in zich opnemen. Hij ziet er in elk geval uit alsof hij mam in zich wil opnemen. Dan steekt hij zijn armen uit en hij loopt naar haar toe en gaat voor haar staan. Hij neemt haar kleine handen in zijn grote handen en kust ze eerbiedig, alsof ze heilig zijn.

Dit is ranzig. Ik wil het niet zien, maar ik kan niet wegkijken.

Eindelijk heft hij zijn hoofd, maar dan neemt hij mijn moeder in zijn gespierde armen en omhelst haar. Ze is zo tenger en bleek en blond vergeleken met zijn donkere kracht dat ze me doet denken aan een porseleinen pop die dood wordt gedrukt door een grote bruine beer. Haar hoofd wordt tegen zijn borstspieren naar achteren geduwd in een rare hoek terwijl hij haar knuffelt. Zijn elleboog lijkt rond haar nek te zitten en ik hoop maar dat hij haar hoofd er niet af knijpt, zoals een keer bij Immy's porseleinen pop is gebeurd.

Eindelijk, net als mijn zuurstof bijna op is omdat ik mijn adem te lang heb ingehouden, laat hij haar los, en ik hap naar lucht. Godzijdank. Geen mond-op-mondactie, want dat zou te smerig voor woorden zijn geweest.

Maar het is nog niet voorbij.

Hij lijkt er geen genoegen mee te willen nemen haar helemaal te laten gaan, dus hij pakt haar hand weer beet en hij leidt haar naar de met ranken begroeide pergola en ze verdwijnen eronder uit het zicht.

Verdomme! Ik loop langzaam terug naar mijn bed en gooi me languit op het matras. Wie is hij? En wat betekent hij voor haar?

Ik wist zodra ik hem op het terras zag staan met een houding alsof hij de eigenaar van de hele tent was, dat hij iets was. Moet ik pap bellen? De vader die niet mijn vader is, maar de enige vader die ik ooit heb gekend? Ik wist dat hij op een dag van pas zou komen.

Hij zou er toch niet blij mee zijn dat zijn vrouw op het terras bepoteld wordt door een grote bruine Cypriotische beer? Ik pak mijn telefoon en zet die aan. Wat moet ik zeggen?

'Je moet nú komen, pap! Mam verkeert in levensgevaar onder de pergola!'

Jezus. Dat kan ik niet maken. Hij vindt me toch al een raar joch. Ik ben me er heel goed van bewust dat er voor hem niets anders opzit dan mij te tolereren omdat hij van mam houdt en ik onderdeel van de overeenkomst ben. Helaas ben ik bagger in de meeste balsporten, ook al doe ik mijn best. Toen ik jonger was heeft hij me geprobeerd die te leren, maar ik kreeg altijd het gevoel dat ik hem had teleurgesteld door nergens als beste te eindigen. En als hij naar me kwam kijken, bakte ik er helemaal niets van omdat ik zo zenuwachtig was. Het had veel voor onze relatie betekend als ik goed in dat soort dingen was geweest, maar hij houdt in elk geval van mam en beschermt haar tegen de anderen die haar lijken te willen hebben.

Zoals dat exemplaar onder de pergola.

Het is eigenlijk ironisch. Ik had er de hele tijd naar uitgekeken om tijd alleen met haar door te brengen zonder pap, die me altijd het gevoel geeft dat ik in de weg sta, en nu ben ik hier, nog geen vierentwintig uur later, en wens ik dat hij hier was.

Misschien moet ik hem juist wel sms'en… Ik kijk op mijn telefoon en kom tot de ontdekking dat ik nog maar een beltegoed heb van achttien cent, dus dat gaat niet lukken. En al was het me wel gelukt, wat kan hij er nu aan doen?

Ik ben hier als enige. Nou ja, op Immy na, maar zij telt niet.

Dus… dan zit er maar één ding op: ik zal het in mijn eentje moeten oplossen.

Ik zal ten strijde trekken om de eer van mijn moeder te redden.

3

'Je... je bent niets veranderd.'

'Jawel, hoor. Natuurlijk ben ik veranderd, Alexis. Ik ben vierentwintig jaar ouder.'

'Helena, je bent prachtig, net als toen.'

Helena voelde haar wangen nog warmer worden. 'Hoe wist je dat ik hier was?'

'Ik had een gerucht in het dorp gehoord. Toen belde Dimitrios me tegen lunchtijd en hij vertelde me dat hij een goudharige dame en een kind had gezien op het pad naar Pandora, dus ik wist dat jij het moest zijn.'

'Wie is Dimitrios?'

'Mijn zoon.'

'Natuurlijk! Natuurlijk!' Helena lachte opgelucht. 'Immy en ik waren gestopt om wat druiven te plukken en ik zag hem naar me kijken. Ik dacht dat jij het was... Wat raar... Hij lijkt als twee druppels water op je.'

'Je bedoelt dat hij lijkt op hoe ik er toen uitzag.'

'Ja. Ja.'

Er viel een stilte.

'Dus, hoe gaat het met je, Helena?' vroeg hij voorzichtig. 'Hoe is je leven geweest al die jaren?'

'Nou... goed, ja, goed.'

'Je bent getrouwd?'

'Ja.'

'Ik weet dat je kinderen hebt, Helena, want ik heb je zoon al ontmoet en ik heb over je dochter gehoord.'

'Ik heb er drie, maar Fred, mijn jongste, is thuis in Engeland met zijn vader. Zij komen over een paar dagen. En jij?'

'Ik was getrouwd, met Maria, de dochter van de oude burgemeester van Kathikas. Ze heeft me twee jongens geschonken, maar ze is bij een auto-ongeluk om het leven gekomen toen Michel, mijn jongste zoon, acht jaar was. Dus nu wonen wij met zijn drieën bij elkaar en we oogsten onze druiven en produceren onze wijn, net als mijn vader en grootvader en overgrootvader dat vóór ons deden.'

'Wat erg, Alexis. Dat is echt verschrikkelijk voor je.' Helena hoorde hoe banaal haar woorden klonken, maar ze wist niet wat ze anders moest zeggen.

'God geeft en neemt weg. Gelukkig hebben mijn jongens het in elk geval overleefd. En Dimitrios, die je bij de wijngaard hebt gezien, gaat binnenkort trouwen, dus de familielijn breidt zich uit.'

'Ja, ik... Er lijkt hier zo weinig te zijn veranderd.'

Er verscheen een frons op het expressieve gezicht van Alexis. 'Nee, er is veel veranderd op Cyprus, net als overal. Maar dat is de vooruitgang. Een deel ervan is goed, een ander deel is minder goed. Sommige mensen zijn erg rijk geworden en willen, zoals altijd, alleen maar meer. Hier in Kathikas hebben we voor nu in elk geval een oase, maar de hebberige vingers van de projectontwikkelaars zullen zich op een dag ook uitstrekken naar ons vruchtbare land. De eerste pogingen zijn al gedaan.'

'Dat geloof ik. Dit is zo'n perfecte plek.'

'Ja. En denk maar niet dat iedereen in ons dorp de verleiding zal kunnen weerstaan, vooral de jongeren. Zij willen snelle auto's en satellietschotels en de Amerikaanse manier van leven die ze op hun televisie zien. En waarom ook niet? Wij wilden ook meer, Helena. Dus laten we het maar over iets anders hebben zodat we niet meer als onze ouders klinken.' Hij grinnikte.

'We zijn precies onze ouders, Alexis.'

'Laat ons dan de kinderen zijn die we waren, heel even maar.' Hij wilde haar hand pakken, maar net op dat moment kwam Alex naar buiten.

Helena trok haar hand weg, maar wist dat haar zoon het had gezien.

'Waar is Immy?' vroeg hij bruusk.

'In de keuken, denk ik. Alex, jij hebt Alexis al ontmoet.'

'We hebben dezelfde naam. Die betekent "verdediger en beschermer van het volk",' merkte Alexis met een vriendelijke glimlach op.

'Dat weet ik. Mam, ik hoop dat Immy niet is verdwaald omdat jij niet oplet. Je weet hoe ze is.'

'Dat zit vast wel goed. Ga haar anders even halen zodat ze Alexis kan ontmoeten. En zet alsjeblieft de waterkoker aan. Ik snak naar een kop thee.' Helena liet zich op een stoel zakken, emotioneel uitgeput.

Alex wierp haar een opstandige blik toe, maar draaide zich toen om en liep naar binnen.

'Hij is een knappe jongen,' zei Alexis. 'Goedgebouwd.'

Helena zuchtte. 'Hij is… apart, dat is hij zeker. En briljant en onuitstaanbaar en moeilijk en… O, ik ben dol op hem.' Ze glimlachte vermoeid. 'Misschien dat ik je op een dag meer over hem vertel.'

'Misschien dat we elkaar, op een dag, heel veel dingen zullen vertellen,' zei Alexis op zachte toon.

'Hier is ze.' Alex troonde een huilende Immy mee het terras op. 'Ze werd in de keuken achternagezeten door een groot gestreept horzelachtig beest. Waarschijnlijk met een dodelijke angel.'

'O, lieverd, waarom heb je me niet geroepen?' Helena spreidde haar armen.

Immy rende naar haar toe. 'Dat heb ik ook gedaan, maar je kwam niet. Alex heeft me gered. Een beetje.'

Alexis glimlachte. 'Ze lijkt sprekend op je, Helena. Ze is, hoe zeg je dat ook alweer… Je evenbeeld.'

'Ik noem haar mini-mam. Snap je dat, Alexis?' blafte Alex. 'Nee, dat zal wel niet. Laat ook maar.'

'Heb je zin in een kop thee, Alexis? Ik zal het wel zetten.' Helena onderbrak haar zoon om de gespannen sfeer te verlichten.

'Ja, graag. Waarom zou ik niet delen in de Engelse passie voor een heet drankje bij heet weer?' sprak hij met een glimlach.

'Het is algemeen bekend dat je afkoelt van een kop hete thee. Daarom drinken ze het in India,' zei Alex.

'Dat heeft dan zeker niets te maken met het feit dat ze allemaal op theeplantages woonden,' mompelde Helena. Ze trok een gezicht naar haar zoon. 'Kom op, Immy, jij kunt me helpen. Ik ben zo terug.'

Alex ging op de stoel zitten die zijn moeder net had verlaten, vouwde zijn armen over elkaar en keek Alexis boos aan. 'En, hoe kent u mijn moeder?'

'We hebben elkaar vele jaren geleden ontmoet, toen ze hier voor het laatst was en bij kolonel McCladden logeerde.'

'U bedoelt Angus, haar peetoom? En u hebt haar sindsdien niet meer gezien?'

'O, nou, eigenlijk wel,' zei hij amicaal. 'Maar dat is een ander verhaal. En, Alex, hoe bevalt Cyprus?'

'Daar ben ik nog niet over uit. Het was donker toen we hier aankwamen en ik heb de hele dag in bed gelegen vanwege mogelijke malaria. Het is ontzettend heet en er zitten overal muggen en horzels en daar heb ik een hekel aan.'

‘En het huis?’

‘Dat is cool. Niet koel, het is er kokendheet, maar ik hou van geschiedenis en daar barst het hier van,’ gaf Alex toe.

‘Dit gebied is rijk aan geschiedenis. Als je dat een leuk onderwerp vindt, dan ken je misschien ook wel de Griekse mythes. Volgens de legendes is Aphrodite in Paphos geboren en heeft ze haar leven met Adonis hier op dit eiland doorgebracht. Je kunt zijn bad bezoeken, dat is hier maar een paar kilometer vandaan.’

‘Laten we hopen dat hij de stop eruit heeft gehaald, anders zal dat water inmiddels heel ranzig zijn,’ mopperde Alex zachtjes.

‘Het is een prachtige waterval midden in de bergen,’ ging Alexis verder. ‘Je kunt vanaf de hoge rotsen in het water springen, dat helder en puur en erg verfrissend is in de hitte. Ik kan je daar wel heen brengen, als je wilt.’

‘Bedankt, maar extreme sporten zijn niet echt mijn ding. Dus...’ Alex keek hem eens goed aan. ‘Wat voor werk doet u eigenlijk?’

‘De plaatselijke wijngaard is al honderden jaren in mijn familie. Wij maken wijn, daar verdienen we een goede boterham mee. En we beginnen steeds meer naar het buitenland te exporteren. Ah, daar komt je moeder.’

Helena kwam terug en zette het dienblad op tafel. ‘Ik heb Immy even naar boven gebracht voor een dutje. Ze is doodmoe van de hitte en het avontuur met de horzel. Alex, wil jij ook thee?’

‘Ja.’ Hij ging staan. ‘Ga jij maar zitten, mam, ik schenk wel in. Ik heb net over het bidet van Adonis gehoord.’

‘Je bedoelt de waterval? O, die is zo mooi. Toch, Alexis?’ Helena glimlachte naar hem, terwijl ze zwijgend een herinnering deelden.

‘Misschien kan pap ons daar allemaal heen brengen als hij er is,’ verkondigde Alex op luide toon. ‘Wanneer komt pap ook alweer?’

‘Vrijdag, zoals je heel goed weet, Alex. Melk, Alexis?’

‘Nee, dank je.’

‘Maar het zou ook eerder kunnen zijn, hè, mam? Ik bedoel, misschien wil hij ons wel verrassen en kan hij elk moment aankomen.’

‘Dat betwijfel ik, Alex. Hij moet nog werken.’

‘Maar hij mist je wel. Hij belt je altijd. Het zou mij niet verrassen als hij eerder komt, hoor.’

Helena trok een wenkbrauw op, terwijl ze Alexis zijn thee aanreikte. ‘Nou, dat hoop ik niet. Ik zou graag het huis eerst meer op orde krijgen.’

'Heb je daar hulp bij nodig, Helena?' vroeg Alexis. 'Het staat al lange tijd leeg.'

'Nou, ik zou dolgraag willen weten of je iemand kent die het zwembad zou kunnen nakijken. Dat moet worden schoongemaakt en gevuld.'

'Welk zwembad?' vroeg Alex opeens geïnteresseerd.

'Er is een prachtig zwembad, net voorbij die poort, het trapje af.' Helena gebaarde met haar hand naar de locatie. 'Helaas lijkt het grootste deel van de olijven erin te zijn gevallen en er zijn een aantal tegels kapot die waarschijnlijk vervangen moeten worden.'

'Dan laat ik Georgios er wel naar kijken,' zei Alexis. 'Hij is de neef van mijn vrouw, en een aannemer.'

'Bent u getrouwd?' vroeg Alex opgetogen.

'Helaas niet meer, Alex. Mijn vrouw is lang geleden gestorven. Ik zal Georgios meteen bellen.' Alexis viste een telefoon uit zijn zak en sprak in rap Grieks. Hij beëindigde het gesprek en glimlachte. 'Hij komt vanavond langs. Misschien is het zwembad klaar om in te zwemmen tegen de tijd dat je man komt.'

'Dat zou geweldig zijn,' zei Helena dankbaar. 'Ik vroeg me ook af waar ik in Paphos een nieuwe koel-vriescombinatie zou kunnen kopen en een oven... en een magnetron... Eigenlijk alle keukenapparatuur. Er komen volgende week heel wat mensen. Al ben ik bang dat het misschien nog wel een tijdje duurt voor alles bezorgd kan worden.'

'Dat is niet nodig. Ik heb een bestelbusje waarmee ik mijn wijn naar de hotels en restaurants in de buurt vervoer. Ik breng jullie wel, en dan kunnen we alles zelf mee terug nemen.'

'Vind je dat niet erg?'

'Helemaal niet. Het zou me een genoegen zijn, Helena.'

'En ken je iemand in het dorp die me bij het huishouden zou kunnen helpen? En die misschien ook zou willen koken?'

'Natuurlijk. Angelina, de vrouw die de sleutels voor je heeft achtergelaten, heeft gedurende het laatste jaar dat de kolonel hier was voor hem gewerkt. Zij is volgens mij wel beschikbaar, en ze is dol op kinderen. Ik zal contact met haar opnemen voor je. Ze komt wel bij je langs.'

'Ik kan babysitten, mam,' bemoeide Alex zich ermee.

'Ja, dat weet ik, lieverd. Dank je.'

'En hoe is het huis eraan toe?' wilde Alexis weten.

Helena haalde haar schouders op. 'Het ziet er goed uit, maar ik ben geen expert.'

'Ik zal Georgios vragen om ernaar te kijken als hij voor het zwembad langskomt. De leidingen en de bedrading... Daar is in geen jaren naar gekeken, en we moeten zeker weten dat die veilig zijn.'

'Ik weet het.' Ze zuchtte. 'Het is echt de doos van Pandora. Ik durf er nauwelijks in te kijken.'

'Ken je de legende van dit huis?' Alexis stelde de vraag aan Alex.

'Nee,' antwoordde hij mokkend.

'Het is een goede legende, geen slechte. Er wordt verteld dat iedereen die voor het eerst in Pandora komt logeren, verliefd zal worden terwijl hij of zij onder dit dak verblijft.'

'Echt?' Alex trok een wenkbrauw op. 'Geldt dat ook voor vijfjarigen? Het viel me eerder vandaag op dat Immy nogal dromerig naar haar knuffellam keek.'

'Alex! Doe niet zo onbeschoft!' berispte Helena hem. Haar geduld was eindelijk op.

'Ah, hij is een jongen en bang voor de liefde,' zei Alexis met een toegeeflijke glimlach. 'Maar als die komt, dan zal hij het verwelkomen, zoals we dat allemaal doen. Zo, ik moet gaan.' Hij ging staan.

Helena kwam ook overeind.

'Het is goed je te zien, Helena.' Hij drukte op beide wangen een warme kus.

'Insgelijks, Alexis.'

'Ik ben er morgenochtend om negen uur om jullie naar Paphos te brengen, oké? Adio, Alex. Zorg voor je moeder.'

'Dat doe ik altijd,' bromde Alex.

'Dag.' Alexis knikte naar hem, liep het terras af en verdween uit het zicht.

'Echt, Alex.' Helena zuchtte gefrustreerd. 'Moet je nu zo onbeleefd doen?'

'Ik deed helemaal niet onbeleefd, toch?'

'Jawel, en dat weet je heel goed! Waarom mag je hem niet?'

'Hoe weet je dat?'

'O, kom op, Alex, je deed je uiterste best om vervelend te zijn.'

'Sorry, maar ik vertrouw hem gewoon niet. Ik ga bij het zwembad kijken als dat mag.'

'Prima.' Helena keek haar zoon na terwijl hij wegslenterde, blij dat hij haar even met rust liet... dat ze allebei weg waren, de mannelijke wezens die dezelfde naam deelden en een belangrijke plek in haar hart hadden. Naarmate de schok van het weerzien met Alexis begon te vervagen, bedacht ze dat hij toen nauwelijks meer dan een jongen was geweest, maar een paar jaar ouder dan haar zoon. Hij was nu een man van middelbare leeftijd, maar vanbinnen was hij hetzelfde gebleven.

Helena wreef bedachtzaam over haar neus. Niemand vergat zijn eerste liefde; iedereen dacht dat zijn eigen ervaring uniek was, ongeëvenaard in sterkte, passie en schoonheid. En natuurlijk was die eerste zomer hier met Alexis haar de afgelopen vierentwintig jaar bijgebleven, als een vlinder voor altijd gevangen in barnsteen.

Ze waren zó jong geweest... Zij bijna zestien, hij bijna achttien. Toch had hij niets geweten van de nasleep van hun relatie, over hoe het haar daarna was vergaan en over hoe hun liefde haar leven had veranderd.

Angst maakte zich opeens van haar meester en ze vroeg zich opnieuw af of hier terugkeren misschien wel het ergste was wat ze had kunnen doen. William zou over een aantal dagen komen en ze had hem niets over Alexis verteld. Het had toch geen zin gehad dat hij over het bestaan van iemand wist die nauwelijks meer dan een schaduw uit het verleden was?

Maar Alexis was niet langer een schaduw. Hij was wel degelijk echt en aanwezig. Er viel niet te ontsnappen aan het feit dat haar verleden en heden op het punt stonden op elkaar te botsen.

Helena's telefoon rinkelde net toen ze het avondeten voor Alex en Immy naar de tafel op het terras bracht. 'Neem jij even op, Alex?' zei ze, terwijl ze het veel te volgestapelde dienblad neerzette.

'Hoi,' zei hij. 'Ja... Hoi, pap. Het gaat goed met ons. Behalve het feit dat mam mij en Immy zo gaat dwingen iets te eten wat op ingemaakte geitentestikels lijkt in een soort visstrontsaus. Geniet van je pizza nu het nog kan, dat is mijn advies. Ja, hier komt mam. Doei.'

Helena trok haar wenkbrauwen op en slaakte een vermoeide zucht toen Alex haar de telefoon gaf. 'Hoi, lieverd. Alles oké? Nee, ik ben ze niet aan het vergiftigen. Ze staan op het punt fetakaas, hummus en taramasalata te proberen. Hoe gaat het met Fred?' Helena klemde de telefoon tussen schouder en kin terwijl ze alles op tafel zette. 'Mooi. Praat maar even met Immy en dan spreken wij elkaar straks wel. Oké, dag. Hier is papa.' Helena gaf de telefoon aan haar dochter.

'Hoi, papa... Ja, alles is goed. Alex ging vanmorgen dood en mama en ik zagen een prins in een veld toen we wat druiven plukten maar de politie had ons misschien gearresteerd dus toen moesten we zonder druiven weg maar toen haalden we die op de terugweg weer op en de papa van de prins kwam bij ons op bezoek en hij heeft thee gedronken en was heel erg aardig. En ik had patatjes met ketchup bij het middageten en het is hier heel erg heet en…' Immy nam een adempauze en luisterde. 'Ja, ik hou ook van jou en ik mis je een beetje. Oké, papa, tot snel.' Ze maakte zuigende geluiden bij het mondstuk die kusjes vertegenwoordigden en drukte heel kundig op de juiste knop om het gesprek te beëindigen. Ze keek naar haar bord. 'Alex heeft gelijk. Dit is vies.'

Helena was nog steeds een beetje ondersteboven van Immy's gesprek met haar vader. Ze legde twee stukken pitabrood op het bord en lepelde er wat hummus op. 'Probeer maar.'

'Mag ik er alsjeblieft ketchup bij, mama?'

'Nee.' Helena gaf Immy een beetje hummus op een stukje pita. Ze wachtte tot haar dochters smaakpapillen in actie kwamen en uiteindelijk kwam er een goedkeurend knikje. 'Mooi. Ik wist wel dat je het lekker zou vinden.'

'Waar is die kledder van gemaakt?' wilde Immy weten.

'Kikkererwten.'

'Kikkers? Bah!' zei Immy rillend. 'Zijn dit gestampte kikkers?'

'Doe niet zo raar, Immy,' merkte Alex op, die zelf nog niets had geproefd. 'Kikkererwten zijn een soort erwten, ze zijn alleen niet groen. Sorry, mam…' Alex hief verslagen zijn handen. 'Ik heb nog geen trek na dat gedoe van vanmorgen.'

'Oké.' Helena was niet in de stemming voor een strijd. 'Dus, dat is goed nieuws van het zwembad, hè? Het zou gevuld moeten zijn tegen de tijd dat pap aankomt. Hier, probeer maar wat taramasalata, Immy. En morgen kunnen we in Paphos ligbedden kopen en…'

'GAD-VER!' Immy spuugde heel onelegant de hap eten op haar bord.

'Immy!'

'Sorry, hoor, maar dat is echt geil!'

'Goor, Immy. En praat me alsjeblieft niet na,' berispte Alex haar, terwijl hij zijn gezicht strak probeerde te houden. 'Jij bent pas vijf.'

'Ja, inderdaad, en prinsessen gebruiken woorden als "goor" niet. Toch, Alex?' Ook Helena had moeite haar lach in te houden. 'Nou, ik zal papa terugbellen. Alex, breng jij Immy naar boven zodat ze haar pyjama aan kan trekken en haar tanden kan poetsen. Dan kom ik je straks een van je favoriete verhaaltjes vertellen.'

‘Oké, ik wil die ene horen over toen je ballet danste in Wenen en een prins je meenam naar zijn paleis voor een bal.’

‘Afgesproken,’ zei Helena. ‘Kom op, naar boven.’

Haar twee kinderen liepen naar binnen.

Helena pakte haar telefoon en belde naar huis.

‘Hallo, schat,’ zei William. ‘Was het avondeten een succes?’

‘Dat laat ik maar aan je verbeelding over.’

‘Misschien is dat maar goed ook. En, heb je een goede dag gehad?’

‘Enerverend.’

‘Die indruk kreeg ik al. Wie is die prins over wie Immy het had?’

‘O, de zoon van een oude vriend.’

‘Juist.’ Er viel een stilte. ‘Helena, lieverd,’ zei William langzaam. ‘Ik wil je iets vragen.’

‘Wat?’

‘Ik... Nou, ik weet niet zeker hoe ik je dit moet vertellen, maar... Het gaat om Chloë.’

‘Gaat alles goed met haar?’

‘O, ja, blijkbaar wel. Al kan ik alleen afgaan op wat de huismeesteres van haar school me vertelt, zoals je weet. Maar ik heb vandaag een brief van haar moeder gekregen.’

‘Een brief? Van Cecile? Jeetje!’ zei Helena ademloos. ‘Heeft ze daadwerkelijk pen op papier gezet? Dat is zo goed als een wonder voor je ex, toch, lieverd?’

‘Eigenlijk wel, maar het punt is...’

‘Ja?’

‘Ze wil Chloë op een vliegtuig deze kant op zetten zodat ze wat tijd met ons op Cyprus kan doorbrengen.’

DAGBOEK VAN ALEX

11 JULI (VERVOLG)

Deze vakantie wordt, om mijn kleine zusje te citeren, met de minuut goorder.

Muggen, hitte, oude huizen midden op een dor veld waar men nog nooit van breedbandinternet heeft gehoord en een druivenpletter die niets liever wil dan mijn moeder pletten. En dan heb ik het nog niet eens gehad over Jules, Sacha, Viola en Rupes – hun neanderthaler van een hersendode zoon – die volgende week komen logeren.

Kon ik maar een campagne beginnen namens alle Kinderen Van Ouders Die Beste Vrienden Zijn, om de mensen bewust te maken van het lot van de desbetreffende kinderen. Het feit dat de oudjes in hun jeugd snoepjes en geheimen met elkaar deelden en later zijn overgestapt op alcohol en uiteindelijk zindelijkheidstraining, houdt niet noodzakelijkerwijs in dat de kinderen van de Beste Vrienden hetzelfde tegenover hun tegenhanger zullen staan.

Een golf van weerzin spoelt steevast over me heen als ik die onsterfelijke woorden hoor: 'Alex, lieverd, de Chandlers komen op bezoek. Doe je wel aardig tegen Rupes?'

'Nou, ja,' zeg ik dan. 'Ik zal mijn best doen, moederlief.' Maar dan ramt Rupes per ongeluk expres zijn vuist in mijn ballen tijdens een 'vriendschappelijke' rugbytackle of gaat hij krijsend naar zijn moeder om mij ervan te beschuldigen dat ik zijn PSP kapot heb gemaakt terwijl hij die zelf op de vloer heeft laten vallen en ik erop ben gaan staan omdat ik niet wist dat die daar lag, tja... Dan wordt het behoorlijk lastig.

Rupes is ongeveer even oud als ik, waardoor het pas echt erg wordt. En we lijken totaal niet op elkaar. Hij is waarschijnlijk alles wat mijn stiefvader William graag in een zoon zou zien: geweldig in balsporten, extravert, populair... en een echte klootzak als er verder niemand kijkt. Hij is ook zo stom als het achtereind van een varken en denkt dat Homerus de ster van *The Simpsons* is en dat hij daarom zo'n beroemde filosoof is.

We hebben niet veel met elkaar gemeen, Rupes en ik. Hij heeft een zusje genaamd Viola, met rood haar, sproetjes en hazentanden en een huid die zo bleek is dat ze als een spookje in de achtergrond opgaat. Mam heeft me ooit verteld dat ze geadopteerd is. Als ik de Chandlers was geweest, dan had ik gewacht op een kind dat in elk geval nog een beetje op iets uit mijn genenpoel leek, maar misschien was Viola op dat moment als enige in de aanbieding. En dankzij de overweldigende aanwezigheid van Rupes en haar bedeesdheid, kan ik niet echt zeggen dat ik haar goed ken.

Als klap op de vuurpijl heeft mam me net verteld dat Chloë, mijn stiefzus, ook nog komt logeren. Ik kan me haar maar vaag herinneren, omdat ik haar al in geen zes jaar heb gezien. De UB – of Überbitch – zoals de ex van mijn stiefvader bij ons thuis ook wel wordt genoemd, heeft Chloë bij haar vader weggehouden toen mam in verwachting bleek te zijn van Immy.

Arme pap. Hij heeft alles geprobeerd om haar te mogen zien, echt waar. Maar de UB had Chloë gehersenspoeld zodat ze geloofde dat haar vader de duivel zelf was omdat hij geen ijsjes voor haar wilde kopen die duurder waren dan een euro. Trouwens, nu ik erover nadenk, die krijgen wij ook nog steeds niet. Maar goed, uiteindelijk moest pap het opgeven. Na talloze peperdure rechtszaken om haar te mogen zien te hebben verloren, zei zelfs de maatschappelijk werker dat dat waarschijnlijk maar beter was, omdat Chloë de wind van voren kreeg van haar moeder als ze het zelfs maar over haar vader had, en de strijd haar psychisch opbrak. Dus dat deed hij, voor Chloë. Hij praat er niet veel over, maar ik weet dat hij haar erg mist. Het meeste contact dat hij met haar heeft is een kaartje met haar verjaardag en met de kerst en de cheque die hij uitschrijft voor de ontzettend dure kostschool waar ze op zit.

Dus… waarom duikt ze nu dan opeens op?

Blijkbaar, zo vertelt mam me, heeft de UB een vriend.

Die arme vent. Dat is me toch een eng mens! Ik geef grif toe dat ik doodsbang voor haar was, die ene keer dat ik haar heb ontmoet, want zij is echt serieus een kwaadaardige, geschifte heks en ze ziet er ongetwijfeld bijzonder goed uit in het zwart. Ze moet wel iets in haar ketel hebben gebrouwen om aan die arme vriend van haar te geven, want hij wil haar voor de zomer meenemen naar Zuid-Frankrijk. Het schijnt dat hij tijd met haar alleen wil doorbrengen.

Ik hoop dat zijn onderlichaam niet op een bordje eindigt bij die van de andere kikkers, meer kan ik daar niet over zeggen.

Maar goed, het eindresultaat is dus dat wij Chloë op bezoek krijgen.

Mijn moeder keek opvallend gespannen toen ze het me net vertelde, maar ze hield zich groot en hoe geweldig was dit wel niet voor pap na al die jaren dat hij zijn dochter niet had gezien? Het meest zorgwekkende was dat ze had gezegd dat het een beetje krap zou worden, omdat Chloë haar eigen kamer moest hebben en dat 'anderen' maar een kamer moesten delen.

Ik weet wel wat ze duidelijk probeerde te maken.

Het spijt me, maar nee. Ik deel onder geen enkele omstandigheid een kamer met Rupes. Ik slaap wel in de badkuip of zo nodig buiten, als het maar niet bij hem is. Dat mijn persoonlijke ruimte overdag wordt aangetast, oké, zolang ik maar weet dat ik die 's nachts weer terugkrijg.

Dus, moederlief, dat gaat hem echt niet worden.

Ze zei ook dat we Chloë het gevoel moeten geven dat ze welkom is, dat ze bij ons gezin hoort, bij ons wat-dan-ook-het-tegenovergestelde-is-van-een-kerngezin.

Jezus. Hoezo slecht functionerend gezin? Iemand zou een proefschrift over ons moeten schrijven. Of misschien moet ik dat wel doen.

Ik lig op mijn bed naar het plafond te staren, nadat ik mezelf bijna heb vergast met de Cypriotische muggenspray die mam uit de winkel voor me heeft meegenomen – waar waarschijnlijk zoveel verboden verdelgingsmiddelen in zitten dat ik ook heel goed daaraan kan overlijden – en probeer te bedenken hoeveel verschillende bloedlijnen er in ons gezin zijn.

Het is alleen…

Ik zou willen dat ik die van mezelf kende.

4

De volgende ochtend werd Helena na een rusteloze nacht gebroken wakker. Naarmate de uren naar de dageraad zich langzaam hadden voortgesleept had de ene na de andere verontrustende gedachte door haar hoofd gespookt. Ook al was ze uitgeput, ze was dankbaar voor de afleiding van het uitstapje naar Paphos en haar lange boodschappenlijst.

Alexis verscheen om negen uur in zijn bestelbusje en ze klommen met zijn vieren op de brede voorbank. Immy vond het geweldig om zo hoog voorin te zitten, maar Helena zag dat Alex mokkend en zwijgend uit het raam staarde terwijl ze langs de kronkelende weg afdaalden van hun adelaarsnest boven op de heuvel. Ze had hem de keus gegeven op Pandora te blijven en Georgios met het zwembad te helpen, maar hij had per se mee willen gaan. Ze maakte zich geen illusies over de aanleiding: ze stond onder toezicht.

'Wauw, mama, het is net een glijbaan, hè?' zei Immy toen ze door de haarspeldbochten naar de kust zigzagden.

'Je zult het centrum van Paphos niet herkennen, Helena,' merkte Alexis op tijdens het rijden. 'Het is niet langer de rustige vissershaven die het ooit was.'

Toen ze de plaats binnenreden was Helena ontzet door de schijnbaar eindeloze hoeveelheid opzichtige uithangborden bij de lelijke betonnen gebouwen langs de weg. Grote reclameborden adverteerden voor van alles, van dure auto's en timeshare-appartementen tot nachtclubs.

'Kijk, mama! Daar is McDonald's! Kunnen we daar een cheeseburger en frietjes halen?' vroeg Immy verlangend.

'Jammer, hè?' mompelde Alexis, met een zijdelingse blik naar Helena.

'Ontzettend,' beaamde ze toen ze een pub in Engelse stijl zag met een wanstaltig spandoek voor de deur waarop live-uitzendingen van voetbalwedstrijden en op zondag een all-you-can-eat-buffet werden aangekondigd.

Ze parkeerden bij een gigantisch warenhuis om meubels en andere benodigdheden voor in en om het huis te kopen en Helena realiseerde zich dat Alexis gelijk had: Paphos was getransformeerd tot het soort winkelbeleving waar elke Britse stad trots op zou zijn.

'Globalisering, ik heb er de pest aan!' mompelde ze, terwijl ze uitstapte.

Een paar minuten later pakte Helena in de winkel een kanten tafelkleed op en las op het etiket het land van herkomst. 'China,' zei ze tegen Alexis. 'De laatste keer dat ik hier was, werd het kant gemaakt door de plaatselijke vrouwen en werd het in marktkraampjes verkocht. Je bood ze het bedrag dat je bereid was te betalen.'

'Je bent teleurgesteld dat wij niet langer "schilderachtig" zijn, maar we hebben alles wat we weten tijdens de bezetting van jullie Britten geleerd,' zei Alexis met een ironische glimlach.

Twee uur later, na een bezoekje aan McDonald's om Immy tevreden te houden, keerde het busje van Alexis volgeladen met witgoed en een berg andere spullen terug bij Pandora. De winkelmarathon had Helena een klein fortuin gekost, maar ze had wat van het geld van de erfenis van Angus gebruikt en hoopte dat haar peetoom zou hebben goedgekeurd dat het aan het opknappen van Pandora werd besteed.

Alex, die de hele dag nauwelijks een woord had gezegd, hielp Alexis en zijn neef Georgios, de aannemer, zwijgend de dozen uit het busje op het karretje te sleuren dat Alexis eerder bij het huis had klaargezet.

Terwijl Helena de mooie beddenspreien neerlegde, de lampenkapjes van met vliegen bespikkeld oranje glas verving door crèmekleurige zijden exemplaren en ragfijne stukken voile voor de slaapkamerramen hing, erkende ze met tegenzin in gedachten dat globalisering ook zo zijn voordelen had.

'De diepvries staat aan, de nieuwe oven is geïnstalleerd en de oude afgevoerd. De vaatwasser en wasmachine staan klaar voor de loodgieter die morgen komt.' Alexis stond in de deuropening van Helena's slaapkamer en hij keek toe terwijl ze het oude bed opmaakte met frisse witkatoenen lakens. Hij nam de kamer in zich op en glimlachte. 'Ah, er gaat niets boven een vrouwenhand...'

'Er valt nog genoeg te doen, maar het is een begin.'

'En misschien het begin van een nieuw tijdperk voor Pandora?' opperde hij.

'Je denkt toch niet dat Angus het erg zou vinden?'

'Ik denk dat dit huis een gezin nodig heeft. Dat is altijd al zo geweest.'

'Ik zou deze kamer graag laten schilderen voor een wat zachtere uitstraling,' merkte ze op, terwijl ze naar de spierwitte wanden keek.

‘Waarom niet? Mijn zoons kunnen morgen beginnen. Zij zouden het in een mum van tijd kunnen doen,’ bood Alexis aan.

‘O, Alexis, dat is heel aardig van je, maar zij moeten toch zeker werken?’

‘Je vergeet dat ik hun baas ben,’ zei hij met een grijns, ‘dus ze doen wat ik zeg.’

‘De tijd vliegt. Mijn man komt op vrijdag al met Fred.’

‘Is dat zo... Nou, jij kiest de kleur en dan doen wij het werk.’

‘Als een heel klein bedankje voor al je hulp zal ik de fles wijn openmaken die je voor ons hebt meegebracht.’

‘Helena, je ziet bleek. Ben je moe?’ Alexis legde behoedzaam zijn handen op haar schouders. ‘Je bent een Engelse roos en kunt niet tegen de hitte. Dat was vroeger ook al zo.’

‘Met mij gaat het goed, Alexis. Echt.’ Helena maakte zich van hem los en liep snel de trap af.

Later, toen Alexis en Georgios weg waren en Alex de dvd-speler installeerde en Immy opgewonden om hem heen danste, klom Helena schuldbewust in haar nieuwe hangmat die Alexis had opgehangen tussen de prachtige oude olijfboom die fier in het midden van de tuin bij het terras stond en een ander, wat jonger exemplaar.

Een heerlijke bries zuchtte tussen de takken door en blies lokjes haar over haar voorhoofd. De krekels oefenden al voor hun optreden bij zonsondergang en de zon had die felle gloed van het middaguur verloren en wierp nu een zachte, met schaduwen gemêleerde gloed over alles.

Ze dacht aan de naderende komst van haar onbekende stiefdochter Chloë. William had gisteravond heel zenuwachtig geklonken en ze wist dat hij het gevoel had dat het te veel gevraagd was: zowel van haar als van de kinderen. Zij maakte zich ook zorgen. Alex was hun koekoeksjong. Was er wel plek voor nog een? Helena vroeg zich af hoe híj zou reageren op Chloë’s komst, laat staan die twee kleintjes, die hun zus nog nooit hadden ontmoet. Maar hoe kon ze William de kans ontzeggen om kostbare tijd met zijn dochter door te brengen, ook al was de kans groot dat Chloë’s aanwezigheid de dynamiek binnen het gezin zou verstoren?

En dan Chloë zelf: hoe zou zij het vinden om bij een gezin te zijn dat ze had geleerd te verafschuwen?

Toch was Helena zich ervan bewust dat Chloë het echte slachtoffer was in deze situatie: een kind dat gevangenzat in de maalstroom van een vechtscheiding en als wapen werd gebruikt door een afgewezen vrouw. Ook al beweerde Cecile dat ze haar dochter wilde beschermen door haar uit de schijnbaar gevaarlijke klauwen van haar vader te houden, de realiteit was dat Chloë door de laagst mogelijke vorm van emotionele chantage bijna zeker getekend was doordat haar tijdens haar jeugd een normale relatie met haar vader was ontzegd.

Ze was nu bijna vijftien; een moeilijke leeftijd voor elk meisje, vooral voor een dat ertoe was gedwongen haar liefde voor haar vader te ontkennen om een moeder tevreden te stellen die niets minder dan dat wilde accepteren.

Helena wist ook dat haar hart, gevuld met liefde voor haar echtgenoot en haar kinderen, zich nog verder zou moeten uitzetten om ruimte te maken voor Chloë. De kamers waren al opgerekt om voor de emotionele steun te zorgen die van elke vrouw en moeder werd vereist. Nu werd er zelfs nog meer van haar gevraagd, vanwege de ingewikkelde consequenties van een tweede huwelijk.

Zij was de spil van haar gezin, en vanavond voelde ze de druk daarvan.

'Het spijt me, mam, maar nee. NEE! NEE! NEE! Oké?'

'Kom op, lieverd, het is een grote slaapkamer! Er is ruimte genoeg voor twee personen. En je slaapt er alleen, verder niets.'

Alex zat met zijn armen over elkaar.

Helena zag bijna stoom uit zijn oren komen.

'Mam, daar gaat het niet om en dat weet je. Dat wéét je.'

'Tja, volgens mij zit er niets anders op, Alex.'

'Ik slaap wel bij Immy en Fred of ik neem nog liever een ligbed op het terras waar ik word opgevreten door de muggen, dan dat ik bij hém slaap. Hij stinkt een uur in de wind.'

'Ja, dat is zo, mama. Hij laat de hele tijd scheten.' Immy deed behulpzaam ook een duit in het zakje.

'Jij trouwens ook, Immy, maar daar gaat het niet om,' ging Alex verder. 'Hij stinkt niet alleen, maar ik haat hem. Hij is een vuile flikker.'

'Doe niet zo belachelijk, Alex! En wat maakt het trouwens uit of hij homo is?' Helena was het zat.

'Niet homo-flikker, mam, maar een flikker. Met andere woorden: een ongelooflijke kloot...'

'Klaar, Alex! Ik heb er genoeg van! Of je het nu leuk vindt of niet, er is geen alternatief. Ik moet Chloë haar eigen kamer geven. Ze is een tienermeisje en kent hier niemand, op pap en...'

'Waarom gaat ze dan niet bij hém slapen?'

'O, Alex! Doe niet zo moeilijk.' Helena stond op en begon de vieze borden van het avondeten op elkaar te stapelen. 'Ik probeer het voor iedereen goed te doen en ik hoopte dat ik op jouw hulp kon rekenen. Heel erg bedankt.' Ze liep naar de keuken en zette met veel misbaar en kabaal de borden in de gootsteen en sloeg met haar vuist op het aanrecht om van wat spanning af te komen.

'Alsjeblieft, mama.' Immy dook achter haar op met een theelepel in haar hand. 'Ik help je opruimen.'

'Bedankt, lieverd,' zei Helena vermoeid. 'Kun je Alex vragen om de rest naar binnen te brengen?'

'Nee. Hij is er niet.'

'Waar is hij dan?'

'Weet ik niet. Dat heeft hij niet gezegd.'

Een uur later bracht Helena Immy naar bed en verwende ze zichzelf met een lang bad in de stokoude, maar heerlijk diepe badkuip van Angus. Ze droogde zich af met een van de nieuwe, dikke handdoeken die ze in Paphos had gekocht, trok haar badjas aan en liep op blote voeten naar beneden om op het terras te gaan zitten. Ze wilde net een sigaret uit haar zak pakken om die stiekem op te steken toen Alex uit de schemering opdoemde.

'Hoi, ik kwam even zeggen dat het me spijt.' Hij liet zich zwaar op een stoel zakken. 'Serieus, ik doe niet moeilijk, maar ik doe alles om geen kamer met Rupes te hoeven delen. Dat...' Hij ging met een hand door zijn haar. 'Dat kan ik gewoon niet.'

Helena gaf toe. 'Oké. Laat me er even over nadenken. We kunnen vast wel iets regelen.'

'Bedankt, mam. Nou, dan ga ik maar van mijn persoonlijke ruimte genieten nu dat nog kan. Ik duik vroeg mijn bed in.'

'Het zwembad zou als het goed is morgenmiddag gevuld moeten zijn. Fijn, toch?'

'Vast wel.' Alex knikte weinig overtuigend. 'En, komt meneer ik-los-elk-probleem-voor-je-op-mijn-liefste-Helena-je-hoeft-het-alleen-maar-te-vragen morgen weer terug?'

'Alex, hou daarmee op!' Helena voelde onwillekeurig haar wangen gloeien. 'Ik ben niet zijn "liefste" en trouwens, ik weet echt niet hoe ik het zonder hem had moeten redden.'

'Je bent echt wel zijn "liefste", mam. Hij vindt je hartstikke leuk en dat weet je,' zei Alex botweg. 'Ik word misselijk als ik zie hoe hij naar je kijkt. Hij kan maar beter oppassen als pap er is. Ik denk niet dat hij er heel blij mee zal zijn als jouw Reddende Engel de hele tijd hier rondhangt.'

'Alex, genoeg! Alexis is alleen maar een heel oude vriend.'

'Meer niet?'

'Meer niet.'

'En je hebt hem niet meer gezien sinds je hier voor het laatst was?'

'Nee.'

'Nou, hij heeft mij anders verteld dat hij jou nog wel een keer heeft gezien, dus een van jullie liegt.'

'Oké, nu ben ik het zat! Ik weiger hier door mijn dertienjarige zoon te worden verhoord. Wat er ook in het verleden is gebeurd, blijft in het verleden. We leven in het heden, en ik ben gelukkig getrouwd met je stiefvader. Alexis is zo vriendelijk om me te helpen Pandora weer bewoonbaar te maken, een huis waar hij trouwens ook gek op is. Punt. Oké?'

Alex haalde zijn schouders op. 'Oké. Maar zeg straks niet dat ik je niet heb gewaarschuwd. Ik mag hem niet.'

'Ik denk dat je dat overduidelijk hebt gemaakt. Ik waarschuw je, Alex, ik pik het niet langer dat je onbeleefd tegen hem bent. Begrepen?'

'Ja, mam. Trusten,' mompelde Alex. Hij keerde zich naar het huis toe, aarzelde en keek haar toen nadenkend aan. 'Mam?'

'Ja.'

'Waarom hebben we dezelfde naam?'

'Sorry?'

'Wat ik bedoel... Het is toch maar toeval dat we dezelfde roepnaam hebben? Ik en... Alexis?'

'Natuurlijk, lieverd. Ik vond het een mooie naam toen ik hem kende, ik vond het een mooie naam toen jij geboren werd en ik vind het nog steeds een mooie naam.'

'Het heeft verder niets te betekenen?' drong Alex aan.

'Waarom zou het iets te betekenen moeten hebben? Er zijn duizenden mannen met de naam Alex.'

'Ja, tuurlijk, alleen... Laat maar. Trusten, mam.'

'Slaap lekker, lieverd.' Toen Helena zeker wist dat Alex naar boven was gegaan, ging ze naar de keuken en zette een kop thee. Ze nam de beker mee naar het terras en bestudeerde de heldere nachtlucht vol sterren in een poging haar onrustige emoties te kalmeren.

Ze wist dat het met de dag dichterbij kwam, het moment waar ze het hele leven van haar oudste zoon al bang voor was geweest.

Het was een wonder dat Alex haar er niet eerder rechtstreeks vragen over had gesteld, toen hij eenmaal begreep dat niet alleen de moeder een biologisch aandeel leverde bij de schepping van een kind, maar ook de vader. William had die rol vervuld sinds hun huwelijk toen Alex drie was. Ze hadden Alex allebei aangemoedigd om hem "pap" te noemen, en haar zoon had de huidige situatie schijnbaar moeiteloos geaccepteerd.

Misschien, zo dacht Helena, was er een deel van Alex dat het niet *wílde* weten, voor het geval het antwoord te pijnlijk was. En dat was het eerlijk gezegd ook. Natuurlijk, zo mijmerde ze terwijl ze een slokje thee nam, kon ze liegen en zeggen dat zijn vader dood was. Een naam verzinnen, een verleden... een moment dat ze verliefd was geweest op een geweldige man en dat ze Alex hadden verwekt, omdat ze hem allebei zo ontzettend graag hadden willen hebben.

Helena liet haar gezicht in haar handen zakken en zuchtte diep. Haar egoïstische kant wenste dat die man dood was, maar hij was springlevend... en aanwezig.

Ze wist dat haar zoon misschien intellectueel gezien wereldwijs genoeg was om rationeel na te denken, maar het emotionele deel van hem zou onmogelijk de waarheid kunnen verwerken. Vooral gezien zijn lastige leeftijd, terwijl hij het oneffen pad van jongen naar man bewandelde.

Het was altijd al een hele uitdaging geweest om met Alex om te gaan. Helena had vrijwel vanaf het begin geweten dat hij een apart kind was: zo slim, zo ontzettend volwassen in de manier waarop hij informatie verwerkte. Hij kon redeneren en manipuleren als een doorgewinterde politicus en dan, vanuit het niets, terugvallen naar zijn chronologische leeftijd en weer een kind zijn. Ze herinnerde zich dat hij op vierjarige leeftijd geobsedeerd was geraakt door een toenemend besef van 'de dood' en dat hij zich in slaap had gehuild tot hij de gedachte had leren accepteren dat hij niet eeuwig zou blijven leven.

'Maar niemand is voor altijd hier,' fluisterde Helena droevig tegen de nachtlucht, die vanavond straalde door de aanwezigheid van miljoenen sterren. Zij hadden alles gezien, dacht ze, maar ze hielden hun wijsheid voor zich.

William had gezegd dat ze Alex te veel ontzag, dat ze toegaf aan zijn nukken, en misschien was dat ook wel zo. Zij was de enige die zijn kwetsbaarheid zag, die wist dat hij het vervreemdende gevoel moest verwerken dat hij 'anders' was. Op zijn basisschool had men voorgesteld dat Alex op achtjarige leeftijd beoordeeld moest worden omdat hij intellectueel gezien boven zijn klasgenootjes uitstak. Daar had ze met tegenzin mee ingestemd, omdat ze eigenlijk niet had gewild dat hij op zo'n jonge leeftijd in een hokje zou worden geplaatst. Het oordeel luidde dat hij een hoogbegaafd kind was, met een ongelooflijk hoog IQ.

Helena had hem op de plaatselijke basisschool gehouden zodat zijn kindertijd zo normaal mogelijk was. Toen, een jaar nadat hij op de plaatselijke middelbare school was begonnen, had de rector haar gevraagd op gesprek te komen en had hij voorgesteld dat Alex een academische beurs moest aanvragen om naar de meest prestigieuze kostschool van Engeland te gaan.

'Mevrouw Cooke, ik denk dat we Alex echt geen dienst bewijzen als we hem niet in elk geval de mogelijkheid bieden om het te proberen. We doen hier ons best, maar hij heeft een grotere uitdaging nodig en het staat als een paal boven water dat hij beter af zou zijn bij jongens met eenzelfde intellect.'

Ze had het met William besproken, die het met de rector eens was geweest, maar Helena – die zelf op die leeftijd naar kostschool was gestuurd – was daar huiverig voor.

'Er is geen garantie dat Alex die beurs krijgt en ook al zouden we het dolgraag willen, wij kunnen het ons met geen mogelijkheid zelf veroorloven,' had William beredeneerd. 'Dus waarom laten we het hem niet in elk geval proberen? We kunnen altijd nee zeggen als hij niet wil gaan.'

En toen had Alex de beurs gekregen, en iedereen was zo enthousiast geweest dat ze het onbeleefd had gevonden om niet even enthousiast over te komen. Het was toch ook een enorme prestatie en het was een geweldige kans voor hem. Toen ze Alex had gevraagd of hij er blij mee was, had hij zijn schouders opgehaald en zijn blik afgewend zodat ze de uitdrukking daarin niet zag.

'Als jij er blij mee bent, dan ben ik dat ook. En pap lijkt er heel tevreden mee te zijn.'

Daar was ze niet veel wijzer van geworden.

William was opgetogen en trots geweest, maar Helena had zich stiekem toch afgevraagd of de positieve reactie van haar man deels was gebaseerd op het feit dat Alex zelden thuis zou zijn.

Ze was zich er heel goed van bewust dat William Alex had geaccepteerd omdat hij verliefd was geworden op haar, en haar zoon onderdeel was van de afspraak. Of hij Alex daadwerkelijk had gewild of niet, er had voor hem niets anders opgezeten dan te aanvaarden dat hij bij hen zou wonen. Dat waren de feiten, hoe iemand er ook naar wilde kijken. En Alex kennende zouden de onderliggende nuances hem niet zijn ontgaan.

Haar zoon keek ook dwars door haar heen. Hij kende haar misschien wel beter dan wie ook. Het was alsof hij tot in haar ziel kon kijken, ongeacht hoe ze haar diepste gedachten probeerde te verhullen.

Helena haalde de sigaret uit haar zak en stak die op.

Alex wíst dat haar beweringen over de motieven van Alexis leugens waren. Hij wíst dat er meer speelde dan dat ze vertelde.

De waarheid was dat hij gelijk had.

De volgende dag was de masterbedroom tegen zonsondergang een zacht duifgrijs geschilderd door Dimitrios en Michel, de zonen van Alexis.

Toen ze eerder die ochtend in het busje van Alexis waren gearriveerd, was Helena naar buiten gegaan om hen te begroeten. Het was haar opgevallen hoe genen zich op verschillende manieren uitten.

Beide jongemannen waren gezegend met golvend donker haar, een gebruinde huid en atletische verschijningen, maar hoewel Dimitrios de vriendelijke ogen en zachtmoedige manier van doen van Alexis had, deed Michel, de jongste, haar aan een Griekse god denken. Zijn uiterlijk was op subtiele wijze versterkt, waardoor hij nog knapper was dan zijn vader.

Terwijl de broers aan de slag gingen met verfkwasten en rollers, had Helena haar aankopen verder door het huis verspreid en de mannelijke trekken van Pandora verzacht met een vrouwelijke touch. Immy had haar geholpen bloemen en olijftakken uit de tuinen te knippen en ze hadden grote kannen van aardewerk gebruikt om ze in te schikken. De ramen in alle kamers waren opengezet en het zonlicht, dat in al zijn glorie binnendrong, brandde de muffe geur van leegstand weg. Pandora kwam weer tot leven.

Eerder die ochtend was een opvallende jonge vrouw met zwart haar in de keuken verschenen.

Tot Helena's verrassing was dit Angelina, de vroegere huishoudster van Angus. Haar beeld van een norse, Cypriotische versie van mevrouw Danvers bleek totaal niet te kloppen. Angelina ging energiek aan de slag en stofzuigde en schrobde de vloeren, terwijl ze met sprankelende donkere ogen speels in het Grieks met de zonen van Alexis kletste.

'Mam, over ongeveer een uur kan er in het zwembad worden gezwommen,' verkondigde Alex toen hij Helena in de zitkamer aantrof, waar ze stof uit de damasten kussens van de banken klopte. 'Georgios is het nu aan het vullen.'

'Fantastisch! Dan gaan we straks allemaal zwemmen om het in te wijden.'

'Het is vast koud, omdat de zon nog geen tijd heeft gehad om het water te verwarmen, maar ik denk dat het wel lekker fris zal zijn,' merkte Alex hoopvol op.

'Precies wat ik nodig heb om na al dit harde werk af te koelen.'

'Ja, het is tot nu toe nog niet echt een vakantie geweest, hè? Voor mijn gevoel hebben we net een verhuizing achter de rug.'

'Dat is eigenlijk ook wel zo,' beaamde Helena. 'Maar het zal de moeite waard zijn, denk je ook niet? Ik wil zo graag dat pap het hier fijn vindt.'

'Dat vindt hij vast.' Alex liep naar haar toe en gaf haar spontaan een knuffel. 'Dat zwembad wordt zo gaaf.'

'Mooi,' zei Helena, opgelucht dat Alex' donkere bui van de vorige avond was verdwenen en dat hij het allemaal niet meer zo zwaar inzag.

'Ik ga elke ochtend voor het ontbijt zwemmen om in vorm te komen,' voegde hij eraan toe. 'Tot straks.'

'Oké, lieverd.'

'Kopje thee, mevrouw?' Angelina droeg een zwaar dienblad door de zitkamer naar het terras.

Immy liep als een hondje achter haar aan.

'O, ja, graag. En noem me alsjeblieft Helena, Angelina.'

'Hoké, Helena, ik probeer het,' sprak ze met zwaar accent.

'Mama, we hebben koekjes gebakken om de nieuwe oven te proberen.' Immy hield heel zorgvuldig een bord in haar handjes. 'Iedereen moet er een proeven, want ze zijn lekker.'

'Daar twijfel ik niet aan.' Helena was blij dat Immy Angelina mocht. Met de horde mensen die de komende dagen zou arriveren in het vooruitzicht was alle hulp welkom. Ze volgde ze naar buiten en plofte onder de pergola op een stoel neer. 'Bedankt, Immy.' Ze pakte een koekje en nam een hap. 'Mmm, dit is heel erg lekker.'

'Nou, Angelina heeft me geholpen, maar ik heb ze zelf gemaakt, toch?'

'Dat is waar, Immy.' Angelina aaide haar over haar wang.

Een uur later verzamelden ze zich om het zwembad in te wijden. Er werd luidruchtig gegild toen Helena, Immy en Alex hand in hand in het water sprongen.

Tien minuten later klom Helena eruit. Ze liet de kinderen lekker spetteren en ging zelf bij de rand liggen, waar ze zich door de late middagzon liet verwarmen.

'Hallo, Helena.'

Ze keek op toen er een schaduw over haar lichaam viel. 'Hallo, Alexis.'

'Ik zie dat hier alles naar wens is?' Hij ging op zijn hurken naast haar zitten.

Helena voelde zich opeens bloot in haar nietsverhullende bikini. Ze ging rechtop zitten en trok beschermend haar knieën naar haar borst toe. 'Allemaal dankzij jou en je familie. Ik ben je echt heel dankbaar, Alexis.'

'Het is niet meer dan mijn plicht. Pandora was meer dan tweehonderd jaar in het bezit van mijn familie, tot jouw peetoom mijn vader ervan overtuigde het te verkopen.'

'Nou, het is toch heel aardig dat je me helpt.'

'*Atsj*! Doe niet zo formeel en Engels! Je doet alsof we elkaar nauwelijks kennen.'

'Maar dat is ook zo.' Helena wachtte even, maar zei toen: 'Niet meer.'

'Laten we elkaar dan weer leren kennen. Kom je vanavond bij mij thuis eten?'

'Ik… Alexis, ik kan Immy en Alex niet alleen laten.'

'Ik heb met Angelina gesproken. Ze wil graag oppassen.'

'Wat heb je gedaan?' Helena was opeens kwaad. 'Misschien had je het beter eerst aan mij kunnen vragen.'

Alexis toonde onmiddellijk berouw. 'Dat is waar. Mijn excuses, Helena.'

'Ik kan trouwens toch niet. Ik heb hier veel te veel te doen. William en Fred komen morgen.'

'Mama! Ik heb het koud. Ik heb een handdoek nodig, want ik wil eruit!'

‘Ik kom eraan, lieverd.’ Helena stond op en wilde weglopen.

Alexis pakte haar arm vast. ‘Laten we dan in elk geval binnenkort afspreken, om elkaar bij te praten over de afgelopen jaren.’

Ze keek hem aan, deed haar mond open, maar schudde toen haar hoofd en maakte zich van hem los.

DAGBOEK VAN ALEX

13 JULI 2006

Ik lig op mijn rug en drijf in het midden van het ijskoude zwembad... Ik hoor geen normale geluiden omdat mijn oren zich onder de waterspiegel bevinden. Dobberend op mijn waterbed zie ik de gewelfde donkere koepel boven me, de rondheid van de aarde en de hemel. Die is niet plat, maar als een grot; het plafond ervan glinstert door niet gedolven diamanten. Ik luister naar het klotsen, doe mijn ogen dicht en stel me voor dat dit de beste imitatie is van je in de baarmoeder bevinden. Afgezien van het feit dat er geen chips en chocolade en kool is, of wat je moeder je dan ook te eten geeft via de navelstreng.

Het is een wonderbaarlijk proces, echt waar, dat hele scheppingsgebeuren.

Ik ben vanavond kalmer omdat ik een nieuwe baarmoeder... eh, kámer heb, voor mij alleen. Oké, ik zal daarbinnen een foetushouding moeten aannemen als de deur dicht is. Als ik mijn armen spreid kan ik de mahoniehouten planken aan weerszijden aanraken, met daarop honderden in leer gebonden boeken. Maar dat kan me niets schelen. Het is van mij en van mij alleen en het is boven alles een Rupesvrije zone.

Ik zal ook voldoende leesmateriaal hebben om de rest van de vakantie mee door te komen, want mijn nieuwe leefomgeving is wat mijn moeder, nogal overdreven gezien de omstandigheden, 'de bibliotheek' noemt. Het is in feite nauwelijks meer dan een bezemkast (ik durf trouwens te wedden dat het dat ooit was) vlak bij de zitkamer. Wegens gezondheids- en veiligheidsredenen zal ik er niemand kunnen uitnodigen, omdat er misschien niet voldoende zuurstof is om twee paar longen op gang te houden. Trouwens, dan zou de ander boven op me moeten liggen. Er is hier geen plek om te staan.

Mam heeft gezegd dat ze het niet erg vindt als ik wat van de boeken op de hogere planken stapel, zodat ik in elk geval mijn spullen ergens kwijt kan.

De ruimte heeft ook de luxe van een deur die ik op slot kan doen en een raampje boven in de wand. Het is die enge Reddende Engel gelukt er een veldbed in te proppen zodat ik daar kan slapen.

Ik draai me om en zwem naar de rand van het zwembad, klim eruit en schud het overtollige water van me af. Ik pak mijn handdoek, die door eerder gebruik natter is dan ik ben en sla de vochtige stof om mijn schouders. Ik plof neer op een ligbed en droog op in de nog altijd belachelijk hete avondlucht. Ik hoop dat ik niet de reden ben dat mijn moeder er vanavond zo gedeprimeerd uitziet.

Ze heeft nauwelijks een woord tegen me gezegd sinds de Reddende Engel een paar uur geleden is vertrokken, maar ze was ook kortaf tegen Immy, dus misschien zijn we allebei uit de gratie vanwege onbekende redenen.

Ik hoop… Nou, ik hoop dat het niet is omdat pap morgen komt en hij haar liefdesnestje met de Reddende Engel verpest. Ik denk het niet, want ik weet zeker dat ze van pap houdt, maar ik weet hoe lastig het is om de gedachten van een vrouw te lezen. Waar leren ze toch zo tegenstrijdig te zijn?

Immy krijgt dat hele vrouwengedoe ook al door. Ze chanteert me om een of ander saai Immy-spelletje met haar te spelen, wat er altijd op neerkomt dat zij een prinses of een elfje is en ze een soort roze gaas over haar spijkerbroek draagt, en dan ben ik alles van de Slechte Oom tot een Stoute Elf. Zonder enige waarschuwing stampt ze dan met haar voetje en zegt ze dat ze niet meer met me speelt, om daarna weg te rennen.

Serieus… Denkt ze dat het mij iets kan schelen?

Ik kniel op mijn ligbed en tuur tussen de rij olijfbomen door die aan het zwembad grenst. Ik zie mam op het terras zitten. Ze draagt een witte kaftan; het maanlicht verbleekt haar blonde haar en lijkt de lichtgebruinde tint die ze aan de zon te danken heeft te vervagen.

Ze lijkt wel een albasten beeld.

Of een spook.

En ik weet terwijl ik naar haar kijk dat ze precies op dit moment in het verleden verkeert en een ander leven herbeleeft.

5

Fred had het eindelijk opgegeven en was in slaap gevallen, met zijn hoofdje op Williams schoot. Met zijn plakkerige handjes hield hij zijn nieuwe vliegtuigje stevig vast. William likte aan een vinger en probeerde onhandig het grootste deel van de chocolade rond de mond van zijn zoon weg te vegen. Na de landing zou hij Fred mee moeten nemen naar het herentoilet om hem goed schoon te schrobben voordat ze Helena onder ogen kwamen. Hun zoon leek een magneet te zijn voor vuil.

William deed zijn ogen dicht, dankbaar voor de adempauze. De vlucht met Fred was een lesje in nederigheid geweest. Hij was normaal gesproken de man in het pak die zijn irritatie probeerde te onderdrukken terwijl een of ander monster in zakformaat met zijn voeten tegen de rug van zijn stoel stampte, krijste, kronkelde en zijn gezicht tussen de stoelen in duwde, terwijl een overspannen ouder zijn of haar best deed om het kind onder controle te houden.

Hij probeerde wat te dutten, maar de door Fred opgerakelde adrenaline raasde nog door zijn lichaam, dus hij gaf het op en concentreerde zich in plaats daarvan op zijn intrede in Helena's wereld. Hij had het zo druk gehad alles netjes af te werken bij zijn architectenbureau dat hij niet de kans had gekregen er veel over na te denken.

Pandora... Door de afwezige blik in de ogen van zijn vrouw elke keer dat ze erover had gesproken, had hij beseft wat het voor haar betekende. En hij wist dat hij haar niet teleur moest stellen door negatieve opmerkingen te maken als hij daar eenmaal was. Zelfs al waren het huis en de locatie nogal doorsnee en was Cyprus de verdorde verzameling steile hellingen die hij zich voorstelde, hij was vast van plan er niets van te laten merken.

Helena had de afgelopen dagen in elk geval afstandelijk en vreemd geklonken. Misschien was de terugkeer naar het in haar herinneringen ongetwijfelde toonbeeld van perfectie een teleurstelling geweest. Maar dat wist hij niet zeker. Wat betreft zijn vrouw was hij nergens zeker van.

Helena. Zelfs nu hun tiende trouwdag eraan zat te komen, had William soms het gevoel dat ze nog altijd buiten bereik was. Ze had een bepaalde uitstraling, een afstandelijkheid die inhield dat, zelfs als hij haar naakt in zijn armen hield, als ze zo innig met elkaar verenigd waren als fysiek mogelijk was, er altijd een deel van haar afwezig was.

En toch was ze niet kil. Ze was zo warm en liefdevol als een vrouw kon zijn. Haar kinderen aanbaden haar. Híj aanbad haar. William vroeg zich af of het haar schoonheid was die een zekere afstand schiep en ontzag opriep. Hij had door de jaren heen de reactie van anderen op haar scherp in de gaten gehouden, zowel van mannen als van vrouwen. Mensen waren er niet aan gewend om geconfronteerd te worden met fysieke perfectie: ze verzoenden zich met hun eigen tekortkomingen door die in anderen terug te zien. Met haar goudblonde haar, gave huid en prachtig geproportioneerde lichaam, kwam Helena zo dicht bij zijn vrouwelijke ideaalbeeld als mogelijk was. Het feit dat ze ook moeder was droeg alleen maar bij aan haar allure, maakte haar écht en niet een of andere onaantastbare ijsprinses. Ze gaf hem vaak het gevoel, geheel buiten haar schuld om, dat hij slechts een sterveling was en zij een godin. Dat leidde dan tot gevoelens van onzekerheid, want soms kon hij niet geloven dat deze wonderbaarlijke vrouw hém had gekozen.

Hij troostte zich altijd met de gedachte dat hij haar de dingen bood die ze nodig had, dat hij de yin van haar yang was. Ze waren totaal verschillende mensen: zij was artistiek, ongrijpbaar, dromerig, terwijl hij nuchter, solide en logisch was. Ze kwamen uit totaal verschillende werelden en toch waren de afgelopen tien jaar de gelukkigste van zijn leven geweest. Hij hoopte dat zij ook gelukkig was.

Maar sinds de brief van de advocaat van haar peetoom was gearriveerd met de boodschap dat ze een oud huis in een of ander gehucht op Cyprus had geërfd, was Helena afstandelijker geworden. En de afgelopen paar weken had hij echt het gevoel gehad dat ze bij hem wegdreef. Toch was daar geen bewijs voor; er was niets tastbaars om dat gevoel te staven. In wezen was Helena hetzelfde geweest als altijd. Ze had hun huishouden draaiende gehouden, voor hun kinderen gezorgd en had klaargestaan voor hem en de talloze anderen die zich aan de warme en menselijke gloed van zijn vrouw warmden.

William was niet gewend aan introspectie en daarom viel het hem zwaar om zijn ongerustheid te onderdrukken toen het vliegtuig de landingsbaan raakte van het vliegveld van Paphos.

'O, Immy, dat is zó afgezaagd. Ik ga niet naast je staan als je dat omhooghoudt.'

'Alex, doe niet zo gemeen. Immy is de hele ochtend bezig geweest om het te maken. Het is prachtig, lieverd,' zei Helena. 'En papa zal het ook mooi vinden.'

Immy's onderlip beefde terwijl ze het spandoek van papier met daarop de boodschap WELKOM OP SIEPRUS PAPA EN FRED achter zich aan sleepte naar de aankomsthal. 'Ik haat je, Alex. Jij bent de lelijkste broer ooit.'

'Niet zo lelijk als Fred, weet je nog wel?' zei Alex, terwijl ze Helena de menigte in volgden die rond de aankomstdeuren stond. Daardoor konden elk moment de twee andere leden van hun gezin verschijnen.

'Oké, we moeten hier nog even wachten, dus ik ga naar de balie van de autoverhuur daar om mijn auto om te ruilen voor een busje,' zei Helena wat gehaast. 'Jullie twee blijven hier om te kijken wanneer pap en Fred komen. Hun vliegtuig is twintig minuten geleden geland, dus ze zullen er zo zijn.' Ze sprak Alex waarschuwend toe: 'Hou Immy goed in de gaten.' Ze verdween in de drukte.

'O, dit is zo spannend!' piepte Immy, en ze zwaaide met haar spandoek boven haar hoofd als een fan bij een popconcert. 'O, kijk. Daar zijn ze! PAPAAA...'

William kwam door de deuren. Hij duwde een karretje voor zich uit waar de koffers opgestapeld op lagen. Fred zat erbovenop.

Immy rende naar haar vader toe en gooide zich in zijn armen.

'Hallo, Immy, lieverd,' zei William, terwijl zijn dochter hem met kussen overlaadde. Hij gluurde langs haar lange blonde haar en glimlachte naar Alex. 'Hallo, hoe gaat het?'

'Goed, hoor, pap, ja.' Alex ontfermde zich over het karretje en knielde om Fred aan te kijken. 'Hoi, broertje. High five.'

'Lo, Alex.' Fred sloeg met zijn handje tegen de veel grotere hand van zijn broer, en hield toen zijn speelgoedvliegtuigje omhoog. 'Dootje van papa.'

'Zo, hé. Wauw, jij moet wel heel lief zijn geweest.' Alex tilde Fred op.

'Nee, heel stout.'

'In het vliegtuig? Vond je het vliegtuig leuk?'

'Ja.' Fred knikte en hij rimpelde zijn neus terwijl hij erover wreef. 'Waar is mama?'

'Ja, waar is mama?' William stond naast hen de menigte af te speuren, op zoek naar zijn vrouw.

'Daar bij de autoverhuur.' Alex zwaaide naar Helena die weer hun kant op kwam.

Fred worstelde zich los uit zijn armen en rende naar zijn moeder toe.

William keek naar zijn vrouw en werd, zoals altijd als hij haar een tijdje niet had gezien, opnieuw getroffen door haar schoonheid. Ze droeg een blauw T-shirt op een afgeknipte korte spijkerbroek en haar lange blonde haar zat in een paardenstaart. Ze leek net een tiener.

Ze kwam naar hem toe met Fred aan de hand.

'Hallo, lieverd.' Hij sloeg een arm om haar schouder en kuste haar.

'Hallo.' Ze glimlachte naar hem. 'Hebben jullie een goede vlucht gehad?'

'Het was enerverend,' zei hij met een zucht. 'Maar we hebben het gehaald, toch, Fred?'

'Ja. Gaan we nu naar Sipus, mama?' vroeg Fred.

'Lieverd, dit ís Cyprus, maar ja, we gaan nu naar huis.'

'Maar ik ben er net!' Fred snapte er helemaal niets van.

'Ik bedoel naar ons huis hier op Cyprus. De auto staat vlakbij.' Helena wees naar een uitgang.

'Kom op, we gaan,' zei William.

'Helena, het is prachtig.' Anderhalf uur later stond hij boven op het balkon naar het uitzicht te staren.

'Echt?'

'Ja. En het huis... Nou, je hebt wonderen verricht, gezien het feit dat je er pas een paar dagen bent. Alles ziet er zo fris en schoon uit.' Hij stapte hun slaapkamer in, bleef staan en snoof de lucht op. 'Ruik ik verf?'

'Ja.'

'Je hebt toch niet ook nog eens de tijd gehad om het interieur op te knappen?'

'Nee. Dat heeft iemand anders voor me gedaan.'

'Ik ben onder de indruk,' zei William. 'Thuis kost het me weken om iemand te vinden om een leiding te repareren, laat staan in een paar dagen tijd een huis te schilderen. Maar goed, het ziet er mooi uit. Helemaal niet zoals ik me het had voorgesteld.'

'Hoe had je het je dan voorgesteld?'

'Ik weet het niet. Gewoon heel... mediterraans, denk ik. Kaal, een beetje spartaans... Maar dit huis zou niet misstaan in een Engels dorpje. Het heeft meer weg van een oude pastorie dan van een Cypriotische villa. Het heeft karakter.'

'Het is een heel oud huis.'

'En het heeft prachtige oude kroonlijsten.' William liet zijn blik als architect over de afmetingen van de ruimte gaan. 'En hoge plafonds.' Hij ging toen met zijn handen over de bovenkant van de gepoetste hoge ladekast van mahonie. 'En volgens mij zijn een aantal van de meubelstukken nog vrij waardevol ook.'

'Angus wilde hier zijn eigen stukje Engeland scheppen,' legde Helena uit. 'Hij heeft alles laten verschepen, tot aan de staande klok in de hal aan toe.'

'En het is nu allemaal van jou.'

'Van ons,' corrigeerde Helena hem met een glimlach.

'En het is vast heel wat geld waard.'

'Ik zou het nooit verkopen,' reageerde ze defensief.

'Nee, maar er is niets mis met weten hoeveel het waard is. Misschien moet je het laten taxeren.'

'Misschien.' Helena negeerde het feit maar dat haar man in termen van geld kon denken als het om Pandora ging. 'Kom op, lieverd, ik zal je de tuin laten zien.'

Ze troffen de kinderen in het zwembad aan, net toen de zon onderging. Helena stelde voor naar Persephone's Taverna te gaan voor een vroeg avondmaal.

'Ik zal je het dorp laten zien,' zei ze, terwijl William de auto tussen de gaten in de weg door laveerde. 'En de kinderen kunnen voor de verandering frietjes en kipnuggets eten.'

Na langs de enige straat te hebben gewandeld, waarbij William opmerkte dat hij wel een keer in het mooie orthodoxe kerkje wilde kijken, liepen ze bij Persephone binnen.

'Dit is een gezellig tentje,' zei William, toen ze aan een tafeltje gingen zitten. Hij trok Fred bij zich op schoot in een poging het kind te beteugelen dat niet langer moe, maar hyperactief was.

'Mag ik het kaarsje uitblazen, papa?' vroeg Fred.

'Nee, dat mag niet. Hier, je autootje.' Helena pakte het speelgoedje uit haar tas en liet het over het tafelblad naar Fred toe schieten. 'Het is nauwelijks veranderd sinds ik hier voor het laatst was, en het eten is echt goed.'

'We eten toch niet meer van die kikkerdingen, hè, mama?' vroeg Immy.

'Nee, maar papa en ik nemen de mezze. Probeer er maar wat van,' zei Helena, terwijl hun wijn werd ingeschonken. Ze bestelde voor iedereen. 'O, en ik heb een schoonmaakster gevonden, William. Ze kan ook oppassen. Ja, Fred, je eten komt eraan. Hier, neem maar vast wat brood, Immy.' Helena voerde moeiteloos drie gesprekken tegelijk.

'Ik heb zo'n vermoeden dat we haar nodig zullen hebben,' sprak William vermoeid. Hij keek Alex aan. 'Zo, wat vind jij van Pandora? Heb je het er naar je zin?'

'Het zwembad is geweldig,' zei Alex met een knikje.

'En het huis?'

'Ja, dat is wel oké.'

'Engeland heeft de wedstrijd tegen de Britse Antillen gewonnen, wist je dat?'

'Nee. Je kunt hier alleen Cypriotische zenders ontvangen.'

William gaf het op. Als Alex in een zwijgzame bui was, dan kon je het maar beter accepteren.

Gelukkig werd het eten al snel gebracht en de kinderen tastten hongerig toe.

'Deze mezze zijn heerlijk,' zei William. 'Wil je dit ook proberen, Fred?'

'Néé!' Fred sloeg een hand voor zijn mond en schudde hevig zijn hoofd.

'Ik hoop niet dat hij de hele vakantie alleen maar kipnuggets en friet eet, lieverd,' merkte William stijfjes op.

'En al doet hij dat wel, hij krijgt er niets van, toch?' antwoordde Helena, die nog een hap eten in de mond van haar zoon schoof.

'De Ieren hebben jaren op aardappels geleefd,' droeg Alex bij.

'En ze zijn met duizenden overleden,' kaatste William terug.

'Dat gebeurde tijdens de hongersnood, toen de aardappelziekte heerste en ze verhongerden. En de halve wereld leeft grotendeels op rijst, weet je,' vertelde Alex betweterig. 'En dat bestaat grotendeels uit koolhydraten met wat vezels.'

Immy onderbrak het gesprek. 'Mama, ik moet plassen en Alex moet met me mee.'

'Bof ik even,' mompelde Alex. 'Kom maar.'

'Ik ook!' Fred klom van zijn stoel af en rende achter zijn broer en zus aan.

Er viel een stilte aan tafel, en William schonk voor hen allebei nog wat wijn in. 'En, gaat alles goed met Alex?'

'Ja, prima. Of in elk geval normaal voor hem.' Helena schonk William een glimlachje. 'Je weet hoe hij is.'

'Ja, dat weet ik. En hoe is het om hier na al die jaren weer terug te zijn?'

'Heerlijk, ja, echt, heerlijk, ik...'

'Mama! Kijk eens wie er is! Je vriend!' Immy dook achter Helena op. 'Ik zei dat hij mijn papa moest ontmoeten.'

Helena draaide zich om en keek in de diepblauwe ogen van Alexis.

'Hallo, Helena,' zei hij, duidelijk slecht op zijn gemak. 'Sorry dat ik jullie stoor, maar je dochter stond erop.'

'Natuurlijk stoor je niet, Alexis. Dit is mijn man, William.'

Het lukte Alexis zijn hand uit Immy's ijzeren greep te bevrijden en hij stak hem uit naar William. 'Goed je te ontmoeten, William.'

'Insgelijks. Alexis, was het toch?'

'Ja.'

Er viel een lange stilte. Helena dacht koortsachtig na over hoe ze die kon verbreken, maar niet een van die wel honderd verschillende manieren was gepast.

'Alexis heeft ons in zijn grote bus meegenomen naar Paphos, papa,' vertelde Immy. 'Hij is mee gaan winkelen en heeft mama geholpen het huis mooi te maken voor jou en Fred.'

'O, echt? Misschien moet ik je dan bedanken voor je hulp, Alexis,' reageerde William kalm.

'Geen probleem. Hoe vind je Pandora?'

'Het is een fantastisch huis, op een mooie locatie.'

'Het huis was van de familie van Alexis voordat Angus het kocht, en Alexis is de eigenaar van de omringende wijngaard.' Het lukte Helena eindelijk iets uit te brengen.

'Maak je wijn?' vroeg William.

'Ja.' Alexis wees naar de kan op tafel. 'Je drinkt hem op dit moment.'

'Hij is lekker, heel lekker. Kan ik je een glas aanbieden?'

'Nee, bedankt, William. Ik moet teruggaan naar mijn gast. Het is een wijnhandelaar uit Chili, en ik wil graag aan hem verkopen.'

'Kom anders een keer naar Pandora om daar een glas met ons te drinken,' stelde William voor.

'Dank je, dat doe ik graag. Het was goed je te ontmoeten, William. Adio, Helena, Immy.' Hij knikte en liep weg.

Alex had Alexis zien staan zodra hij met Fred uit het toilet kwam en had gewacht op zijn vertrek. Hij ging samen met zijn broertje weer aan tafel zitten. 'Wat deed híj hier, mam?' De vijandigheid droop ervanaf.

Daardoor wist William alles wat hij moest weten.

Eenmaal terug op Pandora bracht Helena de kleintjes naar bed, en daarna liet ze het bad vollopen. Ze was uitgeput. Ze had de afgelopen nacht niet geslapen. Misschien had dat alleen maar aan de spanning van de komst van William en Fred gelegen.

'De dvd-speler doet het.'

Alex kwam de slaapkamer binnen zonder te kloppen; een gewoonte waarvan Helena wist dat William daar een hekel aan had. 'Mooi,' zei ze. 'Ik neem nog een bad. Ga jij naar bed?'

'Ja. Ik heb in elk geval een aantal boeken om uit te kiezen in mijn nieuwe bibliotheek. Trusten, mam.'

'Slaap lekker, lieverd.'

'Trusten, Alex.' William kwam de slaapkamer in op het moment dat Alex weer vertrok.

'Trusten, pap.'

William deed de deur zorgvuldig achter zich dicht en volgde toen zijn vrouw de badkamer in. Toen ze zich in de badkuip liet glijden, ging hij op de rand zitten. 'Rust,' zei hij met een glimlach. Hij ging met zijn handen door zijn donkere haar en gaapte. 'Ik denk dat ik vanavond wel goed zal slapen.'

'Vijf uur in een vliegtuig met Fred is voldoende om wie dan ook af te matten,' beaamde Helena. 'Hij is halverwege zijn verhaaltje in slaap gevallen. Ik hoop maar dat hij morgen uitslaapt, anders is hij de rest van de dag niet te genieten.'

'Dat is wel veel gevraagd, hoor,' verzuchtte William. 'En, waar ken je Alexis van?'

'Ik heb hem de laatste keer dat ik hier logeerde ontmoet.'

'Hij is een knappe man.'

'Dat zal wel.'

'Hij moet echt een kanjer zijn geweest toen je hem vroeger kende,' viste William.

Helena zeepte zichzelf geconcentreerd in.

'Oké, vertel.' William gaf zijn poging subtiel te zijn op. 'Is er ooit iets tussen jullie geweest?'
'Kun je me de handdoek aangeven?'
'Alsjeblieft.' William gaf haar de handdoek aan, en hij stond ervan versteld dat noch de tijd noch het baren van kinderen hun kenmerkende sporen hadden nagelaten op het lichaam van zijn vrouw. Waterdruppels rolden over haar huid en ze deed William aan een nimf denken. Haar kleine borsten waren nog altijd stevig en fier en haar buik plat. William voelde iets bij zijn lendenen zich roeren terwijl hij haar uit het bad zag klimmen en de handdoek om zich heen zag wikkelen. 'En? Je hebt mijn vraag niet beantwoord.'
'Het was maar een vakantieliefde, meer niet.'
'En je hebt hem sinds die tijd niet meer gezien?'
'Nee.'
'Dus het was... onschuldig?'
Helena zuchtte. 'William, het is vierentwintig jaar geleden. Het is totaal niet belangrijk, of wel soms?'
'Is Alexis getrouwd?'
'Niet meer, zijn vrouw is gestorven.'
'Dus hij is weduwnaar.'
'Ja.' Helena wreef ruw haar haar droog en pakte toen haar badjas.
'Wist je dat hij hier zou zijn?'
'Dat wist ik niet. Ik heb hem in geen vierentwintig jaar gesproken.'
'Ja, je hebt gelijk. Dat is lang geleden.'
'Inderdaad. Zo, ga jij erin voor het water koud wordt? Ik zal beneden de deuren op slot doen. En nu ik het over beneden heb, ik zat eraan te denken om morgenochtend vroeg meteen naar Paphos te gaan en wat planten uit te zoeken voor in die mooie oude potten op het terras en dat kleine bloembed bij het zwembad. Angelina is er, dus zij kan een paar uur op de kleintjes passen. Ga je mee?'
'Natuurlijk.'
'Mooi. Ik zie je zo.'
William kleedde zich uit en liet zich in het bad zakken, terwijl hij zich wel voor zijn kop kon slaan omdat hij haar zo goed als aan een verhoor had onderworpen. Hij was paranoïde en dat was niet eerlijk tegenover Helena. Zoals ze al heel terecht had gezegd, wat er ook bijna een kwart eeuw geleden was gebeurd, dat had geen enkel effect op het hier en nu. Maar zoals Alexis eerder in het restaurant naar zijn vrouw

had gekeken… William wist instinctief dat het de blik was van een man die nog altijd verliefd was.

DAGBOEK VAN ALEX

14 JULI 2006

Tegen pap: ‘Hallo, lieverd.’

Tegen Immy en Fred: ‘Nee, niet lievet. Lieverrrd!’

Tegen mij: ‘O, líéverd!’

Oké, iedereen is weer aanwezig. Wij zijn de familie Lieverd en mam is mevrouw Lieverd. Ik sta ervan te kijken dat ze het nog niet beu is, maar wie weet komt dat nog. Waarom heeft ze de moeite genomen om ons ieder een aparte naam te geven als ze ons toch maar met één woord aanspreekt?

Het is vooral lastig als ze een collectieve ‘lieverd’ vanuit de keuken roept en wij allemaal vanuit verschillende delen van het huis reageren en vervolgens in de keuken staan te wachten tot ze heeft besloten welke ‘lieverd’ ze precies nodig heeft. Over het algemeen is ze in mijn ogen een ontzettend goede moeder, maar ik word gek van dat hele L-gebeuren. Dat moet een overblijfsel zijn van toen ze als ballerina optrad. Het is het soort woord dat ‘artiesten’ gebruiken.

Ons gezin bestaat uit vijf personen, binnenkort zes met die Chloë erbij, wat vrij groot is vandaag de dag. Binnen dat gezin moeten we toch zeker wel onze individualiteit bewaren? En wat is er nu persoonlijker dan onze naam?

Fred begint haar de laatste tijd na te apen. Ik ben bang dat hij het serieus zwaar zal krijgen op school als hij denkt dat het oké is om de pestkop van de klas ‘lieverd’ te noemen.

Maar goed, zolang ze de Reddende Engel niet opneemt in haar L-groep, trek ik het nog net.

Natuurlijk was ik ooit Lieverd Nummer Eén. Ik was er als eerste, vóór de anderen.

En als ik eerlijk ben, dan moet ik toegeven dat ik het soms moeilijk vind om haar te delen. Ze is als een zachte ronde kaas en toen ik werd geboren, had ik dat hele wiel voor mij alleen. Toen kwam ze pap tegen en werd er een flinke punt uit gesneden, al had ik volgens mij nog altijd de helft. Toen kwam Immy, die een groot stuk kreeg, en daarna Fred, idem. En ze zal vast nog een stukje voor Chloë moeten reserveren, dus mijn stuk wordt steeds kleiner en kleiner.

Vandaag, op het vliegveld, toen Immy in de armen van haar vader sprong, drong het tot me door dat ik er geen heb. Een vader, bedoel ik. William doet zijn best, maar laat ik het zo zeggen: als er brand uitbrak, dan zou ik mijn hele *Kuifje*-collectie erom durven verwedden dat hij zijn echte kinderen eerst zou redden. Wat technisch gezien mijn deel van de kaas nog een keer halveert, aangezien pap en Immy en Fred ook stukjes van elkaars aandeel hebben.

Pap leek wel heel erg blij te zijn toen ik mijn beurs voor die school won. Hij maakte een fles champagne open, en ik mocht ook een glas hebben. Misschien vierde hij het feit dat ik in de toekomst vaker niet dan wel thuis zal zijn en dat hij niet meer met mij opgescheept zit.

Waarom maak ik me opeens drukker dan anders over dit vadergedoe?

Misschien omdat mijn moeder tot op heden altijd genoeg was. Ik had niemand anders nodig.

Maar de laatste tijd – en ik ken haar goed – heb ik het gevoel dat ze wegglipt.

Ze is zichzelf niet.

En datzelfde geldt ook voor mij.

6

William en Helena brachten de vroege uurtjes van de ochtend door in het kleine tuincentrum dat Helena aan de rand van Paphos had gezien.

Ze hadden tegenwoordig maar zelden tijd alleen en ondanks dat het een relatief alledaags klusje was, genoot Helena ervan hand in hand met William door de zonnige gangpaden tussen de planten door te lopen. Ze koos verschillende felgekleurde geraniums, een aantal oleanders en lavendel die het droge klimaat zouden verdragen. De eigenaar van het centrum had bij de ingang ook een kraampje waar plaatselijk geteelde groente en fruit werd verkocht, dus ze sloegen geurige, rijpe tomaten, meloenen, pruimen en zoetgeurende kruiden in om mee naar huis te nemen. Alles werd in de kofferbak van de auto geladen, waarna ze aan de terugrit naar Pandora begonnen.

'Het is voor jou. Sadie.' William kwam de keuken binnen om Helena haar telefoon te geven terwijl ze de lunch aan het bereiden was.

'Bedankt. Hallo, lieverd, hoe gaat het?' Helena gebruikte de kin-tegen-de-schouder-techniek om de telefoon vast te houden zodat ze de sla kon wassen. 'O nee, echt? O, wat een eikel! Gaat het wel? Nee, ik weet zeker... Ja, het is hier heerlijk. William en Fred zijn gisteren gekomen en we brengen de middag bij het zwembad door. Nog even van de rust genieten voor de komst van de Chandlers. Momentje, Sadie.' Ze keek William aan en gebaarde naar het dienblad vol borden en bestek. 'Breng jij dat even naar buiten? En zeg je tegen de kinderen dat ze uit het zwembad moeten komen en dat ze zich moeten afdrogen voor de lunch?'

William vertrok met het blad.

Helena ging verder met haar gesprek met Sadie. 'Natuurlijk kom je nog wel iemand tegen. Ik heb trouwens nooit gedacht dat hij "de ware" was... Wat? Tja, als je dat graag wilt, maar ik heb echt geen idee waar je dan moet slapen. We hangen al met armen en benen buiten.' Helena zuchtte. 'Oké. Nou, kop op. Laat me weten hoe laat je landt en dan haal ik je wel op van het vliegveld. Dag, lieverd.'

William was teruggekomen naar de keuken. 'De kinderen zijn zich aan het afdrogen. Moet er nog iets anders naar buiten?'

Helena gooide de sla in een kom die al voor de helft gevuld was met in blokjes gesneden tomaten en komkommer, husselde alles snel met haar vingers en gaf die aan hem.

'En,' zei hij. 'Hoe is het met Sadie?'

'Ze heeft zelfmoordneigingen. Mark heeft haar verteld dat het voorbij is.'

'Juist, ja.'

'Ik weet dat je niet dol op hem was. Dat was ik eerlijk gezegd ook niet, maar Sadie was dat wel.'

'Zoiets vermoedde ik al na die urenlange telefoontjes, waarbij ze lyrisch in je oor kwetterde.'

'Ja, maar Sadie is mijn beste vriendin en ik moet voor haar klaarstaan. Het punt is alleen...'

'Ze wil hier een paar dagen komen logeren om haar gebroken hart te helen en uit te huilen op de schouder van haar beste vriendin,' maakte William de zin voor haar af.

'Daar komt het wel zo'n beetje op neer.'

'Dus, wanneer komt ze?'

'Ze belt nu naar de luchtvaartmaatschappij om te proberen een ticket te krijgen.'

'Dat wordt dus heel binnenkort.'

'Waarschijnlijk wel. Het spijt me, lieverd, maar ze klinkt alsof ze er verschrikkelijk aan toe is.'

'Dat gaat wel weer voorbij. Dat is altijd zo,' mompelde hij onheilspellend.

Helena pakte het bord met vleeswaren uit de koelkast en wierp William een blik toe. 'Het komt nu niet uit, maar je weet dat Sadie en ik als zusjes zijn. We kennen elkaar al sinds de basisschool en zij komt voor mij nog het dichtst bij familie. Ik hou van haar, zo eenvoudig is het, en ik kan gewoon geen nee zeggen.'

'Ik weet het.' William zuchtte verslagen. 'En ik mag Sadie, echt waar, maar ik ben bang dat deze zogenaamde vakantie dreigt te veranderen in een paar weken dwangarbeid en dat het huis een soort gratis hotel wordt en dat ík, en nog belangrijker jíj, de gastheer en -vrouw zijn.'

'Pandora is gemaakt voor veel mensen. Dat was zeker in mijn tijd hier zo.'

'Ja, en ik durf te wedden dat er toen een hele batterij personeel was om te voldoen aan alle wensen van de gasten,' mopperde William. 'Ik wil gewoon niet dat jij je een slag in de rondte moet werken. Je ziet er nu al uitgeput uit.'

'Ik zal aan Angelina vragen of ze meer kan bijspringen, vooral met de maaltijden. Ze kookte vroeger voor Angus, en hij was ontzettend kieskeurig, dus ik weet zeker dat zij heel goed is.'

'Oké.' William gaf toe in de wetenschap dat het toch een gelopen race was. 'Kom je?' Hij stak zijn hand uit.

Ze volgde hem het zonovergoten terras op.

Twee van de drie kinderen zaten al in meer of mindere mate gekleed aan tafel, maar Fred was helemaal naakt.

'Mam, het spijt me, maar ik wil niet mijn hele vakantie op Fred en Immy in het zwembad passen,' klaagde Alex. Hij liet zich iets onderuitzakken op zijn stoel. 'Immy wil er de hele tijd alleen maar in springen en ik kan haar niet alleen laten voor het geval ze zich pijn doet of verdrinkt en het is gewoon... supersaai.'

'Ik weet het, Alex. Ik ga na de lunch bij het zwembad zitten en dan heb jij vrij, beloofd,' zei Helena, terwijl ze salade op de borden schepte. 'Raad eens? Tante Sadie komt bij ons logeren.'

'En daar gaat weer een stukje van de kaas,' mompelde Alex zachtjes.

'Wat zei je, Alex?' vroeg William.

'Niets. Geef het pitabrood eens door, Immy.'

'Dat betekent wel dat we de slaapkamerindeling weer moeten aanpassen,' zei Helena. 'We zouden dat slaapkamertje waar de spullen van Angus staan leeg kunnen ruimen, en dan zou Sadie daar kunnen slapen. Het is net groot genoeg, maar dan is er wel werk aan de winkel.'

'Dan hebben we ook een afvalcontainer nodig, afgaand op wat ik daarbinnen heb zien staan. Hij was duidelijk een hamsteraar,' merkte William op.

'Je weet nooit wat je daar tegenkomt, mam.' Alex keek opeens opgetogen. 'Ik help wel. Ik vind het super om door oude meuk te rommelen.'

'Dat was ons al opgevallen, gezien de toestand van jouw slaapkamer,' zei William droogjes.

'Bedankt, Alex,' zei Helena, waarbij ze haar man negeerde. 'We kunnen het vanmiddag doen.'

'Papa, wanneer gaan we naar het zwemparadijs?' vroeg Immy.

'Binnenkort, Immy, maar ik denk dat het zwemparadijs in onze tuin voor nu voldoende is.'

'Maar er zijn helemaal geen glijbanen of zo.'

'Eet je ham op, Immy, zit er niet zo mee te spelen. Papa is er pas net. Laat hem even met rust,' vermaande Helena haar dochter.

'Tenzij je liever hebt dat ik ze vanmiddag meeneem naar het zwemparadijs zodat je in alle rust die kamer kunt leeghalen?' bood William aan. 'En vergeet niet dat Chloë morgen komt. Ik moet haar van het vliegveld halen. En overmorgen komen de Chandlers, god sta ons bij.'

'Já! Papa! Vandaag! Vandaag!' Fred sloot zich aan bij Immy's gejuich en sloeg met zijn lepel op zijn bord.

'Genoeg!' blafte William. 'Als je belooft alles op je bord op te eten, dan gaan we straks, als de zon iets is gezakt.'

'Je hebt misschien wel gelijk over die afvalcontainer,' zei Helena peinzend. 'Maar ik heb geen idee waar ik er een vandaan moet halen.'

'Mag ik siensappelsap, mama?' vroeg Fred. ' Ik heb dorst.'

'Ik haal het wel, Fred.' William keek Helena aan en schonk haar een wrange glimlach. 'Je vriend Alexis zal dat ongetwijfeld wel weten. Waarom bel je hem niet?'

Helena en Alex stonden in de deuropening van het kamertje, omdat het onmogelijk was om er naar binnen te gaan.

'Jezus, mam, waar moeten we beginnen?' Alex keek naar het meubilair en de talloze kartonnen dozen die tot aan het plafond waren opgestapeld, en hij kreeg er spijt van dat hij niet met de anderen naar het zwemparadijs was gegaan.

'Haal die stoel uit de slaapkamer van Immy en Fred, dan kunnen we daar op staan en een aantal van die bovenste dozen pakken en die op de overloop zetten. Dan kunnen we in elk geval naar binnen.'

'Oké.'

Alex haalde de stoel, klom erop en gaf de eerste doos aan Helena. Hij stapte eraf om toe te kijken terwijl ze de doos opende. 'Wauw! Die zit vol met oude foto's. Kijk eens naar die daar! Is dat Angus?'

Helena nam de knappe blonde man in complete militaire uitrusting in zich op en knikte. 'Ja. En op deze... Hier staat hij op het terras met mensen die ik niet ken, en... jeetje, dat is mijn moeder bij hem.'

'Ze was heel erg mooi. Ze leek op je,' merkte Alex op.

'Of ik lijk op haar, en ja, dat was ze.' Helena glimlachte. 'Ze was actrice voor ze met mijn vader trouwde. Ze was vrij goed, ze speelde de hoofdrol in een aantal grote toneelstukken en werd beschouwd als een echte schoonheid.'

'En toen heeft ze haar carrière opgegeven om met je vader te trouwen?'

'Ja, al was ze toen dik in de dertig. Ze kreeg mij pas op haar veertigste.'

'Was het toen niet raar om op die leeftijd nog een baby te krijgen?'

'Heel erg, zelfs.' Helena glimlachte naar Alex. 'Ik denk dat ik misschien wel een vergissing ben geweest. Ze was niet bepaald een moederlijk type, jouw oma.'

'Heb ik haar ooit ontmoet?'

'Nee. Ze is gestorven voor jouw geboorte. Ik was op dat moment drieëntwintig en danste in Italië.'

'Mis je haar nog erg?'

'Eerlijk gezegd niet echt, Alex. Ik werd naar een kostschool gestuurd toen ik tien was en zelfs daarvoor had ik al een nanny. Ik heb altijd het gevoel gehad dat ik in de weg zat.'

'O, mam, dat is verschrikkelijk.' Alex gaf haar een troostend klopje op haar hand.

'Niet echt.' Helena haalde haar schouders op. 'Het was me geleerd niet meer dan dat te verwachten. Mijn vader was veel ouder dan mam. Hij was bijna zestig toen ik kwam. Hij was heel erg rijk, had een landgoed in Kenia en was soms maanden afwezig om te jagen. Ze waren zogenoemde socialites, mijn ouders. Altijd op reis, ze gaven grote feesten... Een klein meisje paste niet echt bij hun manier van leven.'

'Ik heb opa ook nooit ontmoet, toch?'

'Nee, hij is overleden toen ik veertien was.'

'Als hij zo rijk was, heb je dan bakken met geld gekregen toen hij stierf?'

'Nee. Mijn moeder was zijn tweede vrouw. Hij had twee zoons uit zijn eerste huwelijk en zij hebben alles geërfd. En mijn moeder had een gat in haar hand, dus tegen de tijd dat zij stierf was er niet veel meer over.'

'Zo te horen heb je echt een klotejeugd gehad.'

'Nee, alleen anders, meer niet. Het heeft me in elk geval wel zelfstandig gemaakt.' Helena was zich bewust van het gebruikelijke gevoel van ongemak als ze het over haar jeugd had. 'En daardoor wilde ik zelf een écht gezin hebben. Maar goed, laten we deze doos opzij zetten. Als we ze allemaal gaan bekijken, dan krijgen we deze kamer nooit leeg.'

'Oké.'

Ze werkten twee uur aan een stuk door en verwijderden het verleden van Angus uit de ruimte.

Alex duikelde een kist op met daarin de oude uniformen van Angus, en volgde zijn moeder naar de keuken met een legergroene pet op en een regimentszwaard in zijn handen.

'Heel flitsend, lieverd.' Helena schonk voor hen allebei water in en ze dronk haar eigen glas dorstig leeg. 'Dit is niet de juiste activiteit voor een bloedhete middag, maar ik denk dat we over de helft zijn.'

'Ja, maar wat gaan we met al die spullen doen? Ik bedoel, je kunt het toch niet zomaar allemaal weggooien?' Alex zwiepte met het lemmet door de lucht; het zwaard was verrassend zwaar.

'Het is misschien een idee om dat ergens in het huis aan de wand te hangen, en we kunnen de dozen met foto's en andere souvenirs in de schuur zetten tot ik die kan sorteren. En wat betreft de rest... We hebben echt een afvalcontainer nodig. Ik kan maar beter Alexis bellen, zoals je vader heeft voorgesteld. Misschien weet hij waar ik er een kan huren.'

Alex zweeg terwijl Helena een nummer op haar telefoon belde en het terras op liep om daar het gesprek te voeren. Ze kwam weer naar binnen en knikte. 'Goed nieuws. Hij komt met zijn busje en dan brengt hij het afval naar de stort. We hebben toch geen container nodig. Kom op, laten we weer aan het werk gaan. Alexis is er om vijf uur.'

Toen William op de oprit van Pandora tot stilstand kwam, zag hij Alexis een grote doos naar de schuur dragen. De achterkant van het busje dat voor het huis stond geparkeerd lag vol kapot meubilair, oude lampenkappen en door motten aangevreten kleden. Hij liet Immy en Fred achter in de auto verder slapen, met de portieren open om de ietwat verkoelende avondbries op te vangen en ging binnen op zoek naar Helena.

'Hallo, lieverd.' Ze stond boven bij de deur naar de nu lege slaapkamer met een bezem in haar handen. 'Is dit niet geweldig? Het is veel groter dan ik dacht. Ik denk dat we hier makkelijk een tweepersoonsbed in kwijt kunnen. Alexis zegt dat er een in zijn logeerkamer staat die we mogen lenen.'

'O. Mooi.'

'De kamer heeft natuurlijk een lik verf nodig, maar het heeft een prachtig uitzicht op de bergen en de vloer is niet betegeld, maar van

houten planken, dus die kunnen we uiteindelijk misschien lakken.'
'Geweldig,' zei William. 'Dus, je vriend heeft je geholpen.'
'Ja, hij is ongeveer een uur geleden met zijn busje gekomen. Hij heeft alle dozen die ik nog wil doornemen in de schuur gezet, en het afval brengt hij naar de stort.'
William knikte. 'Hij is ongetwijfeld heel behulpzaam geweest, maar je had ook aan mij kunnen vragen om die dozen te verplaatsen, hoor.'
'Je was er niet, William. Alexis bood het aan, dat is alles.'
William reageerde niet. Hij draaide zich om en liep door de gang naar de trap.
'Je bent toch niet boos?' riep ze hem na.
'Nee.' Hij liep de trap af.
Helena sloeg met haar vuist tegen het deurkozijn. 'O, godsamme! Jij hebt nota bene voorgesteld dat ik hem moest bellen,' mopperde ze zachtjes, terwijl ze hem naar beneden volgde, waar ze Alexis in de keuken aantrof.
'Alles is klaar. Ik zal het laatste nu naar de stort brengen.'
'Wil je geen borrel met ons drinken?'
'Nee, dank je. Tot binnenkort.'
'Oké. En nogmaals, ontzettend bedankt.'
Alexis glimlachte, knikte en vertrok via de achterdeur.
Helena haalde twee chagrijnige, vermoeide kinderen uit de auto, gaf ze te eten en zette ze daarna op de bank in de zitkamer voor een film. Ze schonk een glas wijn in en liep het terras op. Ze hoorde Alex in het zwembad plonzen en zag dat William tegen de balustrade aan de rand van het terras leunde. Ze ging onder de pergola zitten, zonder zich geroepen te voelen om haar aanwezigheid kenbaar te maken.
Uiteindelijk draaide hij zich om. Hij kwam naar haar toe en ging naast haar zitten. 'Sorry, Helena, dat was niet aardig van me. Het voelt alleen raar dat een andere man de dingen doet die ik normaal gesproken doe. Ik heb het gevoel alsof ik hier in jouw wereld leef en hier niet thuishoor.'
'Lieverd, je bent er nog geen dag. Je moet nog wennen.'
'Nee, het is meer dan dat,' verzuchtte hij. 'Dit is jouw koninkrijk, jouw huis, jouw leven uit een andere tijd. Of het reëel is of niet, zo voel ik het.'
'Vind je het hier dan niet fijn?'
'Het is prachtig, maar...' William schudde zijn hoofd. 'Ik heb een borrel nodig. Een momentje.' Hij ging naar binnen en kwam terug met een fles en een glas. 'Zal ik je bijschenken?'

Helena knikte.

Hij vulde haar glas. 'Deze wijn is serieus goed te drinken. Je vriend weet duidelijk waar hij mee bezig is.'

'Zijn naam is Alexis, William, en ja, dat is zo. Maar dat is hem dan ook met de paplepel ingegoten.'

'Tja... We moeten hem misschien dan maar een keer te eten vragen om hem te bedanken.'

'Dat is echt niet nodig.'

'Jawel. En trouwens...' Hij nam nog een slok wijn. '... ik ben waarschijnlijk een beetje gespannen voor morgen.'

'Je bedoelt voor de komst van Chloë?'

'Ja. De dochter die ik niet langer ken, die alleen maar te horen heeft gekregen dat ik een verschrikkelijke klootzak ben... Ik heb geen idee hoe ze is, maar ik weet donders goed dat het niet haar idee was om hier te komen. Ze zal vast verbitterd zijn dat ze naar ons wordt gestuurd zodat haar moeder zonder haar in Frankrijk het hof kan worden gemaakt. Het is goed mogelijk dat ze erg moeilijk is, Helena. En...' William nam een slok wijn. '... ik zou het haar niet eens kwalijk nemen.'

'Ik weet zeker dat het wel goed komt, lieverd. En er zullen nog zat andere mensen zijn, dus dat zou eventuele spanning wel moeten afzwakken.'

'O, er zal genoeg spanning zijn, uit alle hoeken en gaten.'

'We redden ons wel.' Helena kneep in zijn hand. 'Dat doen we altijd.'

'Ja, maar...' William zuchtte. 'Ik had gehoopt dat we ons niet hoefden te "redden". Dat we deze zomer misschien ook echt lol zouden kunnen beleven.'

'Ik zie niet in waarom dat niet zou kunnen. We hebben in elk geval een interessante verzameling gasten.'

'Heb je trouwens nog iets van Sadie gehoord?'

'Ja. Ze zit op dezelfde vlucht als de Chandlers. Ik zal vragen of ze haar een lift kunnen geven vanaf het vliegveld.'

'Jezus!' William perste er een wrang lachje uit. 'De beruchte Jules en haar echtgenoot die onder de plak zit, niet te vergeten Rupes en Viola, suïcidale Sadie... en een dochter die ik nauwelijks ken.'

'Tja, als je het zo zegt, dan klinkt het inderdaad afschuwelijk. Zullen we het dan nu maar vast opgeven en naar huis gaan?'

'Je hebt gelijk. Ik ben heel negatief bezig, sorry. Trouwens, heb je al iets tegen Immy en Fred gezegd over Chloë?'

'Nee. Ik heb Alex op de hoogte gebracht, maar ik dacht dat jij het misschien liever zelf aan de kleintjes wilde vertellen.'

'Juist. Dat kan ik dan maar beter meteen doen. Nog tips over hoe ik het nieuws moet brengen?'

'Heel nonchalant, denk ik, alsof het de normaalste zaak van de wereld is. En denk eraan dat bloed kruipt waar het niet gaan kan. Chloë is hun halfzus, en ze delen vijftig procent van hun genen.'

'Je hebt gelijk. Het is alleen die andere vijftig procent van Chloë die me zorgen baart. Wat nu als ze op haar moeder lijkt?'

'In dat geval: hélp! Zullen we het anders Immy en Fred samen vertellen?'

'Ja.' William knikte dankbaar. 'Bedankt, Helena.'

Zoals Helena al had voorspeld waren de twee kleintjes niet onder de indruk van de naderende komst van de zus die ze nog nooit hadden ontmoet.

'Is ze aardig, papa?' Immy zat op Williams knie en kroop dichter tegen hem aan. 'Hoe ziet ze eruit?'

'Nou, iedereen zei altijd dat Chloë op mij leek.'

'Heeft ze kort bruin haar en grote oren? Bah!'

'Bedankt, liefje.' William kuste zijn dochter op haar hoofd. 'Ze is veel mooier dan ik ben, beloofd.'

'Komt Cowie voor altijd?' vroeg Fred van onder de tafel, waar hij met een van zijn autootjes speelde.

'Ze heet Chloë,' corrigeerde Helena hem. 'Nee, alleen voor zolang we hier op Cyprus zijn.'

'Woont ze dan alleen?'

'Nee, ze woont bij haar mama,' legde William uit.

'Niet, ik heb Cowie nooit bij ons gezien.'

'Ze heeft een andere mama, lieverd.' Helena wist dat het zinloos was om verder te proberen de situatie uit te leggen aan een jochie van drie. 'Maar goed, het is bedtijd, dame en heer.'

Daarop volgde de gebruikelijke reeks klachten, maar uiteindelijk lagen ze naast elkaar in hun bed.

Helena kuste ze allebei zacht op hun aandoenlijk bezwete voorhoofd. 'Lekker slapen, tot morgen.' Ze trok de deur achter zich dicht en botste tegen Alex aan op de overloop, die zijn rugzak meenam naar zijn nieuwe slaapkamer beneden.

‘Hoi, mam, alles oké?’
‘Ja. En met jou?’
‘Goed.’
‘Je hoeft vanavond nog niet te verhuizen, hoor. Pap gaat Chloë pas na de lunch ophalen. Er is morgenochtend dus meer dan genoeg tijd om de lakens te verwisselen en de kamer op te ruimen.’
‘Maar ik wil het.’ Hij liep naar de trap.
‘Oké. Ik heb er eerder een ventilator neergezet. Ik wil niet dat je nog een keer een hitteberoerte krijgt.’
‘Bedankt.’ Alex bleef op de trap staan en keek omhoog. ‘Ga je nog in die dozen in de schuur kijken?’
‘Ja, als ik daar de tijd voor heb, maar dat zal de komende dagen niet lukken.’
‘Mag ik dat doen?’
‘Als je maar niets weggooit.’
Natuurlijk niet. Je kent me, mam, ik ben gek op geschiedenis. Vooral die van mezelf,‘ zei hij nadrukkelijk.
Helena negeerde die laatste opmerking. ‘Maar, Alex, het grootste deel ervan zal jou niets zeggen. Denk eraan, Angus was geen familie van me. Hij was mijn peetoom.’
‘Ik kan misschien wel interessante dingen over hem te weten komen, toch?’
‘Ja, natuurlijk.’ Helena pikte het onderliggende gevoel wel op. Alex was op zoek naar aanwijzingen, maar ze wist dat hij die niet in de dozen van Angus zou vinden. ‘Ga je gang, maar ik wil niet dat je daar morgen de hele dag doorbrengt. Er komen gasten aan en ik heb je hulp nodig.’
‘Natuurlijk. Trusten, mam,’ zei hij, toen ze bij zijn nieuwe slaapkamer kwamen.
‘Trusten, lieverd.’
Alex deed de deur dicht.

DAGBOEK VAN ALEX

15 JULI 2006

Ik zit op het bed in mijn piepkleine cel. De ventilator die mijn moeder hier heeft neergezet staat zo dichtbij dat mijn haar binnen een minuut droog geföhnd kan worden. Voor me staat een doos die ik net hierheen heb gesleept vanuit het bijgebouw, vol brieven en foto's, die al dan niet relevant kunnen zijn voor mij en mijn verleden.

Mijn moeder is niet dom. Ze weet waar ik naar op zoek ben. Ze weet hoe graag ik wil weten…

Wie Ik Ben.

Tja, ze gedroeg zich niet echt alsof ze bang was dat de sleutel tot het grote mysterie zich in een van deze dozen zou kunnen bevinden, dus er zit waarschijnlijk niets interessants tussen de spullen van Angus.

Waarom is ze zo terughoudend over haar eigen verleden? Ze praat bijna nooit over haar vader en moeder, waar ze is opgegroeid of hoe. Voor haar doen heeft ze eerder vandaag een enorme hoeveelheid informatie daarover losgelaten.

Het deed me beseffen dat de meeste kinderen die ik ken een opa en oma in hun leven hebben. Het enige wat ik zeker weet is dat Helena Elise Beaumont mijn moeder is en dat ik in Wenen geboren ben (dat kon ze niet verbergen aangezien het op mijn geboorteakte staat) en dat ik daar tot mijn derde heb gewoond. Toen heeft ze pap ontmoet en zijn we terug naar Engeland gegaan waar zij zijn getrouwd. Het schijnt dat ik een tweetalige kleuter was. Tegenwoordig moet ik moeite doen om in het Duits tot tien te tellen.

Ik ga liggen, vouw mijn armen onder mijn hoofd en staar naar het vergeelde plafond vol barsten boven me. Ik denk eraan dat mijn vriend Jake – ik gebruik die term losjes, omdat we van tijd tot tijd met elkaar praten en hij niet zo'n etterbak is als de rest van mijn klasgenoten – een moeder heeft die gezellig gezet is en er alledaags uitziet, zoals de meeste moeders van tienerjongens lijken te zijn. Ze werkt parttime als receptioniste in de praktijk van een arts en bakt geweldige taarten, in elk geval die paar keer dat ik die heb geproefd toen ik rond theetijd bij hen was, en alles aan haar is... normaal.

Haar hele leven staat in foto's uitgestald op het dressoir, naast de versgebakken scones. Jake weet alles over zijn grootouders en ziet zijn vader elke dag. Het enige mysterie dat hij hoeft op te lossen is hoe hij zijn moeder zover kan krijgen hem een tientje te lenen zodat hij het laatste Playstation-spel kan kopen.

Dus waarom zijn mijn moeder en mijn verleden zo'n raadsel?

Ik adem diep in en het dringt tot me door dat ik weer obsessief begin te doen. Dat is blijkbaar een normale eigenschap voor iemand als ik. Een hoogbegaafd kind. Ik walg ervan een nummertje te zijn en doe mijn best me er niet naar te gedragen, maar dat is soms moeilijk. Om mijn gedachten te verzetten ga ik rechtop zitten en ik pak talloze foto's in sepia uit de doos met daarop onbekende mensen die nu allemaal vrijwel zeker dood zijn. Op sommige exemplaren staat de datum achterop, bij andere niet.

Angus was heel knap toen hij jong was, vooral in zijn uniform. Het is vreemd dat hij nooit is getrouwd. Tenzij hij homo was. Hij ziet er niet zo uit, maar je kunt het nooit met zekerheid zeggen. Ik heb me vaak afgevraagd hoe je weet of je het bent. Ik ben misschien raar, maar ik ben wel degelijk hetero.

Eindelijk bereik ik de bodem van de doos, na door bergen foto's en correspondentie met betrekking tot zendingen whisky uit Southampton en invoerrechten op dit schilderij of dat meubelstuk te hebben gespit. Dan pak ik een dikke bruine envelop die geadresseerd is aan 'kolonel McCladden' te Pandora en steek mijn hand erin.

Er komen vele flinterdunne blauwe luchtpostenveloppen uit gefladderd. Ik gluur in een envelop: de inhoud zit er nog in. Ik haal de brief eruit en zie dat er een datum bovenaan staat: 12 december. Er staat geen jaar of adres bij. Ik lees de eerste regel.

Mijn liefste, allerliefste schat.

Oké. Ik heb Holmes en Watson niet nodig om vast te stellen dat dit een liefdesbrief is. Het handschrift is prachtig, in inkt, op die vloeiende schrijfwijze die mensen in die tijd werd aangeleerd.

Ik neem de tekst snel door. Het is een lofrede aan een onbekende vrouw die steeds 'mijn liefste schat' wordt genoemd. Om de haverklap staat er iets in de trant van:

De dagen zijn eindeloos zonder jou en ik verlang ernaar je weer in mijn armen te houden…

Niet echt mijn stijl, al dat kleffe gedoe. Ik ben zelf meer van thrillers. Of Freud.

Het irritantste is nog wel dat als ik bij het eind kom de brief niet ondertekend is; er staat alleen een niet te ontcijferen krabbel die zo ongeveer wel twaalf verschillende letters zou kunnen vertegenwoordigen.

Ik schuif de brief terug in zijn envelop en open een paar andere. Ze zijn ongeveer hetzelfde en onthullen net zomin aanwijzingen wat betreft tijd of identiteit als de eerste.

Ik kijk in de grote bruine envelop om te controleren of die leeg is en zie een dubbelgevouwen briefje.

Naar mijn mening zijn deze brieven jouw eigendom. Vandaar: retour afzender.

Dus de schrijver was duidelijk Angus. Dat lost dan meteen één raadsel op en bevestigt dat hij zeker niet homo was.

Ik gaap. Ik ben moe vanavond, na al dat gesjouw met die dozen in de hitte. Ik zal deze brieven morgenochtend aan mam geven. Ze zijn echt meer voor haar dan voor mij.

Ik knip het licht uit en ga op mijn rug liggen, trek Kaa onder mijn kussen vandaan en plaats hem in de knik van mijn elleboog. Ik geniet van de bries van de ventilator over mijn gezicht en vraag me af hoe een man als Angus legers kon aanvoeren en mensen kon neerknallen, maar toch ook dit soort brieven kon schrijven.

Het is me tot nu toe een raadsel, die 'liefde', maar ik durf te wedden dat ik wel zal ontdekken wat het inhoudt.

Ooit.

7

Waar wás ze, verdomme?

William ging gefrustreerd met zijn vingers door zijn haar.

Het vliegtuig was meer dan een uur geleden geland. Passagiers waren de aankomsthal in gestroomd en het was er nu griezelig rustig.

Hij had geprobeerd Helena te bellen, maar ze nam niet op. Hij had haar met de kinderen afgezet bij een autoverhuurbedrijf in Paphos, aangezien ze hadden besloten dat ze allebei een auto nodig hadden. Ze had gezegd dat ze de kinderen misschien naar het strand zou meenemen. William had een boodschap ingesproken dat ze hem dringend terug moest bellen en nadat hij nog een wandeling door de hal had gemaakt, ging hij naar de informatiebalie. 'Hallo, kunt u controleren of mijn dochter op de ochtendvlucht vanaf Gatwick zat? Ik ben hier om haar op te halen en ik heb haar nog niet gevonden.'

De vrouw knikte. 'Naam?'

'Chloë Cooke, met een "e" op het eind.'

De vrouw tikte op haar muis, scrolde naar beneden en keek uiteindelijk naar hem op. 'Nee, meneer. Er zat niemand met die naam op deze vlucht.'

'Jezus,' vloekte William zacht. 'Is het mogelijk om na te gaan of ze op een andere vlucht vanuit het Verenigd Koninkrijk zat vandaag?'

'Dat kan ik proberen, maar het zijn er nogal wat, vanaf regionale vliegvelden in het hele land.'

William kreeg een ingeving. 'Is er al een vlucht uit Stansted gearriveerd?'

'Ja, die is een half uur voor de vlucht uit Gatwick geland.'

'Oké, zou u die kunnen proberen?'

Meer getik. De vrouw keek op en knikte. 'Ja, er zit een mevrouw C. Cooke op de Stansted-vlucht.'

'Dank u.' William liep weg bij de balie. Een mengeling van opluchting en woede maakte zich van hem meester. Zijn ex-vrouw had duidelijk de plannen gewijzigd zonder hem daarvan op de hoogte te stellen. Typisch, dacht hij kwaad. Hij onderdrukte zijn boosheid en ging op zoek naar zijn dochter.

Twintig minuten later stond hij op het punt om de vliegveldpolitie in te schakelen wegens de ontvoering van een minderjarige toen hij toevallig een kroegje zag naast de aankomsthal. Het was verlaten, op een tienermeisje en een jongeman met donker haar na die naast elkaar op een barkruk zaten te roken.

Vanaf een afstandje zag hij dat het meisje een lange bos glanzend kastanjebruin haar had. Ze droeg een strak T-shirt en een minirokje en had een tenger figuur. Haar eindeloos lange benen had ze over elkaar geslagen en ze liet een ballerina aan haar tenen bungelen. Toen hij dichterbij kwam drong het tot hem door dat het Chloë was: een Chloë die de afgelopen jaren onherkenbaar was veranderd van een kind tot een mooie jonge vrouw.

William herkende de aantrekkingskracht van zijn dochter, net zoals – overduidelijk – de man die tegenover haar zat. Hij liet licht een hand op Chloë's blote dij rusten. William liep snel naar hen toe en besefte dat de man ouder was dan hij in eerste instantie had gedacht. Hij onderdrukte de primitieve drang om hem in elkaar te slaan en bleef op een paar meter afstand staan.

'Hallo, Chloë.'

Ze draaide zich om, zag hem en glimlachte loom. 'Hoi, papa. Hoe gaat het?'

Ze nam zonder enige schroom een laatste haal van haar sigaret en drukte die uit, terwijl William naar haar toe liep en haar formeel op de wang zoende.

Als de vreemde die ze voor hem was.

'Dit is Christoff. Hij heeft me gezelschap gehouden tijdens het wachten.' Chloë richtte haar enorme reebruine ogen op haar aanbidder. 'Hij heeft me alles verteld over de coole plekken waar je hier op stap kunt gaan.'

'Mooi. Kom, laten we gaan.'

'Oké.' Chloë liet zich elegant van de kruk glijden. 'Ik heb je nummer, Christoff. Ik bel je wel en dan kun je me Paphos laten zien.'

De man knikte zwijgend en salueerde toen Chloë William de kroeg uit volgde.

'Waar is je koffer?' vroeg hij met een blik op de kleine reistas die ze bij zich had.

'Die heb ik niet,' antwoordde ze luchtig. 'Ik heb hier toch niets meer nodig dan een paar bikini's en sarongs. Het is cool om met weinig bagage te reizen.'

'Het spijt me dat ik er niet was. Je moeder heeft me duidelijk de verkeerde tijden doorgegeven,' zei hij, terwijl hij haar het felle zonlicht in leidde, in de richting van de auto.

'We dachten dat we in Londen zouden zijn, maar toen kwamen we in het huisje in Blakeney terecht. Mam ontdekte dat ik ook vanaf Stansted hierheen kon vliegen. Ze heeft geprobeerd je te bellen, maar ze kreeg je niet te pakken.'

William had zijn telefoon steeds bij de hand gehad, juist voor het geval dat er op het laatste moment iets zou veranderen aan Chloë's aankomsttijd. Hij slikte en besefte maar al te goed dat dit waarschijnlijk slechts het eerste van vele momenten zou zijn waarop hij zijn kaken stijf op elkaar zou moeten houden om de vrede te bewaren.

'Ik heb je overal op het vliegveld gezocht, weet je. Het was puur toeval dat ik bij die kroeg terechtkwam. Je moet achttien zijn om daar naar binnen te mogen, Chloë, dat stond bij de ingang aangegeven.'

'Ach, nou ja, je hebt me toch gevonden? Is dit jouw auto?'

'Ja.' William deed het portier open.

'Wauw, een busje.'

'Ik ben bang van wel. We zijn met een hele groep. Spring erin.'

Chloë gooide haar tas op de achterbank, liet haar handen onder haar kastanjebruine haren glijden om het weg te halen bij haar elegante slanke nek en geeuwde. 'Ik ben kapot. Ik moest vanmorgen om half vier opstaan. De vlucht vertrok om zeven uur.'

'Heeft je moeder je naar het vliegveld gebracht?'

'God, nee. Je weet hoe ze is 's ochtends. Ze had een taxi voor me gereserveerd.' Ze keek hem met een glimlach aan. 'Ik ben een grote meid, pap.'

'Je bent veertien, Chloë. En dan zit je trouwens twee jaar onder de officiële leeftijd om te mogen roken.' William draaide de sleutel om in het contact, startte de motor en verliet het parkeervak.

'Volgende maand word ik vijftien, hoor, dus relax, pap. Ik steek er maar heel af en toe een op. Ik ben niet verslaafd of zo.'

'Nou, dat is dan maar goed ook.' William wist dat de ironie in zijn stem zijn dochter zou ontgaan. 'En, hoe gaat het op school?'

'O, je weet wel... Ik kan niet wachten tot ik daar klaar ben.'

'En wat ga je dan doen?' William was zich er pijnlijk van bewust dat een ouder normaal gesproken het antwoord op deze vraag zou weten. Hij werd nog depressiever bij die gedachte.

'Geen idee. Misschien ga ik een beetje reizen en daarna wat modellenwerk doen.'

'Juist.'

'Ik ben al benaderd door een bureau, maar mam zegt dat ik eerst eindexamen moet doen.'

'Daar heeft ze gelijk in. Dat is ook zo.'

'Meisjes beginnen al als ze twaalf zijn. Ik ben veel te oud als ik zestien ben.' Chloë slaakte een diepe zucht.

William grinnikte. 'Zo hard gaat dat niet, Chloë.'

'Nou, jullie zullen er op een dag allebei spijt van hebben als ik dankzij jullie geen bakken geld kan verdienen en niet beroemd word.'

'Je moeder heeft je zeker wel over Immy en Fred verteld?' William veranderde van onderwerp.

'Je bedoelt mijn broertje en zusje? Ja, natuurlijk.'

'Hoe vind je het om ze te ontmoeten?'

'Cool. Ik bedoel, zo vreemd zijn we toch ook niet? Mijn beste vriendin Gaia is de dochter van een rockster – Mike nog iets – hij was echt beroemd in jouw tijd, en ze heeft zo'n verzameling stief- en halfbroers en -zussen dat ze de tel kwijt is. Haar vader is in de zestig en zijn vriendin is weer in verwachting.'

'Ik ben blij dat je je normaal voelt, Chloë, dat is goed.'

'Ja. Zoals Gaia altijd zegt is het vooral met de kerst handig om gescheiden ouders te hebben die zijn hertrouwd, omdat ze allemaal cadeautjes voor je inslaan om je om te kopen.'

William moest even slikken. 'Dat is een... heel ongebruikelijke manier om ernaar te kijken. Helena kan niet wachten om je weer te zien.'

'O, echt?'

'Ja, en Alex ook, haar zoon. Herinner je je hem nog?'

'Niet echt.'

'Nou, ik waarschuw je maar even dat Alex een aparte jongen is. Hij heeft de stempel hoogbegaafd gekregen, wat betekent dat hij een beetje vreemd kan overkomen, maar dat is hij niet. Hij is gewoon veel te slim voor zijn leeftijd.'

'Dus hij is een nerd.'

'Nee, hij is gewoon...' William probeerde de juiste woorden te vinden om zijn stiefzoon te omschrijven. '... anders. De Chandlers, oude vrienden van de familie, komen ook, net als Sadie, Helena's beste vriendin. Dus het hele huis zit vol. Dat zou gezellig moeten zijn.'

Chloë reageerde niet.

William keek opzij en zag dat ze in slaap was gevallen.

Er was niemand thuis toen hij op de oprit van Pandora parkeerde. Hij schudde Chloë zachtjes heen en weer. 'We zijn er.'

Chloë deed haar ogen open en rekte zich loom uit. Ze keek hem aan. 'Hoe laat is het?'

'Tien over vier. Kom, dan laat ik je het uitzicht zien.'

'Kee.' Chloë klom de auto uit en volgde haar vader om het huis heen naar het terras. 'Cool,' zei ze met een goedkeurend knikje.

'Ik ben blij dat het je bevalt. Helena heeft het huis geërfd van haar peetoom, dus het moet vanbinnen hier en daar worden opgeknapt,' voegde hij eraan toe toen Chloë door de openslaande deuren de zitkamer in liep.

'Ik vind het perfect zoals het is. Het is net iets uit een Agatha Christie-film. Is er een zwembad?'

'Ja, door het poortje links van het terras.'

'Super. Dan ga ik lekker zwemmen.' Chloë trok meteen haar T-shirt en rokje uit en onthulde zo een piepkleine bikini, waarna ze heupwiegend naar buiten liep.

William keek haar na en liet zich toen zwaar op een stoel onder de pergola zakken.

Of Chloë was een volleerd actrice, of de zorgen die hij over haar houding ten opzichte van hem had gekoesterd waren ongegrond. Hij had de afgelopen week geoefend wat hij tegen haar zou zeggen als ze hem ervan beschuldigde haar in de steek te hebben gelaten, dat hij niet van haar hield... Hij had zich voorbereid op de talloze emotionele mijnen die haar moeder zorgvuldig moest hebben geplaatst.

Ze was, met haar eigen woorden, 'cool'.

Zo cool, besefte William, dat haar onverschilligheid jegens hem misschien net zo pijnlijk was als de ingebakken haat die hij had verwacht. Het leek haar niets te doen dat ze hem bijna zes jaar lang niet had gezien.

Maar, zo peinsde hij, kon een veertienjarige echt zo zelfverzekerd zijn als Chloë overkwam? Of was dit allemaal toneelspel, om het bange kleine meisje te beschermen dat schuilging achter die muur van zelfvertrouwen? William was zich pijnlijk bewust van hoe weinig hij wist over de werking van de vrouwelijke geest. Er zat maar één ding op: hij zou het Helena vragen als ze terug was.

Haar nieuwe huurauto verscheen tien minuten later en zijn gezin kwam het terras op.

'Hoi, papa!' Immy gooide zich in zijn armen. 'Ik heb een heel groot zandkasteel gemaakt, maar Fred heeft het kapotgemaakt. Ik haat hem.'

'Ik ga je killen!' Fred kwam met een plastic waterpistool op hen af.

Immy gilde en begroef haar gezicht tegen Williams schouder. 'Stuur hem weg!'

'Leg dat neer, Fred. Je maakt Immy bang.'

'Doe ik niet. Zij heeft me op het strand gekild.' Hij knikte nadrukkelijk. 'Waar is Cowie?'

'Chloë, Fred!' Helena hing natte strandhanddoeken uit over de balustrade. 'Maar inderdaad, waar is ze?'

'In het zwembad.' William zette Immy neer.

'Hoe gaat het met haar?' vroeg Helena hem op zachte toon.

'Prima, hartstikke goed. Je zult wel zien dat ze behoorlijk is gegroeid sinds we haar voor het laatst hebben gezien. Op allerlei manieren,' zei William met een grimas.

Helena zag Alex bij de rand van het terras staan, waar hij probeerde tussen de olijfbomen door naar het zwembad te turen zonder dat het erop leek dat hij dat deed. 'Nou, zullen we haar met zijn allen maar even gedag gaan zeggen?'

'Dat hoeft niet. Ik ben er al.'

Chloë kwam het terras op gelopen. Waterdruppels glinsterden nog op haar slanke lichaam. Ze ging naar Helena toe en kuste haar op beide wangen. 'Hallo. Het huis is super.'

'Dank je,' zei Helena met een glimlach.

'En dit zijn mijn broertje en zusje? Kom eens gedag zeggen,' zei ze uitnodigend.

Immy en Fred staarden allebei zwijgend naar dit exotische, elegante wezen en bleven stokstijf staan.

'O, wat zijn ze schattig! Immy lijkt als twee druppels op jou, Helena, en Fred lijkt precies op papa.' Ze liep naar ze toe en ging voor hen op haar knieën zitten. 'Hallo, ik ben Chloë, jullie stoute grote zus.'

'Papa zei dat je op hem leek, maar jij hebt geen grote oren en je hebt heel mooi lang haar,' fluisterde Immy verlegen.

Chloë keek William met een glimlach aan. 'Nou, dan bof ik mooi.' Ze stak haar hand uit naar Immy. 'Laat jij me jullie mooie huis zien?'

‘Ja. Mama en ik hebben bloemen in je kamer gezet.’ Immy pakte de uitgestoken hand vast.

‘Misschien heb ik nog wel een paar snoepjes in mijn tas.’ Ze keek om naar Fred, terwijl Immy haar naar het huis trok.

‘Ik ook!’ Fred sprong achter William vandaan en rende op zijn mollige beentjes naar hen toe.

‘Je slaapt naast mij, Chloë,’ klonk Immy’s hoge stem uit het huis.

‘En mij,’ zei Fred. ‘Waar zijn de snoepjes, Cowie?’

Helena keek William met een glimlach aan. ‘Dat ging helemaal niet slecht, toch? Jeetje, ze is wel een schoonheid.’

‘Ja, dat kun je wel zeggen. En ze is naar mijn smaak veel te volwassen voor een veertienjarige.’

‘Vergeet niet dat ze bijna vijftien is. En meisjes worden over het algemeen sneller volwassen dan jongens, lieverd. Zou je alsjeblieft iets kouds voor me te drinken willen halen? Ik verga van de dorst.’

‘Natuurlijk, vrouwe. Ik kan zelf ook wel iets gebruiken.’ William knikte en ging naar binnen.

Helena draaide zich om en zag Alex achter haar staan. ‘Gaat het? Je kijkt alsof je water ziet branden.’

Alex deed zijn mond open, maar zweeg. In plaats daarvan haalde hij zijn schouders op.

‘Je hebt niets tegen Chloë gezegd, Alex.’

‘Nee,’ perste hij eruit.

‘Ga anders naar boven, naar de anderen toe.’

Hij schudde zijn hoofd. ‘Ik ga even naar mijn kamer. Het zal wel migraine zijn, of zo.’

‘Dan heb je waarschijnlijk te lang in de zon gezeten, lieverd. Ga maar lekker rusten en dan roep ik je wel als het avondeten klaar is. Angelina heeft iets voor ons in de oven gezet wat heerlijk ruikt.’

Alex bromde en ging naar binnen.

‘Is hij in orde?’ vroeg William, die Alex op weg naar buiten passeerde met twee glazen ijskoude limonade waarin de ijsklontjes tegen het glas tikten. Helena was de enige die Alex’ stemming kon peilen.

‘Ik denk het wel.’

William ging zitten.

Helena ging achter hem staan en masseerde zijn schouders. ‘Trouwens, ik kreeg je berichtje pas toen we terugkwamen van het strand. Was alles wel in orde op het vliegveld?’

'Cecile heeft Chloë op een andere vlucht gezet zonder mij daarvan op de hoogte te stellen, dat is alles. Ik heb haar uiteindelijk in een kroeg gevonden, waar ze een sigaret rookte met een of andere slijmbal van een Cyprioot die ze ergens had opgeduikeld.'

'O jee.' Helena zuchtte, plofte op een stoel naast hem neer en nam een slokje limonade. 'Nou, ze is er nu gelukkig. Het leek haar vrij weinig te doen ons te ontmoeten. Ze gaf geen krimp.'

'Maar is dat echt zo, of was het een toneelstukje?' William schudde zijn hoofd. 'Ik weet het gewoon niet.'

'Nou, het goede nieuws is dat ze duidelijk goed met kinderen kan omgaan. Immy en Fred mochten haar meteen. En ik kreeg niet het gevoel dat ze een diepgewortelde afschuw voor je koestert.'

'Daar zou ik onder de omstandigheden echt van opkijken.'

'Lieverd, de meeste kinderen houden onvoorwaardelijk van hun ouders, ongeacht wat ze hebben gedaan. Chloë is duidelijk een slimme meid. Als haar moeder metaforisch aan een mes in je rug heeft zitten draaien, dan begrijpt ze wel waarom.'

'Dat hoop ik. In elk geval zal ik de komende paar weken een kans hebben om een band met haar op te bouwen, voor het geval ik haar pas weer zie als ze eenentwintig is,' antwoordde William somber.

'Chloë wordt al een grote meid. En wat haar moeder misschien ook doet of zegt, ze zal haar eigen beslissingen gaan nemen en daar kan heel goed bij horen dat zij zélf bepaalt wanneer ze je weer in haar leven wil hebben, niet alleen wanneer het goed uitkomt voor het liefdesleven van haar moeder.'

'Laten we het hopen. Nu moet ik op de een of andere manier wennen aan een kind dat ik nauwelijks ken. Het probleem is dat ze geen kind meer is, en ik heb geen idee wat ze allemaal van haar moeder mag of wat haar grenzen zijn. Wat nu als ze op stap wil gaan met die Cyprioot die ze op het vliegveld heeft opgepikt? Ze hadden het erover dat ze iets wilden afspreken. Ik wil niet overkomen als een overbezorgde strenge vader na haar in geen jaren te hebben gezien, maar ze is pas veertien.'

'Ik begrijp het, maar Kathikas is niet bepaald het uitgaanscentrum van Europa.' Helena schonk hem een troostende glimlach. 'Ik betwijfel of ze hier echt in de problemen kan raken.'

'Als er mannen zijn, dan kan Chloë voor problemen zorgen,' verzuchtte William. 'Alle jongens uit de omgeving zullen rondzwermen als bijen bij een pot met honing. De gedachte dat een of ander gozertje met zijn gore poten aan mijn dochter zit…' Hij huiverde.

'Een heel normale reactie voor een vader, omdat je weet hoe jij zelf was op die leeftijd.' Helena grinnikte en stond op. 'Oké, ik ga het avondeten klaarmaken. Ga jij naar boven om ervoor te zorgen dat de ukkies in bad gaan? Chloë moet uitgehongerd zijn, en het lijkt me wel een goed idee om allemaal samen te eten.'

'Oké, ik ga al.'

'Komt Alex ook?' vroeg Chloë aan Helena toen haar stiefmoeder een gloeiend hete ovenschotel op tafel zette.

'Nee. Hij zegt dat hij heel erg hoofdpijn heeft. Daar heeft die arme schat regelmatig last van.'

'Dat is jammer. Hij heeft me nog niet eens gedag gezegd,' merkte Chloë op, terwijl het haar lukte om zowel Immy als Fred op haar uiterst smalle schoot te balanceren. 'Toen ik aankwam staarde hij alleen maar naar me zonder iets te zeggen.'

'Als hij vannacht goed slaapt gaat het morgen vast beter. Dit ruikt heerlijk.' Helena trok de beschermende lagen waspapier van de schaal en schepte het eten op de borden. 'Angelina zei dat het *kleftiko* is, een soort langzaam gegaard lamsvleesgerecht.'

'Net als Lammie?' vroeg Immy. 'Nee, dan kan ik het niet eten.' Ze schudde haar hoofd en sloeg haar armpjes vastberaden over elkaar. 'Dan is het misschien de mama of papa van Lammie.'

'Doe niet zo raar, Immy. Je weet heel goed dat Lammie een knuffel is. Hij is niet echt. Ga nu maar op je stoel zitten en eet je bord leeg als een grote meid,' snauwde William.

Immy's onderlip beefde toen ze zich van Chloë's schoot liet glijden. 'Lammie is wél echt, papa.'

'Natuurlijk is hij echt, liefie.' Chloë aaide over Immy's haar en hielp haar zusje op de stoel naast haar te gaan zitten. 'Stoute papa.'

'Ja, stoute papa,' zei Immy triomfantelijk.

'Schenk je ook een glas in voor mij, papa?' vroeg Chloë toen William een fles wijn opentrok.

Hij wierp Helena een onzekere blik toe.

'Mag je thuis van je moeder wijn drinken?' vroeg Helena.

'Natuurlijk. Ze is toch Frans?'

'Oké, een klein glaasje dan,' zei William.

'Kom op, papa. Ik was bij het eindejaarsfeest op school kampioen Bacardi Breezer-drinken.'

'Tja, dat is natuurlijk veel beter dan het winnen van een prijs voor aardrijkskunde,' mompelde William nagenoeg onhoorbaar. 'Juist, laten we gaan eten.'

Na een vrij rustige maaltijd stonden de twee kleintjes erop dat Chloë ze naar bed zou brengen en ze een verhaaltje zou voorlezen.

'Daarna ga ik Alex even gedag zeggen en dan ga ik ook naar bed,' zei Chloë, terwijl ze aan beide armen naar binnen werd getrokken. 'Trusten, luitjes.'

'Slaap lekker, Chloë.' Helena stond op en stapelde de borden op een dienblad op. 'Ze is heel aardig, William, en zo goed met de kleintjes. Het is heel fijn om een paar extra handen erbij te hebben.'

William gaapte. 'Daar heb je gelijk in. Laten we morgen de draad maar weer oppakken. Ik duik ook zo mijn bed in. Hoe laat komen Sadie en de Chandlers?'

'Halverwege de middag, dus we hebben meer dan genoeg tijd.'

'Misschien zelfs genoeg om een uurtje bij het zwembad door te brengen. Je weet het maar nooit, hè, Helena... Helena?'

Ze richtte haar aandacht weer op haar man. 'Sorry, wat zei je?'

'Het was niet belangrijk. Gaat het wel?'

Ze reageerde met de warmste glimlach waar ze toe in staat was. 'Ja, lieverd, alles is goed.'

DAGBOEK VAN ALEX

16 JULI 2006

Ik neem alles terug wat ik de vorige keer heb geschreven.

Alles. Elk woord, elke gedachte en elke daad.

'Ooit' bleek dus vandáág te zijn: 16 juli, om ongeveer drieëntwintig minuten over vier.

De Dag Dat Ik Verliefd Werd.

O, shit! Ik voel me niet goed. Ik ben nu ziek. Mijn hart, dat de afgelopen dertien jaar uiterst betrouwbaar het bloed door mijn aderen heeft gepompt, mankeert nu iets. Er is iets binnengedrongen. En dat 'iets' is verraderlijk. Ik voel het opzwellen en groeien en het strekt zijn tentakels door mijn lichaam, verlamt me, laat me zweten, huiveren, laat me de controle verliezen over… míj.

Ik besef, slechts een paar uur na deze ware aardverschuiving in mijn emotionele landschap, dat mijn hart niet langer de bevelen opvolgt van mijn fysieke lichaam. Het antwoordt niet op hoe snel of hoe langzaam ik loop. Het reageert buiten proportie, bonkt maar door, ook al lig ik stil, omdat ik aan haar heb gedacht: Chloë.

Vergeet Aphrodite. Vergeet de Mona Lisa (die trouwens toch een probleem heeft met een terugtrekkende haargrens) en Kate Moss. Míjn meisje is mooier dan de mooiste schoonheid.

Daar gaat het weer… mijn hart. Het stuwt mijn bloed razendsnel door mijn lichaam alsof ik net een marathon heb gewonnen of ben aangevallen door een haai en aangevreten ben achtergebleven.

Zodra ik aan haar denk, gebeurt dit.

Er gebeuren trouwens nog wel meer dingen, maar ik denk niet dat ik wat dat betreft in detail zal treden.

In elk geval weet ik zeker dat ik niet homo ben. Of dat ik last heb van een oedipuscomplex.

Ik ben zíék van liefde. Ik heb een briefje nodig van de dokter om thuis te kunnen blijven van het leven tot ik hiervan hersteld ben.

Maar kan dat wel? Hier ooit van herstellen, bedoel ik? Ik heb gehoord dat sommige mensen nooit meer normaal worden. Misschien zit ik hier wel voor de rest van mijn leven mee opgezadeld.

Ik bedoel, jezus, ik heb nog niet eens iets tegen haar kunnen zeggen. Al ligt dat deels aan het feit dat mijn lippen dienst weigeren zodra ik bij haar in de buurt ben. En ik zou dus echt niet kunnen eten als zij erbij is en dan ook nog eens tegelijkertijd praten. Dat zou te veel gevraagd zijn. Dus het lijkt erop dat ik deze vakantie serieus honger ga lijden. Of dat ik midden in de nacht zal moeten eten.

Hoe moet ik ermee omgaan haar elke dag te zien, haar boterzachte huid zo verleidelijk dichtbij, maar onbereikbaar?

Trouwens, ze is familie, al is ze gelukkig geen bloedverwant. Dus het zou veel erger kunnen zijn. Het zou best cool zijn om naar de reacties van de jongens te kijken als ik ze zou vertellen: 'Hé, ik ben verliefd op mijn zus.'

Toen ik vandaag naar haar staarde en dat hele hartgebeuren begon, viel me op dat ze inderdaad op pap lijkt. En ik dacht aan hoe geweldig genen zijn, dat uit hem (mannelijk, alledaags uiterlijk, oud, maar in elk geval met haar) iemand als zij, de perfecte vrouw, kon ontstaan. Ze is pure perfectie.

Ik doe mijn T-shirt en boxershort uit, maar trek mijn sokken aan. Ik ben heel gemeen op mijn enkels te grazen genomen en de muggen krijgen me vanavond niet te pakken. Ik haal de panty van tien denier tevoorschijn die ik vandaag in een supermarkt bij het strand heb gekocht waar mam ons mee naartoe had genomen. De vrouw die mijn geld aannam keek me vreemd aan, maar dat kon me niets schelen.

Ik maak de verpakking open en rek de panty op, heel zelfvoldaan over mijn ingeving. Ik trek het stuk dat ze een kruisje noemen over mijn hoofd en mijn gezicht en laat triomfantelijk mijn hoofd op het kussen vallen. Ik kan moeiteloos ademhalen omdat het materiaal zo dun is en dat betekent dat ik, eindelijk, die kleine klootzakjes de baas ben.

Een onverwachte bonus, zo besef ik, is dat ik door het ragfijne materiaal heen kan kijken, net als die schurken met kousen over het hoofd in van die bankovervalfilms. Ik steek meteen een arm onder mijn bed, op zoek naar de envelop vol brieven. Ik heb ze vanmorgen niet aan mam gegeven omdat ze het zo druk had. En mijn gemoedstoestand is de afgelopen vierentwintig uur zo drastisch veranderd dat ik met een geheel nieuwe blik naar deze brieven zal kijken.

Ik kies er zomaar een uit, duw mijn oordopjes onder het elastische nylon in mijn oren en zet mijn iPod aan. Dan ga ik lekker liggen om wat tijd door te brengen met iemand van wie het hart duidelijk ooit net zo snel heeft geslagen als het mijne sinds ik Chloë voor het eerst heb gezien.

Een paar tellen lang, met op de achtergrond de muziek van Coldplay, waar ik zelden naar luister maar die beter bij mijn nieuwe stemming lijkt te passen dan Sum 41, sluit ik mijn ogen en sta ik mezelf toe me haar voor de geest te halen.

Als ik uiteindelijk mijn ogen opendoe zie ik haar niet alleen in mijn verbeelding… Ze staat recht voor mijn neus! Shit!

Haar mond beweegt, maar ik hoor niet wat ze zegt door de iPod. Ik zet het ding uit. Dan besef ik tot mijn enorme afgrijzen dat ik spiernaakt ben op mijn sokken na. Ik ga rechtop zitten en trek het laken om me heen.

'Hoi, Alex, ik ben Chloë. Ik kwam even hallo zeggen.' Ze glimlacht loom.

Kom op, flapdrol, zég iets! Ik lik langs mijn lippen om ze wat soepeler te maken en het lukt me er een verstikt 'Mieieie' uit te krijgen. Ze kijkt me heel vreemd aan. Ik heb geen idee waarom.

'Voel je je weer beter? Is de hoofdpijn weg?'

Ik knik. 'Ja.' Gevolgd door meer knikken.

'Ik wilde je bedanken dat ik jouw kamer heb gekregen. Immy heeft het me verteld. Weet je zeker dat je hier goed zit? Het is net een bezemkast.'

'Ja, pwima.' Ik knik nog maar een keer. Het is net een onbedwingbare, maar toch ook geruststellende tic.

'Oké, nou, misschien dat we morgen even kunnen kletsen, goed?'

'Ja. Supew.' O, shit! Ik kan niet meer ophouden met knikken! Help…

'Welterusten dan maar,' zegt ze.

'Twusten.'

Ze staat op het punt de deur achter zich dicht te doen als ze zich half omdraait. 'Heb je oorpijn of zo?'

Ik geef het op en in plaats van te knikken schud ik mijn hoofd.

'Alleen hoofdpijn?'

Daar is het knikken weer.

'O.' Ze knikt ook als ze zich omdraait. Maar dan… 'Want ik vroeg me gewoon af…'

'Wap?'

'Of je daarom een panty op je hoofd hebt. Trusten, Alex.'

8

Helena werd met een onrustig gevoel wakker toen de zon de volgende ochtend aan zijn reis door de hemel begon. Ze probeerde weer in slaap te komen omdat er zich een heel lange dag voor haar uitstrekte, maar alle zorgelijke gedachten die door haar hoofd spookten maanden haar tot actie over te gaan in een poging een eind te maken aan het piekeren. Uiteindelijk klom ze uit bed, trok ze haar sportkleren aan en ging ze naar het terras.

De zon steeg loom hoger terwijl Helena haar spieren opwarmde met pliés, waarbij ze de balustrade als barre gebruikte. Ze mijmerde over hoe ongepast het zou zijn om de kleuren van een zonsopkomst in een kamer te gebruiken, terwijl die zo prachtig in elkaar overgingen aan de hemel. Ze boog zich naar voren, streek met haar vingertoppen langs de tegels van steen, kwam omhoog en boog zich toen achterwaarts. Haar arm vormde een gracieuze boog boven haar hoofd. De inspannende bewegingen tijdens het dansen brachten haar geestelijke rust, waardoor ze rationeler kon nadenken.

Vanmorgen wist ze echter niet waar ze moest beginnen.

Waar zou ze eigenlijk aan moeten denken?

Een paar weken geleden was het een heerlijke gedachte geweest om met haar gezin naar Pandora te gaan. Sindsdien hadden allerlei omstandigheden tot de uiterst gespannen bui van vanmorgen geleid. Op dit moment moest ze zich uit alle macht inhouden om niet weg te rennen, van haar verleden en het heden en van de consequenties van beide voor haar toekomst.

Ze verlangde ernaar zich van haar last te ontdoen, om het eindelijk aan William en Alex te vertellen en de bron van die dagelijkse loodzware druk op haar borst te verwijderen… maar ze wist dat dat onmogelijk was.

Dus… ze zou doen wat ze altijd had gedaan en de geheimen alleen het hoofd bieden.

Ze voerde een *arabesque* uit en vroeg zich grimmig af hoelang haar lichaam nog moeiteloos zo'n soepele beweging zou kunnen maken.

Toen ze jonger was, had haar alles meegezeten om haar droom om ballerina te worden waar te maken: een sterk, maar toch ook flexibel lichaam dat haar zelden teleurstelde, een muzikaliteit waardoor ze instinctief de noten interpreteerde én de meer zeldzame vaardigheid waarmee ze zich had kunnen onderscheiden van de anderen: haar aanzienlijke acteertalent.

Ze had snel carrière gemaakt bij het Royal Ballet. Haar naam was door heel Europa bekend geweest als die van een talent dat men in de gaten diende te houden. Ze was het hof gemaakt door La Scala in Milaan. Op vijfentwintigjarige leeftijd was ze samen met Fabio, haar danspartner, verhuisd om solist te worden bij het beroemde Wiener Staatsballett. En toen...

Helena zuchtte.

Ze was verliefd geworden en alles was veranderd.

'Gaat het wel, Helena? Je ziet er moe uit. Kon je niet slapen?' vroeg William een half uur later in de keuken, waar hij haar met een bedachtzame blik in zich opnam.

'Ik zat te denken aan alle dingen die ik moet doen voor Sadie en de Chandlers komen, dus ik ben maar vroeg opgestaan. Ik zou ook graag de bloemen willen planten die we bij het tuincentrum hebben gekocht voor het te warm wordt. Als ik ze nog langer in hun pot laat zitten, ben ik bang dat ze doodgaan.' Helena pakte de doos ontbijtgranen uit de kast en zette kommen op een dienblad om die naar buiten te brengen.

'Lieverd, ik voel me ontzettend schuldig. Ik heb je niet alleen opgezadeld met Chloë, maar ook met Jules en haar bende.'

'Jules heeft anders zichzelf uitgenodigd, hoor.'

'Ik weet dat ze lastig kan zijn, maar Sacha heeft het echt moeilijk op het moment. Het gaat helemaal niet goed op zijn werk.'

'O?'

'Ja. Luister, lieverd, ik beloof dat ik je zoveel mogelijk zal helpen. Ik dacht dat Angelina vandaag zou komen?'

'Dat is ook zo. Ik wil dat zij het eten kookt en de badkamers schoonmaakt. Je weet hoe pietluttig Jules is.'

William liep naar zijn vrouw toe en masseerde haar schouders. 'Jezus, wat ben je gespannen, Helena. Denk je er wel een beetje aan dat dit een vakantie hoort te zijn?'

'Dat doe ik. Het is alleen dat er zoveel te doen is, met iedereen die vandaag komt.'

‘Dat weet ik, maar we zijn ook met velen, dus je hoeft ons alleen maar om hulp te vragen.’

‘Ja,’ antwoordde ze met een zwak glimlachje. ‘Oké, ik ga boven de handdoekensituatie bekijken. Kun jij Immy en Fred hun ontbijt geven? Al heeft Fred gezien het spoor van papiertjes op de vloer de snoepkast al ontdekt.’

William knikte. ‘Natuurlijk. Als je het fijn vindt kan ik ze wel meenemen. Dan gaan we de omgeving wat verkennen. Daar wil ik graag wat meer van zien.’

‘Bedankt, lieverd, dat zou echt helpen.’

‘Helena?’

Ze bleef in de deuropening staan. ‘Ja?’

Hij keek naar zijn vrouw, zuchtte en haalde zijn schouders op. ‘Niets.’

Ze knikte en ging naar boven.

Tegen vier uur die middag was het huis klaar. Het was Helena zelfs gelukt vlug de geraniums in de urnen op het terras te zetten en een begin te maken met onkruid wieden in het overwoekerde bloembed bij het zwembad zodat ze daar de lavendel zou kunnen planten. Haar armen deden zeer van vermoeidheid. Ze zette de waterkoker aan en ging op zoek naar Alex. Hij had eerder die ochtend verkondigd dat hij nog steeds last had van migraine en was de hele dag nog niet uit zijn kamer gekomen. Ze klopte op zijn deur en deed die toen stilletjes open, voor het geval hij sliep. Hij lag op zijn bed te lezen. ‘Hoi, lieverd, hoe voel je je?’

‘Oké.’

‘Moet je wel lezen als je hoofdpijn hebt? En waarom doe je het raam niet open. Het is hier ontzettend benauwd.’

‘Néé!’

‘Je hoeft niet te schreeuwen. Het was maar een voorstel.’

‘Ja. Sorry, mam.’

‘En als je denkt zo de muggen tegen te houden dan is dat belachelijk. Die komen pas tegen schemertijd.’

‘Dat weet ik.’

‘Hoe gaat het met je hoofd?’

‘Ongeveer een zeven, dus iets beter.’

‘Kom je dan buiten een kop thee met me drinken?’

Alex keek haar zenuwachtig aan. ‘Waar is Chloë?’

'Bij het zwembad.'
'Nee, dank je. Ik blijf wel hier.'
Helena zuchtte. 'Is er nog iets anders aan de hand?'
'Nee. Hoezo?'
'Omdat je je al vreemd gedraagt sinds Chloë hier is, daarom. Heeft ze iets gezegd waardoor je van streek bent?'
'Nee, mam! Serieus! Ik heb gewoon hoofdpijn, meer niet, alsjeblieft!'
'Oké, Alex. Ik probeer alleen maar te helpen.'
'Jezus, mam, wat ben jij vandaag gestrest.'
'Helemaal niet!'
'Welles. Wat is er?'
'Niets. Ik verwacht je buiten te zien als de Chandlers er zijn.'
Alex knikte met tegenzin. 'Oké, tot straks.' Hij las verder in zijn boek.
Helena liep met haar thee het terras op en probeerde haar evenwicht wat te hervinden. Ze keek tussen de olijfbomen door en zag dat Chloë op een ligbed lag bij het zwembad met oordopjes in haar oren. Ze was echt heel erg mooi, haar lange ledematen suggereerden dat ze haar lengte aan haar vader te danken had. Al vond Helena dat ze uiterlijk op haar moeder leek met haar prachtige bottenstructuur en steile, glanzende haar. Cecile, Williams ex, beschikte over de aangeboren elegantie en arrogantie die hand in hand leken te gaan met een Gallische afkomst.
Er bestond geen twijfel over dat William zich aangetrokken voelde tot uitdagende vrouwen. Hoewel hij misschien overkwam als ongecompliceerd, verraadde zijn vak als architect zijn behoefte aan structuur, maar ook zijn creatieve flair en oog voor schoonheid. En hoewel hij het wellicht zou ontkennen, wist ze dat hij middelmatigheid net zo lastig vond als zij.
Wist William nu maar precies hoe groot de uitdaging was die hij onbewust op zich had genomen, dacht ze somber. Maar dat wist hij niet, en hopelijk zou hij dat ook nooit te weten komen…
Het knarsende grind op de oprit kondigde de komst van de Chandlers aan. Ze ademde diep in en liep naar hen toe.
'Goede god, wat is het heet!' Jules Chandler zwaaide haar benen uit de auto. Ze was lang en bezat brede botten en was aantrekkelijk op een vrij mannelijke manier. 'Helena, schat, hoe gaat het?' Jules nam haar in een nekklem die voor een omhelzing moest doorgaan.
'Prima. Welkom, Jules.' Helena glimlachte en voelde zich zoals altijd klein en nietig naast haar.

'Dank je. Kom op, kinderen, uitstappen,' blafte ze naar de inzittenden op de achterbank. 'Wat een afschuwelijke vlucht, vol mensen met kaalgeschoren koppies en sneakers. De mannen droegen meer sieraden dan de vrouwen.' Jules ging met een hand door de bos dik lichtbruin haar dat ze altijd kort droeg, zodat ze 's ochtends na het paardrijden zo onder de douche kon springen.

'Hoi, liefie, hoe gaat het?' Sadie, Helena's beste vriendin, trok haar zacht tegen zich aan.

'Goed, hoor, Sadie. En je ziet er geweldig uit voor iemand met een gebroken hart.'

'Dank je. Ik heb vorige week een flikker-op-eikel-botoxsessie gehad,' fluisterde ze geamuseerd in haar oor.

'Hoi, tante Helena.'

Helena keek verrast toen ze de onlangs verkregen diepe stem van Rupes, de zoon van Jules, hoorde en zijn lange, atletische lijf zag, dat de indruk wekte dat hij een enorme sportfanaat was. 'Hemeltje! Jij bent flink gegroeid, Rupes.'

Hij boog zijn witblonde hoofd om haar te kussen. 'Ik ben inmiddels dertien, tante Helena. Ik hoor te groeien.'

'Hoi, tante Helena.'

Er werden een paar dunne, blanke armen met sproetjes om haar nek geslagen en ze kreeg een dikke knuffel. 'Viola, lieverd.' Helena omhelsde het meisje. 'Volgens mij ben jij ook gegroeid!'

'Nee, hoor. Ik ben nog even groot, en ze noemen me "wortel" op school, maar wat doe je eraan?' Viola rimpelde haar neusje vol sproeten en glimlachte, waarbij ze ietwat uitstekende voortanden ontblootte.

'Tja, je bent nu eenmaal roodblond, maar als je ouder bent zijn ze allemaal jaloers op je omdat jij nooit naar de kapper hoeft te gaan voor van die dure highlights.'

'O, tante Helena, dat zeg je altijd,' giechelde Viola.

'Omdat het waar is, toch, Sadie?'

'Absoluut,' zei Sadie resoluut. 'Ik zou een moord doen voor jouw haarkleur, liefie.'

'Waar is papa, Viola?' Helena keek vragend naar de auto.

Jules snoof eens, een geluid dat nogal leek op iets wat haar paarden zouden produceren. 'Dat is een goede vraag. Mijn lieve echtgenoot is er duidelijk niet.'

'Waar is hij dan?' wilde Helena weten.

'Op dit moment? Waarschijnlijk houdt hij in zijn eentje een bar draaiende ergens in hartje Londen.'

'Bedoel je dat hij niet op Cyprus is?'

'Nee. Er was iets op zijn werk en hij heeft het op het laatste moment laten afweten. Zoals gewoonlijk.'

'Komt hij überhaupt nog?'

'Schijnbaar morgen, maar daar zou ik niet op rekenen. We rekenen tegenwoordig maar niet meer op papa, hè, jongens?'

'Mama, niet zo gemeen doen! Het is niet papa's schuld dat hij zo hard moet werken.' Viola, papa's kleine meisje, verdedigde haar vader.

Jules trok haar wenkbrauwen op. 'Hoe dan ook, je begrijpt vast dat ik serieus kwaad ben.'

Helena knikte. 'Ja.'

'En waar is de aanbiddelijke William?' vroeg Sadie.

'Op verkenningstocht met zijn twee aanbiddelijke kinderen,' antwoordde Helena.

'Je hebt hem heel goed afgericht. Het kost me moeite om Sacha naar de prijsuitreikingen aan het eind van het jaar te krijgen,' sprak Jules op luide toon, terwijl ze de klep van de kofferbak openmaakte om de bagage te pakken. 'Ik kom zo,' zei ze, toen de rest van het gezelschap aanstalten maakte Helena naar het terras te volgen.

Helena zag dat Chloë het zwembad had verlaten. Ze had een kleine sarong rond haar heupen geknoopt. Haar huid kreeg al een goudbruine gloed dankzij de zon.

'Hoi, allemaal. Ik ben Chloë.'

'Dat weet ik,' zei Sadie. Ze liep op het meisje af en gaf haar op beide wangen een zoen. 'Ik heb je een keer ontmoet toen je ongeveer zes jaar oud was, maar je herinnert je me vast niet meer.'

'Nee,' sprak Chloë. 'Is dit geen coole plek?'

'Het is prachtig,' beaamde Sadie, die waarderend het uitzicht bestudeerde.

'En ik ben Rupes, de zoon van Jules en Sacha. Hoi, Chloë.'

Chloë nam Rupes met een goedkeurende blik in zich op. 'Hoi. Heb je het zwembad al gezien?'

'Nee.'

'Zal ik je de weg wijzen?'

'Ja, hoor. Ik kan wel wat verkoeling gebruiken.'

'Volg mij maar.'

Ze slenterden samen weg in de richting van het zwembad.

Sadie keek Helena met opgetrokken wenkbrauwen aan.

Jules sleurde een van haar enorme koffers hun kant op. 'Oké, waar kan ik deze neerzetten?'

Nadat ze Viola de kamer had laten zien die ze met Rupes zou delen en Jules naar haar kamer had gebracht, liet Helena haar daar achter voor ze zich kon beklagen over alles wat niet naar wens was. Ze liep langzaam door de gang naar Sadies slaapkamer en trof haar knielend op bed aan, waar ze uit het raam staarde.

'Het uitzicht is echt prachtig,' zei ze met een glimlach naar Helena. 'Had ik maar een peetoom die het hoekje omging en me een huis als dit naliet.'

'Ik weet het. Ik bof er maar mee. Ga je mee naar beneden om iets te drinken en om bij te kletsen?' Helena liet haar stem iets zakken. 'Gezien het formaat van die koffer kan het even duren voor Jules komt.'

'Ik zou er niet gek van opkijken als ze haar eigen behang en lijm heeft meegebracht en ze die kamer tegen etenstijd opnieuw heeft ingericht.' Sadie grinnikte. 'Ze stond er op het vliegveld op zich over mijn paspoort te ontfermen,' vertelde ze tijdens de wandeling naar beneden. 'Ik kreeg het gevoel alsof ik een van haar kinderen was.'

'Ze houdt er gewoon van de touwtjes in handen te hebben. Thee? Of iets sterkers?' Helena ging Sadie voor de keuken in.

'Het loopt al tegen vijven, dus het laatste, graag.'

Ze liepen allebei met een glas wijn het terras op en gingen zitten.

'God, ik ben zo blij om hier te zijn. Ontzettend bedankt voor deze schitterende rots in de branding.' Sadie tikte Helena's glas aan met dat van haar en nam een slokje wijn. 'Waar is Alex, trouwens?'

'In zijn kamer. Hij heeft migraine.'

'Bah, wat vervelend. En hoe gaat het in het algemeen?'

'Hetzelfde, eigenlijk.' Helena haalde haar schouders op.

'Hoe vindt hij het om naar kostschool te gaan?'

'Hij heeft het er niet echt over. Jezus, Sadie, ik hoop maar dat dit de juiste beslissing is.'

'Liefie, hij heeft een onwijs prestigieuze beurs gewonnen voor een van de beste scholen in Engeland. Hoe kun je daar nu aan twijfelen?'

'Omdat Alex misschien wel het brein van Einstein heeft, maar emotioneel en fysiek nog erg jong is. Ik zag Rupes, die maar vier maanden ouder is, en dat maakte me bang. Je weet hoe moeilijk Alex het überhaupt vindt om aansluiting te vinden bij zijn leeftijdsgenoten. Het helpt niet als ze allemaal bijna een meter langer zijn dan hij is. Ik ben doodsbang dat hij misschien wel heel erg gepest zal worden.'

'Scholen zijn daar tegenwoordig heel erg streng in. Trouwens, hij is misschien wat klein voor zijn leeftijd, maar Alex is geen doetje, Helena. Onderschat hem niet.'

'Ik wil ook niet dat hij zo'n arrogante, elitaire etter wordt.'

'Zoals Rupes, bedoel je?' sprak Sadie met een wrang lachje.

'Precies. En ik zal hem zo ontzettend missen,' gaf ze toe.

'Ik weet dat jullie altijd heel hecht zijn geweest, maar is dat misschien niet juist een reden om hem weg te sturen? De navelstreng moet worden doorgeknipt, voor zijn eigen bestwil.'

'Dat is natuurlijk ook wat William zegt. En jullie hebben vast allebei gelijk. Maar goed, genoeg over mij. Hoe gaat het met jou?'

Sadie nam een flinke teug wijn. 'Ik zit eraan te denken om een cursus te volgen waarbij ik leer niet meer te vallen voor gestoorde kerels met bindingsangst. Serieus, Helena, ik weet niet hoe ik het voor elkaar krijg, echt niet.'

Helena keek naar Sadies blanke huid, inktzwarte haar en de lange, elegante vingers waarmee ze haar glas vasthield. Ze was eerder exotisch dan mooi, een vrouw van bijna veertig met een slank figuur waardoor ze zich nog als een jonge meid kon kleden. Vandaag droeg ze een eenvoudige katoenen jurk en teenslippers. Ze zag er niet veel ouder uit dan dertig. 'Ik ook niet, Sadie, maar jij zult ook nooit voor een saai iemand vallen, hè? Jij houdt van de uitdaging van het aparte.'

'Ik weet het, ik weet het.' Sadie zuchtte. 'Het hele ik-los-jouw-problemen-wel-voor-je-op-scenario heeft inderdaad zo zijn aantrekkingskracht. Hoe erger ze beschadigd zijn, hoe meer ik ze wil redden. Dan herstellen ze, voelen ze zich sterk en gaan ze er met een ander vandoor!'

'En nu heeft je laatste rampenplan hetzelfde gedaan.'

'Eigenlijk is hij teruggegaan naar zijn ex, dezelfde vrouw die hem oorspronkelijk heeft gedumpt omdat hij emotioneel geremd was. Ha!' Sadies lippen trilden en toen giechelde ze. 'Misschien kan ik hier geld mee verdienen. Een soort puppycursus: stuur je man voor twaalf weken naar mij toe en dan zorg ik dat hij in vorm komt. Hij wordt daarna volledig getraind afgeleverd en hij volgt je op je hielen als je naar hem fluit. Wat vind je ervan?'

Helena glimlachte. 'Fantastisch idee. Behalve dan het feit dat je de leukste puppy's zelf zou willen houden.'

'Dat is waar. Maar ik heb al besloten dat ik de komende tijd mannen afzweer. En zoals je weet kijk ik nooit verder dan een dag vooruit, dus vanavond ben ik veilig! Hoe gaat het met William, mijn meest favoriete man ooit?'

'Goed. Hetzelfde als altijd.'

'Liefhebbend, welgesteld, betrouwbaar, geweldig met kinderen, barbecueën en in bed. Ja.' Sadie nam een luidruchtige slok wijn. 'Hij is voor mij als je hem ooit aan de kant zet, beloofd?'

'Beloofd.'

'Alle grapjes daargelaten, Helena, ik heb haast met dat hele gedoe van een levenspartner vinden, weet je. Mijn biologische klok tikt niet eens zozeer als dat die een ervaren horlogemaker nodig heeft om 'm te repareren.'

'Kom op. Vrouwen krijgen tegenwoordig nog tot ver boven de veertig kinderen,' zei Helena.

'Misschien horen kinderen niet bij de plannen die de Grote Man voor mij heeft, en zal ik genoegen moeten nemen met honderden petekinderen,' verzuchtte Sadie.

'Immy zegt dat je haar favoriete peettante bent, dus daar ben je duidelijk fantastisch in.'

'Ja, ik kan geweldig goed briefgeld in kaarten stoppen, maar toch bedankt.'

'Hoi, mam. Hoi, Sadie.'

Alex was ongezien naar buiten gekomen.

'Alex, liefie, hoe gaat het?' Sadie spreidde haar armen om hem te omhelzen.

Alex ging plichtsbewust naar haar toe voor een knuffel.

'Hoe gaat het met mijn knappe jongen?'

'Oké,' bromde Alex. Hij ging recht staan en keek nerveus om zich heen.

'Als je de anderen zoekt, die zijn bij het zwembad. Ga jij ook lekker zwemmen?' stelde Helena voor. 'Ik weet zeker dat wat beweging je goed zal doen.'

'Is al goed, mam, bedankt.' Hij stond slecht op zijn gemak voor hen.

'Wil je anders even de fles wijn uit de koelkast pakken, lieverd? Ik weet zeker dat Sadie nog wel wat lust.'

'Dat lust Sadie inderdaad,' zei de dame in kwestie.

Helena zuchtte toen Alex naar binnen ging. 'Het helpt niet dat hij de pest heeft aan Rupes. Misschien verstopt hij zich daarom wel de hele dag op zijn kamer.'

'Ik ben bang dat ik het met hem eens ben,' fluisterde Sadie. 'Rupes is een arrogante klier.'

'Ah, daar zijn jullie.' Jules stapte het terras op gehuld in een felgele sarong. Het ding zou Chloë fantastisch hebben gestaan, maar bij Jules wekte het de indruk van een verwelkte zonnebloem. Ze plofte zwaar op een stoel neer. 'Ik ben klaar. Kan ik ook een glas wijn krijgen?'

'Alex, lieverd, neem alsjeblieft ook een glas mee voor Jules.'

Alex, die net in de deuropening was verschenen met de fles, trok een gezicht en maakte rechtsomkeert.

'Mijn hemel, hij is behoorlijk wat zwaarder geworden sinds de laatste keer dat ik hem zag. Wat geef je hem in vredesnaam te eten, Helena?' riep Jules.

'Dat is maar puppyvet. Dat raakt hij wel kwijt als hij begint te groeien,' antwoordde Helena kalmpjes, in de hoop dat haar zoon die opmerking niet had gehoord.

'Dat is te hopen. Je ziet tegenwoordig zo vaak zwaarlijvige kinderen. Je zult hem op dieet moeten zetten als hij nog dikker wordt.'

Bij het zien van Helena's ongemak veranderde Sadie snel het onderwerp. 'Is het huis niet fantastisch, Jules?'

'Het moet duidelijk opgeknapt worden en de badkamers moeten worden verbouwd, maar de locatie is heel mooi. Dank je,' zei Jules toen Alex terugkeerde met een glas. 'Hoe gaat het op school?'

'Daar ben ik weg.'

'Dat weet ik, Alex,' merkte Jules op scherpe toon op. 'Wat ik wil weten is of je zin hebt om op die andere school te beginnen?'

'Nee.'

'Waarom niet? Rupes kan niet wachten. Hij heeft de sportbeurs gewonnen voor Oundle, weet je.'

'Ik wil niet weg van huis, daarom niet,' mompelde Alex.

'O, daar wen je wel aan. Rupes vond het geweldig om intern te zijn tijdens zijn voorbereidende jaar. Hij was klassenoudste en heeft aan het eind van het jaar een hele rits sportprijzen ontvangen.' Er was moederlijke trots in de ogen van Jules te zien toen ze Rupes en Chloë samen aan zag komen lopen.

‘Hoi, Alex, hoe gaat-ie?’ Rupes gaf hem een flinke klap op zijn rug.

Alex knikte. ‘Goed, dank je.’

‘Chloë en ik gaan samen naar het dorp lopen om daar even rond te kijken, toch?’ Rupes glimlachte naar Chloë en legde bezitterig een hand op haar schouder.

‘Gaan jullie maar, ik heb hoofdpijn. Ik zie jullie later wel.’ Alex draaide zich abrupt om en ging naar binnen.

Jules fronste haar wenkbrauwen. ‘Is hij wel in orde?’

‘Ja, hoor,’ zei Helena.

‘Hij is altijd al een vreemde jongen geweest, hè? Geef jij hem maar een peptalk over kostscholen, Rupes. Hij is erg zenuwachtig, het arme joch.’

‘Ja, dat zullen we wel samen doen, hè, Chloë? Maak je geen zorgen, Helena, wij regelen het wel.’ Rupes liep stoer en zelfverzekerd weg.

‘Volgens mij hoor ik een auto.’ Helena stond snel op voordat ze in haar wijnglas moest braken en liep naar de andere kant van het terras om William en de kleintjes te begroeten.

DAGBOEK VAN ALEX

17 JULI 2006

O, godallemachtig, kan het nog erger worden?

Ik heb net het aantal dagen geteld dat die klootzak blijft, daarna heb ik het aantal uren uitgerekend, en over één miljoen, tweehonderdnegenduizend en zeshonderd seconden is hij... WEG!

Twee weken, twee hele weken waarin Rupes de baas speelt over Chloë en hij haar perfecte huid aanraakt en grapjes maakt die niet eens grappig zijn, maar waar ze toch om lacht.

Ze kan hem toch niet leuk vinden? Hij is zo stom als het achtereind van een varken, erger nog. Ik dacht dat elegante, intelligente vrouwen als zij de voorkeur gaven aan slimme mannen, niet aan arrogante, platvloerse, waggelende spierbundels.

Het avondeten was een pure hel. Rupes had ervoor gezorgd dat hij naast haar zat, zijn Ray-Ban nog op zijn hoofd als een soort meisjesachtig diadeem, ook al was het hartstikke donker.

Hij denkt dat hij – zoals Chloë met angstaanjagende regelmaat zegt – zó cool is.

En hoe hij lacht: een luid, stikkend geluid alsof hij een pinda heeft ingeslikt en die probeert op te hoesten. Zijn adamsappel beeft op een walgelijke manier en zijn hals en gezicht worden knalrood alsof hij te veel gezopen heeft.

Ben ik jaloers omdat hij een adamsappel heeft?

Omdat hij dik een meter langer is?

Omdat Chloë hem leuk lijkt te vinden?

Ja! Ja! Ja!

Ik sla met mijn vuist op mijn kussen, til het dan op en besef dat ik net Kaa ook in zijn gezicht heb geslagen. Ik druk een kus op de vulling waar ooit zijn neus zat en bied mijn verontschuldigingen aan. Ik hou zijn kleine grijze pootjes in mijn kleine bruine pootjes. 'Jij bent mijn enige vriend,' zeg ik ernstig.

Hij zegt niets terug, maar dat doet hij nooit, omdat hij een levenloos bundeltje oude stof en watten is.

Ik dacht ooit dat hij echt was. Ben ik gek? Dat heb ik me vaak afgevraagd. Maar aan de andere kant: wat is geestelijke gezondheid? Zie je dat terug bij een grote blonde pestkop die weet hoe hij meiden moet versieren? Als dat zo is, dan ben ik liever mezelf…

Denk ik.

Ik weet dat ik heel slecht ben in het praten over koetjes en kalfjes, en het is een nadeel om het gevoel te hebben dat je niet kunt communiceren. Misschien moet ik me aanmelden bij een van die kloosters waar monniken permanent zwijgen. Dat zou perfect bij mij passen.

Afgezien van het feit dat ik niet in God geloof en dat ik geen jurk zou willen dragen.

Volgens mij vindt pap Rupes ook maar niets, en dat wil wat zeggen. Hij heeft hem aan tafel een paar keer de les gelezen en hem gecorrigeerd toen Rupes allerlei onzin uitkraamde en het hem aan accurate geografische kennis bleek te ontbreken. 'Nee, Rupes, Vilnius ligt niet in Letland, het is de hoofdstad van Litouwen.' Ik had hem wel kunnen zoenen toen hij dat zei. Al kijk ik er eigenlijk wel een beetje van op dat Rupes überhaupt wist dat Vilnius een stad is en niet een of andere beroemde voetballer die veel te veel krijgt betaald.

Hij is maar vier maanden ouder dan ik, maar hij lijkt te denken dat hij zich al bij de enorme gelederen van volwassenen heeft aangesloten en dat zij geïnteresseerd zullen zijn in wat hij te melden heeft. Die vreselijke moeder van hem moedigt dat aan. Ze hangt aan zijn lippen en negeert die kleine Viola totaal, die trouwens best lief blijkt te zijn. Ze is bijna elf, en ze is dus maar een paar jaar jonger dan ik, al komt ze veel jonger over, meer als Immy en Fred.

Ik heb kleine kinderen altijd al leuk gevonden, de manier waarop ze uit het niets opeens bizarre vragen stellen. Een beetje zoals ik, al heb ik geleerd die vragen te denken, maar niet hardop te zeggen.

En ze is slim, Viola. Ze heeft me vanavond tijdens het eten trouwens toevertrouwd dat ze niet zo dol is op paarden. Wat dus echt jammer is, want haar moeder staat erop dat ze elke dag gaat rijden en dwingt haar mee te doen aan wedstrijden en ze moet ook nog eens hun manen en vetlokken borstelen, wat vetlokken dan ook zijn.

Jules doet me aan een paard denken. Ze heeft enorme tanden en een grote neus, en ik zou haar maar al te graag een bit in haar bek duwen zodat ze haar mond houdt.

Maar goed, niets hiervan helpt bij het oplossen van mijn probleem: hoe ik Chloë moet vertellen dat ik van haar houd.

Ze heeft vanavond een keer iets tegen me gezegd. Ze zei: 'Gaat het, Alex?' En het was magisch. Ze zei het met gevoel, totale concentratie en met de nadruk op 'Alex'. En dat moet toch zeker iets betekenen.

Ik kon niet reageren, natuurlijk, vanwege dat probleem dat mijn mond dienst weigert als ik bij haar in de buurt ben, maar volgens mij heb ik goed genoeg geknikt. Maar als ik niet daadwerkelijk iets tegen haar kan zeggen, hoe kan ik haar dan duidelijk maken dat ze voor mij het meest geweldige meisje ter wereld is?

Op dat moment valt mijn blik op de bruine envelop vol liefdesbrieven op mijn bed. Dan kijk ik naar *Gedichten* van Keats op de boekenplank boven me. En ik zie de oplossing.

9

'Liefie, de knapste man ooit komt naar het huis toe.' Sadie trof Helena en William de volgende ochtend aan in de keuken, waar ze het ontbijt aan het bereiden waren.

'Dat zal dan wel Alexis zijn,' mompelde William.

'Wie is hij?'

'Een oude vriend van Helena.'

'Je hebt me niets over hem verteld, lieverd,' zei Sadie. 'Nou, komt hij uit de buurt? Is hij vrijgezel?'

'Ja en ja. Hij woont een paar kilometer verderop in het dorp en hij is weduwnaar.'

'Het gaat nu zeker de goede kant op. Zal ik hem naar het terras brengen? Hem koffie aanbieden? Een volledige massage?'

Helena haalde haar schouders op. 'Waarom niet?'

'Joepie. Ik ga even wat lippenstift opdoen. Ben zo terug.'

'Sadie is onverbeterlijk,' zei William met een glimlach. 'Maar ik ben wel gek op haar. Meer dan op een zekere andere vrouw die ik zou kunnen noemen die op dit moment in dit huis verblijft.'

'Jules is een beetje... overweldigend, maar ze bedoelt het goed.'

'Dat is te aardig van je. Jules is een echte kenau en het spijt me dat ik ons twee weken met haar gezelschap heb opgezadeld. Ze heeft een talent om altijd de verkeerde opmerking te maken. Hoe Sacha haar elke dag om zich heen kan verdragen is me een raadsel. Misschien is ze een tijger in de slaapkamer en laat ze hem sterretjes zien. Ze is er zeker bazig genoeg voor.' William snoof eens. 'Ik viel gisteravond bijna in slaap met al dat gezever over paarden en tuig.'

'Toen ik vanmorgen beneden kwam vertelde ze me dat ze de voorraadkast opnieuw had ingedeeld en dat ze alles in de koelkast en diepvries had gezet. Dat het niet hygiënisch was om alles zomaar in de kast te laten staan,' vertelde Helena. 'Ik heb geprobeerd het koelsysteem van Angus uit te leggen, maar ze verkondigde dat ze zichzelf en haar kinderen niet wilde blootstellen aan E. coli of salmonella.'

'Nou, ik ben blij dat je zo kalm met haar gedrag omgaat, want ik moet al tot tien tellen. Gelukkig is ze vandaag weg en heeft ze Viola en die etter van een zoon meegenomen. Rupes keek erg chagrijnig dat hij samen met zijn zusje werd meegesleurd naar een of andere oude ruïne. Volgens mij wilde hij in plaats daarvan Chloë lastigvallen.' Hij keek Helena aan. 'En wat wil jij vandaag doen?'

'Ik zat eraan te denken om met de kinderen naar de Adonis Falls te gaan. Dat is in de bergen en de waterval is geweldig. Je kunt van de rotsen zo in de poel eronder springen.'

'Oké, dan wordt het een familie-uitstapje, als we Immy en Fred los kunnen weken van de tv. Ze zitten er alweer een tijdje aan vastgeplakt.'

'Ze maken in elk geval geen ruzie, en het is ook wel erg heet vandaag.' Helena keek door het keukenraam naar buiten.

'Laten we de koffie maar naar het terras brengen en kijken of Sadie Alexis al heeft besprongen.'

Helena volgde William naar buiten.

Alexis zat met een uiterst opgewekte Sadie aan tafel en hij glimlachte opgelucht naar hen. '*Kalimera*, Helena, William. Hoe gaat het?'

'Goed, hoor.' Helena knikte.

'Alexis vertelt me net dat hij wijn maakt,' zei Sadie.

William zette het dienblad met koffie neer.

'Ik heb hem ervan verzekerd dat ik zijn ideale eindgebruiker ben. Koffie, Alexis?'

'Nee, dank je, ik moet weer gaan. Helena, ik ben gekomen om dit af te geven.' Alexis wees naar een houten doosje dat hij op tafel had gezet. 'Ik vond het in een la van een kapotte kist toen ik die bij de stort afgaf. Ik vond het te mooi om weg te gooien.'

'En het is van goede kwaliteit.' William bestudeerde het doosje. 'Het is van palissander, en dat gedetailleerde inlegwerk is van parelmoer.' Hij liet zijn vingertoppen erover glijden. 'Volgens mij is het vrij oud, te zien aan de kleur van het hout. Misschien is het een sieradendoos.' Hij klapte het deksel open.

'Zitten er nog wat verloren smaragden verstopt achter de bekleding?' grapte Sadie. Ze stak haar hand uit en aaide het groene vilt dat de binnenkant bedekte. 'Ik voel niets.'

'Bedankt dat je het hebt gered, Alexis. Het is prachtig, en ik zal het op mijn kaptafel zetten,' zei Helena.

'Natuurlijk! Het is de doos van Pandora!' Sadie glimlachte. 'Pas maar op, liefie. Je kent het verhaal.'

‘Ja,’ beaamde Helena. ‘Dus doe het maar snel dicht voor al het onheil van de wereld eruit vliegt.’

‘Ik ben ook gekomen om te vragen of jullie allemaal zo vriendelijk zouden willen zijn om naar het verlovingsfeest te komen dat ik komende vrijdag voor Dimitrios, mijn oudste zoon, organiseer. Het zou me een eer zijn,’ zei Alexis.

‘Dat is heel aardig, maar we zijn wel met veel,’ antwoordde William.

Helena vroeg zich onmiddellijk af of hij dat als smoesje gebruikte.

‘Dat is geen probleem. Het is een groot feest en iedereen is welkom. Je weet dat wij Cyprioten ervan houden iets goed te vieren.’

‘Het klinkt leuk en we komen graag. Dank je, Alexis.’ Helena wierp William een uitdagende blik toe.

‘Kom je anders vanavond bij ons eten?’ vroeg Sadie. ‘We komen één man tekort en die arme William kan wel wat steun gebruiken met al die vrouwen om zich heen, toch, liefie?’

‘Dat is waar,’ zei William op vlakke toon, in de wetenschap dat hij buitenspel was gezet.

‘Dank jullie, dan zie ik jullie later.’ Alexis knikte. ‘Tot straks.’

‘Zo, als we nog iets willen doen vandaag dan kan ik de kinderen maar beter verzamelen. Chloë en Alex liggen zelfs nog in bed.’

William wilde weglopen toen Helena een hand voor haar mond sloeg.

‘O, god, het dringt nu pas tot me door dat het verlovingsfeest op de avond van onze tiende trouwdag is!’

William keek haar aan. ‘Tja, we hoeven niet te gaan.’

‘Maar we hebben net gezegd dat we komen.’

‘Je bedoelt dat *jíj* hebt gezegd dat we komen,’ corrigeerde hij haar.

‘Sorry, lieverd. Maar komt het niet heel onbeschoft over om af te zeggen, vooral na alles wat Alexis en zijn familie voor ons hebben gedaan? En wie weet, William... Misschien is het voor de verandering wel leuk om naar een gezellig feest te gaan en een avondje niet voor de hele ploeg hier te hoeven zorgen.’

‘Als jij het zegt,’ merkte William gespannen op. Hij ging naar binnen om de kinderen klaar te krijgen voor vertrek.

Sadie keek hem na. ‘Nou, vertel me alles over Alexis. Is er ooit iets tussen jullie geweest?’ vroeg ze op zachte toon.

‘Waarom zou je dat in hemelsnaam denken?’

‘Door de manier waarop hij naar je kijkt, natuurlijk. Dat is niet te missen. En volgens mij is het William ook opgevallen. Kom op, Helena, vertel.'

'Serieus, Sadie, het was maar een kalverliefde toen ik hier bij mijn peetoom logeerde.'

'Was het ware liefde?'

'Hij was mijn eerste vriendje. Natuurlijk dacht ik dat het iets speciaals was. Dat denkt iedereen.'

'Hij voelt duidelijk nog iets voor je, zelfs na al die jaren.' Sadie rekte zich dromerig uit. 'Wat ontzettend romantisch.'

'Behalve dan dat ik gelukkig getrouwd ben met een ander.' Helena liet haar vingertoppen over het tere parelmoeren patroon op het doosje glijden. 'O, en ik heb drie kinderen.'

'Wees eerlijk, voel je nog iets voor hem? Want ik heb het gevoel dat er iets is wat je me niet vertelt.'

'Ik ben op hem en de herinneringen gesteld, maar, nee, Sadie, er speelt verder niets.'

'Echt? Ik bedoel, is het puur toeval dat je eerstgeboren zoon de naam heeft van je eerste liefde?'

'Jezus, Sadie! Ik vond het gewoon een mooie naam, meer niet.'

'En je zweert dat je hem sindsdien niet meer hebt gezien?'

'Alsjeblieft, Sadie, kunnen we hier nu over ophouden?' smeekte Helena.

'Oké. Sorry, liefie.'

Helena stond op. 'Ik kan William maar beter helpen met de kinderen. Ga je mee naar Adonis Falls of blijf je liever bij het zwembad luieren?'

'Ik blijf hier om me voor te bereiden op het etentje met onze eigen Adonis, maar bedankt,' sprak Sadie met een knipoog. 'Tot straks.'

De rit door de bergen naar de waterval was inspannend en zat vol gevaren, precies zoals Helena zich het had herinnerd. De weg was heel smal en zat vol grote kuilen en steile hellingen.

'Godzijdank is dit niet onze eigen auto,' zei William, terwijl hij vakkundig door de stofwolken reed. 'Er zou niets overblijven van de wielen, laat staan van de vering.'

'Dit is net een achtbaan, mama,' riep Immy opgewonden, terwijl ze onverstoord mee hobbelde op de achterbank. Alex zat naast haar. Hij zag bleek en staarde recht voor zich uit, terwijl hij met beide handen stevig de zitting vasthield.

Op een van de stoelen achterin zat Chloë met haar ogen dicht en haar oortjes in en verrassend genoeg lag Fred met zijn hoofd op haar arm te slapen.

'Zijn jullie ook met de auto gegaan toen je hier de vorige keer was?' vroeg William.

'Nee,' zei Helena met een lach. 'Ik zat achter op een brommer! Niet te geloven, hè?'

'Het is een wonder dat je het hebt overleefd. Wie reed?'

Ze liet een korte stilte vallen. 'Alexis.'

William greep het stuur iets steviger beet. 'Misschien kun je straks het fatsoen opbrengen om me te vertellen wat er precies tussen jullie is gebeurd,' fluisterde hij haar grimmig toe. 'Het is duidelijk dat hij denkt dat er nog iets tussen jullie is en ik stel het niet op prijs dat je me het gevoel bezorgt dat ik bedrogen word waar ik bijsta!'

'William, toe! Dadelijk horen de kinderen je nog,' fluisterde Helena wanhopig terug.

William trapte hard op de rem en de auto kwam abrupt tot stilstand. 'Oké, jongens, zo te zien zijn we er.'

Ze bevonden zich diep in een vallei en de bergen torenden aan weerszijden hoog boven hen uit.

Helena stapte uit en hielp Immy en Fred uit hun stoelen, terwijl ze probeerde de brok in haar keel weg te slikken, zodat ze niet zouden zien dat ze op het punt stond in tranen uit te barsten.

William was al naar de ingang gelopen.

Ze kon hem maar beter even met rust laten. Ze was gewend aan zijn onverwachte woede-uitbarstingen en normaal gesproken koelde hij snel af en had dan spijt van zijn gedrag. Trouwens, na haar gesprek met Sadie was ze zich bewust van de aanleiding hiervan. William voelde zich bedreigd, en ze wist dat ze hem gerust moest stellen. 'Heeft iedereen zijn handdoek? Oké, laten we gaan.'

Helena pakte Fred bij de hand. Immy klampte zich aan Chloë vast en Alex vormde in zijn eentje de achterhoede.

William had alvast de kaartjes gekocht. Hij tilde Fred op en knuffelde hem. 'Ben je er klaar voor om in heel koud water te springen, jochie?'

'Ja, pap, ik klaar.'

Ze gaven elkaar een boks en vertrokken naar de waterval.

Helena liet zich langs de verraderlijke rotsen omlaagglijden en stond tot aan haar middel in helder, ijskoud water terwijl haar kleintjes om haar heen zwommen.

William en Alex waren naar de rand van het bad gezwommen en klommen nu op de rots zodat ze in het water konden springen.

Chloë zat in haar eentje op de rand te zonnebaden en trok bewonderende blikken van de jongens en mannen om haar heen.

'Ik spring… Kijk!' Alex zwaaide naar haar vanaf de gladde rand op zo'n zes meter hoogte. Hij sprong en landde met een enorme plons.

'Gaaf, Alex!' Chloë klapte enthousiast toen hij bovenkwam. 'Dat was zó cool!'

'Ik ga een rots hoger,' riep hij, terwijl hij weer naar de rand zwom.

Helena keek op en zag hoe hoog dat was. 'Pas alsjeblieft op, Alex!' riep ze.

William stond op het punt van de lagere rots te springen.

Wat zag hij er toch jong uit voor vijfenveertig, dacht ze. Hij had nog geen enkele grijze haar in zijn donkere bos en zijn slanke lichaam was soepel en gespierd.

'Woehoe, papa!' riep Immy, die enthousiast met Fred aan het spetteren was.

William zwaaide naar hen en sprong.

Zijn kinderen juichten voor hem.

'Ik nu pingen, mama.' Fred maakte aanstalten om naar de rotsen te zwemmen.

Helena trok hem naar zich toe. 'Als je groter bent, lieverd.'

'Nu, nu!'

William sprong naar zijn zoon toe en tilde hem op. 'Wil je erin springen?'

'Ja!'

'Oké, daar ga je!' Hij tilde Fred hoog boven zijn hoofd en liet hem los.

Freds zwemvleugels zorgden ervoor dat hij niet kopje-onder ging en hij krijste opgetogen.

'Helena, kijk, Alex gaat van die onwijs hoge rots springen,' riep Chloë achter haar. 'Gaat dat wel goed?'

'Dat hoop ik.'

Alex sprong.

Chloë gilde en klapte toen hij bovenkwam en hun kant op zwom. 'Rupes zei dat Alex een watje en een nerd was, maar dat zou ik hém weleens willen zien doen,' zei ze tegen Helena.

'Alex is geen van beide. Hij is ontzettend moedig, op allerlei vlakken,' merkte Helena op toen hij hijgend, maar triomfantelijk bij hen aankwam.

'Zag je dat, mam?'

'Ja, dat was fantastisch, lieverd.'

'Echt wel. Ik vroeg me af...' Chloë beet op haar onderlip en zag er prachtig kwetsbaar uit. 'Als ik probeer van die lage rots af te springen, houd jij dan mijn hand vast, Alex?'

'Tuurlijk. Kom op.'

Helena zag de trotse blik op het ronde gezicht van haar zoon terwijl hij Chloë meetroonde naar de rotsen. Opeens besefte ze waarom Alex zich de afgelopen dagen zo vreemd had gedragen: hij had overduidelijk een oogje op Chloë.

Er klonk een enorme plons toen ze samen sprongen en er ging gejuich op van de menigte die van beneden toekeek.

Twintig minuten later was Immy het zat. 'Mama! Mijn haar is nat en ik heb het koud en ik heb dorst en ik wil eruit!' jammerde ze.

'Blijf jij bij Fred,' riep ze naar William, terwijl ze haar dochter uit het water trok. 'Ik zal wat te drinken gaan halen en dan zie ik jullie op het terras.'

Helena haalde wat blikjes uit de auto en ging met Immy op een bankje zitten in de schaduw van een olijfboom. Ze deed haar ogen even dicht en dacht terug aan lang geleden toen Alexis haar hier mee naartoe had genomen. Toen was het niet zo'n toeristenattractie geweest, maar gewoon een prachtige plek die voornamelijk bezocht werd door de paar mensen die er in de buurt woonden. Zij waren ook samen van de rotsen gesprongen en hadden in het diepe, heldere water gezwommen.

En hier, bij de rand van het verlaten bad, op deze legendarische plek, was Helena een vrouw geworden.

'Mama? Luister je wel?'

'Natuurlijk, lieverd.' Helena concentreerde zich weer op Immy.

'Ik zei dat ik honger heb en dat ik een zakje chips nodig heb.'

'We gaan zo lunchen, dus je zult even moeten wachten. Kijk, daar komen de anderen.'

'Ik kan het je wel laten zien als je dat leuk vindt,' zei Alex tegen Chloë. 'Het is een gaaf boek, en Angus had een eerste editie.'

'Ik zou het dolgraag willen zien.'

'Super. Ik zal het pakken als we thuis zijn.'

'Cool.'

Alex was vandaag zo anders, dacht Helena. Zijn mooie ogen sprankelden en zijn opgetogen gezicht glom van vreugde terwijl hij met zijn stiefzus kletste en haar heimelijke blikken vol overduidelijke aanbidding toewierp.

'Zo hé, moet je daar kijken,' giechelde Chloë, die bij een beeld van een naakte Adonis en Aphrodite bleef staan die elkaar omhelsden. 'Hij is... eh... nogal indrukwekkend!' Ze las de woorden op een van de stenen plaquettes ernaast. 'Adonis en Aphrodite, de god en godin van liefde en schoonheid. Volgens de legende hebben ze hier samen met hun vele kinderen gewoond. Onvruchtbare dames die zwanger willen worden dienen het edele deel van Adonis aan te raken en zullen daarna vele kinderen krijgen.'

'Als je het maar laat, Chloë,' zei William, die samen met Fred hekkensluiter was. 'En laat je moeder daar ook niet in de buurt komen, Alex. Dat is wel het laatste wat we kunnen gebruiken, toch, lieverd?'

Helena slikte ongemakkelijk, maar knikte.

'Absoluut.'

DAGBOEK VAN ALEX

18 JULI 2006

Ik heb vandaag gevlogen!

Maar ik zat niet in een vliegtuig en werd alleen voortgestuwd door mijn armen. Ik vloog door de lucht terwijl Mijn Geliefde toekeek en toen juichte en klapte terwijl ik, plop, in het water landde.

Het is niet belangrijk dat mijn buik nu onder de rode plekken zit waar mijn vet keihard het water raakte, of dat ik mijn enkel heb verdraaid toen ik uitgleed op die gladde rotsen. Of dat ik een enorme, mysterieuze blauwe plek op mijn gezicht heb, al kan die zijn veroorzaakt door haar elleboog toen we hand in hand samen van de rots sprongen.

Pijn stelt niets voor vergeleken met de vreugde van de uitdrukking op haar gezicht. Ik ben haar held. Ik ben haar beschermer. Ze vindt me 'cóól'! Ze vindt me leuk!

En het helpt dat die lipverlamming lijkt te verdwijnen in de ballenverschrompelende kou van het bidet van Adonis. Misschien is het water magisch, want toen ze iets tegen me zei lukte het me voor het eerst iets terug te zeggen.

Dus we hebben gepraat en nu blijkt dat ze van lezen houdt. Ze wil modejournalist worden als ze geen model kan zijn en is helemaal op de hoogte van het laatste nieuws uit *Vogue* en *Marie Claire*.

Heel binnenkort zal ze mijn Bezemkast bezoeken om het exemplaar te bekijken van *Ver weg van het stadsgewoel* dat ik op de volle planken van de bibliotheek van Angus heb gevonden. Ze zegt dat ze die voor haar examen leest. Nou ja, ze zegt dat ze er nog niet zo ver in is, maar dat ze de film met Alan Bates en Julie Christie mooi vindt en dat Terence Stamp het erg goed doet als kapitein Troy. (Ik zou zelf eerder voor Alan Bates als Gabriel Oak gaan, maar over smaak valt niet te twisten.) Ik zou haar het boek graag cadeau doen, maar mam zal daar misschien niet zo blij mee zijn aangezien het een heel oud exemplaar is en vast een fortuin waard is.

En… ze zal inmiddels wel mijn gedicht hebben gevonden.

Ik ben snel naar boven gegaan en heb het in haar slaapkamer gelegd toen ze onder de douche stond nadat we terug waren van de waterval.

Ze is het waarschijnlijk nu aan het lezen.

Ik heb het natuurlijk niet ondertekend, maar ze zal weten van wie het komt. Ik heb uit de liefdesbrieven uit Angus' fotodoos geciteerd en wat metaforen geleend van Keats. Het klonk in elk geval behoorlijk goed.

Ik troost me ook met de gedachte dat formaat niet alles is. Kijk maar naar die kabouter van de Formule 1 en zijn drie meter lange vrouw. Of naar al die piepkleine jockeys met hun supermodelvriendinnen. Als je van iemand houdt, dan kan het je niets schelen hoe groot of hoe klein ze zijn.

Trouwens, ik ben nog lang niet uitgegroeid en ik heb wat geld geïnvesteerd in een woningbouwvereniging waarmee ik tot die tijd behoorlijk hoge plateausneakers kan kopen. Het zal wel helpen als je superrijk bent, maar net als formaat is geld niet alles. En op dat gebied is er ook nog alle ruimte voor groei.

Het blijkt dat haar school helemaal niet zo ver is van de school waar ik in september naartoe ga. Misschien kunnen we een keer op zondag afspreken voor de thee, nadat we elkaar gedurende de week koortsachtige brieven hebben geschreven om elkaar onze onsterfelijke liefde te verklaren...

Opeens ziet alles er een stuk rooskleuriger uit.

En misschien wordt deze vakantie niet de ramp waar ik vanmorgen nog voor vreesde.

O, help. Er klopt iemand aan. Dat is vast Chloë. Ik adem diep in en strompel naar de deur.

10

'Hoi, Alex, ik kom naar dat boek kijken waar je me over hebt verteld. Ik heb Rupes meegenomen.'

Chloë glimlacht naar Rupes en trekt hem aan zijn hand de piepkleine kamer in.

'O, eh, juist, ja.' Alex pakte het boek van de plank en gaf het aan Chloë.

'Wauw, wat mooi. Toch, Rupes?' Chloë keerde het kwetsbare in leer gebonden boek om.

'Dat zal wel. Boeken zijn niet echt mijn ding.'

'Echt?' Chloë keek hem aan. 'Ik dacht dat jij wel van gedichten hield?'

Rupes haalde zijn schouders op. 'Ik ben meer van het sporten.'

Chloë giechelde. 'Je hoeft niet zo bescheiden te doen, Rupes. Het is goed dat een man een gevoelige kant heeft en je kunt niet ontkennen dat jij die hebt.'

Rupes keek verward. 'Eh, tja, dat zal dan wel.' Hij keek naar Alex' bed en pakte het verweerde konijn dat op het kussen lag. 'En wat hebben we hier?'

'Sorry, zou je die willen neerleggen? Ik hou er niet van als mensen hem aanraken,' zei Alex op scherpe toon.

'Je kunt dat ding beter dumpen voor je naar die kostschool gaat, gast.' Rupes keek Chloë met opgetrokken wenkbrauwen aan en maakte een minachtend geluid, terwijl hij het konijn aan zijn oren liet bungelen. 'De andere jongens gaan je daarmee pesten. Heb ik gelijk, Chloë?'

Alex griste het konijn uit de hand van Rupes en hield hem beschermend tegen zich aan. 'Eerlijk gezegd kan me dat geen ruk schelen, Rupes, maar toch bedankt voor de waarschuwing.'

'Heel veel meiden bij mij in de slaapzaal hebben nog teddyberen en zo,' zei Chloë vriendelijk.

'Precies. Het zijn meiden. Ik heb gehoord dat je vandaag van een hoge rots bent gesprongen, Alex. Ben je zo aan die blauwe plek gekomen?'

Alex haalde zwijgend zijn schouders op.

'Nou, ik ga wat stunts voor ons opzetten in het zwembad. Dan kun je ons laten zien hoe geweldig je in het water bent. Doe je mee?'

'Misschien.'
'Oké, later. Kom je, Chloë?'
'Ja. Bedankt dat je ons dat boek hebt laten zien, Alex.' Ze glimlachte. 'Tot bij het avondeten.'

'Je ziet er vanavond heel mooi uit, Sadie,' merkte William op toen hij haar alleen op het terras aantrof waar ze een glaasje wodka naar binnen klokte.

Ze lachte. 'Dank je, je bent een echte heer. Ik heb mijn best gedaan.'

'Vind je het goed als ik bij je kom zitten? Helena staat onder de douche.'

'Natuurlijk. Ik breng graag een paar minuten exclusief door met een van mijn favoriete mannen,' zei ze, terwijl hij naast haar ging zitten. 'Kijk toch eens naar die zonsondergang. Prachtig.'

'Ja. Verbluffend, hè? Het hele gebeuren hier is trouwens veel mooier dan ik had verwacht, vooral het huis.'

'Het heeft een geweldige uitstraling en door Helena's fantastische werk voelt het heel huiselijk aan.'

'Trouwens, nu ik je even alleen heb, ik wilde je vragen hoe Helena op het moment op jou overkomt.'

'Ze ziet er moe uit, maar dat komt vast doordat ze het zo druk heeft gehad met Pandora voorbereiden op onze komst.'

'En de afgelopen weken?'

'Eerlijk gezegd heb ik haar nauwelijks gesproken, William. Het is zo chaotisch geweest op het werk, en dan heb ik het nog niet eens over mijn privéleven. Hoezo? Denk je dat er iets aan de hand is?'

'Ik weet het gewoon niet. Helena is een expert in dingen voor zichzelf houden. Ook al zijn we nu al zo lang getrouwd, ze is ergens nog altijd een raadsel voor me. Vooral wat betreft haar verleden.'

'En dat is toch zeker ook een deel van haar charme? Helena is de minst neurotische vrouw die ik ken. Wie weet is ze vanbinnen een ziedende massa wanhoop, maar heeft ze dat nog nooit aan iemand laten blijken.'

'Precies. Ze is altijd beheerst.' William nam een slokje wijn. 'Maar hoe kun je in hemelsnaam al deze tijd met iemand samenwonen en nog steeds het gevoel hebben dat je haar niet echt kent? Dat gevoel heb ik op het moment. Heeft ze het ooit met jou over die Alexis gehad?'

'Je bedoelt de Alexis die hier elk moment kan zijn en die ik uit alle macht zal proberen te verleiden?' Ze grijnsde ondeugend. 'Blijkbaar hebben ze iets gehad toen ze hier jaren geleden logeerde, maar volgens mij was het daarna ook voorbij.'

'Echt?' William fronste zijn wenkbrauwen. 'Ik weet dat je het mij niet zou vertellen, Sadie, zelfs als ze je er tot in de gruwelijke details over had verteld.'

'Daar heb je gelijk in, maar ik kan je beloven dat er in dit geval niets te vertellen is.'

'Het enige wat ik weet is dat ze zelfs nog gereserveerder is dan normaal, en...' Hij schudde zijn hoofd met een zucht. 'Ik heb gewoon het gevoel dat er iets mis is.'

'Hallo, luitjes!' Jules kwam het terras op. 'Het water is verdomme ijskoud. Kunnen jullie de manager van deze tent vragen om dat voor morgen op te lossen?'

'Dat is toch nauwelijks een probleem met deze hitte?' vroeg Sadie.

'Nee, maar het is duidelijk dat het hele leidingstelsel naar zijn grootje is. Mijn wc trekt ook niet goed door.'

'Het is te verwachten dat er problemen zijn, Jules. Het is een heel oud huis,' reageerde William rustig.

'En het zal bakken met geld kosten om het te renoveren. Ze verwacht toch niet dat jij alles voor haar betaalt?'

'Helena is nu een bemiddelde vrouw. Met de erfenis van Angus kan ze alle kosten goed zelf aan. Heb je trouwens nog iets van Sacha gehoord vandaag?' William veranderde van onderwerp. 'Heeft hij gezegd wanneer hij komt?'

'Ik heb mijn telefoon nog niet aangezet. Ik ben op vakantie, ook al is hij dat niet,' antwoordde Jules scherp.

'Ik weet zeker dat Sacha hier wil zijn, Jules, maar misschien staat hij onder veel druk. Het is allemaal niet zo makkelijk in de City als het ooit was. En het was heel moedig van hem om zijn eigen zaak te beginnen toen hij terugkwam uit Singapore.'

'*Kalispera*. Goedenavond, allemaal.' Met een timing die net zo vlekkeloos was als zijn frisse hagelwitte overhemd en bruine pantalon kwam Alexis het terras op. Hij zette twee flessen wijn op tafel en legde er een grote bos witte rozen naast. 'Sadie, William,' zei hij met een glimlach. 'En als ik me mag voorstellen?' Hij stak zijn hand uit naar Jules, die zichtbaar iets ontdooide toen ze hem toestond haar hand vast te pakken. 'Alexis Lisle.'

'Jules Chandler. Ben je Cyprioot of Engels?'

'Ik ben Cyprioot, maar mijn familielijn is begonnen met een Engelsman die hier in de achttiende eeuw kwam en met mijn zeven-keer-betovergrootmoeder is getrouwd. Wij dragen dus nog altijd zijn achternaam.'

'Iets te drinken, Alexis?' William bood hem een glas wijn aan.

'Dank je, en zoals jullie altijd zeggen: cheers.'

Het gezelschap hief het glas toen Helena zich bij hen voegde. Ze zag er mooi uit in een eenvoudige witkatoenen jurk.

'Hallo, Alexis.' Ze maakte geen aanstalten om hem met een kus te begroeten. In plaats daarvan keerde ze zich naar William toe. 'Lieverd, zou jij even naar boven kunnen gaan om de kleintjes welterusten te wensen?'

'Natuurlijk. Moet er nog iets in de keuken gebeuren?'

'Nee, maar je kunt de oudere kinderen vertellen dat het eten over vijftien minuten klaar is.' Ze raakte hem zacht op zijn arm aan toen hij haar passeerde.

'Kun je tegen Viola zeggen dat ze naar bed moet als je toch bezig bent?' riep Jules. 'Ze zit binnen tv te kijken. Zeg maar dat ze tot acht uur mag lezen, maar dat dan het licht uit moet.'

William knikte en ging naar binnen.

'Zo, Alexis, kom maar zitten.' Sadie klopte op de stoel die William net had verlaten. 'Ik wil meer horen over jouw bedrijf.'

Helena luisterde met een half oor terwijl Alexis het reilen en zeilen van zijn wijngaard uitlegde. Jules zei iets tegen haar over de slechte riolering, maar daar besteedde ze geen aandacht aan. 'Ja,' zei ze afwezig, in de hoop dat het het goede antwoord was.

'Dus dan ga je de badkamers niet renoveren?'

'Eerlijk gezegd heb ik daar nog niet over nagedacht. Sorry, Jules, ik moet even bij het eten gaan kijken.' Helena stond op en zocht de veiligheid van de keuken op. Ze roerde in de stoofschotel met varkensvlees die Angelina voor hen in de oven had achtergelaten, controleerde de rijst die op het fornuis sudderde en goot die toen af.

Er werd van achter haar een arm om haar middel geslagen. 'Onze kleintjes liggen in bed en ik heb Viola ook naar boven gebracht. Het arme ding... Kan haar moeder niet eens de moeite nemen om naar boven te gaan om haar welterusten te wensen? Soms vraag ik me af waarom ze haar überhaupt hebben geadopteerd,' merkte William op. 'Het is wel duidelijk wie de favoriet is in dat gezin.'

'Jules kan wat hard voor haar zijn, maar Sacha is dol op haar,' draaide Helena er een beetje omheen.

'Ik begrijp echt niet hoe je zo aardig ten opzichte van Jules kunt zijn, terwijl de rest haar gedrag niet kan uitstaan. Ik vind Viola in elk geval een schatje en omdat ze mijn petekind is, wil ik graag dat ze het hier naar haar zin heeft.'

'Dat ben ik met je eens. Ik zal zeker proberen haar zoveel mogelijk aandacht te geven. Ze loopt een beetje met haar ziel onder haar arm,' merkte Helena nadenkend op, terwijl ze de rijst in een grote schaal kiepte. 'En ze heeft duidelijk wat aandacht en liefde nodig.'

William draaide Helena voorzichtig naar zich toe en kuste haar op haar voorhoofd. 'Sorry voor daarstraks.'

'Echt, het is al goed. Het is ook mijn schuld. Ik heb het er met Sadie over gehad en ik begrijp dat het... moeilijk voor je is.'

Hij veegde een plukje blond haar voor haar ogen weg. 'Dat is het ook. En echt, lieverd, ik zou het ontzettend op prijs stellen als je me een keer vertelt wat er precies tussen jullie is gebeurd.'

'Dat zal ik doen, beloofd, maar niet nu.' Helena keerde zich weer naar het fornuis toe. 'Hoe dan ook, Sadie gaat voor de genadeslag, dus ik zou me er niet druk om maken.'

'Dat vind je toch niet erg?'

'Natuurlijk niet!' snauwde Helena. 'Ik...'

'Hoi, paps. Hoe gaat-ie?' Chloë kwam de keuken binnen geslenterd in een turquoise sarong die dienst moest doen als jurk.

William zuchtte. 'Prima. En met jou?'

'Cool. Is het oké als Rupes en ik na het eten naar het dorp lopen en bij de kroegen gaan kijken?'

'Zolang je maar geen alcohol drinkt en je voor middernacht terug bent, dan is het wel goed, denk ik,' zei hij gelaten.

'Bedankt, papa. Mmm, er ruikt iets heel lekker.' Chloë gluurde in de gietijzeren pan die Helena uit de oven tilde. 'Wie is trouwens dat lekkere ding op het terras?'

'Hij heet Alexis. Hij is onze... buurman,' legde Helena uit.

'Hij ziet er goed uit voor een oude man. Sadie probeert hem in elk geval binnen te halen.' Ze giechelde. 'Tot zo.'

'Wacht even.' William hield haar tegen, tilde de afgedekte schaal van het aanrecht en gaf die aan zijn dochter. 'Doe ook iets nuttigs en breng deze alsjeblieft naar buiten.'

'Heb je Alex gezien, Chloë?' vroeg Helena, terwijl ze de twee volgde en de stoofschotel op tafel zette.

'Volgens mij zit hij op zijn kamer. Zal ik hem gaan halen?' bood Chloë aan.

'Graag.'

'Geen probleem.'

'Is dat jouw dochter, William?' vroeg Alexis, die Chloë nakeek tot ze in het huis verdween.

'Ja.'

'Ze is heel mooi. Je bent vast trots.'

'Inderdaad. Maar net als alle vaders maak ik me zorgen dat ze te snel volwassen wordt. Nog wat wijn, Alexis?'

Alex kwam een paar minuten later samen met Chloë naar buiten. Hij strompelde en keek nogal somber.

'Ga maar naast Sadie zitten, lieverd,' zei Helena.

'Bedankt.'

'Je vader vertelde dat je vandaag van de Adonis Falls bent gesprongen, Alex,' zei Alexis.

'Zelfs ik wilde daar niet vanaf springen,' merkte William op terwijl hij borden vol dampend varkensvlees en rijst ronddeelde.

'Wij moeten ook een keer gaan,' onderbrak Jules hem. 'Rupes was de duikkampioen van zijn school.'

'Het is niet verstandig om vanaf die hoogte te duiken. Ook al is het water diep, er zitten rotsen op de bodem. Als je die met je voeten raakt, oké, maar met je hoofd, nee, dat is niet goed,' waarschuwde Alexis.

'Ik vind het jammer dat ik niet ben meegegaan. Het klinkt geweldig. Zou jij me daar een keer mee naartoe willen nemen, Alexis?' vroeg Sadie.

Alexis staarde Helena even aan en wendde toen zijn blik af. 'Natuurlijk. En alle anderen die mee willen gaan.'

'Ik wil mee.' Rupes dook op. Hij stonk naar aftershave en ging naast Chloë zitten. 'Dit ziet er goed uit, tante Helena, bedankt,' zei hij, toen er een bord voor zijn neus werd neergezet.

'Nu je officieel een tiener van dertien bent is het denk ik wel tijd om het "tante" te laten vallen. Tast toe, allemaal.' En met die woorden ging Helena eindelijk zelf ook zitten.

'Ik wil graag proosten op de gastvrouw, die zo hard heeft gewerkt om Pandora voor ons allemaal klaar te maken. Op Helena.' William hief zijn glas.

'Op Helena,' zei iedereen.

Na de maaltijd verdwenen Rupes en Chloë naar het dorp, gewapend met hun telefoons en een zaklamp. Alex trok zich weer terug op zijn kamer en Sadie stond erop de tafel af te ruimen en de afwas te doen en charterde Jules om haar te helpen.

Helena, William en Alexis bleven daardoor alleen achter op het terras.

'Cognac, Alexis?'

'Dank je.'

William reikte hem een glas aan. 'En hoe doet jouw wijn het vergeleken met de wijnen uit de Nieuwe Wereld? Als ik afga op wat ik in de supermarkt heb gezien, zijn die hier erg populair.'

Helena luisterde maar half mee terwijl de twee mannen de stand van zaken bespraken. William liet zich van zijn beste kant zien en liet niets van zijn eerdere woede blijken. Ze waren allebei goede mannen, dacht ze, en er was geen enkele reden waarom ze geen vrienden zouden kunnen worden. Zolang geen van beide maar ooit achter de waarheid kwam...

Alexis vertrok een uur later. Jules was al naar bed.

Sadie leunde naar achteren op haar stoel en geeuwde slaperig. 'Alexis vertelde me eerder over zijn vrouw, en over hoe moeilijk het voor zijn jongens was toen ze stierf. Ze was pas vierendertig, het arme mens. Het goede nieuws is dat ook al heeft hij zo'n zware tijd meegemaakt, hij niet veeleisend overkomt, of als een eikel. Hij is oprecht een aardige vent, wat op zijn minst mijn vertrouwen in mannen heeft hersteld. Oké, ik ga naar bed. Je wordt me toch een partij moe van al die zon. Trusten.'

'Ze heeft gelijk. Alexis is een aardige man,' zei William bedachtzaam na Sadies vertrek. 'Maar ik zie het niet gebeuren dat die twee iets met elkaar krijgen.'

'Je weet het maar nooit. Er gebeuren wel vreemdere dingen.'

'Misschien, maar het is wel duidelijk dat Alexis nog niet zo ver is dat hij kan loslaten. En dan heb ik het niet over zijn vrouw, maar over jou.' William keek op zijn horloge. 'Waar blijven Chloë en Rupes in vredesnaam? Het is bijna één uur.'

'Ik weet zeker dat Rupes niets met haar laat gebeuren.' Helena was opgelucht dat hij van onderwerp was veranderd.

'Ik maak me eigenlijk meer zorgen om wat híj haar zou kunnen aandoen,' mopperde William.

Op dat moment klonk het knarsen van wielen op de oprit naar Pandora en ze keerden zich allebei om.

'Jezus, ik hoop maar niet dat ze allebei gearresteerd zijn omdat ze als minderjarigen alcohol hebben gedronken. Misschien hadden we ze niet alleen op stap moeten laten gaan.' William stond op en liep om het huis heen.

Helena volgde hem.

De auto kwam dichterbij en het werd duidelijk dat het een taxi was. Die kwam tot stilstand en het achterportier zwaaide open; een verfomfaaide man stapte uit met een reistas in zijn handen.

'Bedankt.' Hij sloeg de deur dicht en kwam naar hen toe. 'Hallo, mensen. Het is me eindelijk gelukt te komen.'

'Sacha! Waarom heb je ons in hemelsnaam niet laten weten dat je kwam? Dan hadden we je van het vliegveld gehaald. Goed je te zien, jongen.' William gaf zijn beste vriend een mannelijke omhelzing waarbij de bovenarmen stevig werden vastgepakt en er flink op de rug werd geklopt.

'Ik heb een boodschap ingesproken bij Jules met de vraag of ze me wilde komen halen. Die heeft ze duidelijk niet gekregen, dus ik heb maar een taxi genomen. Hoi, Helena. Hoe gaat het?' Sacha drukte een kus op haar wang.

Helena kromp ineen toen ze de stank van alcohol in zijn adem rook.

'Kom mee naar het terras en neem een kop koffie. Je hebt vast een lange dag gehad,' zei William.

Toen ze daar de zachte gloed in stapten en Sacha zich vermoeid op een stoel liet zakken, zag William dat zijn huid zo wit en droog was als perkament. Er had zich een hele verzameling diepe rimpels op zijn voorhoofd gevormd en aan weerszijden van zijn neus zaten diepe groeven. Zijn normaal zo glanzende en rommelige bos kastanjebruin haar was vet en hij werd grijs bij zijn slapen.

'Ik heb liever wat van die cognac.' Sacha wees naar de fles die op tafel stond.

William schonk een kleine hoeveelheid van de donkere, goudkleurige vloeistof in een glas.

'Kom op, Will, doorschenken,' drong Sacha aan.

William wisselde een blik met Helena terwijl hij met tegenzin het glas vol schonk.

'Zal ik Jules vertellen dat je er bent?' stelde Helena voor.

'Jezus, nee,' zei Sacha, waarna hij een flinke slok cognac nam. 'Om maar eens een passende uitdrukking te gebruiken: slapende honden moet je niet wakker maken.' Hij lachte om zijn eigen smakeloze grap.

'Nou, ik ga naar bed. Het wordt al laat.' Helena stond op. Ze wilde dolgraag ontsnappen en troostte zich met de gedachte dat dit duidelijk een mannenmoment was. 'Welterusten.'

'Trusten, Helena,' mompelde Sacha.

'Ik kom zo, lieverd,' zei William.

Op dat moment piepte zijn telefoon ten teken dat er een berichtje binnenkwam.

komen eraan. alles cool c&r x

Hij trok een gezicht. 'Dat was mijn allerliefste dochter met de mededeling dat zij en je zoon eindelijk hebben besloten om naar huis te komen, ongeveer twee uur na het afgesproken tijdstip.'

'Natuurlijk! Chloë is er.' Sacha had zijn glas al leeg en reikte naar de fles om nog een borrel in te schenken. 'Hoe is ze?'

'Een typische tiener die niet kan wachten om volwassen te zijn. Je kunt je wel voorstellen dat ik het ergste verwachtte, gezien haar moeder, maar ze is een schat. Als ik iets met haar opvoeding te maken had gehad, dan zou ik erg trots zijn.'

'Kom op, je was er tijdens de beginjaren en het is niet jouw schuld dat die trut met wie je was getrouwd zo gestoord is.'

'Chloë is ook bloedmooi, zelfs met vijftig procent van mijn genen. Dat vindt je zoon duidelijk ook,' zei William, die hoorde dat zijn vriend met dubbele tong sprak en probeerde de slechter wordende sfeer te verlichten. Hij wist dat Sacha al ontzettend dronken was.

'Dat zal best. Verrekte wijven, hè? Ze zijn allemaal hetzelfde. Ze gebruiken hun charmes om ons arme mannen te strikken en als ze ons eenmaal hebben, dan blijven ze de rest van hun leven zaniken. Kijk maar naar Jules. Op haar lijst van favoriete mensen sta ik ongetwijfeld ergens tussen Hitler en de duivel.'

'Dat meen je niet, Sacha.'

'O, jawel hoor,' zei hij fel. Daarna lachte hij verbitterd, ongelukkig. 'Dat is zelfs het enige wat me opvrolijkt; de gedachte aan de uitdrukking op het gezicht van Jules als ze het hoort.'

'Als ze wat hoort?'

Sacha keek William aan. Zijn gezicht was het toonbeeld van wanhoop. Hij schudde zijn hoofd en grinnikte ruw. 'Het heeft eigenlijk totaal geen zin om nog te proberen het te verbergen. Voor wie dan ook.'

'Wat is er nou aan de hand?'

Sacha nam nog een teug cognac. 'Nou, eens even kijken: ik heb een tweede en een derde hypotheek genomen en heb talloze particuliere leningen afgesloten om het hoofd boven water te houden. Maar het is allemaal voorbij, Will. Mijn zaak is failliet. Het gevolg is dat mijn gezin en ik alles kwijt zijn.'

DAGBOEK VAN ALEX

19 JULI 2006

Het is al één uur 's nachts geweest en ik lig wakker, durf nauwelijks adem te halen voor het geval ik het geluid van voetstappen mis.

Ik moet weten dat Chloë veilig en wel thuis is.

Ik heb een auto gehoord en dacht dat zij het waren. Maar toen hoorde ik een stem en dat bleek Sacha te zijn, die aankwam. En toen... Ik weet het niet zeker, maar vlak daarna dacht ik dat ik een man hoorde huilen. Misschien kijken ze een dvd in de zitkamer of zo, want ik kan me niet voorstellen dat pap of Sacha als een meisje aan het janken zou zijn. Dat is niet iets wat een jongen in het bijzijn van een andere jongen doet.

Onze traanbuisjes zijn vanaf de verwekking geprogrammeerd om alleen In Privé te werken of bij Speciale Gelegenheden, die maar in twee categorieën vallen: geboortes en sterfgevallen.

En zelfs dan is het nog dubieus, want in mijn ervaring moet een man er 'zijn' voor de vrouw in zijn leven. Zij kan bij het minste of geringste instorten en dan vindt iedereen haar geweldig (geboorte) of liefhebbend (sterfgeval), maar zodra wij in het openbaar een traan laten dan zijn we meisjesachtig, en daar valt dan niets meer aan te veranderen.

Ik ben ooit een keer naar het ziekenhuis gegaan omdat ik van mijn fiets was gevallen en het me was gelukt om het asfalt tot diep in mijn knieschijf te duwen. Ik huilde, automatisch, omdat het verrekte zeer deed! Kreeg ik een beetje medeleven toen die bloeddorstige duivelin elk piepklein, pijnlijk stukje fietspad uit mijn knie wroette met een pincet? Nou? Ook al had ik een stuk huid achtergelaten dat groot genoeg was om iemand een complete transplantatie mee te geven, kreeg ik van dat kreng het bevel 'een grote jongen' te zijn.

'Kom op, vriend, grote jongens huilen niet...'

Geen wonder dat mannen worden bespot door vrouwen omdat ze 'niet in contact staan' met hun gevoelens. Dat kan toch ook niet als we niet eens aan onze gevoelens mogen denken, laat staan ze erkennen of ze – hoe afschuwelijk – uiten door onze traanbuizen open te stellen?

Maar wie voeden over het algemeen de jongens van deze wereld op?

Júíst!

De vrouwen!

Ik zet mijn filosofische gedachten even opzij en vraag me af of ik net een of andere enorme, wereldschokkende samenzwering heb ontdekt. Zal op een dag mijn naam in één adem worden genoemd met die van Aristoteles? Hippocrates? Homer Simpson?

Wat willen vrouwen nu van ons? Dát is de vraag.

Wat het ook is, ik kan er niet langer over nadenken, want ik hoor bekende stemmen verderop in de gang.

Ze is thuis. Godzijdank. Nu kan ik me ontspannen en slapen, omdat ik weet dat Chloë een paar meter boven me veilig in bed ligt.

Ik hoor het geluid van haar zachte voetstappen als ze haar kamer in loopt en doet wat meisjes ook doen voor ze naar bed gaan. Zonder die context klinkt het alsof ze op patrouille is en heen en weer loopt. In werkelijkheid kleedt ze zich waarschijnlijk uit, hangt ze haar kleren in de kast, zoekt ze haar nachthemd, borstelt ze haar haar, probeert ze haar verloren meidentijdschrift te vinden en ga zo maar door.

Ik doe het licht uit, zeg dat ik van haar houd en ben klaar om in slaap te sukkelen. Net op dat moment wordt er op mijn deur geklopt en die gaat open zonder dat ik gereageerd heb.

'Ben je wakker, Alex?'

'Nu wel.' Wat moet hij nu weer? Ik ga rechtop zitten als Rupes mijn ruimte binnendringt.

'Hoi.'

'Hoi.'

Rupes wringt zijn brede lijf door de smalle opening heen tussen het voeteneind van het bed en de deur en doet die laatste dan achter zich dicht, wat een verontrustend teken is. 'Ik wil je iets vragen.'

'Ja? Wat dan?'

'Heb jij een gedicht voor Chloë geschreven en dat vanmorgen op haar kamer gelegd?'

Ik ben verbijsterd dat hij hier iets van afweet. 'Ik... Misschien wel.'

'Dacht ik al. Ze vond het mooi.'

'Echt?' Mijn hoop neemt toe. Heeft ze Rupes als een soort romantische bode gestuurd omdat ze zelf te verlegen is om me die vraag te stellen?

'Ja. Het probleem is dat ze denkt dat ik het heb geschreven.'

Wát? Hoe is dat mogelijk? Rupes is nog niet welbespraakt genoeg om een kinderrijmpje op papier te zetten, laat staan het soort gedicht te schrijven waar de grote dichter Wordsworth zelf trots op zou zijn.

Hij torent in het donker grinnikend boven me uit. 'Ja, ze was vanavond heel vriendelijk tegen me. Al dat geslijm is kennelijk toch ergens goed voor. Dus ik vroeg me af of wij misschien een deal kunnen sluiten.'

Ik hou mijn mond.

'Als ik je bijvoorbeeld betaal, dan kun jij er nog een paar voor me schrijven. Wat zeg je van vijf piek per brief?'

Ik hou mijn mond nu niet expres. Ik ben met stomheid geslagen.

'Laten we wel wezen, het gaat jou nooit lukken om haar uit de kleren te krijgen. Je bent haar kleine stiefbroertje. Dat zou... Nou, dat zou oncesteus zijn.'

'Je bedoelt "incestueus".' Zijn zielige beheersing van onze taal herstelt mijn spraakvermogen. 'En nee, dat zou het niet zijn. We zijn geen bloedverwanten, dus er is geen enkele reden waarom we niet... Als we dat zouden willen.'

'Helaas vindt ze mij leuk, niet jou, Dus doe je het of doe je het niet?'

'Geen denken aan. Vergeet het maar, Rupes. Nee.'

'Weet je dat zeker?'

'Heel zeker.'

Hij zuigt lucht tussen zijn grote voortanden door naar binnen. 'Het is jammer dat je me niet wilt helpen, vooral omdat jij er iets aan kunt verdienen. Nou ja, ik durf te wedden dat je wel van gedachten verandert. Trusten.'

Hij verlaat mijn kamer en ik ga weer liggen, hijgend door het geweld van alle emoties die me belagen. Nee! Nee! Nee!

Mijn arme, mooie Chloë. Je bent gehersenspoeld, gehypnotiseerd... Je bent gek geworden! Ik zal je redden. Ik zal je beschermen, want jij weet duidelijk niet waar je mee bezig bent.

Ik weet nu dat dit oorlog is en ik lig daar mijn campagne te plannen.

Enige tijd later droom ik dat mijn deur opengaat, dat er onder mijn oksel wordt gegraaid en er iets weg wordt getrokken.

In mijn droom ben ik te moe om wakker te worden en diegene tegen te houden.

11

'Alsjeblieft, een kop thee.' William zette de mok neer op Helena's nachtkastje en ging zitten.

'Hoe laat is het?' vroeg ze slaperig.

'Het is net zeven uur geweest.'

'Jij bent ook vroeg op. En je bent pas ver na drieën naar bed gekomen.'

William zuchtte. 'Sacha is er verschrikkelijk slecht aan toe. Het spijt me dat ik je wakker maak, maar ik dacht dat het beter was om je bij te praten voor de anderen opstaan.'

'Wat is er gebeurd?' Helena ging rechtop zitten, pakte haar mok en roerde erin.

'Zijn zaak staat op de rand van faillissement.'

'O, god, William,' zei ze zacht. 'Nou, misschien kan hij een ander bedrijf oprichten of weer bij iemand in dienst treden.'

'Ik ben bang dat het wat ernstiger is dan dat. Wat ik je vertel moet onder ons blijven. Je begrijpt wel waarom.'

'Natuurlijk.'

'Sacha heeft iets gedaan wat heel begrijpelijk is, maar ontzettend roekeloos. Toen hij dringend geld nodig had om de zaak draaiende te houden, heeft hij nog een hypotheek op het huis genomen en daarna heeft hij persoonlijke leningen afgesloten.'

Helena kreunde. 'Nee.'

'O, ja,' bevestigde William. 'Ik zal niet in detail treden, maar het komt erop neer dat zodra hij zich failliet verklaart, hij alles zal verliezen, inclusief het huis. Hij heeft ook al zijn aandelen verkocht, dus in zijn eigen – dronken – woorden zijn de Chandlers op het moment straatarm.'

'Maar de bank zal hem toch zeker wel een dak boven zijn hoofd laten houden? Jules is toch zeker voor de helft mede-eigenaar van alles?'

'Nee, dat is dus niet het geval. Sacha vertelde me gisteravond dat omdat het zijn ouderlijk huis is dat al een paar honderd jaar in de familie is, het nooit mede op naam van Jules is gezet. Het is het enige wat zijn ouders hem hebben nagelaten, maar het is een kapitaal waard. Het zou de enorme hypotheken afbetalen, maar het is ook nog een bezitting waarmee zijn andere schulden kunnen worden afgelost. En dan heb ik het nog niet eens over de inhoud ervan. Daarom zal de bank er zeker beslag op leggen.'

'O, god, William.' Helena kon haar oren niet geloven. 'Is er een manier waarop je hem kunt helpen?'

'Wat hij nodig heeft is een advocaat die hierin gespecialiseerd is, maar hij heeft zijn laptop meegebracht, dus ik kan in elk geval alles rustig met hem doornemen. Al heeft hij, afgaand op wat hij vannacht zei, alle achterdeurtjes verkend en denkt hij dat de uitkomst vaststaat.'

'Hij was toen wel heel erg dronken. Misschien is het niet zo erg als hij denkt.' Helena nipte van haar thee.

'Ik denk het eigenlijk wel. Hij zal me vanmorgen de cijfers laten zien, maar even daargelaten hoe erg dit voor hem is, ik wilde even met je doornemen wat voor effect dit op onze vakantie hier zal hebben.'

Helena leunde met een vermoeide zucht tegen haar kussens. 'Kun je je voorstellen hoe Jules hierop gaat reageren?'

'Ja, en we kunnen onze borst natmaken. Je zou denken dat ze haar man zou steunen op het moment dat hij haar het meest nodig heeft, ongeacht wat hij heeft gedaan en wat voor impact het op haar heeft, maar om de een of andere reden zie ik dat niet gebeuren, jij wel?'

'Ik heb geen idee hoe ze zal reageren. Weet ze überhaupt iets?'

'Kennelijk niets. Hoe moeilijk ik Jules soms ook vind, het zal als een enorme schok komen om te horen dat je alles van het ene op het andere moment kwijt bent.'

'En hoe zit het met de kinderen?'

'Sacha zegt dat ze hun privéonderwijs wel gedag kunnen zeggen, niet dat het Rupes kwaad zal doen om een toontje lager te moeten zingen. Er bestaat een kansje dat hij in aanmerking komt voor financiële hulp omdat hij al een beurs heeft. Sacha is er ook van overtuigd dat Jules bij hem weg zal gaan. Laten we wel wezen, er zou niet heel erg veel zijn om voor te blijven.'

'In voor- en tegenspoed, en ga zo maar door. Ze zijn toch al achttien jaar getrouwd.'

'Ja, maar eerlijk gezegd zijn ze op dit moment vrijwel zeker alleen nog bij elkaar vanwege de kinderen en het gebrek aan een alternatief, niet omdat ze van elkaar houden.'

'Mijn hemel.' Helena huiverde. 'Nou, wat denk je dat de rest van ons vandaag moet doen? Als Sacha het aan Jules gaat vertellen, dan wil ik iedereen veilig uit de weg hebben… Nadat ik alles wat breekbaar is uit Pandora heb verwijderd,' voegde ze er droogjes aan toe.

'Maak je geen zorgen, hij zal het haar vandaag niet vertellen. Ik ga met hem aan de slag om zijn optelsommen te controleren, maar ik gok dat hij meteen terug naar Londen zal moeten gaan om de officiële curator in te schakelen. Hij moet het accepteren en doorpakken.'

'We moeten maar hopen dat hij op het laatste moment uitstel krijgt.'

'Daar zal een wonder voor nodig zijn na alles wat ik heb gehoord. Dus met betrekking tot Pandora zullen we moeten proberen gewoon verder te gaan met onze plannen. Ik vond alleen dat je het moest weten en misschien kun je Jules wat afleiden, zodat ze niet al te veel sarcastische opmerkingen maakt over het feit dat haar man de eerste dag van zijn vakantie achter gesloten deuren doorbrengt in de studeerkamer met mij en zijn laptop.' William pakte haar hand. 'Het spijt me dat je dit allemaal op je dak krijgt, lieverd.'

'Dat is niet bepaald jouw schuld, toch?' Ze glimlachte zwakjes. 'Het is het leven en de realiteit, meer niet.'

'Mama! Daar ben je! Kom eens kijken hoe goed ik kan springen!'

'Ik kom al, lieverd, ik kom.' Helena had een paar minuten willen gaan zitten om haar koffie op te drinken, maar in plaats daarvan liep ze naar het zwembad. Immy stond ongeduldig in een fluorescerend roze badpak te wachten.

'Kijk je?'

'Ik kan mijn blik niet losrukken,' antwoordde Helena.

'Daar ga ik.' Immy kneep haar neus dicht en sprong.

Helena klapte enthousiast. 'Goed gedaan, lieverd.'

'Kunnen we naar die rotsen gaan? Dan kan ik net als Alex en papa in het water springen. Ik ben toch goed genoeg?'

'Natuurlijk ben je dat, maar het is een beetje gevaarlijk voor een klein meisje.' Helena ging op de rand van het zwembad zitten en liet haar voeten in het koele water bungelen. Chloë, die zogenaamd dienst had als badmeester, was bij Fred, die giechelde terwijl hij haar van het luchtbed af probeerde te duwen.

'Hoi, tante Helena.' Viola kwam naast haar zitten.

'Hallo, lieverd. Alles goed?'

Viola haalde haar schouders op. 'Soort van.' Er lag een gespannen uitdrukking op haar bleke gezichtje vol sproeten.

Helena pakte haar hand vast. 'Wil je erover praten?'
'Ja. Weet je dat papa er is?'
'Ja.'
'Hij lag vanmorgen op de bank in de zitkamer toen ik beneden kwam om een dvd te kijken.'
'Dat was waarschijnlijk omdat hij zo laat is aangekomen dat hij mama niet wakker wilde maken,' legde Helena uit.
'Nee, dat is het niet. Hij slaapt thuis altijd in de logeerkamer. Hij zag er heel slecht uit toen hij wakker werd. Zijn ogen waren helemaal rood en hij... hij ziet er een beetje verlept uit. En hij schreeuwde tegen me toen ik hem een kus gaf en zei dat ik weg moest gaan.' Viola zuchtte. 'Heb ik iets verkeerd gedaan?'
'Natuurlijk niet, lieverd.' Helena sloeg een arm om Viola's magere schoudertjes en knuffelde haar. 'Soms hebben grote mensen problemen die niets met onze kinderen te maken hebben. Net als wanneer een leraar je een standje geeft op school of als een van je vriendinnen iets zegt waardoor je van streek raakt. Dat heeft toch niets met mam of pap te maken?'
'Nee. Maar ik word niet boos op ze alleen maar omdat ik van streek ben.'
'Dat is waar,' zei Helena. 'Maar ik beloof je dat ze niet boos zijn op jou. Papa heeft gewoon wat problemen op het werk.'
'Als hij het me nou vertelde, dan zou ik hem misschien kunnen helpen, net zoals hij mij helpt als ik geplaagd word om mijn haar.'
'Ik denk dat het enige wat papa van jou nodig heeft is dat hij weet dat je van hem houdt.'
'Natuurlijk hou ik van hem. Ik hou van hem nog wel het meest.'
'Moet je horen, heb je zin om mee te gaan naar een heel mooi strand? Ik zal het de anderen vragen en dan kunnen we daar zwemmen en lunchen. Wat vind je ervan?'
'Dat zou heel leuk zijn, tante Helena,' mompelde Viola terneergeslagen.
'Ik ga mee,' riep Chloë vanuit het water. 'Ik wil dolgraag in zee zwemmen.'
'Ik ook!' zei Immy.

Een uur later was het Helena gelukt alle kinderen in de auto te krijgen. Zelfs Alex had besloten mee te gaan, nadat hij had beseft dat Rupes op stap was met Jules om haar te helpen nieuwe kussens uit te zoeken, nadat zij had verkondigd dat die van Helena te dun waren.

'Waarom kunnen we niet wachten tot ze terug zijn, Helena?' vroeg Chloë. 'Rupes wil vast ook mee.'

'Als we nu niet gaan, dan wordt het te laat,' loog Helena, die weg wilde zijn voor ze terug waren.

'Wacht op mij!'

Sadie kwam naar hen toe gerend net op het moment dat Helena achteruit met het busje van de oprit reed.

'Ik ga ook mee.'

'Spring erin.' Helena glimlachte naar haar vriendin die naast haar kwam zitten.

'Ik zoek dekking bij jullie. De sfeer in huis is om te snijden.'

'Een verstandige beslissing,' zei Helena.

'Wat is er in hemelsnaam aan de hand, liefie?' Sadie liet haar stem zakken om te voorkomen dat Viola haar zou horen, ook al zou het gegiechel en gegil vanaf de achterbanken elk gesprek overstemmen. 'Sacha heeft zich de hele ochtend al in de studeerkamer opgesloten met William. Jules heeft hem de hele tijd genegeerd alsof hij een besmettelijke ziekte heeft en is toen boos vertrokken met een mokkende Rupes.'

'Ik zal het je later vertellen, maar het is geen goed nieuws.'

'Dat had ik al begrepen. O, jeetje, het is wel heel jammer dat wat het ook is op Pandora is gebeurd, maar het mag de vakantie niet verpesten.'

'Nee, het is niet ideaal, maar het zal niet voor lang zijn. Blijkbaar zal Sacha meteen weer terug naar Engeland moeten gaan,' fluisterde Helena.

'Denk je dat Jules met hem meegaat?'

'Dat is de hamvraag, Sadie.'

Lara Beach lag in het nationale park en was bestempeld als een gebied van buitengewoon natuurschoon: ruig, rotsachtig en precies zoals het door de natuur was geschapen dankzij het verbod op welke soort ontwikkeling dan ook. Na nog een hobbelige rit over een zandpad reed Helena de vlakke landtong op boven een hoefijzervormig strand. Het heldere water glinsterde in de middagzon.

Iedereen stapte uit, greep emmers, schepjes, handdoeken en kleedjes mee en liep de trap af naar het goudkleurige zand.

Nadat Sadie en Helena alle kinderen hadden ingesmeerd met factor vijftig, ze petjes op hadden gezet en de kleintjes zwemvleugels om de armen hadden gedaan, gingen ze uiteindelijk aan de rand van het water zitten om ze in het ondiepe te zien spetteren en gillen.

'Is het niet super dat Immy en Fred al meteen zo naar Chloë toe trekken? En omgekeerd. Ze is heel erg lief met ze en ze zijn gek op haar. Kijk nu toch eens... Zelfs Alex ziet er vandaag vrolijk uit,' zei Sadie. 'Het is ze gelukt samen te komen als een echt gezin.'

'Onze uiteenlopende verzameling kinderen, bedoel je?' merkte Helena met een ironische glimlach op. 'Ja, dat had niet beter kunnen gaan. Maar misschien ligt het al vanaf het allereerste begin vast wie we zijn en hoe we op situaties reageren. Chloë is duidelijk geboren met een lieve, rustige persoonlijkheid. Ze lijkt helemaal geen wrok te koesteren ten opzichte van William. Of ten opzichte van mij, trouwens.'

'Niet dat dat op zijn plek zou zijn, gezien de omstandigheden, maar ik begrijp wat je bedoelt. Pas maar op, Helena, misschien bevalt het straks zo goed om onderdeel van het gezin te zijn dat ze voorgoed wil blijven. Hoe zou je dat vinden?' Sadie grijnsde naar Helena en ging staan. 'Oké, ik ga even met de kinderen zwemmen. Ga je mee?'

'Zo meteen. Controleer jij de temperatuur eerst maar en dan kom ik zo.'

Sadie rende het water in en gilde omdat het koud was.

Helena hief haar gezicht naar de zon en dacht na over de familie Chandler. En ze vroeg zich af of als men een verbond met de duivel sloot, als er vanaf het begin bedrog in het spel was, het leven altijd een manier zou vinden om je de rekening daarvoor te presenteren. Als dat waar was, dan moest ze haar schuld nog aflossen...

'Hoi, mam. Het water is heerlijk. Kom je ook?' Alex schudde zich als een hond uit en plofte toen naast haar op het kleed neer.

'Ja, zo.'

'Trouwens,' zei hij, terwijl hij met zijn tenen patronen in het zand trok, 'ik heb het je nog niet kunnen vertellen omdat je het zo druk hebt gehad, maar ik heb oude brieven gevonden in een van die dozen. Ik weet het niet zeker, maar het lijkt er heel erg op dat die door Angus zijn geschreven aan een mysterieuze vrouw.'

'Echt? Wat spannend. Dan wil ik die ook graag zien. Zijn er aanwijzingen over wie ze was?'

'Nee, ik heb de meeste gelezen en hij noemt haar geen enkele keer bij naam. Had Angus een... vriendin?'

'Zeker niet toen ik bij hem logeerde. Ik nam aan dat hij een verstokte vrijgezel was, maar wie weet wat hij allemaal heeft uitgespookt. Als ik wat meer tijd heb zal ik ze graag lezen, lieverd.'

'Het is voor jou geen echte vakantie, hè, mam? Je bent hier alleen nog maar aan het werk geweest.'

'Dat is mijn taak en ik geniet ervan.' Ze haalde haar schouders op. 'Heb jij het fijn?'

'Ja en nee. Ik vind het fijner als wij alleen zijn met het gezin. En ik weet dat je het niet leuk vindt als ik het zeg, maar Rupes is echt een kl...'

'Dat hoef je niet nog een keer te zeggen, Alex. Wat vind je van Chloë? Jullie leken het gisteren goed met elkaar te kunnen vinden.'

Alex viel stil, schraapte zijn keel en boog toen zijn hoofd om te voorkomen dat zijn moeder zijn blos zag. 'Ik vind haar geweldig.'

'Mooi. Dat vind ik ook.'

'Ik vind Viola ook aardig. Ze is echt een lief meisje geworden, maar ik heb wel medelijden met haar. Jules lijkt haar de hele tijd te negeren. Trouwens, is Angelina vanmorgen in mijn kamer geweest om mijn bed op te maken, mam?'

'Waarschijnlijk. Hoezo?'

'Ik kon Kaa niet vinden toen ik mijn spullen voor het strand ging halen. Ik zal nog eens kijken als ik thuis ben, maar ik vroeg me af of ze misschien dacht dat Kaa van Immy of Fred is en dat ze hem boven in hun kamer heeft gelegd.'

'Misschien. Maar goed, hij kan niet ver weg zijn. Gezien jouw talent om dingen over het hoofd te zien die recht voor je neus liggen, zul je hem straks waarschijnlijk op je kussen aantreffen. Oké, ik ga de zee in. Ga je mee?' Helena ging staan en stak haar hand uit naar haar zoon.

Ze renden samen de golven in.

Later aten ze in het rustieke restaurantje met uitzicht op de baai een heerlijke lunch bestaande uit gebarbecuede verse vis.

'Ikke moe, mama.' Een met zand bedekte Fred kroop op haar knie toen hij klaar was met eten en hij stak zijn duim in zijn mond.

'Dat komt door al dat springen door de golven.' Helena aaide over zijn steile bruine haar dat hij van zijn vader had.

'Wij gaan er weer in,' zei Alex, terwijl hij en Chloë gingen staan. 'Ga je ook mee, Viola?'

'Ja, graag.'

Alex stak zijn hand uit en Viola pakte die vast. Immy sprong ook op en greep Chloë's hand.

'Viola lijkt een oogje te hebben op Alex,' merkte Sadie op, terwijl ze de kinderen nakeek.

'Hij is altijd al heel zorgzaam geweest voor de ukkies.' Helena dronk haar glas wijn leeg. 'Soms zelfs een beetje te. Dan zoekt hij me thuis in de keuken op en wil hij precies weten waar Immy en Fred zijn, voor het geval ze weg zijn of in de problemen zitten. Dat hoort bij zijn overdreven volwassen gevoel voor verantwoordelijkheid. Dat is in elk geval wat de kinderpsychiater me vertelde toen Alex beoordeeld werd.'

'Helena...' Sadie keek haar aan. 'Heeft hij je ooit naar zijn vader gevraagd?'

'Nee. Nou, in elk geval niet rechtstreeks.'

'Daar kijk ik echt van op, gezien zijn mentale volwassenheid. Laat ik het zo zeggen, hij moet er in elk geval over hebben nagedacht,' redeneerde Sadie. 'Dus maak je borst maar nat. Hij zal er volgens mij eerder over beginnen dan je verwacht.'

'Misschien wil hij het niet weten.' Helena keek neer op Fred die tevreden in haar armen lag te doezelen.

'Weet William wie hij is?'

'Nee.'

'Heeft hij het je gevraagd?'

'Ja, toen we elkaar net kenden. Ik heb hem verteld dat het iemand was die ik in Wenen had ontmoet en die ik liever wilde vergeten, dat dat hoofdstuk was afgesloten. Dat respecteerde hij en dat doet hij nog steeds,' antwoordde ze bruusk. 'Het gaat alleen mij iets aan.'

'En Alex.'

'Dat weet ik, Sadie. Dat zie ik dan wel weer.'

'Liefie, ik hou ontzettend veel van je, maar ik heb nooit begrepen waarom de identiteit van zijn vader zo'n groot geheim is dat zelfs ik het niet mag weten. Wie hij ook is, zo erg kan het toch niet zijn?'

'O, jawel. Sorry, Sadie, ik trek het echt niet om het nu hierover te hebben. Geloof me, ik heb er zo mijn redenen voor.'

'Oké.' Sadie haalde haar schouders op. 'Ik weet hoe gesloten je bent, maar als je beste vriendin wil ik je alleen maar waarschuwen dat de dag van de afrekening dichterbij komt. En je zult het onder ogen moeten zien, voor je zoon. Zo, ik ga voor de laatste keer vandaag het water in.'

Helena kon zich niet bewegen omdat Fred diep in slaap verzonken op haar knie zat. Ze keek Sadie na die naar de kinderen in zee toe ging. Ook al vond ze Sadies indringende vragen verschrikkelijk, ze begreep de aanleiding daarvoor... en ze wist dat haar vriendin gelijk had.

DAGBOEK VAN ALEX

19 JULI (VERVOLG)

Ik wist dat het te mooi was om waar te zijn.

Een heerlijke dag op stap met mijn geliefde en dan kom ik thuis om daar het ergste te ontdekken, het allerergste.

Mam had gezegd dat Kaa misschien wel op mijn kussen op me zou liggen wachten, dat ik hem eerder over het hoofd had gezien. Nou, ze had deels gelijk. Hij staarde me ook aan vanaf mijn kussen, maar niet in levenden lijve – of in verweerde stukjes oude stof, om precies te zijn – het was zijn afbeelding, een afgedrukte zwart-witfoto van hem. Geblinddoekt (met een sok zo te zien) en hangend aan zijn oren aan een olijfboom. De loop van Freds waterpistool werd in zijn buik gedrukt.

Onder op de foto stond een boodschap.

> *Doe wat ik je heb gevraagd, of het konijn gaat eraan.*
> *z.o.z.*

Ik draaide de foto om en zag nog iets staan.

> *Als je iemand hierover vertelt, zie je hem nooit meer terug.*

Ergens wilde ik Rupes een schouderklopje geven omdat hij zo'n creatieve vorm van chantage had bedacht. Dat hij het in zich had. Maar ergens wilde ik hem ook zijn ogen uit zijn kop krabben, gillen en krijsen en janken als een wolf tot hij mijn meest waardevolle bezit teruggaf.

Dus ik heb met een gijzeling te maken. Ik moet kalm blijven en rationeel nadenken, de verschillende mogelijkheden tegen elkaar afwegen.

Optie 1: ik kan linea recta naar mijn moeder gaan en haar de foto laten zien. Zij zal woedend zijn op Rupes en het konijn terugeisen.

Resultaat: op het briefje staat dat ik Kaa nooit meer zal terugzien als ik het aan iemand vertel. Rupes is een tegenstander die ik niet mag onderschatten en hij zal vrijwel zeker zijn dreigement uitvoeren. Hij zou heel goed Kaa ergens kunnen dumpen voordat ik hem veilig en wel terug in mijn armen heb.

'Het was maar een grapje, tante Helena, maar helaas kan ik het konijn niet meer vinden. Hij is verdwenen. Sorry, hoor, maar het was maar een knúffel...'

Bah. Ik word al misselijk bij de gedachte. Dat zou er zeker toe leiden dat mijn moeder eindelijk geen mooi weer meer kan spelen en dat ze het met me eens moet zijn dat Rupes een gluiperd van het zuiverste water is, maar ik betwijfel of ik mijn arme vriendje dan veilig terugkrijg.

En zo kom ik ook over als het moederskindje dat ik volgens Rupes ben. En aangezien ik nog tien dagen hier met hem zit opgescheept, durf ik niet eens te denken aan alle ellendige vormen van mentale en fysieke marteling die hij kan bedenken.

Míjn leven zou zelfs op het spel kunnen staan, naast dat van mijn kleine vriend.

'Oeps! Wat erg, tante Helena. Ik stond vlak naast Alex op het terras en ik zag dat hij net iets te ver over de balustrade leunde. Ik heb nog geprobeerd hem terug te trekken voor hij die paar honderd meter naar beneden kletterde en te pletter viel, maar het was gewoon te laat.'

Ik huiver. Ben ik nu paranoïde bezig? Rupes mag dan een pestkop en een klier zijn, maar is hij een moordenaar? Misschien. Dus...

Optie 2: ik kan akkoord gaan met zijn verzoek.

Resultaat: Kaa is veilig, ik ben veilig en Rupes kan met Chloë zoenen.

Misschien is de laatste optie nog erger dan de gezamenlijke executie van mij en mijn konijn. Zeggen dat me het zwaard van Damocles boven het hoofd hangt is een enorm understatement.

Kom op, Alex, denk na! Dit is toch zeker een situatie waar je superde-luxe IQ met alle toeters en bellen van pas zou moeten komen? Die verrekte 'gave' – 'O, de intelligentie van Alex onderscheidt hem van de rest, maakt hem abnormaal, een nerd, een sukkel, een idioot' – waar God me mee heeft opgezadeld?

Even voor de goede orde, ik ben geen van bovengenoemde dingen. Ik ben bar slecht met cijfers en de relativiteitstheorie van Einstein zou net zo goed in het Servo-Kroatisch geschreven kunnen zijn. Als Servo-Kroatisch bestond, maar dat bestaat niet meer, behalve misschien op geheime ondergrondse schuilplekken in wat vroeger Joegoslavië was. Maar dat is het nu niet meer.

En eindelijk, na het verorberen van twee ietwat gesmolten chocoladerepen die ik voor noodgevallen in mijn rugzak had bewaard, vormt zich een plan in mijn rappe brein.

Ik weet dat ik Rupes de Rücksichtslose fysiek niet de baas kan. Hij kan me met twee vingers optillen en me naast mijn arme vriendje aan een boom hangen. Ook al zou die tak waarschijnlijk breken als hij dat deed.

Maar ik kan een dijk van een opstel schrijven. In zeker een paar verschillende talen.

12

Na thuiskomst liet Helena Immy en Fred achter in de keuken bij Angelina waar ze van haar heerlijke versgebakken broodjes snoepten en trof ze William boven in de badkamer aan, nog nat van een douche. 'Hoe gaat het met Sacha?'

'Hij heeft ongeveer een uur geleden een taxi naar het vliegveld genomen om naar Londen te gaan. Hij gaat morgenochtend vroeg meteen naar zijn kantoor om de curator te bellen.'

'Wat heeft Jules hierover gezegd?'

'Ik heb haar niet gezien. Angelina vertelde dat ze rond lunchtijd terug is geweest, maar dat ze weer met Rupes op pad is gegaan.'

'Gaat Sacha haar bellen?'

'Dat heeft hij gedaan. Nou ja, hij heeft een boodschap bij haar ingesproken dat er een probleem is en dat hij terug naar huis moest gaan. Haar telefoon staat duidelijk nog steeds uit. Of ze neemt gesprekken van Sacha niet aan.' William zuchtte terwijl hij zich afdroogde. 'Hij is er heel slecht aan toe.'

'Dat zal wel. Hoelang blijft hij weg?'

'Hij zei dat hij me morgenavond zal bellen om te laten weten hoe de zaken ervoor staan.'

'Maar hij zal toch zo snel mogelijk Jules persoonlijk moeten spreken?'

'Dat vind ik ook, maar wat kunnen we eraan doen? Hij heeft vanmorgen echt geprobeerd met haar te praten, maar ze zei dat ze daar geen tijd voor had en ging er met Rupes vandoor in de auto.'

'Nou,' verzuchtte Helena, 'dat betekent dat we moeten doen alsof er geen vuiltje aan de lucht is, terwijl we in werkelijkheid weten dat ze allemaal op het punt staan dakloos en berooid achter te blijven?'

'Daar lijkt het wel op, ja.'

'Hoe zal Jules zich voelen als ze erachter komt dat wij het wisten en zij niet? Ze is een vrouw die ervan houdt alles onder controle te hebben.' Helena zette de douche aan, maar er kwam maar een laf straaltje lauwwarm water uit de kraan.

William maakte de knoopjes van zijn overhemd dicht. 'Hopelijk belt hij haar morgen als hij het vuile werk heeft verricht. Dan zullen zij en de kinderen naar huis moeten vliegen. O ja, Alexis heeft trouwens nog gebeld. Hij wilde weten of we het erg zouden vinden als hij zijn grootmoeder mee naar Pandora zou brengen. Ze is blijkbaar erg oud en fragiel, maar ze heeft hier heel lang geleden gewerkt.'

'Dat klopt.' Helena knikte en stapte onder het straaltje. 'Ze was de eerste huishoudster van Angus. Ze werkte hier al toen hij het huis kocht en nog steeds toen ik hier voor het laatst was. Angus vertelde me dat zij en de grootvader van Alexis elkaar hebben ontmoet op een drukke wijngaard.'

'Ik kon geen nee zeggen, dus ik heb ze voor een borrel uitgenodigd om zeven uur.'

'Bedankt. Ze was in mijn ogen toen al stokoud. God weet hoe oud ze inmiddels moet zijn. Van wat ik me herinner...' Helena huiverde iets. '... is ze een beetje... vreemd. Maar goed, ik kan me maar beter haasten.'

Chloë had aangeboden de kleintjes in bad te doen, en toen Helena beneden kwam, zaten ze met zijn drieën knus tegen elkaar aan op de bank naar *Sneeuwwitje* te kijken.

Helena drukte een kus op het glanzende haar van haar schone, zoetgeurende zoon. 'Alles goed, lieverd?'

Fred nam niet de moeite om de speen van het flesje melk dat hij aan het drinken was uit zijn mond te halen. Hij verschoof die als een smeulende sigaret naar zijn mondhoek. 'Ik wilde Pauwe Ranzjers, geen meisjesvewhaaw.'

'Ik heb je verteld dat jij morgenavond mag kiezen,' zei Chloë nadrukkelijk.

'Niet eewlijk.' Nu hij zijn ongenoegen kenbaar had gemaakt, draaide Fred een lokje haar rond zijn vinger en zoog hij tevreden aan zijn speen.

'Bedankt, Chloë,' zei Helena dankbaar.

'Geen probleem. Ik ben toch gek op Disneyfilms. Ik zal ze naar bed brengen als-ie is afgelopen.'

'Tot bij het eten.' Helena liep het terras op en zag dat Jules terug was van haar avontuur en dat ze een stapel glimmende brochures voor zich op tafel had liggen.

'Deze heeft wel het meest spectaculaire uitzicht,' vertelde ze tegen Sadie. 'Zelfs nog beter dan deze hier, denk ik. Er zit een hectare grond bij, het heeft vier slaapkamers en een schitterend zwembad van twintig meter lang.'

William, die achter haar tot stilstand was gekomen met een dienblad vol glazen en een fles wijn, keek zijn vrouw met opgetrokken wenkbrauw aan. 'Heeft er iemand zin in een wijntje?' Hij zette het dienblad neer op tafel.

'Absoluut,' zei Jules gretig. 'Hallo, Helena. Viola heeft verteld dat jullie een heerlijke dag op het strand hebben gehad. Bedankt dat je haar hebt meegenomen.'

'Het was inderdaad fijn. En hoe was jouw dag?'

Jules grijnsde. 'Ik ben op huizenjacht geweest.'

'O?' Helena bleef glimlachen terwijl ze een glas van William aannam.

'Ik bedoel, ik heb wat geld opzij gezet uit de nalatenschap van mijn moeder, dus waarom zou ik dat niet gebruiken om hier iets te kopen? Ik kan met dat bedrag een aanbetaling doen en dan mag Sacha een hypotheek afsluiten bij een van die tussenpersonen met wie hij zoveel tijd doorbrengt in de City en de rest uit eigen zak betalen. Al onze vrienden hebben een huis in het buitenland, maar Sacha weigert het er altijd over te hebben. Hij zegt dat het te veel gedoe is als er iets misgaat. Dat betekent dat we elk jaar bij vrienden terechtkomen in huizen waar het nodige aan moet worden gedaan. En ik vind het vreselijk om bij iemand te gast te zijn.'

Niemand kon een gepaste reactie hierop bedenken, dus Jules, die een bord voor haar kop had, ging gewoon verder.

'Ik heb besloten dat het tijd is dat ík een beslissing neem. Dus, we gaan een huis kopen. Proost!'

'Proost!' De anderen hieven ook het glas en namen vlug een flinke slok van hun wijn.

'De huizenmarkt doet het hier zo goed, en het is niet veel anders dan thuis iets kopen, vooral gezien het feit dat de regels veranderen omdat Cyprus zich bij de EU heeft aangesloten. Een charmante jongeman heeft me vanmiddag alles uitgelegd. Zij beheren het huis voor je als je er niet bent en verhuren het. Dus je krijgt inkomen en met de kapitaalaanwas moet het een goede investering zijn. Denk je ook niet, William?'

'Ik ken de markt hier niet, Jules. Die zou ik moeten bestuderen voor ik je een antwoord op die vraag kan geven.'

Jules tikte met een vingertop tegen haar neus. 'Geloof me, ik heb een neus voor dit soort dingen. Vergeet niet dat ik een succesvolle makelaar was voor ik Rupes kreeg. Trouwens, dan heeft ons gezin wat het nodig heeft: ons eigen huis in de zon, waar we ónze vrienden kunnen ontvangen.'

'Heb je het hier al met Sacha over gehad?' lukte het William eruit te persen.

'Nee,' antwoordde Jules heel luchtig. 'Ik heb besloten dat ik deze vakantie niet meer op hem hoef te rekenen. Als hij terugkomt, dan staat hem misschien wel een verrassing te wachten. Wie weet.' Ze lachte luidruchtig. 'Hoe dan ook, ik ga, hopelijk, een warme douche nemen. Viola is samen met Rupes in het zwembad. Houden jullie een oogje in het zeil?'

Na het vertrek van Jules zaten ze met zijn drieën een tijdje in stilte ondergedompeld; niemand wist wat nu te zeggen.

Uiteindelijk mompelde Sadie: 'Het is me er een, die vrouw.'

'Ik weet zeker dat ze de helft van de dingen die ze zegt niet meent,' zei Helena, en ze ging staan. 'Ik ga even kijken hoe het ervoor staat met het avondeten. Blijven jullie maar lekker zitten.'

'Sacha is een van de charmantste mannen die ik ooit heb ontmoet,' zei Sadie zacht. 'Wat heeft hij in vredesnaam ooit in Jules gezien? Dat zou jij moeten weten, William. Jij bent zijn beste vriend.'

'Ik ben het met je eens. Hij had altijd al een zwak voor een mooi snoetje, al vanaf onze studietijd samen,' mijmerde hij. 'Op Oxford werd hij steevast omringd door een eindeloze rij bloedmooie blondines. Iets meer dan een jaar nadat hij was afgestudeerd aan de uni heeft hij Jules ontmoet, toen zij als makelaar werkte. Ze was het tegenovergestelde van zijn eerdere vriendinnen: verstandig, slim en ze stond met beide benen op de grond.'

'Als hij op zoek was naar iemand die hem bij de hand zou nemen en hem in het gareel zou houden, dan heeft hij zeker de juiste keuze gemaakt,' mompelde Sadie.

'Ik denk dat dat precies is wat hij wilde. Ze was trouwens nogal lief en aantrekkelijk toen ze jonger was en ze aanbad Sacha en zou alles voor hem hebben gedaan. Ze heeft hem zo goed als onderhouden toen hij na Oxford kunstenaar wilde worden, toen zijn ouders weigerden hem ook nog maar een cent te geven.'

'Nou, er moet iets verschrikkelijk mis zijn gegaan dat ze zo verbitterd is geworden.'

'Als ik het me goed herinner, was dat toen Jules in verwachting raakte van Rupes en niet langer fulltime kon werken, wat betekende dat Sacha een echte baan moest zoeken. Hij had eerlijk gezegd nooit in de City aan de slag moeten gaan. Hij kon zijn eigen uitgaven niet eens bijhouden, laat staan andermans geld beheren. Ze hebben hem een baan gegeven omdat hij charmant was en aristocratische connecties had.'

'Dat zal ongetwijfeld ook zijn wat Jules aantrok. Ze is duidelijk ambitieus op sociaal vlak.'

'Ze was inderdaad ontzettend ambitieus voor hen alle twee,' bevestigde William. 'En ze was dolblij toen hij een baan in Singapore kreeg aangeboden. Helaas gaat het er tegenwoordig hard aan toe in de City. Het gaat erom dat je presteert. Het oudejongensnetwerk is verleden tijd en zo hoort het ook. Je moet het op eigen kracht zien te redden. Sacha is helaas op spectaculaire wijze de mist ingegaan.'

'Jezus, wat een puinhoop.' Sadie keerde zich half om bij het horen van voetstappen. 'O, kijk eens wie er zijn.'

'*Gia sas*. Ik hoop dat we niet storen.'

Alexis stond achter hen. Er leunde een piepkleine, verschrompelde dame op zijn arm, bijna dubbelgevouwen door artritis en haar hoge leeftijd. Ze was in traditioneel Cypriotisch zwart gekleed, Immy's nachtmerrie.

Helena kwam uit de keuken en ging naar haar toe om haar te begroeten. 'Christina, dat is lang geleden.' Ze bukte zich en kuste de oude vrouw op beide wangen.

Christina keek haar aan en legde een klauwachtige hand om die van Helena. Ze mompelde iets in het Grieks, haar stem ijl, geforceerd, alsof het haar moeite kostte om te spreken. Toen keek ze naar Pandora en glimlachte ze, waarbij ze een incomplete set zwarte tanden onthulde. Ze hief een bevende hand en fluisterde naar Alexis.

'Ze vraagt of je met haar naar binnen zou willen gaan, Helena,' vertaalde hij.

'Natuurlijk. William, zou jij binnen even kunnen controleren of Chloë de ukkies al naar bed heeft gebracht?' Helena wilde voorkomen dat Immy en Fred Christina zouden zien zo vlak voor hun bedtijd, omdat ze behoorlijk op een heks leek.

'Natuurlijk,' zei William, die haar meteen begreep en snel naar het huis liep.

'Ik zal Viola uit het zwembad halen,' bood Sadie aan, en ze kwam overeind. 'Ze moet inmiddels zo gerimpeld als een gedroogde pruim zijn.'

Alexis en Helena hielpen Christina langzaam over het terras te lopen, in de richting van de zitkamer.

'Hoe ziek is ze?' vroeg Helena.

'Ze zegt dat ze het leven zat is, dat haar tijd hier op aarde voorbij is. Daarom zal ze weldra sterven,' vertelde Alexis op nuchtere toon.

Ze liepen de onlangs leeggeruimde zitkamer in en Helena wees naar een van de luie stoelen met een hoge rug. 'Ik denk dat ze daarop het best zit.'

Ze hielpen Christina het zich daar gemakkelijk te maken en gingen toen aan weerszijden van haar zitten. Haar blik schoot door de kamer en Helena zag hoe alert ze was, iets wat in tegenspraak was met haar lichaam. Haar blik bleef op Helena rusten. Ze staarde haar aan, tot de jongere vrouw haar ogen neersloeg. Toen begon ze in rap Grieks te spreken.

'Ze zegt dat je erg mooi bent,' vertelde Alexis, 'en dat je ontzettend lijkt op iemand die ze ooit heeft gekend, die hier heel vaak kwam logeren.'

'Echt?' zei Helena. 'Dat heeft laatst iemand anders ook tegen me gezegd. Wie was ze? Kun je dat aan haar vragen?'

Alexis stak zijn hand op terwijl hij zich concentreerde op wat zijn grootmoeder vertelde. 'Ze zegt dat er hier een geheim wordt gekoesterd en...' Hij viel stil en staarde naar zijn handen.

'Wat?' drong Helena aan.

'En dat het door jou wordt gekoesterd,' mompelde hij gegeneerd.

Helena's hart begon sneller te bonken. 'Iedereen heeft geheimen, Alexis,' zei ze op zachte toon.

Maar hij luisterde niet. Hij staarde naar zijn grootmoeder die verder sprak. Er lag een bezorgde blik in zijn ogen. Hij zei iets tegen haar in het Grieks en schudde zijn hoofd toen Christina bleef kletsen.

Opeens leek de energie van de oude vrouw te vervliegen en zakte ze zwijgend naar achteren op haar stoel. Ze sloot haar ogen.

Alexis haalde een hagelwitte zakdoek tevoorschijn en depte zijn voorhoofd ermee af. 'Sorry, Helena. Ze is een heel oude vrouw. We hadden niet moeten komen. Kom, dan breng ik je naar huis,' zei hij heel rustig tegen Christina.

'Zeg het alsjeblieft, Alexis, wat het ook is wat ze probeert te vertellen.'

'Niets. Het was niets. Wartaal van een verwarde oude dame, meer niet,' verzekerde Alexis haar, terwijl hij Christina half naar de openslaande deuren droeg. 'Trek je er niets van aan. Het spijt me dat ik jullie avond verstoor. *Antio*, Helena.'

Helena keek ze na en klampte zich aan een van de deuren vast. Ze voelde zich duizelig, ademloos, misselijk...

'Lieverd, gaat het wel?' Er werd een sterke arm om haar middel geslagen.

'Ja, ik...'

'Ga even zitten. Ik haal wel een glas water voor je.' William bracht haar naar de bank en liep toen naar de keuken.

Helena probeerde zich te herpakken. Angus had al die jaren geleden al gezegd dat Christina gek was. Hij had haar aparte manier van doen getolereerd omdat ze zo'n fantastische huishoudster was en omdat ze geen Engels sprak, wat inhield dat ze roddels uit het huis niet in het dorp kon herhalen.

William keerde terug met het water en pakte haar hand vast. 'Je voelt ijskoud aan, Helena.' Hij legde zijn hand op haar voorhoofd. 'Ben je ziek?'

'Nee, nee... Het gaat zo wel weer, echt.' Helena nam een slokje uit het glas.

'Wat heeft ze gezegd dat je er zo overstuur van bent geworden?'

'Het is niets. Ik denk dat ik gewoon...'

'Uitgeput ben?'

'Ja. Geef me een paar minuutjes en dan ben ik weer oké. Ik voel me al een stuk beter, echt.' Ze keek hem aan en knikte. Ze ging staan en haar benen begaven het, waardoor ze de arm van haar man moest vastpakken om niet te vallen.

'Zo is het genoeg. Ik breng je naar boven en je gaat naar bed. En protesteren heeft geen enkele zin.' Hij tilde haar op en liep naar de trap.

'Maar hoe moet het dan met het avondeten? Ik moet nog bij de moussaka kijken...'

'Ik zei dat protesteren geen zin heeft. En voor het geval je het niet weet, ik kan echt wel iets eetbaars op tafel krijgen, hoor. Er is trouwens een hele groep mensen die verdomme ook wel een keer de handen uit de mouwen mogen steken.' William legde haar voorzichtig op het bed. 'Vertrouw me nu maar een keer, lieverd. Pandora redt het wel een paar uur zonder jou. Je hebt rust nodig.'

'Dank je, lieverd.' Ze voelde zich nog steeds verschrikkelijk zwak.

'Helena, je ziet echt heel wit. Weet je zeker dat er niets mis is?'

'Nee, ik ben gewoon moe, meer niet.'

'Weet je…' Hij drukte een kus op haar voorhoofd. '… als er wel iets was, wat dan ook, dan kan ik dat aan. Beloofd.'

'Ik weet zeker dat ik me morgen beter voel. Zeg maar niets tegen de kinderen. Je weet dat Alex in paniek raakt als ik me niet helemaal lekker voel.'

'Ik zal zeggen dat je een keer vroeg in bed duikt.' Hij ging met een glimlach staan. 'Probeer maar wat te slapen.'

'Dat zal ik doen.'

William verliet de kamer en liep langzaam naar de trap in de wetenschap dat hoezeer zijn vrouw het ook ontkende, die oude dame iets had gezegd wat haar van streek had gemaakt. Vertelde ze het hem nu maar! Vertrouwde ze hem nu maar haar gedachten en gevoelens toe! Dat Helena geheimen had was een feit; de identiteit van de vader van Alex, bijvoorbeeld. En gezien Helena's onderliggende spanning en de vrijwel constante aanwezigheid van Alexis, hoefde je geen genie te zijn om twee plus twee bij elkaar op te tellen om tot de meest aannemelijke conclusie te komen.

Dat zou technisch gezien betekenen dat zijn vrouw een leugenaar was, want ze had gezworen dat ze hem in geen vierentwintig jaar had gezien.

Hier op Pandora leek Helena's verleden op haar heden te zijn gebotst… en op dat van hem, trouwens. Hij had toch zeker het recht om het te weten?

Hij zou haar voor nu met rust laten, maar terwijl hij de trap af liep besloot hij dat hij Pandora niet zonder de waarheid zou verlaten.

DAGBOEK VAN ALEX

19 JULI (VERVOLG)

Nou.

Dat was nog eens een gezellige avond.

Dantes *Inferno*, maar dan zonder de opwinding van het inferno. Iedereen zat aan tafel met een uitdrukking op zijn gezicht alsof hun genitaliën elk moment konden worden gebarbecued. Oké, we aten paps kipkluifjes (hij was vergeten de moussaka uit de oven te halen, die daardoor was gecremeerd, en als noodgreep heeft hij de enige manier van koken toegepast die hij kent). Het was niet heel erg vies, alleen een beetje verkoold.

Ik voel me niet vaak de gangmaker van het feest, dus het feit dat dat nu zo was geeft een aardige indruk van de algemene sfeer. Ik zou kunnen zeggen dat het de schuld was van Jules, omdat ze maar door bleef zeuren over wat een eikel haar afwezige man was – waardoor Viola overstuur raakte – of dat het aan Rupes lag die zat te mokken omdat Chloë op date ging met een of andere gast die ze op het vliegveld had ontmoet. Of aan Sadie, die blijkbaar een slechte dag had vanwege haar ex en had besloten alle bloederige details met ons te delen. Of aan pap, die met een grimmige, bloedserieuze blik in de ogen zijn verbrande offergaven uitdeelde.

Dat zou ik allemaal kunnen aanhalen als de oorzaak van de negatieve sluier die als de rook van de barbecue boven de tafel bleef hangen, maar dat zou niet kloppen.

Het kwam omdat mam er niet was. Ze is eigenlijk als heel sterke lijm. Ze houdt op onzichtbare wijze iedereen bij elkaar, maar dat merk je pas als ze er niet is en alles uit elkaar begint te vallen.

Ik ben eerder nog bij haar wezen kijken, zodra ik van pap te horen had gekregen dat ze 'even was gaan rusten'.

'Even gaan rusten' is een eufemisme dat volwassenen gebruiken bij hun kinderen, die het voor zoete koek moeten slikken.

Moeders worden niet 'moe', dat hoort niet bij hun taakomschrijving.

Ze slepen zich voort tot ze zich totaal uitgeput, op het gepaste tijdstip, in bed kunnen laten vallen. Met andere woorden: als de afwas is gedaan.

Dus in mijn ervaring betekent 'even gaan rusten' niet dat mijn moeder moe is. Dat kan alles betekenen van te veel gin-tonics tot aan terminale kanker.

Ik heb haar heel goed bestudeerd, aan haar adem geroken toen ik haar knuffelde, en ik heb kunnen vaststellen dat ze duidelijk niet leed aan de gevolgen van een overdosis alcohol. En wat betreft terminale kanker, dat zou wel een mogelijkheid kunnen zijn, maar aangezien ik vandaag nog samen met haar in zee ben geweest en ze zwom en spetterde en er kerngezond uitzag, zou ze wel ongelooflijk snel ziek moeten zijn geworden.

Het is mogelijk dat ze wat bleek zag onder haar bruine tint, maar ik heb me altijd afgevraagd hoe je in hemelsnaam die bleekheid zou moeten zien als iemand bruin is? Het is net zo'n belachelijke, nutteloze opmerking als dat we maar moeten 'afwachten'. Waarom? Hoezo dan? Misschien gebeurt er dan juist helemaal niets.

Ik dwaal af. Mijn instinct vertelt me dat mijn moeder deze wereld niet gaat verlaten, dus dan moet die rare non die met de Reddende Engel is meegekomen iets hebben gezegd waardoor ze van streek is.

Die man zorgt alleen maar voor problemen. Liet hij ons maar met rust! Maar nee, hij duikt om de haverklap weer op. Als ik pap was, dan zou ik inmiddels zwaar pissig zijn, want het is wel duidelijk wat hij wil.

Maar ze is al bezet.

13

Helena had om middernacht de handdoek in de ring gegooid en een slaappil gepakt. Ze bewaarde er twee in haar toilettas voor noodgevallen en daar hadden ze de afgelopen drie jaar gezeten, vanaf het moment dat ze die vlak na de geboorte van Fred voorgeschreven had gekregen.

Afgelopen nacht wás een noodgeval geweest. Ze had boven liggen luisteren naar haar gezin dat beneden aan het avondmaal had gezeten en had zich als een gekooid beest gevoeld: gevangen in haar eigen gedachten, die rond en rond en rond cirkelden in haar hoofd.

Ze had het pilletje net ingenomen toen ze William naar boven hoorde komen en had gedaan alsof ze sliep. Toen, eindelijk, was ze in de zalige vergetelheid weggezonken.

Door de vreugde om wakker te worden in het felle ochtendlicht in plaats van in het sombere grijs van de dageraad besefte ze hoe makkelijk het zou zijn om eraan verslaafd te raken. Ze rekte zich lui uit, voelde haar spieren tegenstribbelen uit weerzin om in actie te komen en keek op de klok. Tot haar verrassing was het al half tien geweest; zo lang had ze in jaren niet geslapen.

Op haar nachtkastje stond een briefje tegen een mok thee.

Lieverd,
Hopelijk voel je je beter vandaag. Ik heb iedereen het huis uit gejaagd om je wat rust te gunnen. Geniet ervan en je mag niets aan het huishouden doen! Tot straks, W x

Met een glimlach vouwde ze het briefje dubbel, maar onmiddellijk herinnerde ze zich de vorige avond en wat de oude vrouw tegen haar had gezegd. 'O, god,' fluisterde ze, en ze liet zich weer tegen de kussens zakken.

De stilte was oorverdovend. Er werd niet gegild of gegiecheld. Er weerklonk geen Disneymuziek uit een ander deel van het huis. Haar mond was kurkdroog. Ze pakte haar thee en nam een slok, ook al was die lauw.

William bracht haar elke ochtend een kop thee. Hij wist misschien totaal niet hoe de droger werkte en keek naar cricket op tv in plaats van op de kinderen te letten, maar op wel honderd verschillende manieren probeerde hij haar te laten merken dat hij om haar gaf.

Omdat hij van haar hield. Hij was tien jaar eerder in haar leven gekomen en had haar gered. Helena's maag keerde zich onwillekeurig om bij die gedachte. Als hij de waarheid wist, zou hij het haar nooit vergeven. Dan zou ze hem en het geweldige gezin dat ze samen hadden opgebouwd kwijt zijn.

Door de jaren heen had ze er soms in geen maanden aan gedacht, maar gisteravond had ze het gevoel gehad alsof de oude vrouw in haar ziel had gekeken en wist wat zich daar schuilhield. Alsof wat daar verborgen was geweest nu langzaam, heel langzaam naar het oppervlak kwam. Helena beet op haar onderlip terwijl tranen in haar ogen prikten.

Wat moest ze doen? Wat kón ze doen?

'Om te beginnen kun je uit bed komen,' mompelde ze, toen ze zich bewust werd van een vleugje zelfmedelijden. Daar had ze een hekel aan. Haar gezin had haar nodig en ze moest zich vermannen.

Ze besloot haar dansoefeningen te verruilen voor twintig verfrissende baantjes in het zwembad, iets wat misschien zou helpen de bijwerkingen van de slaappil tegen te gaan. Ze trok haar bikini aan en ging naar beneden.

Angelina was in de keuken de restanten van het avondeten aan het opruimen.

'Sorry, wat een rommeltje.'

'Nee, hier word ik voor betaald,' zei Angelina met een glimlach. 'Mijn werk. Uw man zei dat u vandaag moet rusten. Ik ben de baas. Heel fijn.'

'Dank je.' Helena ging naar het zwembad, dook in het water en zwom heen en weer. Langzaam maar zeker kwamen al haar zintuigen opnieuw tot leven terwijl de terugkerende fysieke inspanning haar kalmeerde. Ze ging weer naar boven om te douchen en zag de oude envelop vol brieven liggen die Alex op haar nachtkastje had achtergelaten toen hij de vorige avond bij haar was komen kijken.

Ze pakte die op, keerde terug naar het zwembad, ging op een van de ligbedden liggen en trok er een willekeurig exemplaar uit.

20 april

Mijn liefste schat,

Ik zit hier onder onze boom en denk aan de laatste keer dat je hier bij me was en je in mijn armen lag. Ook al is dat nog geen week geleden, het voelt als een eeuwigheid. Niet weten wanneer ik je weer zal zien, maakt ons afscheid nog zwaarder.
Ik heb serieus overwogen of ik terug naar Engeland moet verhuizen, maar zou ik je dan veel vaker zien? Ik weet dat jouw drukke bestaan je zo vaak wegvoert en hier heb ik in elk geval mijn werk om de lege periodes tussen je bezoeken op te vullen.
Trouwens, het leven in het grauwe Londen en opgesloten zitten in een kantoor van de admiraliteit om daar administratiewerk te doen trekken me niet. Hier heb ik de stralende zon om me door mijn moeilijke momenten heen te helpen, als ik moet accepteren dat wat ik zo koester nooit van mij kan zijn.
Mijn allerliefste schat, je weet dat ik alles zou doen om bij jou te zijn. Ik heb geld. We zouden ergens naartoe kunnen gaan waar niemand ons kent, opnieuw beginnen, een nieuw leven opbouwen.
Ik accepteer en begrijp natuurlijk dat de redenen waarom ik je nu niet in mijn armen houd gegrond zijn, maar af en toe vraag ik me af of je wel echt van mij houdt zoals ik van jou houd. Als dat zo was, dan...
Vergeef me, maar soms word ik overmand door mijn frustratie. Daar zijn die moeilijke momenten weer. Zonder jou komt het leven me voor als een lange, zware trektocht naar het eind. Vergeef me, schat, vergeef me mijn verdriet. Ik schrijf liever over de vreugde die we zouden kunnen delen als het leven anders was.
Ik zal met mijn gebruikelijke gretigheid uitkijken naar je volgende brief.

Voor nu stuur ik je mijn hart, vol liefde.
xxx
A

Helena vouwde de brief dubbel en schoof die terug in de envelop. Zijn woorden hadden haar een brok in haar keel bezorgd. Het was moeilijk te geloven dat haar peetoom, een man die zo beheerst op haar was overgekomen, zo'n hartstochtelijke brief had kunnen schrijven. Er was iets ontzettend ontroerends aan de manier waarop zelfs hij was bezweken voor de meest basale en onbeheersbare menselijke emotie: liefde.

'Wie was ze?' fluisterde Helena. Ze rolde zich op haar buik en keek naar het huis.

Pandora wist het.

Twee uur later liep Helena de keuken in en trof daar een salade met geitenkaas aan die Angelina voor haar had klaargemaakt. Ze zette er een glas water bij op haar dienblad en liep naar het terras om daar te eten. Voor de verandering een goede nachtrust plus het onverwachte extraatje van een zeldzame ontspannen ochtend hadden haar goed gedaan, al was haar probleem nog altijd niet opgelost.

De rest van de brieven van Angus lezen, op zoek naar aanwijzingen naar de identiteit van zijn geliefde, had haar getroost. Voor niemand verliep het leven vlekkeloos, ongeacht hoe men zich ook aan buitenstaanders presenteerde. Het lot en toeval richtten bij iedereen op een bepaald moment wel chaos aan. Het gevoel dat ze had gehad toen ze jonger was, dat ze als een blaadje door de wind hulpeloos heen en weer werd geblazen, kwam waarschijnlijk veel vaker voor dan ze zich had voorgesteld. De brieven van Angus toonden aan dat hij, ondanks dat hij de leiding had gehad over honderden mannen en op zijn tijd ook verantwoordelijk was geweest voor hun leven, net zomin als zij controle over zijn toekomst had gehad.

En het was een droevig feit dat, wie deze vrouw ook was – uit de brieven had Helena opgemaakt dat ze getrouwd was geweest – Angus zijn laatste jaren alleen had doorgebracht. En trouwens, gezien de bruuske begeleidende mededeling waren die brieven overduidelijk teruggestuurd. Misschien, zo dacht ze, wel door de echtgenoot van de vrouw...

Tijdens het eten vroeg ze zich af of het toch een vergissing was geweest om hier terug te keren. De vorige keer had Pandora haar leven veranderd, had het een keten van gebeurtenissen in gang gezet die haar toekomst vorm had gegeven, die haar had gebracht tot waar ze nu was. Ze had het gevoel alsof onzichtbare serpenten zich rond haar hersenen kronkelden en dat er geen ontsnappen aan was, welk pad ze ook koos.

'Ik had het hem jaren geleden moeten vertellen,' mompelde ze. De tranen sprongen weer in haar ogen. 'Ik had op zijn liefde moeten vertrouwen.' Ze ging naar de hangmat, klom erin en sukkelde genietend van de stilte in slaap.

Toen ze het geluid van voetstappen hoorde, deed ze haar ogen open en zag ze Alexis op zich af komen. Ze rolde uit de hangmat en liep langzaam naar hem toe. 'Hallo.'

'Hallo, Helena.'

'Ik wilde net thee zetten. Lust je ook een kopje?' vroeg ze toen ze langs hem heen liep, het trapje op.

'Waar is iedereen?'

'Geen idee, maar ze zijn niet hier.'

Ze staken het terras over en liepen het huis in.

'William vond dat ik wat rust nodig had, dus hij heeft ze allemaal meegenomen.' Helena keek op haar horloge. 'Het is bijna vier uur, dus ze kunnen elk moment terugkomen.'

'Hij is een goede man, je echtgenoot,' merkte Alexis op.

Helena vulde de waterkoker en zette die aan. 'Dat weet ik.'

'Helena, ik wilde mijn excuses aanbieden voor mijn grootmoeder. Ze is gek, haar woorden hebben niets te betekenen.'

'Dat is misschien zo, maar ze had wel gelijk.' Helena keerde zich naar hem toe, slaakte opeens een diepe, gelaten zucht en schonk hem een vermoeide glimlach. 'Er zijn te veel geheimen geweest, Alexis. Dus misschien is het nu tijd dat ik daar verandering in breng en jou de waarheid vertel.' Ze goot het kokende water in de theepot en roerde erin. 'Kom, dan gaan we op het terras zitten. Er is iets wat je moet weten.'

Alexis staarde haar geschokt aan, zijn theekopje bleef tussen de tafel en zijn mond hangen. 'Helena, waarom heb je me dat niet verteld? Je weet dat ik er voor je was geweest.'

'Je had niets kunnen doen, Alexis.'

'Ik was met je getrouwd.'

'Alexis, de waarheid is dat ik pas in september van dat jaar zestien werd. Je was misschien zelfs wel aangeklaagd omdat je een relatie met een minderjarige had gehad. En dat zou mijn schuld zijn geweest, omdat ik je had verteld dat ik ouder was dan ik in werkelijkheid was. Ik had gezegd dat ik zeventien was, weet je nog? Het spijt me zo erg, Alexis.'

'Helena, of je me nu je echte leeftijd had verteld of niet, ik had toch wel van je gehouden. Het feit dat je jonger was maakt het allemaal nog erger voor jou, niet voor mij.'

'Nou, die zomer hier heeft zeker mijn toekomst gevormd. Is het niet verbluffend hoe elke beslissing die we nemen daarna de volgende beïnvloedt?' zei Helena zacht. 'Het leven is als een rij dominosteentjes die omvalt; alles heeft met elkaar te maken. Men kan wel zeggen dat je je van je verleden kunt ontdoen, maar dat kan niet. Het is een deel van wie je bent en wie je zult worden.'

'Je zegt dat die zomer je toekomst heeft gevormd. Tja, die heeft ook zeker de mijne gevormd. Want, Helena, geen enkele andere vrouw heeft ooit aan jou kunnen tippen,' voegde hij er droevig aan toe. 'In elk geval begrijp ik nu waarom je geen contact met me hebt opgenomen toen je al die jaren geleden naar Engeland bent teruggekeerd. Ik dacht...' De stem van Alexis klonk verstikt door alle emoties. 'Ik dacht dat je niet meer van me hield.'

'Natuurlijk hield ik van je!' Helena wrong haar handen. 'Ik dacht dat ik zou sterven van ellende door al het contact met jou te verbreken, maar ik wilde je niet strikken, je het verdriet aandoen van het nemen van die beslissing. Ik had je verteld dat ik voorzorgsmaatregelen nam, terwijl dat niet zo was. Ik wist niet eens hoe ik dat moest doen! Ik was zo naïef. Ik... Het was zo onvoorstelbaar verschrikkelijk, ik...'

'Je weet dat ik er voor je was geweest als je het me had verteld. Maar dat heb je niet gedaan, dus het enige wat ik nu kan doen is het verdriet delen en het eindresultaat betreuren,' zei Alexis kalm.

'Gelukkig ben je in elk geval getrouwd en heb je twee prachtige zoons.'

'Ja. Mijn vrouw was een goed mens, en ik ben elke dag dankbaar voor de zoons die ze me heeft geschonken. Maar het was natuurlijk een compromis. Ik heb nooit voor haar kunnen voelen wat ik voor jou voelde.'

'Het hele léven is een compromis, Alexis! Dat is wat je leert als je volwassen wordt.' Ze haalde haar schouders op. 'En we zijn nu allebei volwassen.'

'Je ziet er geen dag ouder uit dan toen.'

'Dat is lief van je, maar dat is natuurlijk niet waar.'

'Heb je dit aan William verteld?'

'Nee. Ik heb me er altijd te erg voor geschaamd, voor wat ik heb gedaan.'

'Misschien moet je het hem juist wel vertellen, nu je het mij hebt verteld. Hij is je man en hij houdt duidelijk van je. Ik weet zeker dat hij het begrijpt.'

'Alexis, er zijn heel veel dingen die ik William nooit heb verteld, dingen die ik geheim houd om ons allemaal te beschermen.' Helena huiverde opeens ondanks de hitte.

'Je kunt mij alles vertellen en ik zou niet minder van je denken, omdat die liefde van toen... die is er nog steeds.'

Helena keek hem aan, zag de tranen in zijn ogen. Ze schudde hulpeloos haar hoofd. 'Nee, Alexis, ik ben niet langer het onschuldige meisje dat je toen hebt ontmoet. Ik heb een web van leugens en bedrog geweven dat iedereen heeft geraakt. Ik heb ons kind gedood toen ik zestien was. Je weet niet hoe vaak ik heb gewenst dat ik had toegegeven aan het lot en hier was komen wonen en met jou was getrouwd. Dat kan ik mezelf nooit vergeven, nooit.'

'Helena, Helena...' Alexis stond op en ging naar haar toe. Hij trok haar in zijn armen om haar te troosten. 'Alsjeblieft, neem het jezelf niet kwalijk. Je was zo jong en je hebt er toen ook voor gekozen de last alleen te dragen. Het was spijtig, maar die dingen gebeuren. Je bent bepaald niet de enige vrouw ter wereld die die verschrikkelijke beslissing heeft moeten nemen.'

'Andere vrouwen kunnen me niets schelen! Elke keer als ik naar mijn kinderen kijk, denk ik aan die ene die ontbreekt. Ik kijk naar die lege stoel...' Helena huilde op zijn schouder. Haar tranen doorweekten zijn overhemd, terwijl hij over haar haar aaide en lieve woordjes in het Grieks mompelde.

'Mama! Mama! We zijn terug! Voel je je beter? Papa zegt dat als dat zo is, we vanavond patatjes met ketchup in het dorp kunnen eten! Je bent vast beter, toch? Hallo, Alexis.'

Helena maakte zich abrupt los uit de omarming van Alexis, draaide zich langzaam om en zag William achter Immy staan.

'Hallo, lieverd,' zei hij op kille toon.

'O, mama, je ziet er helemaal niet goed uit. Je ogen zijn hartstikke rood. Papa, volgens mij voelt mama zich niet beter, maar misschien helpt een bord patatjes,' ging Immy verder, zich totaal onbewust van de spanning.

'Ik zal jullie alleen laten. Dag, Helena. Dag, William.' Alexis liep langs William heen, die hem nadrukkelijk negeerde.

'Heb je een rustige middag gehad?' Sarcasme droop van zijn woorden.

Ze probeerde zich wanhopig te vermannen. 'Ja, dank je. Waar zijn jullie naartoe gegaan?'

'Het strand.'

'Welk strand?'

'Coral Bay. Ik denk dat ik een duik in het zwembad neem.' Hij keerde haar zijn rug toe.

'Ja. Ik kan wel op de kinderen letten en... William?'

'Ja?'

'Bedankt dat je me wat tijd alleen hebt gegund.'

'Zo te zien heb je er goed gebruik van gemaakt.'

'William.' Ze liep naar hem toe. 'Kunnen we praten?'

Hij wuifde haar weg. 'Niet nu, Helena, alsjeblieft. Oké?'

Met een slecht voorgevoel keek Helena hem na terwijl hij het trapje naar het zwembad af liep.

DAGBOEK VAN ALEX

20 JULI 2006

Oef!!!

Wat is er de afgelopen vierentwintig uur hier in huis gebeurd? Ik zou willen dat iemand me vertelde wat er aan de hand is. Want dat er iets is, staat vast.

Vanavond in het restaurant was het paps beurt om eruit te zien alsof hij in plaats van een patatje een slang had doorgeslikt die zich langzaam door zijn ingewanden vrat en gif door zijn aderen verspreidde. Ik weet niet of mam al dan niet ziek is, maar pap ziet er serieus slecht uit.

Mam deed heel dapper alsof haar neus bloedde en het een supervakantie is, waarmee ze iedereen waarschijnlijk voor de gek hield, maar mij niet.

En ook al ben ik blij dat Rupes zichtbaar aan het mokken was na Chloë's gedetailleerde en indringende beschrijving van haar zoen met Vliegtuigvent gisteravond (al ben ik enigszins suïcidaal omdat ze een ander heeft gezoend), ik kom maar niet van dat gevoel af dat er iets serieus verkeerd is gegaan in ons huishouden.

Pap leek zo op te gaan in zijn eigen ellende dat hij niet eens heeft geklaagd over het feit dat Chloë vanavond weer met Vliegveldvent heeft afgesproken. Of over het feit dat Fred zichzelf en de tafel met chocolade-ijs heeft besmeurd en een driftbui kreeg toen hij niet meer ijs kreeg om mee te verven.

Pap heeft ook veel meer dan normaal gedronken, net als mam trouwens. Normaal gesproken drinkt ze bijna nooit, en nu heeft ze drie glazen geleegd zonder ook maar een druppel over te laten. En toen stond pap op. Hij zei dat hij Fred en Immy naar huis zou brengen om ze in bed te stoppen en is vertrokken. Mam, Sadie, die vreselijke Jules, Rupes de Chagrijn, die lieve kleine Viola en ik bleven achter.

Nu ik het over haar heb, ik mag Viola wel. Voor iemand van tienenhalf is ze heel goed belezen, ook al hebben veel van de boeken die ze heeft gelezen de woorden 'tanga's' en 'tongzoenen' in de titel. Ik hoop echter dat het me is gelukt haar ervan te overtuigen haar literaire honger te richten op *Jane Eyre*, waarvan er een heel mooi exemplaar in mijn bezemkastbibliotheek staat. Ik denk dat dat wel iets voor haar is. Ze loopt er zelf ook wat verloren bij.

Ik dwaal af. Kort na paps vertrek verliep het gesprek zelfs nog meer gespannen. Jules bleef maar over het huis praten dat ze gaat kopen, ook al had ze het totaal niet over haar man of over het feit dat hij op het moment pleite is.

Ik ben altijd wel gesteld geweest op Sacha, ook al is hij alcoholist en lijkt hij vrij veel op Oscar Wilde met alles wat daar bij komt kijken. Iedereen in zowel zijn gezin (op Viola na) als het mijne fronst zijn wenkbrauwen en zucht als ze het over hem hebben alsof hij een ondeugende, verwende kleuter is, maar het valt niet te ontkennen dat hij slim is. Onder dat zakelijke pak van hem zit een excentriekeling die dolgraag wil ontsnappen.

Als de financiële wereld ooit mijn lot zou worden... God sta ons bij. Het hele land zou failliet gaan.

Maar goed, over vandaag... Vlak nadat we thuiskwamen van het strand plukte ik de ontelbare doorweekte handdoeken uit de kofferbak, toen de Reddende Engel met een grimmige uitdrukking op zijn gezicht langs me heen beende.

Hij was duidelijk op bezoek geweest bij mam terwijl wij weg waren.

Een verschrikkelijke gedachte loert ergens in mijn achterhoofd, maar ik weiger die te erkennen. Dat zou die echt maken en dat kan gewoon niet. Dat kan echt niet.

Dus in plaats daarvan concentreer ik mijn aanzienlijke intelligentie op mijn eigen probleem: de geslaagde redding van mijn konijn.

De brief is eindelijk af. Het is een gok, dat weet ik, maar zoals met alle missies van deze aard hoort er een bepaald risico bij.

Ik heb de brief nog een keer opnieuw gelezen en ik moest even lachen om hoe slim die in elkaar zit. Het is een kruising van Colette met de drie kleine biggetjes en Alexander de Grote. En dat allemaal in het Frans.

Ik heb de vaardigheid van Rupes op de proef gesteld zonder dat hij het doorhad. Hij kan niet eens tot *cinq* tellen. Chloë is voor de helft Frans en is dus vloeiend in die taal. Zíj zal het begrijpen.

Ik heb een papiertje onder zijn deur door geschoven met de boodschap dat zijn brief klaar is en dat de 'uitwisseling' morgenochtend om acht uur zal plaatsvinden bij het zwembad. Ik weet dat die gijzelingssituaties verschrikkelijk verkeerd kunnen gaan, dus ik heb voorgesteld dat hij het konijn voor zich op de grond zal leggen zodat ik hem kan zien en dat ik hem alleen dan de brief zal geven.

Hij zal die lezen en de Franse woorden zullen niets voor hem betekenen, dus hij zal er blij mee zijn.

Voor het geval er iets onverwachts gebeurt laat ik Immy zich op haar glitterslippers tussen de olijfbomen verschuilen zodat ze keihard 'Mama!' kan roepen als mijn tegenstander een verkeerde beweging maakt. Als hij bijvoorbeeld het konijn weer gijzelt en met de brief vertrekt.

Het kost me een fortuin in snoep om haar om te kopen, maar wat doet dat ertoe als het werkt? Daarna zal mijn oudste en beste vriend de schande moeten ondergaan van een honds onderduikadres voor zolang Rupes hier is, met andere woorden een oud hondenhok dat ik achter in de schuur heb ontdekt.

Ik trek het kruisje van de panty over mijn gezicht en knip het licht uit. Ik doe mijn ogen dicht, maar ik kan gewoon niet in slaap komen. De adrenaline stroomt door me heen bij de gedachte aan mijn reddingsmissie van morgen, maar ook bij de gedachte aan iets anders.

Zou dat kunnen? O, god, alstublieft, ik zou zelfs – slik – Kaa opofferen als dat maar niet waar is.

Mam kan niet van hem houden.

Dat... dat kan gewoon niet.

14

'Dáár ben je. Ik heb je overal gezocht.'

Helena draaide zich om toen Sadie haar hoofd om de deur van de studeerkamer stak.

'Sorry. Ik was door de inhoud van Angus' bureau aan het spitten om te zien of er nog iets te vinden was over die mysterieuze vrouw over wie ik het gisteravond had, op wie hij blijkbaar verliefd was.'

'Heb je al iets gevonden?'

'Nee, maar een van de laatjes zit op slot en de sleutel is nergens te bekennen.'

'Dan zul je het waarschijnlijk open moeten breken. Die sleutel kan overal zijn. Je moet erachter komen wie ze was, Helena. Het is zo'n romantisch verhaal.'

'Ik wil het bureau liever niet beschadigen. Het is zo mooi.' Helena liet haar handen over het gladde groene leer glijden dat het blad bedekte.

'Ik wilde even controleren of alles goed was, maar ik wilde je er ook even op wijzen dat er iets heel vreemds aan de gang was bij het zwembad vanmorgen.' Sadie ging voor Helena op de rand van het bureau zitten. 'Ik keek uit mijn slaapkamerraam en toen zag ik Rupes en Alex heel stoer aan weerskanten ervan staan. Het leek net een duel.' Sadie giechelde. 'Toen klonk er een enorme plons en werd er wat geschreeuwd, waarna alles stil was.'

'O, god! Heb je ze daarna nog gezien?' vroeg Helena geschrokken.

'Ja. Rupes beende de trap op naar zijn slaapkamer toen ik naar beneden ging en ik zag Alex in zijn bezemkast verdwijnen. Hij zag eruit alsof hij met zijn kleren aan was gaan zwemmen.'

'Echt? Ik hoop maar dat Rupes Alex niet op zijn kop zit, maar je hebt ze naderhand nog gezien, dus ze leven allebei duidelijk nog.'

'Jup.'

'Ik zal meteen even bij Alex gaan kijken.' Helena stond op. 'Ik ben hier al sinds zeven uur en ik heb helemaal niets gehoord.'

'Verstop je je?'

Helena bleef bij de deur staan. 'Waar heb je het over?'

'Dat weet je heel goed. Tijdens het ontbijt draait alles meestal om jou en ben je niet door de inhoud van een studeerkamer aan het spitten. Heb je ruzie gehad met William?'

'Nee. Hoezo?'

'Gisteravond heeft hij nauwelijks een woord tegen je gezegd. Normaal gesproken is hij zo... hoffelijk.' Sadie sloeg haar armen over elkaar. 'Hij is ergens pissig over.'

'Nou, ik heb geen idee hoe dat komt.'

'En jij... Sorry, liefie, maar je ziet er vreselijk uit.'

'Bedankt.'

'Je lijkt een permanente frons te hebben. Helena... waarom vertel je me niet wat er allemaal aan de hand is? Ik ben je beste vriendin, weet je nog? Niet de vijand.'

'Er is echt niets aan de hand. Het is gewoon... Ik heb me de afgelopen dagen niet geweldig gevoeld, meer niet.'

'Oké, zoals je wilt.' Sadie zuchtte. 'Maar de sfeer in huis is om te snijden.'

'Is dat zo? Het spijt me, Sadie. Ik ben duidelijk een vreselijke gastvrouw.'

'Doe niet zo belachelijk! Je doet het geweldig en dat weet je, dus praat jezelf hier alsjeblieft geen schuldgevoel over aan, want dat is helemaal niet het probleem. Het heeft toch niets met Alexis te maken?'

'Waarom vraag je dat?' Helena had nog altijd haar hand op de deurknop.

'William was gistermiddag op het strand in een goede bui, toen kwamen we thuis en ging hij naar het terras om jou te zoeken. Het eerste wat ik daarna zag was Alexis die over het pad wegliep. Hij was duidelijk hier geweest terwijl wij allemaal weg waren.'

'Dat klopt.' Helena zuchtte gelaten.

'En ik weet zeker dat je man daar niet blij mee was.'

'Nee, maar ik kan hem niet dwingen te geloven dat er niets tussen ons is als hij dat niet geloven wil. Maar goed, ik moet bij Alex gaan kijken of hij oké is.' Helena trok de deur open en verliet de kamer.

Even later volgde Sadie haar voorbeeld. Ze trof William in de keuken aan, waar hij toast aan het bereiden was. 'Goedemorgen! Nog een verdomd mooie dag in het paradijs. Lekker geslapen?'

'Prima, dank je. Koffie?'

'Heerlijk. Trouwens, hoe zit het met dat feest vanavond?'

'Welk feest?' vroeg William.

'Dat verlovingsfeestje voor de zoon van Alexis. Weet je nog? Hij heeft ons allemaal uitgenodigd. Het kan leuk zijn.'

Er viel een ongemakkelijke stilte, maar toen zei William: 'Ik was het vergeten... Net als het feit dat we vandaag tien jaar getrouwd zijn. Nou, gezien de omstandigheden kunnen jullie maar beter gaan. Ik blijf wel hier om op de kleintjes te passen. Het wordt veel te laat voor ze en ze zouden zich ongetwijfeld verschrikkelijk gedragen,' voegde hij er nors aan toe.

'Volgens mij heeft Helena Angelina al gevraagd om op te passen,' vertelde Sadie toen ze een kop koffie in ontvangst nam. 'En natuurlijk moet jij ook meegaan. Het is een speciale avond voor jullie tweetjes.'

Helena kwam op dat moment de keuken binnen. 'Wat heb ik aan Angelina gevraagd?'

'Om op de kleintjes te passen terwijl wij naar het verlovingsfeest van de zoon van Alexis gaan,' herhaalde Sadie. 'En nog gefeliciteerd, trouwens,' zei ze bemoedigend.

'O. Ja, bedankt, Sadie.' Helena wierp snel een blik op William, die met zijn rug naar haar toe stond.

'Ik ga op het terras mijn koffie drinken. Kom je, Sadie?' zei hij uiteindelijk.

Helena bleef alleen achter in de keuken. Ze liet zich op een stoel zakken en liet haar gezicht in haar handen rusten. William had haar sinds gistermiddag zorgvuldig genegeerd. Tegen de tijd dat ze 's avonds waren teruggekeerd uit het dorp had hij al in bed gelegen, zogenaamd slapend. En hij had haar net niet eens gefeliciteerd met hun trouwdag, of het over de kaart gehad die ze op zijn nachtkastje had achtergelaten. Hoe ironisch dat het uitgerekend vandaag was.

Ze verzette zich tegen de neiging om een koffer te pakken, haar kinderen te verzamelen en een veilige haven te ontvluchten die in rap tempo een hel op aarde werd. Ze keek omhoog op zoek naar inspiratie, maar die was daar niet te vinden.

Jules, Rupes, Sadie en Chloë lagen bij het zwembad te zonnen en William stortte zich vastberaden in een boek. Helena ging ervandoor. Ze hoedde haar drie kinderen en Viola de auto in en reed naar Latchi. Sadie had gelijk. Ondanks de uiterlijke schijn voelde de sfeer op Pandora op het moment aan als een tikkende tijdbom.

Alex was abnormaal nors, zelfs voor zijn doen. Hij zat zwijgend naast haar tijdens de rit naar de kust.

'Je ogen zijn rood, lieverd. Weet je zeker dat je je wel goed voelt?' vroeg ze.

'Prima.'

'Dat komt waarschijnlijk door het chloor in het zwembad van toen je vanmorgen bent gaan zwemmen. Heb je een probleem met Rupes?'

'Mam, ik heb je al verteld dat dat niet zo is.'

'Oké, als jij het zegt.' Helena was te moe om erover in discussie te gaan.

'Dat zeg ik.'

'Maar goed, je zult het centrum van Latchi geweldig vinden,' zei ze geforceerd opgewekt. 'Het is heel mooi en er zijn heel veel souvenirwinkeltjes bij de haven. Je kunt je vakantiegeld uitgeven aan je gebruikelijke verzameling plaatselijk geproduceerde spullen.'

'Een eufemisme voor de zooi die ik normaal gesproken koop, bedoel je?' Alex trok een gezicht. 'Ik voel me gevleid.'

'Kom op, Alex, ik plaagde je maar een beetje. Je kunt je geld uitgeven aan wat je maar wilt.'

'Ja.' Hij keerde zich van haar af en staarde uit het raam.

'Wat is er?'

'Ik zou jou dezelfde vraag kunnen stellen,' kaatste hij terug.

'Met mij gaat het goed, maar bedankt voor de belangstelling.'

'Daar lijkt het anders niet op,' mompelde hij. 'Het gaat met mij net zo "goed" als met jou.'

'Oké.' Helena zuchtte. 'Laten we het daar maar op houden. Maar voor het geval je het was vergeten, ik ben de volwassene en jij bent het kind in deze relatie. Beloof me dat als je een probleem hebt je er met me over komt praten.'

'Jep.'

'Mooi. Zo, laten we nu maar ergens een parkeerplek zoeken.'

Helena zat aan het water en keek naar de kinderen die in zee speelden. Opgelucht dat ze aan de zompige stemming op Pandora was ontsnapt, waar haar leven aanvoelde alsof het zich op het middelpunt van een kompas bevond en elke richting een mogelijkheid was, deed ze wat ze altijd deed op moeilijke momenten: ze concentreerde zich op haar zegeningen.

Voor haar zag ze drie gelukkige, gezonde kinderen. Mocht het ergste gebeuren dan was Pandora van haar en zouden ze een dak boven hun hoofd hebben en zouden ze met de nalatenschap van Angus zeker een paar maanden in hun levensonderhoud kunnen voorzien. Misschien zou ze Pandora moeten verkopen, terug naar Engeland verhuizen en daar balletles geven; iets waar ze de laatste tijd vaker over had nagedacht. Het belangrijkste was dat ze het zouden redden. Zij zou het redden. Dat had ze toch ook al eerder gedaan en dat kon ze opnieuw doen, al hoopte ze met heel haar hart dat het niet zover zou komen.

'Kijk, papa! Mama heeft een dootje voor me kocht!'

Fred zette het speelgoedautootje met een klap op Williams ingesmeerde en bruinende buik.

'Zo hé! Weer een auto! Bof jij even.' Hij glimlachte en ging met zijn hand door het haar van zijn zoon.

'En ik heb een stickerboek gekregen,' vertelde Immy, en ze plakte meteen een glinsterende roze fee op Williams voorhoofd. 'Die is voor jou, papa.'

'Bedankt, Immy.'

Immy liep een rondje om het zwembad om de andere zonaanbidders een blijk van haar gulheid te geven.

Chloë, die wakker was geworden door haar zusje, slenterde naar haar vader toe en ging op het voeteneinde van zijn ligbed zitten. 'Hoi, pap.'

'Hoi, Chloë.'

'Over dat feest van vanavond...'

'Ja?'

'Moet ik mee?'

'Ja. We zijn allemaal uitgenodigd en ik wil graag dat je meegaat.'

'Kee. Is het dan goed als ik Christoff meeneem?'

'Bedoel je die vent van het vliegveld?'

'Ja. Hij wilde vanavond weer met me op stap, dus ik dacht dat hij dan met ons mee kon gaan.'

'Nee, dat gebeurt niet. Hij is niet uitgenodigd en dit is een familiefeest.'

'O, pap, dan zeg ik wel dat hij niet veel moet eten.'

'Nee, punt uit.'

Chloë slaakte een diepe zucht, maar haalde toen haar schouders op. 'Laat maar.' Ze stond op en verdween in de richting van het huis.

Er werd op de slaapkamerdeur geklopt toen Helena onder de douche uit kwam.

'Binnen.'

'Ik ben het maar.' Het was Jules, met een ernstig vervellende neus.

'Hallo.' Helena glimlachte zwakjes en trok snel haar badjas aan, terwijl Jules op het bed ging zitten.

'Ik vroeg me af of je morgen naar een huis wilt komen kijken dat ik misschien wil kopen. Ik heb het aan William gevraagd, maar hij leek eerlijk gezegd niet zo geïnteresseerd te zijn.'

Helena aarzelde kort, maar antwoordde toen: 'Natuurlijk ga ik mee.'

'Bedankt.' Jules knikte dankbaar. 'Ik wil graag een tweede mening voor ik mijn handtekening zet en de aanbetaling doe.'

'Wanneer moet je de knoop doorhakken?'

'Ergens volgende week.'

'Jeetje, dat is snel. Vertel je het Sacha nog voor je tekent?' vroeg ze heel voorzichtig.

'Wie?'

'Dus je hebt niets meer van hem gehoord?'

'Jawel, hij heeft een paar boodschappen ingesproken, maar het is hoog tijd dat ik een aantal beslissingen neem zonder hem, denk je ook niet?'

'Jules, dat gaat me helemaal niets aan.'

'Nee.' Jules bestudeerde haar nagels. 'Dat weet ik.' Toen keek ze Helena met een brede lach aan. 'Nou, als ik het wel koop dan zijn we bijna buren. Het ligt aan de andere kant van het dorp. Dat zou leuk zijn, toch?'

'Ja. Natuurlijk. Trouwens, je bent het feest van vanavond toch niet vergeten?' Helena veranderde van onderwerp.

'William heeft me eraan herinnerd. Ik heb er zin in. Het geeft me mooi de kans wat van de plaatselijke bevolking te ontmoeten.' Jules ging staan en nam de slaapkamer in zich op. 'Je kunt zeker niet wachten om het huis eens goed te laten schilderen. Die grijze kleur hier is echt té depressief. Tot straks.'

Om half zeven verzamelde iedereen zich op het terras voor een borrel voorafgaand aan het feest. Sadie had iedereen erop gewezen dat het de trouwdag van Helena en William was en had geregeld dat Angelina een lokale mousserende wijn en de hapjes serveerde die ze eerder had gemaakt.

'Chloë, wat heb jij in vredesnaam aan?' vroeg William, terwijl hij geschokt naar het piepkleine leren rokje staarde dat nauwelijks het achterwerk van zijn dochter bedekte.

'O, pap, doe niet zo preuts. We zijn hier overdag allemaal zo goed als naakt, dus waarom zou dat 's avonds anders moeten zijn.' Ze zwierde haar lange, glanzende steile haar over haar schouder en liep verontwaardigd naar Rupes, die een afzichtelijk roze shirt droeg dat alleen maar zijn rode huid benadrukte.

'Je ziet er mooi uit, mam,' zei Alex toen hij naar buiten kwam. 'Nog gefeliciteerd met jullie trouwdag, trouwens.'

'Dank je, lieverd,' zei Helena dankbaar.

'Ziet ze er niet mooi uit, pap?' drong Alex aan.

William draaide zich om en bestudeerde de diepblauwe zijden jurk die zijn vrouw droeg. Het was een van zijn favorieten en hij paste bij de kleur van haar ogen. Met haar pas gewassen, door de zon gebleekte haar dat loshing en haar subtiel gebruinde huid bedacht William met immense droefheid dat ze er nooit mooier had uitgezien. Hij knikte. 'Ja.' En hij keerde zich om.

Een uur later stapte iedereen in de auto's om naar het huis van Alexis te vertrekken toen er een taxi in zicht verscheen die de heuvel af reed.

'Wel heb je ooit! Het is de verloren echtgenoot,' zei Jules, die er schitterend uitzag in een goudkleurig topje met een bijpassende hoofdband die ze in Griekse stijl over haar voorhoofd droeg.

'Daar is papa!' riep Viola opgetogen, en ze rende op de naderende auto af.

'Hallo, schoonheid.' Sacha stapte net uit toen zijn dochter zich in zijn armen wierp. Hij gaf haar een stevige knuffel.

'We hebben je gemist, pap.'

'En ik heb jullie gemist.' Hij keek naar de groep mensen om hem heen. 'Nou, dit is nog eens een aangenaam welkom! Jullie zien er allemaal mooi uit. Gaan jullie ergens heen?'

'We gaan naar een feest, papa,' vertelde Viola.

'Ah.' Sacha knikte. 'Mag ik mee?'

'Natuurlijk, hè, mam?'

'Jij mist geen enkel feestje, toch, lieverd? Je hebt de alcohol vast vanuit Londen geroken,' antwoordde Jules op sarcastische toon.

'Anders blijven jullie toch hier? Wij nemen de kinderen wel mee en dan kunnen jullie elkaar bijpraten. Dan komen jullie gewoon iets later?'

stelde William hoopvol voor in een poging Sacha en Jules de kans te geven onder vier ogen met elkaar te praten.

'Híj kan later komen als hij wil. Ik ga nu. Kom op, zo komen we nog te laat. Tot straks, schát,' teemde Jules, terwijl ze haar kinderen naar haar auto hoedde.

Sacha keek toe en haalde hulpeloos zijn schouders op toen zijn vrouw het portier hard achter zich dichttrok.

'Oké, de plannen zijn veranderd,' zei William tegen Helena. 'Ik blijf hier bij Sacha zodat hij zich kan opfrissen en omkleden en dan komen wij straks. Ga jij maar met de rest mee.'

'Weet je waar je moet zijn?' vroeg ze.

'Een beetje. Ik vind het wel.' William richtte zijn aandacht op Sacha. 'Kom op, ouwe reus, wij moeten eens even goed praten.'

DAGBOEK VAN ALEX

21 JULI 2006

Ik ervaar niet vaak woede. Het soort dat door je lichaam brandt en je ziel verzengt. Ik begrijp nu dat mannen op uiterst emotionele momenten een moord kunnen plegen. Dat voelde ik namelijk vanmorgen bij het zwembad. Ik had meteen moeten weten dat het niet volgens plan zou verlopen.

Mijn trouwe hulpje Immy had een enorme woede-uitbarsting toen ze haar lievelingsjurk niet mocht aantrekken tijdens haar werk als spion.

Een uit de kluiten gewassen boself in volumineus gewaad van afgrijselijk roze gaas en chiffon op glinsterende teenslippers en met een gele zonnebril op met glazen in de vorm van sterren was misschien opgevallen tussen de olijfbomen en dan was mijn hinderlaag verpest.

Ik durf te wedden dat James Bond nooit zulke problemen met Miss Moneypenny heeft gehad. Dus ik heb haar maar uit het plan geschrapt en ben de confrontatie alleen aangegaan.

Rupes verscheen op de afgesproken tijd. Hij had die gruwelijke Ray-Ban van hem op en probeerde er cool uit te zien.

'Heb je de brief?' vroeg hij vanaf de andere kant van het zwembad. Hij stond met zijn benen gespreid, de armen over elkaar, alsof hij poseerde voor een teamfoto als aanvoerder van de nationale rugbyploeg.

Ik was niet bang voor hem. Niet heel erg. 'Heb je het konijn?'

'Ja. Laat me eerst maar eens die brief zien.'

'Laat mij het konijn maar zien.'

Rupes liet zijn armen zakken en draaide zich om om een plastic tas onder het matras van een ligbed vandaan te trekken.

Verdomme! Hij had Kaa daar duidelijk al eerder verstopt en ik had hem dus zonder al deze onzin terug kunnen krijgen. Ik zie Kaa's lieve koppie uit het plastic steken. Ik knik en hou de envelop omhoog. 'In het Frans, zoals beloofd.'

'Lees maar voor.'

'Natuurlijk.' Ik schraap mijn keel. '*Ma chèrie Chloë. Prendre vers le bas la lune*!'

'Niet in het Frans, flapdrol.'

'Sorry. "Vergeet de sterren! Er schijnt een nieuw licht aan het hemelgewelf! Je straalt als een pas geschapen engel, onbezoedeld tegen een achtergrond van versleten planeten! Je ogen zijn als…"'

'Oké, zo is het goed.' Rupes zag eruit alsof hij misselijk was. 'Geef hier.'

'Ik wil het konijn op hetzelfde moment. We lopen naar elkaar toe en dan vindt de uitwisseling plaats.'

Rupes haalde zijn schouders op en liep om het zwembad heen.

We troffen elkaar op de hoek bij het diepe.

Ik zag dat hij zweette. Ik was daarentegen ontzettend koel. 'Hier.' Ik stak mijn handen uit: de een met daarin de brief, de ander om het konijn in de zak te pakken.

Hij bewoog zijn handen. Hij pakte de brief beet.

Ik pakte de handvaten van de zak.

Toen rukte hij razendsnel de zak uit mijn handen en smeet die in het zwembad.

Er klonk een enorme plons.

Ik snakte ontsteld naar adem toen die zonk in plaats van te blijven drijven, zoals ik had verwacht. Mijn dierbare Kaa verdween langzaam uit het zicht.

'Bedankt nog, hè.' Rupes zwaaide met de envelop en grinnikte maniakaal. 'Je kunt je blijkbaar geweldige duikvaardigheid oefenen om dat oude ding te redden. Het is jammer dat Chloë er niet is om je toe te juichen!'

'Klootzak!' gilde ik, terwijl ik de rits van mijn korte broek opentrok om hem achterna te springen. Toen besefte ik echter dat ik geen onderbroek aanhad en trok de rits weer dicht.

'Toe dan, bewijs maar eens hoe goed je bent!' treiterde Rupes.

Ik sprong in het water, mijn bermuda zwaar door een voorraad zooi in de zakken die zich daar gedurende meerdere dagen had verzameld. Ik hapte naar adem en ging kopje onder. Het chloor brandde in mijn ogen (ik zwem nooit onder water zonder een zwembril omdat ik er daarna altijd uitzie als een familielid van de duivel) en tuurde om me heen op zoek naar Kaa. Hij kon niet ver weg zijn. Hij was licht, dus waarom was hij in vredesnaam niet blijven drijven?

Ik kwam boven om in te ademen en zag dat Rupes helemaal dubbel lag. Ik dook weer, dieper, en dieper. Mijn longen brandden door woede en paniek en het gebrek aan zuurstof. En daar, helemaal op de bodem van het diepe, op zeker zo'n twee meter, lag Kaa.

Ik kwam weer boven. Kon ik mijn broek nu maar uittrekken! Maar bij de gedachte aan de ondraaglijke en schandelijke opmerkingen die zeker over de piepkleine toestand van mijn genitaliën zouden worden gemaakt, hield ik die toch maar aan.

Daar ging ik weer. Het lukte me de bovenkant van de zak vast te pakken en ik trok. En trok.

Er kwam geen beweging in. Ik kon elk moment verdrinken, dus ik zwom duizelig naar het wateroppervlak. Ik hijgde zo erg dat ik niet kon praten. Ik peddelde naar de zijkant en klampte me daar aan de rand vast terwijl ik mijn longen vulde. De gedachte aan Kaa die op de bodem verdronk en het chloor dat zich door de overblijfselen van zijn tere kunstmatige bont heen vrat spoorde me weer tot actie aan. Met een laatste gigantische hap lucht dook ik weer. Ik pakte het oor van mijn vriendje vast en rukte er hard aan. Godzijdank kwam hij in beweging. De reis naar het wateroppervlak waarbij ik mezelf, mijn broek en voor mijn gevoel een zak steenkool van tweeduizend kilo meesleurde, zal de annalen ingaan als het tot op heden meest aangrijpende moment van mijn leven.

Ik had wel kunnen verdrinken. Mijn ergste vijand en mijn beste vriend hadden me kunnen vermoorden.

Ik tastte met mijn hand naar de rand van het zwembad om me die laatste gruwelijke centimeters omhoog te trekken, kuchend en proestend, en zag Rupes vlak boven me lachen.

'Ik doe alleen maar wat mijn lieve moedertje me heeft gevraagd: je klaarstomen voor je kostschool. Later, Alex.' Met een grijns en een zwaai vertrok hij.

Mijn benen beefden alsof ze van pudding waren. Ik hees mezelf en mijn konijn de treden op en zakte op de tegels in elkaar. Ik draaide me om en keek naar het zielige hoopje doorweekt bont dat naast me lag. En toen zag ik de grote steen die aan zijn pootjes was gebonden. Het oor waaraan ik hem omhoog had getrokken zat nog maar aan één draadje vast.

Ik weet niet hoe ik verder de dag door ben gekomen, maar het is me gelukt. Mijn woede en vernedering waren grenzeloos. Ik heb overwogen weg te rennen, de volgende vlucht naar Marrakech te nemen waar ik als slangenbezweerder aan de slag zou kunnen gaan, áls ik mijn grote angst voor slangen kon overwinnen, maar dat zou een straf voor mijn moeder zijn geweest en dat zou echt niet eerlijk zijn.

In plaats daarvan moet ik naar een of ander feest gaan en zal ik met het feit moeten leven dat mijn tegenstander ook aanwezig zal zijn. Ik troost me met de gedachte dat hij er in dat shirt zal uitzien als een groot roze varken en dat Chloë hem inmiddels totaal negeert. Ik zal de tijd gebruiken om een gepaste en rechtvaardige wraakactie te bedenken. Geloof mij maar.

15

Het verlovingsfeest vond plaats op het grote plein voor de oude, met ranken overwoekerde wijngaard, die zich op een van de hoogste punten in het dorp bevond en uitzicht bood over een diepe vallei. Er waren snoeren met lichtjes opgehangen in de takken van de omringende olijfbomen. Hun zilverachtige gloed werd versterkt door de tientallen lantaarns die overal waren aangestoken.

Een groep opgewekte vrouwen uit de buurt stond achter schraagtafels opgesteld en schepte eten op van overvolle schalen met daarin heerlijk geurende gerechten: gevulde wijnbladeren, varkensvlees en lamsvlees aan het spit geroosterd, *spanakopita* en gegrilde vis, met daarbij enorme kommen rijst en salades.

Tegen de tijd dat de Pandora-posse arriveerde was het feest al aan de gang. Een Cypriotische band bestaande uit drie leden speelde in de hoek, maar werd grotendeels overstemd door het geroezemoes van de ongeveer tweehonderd gasten. Wijn werd rechtstreeks door een slangetje vanuit een enorm eikenhouten vat in glazen geschonken.

'Een paradijs voor alcoholisten,' zei Jules zacht, terwijl ze een glas witte wijn pakte. 'Sacha zou het geweldig vinden,' voegde ze eraan toe, waarna ze wegliep om zich onder de gasten te mengen.

'Mag ik een glas wijn, mam?' vroeg Alex, toen hij zag dat Chloë en Rupes zichzelf bedienden.

'Ja, maar niet te vol.' Helena nam een slokje uit haar eigen glas en voelde zich vreemd genoeg alleen. Ze kon zich niet herinneren wanneer ze voor het laatst naar een feest was geweest zonder William aan haar zij. Dat besef werd nog schrijnender door het feit dat ze vanavond eigenlijk hun eigen huwelijk hadden moeten vieren.

'Alex, kijk, die man daar spuwt vuur.' Viola, die door Jules was achtergelaten, wees naar een andere hoek van het plein. 'Kunnen we daar gaan kijken?'

'Waarom niet?'

Ze wrongen zich door de menigte van gasten heen die allemaal hun beste kleren droegen, om bij die vuurspuwende man te komen.

'Denk je dat het goed gaat met mijn vader?' Viola ging op haar tenen staan om in zijn oor te spreken.

'Ik weet het niet, Viola, maar ik denk van wel.'

'Het gaat niet goed met hem. Ik weet dat er iets mis is.'

Alex pakte haar kleine hand vast. 'Viola, ouders zijn vreemd. Probeer je geen zorgen te maken. Het komt vast wel weer goed, wat het ook is. In mijn ervaring lossen dit soort dingen zichzelf meestal wel op.'

'William is niet jouw echte vader, toch?'

'Nee.'

'Weet je dat mijn papa ook niet mijn echte vader is? En mam niet mijn echte moeder?'

'Ja.'

'Maar ik hou van hem alsof hij dat wel is. Hij is er altijd voor me geweest, snap je. Het is eigenlijk niet echt belangrijk, toch?'

'Wat?'

'Of je hun genen hebt. Ik weet zeker dat mijn echte vader nooit zo aardig had kunnen zijn als de papa die ik nu heb. Hou je van William? Ik vind hem heel aardig.'

'Ik… Ja.'

'Ik ben blij dat hij mijn peetoom is. Alex?'

'Ja?'

'Denk je dat ze evenveel van ons houden als van hun echte kinderen?' vroeg ze op onzekere toon.

'Tuurlijk, Viola. Misschien zelfs wel meer. Ik bedoel, jij bent speciaal door ze uitgekozen.' Hij gaf haar een onhandige knuffel en wees toen naar de vuurspuwers. 'Hé, moet je kijken hoe hoog ze die vuurstokken de lucht in gooien.'

'O,' zei ze afgeleid, met een verwonderde uitdrukking op haar gezicht.

Helena kwam achter hen staan. 'Daar zijn jullie.'

Een serveerster kwam voorbij met een dienblad vol gevulde wijnglazen.

Helena dronk haar glas leeg en pakte een nieuw glas.

'Mam! Pas op. Je weet dat je niet veel moet drinken, dan raak je aangeschoten.'

'Alex, je bent niet mijn oppas en dit is een speciale gelegenheid,' snauwde Helena.

'Sorry, hoor. Kom op, Viola. Wij gaan vooraan staan, dan kun je het beter zien.'

Helena bleef alleen achter en slenterde tussen de mensen door, luisterend naar het opgewonden geklets van een menigte waarvan iedereen dankzij ontelbare huwelijken vrijwel zeker in de verte – als het al niet rechtstreeks was – verwant was aan een andere gast. Ze staarde naar de menigte die zich rond de band verzamelde. Een paar stelletjes begonnen te dansen. Dimitrios en zijn verloofde Kassie bevonden zich in het midden daarvan, stralend van geluk.

Hun leven zou ze vast nooit ver van dit oord brengen, en ze zouden waarschijnlijk een nieuwe generatie robuuste jongens op de wereld zetten die op een dag de wijngaard zouden overnemen. Zij zouden hun voldoening en vreugde halen uit elkaar, hun kinderen en de hechte gemeenschap die hen steunde. Helena was opeens jaloers en vreselijk bedroefd.

'En hoe gaat het vanavond met jou, mijn Helena?'

Ze schrok ervan een stem zo vlak achter zich te horen, ze draaide zich om en zag Alexis staan. 'Hallo.' Ze vermande zich. Ze wilde deze mooie gelegenheid niet bederven met haar eigen zelfgenoegzame melancholie. 'Dit is een mooi feest. Bedankt dat je ons allemaal hebt uitgenodigd.'

'Het is mij en mijn zoon een genoegen. Ik hoef alleen maar te weten of jullie je vermaken.'

'O, ja, hoor.' Ze aarzelde kort omdat ze geen zin had om het onderwerp aan te snijden, maar voor haar gevoel moest ze dat toch doen. 'Alexis, vergeef me alsjeblieft mijn uitbarsting van gisteren.'

Hij schonk haar een droevige glimlach. 'Je hoeft geen excuses te maken. Ik had alleen gewild dat je het me jaren geleden had verteld. Maar gedane zaken nemen geen keer. Het belangrijkste is nu dat we ervan leren en verdergaan met het leven. Nu ik het daar toch over heb, waar is William? Ik heb hem vanavond nog niet gezien.'

'Hij komt later, met de man van Jules.'

'Ik begrijp het.' Alexis zuchtte. 'Ik ben bang dat hij er niet blij mee is dat ik zijn vrouw in mijn armen heb gehouden.'

'Dat klopt. En we zijn toevallig vandaag tien jaar getrouwd.'

'Dan denk ik dat je hem moet vertellen wat er aan de hand was, Helena. William moet de waarheid weten. Het zal hem helpen jou te begrijpen. En mij.'

Was het maar zo eenvoudig, dacht Helena.

De menigte die naar de dans van Dimitrios en zijn verloofde keek, juichte.

Alexis keek naar het stel en glimlachte. 'Waren wij dat maar, terwijl we aan ons leven samen begonnen.' Hij haalde zijn schouders op. 'Maar dat heeft niet zo mogen zijn. Je moet weten dat ik nu aanvaard dat het ook nooit zo zal zijn. Jij hoort bij een ander, en ik kan zien dat hij veel van je houdt. Helena, ik wil oprecht mijn excuses aan jullie aanbieden. Mijn gedrag is onacceptabel geweest. Het heeft me moeite gekost te wennen aan het feit dat je niet langer de mijne bent... maar dat moet. Kom, laat me je voorstellen aan een paar kennissen uit je verleden.' Hij stak zijn hand naar haar uit.

Na een korte aarzeling nam ze zijn uitnodiging aan. 'Ja. Dank je, Alexis.'

De vrienden van Alexis – jongens, toen zij ze had gekend – waren nu vaders met echtgenotes. Ze omhelsden Helena, begroetten haar zeer hartelijk, vertelden haar dat ze nog altijd mooi was en stelden haar vragen over haar gezin en Pandora. Ze genoot van hun aandacht, maar de wijze woorden van Alexis gonsden nog steeds door haar gedachten en ze vroeg zich onwillekeurig af of William nog wel zou komen, of dat ze de nacht van hun tiende trouwdag alleen zou doorbrengen.

Iets wat ze eigenlijk wel had verdiend...

Nu was het dansen echt op gang gekomen en de gasten betraden de dansvloer met de traditionele Cypriotische passen die van generatie op generatie waren doorgegeven. Helena zag Jules en Sadie tussen alle mensen, met de armen boven het hoofd geheven terwijl ze probeerden hun danspartners te volgen.

'Papa! Papa! Je moet *Zorba* voor ons dansen.' Een zwetende Dimitrios gaf zijn vader een klap op zijn rug.

'Ja, Alexis! Dans voor ons! Dans!' De menigte nam de kreet over.

'En, Helena, jíj moet met hem dansen, zoals jullie hier vroeger hebben gedanst!' Dat kwam van Isaák, een oude vriend van Alexis.

'Ja, laat maar zien wat je kunt. Dat is toch jouw beroep?' riep Jules vanuit de mensenmassa, terwijl Helena van meerdere kanten naar voren werd geduwd naar Alexis toe in het midden van de enorme kring die zich om hen heen had gevormd.

Iedereen greep elkaars schouder beet ter voorbereiding.

'Weet je nog?' vroeg Alexis met een aandoenlijke glimlach. 'Het feest voor mijn achttiende verjaardag, dat ook hier werd gevierd?'

'Hoe zou ik dat ooit kunnen vergeten?' fluisterde ze.

'Zullen we?' Hij knipte met zijn vingers boven zijn hoofd, het signaal dat ze er klaar voor waren.

De bouzoukispeler tokkelde de eerste trage klanken.

De kring kwam in beweging, net als Helena en Alexis. Hun passen waren precies, afgemeten. Ze dansten ieder apart, maar samen, en ook al had Helena deze passen bijna een kwart eeuw niet meer gedanst, ze waren in haar geheugen gegrift. Ze werd geleid door de muziek en haar lichaam. Ze was niet langer een echtgenote en moeder van bijna veertig, maar een vrijgevochten meisje van vijftien dat danste in een zonovergoten veld vol druiven met de jongen van wie ze hield.

De passen, zo eenvoudig als ze langzaam werden uitgevoerd, werden ingewikkelder naarmate de muziek voortraasde, sneller en sneller. Helena draaide in het rond en dook langs Alexis heen. Het tempo nam toe en de kring om hen heen begon ze aan te moedigen en met de voeten te stampen.

Alexis nam haar in zijn armen en tilde haar hoog boven zijn hoofd, draaide haar rond en rond tot ze een ware werveling van passie en sensatie waren. Helena spreidde haar armen wijd en wierp haar hoofd in haar nek, vertrouwde compleet op hem. Kleurrijke flitsen waren alles wat ze zag, het gejuich suisde in haar oren.

Ze danste! Ze had het gevoel te leven, was uitgelaten, dit was heerlijk...

Toen vertraagde de muziek, en Alexis zette haar behoedzaam neer, waarbij haar lichaam langs het zijne streek. Hij pakte haar handen vast en drukte er een kus op, draaide haar toen van zich af zodat ze een knixje kon maken en hij kon buigen.

Het geroep om een toegift ging maar door.

Uiteindelijk bracht Alexis de menigte tot bedaren. 'Bedankt, bedankt.' Hij haalde een zakdoek uit zijn zak en veegde het zweet van zijn voorhoofd. 'Dit wordt een oude man toch te veel.' De menigte protesteerde, maar Alexis hield zijn handen weer op in een verzoek om stilte. 'We zijn hier vanavond om de verloving van mijn zoon en zijn prachtige verloofde te vieren.'

Helena verdween tussen de mensen terwijl Alexis zijn zoon en toekomstige schoondochter gebaarde naast hem te komen staan.

'Tante Helena, je was echt super.' Viola pakte haar hand vast en staarde haar vol bewondering aan.

'Wauw, liefie! Geweldig!' zei Sadie, terwijl er zich een kleine groep mensen om hen heen vormde.

'Ik wist niet dat je zo kon dansen,' zei Rupes.
'Ik ook niet,' klonk een stem achter haar.
Helena keerde zich abrupt om. 'William, waar bleef je nou?'
'Ik moest Sacha opvangen. Maar goed, het lijkt erop dat je je zonder mij ook wel hebt vermaakt.'
'Ja, ik heb het heel leuk gehad,' zei ze opstandig. 'Nu kan ik wel een glas water gebruiken.'
'Zal ik dat voor je halen?' bood hij aan.
'Nee, dat lukt me zelf wel, bedankt.'
William volgde haar. 'Wat is er hier in vredesnaam aan de hand?'
'Niets! Ik was aan het dansen, meer niet.'
'Jezus, Helena, je bent mijn vrouw!'
'Ja, inderdaad. Dus wat heb ik dan verkeerd gedaan?'
'Helena, ik ben niet achterlijk! Alle toeschouwers hebben het gezien. Het is niet te missen.'
'Wat dan?'
'Godsamme! Moet ik het soms voor je spellen? Ik heb je keer op keer het voordeel van de twijfel gegeven en heb geprobeerd het feit te negeren dat hij elke keer zodra ik mijn hielen heb gelicht meteen opduikt.' Hij griste een glas wijn van de tafel, nam een flinke slok, zag toen de gefascineerde blikken van de twee serveersters die erachter stonden en trok Helena mee naar een rustige hoek.
'Meneer de Perfecte Man! O, zo behulpzaam! Je "reddende engel", zoals je zoon hem noemt! Gisteren nog, toen ik de kinderen op sleeptouw had genomen omdat ik dacht dat je rust nodig had en wat tijd voor jezelf... Wie zie ik daar staan met jou in zijn armen? Die kerel!'
'Hij was er om te kijken hoe het met me ging,' antwoordde Helena stilletjes.
'Dat zal wel. En dan kom ik vanavond hier aan en dan zie ik jullie met zijn tweeën dansen alsof jullie... alsof jullie bij elkaar horen! Vertel me nu eindelijk een keer de waarheid! Je bent nog steeds verliefd op hem, hè? Godverdomme, zég het gewoon, Helena.' Hij pakte haar ruw bij haar schouders en rammelde haar door elkaar. 'ZEG het!'
'William, hou op, alsjeblieft! Niet hier, niet nu... We hebben het er straks over, dat beloof ik.'
Hij keek haar aan en zuchtte toen wanhopig en verslagen. Hij liet haar los en schudde zijn hoofd. 'Maar ik waarschuw je: ik wil niet bij iemand zijn die niet bij mij wil zijn. Gefeliciteerd met je trouwdag,

Helena.' Hij draaide zich om en liep snel weg, de menigte in.

Tranen prikten in haar ogen. Ze liep terug naar het wijnvat en vulde haar glas opnieuw. Ze wilde net een grote slok nemen toen iemand onhandig een arm om haar schouder sloeg, waardoor de wijn alle kanten op klotste.

'Hé, mooie meid.'

'Sacha. Je bent er,' zei ze behoedzaam.

'Ja.' Hij proostte met een fles cognac en nam een slok.

Ook al had Helena meer gedronken dan normaal, ze was nuchter genoeg om te beseffen hoe dronken *híj* was. 'Je ziet er verschrikkelijk uit.'

'Ongetwijfeld.' Hij stond op zijn benen te wankelen. 'Maar ik voel me fantastisch. Weet je, mijn engel, ik heb iets te vieren.'

'Echt?'

'O, ja.'

'Hoezo?' Ze wilde het antwoord op die vraag eigenlijk niet weten.

'Omdat ik over een paar minuten vrij zal zijn! En je weet wat dat betekent, toch? Mijn liefste Helena?'

'Nee, Sacha, dat weet ik niet.'

'Het betekent... Nou, je weet wat het betekent. Maar nu moet ik mijn lieflijke echtgenote zien te vinden. Om haar het goede nieuws te vertellen.' Hij boog spottend en onzeker en strompelde tussen de andere gasten door weg.

Helena keek toe hoe hij zich een weg naar het midden baande en naast Alexis tot stilstand kwam, die net klaar was met zijn toespraak. Ze keek wanhopig om zich heen of ze William ergens zag, maar hij was nergens te bekennen.

'Dames en heren! Vergeef me dat ik zomaar dit feest onderbreek,' sprak Sacha met dubbele tong. 'Mijn naam is Sacha Chandler, en ik zou net als deze heer hier u willen feliciteren. Hoe heet u, meneer?'

'Ik ben Alexis.'

'Alexis. Wat een geweldige naam.' Sacha sloeg Alexis hard op de rug. 'Ben je getrouwd?'

'Dat was ik, ja.'

'O jee. Is het allemaal verkeerd gegaan? Een vechtscheidinkje?'

'Nee. Mijn vrouw is gestorven,' zei Alexis stilletjes, terwijl hij naar de grond staarde.

De menigte was nu stil, leek zijn adem in te houden.

William dook opeens naast Sacha op en legde een hand op zijn schouder. 'Kom op, ouwe reus, tijd om naar huis te gaan.'

'Naar huis? Maar ik ben er pas net!' riep Sacha, en hij schudde Williams hand van zich af. 'En trouwens, ik heb zelf ook een aankondiging. Waar is mijn prachtige vrouw, Julia?'

'Ik ben hier, Sacha.' Jules sprak ergens bij de buitenste rand van de mensenmassa.

'Juist, ik moet je iets vertellen.' Sacha nam nog een slok van zijn cognac. 'Weet je, ik moet het nu doen, want anders durf ik het nooit. Dus daar gaan we dan, lieveling: mijn bedrijf is niet zozeer geliquideerd als van de aardbodem gevaagd. Ik heb geen cent meer. O, en het huis is ook weg omdat ik daar meerdere hypotheken op heb genomen, dus de bank zal er onmiddellijk beslag op leggen. We zijn berooid, engel van me, en we hebben helemaal niets meer, op de kleren na die we nu dragen. Geen kakscholen meer voor de kids. Ze zullen terug naar de openbare school moeten, en die knollen van je achter in de wei zullen waarschijnlijk in een wok eindigen bij de chinees.'

Sacha lachte ruw om zijn eigen smakeloze grap. Hij hief de fles en salueerde zo zijn geschokte, maar gefascineerde publiek. 'Dus, dames en heren, dat was het dan! Dubbel feest! Het begin van een verbintenis en het eind van een andere. Proost!' Hij nam een slok uit zijn fles.

Er klonk geroezemoes. Veel van de mensen die de taal niet machtig waren vroegen hun buren om de toespraak te vertalen.

William kreeg eindelijk Sacha's arm te pakken en trok hem mee.

Helena, die tot nu toe als aan de grond genageld had gestaan door Sacha's dronken monoloog, ging snel naar William toe. Hun eerdere gesprek was in de wacht gezet door dit dramatische moment. 'Jezus. Wat moeten we nu doen?' fluisterde ze wanhopig.

Ze keken allebei naar Sacha, die aan William hing.

'Kijk eens of je Jules kunt vinden,' stelde hij voor. 'Vraag haar wat zij wil doen.'

Dat deed Helena, maar hoewel ze het hele terrein afzocht, leken zowel Jules als Rupes in rook te zijn opgegaan. Ze trof uiteindelijk Viola huilend aan in de armen van Alex.

'Wat gaat er gebeuren, mam?' vroeg Alex geluidloos over de rode krullen van Viola heen.

'Ik breng jullie allemaal zo snel mogelijk naar huis. Ik ga even iedereen verzamelen. Ga jij alvast met Viola naar de auto. Die is niet op slot.'

‘Oké, maar kom snel terug,’ fluisterde hij dringend.

‘Ik kom zo.’ Helena liep snel weg en kwam William en Alexis tegen, zittend op een muurtje, met Sacha voorovergebogen tussen hen in.

‘Jules en Rupes zijn verdwenen, maar ik wil Viola en Alex naar huis brengen.’

‘Ik heb voorgesteld dat William en Sacha vanavond hier bij mij blijven,’ zei Alexis. ‘Dat is misschien beter, tot de rust is weergekeerd.’

Helena keek William vragend aan.

Hij knikte.

‘Ik moet kotsen. Sorry, jongens,’ steunde Sacha, en hij voegde de daad bij het woord.

‘Ga jij maar naar de kinderen toe, Helena, je kunt hier niets doen,’ zei William. Hij haalde zijn zakdoek tevoorschijn om Sacha’s gezicht schoon te vegen.

Alexis rende weg om water te halen.

‘Laat me weten of Jules opduikt. Ik blijf wel hier om ervoor te zorgen dat mijn oudste vriend niet stikt in zijn eigen braaksel.’

‘Red je het wel?’ vroeg ze aan haar echtgenoot, in de hoop dat hij in haar blik zou kunnen lezen dat ze met hem meeleefde.

‘Alexis en ik hebben net even zitten kletsen en hij zei dat hij een paar logeerkamers heeft. Ik wil niet dat de kinderen – geen van de kinderen – Sacha zo zien. Dat is niet eerlijk ten opzichte van hen. En dan is er nog de kans dat Jules hem iets aandoet. Daar heeft ze alle reden toe,’ zei William met een zucht.

‘Oké.’ Ze probeerde zijn stemming te peilen aan de hand van zijn gelaatsuitdrukking, maar daar werd ze niet veel wijzer van. ‘Hou me op de hoogte.’

‘Doe ik.’ Hij richtte zijn aandacht weer op Sacha.

DAGBOEK VAN ALEX

21 JULI (VERVOLG)

Ahum.

Poeh! Jeetje! En ga zo maar verder. Wat moet je daar nu van zeggen? Ik ben… sprakeloos, of heb er de woorden niet voor, wat eigenlijk een betere beschrijving is.

In tegenstelling tot anderen, die vrij… eh… dramatische toespraken hebben gehouden vanavond.

Het was een belangrijk moment. Niet helemaal op het niveau van Winston Churchill, maar ik moet het Sacha nageven: hij was ontzettend zat en is niet één keer over zijn woorden gestruikeld.

Tot zover een rustige, ontspannende vakantie.

Het is één uur 's nachts, zo ongeveer, en ik zit in mijn Bezemkast. De Griekse tragedie die zich vanavond tot afgrijzen en genot van het hele dorp heeft afgespeeld, heeft ook zijn weerslag op mij gehad: ik voel me nu schuldig, ontzettend schuldig.

Men zegt dat je moet oppassen waar je om wenst, omdat het je weleens totaal niet kan bevallen als je je zin krijgt. In die situatie zit ik nu.

Eerder op de dag, toen ik mijn doorweekte konijn aan zijn voeten had opgehangen aan een eindje touw dat ik voor mijn kleine raam had weten te spannen om aan de lucht te drogen (ik kon niet het risico nemen hem buiten aan de waslijn op te hangen omdat hij dan misschien weer zou verdwijnen), heb ik God gevraagd een gepaste straf voor Rupes te bedenken, omdat ik zelf niets kon bedenken wat gruwelijk genoeg was. Na verloop van tijd was me heus wel iets te binnen geschoten, maar mijn gedachteproces werd beïnvloed door chloor en emoties.

En, tadaaa! De Grote Man komt aanzetten met een juweeltje: Rupes is dakloos en heeft geen nagel meer om zijn kont te krabben. Ik had liever gezien dat hij een ander lichaamsdeel had moeten missen, maar ik mag niet zeuren.

Het mooiste is nog wel dat de kans groot is dat er een of andere baggerschool in een slechte wijk voor hem in het verschiet ligt, maar omdat ze nagenoeg blut zijn, moeten ze waarschijnlijk toch naar een of andere achterbuurt verhuizen.

Rupes zal grondig worden verpulverd door een groep bendeleden die hoody's dragen en messen bij zich hebben. Zij zullen die chique achtergrond er wel uit slaan, let maar op. Woehoe!

Aan de andere kant, zo dringt opeens tot me door, zou hij weleens de leiding over die bende kunnen krijgen en dan zijn familie kunnen redden door als drugsdealer aan de slag te gaan. Dan staat hij er vast op dat zijn bende de sneakers en hoody's inruilen voor instappers en jassen van een duur merk. Maar, zo troost ik mezelf, hij wordt uiteindelijk toch opgepakt, omdat hij slachtoffer is van zijn eigen arrogantie. Dan komt hij in de bak terecht, samen met verkrachters en viezeriken.

Maar al ben ik totaal overweldigd door het feit dat mijn gebeden zijn verhoord – en ook nog eens zo snel – de blik in de ogen van die kleine Viola was voldoende om ervoor te zorgen dat ik me een echte eikel voel.

Dus dit is een overwinning waar ik niets aan heb, zoals meestal het geval is.

Jules en Rupes zijn als dieven in de nacht verdwenen en hebben Viola alleen achtergelaten. Ze heeft bij mij staan uithuilen.

Toen we thuiskwamen heeft mam, die een stuk nuchterder is geworden na haar *Dirty Dance* met de Reddende Engel – kots! – Viola naar bed gebracht en heeft ze tegen Chloë en mij gezegd dat wij ook moesten gaan slapen.

We hebben nog even stilletjes onderaan de trap staan kletsen voor we elkaar welterusten wensten. Chloë scheen de hele gebeurtenis enorm grappig te vinden, maar volgens mij had zij nog meer gedronken dan mam, een gewoonte waar een eind aan zal moeten komen als wij eenmaal verloofd zijn. Ze vond het veel interessanter om me over de knappe Michel te vertellen, de jongste zoon van de Reddende Engel, en hoe geweldig hij wel niet was... Dat is dus ook een gewoonte waar een eind aan moet komen.

Ze was boos dat mam erop stond dat ze samen met ons naar huis ging, omdat Michel haar al een lift had aangeboden op zijn brommer, maar ook omdat Sadie wél was gebleven. Zij had zich vastgeklampt aan een minderjarige die haar ook een lift op zíjn brommer had aangeboden.

Ik weet dat ze de beste vriendin van mam is en ze is heel aardig, maar is er geen moment dat je onder ogen moet zien dat je er te oud voor bent? Dat je het hebt gehad? Op je vijfentwintigste, bijvoorbeeld?

Het spande erom wie het kortste minirokje droeg, Sadie of Chloë. Ik vind echt dat iemand, zoals mam, haar eens apart moet nemen om haar duidelijk te maken dat ze zich meer volwassen moet kleden. Kleding die het liefst geïnspireerd is op die van nonnen, zodat er zeker geen knieën te zien zijn.

Van achteren lyceum, van voren museum… Dat is nog eens een cliché dat ergens op slaat. Dat is, naar mijn mening, hoe Sadie eruitziet.

Ik heb ooit *The Graduate* gezien. Ik snapte het niet, echt niet.

Ik trek mijn korte broek en T-shirt uit en laat me op mijn bed zakken… om tot de ontdekking te komen dat ik in een plas water lig.

Verdomme!

Ik kijk omhoog en zie dat Kaa nog steeds het wereldrecord probeert te verbreken voor hoelang een konijn ondersteboven kan hangen en besef dan dat hij de afgelopen uren op mijn kussen en lakens heeft gedrupt. Ik ga op het matras staan en bevrijd hem. Hij is nagenoeg droog. Niet verrassend, gezien al het water dat nu in mijn matras is gedrongen.

Ik ga andersom liggen, zodat mijn voeten longontsteking zullen krijgen in plaats van mijn borst.

Ik doe mijn ogen dicht en probeer te slapen… Maar de adrenaline raast nog door mijn lichaam, mijn hart laat mijn lijf geloven dat het vijf kilometer heuvelopwaarts aan het rennen is. Bij een temperatuur van zestig graden. Ik krijg mijn hartslag niet ver genoeg naar beneden om me te ontspannen en ik weet wel hoe dat komt.

Rupes en zijn rare familie daargelaten, gaat het ook niet zo denderend met die van mij.

Die dans. Die twee sámen…

De gevolgen daarvan zijn eerlijk gezegd hartstikke eng. De spil, de veiligheidsspeld die mijn moeder is lijkt zich te hebben losgemaakt van pap. En als dat zo is, dan zou dat kunnen betekenen dat ze zich van ons allemaal losmaakt.

Het feit dat ik een stiefvader heb, dat er voor ons allebei niets anders opzit dan elkaar te tolereren, dat hij geen ijsjes wil kopen die duurder zijn dan een euro en dat ik weet dat hij me raar vindt omdat ik Plato boven Pelé verkies, is nauwelijks als perfect te omschrijven.

Maar vanavond heb ik beseft dat hij zo slecht nog niet is. Hij is eigenlijk zelfs een heel geschikte vent. Hij is… betrouwbaar en veilig, vergeleken met de alternatieven. Al zijn dat geen… Híj is geen alternatief.

Er wordt zacht op mijn deur geklopt.
'Alex, ben je wakker?'
Viola. O, shit. 'Eh, nee, niet echt.'
'Oké.'
Dan hoor ik haar zachte voetstappen verdwijnen. Ik voel me zo schuldig dat ik moeizaam overeind kom en de deur opendoe. 'Maar nu wel,' zeg ik tegen de schemerige verschijning in haar witte nachtjurk. 'Gaat het?'
Ze schudt haar hoofd. 'Ik heb net mam en Rupes terug horen komen, maar ze heeft haar slaapkamerdeur op slot gedaan en ze zei dat ik weg moest gaan,' fluistert ze ontroostbaar.
Ik steek mijn hand naar haar uit. 'Wil je anders even in mijn Bezemkast komen zitten?'
'Dank je.' Ze pakt mijn hand vast en volgt me naar binnen.

16

William werd om half zes 's ochtends wakker. Fel zonlicht stroomde door de ramen naar binnen. Het duurde een paar tellen voor het tot hem doordrong dat hij niet thuis in bed lag in Cedar House in Hampshire of in Pandora. Hij lag in een van de logeerkamers van het elegante oude huis van Alexis Lisle bij de wijngaard.

Langzaam maar zeker drongen de gebeurtenissen van de vorige avond zijn slaperige gedachten binnen en hij kreunde zacht.

Wat een teringzooi.

Hij schudde zichzelf wakker, klom toen uit het eenpersoonsbed en tuurde naar de man die in het andere bed naast hem lag. Toen hij had vastgesteld dat Sacha regelmatig ademde en in een diepe slaap verzonken was, en dat de kans dat hij zelf nog in zou dutten zo goed als nihil was, trok hij zijn kleren aan en liep geruisloos naar beneden naar de koele, betegelde gang.

Er klonken verder geen geluiden in het huis, dus hij liep via de voordeur naar buiten en dwaalde doelloos over de lange oprit, over het ruwe zandpad aan het eind daarvan en tussen de stoffige rijen druivenranken door van de wijngaard daarachter. Nog afgezien van Sacha's door alcohol veroorzaakte openbaringen had hij het vermoeden dat hij zich zelf ook slecht had gedragen.

Helena...

Jaloezie was als gloeiend hete lava in hem opgeborreld toen hij haar vlak na aankomst zo vol overgave in de armen van Alexis had zien dansen. Zijn woede had eindelijk het kookpunt bereikt, nadat wrok en verwarring dagenlang in hem hadden gesmeuld over hoe het nu precies zat tussen die twee. Het feit dat het hun tiende trouwdag was, had de situatie alleen maar erger gemaakt.

William plukte een tros druiven van een rank en at er een paar, al wist hij dat hun sappige vlees zijn toenemende dorst niet zou lessen. De hitte was al onverdraaglijk en hij had water nodig. Hij draaide zich om, om aan de wandeling terug te beginnen, en overpeinsde Helena's steevaste terughoudendheid om zich emotioneel kwetsbaar op te stellen bij hem.

Waarom had hij het gevoel dat ze zich altijd inhield? Dat er iets was wat voorkwam dat ze helemaal van hem was... Had het iets met Alexis te maken? Nou, zo besloot hij, er was maar een manier om daarachter te komen en dat was door de man in kwestie ermee te confronteren.

Hij liep het huis weer in en hoorde geluiden uit een ruimte aan het eind van de gang komen. Hij ging erheen en duwde voorzichtig de deur open die toegang bleek te geven tot een grote, zonovergoten keuken, waar Alexis bezig was koffie te zetten.

'Hoe gaat het, William? Goed geslapen?' Alexis draaide zich om en glimlachte meelevend.

'Voor zolang dat duurde, ja, dank je. Alexis, ik moet mijn verontschuldigingen aanbieden omdat je opeens zo met ons opgescheept zit. En voor die betreurenswaardige scène van gisteravond.'

'Die dingen gebeuren, William. Ik heb net even bij Sacha gekeken en hij is nog buiten westen.'

'Het zal hem goed doen. Volgens mij heeft hij in tijden niet goed geslapen.'

'Koffie?'

'Ja... En een glas water, graag, Alexis.'

Alexis schonk eerst water in, goot daarna koffie uit de pot op het fornuis in twee koppen en zette alles op tafel. 'Kom, mijn vriend, ga zitten.'

Ze zaten tegenover elkaar en concentreerden zich een tijdje op het drinken van de hete, verkwikkende drank.

William verbrak uiteindelijk de stilte. 'Alexis, vergeef me als dit niet het juiste moment is om dit gesprek te voeren, na wat er gisteravond is gebeurd, maar ik moet je dit recht voor zijn raap vragen. Ik zou niet weten hoe ik het anders moet aanpakken... Wat is precies het verhaal van jou en Helena?'

Alexis bleef een paar tellen stilzitten, maar knikte toen langzaam. 'Ik ben blij dat je me dat vraagt en dat we nu onverwacht de gelegenheid hebben om elkaar onder vier ogen te spreken. Ik vroeg me al af hoe ik dat zelf voor elkaar kon krijgen. Tja...' Hij zuchtte. 'Ik denk dat het geen geheim is dat Helena en ik toen we jonger waren een zomer lang verliefd op elkaar waren. Na haar vertrek heb ik haar nog maar één keer gezien.'

'Maar ze zei tegen mij dat ze je niet meer had gezien na haar laatste zomer hier.'

'Dat is de waarheid. Ik heb haar in het amfitheater in Limassol zien dansen met het La Scala-gezelschap. Ze heeft nooit geweten dat ik er was.'

'Ach zo,' mompelde William.

'En ik zal nu toegeven dat toen ik hoorde dat ze na al die jaren naar Pandora zou terugkeren... Nou, ik zal niet ontkennen dat ik me ergens afvroeg of onze oude gevoelens voor elkaar weer zouden oplaaien. Maar ik zeg je eerlijk, William, dat ik nu weet dat er tussen ons nooit meer kan zijn dan herinneringen en vriendschap. Want het is duidelijk dat ze van jou houdt en dat heeft ze me ook verteld. Vergeef me, William, alsjeblieft. En je moet niet aan haar gevoelens voor jou twijfelen. Als ik je daar aanleiding toe heb gegeven, dan kan ik daar alleen maar oprecht mijn excuses voor aanbieden. Helena valt niets te verwijten, dat zweer ik.'

'Dank je.' William slikte moeizaam. Het kostte hem moeite om zijn emoties onder controle te houden terwijl hij overmand werd door opluchting. 'Maar ik heb steeds het gevoel dat er meer bij komt kijken dan wat zij me vertelt. Klopt dat, Alexis?'

'Dat, mijn vriend...' Alexis wierp hem snel een blik toe. '... dat is iets wat je aan je vrouw moet vragen.'

Helena keek op de klok en snakte naar adem toen ze zag dat het al negen uur was geweest. Waarom waren de kleintjes niet bij haar in bed gekropen zoals ze altijd deden als ze nog sliep? Ze pakte haar badjas van de haak aan de deur, liep de slaapkamer uit en ging naar de keuken.

'Hoi, mama! Je was niet wakker, dus ik heb ontbijt gemaakt voor Fred en mij,' kondigde Immy trots aan.

Helena bekeek de ravage. Ze raapte een deels verorberde reep kookchocolade en een omgevallen pot olijven op. De tafel en vloer zaten onder de bloem en suiker, waar binnen de kortste keren de plaatselijke mierenkolonies op af zouden komen.

'Hoi, mama,' klonk een stem van onder de tafel.

Helena tilde een punt van het tafelkleed op, wierp een blik op Freds mond en wist precies waar de andere helft van de kookchocolade heen was gegaan. 'Hallo, Fred,' antwoordde ze vermoeid. De schoonmaak zou moeten wachten tot ze een kop koffie had gedronken. Ze vulde de waterkoker en zette die aan.

'Immy morgen ook ontbijt maken, mama? Immy kan dat heel goed. Beter dan jij,' voegde hij er opgetogen aan toe.

'Dat geloof ik graag. Waarom zijn jullie me niet net als anders wakker komen maken?'

'Dat hebben we ook gedaan, mama, maar je werd niet wakker. Je moet wel heel moe zijn. Hier, een drankje voor jou.' Immy gaf Helena met een glimlach een plastic beker vol stinkende groene zooi. 'Zelfgemaakt. Proef maar. Er zitten heel veel goede dingen in.'

'Dat... dat zal ik zo doen.' Helena moest bijna kokhalzen door de geur. De gebeurtenissen van gisteravond hadden voor een alcoholische en emotionele kater gezorgd. 'Bedankt, Immy,' lukte het haar te zeggen, en ze zette de beker neer.

'Waar is papa?' vroeg Fred vanaf zijn verstopplek.

'Hij is bij oom Sacha voor... werk. Hij komt straks terug.' Helena besloot de koffie te vergeten en ging naar de koelkast om in plaats daarvan een groot glas water in te schenken. Ze nam net een flinke slok toen de keukendeur openging.

Angelina kwam binnen. 'Goedemorgen, kleintjes.' Ze gluurde onder de tafel naar Fred en kuste Immy. 'Helena, jij hebt het gisteravond leuk gehad?'

'Ja, dank je.'

'Mijn vrienden hebben me verteld dat het een mooi feest was en dat je heel mooi hebt gedanst met meneer Alexis.' Angelina's donkere ogen sprankelden.

'Heb jij gedanst, mama?' vroeg Immy met grote ogen.

'Ja, Immy. Iedereen heeft gedanst. Angelina, zou jij ze mee naar het zwembad kunnen nemen en daar op ze passen tijdens het zwemmen? Zouden jullie dat leuk vinden, jongens?'

Fred kroop meteen onder de tafel vandaan. 'Já!'

'Ik neem ze mee. Maar eerst...' Angelina zette haar handen op haar heupen en keek Immy en Fred aan. 'Wie heeft er zo'n rommeltje gemaakt van mijn schone keuken?'

'Wij! Wij!'

Fred sprong enthousiast op en neer, terwijl Immy schuldbewust toekeek.

'Dan ruimen wij eerst samen op en dan gaan wij zwemmen? Hoké?'

'Hoké,' riepen de ukkies in koor.

Helena maakte dankbaar gebruik van de situatie om de keuken te verlaten en naar de badkamer te gaan.

'Hallo, tante Helena. Ik was net naar je op zoek.' Viola stond bovenaan de trap toen Helena die beklom.

'Hoe gaat het met jou, lieverd?'

Ze keek Helena aan en haalde verdrietig haar schouders op. 'Was het een nachtmerrie?'

'O, Viola, ik vind het zo erg voor je, maar we weten allebei dat het geen nachtmerrie was. Kom je mee naar mijn slaapkamer? Dan kunnen we het erover hebben als je dat wilt.'

'Oké.' Viola volgde Helena naar haar kamer, het balkonnetje op. 'Mama's deur zit nog steeds op slot. Ik heb net geprobeerd die open te maken.'

'Misschien slaapt ze nog, maar we kunnen haar vast wakker maken als je haar wilt zien.'

'Nee, dan zegt ze toch alleen erge dingen over papa. Ik weet zeker dat het niet allemaal zijn schuld is, maar dat maakt haar niets uit.'

'Lieve Viola.' Helena's hart brak voor het meisje. 'Ze is net zo van streek en geschrokken als jij.'

'Denk je dat ze gaan scheiden? Alex zei dat dat zou kunnen gebeuren.'

'Ik weet echt niet wat er gaat gebeuren, maar één ding is zeker: ze moeten met elkaar praten.'

'Maar ze praten nooit met elkaar! Papa probeert het, maar dan schreeuwt mama alleen maar tegen hem. Ze luistert nooit naar hem, nooit. Wat zal er met mij gebeuren, tante Helena?'

'Lieverd, je zult nog altijd je papa en mama hebben, en Rupes, maar misschien zullen jullie naar een andere plek moeten verhuizen, of naar een andere school gaan.'

'Dat kan me niets schelen. Ik heb toch al de pest aan mijn school. Maar als papa en mama gaan scheiden, dan ga ik mooi wel bij papa wonen, hoor!' Viola sloeg haar handen voor haar gezicht. 'Ik hou nog steeds van hem, ook al houdt mama niet van hem.'

'Dat weet ik, lieverd, en hij houdt ook van jou.'

'Als ik niet bij papa mag wonen, mag ik dan bij jullie wonen? Jij bent zo aardig, en Alex ook. Dan zou ik je met Immy en Fred kunnen helpen, echt waar,' bood Viola wanhopig aan.

'Je zou van harte welkom zijn, maar ik denk niet dat je mama dat zou willen.'

'Dat kan haar toch niets schelen. Zij wil alleen maar haar lieve Rupes.

Die twee zijn zo gek op elkaar dat ze maar met elkaar moeten trouwen.' Viola perste er een verstikt lachje uit.

'O, Viola, dat moet je niet zeggen. Mama is dol op je.'

'Nee, hoor, tante Helena. Ik weet niet waarom ze me eigenlijk heeft geadopteerd.'

'Omdat ze van je hield, en ze houdt nog steeds van je.' Het kostte Helena moeite om de juiste woorden te vinden om het meisje te troosten.

'Trouwens...' Er verscheen een donkere uitdrukking op Viola's gezicht. 'Ze is een liegbeest.'

'Waarom zeg je dat?'

'Mama heeft geld waar ze papa nooit over heeft verteld.'

'Hoe weet je dat?'

'Ik heb een keer een bankafschrift in haar tas gezien, vlak nadat oma dood was. Er stonden nullen aan het eind van het bedrag.'

'Echt?' Helena herinnerde zich dat Jules het laatst nog over de erfenis van haar moeder had gehad. 'Tja, dat is dan toch zeker goed nieuws? Dan staan de zaken er misschien toch niet zo slecht voor.'

'Maar misschien gaat ze het niet met papa delen. En dat is verkeerd, want hij deelt wel al zijn geld met ons. Denk je dat ik het hem moet vertellen?'

'Nu niet, nee.'

'Oké.' Viola wreef afgeleid over haar neus. 'Denk je dat hij vandaag hier naartoe komt?'

'Ik weet het echt niet. Ik denk dat je vader en moeder dat samen moeten bepalen.'

'Maar hoe zit het dan met mij?'

'Och, lieverd.' Helena trok Viola bij zich op schoot. 'Ik vind het zo erg wat er is gebeurd, maar je bent voor nu veilig bij ons en ik weet zeker dat je ouders het wel zullen oplossen. Zij hebben allebei ook een grote schok te verwerken gekregen.'

'Ik wil naar papa toe, tante Helena. Hij heeft een knuffel nodig.'

'Dat weet ik, en je zult hem die binnenkort heus wel kunnen geven. Zo, zullen we nu je badpak gaan zoeken zodat je samen met Immy en Fred en mij kunt zwemmen?'

'Oké,' zei Viola verslagen. Ze maakte zich los uit Helena's omarming en slofte somber de slaapkamer uit.

Tegen elf uur voelde Helena zich veel beter. Een frisse duik in combinatie met de uitgelatenheid van haar kinderen had haar vernieuwde energie gegeven, al werd ze nog steeds afgeleid door wat er bij de wijngaard gaande was tussen William, Alexis en Sacha.

Alex en Chloë kwamen ook naar het zwembad en die twee verzonnen spelletjes om de kleintjes te amuseren. Tot Helena's opluchting schreeuwde en gilde Viola net zo hard als de rest toen Alex haar door het water achternazat.

'Helena…' Angelina kwam met een glimlach naast haar staan. 'Ik maak vanmorgen het huis schoon, maar als ik klaar ben, mag ik dan de kleintjes meenemen naar het dorp? Mijn ouders willen ze ontmoeten. Dan drinken we samen thee. En Alexis… Ik bedoel Alex en Chloë en Viola met het mooie haar kunnen ook komen, als ze dat willen.'

'Ik weet zeker dat ze graag met je mee zouden gaan, Angelina, maar je hoeft voor mij niet al die moeite te doen, hoor.'

'Dat is geen moeite! Wij zijn hier dol op kinderen, dat weet je. Misschien zal ik er op een dag ook een paar hebben, maar voor nu adopteer ik die van jou.'

'Dat is dan helemaal prima,' zei Helena met een dankbare glimlach.

Toen ze terug naar het huis liep om haar natte bikini uit te trekken, trof ze Rupes alleen op het terras aan. 'Hallo, Rupes,' begroette ze hem voorzichtig.

'Hoi.'

'Hoe gaat het met jou?'

Hij haalde lusteloos zijn schouders op.

'Heb je je moeder vanmorgen al gezien?'

Hij knikte.

'Hoe gaat het met haar?'

'Hoe denk je dat het met haar gaat?'

Helena ging naast hem zitten. 'Niet al te best, lijkt me.'

'Ze schaamt zich te erg om uit haar kamer te komen. Ze zegt dat ze op het moment niemand onder ogen kan komen.'

'Dat begrijp ik. Zou het helpen als ik met haar ga praten? Als ik haar vertel dat niemand een oordeel over haar velt? Dat dit haar schuld niet is? We willen allemaal alleen maar helpen. Als dat kan.'

'Ik weet niet of dat iets uithaalt.' Rupes haalde zijn schouders weer op. 'Het gaat om haar trots, weet je.'

'Natuurlijk.' Helena legde een hand op zijn arm. 'Het komt allemaal wel in orde, hoor. Dat is altijd zo.'

'Nee, dit komt niet meer goed.' Rupes schudde haar hand van zich af. 'Pap heeft ons leven verknald. Zo eenvoudig is het.' Hij stond op en liep weg, hij verdween langs de zijkant van het huis in de richting van de beschutting die de wijngaard bood.

Helena wist dat hij dat deed omdat hij niet wilde dat ze hem zou zien huilen. Ze liep naar de keuken en zag haar telefoon knipperen.

Het was een berichtje van William.

Hoi, het gaat niet goed met Sacha. Bel je later.

Helena bestudeerde de boodschap en besefte toen wat eraan ontbrak. Een kus.

Na het middageten liet Angelina alle kinderen instappen in haar auto om met ze naar het dorp te gaan. Rupes was nog altijd alleen op stap en Sadie was nog helemaal niet naar Pandora teruggekeerd.

Helena ging naar boven en klopte zacht op de slaapkamerdeur van Jules. 'Ik ben het, Helena. Mag ik binnenkomen?'

Geen reactie.

'Jules, ik begrijp dat je liever niemand ziet, maar kan ik dan in elk geval iets te drinken voor je halen? Thee? Koffie? Een driedubbele wodka?' Helena wilde net weglopen toen ze Jules hoorde.

'Jezus, wat maakt het ook uit! Waarom niet? Alleen als je belooft er een vierdubbele wodka van te maken. De deur is open.'

Helena ging naar binnen.

Jules zat in kleermakerszit midden op het bed; ze had nog steeds het goudkleurige topje van de vorige avond aan. Er lagen overal kleren, en de enorme koffer lag half ingepakt open op de vloer.

'Ga je weg?' vroeg Helena.

Jules haalde haar schouders op. 'Ik dacht van wel, dus ik ben mijn spullen gaan pakken, maar toen schoot me te binnen...' Ze onderdrukte een snik. 'Ik kan helemaal nergens heen gaan.'

'O, Jules.' Helena ging naar haar toe en sloeg een arm om haar heen. 'Ik vind het echt zo erg wat er allemaal is gebeurd.'

'Hoe heeft hij het zo uit de klauwen kunnen laten lopen zonder het me te vertellen?' riep ze. 'Ik ben geen monster, toch, Helena? Onbenaderbaar? Ik heb zo mijn best gedaan om hem aan het praten te krijgen over zijn werk, maar hij sloot zich gewoon voor me af en schonk nog een borrel in.'

'Natuurlijk ben je dat niet, en ik weet zeker dat Sacha het niet bewust voor je heeft verzwegen. Misschien heeft het zich allemaal opgestapeld en komt er dan een moment dat je zoveel leugens hebt verteld, dat eentje extra er niet meer toe lijkt te doen.' Helena zuchtte. 'Het was stom van hem het niet met je te delen, en niets hiervan is jouw schuld. Dat moet je goed beseffen.'

'Dat heb ik geprobeerd, maar elke keer denk ik eraan hoe hij daar stond en dat hij met zijn zatte kop al onze problemen aan al die vreemden heeft verteld. Ik denk aan wat ze wel niet van mij moeten hebben gedacht: een vrouw met een echtgenoot die haar niets heeft verteld toen de nood aan de man was. Ik heb geprobeerd een goede echtgenote te zijn, echt waar. En, jezus, wat is dat soms moeilijk geweest.' Ze keek Helena eens schuin aan. 'Sacha is geen William, zoals je weet.'

'Nee, dat geloof ik. Luister, alle kinderen zijn met Angelina naar het dorp gegaan. Het huis is leeg, dus fris je anders even op en kom dan naar beneden. Zullen we samen iets op het terras eten?'

Jules knikte. 'Oké. Bedankt, Helena.'

Tien minuten later zat Jules buiten aan tafel een broodje kip te verorberen dat Helena snel in elkaar had geflanst met een groot glas wijn naast zich.

'Ik ben eerlijk gezegd letterlijk sprakeloos. Ik weet gewoon niet wat ik moet denken of zeggen. Waarschijnlijk moet ik Sacha maar op zijn woord geloven en aannemen dat alles weg is.'

'Je moet echt een keer rustig met hem gaan praten, erachter komen hoe de zaken ervoor staan.'

'Ik weet precies wat er zal gebeuren als ik die idioot op dit moment zie: dan heeft hij geen tand meer in zijn bek!' Jules schudde haar hoofd. 'Nee, ik wil hem nu echt niet zien. En als hij belt, zeg dan alsjeblieft dat hij bij mij uit de buurt moet blijven tot ik daar zelf om vraag.'

'Als het enige troost is, ik denk niet dat hij zich veel beter voelt dan jij.'

'Hij krijgt nooit meer ook maar een greintje medeleven van mij. Het is allemaal al erg genoeg. Waarom moest hij verdomme niet alleen mij in het openbaar vernederen, maar ook de kinderen. Wat is er in hem gevaren, Helena?'

'Wanhoop, gevoed door drank, denk ik zo.'

'O, ik weet dat hij een drankprobleem heeft. Dat is al jaren zo. Maar dat heb ik maar geaccepteerd. Hij noemt me namelijk steevast een oude zeur als ik daarover begin.' Jules nam een flinke slok wijn. 'Tja, wat moet ik anders? Tot hij accepteert dat hij een probleem heeft, is dat een doodlopend pad. Eigenlijk net als mijn toekomst op het moment.'

'Zo voelt het ongetwijfeld, maar er is altijd een oplossing, Jules.'

'Sorry hoor, Helena, ik weet dat je probeert te helpen, maar ik heb geen trek in naïeve clichés. De waarheid is dat hij nooit van mij heeft gehouden en God weet waarom hij überhaupt ooit met me is getrouwd.'

'Dat moet je niet zeggen, Jules, toe! Natuurlijk houdt hij van je.'

'Nee, dat doet hij niet en dat heeft hij ook nooit gedaan. Dat is een feit! Ik heb het altijd geweten. Het probleem is dat ik hem jarenlang ongestraft zijn gang heb laten gaan zodat hij bij me zou blijven. Ik was dankbaar voor elk beetje genegenheid dat hij me op zijn tijd gaf.'

'Ik weet zeker...'

'Doe geen moeite!' snauwde Jules. 'Ik weet dat ik verbitterd ben geworden, maar als je eens wist wat ik allemaal door de vingers heb gezien... Je zou het niet geloven...' Jules draaide haar gezicht weg en onderdrukte een snik. 'Serieus, ik heb alles geprobeerd. Ik heb zijn artistieke ambities ondersteund, een kind gekregen... Ik heb zelfs het meisje geadopteerd dat hij altijd al had willen hebben, maar dat we zelf niet konden krijgen. Ik heb een knus thuisfront voor hem gecreëerd en elke avond een warme maaltijd voor zijn neus gezet. Ik heb zelfs een hele selectie lingerie van Agent Provocateur op hem losgelaten, maar dat hielp niet. Je kunt iets niet afdwingen als het er... gewoon niet ís.'

Helena hield haar mond in de wetenschap dat ze alleen maar een luisterend oor kon bieden.

'Ik denk dat Sacha op zoek was naar iemand die hem kon "helen"', ging Jules verder. 'Ik stond altijd met beide benen op de grond en hij was een dromer, zat altijd met zijn hoofd in de wolken. Ik was denk ik zijn anker en hield hem bij de les. Verantwoordelijkheid is nooit zijn sterkste kant geweest, zoals jij maar al te goed weet.' Jules zuchtte. 'Maar weet je waar ik echt pissig van word?'

'Nou?'

'Dat iedereen altijd maar medelijden met hém heeft! "Die arme Sacha, dat hij opgescheept zit met dat afschuwelijke wijf!" En vertel me niet dat jij en William dat niet denken, Helena, want ik weet wel beter.

Jullie denken het allemaal!' Jules sloeg met gebalde vuist op tafel.

Helena ving net op tijd de wijnfles op die op tafel stond voordat die omviel.

'Zelfs nu durf ik te wedden dat iedereen met hém meeleeft, niet met mij. En zelfs Viola, mijn eigen dochter, beschermt hem en verdedigt hem tegen mij. Ik weet zeker dat er mensen zijn die het geweldig vinden dat ik mijn verdiende loon krijg.'

'Jules, dat is niet waar.'

'O, kom op, Helena!' Jules keerde zich naar haar toe. 'Jij en William tolereren mij zodat jullie hem kunnen zien! Ik ben niet helemaal gek, hoor. Ik ben het spuugzat, echt waar!'

Ze schonk haar glas weer vol.

Helena kon alleen toekijken.

'Jezus, was ik maar zoals jij.'

'Waarom zou je in hemelsnaam op mij willen lijken?'

'Omdat iedereen je aanbidt, Helena. Jij zweeft rond in je gouden licht, trekt mensen naar je toe, laat ze baden in je gloed, zodat ze als ze bij jou in de buurt zijn geweest het gevoel hebben dat er een beetje van de Helena-magie aan hen is blijven plakken. Maar ik ben niet zo empatisch als jij. Ik heb jouw natuurlijke charme niet. Ik ben onbeholpen, sociaal onhandig, zelfs verlegen, als je het wilt weten, dus wat ik zeg of doe komt vaak verkeerd over. Terwijl ik er zeker van ben dat als jij al iets verkeerd doet, je weet wat je moet doen en zeggen om het weer recht te zetten.'

'Dat is niet waar, Jules, echt niet. Ik heb verschrikkelijke fouten gemaakt,' zei Helena hartgrondig.

'Dat geldt toch voor ons allemaal?' Jules wendde haar blik af en nam nog een teug wijn. 'En misschien... heel misschien...' zei ze zachtjes. '... is dit wel het beste wat er had kunnen gebeuren. Misschien heb ik een nieuwe start nodig. Jezus, Helena, ik wil alleen maar iemand die van me houdt. Zo simpel is het. Maar goed, ik weet dat ik Sacha onder ogen moet komen en dat we alles moeten bespreken, maar niet nu, pas als ik mijn gedachten een beetje op een rijtje heb. Eén ding weet ik zeker: ons huwelijk is voorbij. *Finito*, dood en begraven. En zeg alsjeblieft niet dat dat niet zo is, want dan ga ik gillen.'

'Dat zal ik niet doen, beloofd.'

'En maak je geen zorgen, ik blijf niet lang meer. Mijn gezin heeft wat een ontspannende vakantie voor jullie had moeten zijn toch al verpest.

Geef me alleen een paar dagen om te bedenken wat ik moet doen, oké?'
'Jules, er is echt geen haast bij. Natuurlijk kun je zo lang blijven als je wilt.'
'Weet je, Helena? Je bent echt een schat, ondanks alles...' Jules zuchtte. 'Oké, ik ga boven proberen wat te slapen. De wijn werkt. Ik heb gisteravond geen oog dichtgedaan.'
'Ik vang de kinderen wel op als ze terugkomen. Maak je geen zorgen over ze.'
'Bedankt. En ongeacht wat er in het verleden is gebeurd, je bent een goede vriendin voor me geweest. Dat stel ik echt op prijs.' Jules kneep stevig in Helena's hand.
Zo hard dat Helena bijna in elkaar kromp. Met pijn in haar hart keek ze Jules na tot ze in het huis verdween en ze vroeg zich af wie van hen tweeën zich het slechtst voelde.

DAGBOEK VAN ALEX

22 JULI 2006

Vergeef me, maar... Ik moet het gewoon zeggen. Ik heb me ingehouden, maar dat kan ik niet meer. Daar ga ik dan...

Het was vanmiddag leuk! Een hele familie Cypriotische vreemden die ons walgelijke cake aanboden, niet te vreten koekjes en koffie met daarin korreltjes als extra bron van vezels.

Ze praatten tegen ons – godallemachtig wat hebben ze gepraat – maar er was één klein probleempje...

Ik verstond er geen klap van.

Zo! Ik heb het gezegd, en ik zal mezelf niet herhalen.

Halverwege het theepartijtje van de Gekke Hoedenmaker is Chloë verdwenen. Ze zei dat ze heel even naar de winkel ging. Ik smeekte haar of ik mee mocht gaan, maar ze zei dat ze 'meidendingen' nodig had, waarmee de kous voor mij dus meteen af was.

Dat hele geheime deel van het leven van een meisje is me totaal vreemd. Op mijn oude school brachten mijn vrouwelijke klasgenoten uren door terwijl ze kletsten over 'dingen'. Zodra er een jongen in de buurt kwam begonnen ze te giechelen en fluisteren en dan moesten wij 'oprotten'.

Het is echt jammer dat die grote kloof tussen mannen en vrouwen ontstaat aan het begin van de pubertijd. Tot mijn elfde was een van mijn beste vrienden een meisje genaamd Ellie. We zaten elkaar achterna op de speelplaats, aten tussen de middag samen en vertrouwden elkaar onze geheimen toe. Zij vertelde me wie ze leuk vond en ik vertelde haar dat ik niemand leuk vond. Het barstte niet bepaald van de Scarlett Johanssons of Lindsay Lohans in de zesde klas op mijn school.

Er wordt wel gezegd dat het uiterlijk niet alles is. Dat is net als dat je zegt dat je de lelijkste bank zou uitkiezen om dertig jaar op te zitten alleen maar omdat die lekker zacht is. Je zou er nog steeds elke dag van je leven naar moeten kijken, en je zou je schamen als je vrienden op bezoek kwamen en zouden denken dat je een slechte smaak had.

Ik zou voor de elegante, ongemakkelijke bank gaan, elke keer.

Misschien is dat oppervlakkig van me, maar Chloë is de metaforische chaise longue onder de vrouwen. Ze is smal, met een prachtig gewelfde rug, elegant gevormde armen en zo slank dat je af en toe ongetwijfeld van haar af zou rollen tijdens een dutje. Maar ze zou altijd een schoonheid zijn en ze zou over honderd jaar voor veel geld worden geveild bij Sotheby's.

Ze lijkt ergens wel een beetje op mijn moeder, denk ik. Ze zijn geen bloedverwanten en toch delen ze bepaalde kwaliteiten. En ik hoop, voor alle betrokkenen, dat trouw zijn er daar een van is.

Om nog even op Ellie terug te komen, ik had altijd een donkerbruin vermoeden gehad dat ze stiekem míj leuk vond. Dat was de gouden tijd dat ik geen ladder nodig had om mijn vrouwelijke klasgenoten in de ogen te kijken. Men zou zelfs kunnen zeggen dat ik de bink van mijn klas was. Op de afterparty van het schooltoneelstuk *Oliver!* – waarin ik zo'n ontzettend ontroerende vertolking van 'Where Is Love?' had gegeven dat onze norse directeur blijkbaar had moeten huilen – hadden ze letterlijk in de rij gestaan achter het toneellokaal voor een zoen. Ik moest nog zeggen dat ze niet mochten voordringen.

Toen heb ik geleerd dat roem zeer lustopwekkend is.

Dat was vlak voor alle meiden reuzinnen werden en transformeerden in vreemde, geheimzinnige wezens van een andere planeet. Behamaten en lipgloss en – gadver! – die maandelijkse gebeurtenissen die onwijs goor klinken combineerden zich tot een wereld die mijn geslacht nooit zal kunnen begrijpen. Het was alsof onze hormonen ons uit een grote hoop filterden en een enorm ravijn tussen ons vormden dat nooit meer zal verdwijnen.

Het is hier bijna middernacht.

Pap en Sacha zijn nog altijd 'weg' en ze komen pas terug als mam elk scherp voorwerp in huis heeft verstopt om te voorkomen dat Jules haar man vermoordt. Jules heeft Rupes en Viola eerder op de avond meegenomen om in het dorp te eten en Sadie wordt nog steeds vermist, al heeft ze mam een berichtje gestuurd om haar op de hoogte te brengen van alle walgelijke details van haar 'vrijfestijn'.

(Mam zou inmiddels toch moeten weten dat als ze haar telefoon overal laat slingeren, ik haar berichtjes zal lezen. Ze weet nog steeds niet hoe ze er een code op moet zetten, en dat ga ik haar dus mooi niet vertellen.)

Het was eigenlijk heel erg fijn om samen met mam en de ukkies te eten, zonder anderen erbij. Ik was eerder al naar de slaapkamer van mam geslopen om te controleren dat er geen gepakte koffers stonden. Van niemand. Dus pap is niet bij haar weg. Nog niet. En tijdens het eten klonk ze niet alsof ze aan het overwegen was om bij hem weg te gaan. Nog niet.

Ze was veel meer bezig met de berichtjes van Chloë, die haar had laten weten dat ze bij Michel was en dat ze 'later' thuis zou zijn. Dus daar is ze vanmiddag tijdens dat theepartijtje naartoe geglipt! O, hemel. Ik weet dat ik mijn mond moet houden, dat Chloë haar vrijheid moet hebben tot we getrouwd zijn, maar het is soms wel lastig. Vooral het besef dat ze bij de zoon van de Reddende Engel is...

Vanmiddag smeekte Viola Angelina op de terugweg bij het huis van de Reddende Engel langs te gaan zodat ze in elk geval haar vader snel een knuffel zou kunnen geven. (Hoe ironisch is dat? Een failliete alcoholist die zijn heil zoekt in een wijngaard!) En ze koos mij als rechterhand.

Toen we uitstapten kwam de Reddende Engel met een grote glimlach uit de wijnkelder. Hij vertelde Viola dat Sacha op pad was met William, maar dat hij hem zou vertellen dat ze langs was geweest. Toen nam hij ons als troost mee naar de schuur om naar een paar kittens te kijken.

'Dit moet heel moeilijk voor haar zijn. Het is goed dat ze jou heeft,' fluisterde hij tegen me toen Viola verrukt knielde en een piepklein pluizig katje op haar knie zette.

'Ik weet niet zeker of Viola daar ook zo over denkt,' mompelde ik.

'Onderschat jezelf niet, Alex, je bent een attente jongeman met een goed hart.'

De Reddende Engel zei tegen Viola dat ze zo vaak bij de kittens kon komen kijken als ze maar wilde en daarna zijn we vertrokken.

Maar goed, het was fijn om een compliment te krijgen. Het bracht me een beetje van mijn stuk. Het andere goede nieuws is dat, ook al logeert pap bij hem, ze elkaar nog niet vermoord hebben. Tenzij de Reddende Engel liegt, en pap en Sacha ergens tussen de wijnranken begraven liggen in een ondiep graf...

Er wordt op mijn deur geklopt. Ik kom overeind om open te doen.

'Alex? Ben je wakker?'

Het is mam. 'Ja.'

Ze duwt de klink naar beneden, maar ik heb de deur natuurlijk op slot gedaan om het nogmaals binnendringen van ongewenste personen te voorkomen. Ik kan haar maar beter binnenlaten.

17

'Ik maak me zorgen om Chloë. Ze is nog steeds niet thuis,' zei Helena, terwijl ze haar hoofd om de deur stak.

'Ze komt altijd laat thuis, mam.'

'Dat weet ik, maar omdat pap er niet is, ben ik verantwoordelijk voor haar en ik heb geen idee waar ze uithangt. Ze neemt haar telefoon ook niet op. Heb jij misschien iets van haar gehoord?'

'Nee, sorry. Maar ze is toch bij de zoon van Alexis?'

'Ja, maar ik kan pas gaan slapen als ze terug is, en ik ben moe.'

'Anders bel je Alexis toch? Misschien weet hij waar ze zijn.'

'Het is al bijna één uur en hij zal vast wel vroeg naar bed zijn gegaan na het feest. Het zou niet eerlijk zijn om hem wakker te maken. Nee...' Helena zuchtte. 'Ik zal gewoon moeten wachten tot ze er weer is. Sorry voor het storen, Alex. Slaap lekker.' Ze glimlachte vermoeid naar haar zoon, trok de deur achter zich dicht en ging terug naar de keuken. Ze zette een kop muntthee en ging op het ligbed op het terras zitten om daar op Chloë te wachten. Ze probeerde er niet aan te denken wat er besproken werd door de drie mannen bij de wijngaard...

Ze schrok op van het geluid van een brommer die over het grind van de oprit zoefde. Ze keek op haar horloge: half drie. Ze was zeker in slaap gevallen. Het duurde zeker tien minuten voor ze Chloë heel zachtjes achter zich langs hoorde sluipen.

'Goedenavond, Chloë. Of kan ik beter zeggen: goedemorgen?'

Chloë schrok zichtbaar en keerde zich om toen ze Helena's stem hoorde. 'Wauw! Je bent nog wakker,' zei ze ademloos.

'Ik zat te wachten tot jij thuiskwam. Kom, dan drinken we een kop thee in de keuken.'

Het was geen voorstel, maar een bevel.

Chloë volgde haar mak naar binnen. 'Mag ik een glas water in plaats van thee?' vroeg ze toen ze aan tafel ging zitten. 'Krijg ik een preek?'

'Ja, en nee.' Helena schonk voor hen allebei een glas water in. 'Maar ik ben verantwoordelijk voor je zolang je vader er niet is en ik maakte me zorgen om je.'

‘Het spijt me echt heel erg, Helena. Komt pap snel terug?’ Ze stapte heel ervaren over op een ander onderwerp.

‘We spreken elkaar morgen en dan krijg ik te horen wat Sacha gaat doen. Jules is boven en ze weigert hem te zien.’

‘Daar kijk ik niet van op. Was gisteravond niet de gênantste voorstelling die je ooit hebt gezien?’

‘Het was niet mooi, daar ben ik het mee eens. Wat had Michel erover te zeggen?’ vroeg Helena, in een poging terug te komen op het oorspronkelijke onderwerp.

‘Dat het de beste gratis voorstelling was die het dorp in jaren heeft gehad. Iedereen had het er vandaag over.’

‘Is dat waar je vanavond was? In het dorp?’

‘Ja. We zijn naar die nieuwe bar geweest op de hoek tegenover de bank.’

‘Ik weet dat je alcohol hebt gedronken, Chloë. Ik ruik het aan je adem.’

‘Helena, tegenwoordig drinkt iedereen op zijn veertiende. En ik heb alleen maar een paar glazen wijn gehad. Het was zo’n leuke avond. Michel heeft me aan al zijn vrienden voorgesteld. Ze zijn cool, ook al is hun Engels gebrekkig.’

‘Tot twee uur ’s ochtends? De bar gaat toch zeker om elf uur dicht?’

Chloë bloosde. ‘We hebben daarna nog een ritje gemaakt op Michels brommer.’

‘Chloë, lieverd. Michel is achttien, jij bent veertien. Is hij niet een beetje oud voor je?’

‘Ik word volgende maand vijftien, hoor. Dat stelt niets voor. Jij scheelt bijna zes jaar met pap. Ik zie het probleem niet.’

‘Op jouw leeftijd is dat een enorm probleem, Chloë. Hij is volwassen en jij bent nog een kind. Wettelijk, als het al niet ook op andere manieren is.’

‘Jongens van mijn leeftijd zijn saai,’ zei Chloë arrogant. ‘Neem Rupes nu, bijvoorbeeld. Wat een eikel! Hij heeft me een liefdesbrief in het Frans geschreven en die was vreselijk! Hij noemde me zijn “lieve varkentje”. Hij moet *cocotte* hebben verward met *cochon*. En hij zei dat ik ogen had als “kleine smeulende kooltjes”. Michel is trouwens de coolste persoon die ik ooit heb ontmoet,’ zei ze dromerig, ‘Hij is anders dan alle andere jongens.’

‘Is dat zo?’

‘O, ja. Hij is zo lief en slim en hij praat tegen me alsof ik een volwassene ben. En ik kan eindeloos naar dat accent luisteren.' Chloë huiverde van genot. 'Meestal heb ik het gevoel dat ik de touwtjes in handen heb. Ik weet dat jongens met mij op stap willen gaan, maar ik heb nooit echt genoeg om ze gegeven, als je begrijpt wat ik bedoel.'

Dat wist Helena maar al te goed. 'Wil hij weer met je afspreken?'

'Hij zegt dat hij morgen de auto van zijn vader leent om me de geboorteplek van Aphrodite te laten zien en daarna gaan we lunchen.'

'Chloë, ik wil niet preken of doen alsof ik je moeder ben...'

'Doe dat dan ook niet, Helena.'

'Oké. Maar wees alsjeblíéft voorzichtig.'

'Dat ben ik ook. Ik ben niet achterlijk. En ik ben het trouwens nog, hoor, als je begrijpt wat ik bedoel. Veel van mijn vriendinnen niet meer.'

'Zorg er dan voor dat je dat blijft. En als daar verandering in dreigt te komen, kom dan in hemelsnaam met me praten en dan... dan regelen we wel iets.'

'Bedankt, Helena. Je bent echt cool.'

'Geloof me, ik keur het niet goed, Chloë, maar je kunt maar beter goed voorbereid zijn dan met de gebakken peren zitten. En probeer eraan te denken dat dit niet meer dan een vakantieliefde kan zijn.'

'Waarom niet? Michel had het er vanavond over hoe graag hij in Engeland wil komen wonen als hij aan de universiteit van Limassol is afgestudeerd.'

'Dat geloof ik graag. Maar goed, dit is een onnozel gesprek. Je hebt hem gisteravond pas ontmoet...'

'Maar het voelt alsof ik hem altijd al heb gekend.'

'Dat begrijp ik, maar als je regelmatig met hem gaat afspreken, dan moeten we wel wat regels opstellen, oké?'

'Tuurlijk.' Ze haalde haar schouders op. 'Maar mag ik alsjeblieft morgen met hem op stap gaan?'

'Ik zal het eerst met je vader moeten overleggen. En als Michel zo volwassen is als je zegt, dan zal hij begrijpen dat wij moeten weten waar je bent. Je bent nog altijd minderjarig.'

'Oké.'

'Een van die regels zal zijn dat je om middernacht thuis bent, zodat wij naar bed kunnen gaan in de wetenschap dat je veilig terug bent. En nu we het daar toch over hebben, ik ga naar boven.'

'Weet je wat, als ik morgen de hele dag op stap ga, dan zal ik morgen ochtend ontbijt maken voor de kleintjes, dan kun jij wat langer blijven liggen. Is dat een idee?'

'Afgesproken. Dat moet liefde zijn,' zei Helena met een lach.

'Bedankt. Welterusten.'

Helena lag een paar minuten later in bed. Ze was zo moe dat ze niet meer in slaap kon komen en bedacht dat er voor haar gevoel nauwelijks tijd was verstreken sinds ze zelf in de vroege uurtjes Pandora binnen was geslopen. Om daarbij betrapt te worden door Angus, die nog laat aan het werk was geweest in zijn studeerkamer. Hij had haar een flinke uitbrander gegeven.

Nu had zij net een moderne versie van hetzelfde gesprek gevoerd met haar stiefdochter, over de zoon van de man van wie ze ooit had gehouden.

Zoals Chloë al had gezegd, de tijden waren veranderd. Er was nu een vrijheid die zij en Alexis niet hadden gekend. De barrières waren op zoveel vlakken afgebrokkeld; sociaal gezien waren er veel minder beperkingen, je kon overal zo naartoe reizen en communicatie had een ware revolutie ondergaan sinds haar jeugd... Misschien, als ze het wilden, zouden Chloë en Michel er inderdaad iets van kunnen maken.

Helena besefte met een ironische glimlach dat zij en Alexis door welke verbintenis dan ook tussen hun kinderen familie van elkaar zouden worden.

Alleen niet op de manier zoals ze zich dat ooit hadden voorgesteld.

De volgende dag hielp Helena Angelina boven de bedden te verschonen toen Alex naar haar toe kwam, met haar telefoon in zijn hand.

'Het is pap, voor jou.'

'Dank je, Alex.' Ze pakte het apparaatje van hem aan en bracht het naar haar oor. 'Hoi, lieverd, hoe gaat het? Ik heb me zorgen om je gemaakt.' Alex bleef vlak achter haar staan, dus liep ze naar het balkon.

'Hoi,' zei William. 'Ik wilde alleen weten of Sacha bij jou is.'

'Nee. Ik dacht dat hij bij jou was?'

'Shit!' William klonk ongerust. 'Hij kwam vanmorgen kalmer over toen hij was opgestaan. Alexis en ik hebben hem zijn ontbijt gegeven en met hem gepraat. Ik heb gezegd dat hij zo snel mogelijk terug naar Engeland moet gaan om alles met de banken af te handelen. Toen zei hij dat hij wat tijd voor zichzelf nodig had en een stukje wilde rijden, dus ik heb hem de auto geleend. Ik heb hem laten beloven dat hij met een paar uur terug zou zijn. Hij is er nog steeds niet en het is al bijna twee uur. Ik dacht dat hij misschien naar Pandora was gegaan om met Jules te praten, die hier trouwens een tijdje geleden onverwachts is opgedoken om haar excuses aan Alexis aan te bieden voor wat er is gebeurd.'

'Nee, Sacha is niet hier. Wanneer is hij daar vertrokken?'

'Rond tien uur, dus hij is al bijna vier uur weg en hij neemt zijn telefoon niet op. Wat nu als hij weer aan het drinken is gegaan en een ongeluk heeft gehad?'

'Hij was nuchter toen hij vertrok, toch?'

'Ja, maar dat biedt tegenwoordig geen enkele garantie.' William zuchtte.

'Wat vindt Jules van de verdwijning van haar man?'

'Ze is samen met Alexis vertrokken, die wilde haar iets laten zien. Ze zei dat het haar niets kon schelen waar hij was. Hoe gaat het trouwens met de kinderen?'

'Daar gaat het allemaal goed mee. Misschien weet je al dat Chloë vandaag met Michel op stap is, de zoon van Alexis? Ik heb je er een berichtje over gestuurd. Hij is haar vanmorgen komen ophalen en heeft beloofd goed op haar te letten.'

'Ja, ik heb hem zien vertrekken.' Er viel een stilte. 'Maar goed, ik blijf nog een tijdje hier om te kijken of Sacha opduikt. Is dat niet het geval dan kom ik naar huis.'

'Oké.'

'Dag, Helena, tot straks.'

Ze ademde een paar keer diep in en uit. Ze zag nu al op tegen het gesprek dat zou volgen als William er weer was. Toen ze de slaapkamer in liep stond Alex daar nog steeds.

'Is alles in orde?' vroeg hij.

'Ja. Pap komt straks naar huis.'

'Mooi. Hoe is het met Sacha?'

'Die wordt op het moment vermist, maar ik weet zeker dat hij wel weer opduikt.' Helena liep naar Alex toe en gaf hem een knuffel. 'Sorry dat het de afgelopen dagen allemaal zo ingewikkeld is geweest. En dank je dat je zo lief voor Viola bent geweest.'

'Serieus, mam. Is alles goed tussen jou en pap?'

'Natuurlijk. Waarom vraag je dat?'

'Ik heb jullie op het feest gezien. Hij was boos op je omdat je hebt gedanst met de Reddende… Ik bedoel met Alexis. Toch?'

Liegen had geen zin. 'Ja. Maar iedereen had te veel gedronken en alles is uit zijn verband getrokken, dat is alles.'

'Ja, hoor. Mam?'

'Ja?'

'Kun je me beloven, met je hand op je hart, dat je er niet met Alexis vandoor gaat?'

Ze legde haar handen om zijn gebruinde appelwangen en glimlachte naar hem. 'Met mijn hand op mijn hart, lieverd. Hij is een goede vriend, meer niet.'

'Weet je dat zeker?'

'Absoluut. Ik hou van William, én van ons gezin. Jullie zijn mijn alles, beloofd.'

'O.' Alex liet opgelucht zijn schouders zakken. 'Mooi zo. En…'

'Ja?'

Alex zweeg en leek zich mentaal voor te bereiden. 'I-Ik moet je iets anders vragen?'

'Gooi het er maar uit.'

'Ik zal niet boos worden, maar ik moet het gewoon weten. Of hij… Is Alexis mijn…'

'Helena! Ben je daarboven? Ah, ja, daar ben je!' Jules kwam de slaapkamer binnengestormd. Ze had rode wangen en haar ogen straalden. 'Raad eens?'

Alex keek Helena gefrustreerd aan en sloop de slaapkamer uit.

'Wat is er, Jules?'

'Ik ben naar het huis van Alexis gegaan en hij nodigde me uit binnen te komen voor een glas wijn. Ik heb mijn excuses aangeboden voor het feest en hij had niet liever voor me kunnen zijn. Hij verzekerde me dat de meeste gasten geen Engels spraken of het te gezellig hadden om het te begrijpen,' vertelde Jules ademloos. 'Zoals je je kunt voorstellen voel ik me daar veel beter door. Ik heb hem tijdens de lunch uiteindelijk het hele verhaal verteld.'

'Heeft dat geholpen? Je ziet er in elk geval een stuk opgewekter uit.'

'O, ja. Ik bedoel, William had hem toch al het meeste ervan verteld, maar hij was zo meelevend en begrijpend. Hij vroeg me wat mijn volgende zet zou zijn, en ik zei dat ik dat niet wist omdat mijn huis in Engeland natuurlijk verkocht zou worden, maar dat ik niemand tot last wilde zijn en…' Jules nam eindelijk een adempauze. 'Toen vertelde hij dat hij hier een huis heeft dat we mogen lenen tot ik weet wat ik wil. Is dat niet geweldig van hem?'

'Nou, dat is het zeker!'

'Ik bedoel, ik heb aangeboden hem iets van huur te betalen... Ik had je al verteld dat ik een bedragje van mijn moeder heb geërfd... Maar hij wilde er niets van horen. Hij zei dat het leeg stond en toen heeft hij me het huis laten zien. Ik verwachtte eerlijk gezegd een bouwval als Pandora, maar raad eens? Het is spiksplinternieuw! Hij heeft het vorig jaar voor zichzelf gebouwd. Hij wil daarheen verhuizen als zijn zoon het grote huis nodig heeft voor zijn eigen gezin. Helena, het is prachtig! Het ligt aan een smal pad, vlak bij de wijngaard, en het is prachtig ingericht en er zit ook een groot zwembad bij. Alexis zei dat hij die plek heeft gekozen omdat het het beste uitzicht van het hele dorp heeft. Ik mag er zo lang blijven als ik wil en krijg zoveel wijn als ik kan drinken. Dus...' Jules liet zich uitgeput op Helena's net opgemaakte bed zakken. 'Wat vind je ervan?'

'Het klinkt alsof je je redder in nood hebt gevonden,' zei Helena zo hartelijk mogelijk. 'Ik ben zo blij voor je, Jules. Je weet dat je hier welkom bent, maar ik begrijp het als je een tijdje je eigen huis nodig hebt.'

'Die man is een echte, ouderwetse heer. Ik zal hem voor een etentje uitnodigen om hem te bedanken. Hij woont toch heel dichtbij.'

Helena zag dat Jules straalde als een jong meisje. De jaren leken in een oogwenk van haar gezicht te zijn verdwenen. Alexis had haar duidelijk wat van de aandacht gegeven waar ze zo naar verlangde.

'Oké dan.' Jules ging staan. 'Je ziet er niet uit, Helena. Ik neem alle kinderen mee naar het zwembad, dan krijg jij wat rust. Is dat een plan?'

'Ja.'

In een ongebruikelijk vertoon van genegenheid sloeg Jules haar armen om Helena heen. 'En bedankt voor alles.'

Helena trok zich terug in haar hangmat terwijl Jules de kinderen bij elkaar dreef. Ze had tijd nodig om na te denken voor William kwam. Ze doezelde net weg toen ze voetstappen op de droge blaadjes hoorde die op de grond waren gevallen.

'Hallo, schoonheid.'

Ze voelde dat er zacht een zoen op haar voorhoofd werd gedrukt, deed haar ogen open en zag Sacha staan.

'Wat doe jij hier?' Ze ging meteen rechtop zitten. 'William maakt zich ontzettend zorgen om je.'

'Ik had wat tijd voor mezelf nodig, weet je. Om na te denken. Waar zijn Jules en de kinderen?'

'Bij het zwembad.'

'O.' Sacha knikte. 'Ik ben gekomen om afscheid van hen te nemen. Ik vlieg vandaag naar huis.'

'Aha.'

'Ik moet veel dingen regelen in Engeland, zoals je je kunt voorstellen. Praktisch gezien, maar ik moet ook mijn gedachten op een rijtje zetten.'

'Dat geloof ik. Viola is er kapot van.'

'Ja, daar heeft ze ook alle recht toe. Luister, ik wil alleen even zeggen, nu ik daar de kans voor heb, dat het me spijt... Alles.'

'Dank je.' Helena klom uit de hangmat. 'Ga maar naar je vrouw toe. Wacht vijf minuutjes zodat ik de kinderen uit het zwembad kan krijgen en ze mee het huis in kan nemen zonder dat ze je zien. Je moet Jules onder vier ogen spreken.'

'Ik weet het.' Hij legde zijn hand op haar arm. 'Maar ik wil je even vertellen dat ik weet dat mijn leven helemaal verkeerd is gelopen. Ik ben zo egoïstisch geweest. Ik heb veel mensen gekwetst, misbruik van ze gemaakt, dat geldt ook voor jou en Will. En daar kan ik alleen mezelf de schuld van geven. Ik kan het verleden niet veranderen, maar misschien kan ik nu proberen het goed te maken.'

'In elk geval voor je kinderen.' Helena keek hem met haar armen over elkaar aan.

'Ja. Ik... Helena, voor ik ga, er is één ding wat ik je moet vragen. Ik... Helena, alsjeblieft!'

Maar ze liep al weg.

Nog geen half uur later kwam Jules het huis in en trof ze Helena in de keuken aan, waar ze Viola en de kleintjes de zelfgemaakte limonade en cake gaf die Angelina eerder had bereid.

'Is alles oké?' vroeg Helena voorzichtig.

'Ja. Viola? Papa wacht bij het zwembad op je,' zei Jules. 'Ga je naar hem toe?'

Het gezicht van het meisje straalde. 'O, ja! Mag ik van tafel, tante Helena?'

'Natuurlijk.'

'Wij ook?' riepen Immy en Fred in koor.

'Nee,' zei Helena, terwijl Viola de keuken uit rende.

'Maar goed, ik ben blij dat ik dat achter de rug heb,' merkte Jules bruusk op. 'Ik heb hem verteld dat ik wil scheiden.'

'Weet je dat heel zeker, Jules? Is het niet beter om het allemaal eerst te laten bezinken?'

'Nee. Vind je het erg als ik een glas wijn neem? Het is na zessen.'

'Natuurlijk niet.'

'Hij heeft gezegd dat hij met alles wat ik wil akkoord zal gaan. Hij kwam voor de verandering eens nuchter over.' Jules schonk giechelend wijn in. 'In tegenstelling tot zijn bijna-ex.'

'Is hij van plan terug naar Engeland te gaan?'

'Ja, en ik heb hem verteld dat ik de rest van de zomer hier blijf met de kinderen. Hij kan de situatie met het huis afwikkelen en met de deurwaarders vechten over wat we mogen houden. De paarden zouden iets waard moeten zijn en zij staan in elk geval op mijn naam. Ik heb gezegd dat hij ze moet verkopen tegen de hoogst mogelijke prijs.'

'Goed idee.' Helena voelde opeens bewondering voor Jules.

'Rupes wil zijn vader niet zien. Hij is woedend op hem, Helena. Oundle was zijn droom. Ik ga morgenochtend meteen de penningmeester bellen om te kijken of hij op de een of andere manier kan helpen.'

'Dat is zeker een poging waard.'

'Ja. En de scheiding zal niet veel tijd in beslag nemen, aangezien er vrijwel niets is om te verdelen. Met het geld dat mijn moeder me heeft nagelaten kunnen de kinderen en ik het in elk geval een tijdje uitzingen en dan hebben we een dak boven ons hoofd. En ik denk dat we een compleet nieuw begin kunnen gebruiken. Ik moet bepalen wat het beste is, maar mijn leven ligt opeens helemaal voor me open. Viola zal er kapot van zijn als Sacha haar vertelt dat we gaan scheiden, maar op den duur...' Jules knikte langzaam. 'Uiteindelijk zal het beter zijn zo.'

DAGBOEK VAN ALEX

23 JULI 2006

Ik hoop dat als ik naar die school ga, ze me niet vragen zo'n standaard opstel te schrijven met als onderwerp 'de saaie dingen die ik tijdens mijn vakantie heb gedaan'. Want het mijne zou dat niet zijn. Saai, bedoel ik. Ze zouden denken dat ik het allemaal heb verzonnen, dat ik een fantast ben. Eerlijk gezegd ben ik daar in het verleden al eens eerder van beschuldigd.

Een korte update over wie er in Pandora verblijft en wie niet:

Sacha kwam, maar is vertrokken.

Pap kwam, maar heeft Sacha naar het vliegveld gebracht. Hij is weer terug.

Jules is vertrokken, maar is teruggekeerd.

Chloë kwam.

Michel was bij haar, maar is weer vertrokken.

Pap staat op het punt om nog een keer te vertrekken.

Mam gaat met hem mee.

Sadie is niet gekomen of gegaan.

En hetzelfde geldt voor mij.

Jules past op ons, de kinderen, zodat mam en pap samen uit eten kunnen gaan. Een verlate viering van hun tiende trouwdag van laatst, wat een heel goed teken is. Hoewel Jules en Sacha bezig zijn met de grote S, ziet ze er bijzonder vrolijk uit.

Gelukkig is Chloë vanavond thuis. Hij met de meisjesnaam heeft haar een uur geleden afgezet, op tijd voor het avondeten.

Hij is een knappe gast, die goede oude 'Michelle', daar is geen enkele twijfel over mogelijk. Ik heb hem vandaag eens goed bekeken toen hij aan onze tafel op het terras zat. Chloë gedroeg zich heel koket en hield zijn hand vast onder het tafelblad. Hij is lang, slank en heeft een donkere huid, maar de blauwe ogen van zijn vader. Hij lijkt totaal niet op mij, en het zou me echt verrassen als blijkt dat we halfbroers zijn.

Niet dat uiterlijk iets betekent in de grote genenloterij. Je ziet vaak ontzettend prachtige kinderen naast een ouder lopen die veel wegheeft van een lid van de Addams Family.

Het was me eerder vandaag bijna gelukt.

Ik had genoeg moed verzameld om de woorden ook daadwerkelijk te zeggen. Ik had mijn moeder in een hoek gedreven, en ik denk dat ze op het punt stond het me te vertellen. Toen kwam die stomme trut Jules binnen en was het moment weg.

Wees gerust, moeder, dat moment keert wel terug. Ik wil voor ik weer naar huis ga precies weten wie ik ben.

De afgelopen tijd kan ik maar niet van een verschrikkelijke gedachte af komen: wat nu als mijn moeder het echt niet weet?

Wat nu, o gruwel, als ik het resultaat ben van een of andere dronken onenightstand?

Het is een choquerende gedachte, maar ik moet me toch afvragen waarom de helft van mijn genen een groter geheim lijken te zijn dan de ontknoping van de laatste Harry Potter…

Zo erg kan het niet zijn, toch?

Maar zoals gebruikelijk gaat mijn verbeelding ongetwijfeld met me op de loop. Mijn obsessie bestaat nog niet zo lang en dit was de eerste keer dat het me bijna is gelukt om het haar recht voor zijn raap te vragen. Misschien hoef ik alleen maar ergens kalm met haar te gaan zitten, als moeder en zoon, en het haar direct te vragen. Ja.

Afgezien daarvan ben ik vanavond gelukkig. Ik zou het zelfs extatisch kunnen noemen. Mijn gezworen vijand vertrekt morgen. Ik zal me niet langer hoeven te verstoppen in de Bezemkast om daar de eerste vleug stinkende aftershave af te wachten die door het sleutelgat naar binnen dringt en me op zijn plunderende aanwezigheid wijst. Het konijn is eindelijk droog, net als mijn lakens, en hij ziet er na dat verrekte, grondige bad eigenlijk beter uit. Ik was vergeten dat hij ooit wit was geweest.

Jules bleef vanavond maar kletsen over de charmes van de Reddende Engel. Er moet toch een mogelijkheid bestaan dat als het haar lukt om langer dan een paar tellen haar mond te houden, hij haar, met een blinddoek voor terwijl zij een paar zakken over haar hoofd heeft, leuk zou kunnen vinden.

Oké, nu ben ik echt aan het fantaseren.

In elk geval heeft mam gezworen dat ze er niet met hem vandoor zal gaan, en dat moet ik geloven. Ik hoop dat ze pap vanavond hetzelfde verteld.

En als dit gedoe met 'Michelle' niet de zoveelste gril van Chloë blijkt te zijn, dan zal ik iets moeten bedenken om daar een eind aan te maken. Maar voor nu vind ik het niet erg om het op zijn beloop te laten.

Dus het is in elk geval allemaal wat kalmer. De enige vlieg in de soep is de arme Viola, die als een droevig, verloren spookje door het huis dwaalt. Ze lijkt zich aan mij te hebben vastgeklampt… Niet verrassend, met een moeder die steeds tegen haar zegt dat ze zich niet moet 'aanstellen', slechts een paar uur nadat haar vader haar heeft verteld dat haar ouders gaan scheiden.

Chloë is ook heel lief voor haar geweest. Ze heeft haar meegenomen naar haar slaapkamer voor een meidengesprek. Zij is zelf ook een kind van gescheiden ouders.

Naderhand stond Viola bij mij voor de deur, al dacht ik eerst dat het Chloë was door de heerlijke geur van het sterke parfum dat ze draagt en dat zich door het hele huis lijkt te verspreiden. Chloë had haar er een klein flesje van gegeven en een armbandje, om haar op te vrolijken.

Viola vertelde me vanavond dat ze zich bij mij in de buurt beter voelt, wat fijn was. Ik heb mijn best gedaan, haar geknuffeld en zo, en ik heb haar laten huilen. Zo erg zelfs dat ik bang was dat mijn bed weer doorweekt zou raken, net nu alles was opgedroogd. Ik heb haar nog een boek geleend uit mijn bibliotheek, die ik nu op alfabetische volgorde van auteur heb georganiseerd. Ik heb voor *Nicholas Nickleby* gekozen… Misschien dat Viola zo beseft dat sommige mensen een nog verschrikkelijker leven hebben dan zij. Al is dat van haar op het moment wel behoorlijk erg.

Voor hetzelfde geld was mijn gezin de hoofdrolspeler van deze tragedie geweest.

Ik kan alleen maar bidden dat het etentje van vanavond een succes is.

18

'Slaap lekker, lieverd, tot morgen.' Helena kuste Fred op zijn voorhoofd en liep naar Immy's bed.

'Waar ga je heen?' Haar dochter nam haar achterdochtig in zich op. 'Je hebt lippenstift op.'

'Ik ga uit met papa.'

'Mag ik mee?'

'Nee. Papa en ik gaan met zijn tweetjes. Chloë en Alex zijn er, en Jules is er ook.'

'Jules niet leuk. Ze stinkt,' zei Fred.

'Oké, jongens, nu stil zijn.' Helena liep naar de deur en deed het licht uit. 'Welterusten.'

Ze pakte haar handtas uit haar slaapkamer en hoorde haar telefoon rinkelen. Ze grabbelde door de inhoud en het lukte haar het gesprek aan te nemen voor de beller het besloot op te geven. 'Hallo?'

'Helena! *Mia cara*! Hoe gaat het?'

Het was een stem uit het verleden, maar zo herkenbaar dat ze die onmiddellijk kon plaatsen.

'Fabio!' Helena lachte opgewonden. 'Mijn hemel! Wat geweldig om van je te horen!'

'Dat is een verrassing, hè?'

'Een beetje maar! Dat moet toch... tja, meer dan tien jaar geleden zijn?'

'Zeker.'

'Waar ben je al die tijd geweest? Hoe gaat het met je? En hoe heb je in hemelsnaam mijn nummer te pakken gekregen?'

'Dat is een lang verhaal, cara, en je weet dat ik het je met liefde vertel.'

Helena hoorde William beneden roepen. 'Fabio, ik zou graag de hele avond met je kletsen, maar we staan op het punt om uit eten te gaan. Geef me anders je nummer, dan bel ik je terug. Is dat goed? Waar ben je? Nog steeds in New York?'

'Nee, ik zit tegenwoordig weer in Milaan, maar af en toe reis ik met het La Scala-gezelschap mee. En jij bent in Engeland?'

‘Tja, normaal gesproken meestal wel, maar ik zit op het moment op Cyprus. Mijn peetoom is overleden en heeft me zijn huis nagelaten, dus ik zit voor de zomer hier met mijn gezin.’

‘Maar ik kom over drie weken naar Limassol! Weet je nog dat we samen op een zinderende zomeravond in dat heerlijke amfitheater hebben gedanst? Dat moet nu zo’n vijftien jaar geleden zijn.’

‘Hoe kan ik dat nu vergeten?’ Helena’s ogen glinsterden van emotie bij die herinnering. ‘Wij zitten trouwens niet ver van Limassol en ik zou het geweldig vinden om je te zien, Fabio.’

‘Dat vind ik ook, mia cara. Het is te lang geleden.’

‘Daar heb je gelijk in.’

‘Dan zal ik kijken of ik eerder dan gepland naar Cyprus kan komen zodat ik een dag of twee misbruik kan maken van je gastvrijheid,’ verkondigde hij.

‘Geweldig. Is dit het beste nummer om je te bereiken?’

‘*Si*, het is mijn mobiele nummer. Je kunt me dag en nacht bellen. Zo, mijn Helena, wij spreken elkaar morgen en dan zullen we alles regelen. Ciao.’

‘Ciao, Fabio.’ Helena bleef daar even zo zitten met haar telefoon in haar hand, verloren in herinneringen.

‘Wie was dat, mam?’ Alex stond bij de deur.

‘Dat, lieverd, was mijn oudste danspartner, die ik zeker in geen tien jaar heb gesproken. Het is zo goed van hem te horen.’ Ze glimlachte en kuste Alex boven op zijn hoofd. ‘Zo, nu moet ik gaan. Pap wacht beneden op me.’

Helena zat naast William in de auto en ze reden de heuvel op. Ze kreeg vlinders in haar buik door zijn nabijheid en het feit dat ze eindelijk alleen waren.

‘Oké, waar gaan we heen? Ik ga liever niet naar Persephone’s Taverna, als je het niet erg vindt,’ zei hij.

‘Nou, er is altijd Peyia. Dat is best een leuk kuststadje en het is maar een paar kilometer rijden. Het is niet zo mooi als Kathikas, maar als ik het me goed herinner zit daar vlak buiten een klein restaurantje. Angus heeft me daar een keer mee naartoe genomen. Het stond vroeger bekend om het schitterende uitzicht.’

‘Klinkt goed. Dan gaan we naar Peyia en vragen daar naar de weg.’

Na een paar verkeerde afslagen bereikten ze Peyia, waar het ongelooflijk druk was en bewoners en toeristen door elkaar krioelden. William stopte om een winkeleigenaar naar het restaurant te vragen waar Helena het over had gehad.

'We boffen, de winkelier wist precies over welke plek je het had en heeft zelfs een kaartje voor me getekend,' vertelde William toen hij weer in de auto stapte, en hij zwaaide met een velletje papier.

Uiteindelijk kwamen ze bij het restaurantje. Ze liepen een trapje op en kwamen uit op een halfrond stenen terras. Tafeltjes waarop kaarsen brandden stonden in de luwte van een enorme houten pergola die uitbundig bedekt was met oude ranken. Het zat al aardig vol, maar het lukte ze een tafeltje te bemachtigen naast de lage muur die langs het terras liep, met een verbluffend mooi uitzicht op de kust en de ondergaande zon.

'Zo, dit is weer eens wat anders,' zei William, en hij bestelde een karaf van de plaatselijke rode wijn. 'Hallo, Helena, mijn naam is William. Leuk je weer te ontmoeten.' Hij stak haar over de tafel zijn hand toe.

Ze schudde die beleefd. 'Je hebt gelijk. Het lijkt inderdaad heel lang geleden dat we dit hebben gedaan.'

'Deze vakantie is niet helemaal gelopen zoals we hadden verwacht, hè?'

'Nee.'

'Nou, laten we hopen dat het allemaal wat bedaart nu Sacha terug naar Engeland reist en Jules en cohorten morgen naar de villa van Alexis verkassen. Ben je er al uit?'

'Ik ga voor de kipsouvlaki.' Ze had totaal geen trek.

'En ik voor de vis.' William gebaarde naar de ober en plaatste hun bestelling. Hij hief zijn wijnglas naar haar. 'Proost. En nog een fijne trouwdag, al is het dan wat verlaat.'

'Dank je. Jij ook,' antwoordde ze gespannen.

'Je had het er in de auto over dat de beroemde Fabio naar Cyprus komt,' zei William. 'Het lijkt erop dat al jouw wegen, verleden, heden en toekomst, naar Pandora leiden.'

'Het is meer een samenloop van omstandigheden. Het balletgezelschap geeft een week lang speciale optredens in het amfitheater in Limassol. Dat hebben ze ook een keer gedaan toen ik nog voor ze danste.'

'Ik had je graag zien optreden.'

'Maar dat zie je ook. Elke ochtend.'

'En laatst 's avonds,' voegde hij er met een treurige glimlach aan toe.

'Ik bedoelde op een echt podium, terwijl je op je tenen staat met dat gaas om je middel.'

'Je bedoelt een tutu.'

'Ja, dat.' Hij nam een slok wijn en zei toen: 'Nou, hoe is het de afgelopen paar dagen met jou gegaan?'

'Prima. Ik heb het druk gehad met voor iedereen te zorgen.'

'Dat is niet wat ik bedoelde.'

'Nee.' Helena speelde met een stukje brood uit het mandje dat op tafel stond en veranderde toen snel van onderwerp. 'Wist je al dat Sadie niet meer naar huis gekomen is? Ze logeert nog steeds in het dorp bij die kerel die ze op het feest heeft ontmoet. Hij is blijkbaar vijfentwintig jaar oud en werkt als timmerman, en heeft het mooiste lichaam dat ze ooit heeft gezien.'

'Leuk voor haar, maar lieverd, we moeten echt nodig praten.' William stuurde het gesprek vastberaden terug naar zijn vraag. 'Alexis en ik hebben een goed gesprek gehad toen ik bij hem logeerde. Hij heeft uitgebreid zijn excuses aangeboden en heeft gezegd dat zijn gedrag naar jou én naar mij ongepast is geweest. Toegegeven, het is niet bepaald fijn als er een andere man achter je vrouw aan zit, maar ik heb zijn verontschuldiging geaccepteerd. En ik moet ook toegeven dat hij een geschikte kerel is. Hij was heel goed met Sacha en heeft hem een lading praktische adviezen gegeven. Dus dat is zíjn kant van het verhaal. Hoe zit het met jou, Helena? Koester je nog een diepgewortelde passie voor Alexis, zoals hij heeft toegegeven die voor jou te koesteren?'

'Nee, William. Ik zweer dat dat niet het geval is. Natuurlijk heeft het weerzien met hem me herinnerd aan vroeger, maar verder dan dat ging het niet. Ik kan je er niet toe dwingen me te geloven,' zei ze met een zucht, 'maar dat is de waarheid.'

'Ik geloof je wel. Als dat niet zo was, waar zouden we dan zijn? Het was verkeerd van me aan je te twijfelen. We weten allebei dat vertrouwen alles is in een huwelijk, al heb ik eerlijk gezegd soms het gevoel dat dat bij jou ontbreekt. Omdat je me niet je diepste geheimen toevertrouwt, bedoel ik.'

'Nee,' bevestigde Helena. 'Het spijt me zo erg, William. Het is gewoon heel moeilijk voor me.'

'Alexis heeft ook gezegd dat jij me iets te vertellen had.'

'Is dat zo?' Helena slikte. Haar hart bonkte in haar keel.

'Ja. Met andere woorden, hij vindt dat jij het me móét vertellen, voor je eigen bestwil.' William legde zijn hand op die van haar. 'Dus wat is het, lieverd? Wat is er gebeurd?'

'Ik...' De tranen sprongen in haar ogen. 'Ik kan het niet...'

'Jawel, je kunt het wel...'

Ze werden op dat moment gestoord door de ober die hun eten kwam brengen.

Dit gaf Helena de kans om zichzelf onder controle te krijgen.

Toen de ober vertrok, pakte William haar hand vast. 'Lieverd, ik heb de afgelopen dagen de tijd gehad om erover na te denken en je hoeft geen genie te zijn om het te raden, dus ik zal het makkelijk voor je maken. Ben je in verwachting geraakt van Alexis?'

'Ja.' Helena voelde zich misselijk, maar het hoge woord én de waarheid waren eruit, en ze kon het niet terugnemen.

'Wat is er met de baby gebeurd?'

'Ik... heb het laten weghalen.'

'Wist Alexis het?'

'Niet op dat moment. Ik kwam er pas achter dat ik zwanger was toen ik terug in Engeland was.'

'Heb je het hem verteld?'

'Toen niet, nee. Dat heb ik pas gedaan op die middag dat je de kinderen mee naar het strand had genomen om mij wat rust te gunnen.'

'Jezus, geen wonder dat jullie allebei zo vreemd keken toen we terugkwamen. Ik wist dat er iets was gebeurd, maar ik had geen idee wat, dus ik ging van het ergste uit. Maar nu ik weet waar het over ging, kijk ik er niet van op dat hij je troostte. Dat is precies wat ik zou hebben gedaan als je me ooit genoeg had vertrouwd om het me te vertellen.' Er was een lichte woede in zijn ogen te zien, maar ook medeleven. 'Wat heb je dan gedaan?'

'Ik wist dat ik het kind niet kon houden. Ik zat op dat moment intern bij de Royal Ballet School, dus ik moest tot de vakantie wachten om er iets aan te doen. Ik had het adres van een kliniek opgezocht in de Gouden Gids en had een afspraak gemaakt. Toen ik daarna naar huis ging, heb ik mijn moeder verteld dat ik buikgriep had en heb ik de rest van de week in bed liggen herstellen.'

'Dus je hebt dat helemaal alleen doorgemaakt?'

'Ik kon het aan niemand vertellen, William. Ik was net zestien geworden en ik was doodsbang.'

'Heb je er dan helemaal niet aan gedacht om het aan Alexis te vertellen? Je had hem toch wel kunnen schrijven? Hij hield duidelijk van je, al weet ik niet waarom hij je ertoe heeft gedwongen een volwassen relatie met hem aan te gaan terwijl je pas vijftien was. Zoals je je kunt voorstellen kan ik hem ergens wel de nek omdraaien.'

'William, hij wist niet dat ik minderjarig was. Ik had hem verteld dat ik bijna zeventien was. Ik heb tegen hem gelogen omdat ik wist dat hij me anders nooit zou aanraken.'

'En je wilde aangeraakt worden.' William kromp ineen. 'Sorry, Helena, vergeef me dat ik dit gesprek zo moeilijk vind.'

'Daarom heb ik het je ook nooit verteld,' fluisterde ze.

'Was je daarom zo gespannen toen je naar Pandora kwam? Door de gedachte dat Alexis er nog zou kunnen zijn en dat de waarheid naar buiten zou komen?'

'Deels, ja,' beaamde ze. 'Maar ik dacht niet dat je het zou merken.'

'Natuurlijk wel. Iedereen heeft het gemerkt. We hebben ons allemaal zorgen om je gemaakt.'

'Is dat zo? Het spijt me. Ik wilde...' Helena schudde haar hoofd en probeerde haar tranen te bedwingen. Ze had niet het recht om te huilen. 'Ik wist niet wat ik moest doen.'

'Naar mijn mening werkt de waarheid, hoe pijnlijk die ook is, altijd het beste. Maar goed, lieverd, nu weet ik het in elk geval en ik vind het erg dat je dat alleen hebt moeten doormaken. En nog wel op zo'n jonge leeftijd.'

'Bied alsjeblieft niet je excuses aan, William. Wat ik toen heb gedaan heeft me altijd achtervolgd. Ik kan het mezelf nooit vergeven.'

'Nou, dat moet je wel proberen, Helena. We doen allemaal wat we denken dat het beste is op dat moment en zelfs jij moet beseffen dat het, achteraf gezien, de juiste beslissing was. Tenzij je natuurlijk liever terug naar Cyprus had willen gaan om met Alexis te trouwen.'

'Het was een vakantieliefde... Ik... Wíj kwamen uit twee totaal verschillende werelden en we waren zo jong... Ik heb het contact met hem compleet verbroken. Ik dacht dat het beter was als hij het nooit te weten kwam.'

'Dus je hebt dat geheim al die jaren bewaard en het nooit aan iemand verteld?'

'Ja.'

'En je hebt daarna geen contact meer gehad met Alexis.'

'Ik heb net verteld... Dat kon ik niet.' De tranen sprongen in haar ogen. 'Je kunt je niet voorstellen hoe erg ik me schaamde… Hoe erg ik me nog steeds schaam.'

'Hopelijk kun je helen nu het geheim bekend is. En je moet beseffen dat je geen andere keus had. Ik vind het echt heel erg wat er met je gebeurd is, lieverd. Je was nog maar een meisje, eng genoeg niet veel ouder dan Chloë, en waarschijnlijk niet eens zo wereldwijs als zij is. Wat verschrikkelijk dat je het niet aan je moeder kon vertellen.'

'Jezus, William!' Helena keek hem vol afschuw aan. 'Ze had me waarschijnlijk op straat gezet en onterft. Ze was ontzettend degelijk en ouderwets. Meer als een grootmoeder, zelfs.'

'Tja, misschien is het moeilijker voor jou dan voor de meeste mensen om op een ander te steunen omdat je geen moeder had die je in vertrouwen kon nemen. En nog belangrijker, die je kon vertrouwen.' William kneep in haar hand. 'Alsjeblieft, lieverd, probeer te geloven dat ik er voor je ben. Echt waar.'

'Dat weet ik. En het spijt me zo erg.'

'Nou, nog één vraag nu we toch bezig zijn om schoon schip te maken…'

'Wat?'

'Weet je zeker dat je me niet wilt vertellen wie de vader van Alex is? Ik had mezelf ervan overtuigd dat het Alexis was, iets wat Alex volgens mij ook dacht, dus ik ben nu weer terug bij af.'

'William, toe! Ik heb het je al eens verteld. Het was een onbekende met wie ik een onenightstand heb gehad.' Helena fronste gespannen haar wenkbrauwen.

'Dat weet ik. Maar omdat ik je ken, en vooral gezien wat je me net hebt verteld, slaat dat nergens op. Het zit niet in je om een onenightstand te hebben, Helena. Tenzij je toen heel anders was.'

'Een hoer, bedoel je?' Ze zuchtte. 'Na de onthulling van vanavond zul je zo wel over me denken.'

'Natuurlijk niet. Je was negenentwintig toen ik met je trouwde. Natuurlijk had je een verleden wat betreft mannen. Ik was ook geen onbeschreven blad wat betreft vrouwen, zoals je weet, dus denk alsjeblieft niet dat ik je veroordeel, want dat is niet zo. Ik ben nu al tien jaar met je getrouwd, en ik wil de waarheid weten, meer niet.'

'Kunnen we het laten rusten, William? Ik heb je verteld wat je wilde weten, en…' De tranen van uitputting en frustratie rolden uiteindelijk toch over Helena's wangen.

'Oké, dan,' zei hij zacht bij het zien van haar wanhoop. 'Bedankt dat je me over het kind hebt verteld, lieverd. Het ergste is nu voorbij.'
Was dat maar waar, dacht Helena bedroefd.

William hield tijdens de rit naar huis haar hand vast op de versnellingspook, zoals hij had gedaan toen ze elkaar pas net kenden. Veel van de spanning was van zijn gezicht verdwenen en hij kwam veel relaxter over. Hij parkeerde de auto op de oprit van Pandora, zette de motor af en keerde zich naar haar toe.
'Ik hou van je, Helena, geloof me alsjeblieft. Wat je ook hebt gedaan voor je mij ontmoette, dat is niet belangrijk. Je bent een geweldige echtgenote en moeder en een fantastisch mens, dus hou alsjeblieft op jezelf zo te kwellen.' Hij kuste haar zacht op haar lippen en aaide over haar haar. 'Ik wil met je vrijen, nu meteen. Laten we via de keukendeur naar binnen glippen zodat we niet worden gesnapt.'
Ze liepen hand in hand naar de achterdeur. William deed die zo geruisloos mogelijk open en ze slopen door de donkere hal, de trap op.

Later lag Helena in Williams armen. De koele bries van de ventilator blies over haar naakte huid. William was zoals altijd meteen in slaap gevallen. Ze was door de spanning van de afgelopen weken vergeten wat een troost vrijen kon bieden. Ze voelde zich kalm en was blij dat ze het hem had verteld, ook al was er nog zoveel wat hij niet mocht weten.
Heel even vroeg ze zich af of de rest van haar verhaal geheim kon blijven, of ze het eindelijk allemaal zou kunnen laten gaan en voor altijd veilig in Williams armen kon blijven liggen. Niet wachtend op het moment dat hij achter de waarheid zou komen… en haar zou verlaten.
Ze deed haar ogen dicht en probeerde zich te ontspannen. Vanavond was hij bij haar en waren ze eindelijk weer intiem. Daarvoor moest ze dankbaar zijn. En eindelijk viel ze in slaap.

'Mama, ben je wakker?' Immy's zijdezachte haar kriebelde bij haar neus.
'Nee, ik ben heel diep aan het slapen.' Ze wist dat Immy naar haar staarde en haar aandachtig bestudeerde.
'O, maar je praat, dus dan moet je wel wakker zijn.'
Fred stompte tegen haar arm en ze schoot overeind.
'Au, dat moet je niet doen!'
'Ik maak wakker,' kondigde hij uiterst logisch aan. 'Ik wil melk.'

'Morgen, lieverd.' William stak zijn arm langs Immy heen en aaide Helena over haar schouder. 'Ik ga naar beneden om thee te zetten.' Hij was al uit bed en pakte zijn boxershort. 'Kom op, jongens,' zei hij tegen Fred en Immy. 'Jullie kunnen me mooi helpen.'

'Papa, waarom hebben jij en mama geen kleren aan?' vroeg Immy, die hem volgde.

'Het was gisteravond heel erg heet,' hoorde Helena hem antwoorden toen ze met zijn drieën de kamer verlieten.

'Nou, ik vind echt dat je je broek moet aanhouden in bed, papa.'

'Ik ook,' zei Fred.

Helena ging weer liggen en lachte om het gesprek. Ze voelde zich vanmorgen verkwikt, alsof er een storm over hen heen was getrokken die een kalme, frisse lucht had achtergelaten. 'Misschien kunnen we dan nu echt vakantie vieren,' mompelde ze.

AUGUSTUS 2006

AFSCHEID

DAGBOEK VAN ALEX

8 AUGUSTUS 2006

De afgelopen paar weken zijn echt een vakantie geweest. Geen Griekse tragedies, konijngijzelingen, druivenpletters, scheidingen of zatlappen meer. Na alle opwinding en spanning was dat heel aangenaam.

Eigenlijk heb ik trouwens de pest aan dat woord. 'Aangenaam' is een schoon huis in een buitenwijk, dat zijn bijpassende jassen waarmee de bijpassende eigenaars samen in de natuur gaan wandelen. Ze hebben een uiterst gehoorzame hond en rijden in een Nissan Micra. Het is kleinburgerlijke middelmatigheid. Het slaat op het grootste deel van de westerse wereld.

Niemand vindt zichzelf natuurlijk gewoon. Als dat zo was dan zou men zich een kogel door de kop jagen. We streven er namelijk allemaal naar individuen te zijn. Wij zijn geen mieren, die me altijd verbijsteren met hun enorme aantallen en uitmuntende organisatie als ze een aanval uitvoeren op een piepklein brokje chocolade dat Fred op de keukenvloer heeft laten vallen. Ze doen me denken aan de nazi's, de Russische Socialistische Revolutionaire Partij of de miljoenenbende van Mao Zedong: uiterst getraind en hersendood. Dan denk ik aan hoe graag ik de leider van de mieren zou ontmoeten. Ik stel me voor dat hij waarschijnlijk – net als alle psychopathische dictators – klein en lelijk is, met een voorliefde voor gezichtsbeharing.

Misschien dat ik een hele carrière voor me heb als ik een snor laat groeien…

Nu ik het toch heb over kogels, het leven gaat nooit honderd procent van een leien dakje. Michel en Chloë zijn bijvoorbeeld nog steeds bij elkaar. Het is zelfs zo erg dat je de een bijna nooit zonder de ander ziet. Helaas is hij een geschikte kerel en ik mag hem ook graag: hij is aardig en slim en beleefd. Hij aanbidt haar en zij aanbidt hem.

Het enige pluspunt is dat Chloë binnenkort naar haar moeder in Frankrijk moet gaan om daar vakantie te vieren. Ik zal haar natuurlijk verschrikkelijk missen, maar dan zit ze in elk geval op een veilige afstand. En de volgende keer dat we elkaar zien ben ik op eigen terrein, of in elk geval op schoolterrein.

En dat is op het moment nog een andere vlieg – of in dit geval mier – in de soep. Toen ik hier aankwam had ik nog een hele zomer voor me vóór die school een echt probleem werd, maar opeens is het augustus. Het is niet langer het begin van de vakantie; het gaat nu snel bergafwaarts naar het eind ervan.

Ik hoorde mijn moeder laatst via de telefoon naamlabels bestellen voor 'Alexander R. Beaumont' bij de daarvoor aanbevolen winkel.

Ik weiger te onthullen waar die 'R' voor staat. Het enige wat ik daarover kwijt wil is dat het te erg voor woorden is. Net als het uniform waar die labels in worden genaaid. Ik heb ook nagelaten de echte naam van de school waar ik heen moet in dit dagboek te vermelden. Het enige wat ik kan zeggen is dat je er ontbijt in een zwart rokkostuum met witte stropdas en dat generaties Britse koningen er zijn opgeleid.

Ik heb een academische beurs gewonnen. Laten we wel wezen, ik zou er met mijn achtergrond nooit zijn binnengekomen, aangezien ik alleen de oorsprong van de eicel weet en niet die van de zaadcel die me heeft verwekt.

Zouden ze weten dat ik een buitenechtelijk kind ben?

Op een bepaald niveau toont dit in elk geval aan hoezeer de tijden zijn veranderd. Maar gezien de verhalen die ik over ons koningshuis heb gelezen, zullen ik en mijn onbekende genenpoel in goed gezelschap verkeren.

Wat serieus eng is, is dat mijn klasgenoten alleen mijn naam zullen weten. Ik zal me moeten bewijzen aan een stel vreemden met wie ik de komende vijf jaar moet samenwonen, of ik dat nu leuk vind of niet. Mijn toetssteen, de enige persoon die me begrijpt, zal heel ver weg zijn. Mijn slaapkamer thuis zal wekenlang leeg zijn.

Fred heeft me al gevraagd of hij mijn goudvis mag hebben als ik ga en Immy wil mijn draagbare dvd-speler hebben. Het zijn net twee kleine gieren, die zich tegoed doen aan het vooruitzicht van mijn vertrek. Ik wil geloven dat ze me zullen missen, maar ik weet dat ze al snel aan mijn afwezigheid zullen wennen. De familie-emmer vol water: neem er een glas uit (mij) en dan lijkt die nog steeds vrij vol te zijn. Blijkbaar heeft mijn nieuwe emmer een heel privémeer.

En wat als ze allemaal als Rupes zijn? Dan heb ik misschien tegen Halloween al het loodje gelegd.

Ik begin serieus in paniek te raken bij de gedachte om over minder dan een maand op mijn nieuwe school te beginnen. Ik bedoel, ik ben maar een jongen uit een doorsneegezin die nog nooit een drijfjacht heeft meegemaakt en die denkt dat 'polo' zo'n pepermuntje is met een gaatje erin. Mijn vorige school had zo'n klein budget dat ze ons een keer in de week met een bus naar het plaatselijke zwembad brachten.

Het was de bedoeling dat ik mocht bepalen of ik al dan niet ging, maar toen ik die beurs won is iedereen vergeten mij die vraag te stellen en nam men aan dat ik dat wilde.

Aan de positieve kant zit Chloë maar een paar kilometer verderop. Schijnbaar organiseren haar school en die van mij 'dansavonden'. Jezus, misschien moet ik mijn wals en foxtrot maar gaan oefenen, want mijn manier van losgaan op 'Crazy' van Gnarls Barkley houdt in dat ik een paar keer mijn knieën buig.

Hoewel mijn hart breekt als ik haar met 'Michelle' op pad zie gaan, wordt het weer gelijmd als ik eraan denk dat ze straks zo dichtbij is. En men zegt vaak dat uit het oog, uit het hart is. Dat, en het feit dat Chloë duidelijk onder de indruk is dat ik een beurs voor die school heb gewonnen, is op het moment het enige wat me troost bij de gedachte aan mijn eenzame toekomst in rokkostuum…

Ik lig op mijn bed in de Bezemkast. Ik moet daar wel even snel bij vermelden dat er nu boven een kamer over is, maar toen mijn moeder me vroeg of ik nog wilde verhuizen, heb ik dat aanbod afgeslagen. Het is bizar dat ik hier beneden wil blijven, maar ik voel me hier op mijn gemak en er is geen gebrek aan leesmateriaal.

Vanavond kies ik de gedichten van Keats en lees ik, eh, 'Fanny'. Niet een titel waar ik persoonlijk voor zou kiezen, maar de woorden zijn prachtig en het is maar al te waar dat gedeelde smart, halve smart is. Ik voel me beter bij de wetenschap dat iemand anders ooit hetzelfde heeft gevoeld.

Jezelf… je ziel… geef mij in medelijden alles,
houd geen fragment van een atoom achter of ik zal sterven.

Dan hoor ik twee paar voorzichtige voetstappen op de gang – het ene paar van een man, het andere van een meisje – en er welt een traan op in mijn oog.

En ik ken maar al te goed het verdriet van onbeantwoorde liefde.

19

Helena strekte zich en voerde een arabesque uit met haar linkerbeen. Ze hield de positie een paar tellen vast, draaide toen snel pirouettes over het terras en liet zich hevig zwetend op een stoel vallen.

Om half negen was de zon al verschroeiend heet. Naarmate juli langzaam in augustus was overgegaan, was de temperatuur flink gestegen, en de bewoners van Pandora hadden zich zichtbaar ontspannen en toegegeven aan door hitte veroorzaakte nonchalance. Zelfs de kleintjes waren loom voor hun doen, hun gebruikelijke tomeloze energie getemperd door de genadeloze zon. Zij sliepen nu uit tot na negen uur, en het hele tempo van het huishouden was met hen vertraagd.

Zo had Helena zich hun tijd in Pandora voorgesteld: dagen werden doorgebracht bij het zwembad of op het strand, onderbroken door de lunch, gevolgd door een siësta voor iedereen.

William had metaforisch zijn jasje uitgetrokken en das afgedaan, hij had tijd met zijn gezin doorgebracht en begon zich te ontspannen. Sinds de nacht dat ze hem over haar verloren baby had verteld waren ze ook nader tot elkaar gekomen, zowel fysiek als mentaal. Helena wist dat ze nooit eerder zo tevreden was geweest of zich zo geliefd had gevoeld als gedurende de afgelopen dagen. Na in eerste instantie een ravage te hebben aangericht, betoverde Pandora al haar bewoners nu.

De lange, hete avonden werden met de hele familie of met extra gasten op het terras doorgebracht. Michel, Chloë's vriend, was een nagenoeg permanente aanwezigheid in het huis. Zowel Helena als William hadden besloten dat het veel beter was om hem te verwelkomen en zo nog enige controle over Chloë te hebben dan ze allebei van zich te vervreemden. Zoals Helena had opgemerkt vormden ouderlijke tegenstand en de aantrekkingskracht van datgene wat verboden was een gevaarlijke combinatie.

En als William worstelde met de gedachte dat zijn dochter het hof werd gemaakt door de zoon van de man die ooit onder soortgelijke omstandigheden een relatie met zijn vrouw had gehad, dan verborg hij dat goed.

Alexis was weer komen eten, dit keer op uitnodiging van William. De aanvankelijke spanning leek te zijn vervlogen en Helena had het idee dat de twee mannen elkaar oprecht mochten, al bleven ze enigszins op hun hoede.

Sadie en Andreas, haar verliefde jonge timmerman, voegden zich ook af en toe 's avonds bij hen. Ook al zei Andreas nagenoeg niets vanwege zijn gebrekkige Engels, ze leken samen uiterst gelukkig te zijn. Zoals Sadie zei, ze communiceerden op de plek die het belangrijkst was.

Zelfs Helena moest toegeven dat 'Adonis', de passende bijnaam die de twee vrouwen hem gekscherend hadden gegeven, ongelooflijk knap was.

'Ik leef met de dag en ik betaal morgen de prijs wel,' had Sadie schouderophalend gezegd toen Helena had gevraagd wat voor toekomst de relatie had. 'Zelfs als ik het wist, dan zou ik het hem toch niet kunnen vertellen.' Ze had gegrinnikt. 'En dat komt me eigenlijk wel goed uit.'

Ze hadden Jules weinig gezien sinds zij met de kinderen Pandora had verlaten om hun tijdelijke intrek te nemen in de villa van Alexis. Maar volgens Viola, die regelmatig langskwam op de fiets die ze op Helena's voorstel had geleend, leek het goed te gaan met haar moeder.

Helena nam zich voor Jules vandaag te bellen. Ze wilde niet dat ze zich in de steek gelaten voelde, al wilde ze zich ook niets op de hals halen wat de huidige vredige sfeer op Pandora zou verpesten.

Nadat ze was bijgekomen van haar inspanning kwam ze overeind en slenterde ze langs de schaduwkant van het terras. Ze bleef regelmatig staan om de bloemen te bewonderen die ze in verweerde stenen potten had geplant die er al in de tijd van Angus hadden gestaan. Hier en daar plukte ze wat verwelkte knoppen en ze duwde haar vingertoppen in de aarde om te controleren of die nog vochtig genoeg was. Alles leek het goed te doen, stelde ze tevreden vast. Roze en witte geraniums, twee keer zo groot als de exemplaren die ze thuis in Hampshire in de tuin had staan, vochten om aandacht naast geurende gardenia's en de schitterende rode hibiscus.

Aan het eind van het terras leunde ze op de balustrade en keek ze uit over de rest van de tuin die afliep naar de olijfgaard. Met de hulp van Anatole, een van Angelina's familieleden uit het dorp, had ze de bloemperken vol gezet met oleander, lavendel en lange grassoorten die het met een beetje geluk jarenlang goed zouden doen in de hitte. Ze nam het uitzicht in zich op. Een vlinder fladderde voorbij, een vleugje geel tegen een azuurblauwe hemel. De stilte werd alleen onderbroken door het zachte achtergrondkoor van krekels.

Helena dwaalde terug naar het huis, de keuken in. Achteraf gezien besefte ze nu dat William gelijk had gehad. Dat de aanloop naar deze vakantie, met al zijn moeilijkheden, ontzettend stressvol was geweest. Al het andere daargelaten, ze had voor haar komst niet geweten hoe ze zich zou voelen als ze Alexis weer zou zien... of wat ze hem zou moeten vertellen over haar verdwijning al die jaren geleden na de zomer die ze met elkaar hadden doorgebracht. Nu moest ze erop vertrouwen dat het oog van de storm verder was getrokken en dat er in elk geval een aantal spinnenwebben waren weggeblazen, maar dat de hoofdstructuur intact was gebleven.

Hoe het met de rest van de rommelige puzzel zat die was samengesteld door zowel het lot als haarzelf... Tja, dat bleef een raadsel.

Ze zou met de dag leven en vandaag was een prachtige dag.

'Goedemorgen, lieverd.' William kwam naar haar toe en drukte een kus op haar blote schouder, terwijl zij de waterkoker vulde. 'Wat staat er voor vandaag op het programma?'

'Niets bijzonders. Ik moet Angelina vragen om de logeerkamer klaar te maken voor Fabio. Hij komt over een paar dagen.'

'Je zult wel blij zijn om hem te zien, maar ik moet zeggen dat het fijn is geweest, zo alleen met ons gezin.' Hij sloeg zijn armen om haar middel en kuste haar hals.

'Ja, dat is zo, maar je hebt gelijk. Ik kan bijna niet wachten. Het is zo lang geleden.' Helena maakte zich van hem los om de kommen voor de ontbijtgranen te pakken. 'Vergeet niet dat je Chloë een paar uur van Michel moet losweken om haar voor haar vertrek mee uit lunchen te nemen. Je kunt maar beter nog een gezellig vader-dochteruitje plannen nu ze er nog is.'

'Ik zal mijn best doen, maar het zal moeilijk worden om haar ervan te overtuigen dat ze moet gaan lunchen met haar antieke vader, als er een alternatief is als de jonge Michel met al zijn charmes.'

'O, en ik wilde je nog vragen of je naar dat laatje in het bureau van Angus kunt kijken waar ik je over heb verteld. Ik wil het slot niet kapotmaken, maar ik wil dolgraag weten wat erin zit.'

'Ik ga vanmorgen met de kinderen zwemmen, daarna zal ik zien wat ik kan doen.'

Helena keek op haar horloge. 'Het is al bijna tien uur! Ik had nooit gedacht dat ik dit zou zeggen, maar kun je Immy en Fred wakker maken? Anders krijgen we ze vanavond nooit voor middernacht in bed.'

William vertrok.

Helena neuriede terwijl ze in de keuken werkte. Ze keek uit het raam en bleef verbaasd staan. Wat raar!

Rupes kwam wiebelend de heuvel af gefietst op Viola's leenfietsje. Hij kwam heel onhandig tot stilstand voor de achterdeur en liep naar het huis toe.

'Kom maar binnen, de deur is open,' riep Helena.

Rupes kwam binnen. Zijn gezicht was knalrood en zijn T-shirt was doorweekt van het zweet.

'Hoi, Rupes. Je ziet er oververhit uit. Wil je een glas water?'

'Ja, graag, Helena. Jezus, wat is het heet! Ik zal blij zijn om weer thuis te zijn. De airco in de villa is kapot en ik kon niet slapen vannacht.'

'Er stond gisteren in de krant dat dit hier de warmste zomer is in honderd jaar.' Helena liep naar de koelkast, schonk een groot glas water voor hem in en gaf dat aan hem. 'Hoe gaat het met je moeder?'

'Oké.' Rupes klokte het water naar binnen in drie slokken. 'Beter dan eerst, in elk geval, maar ze had er ook niet veel erger aan toe kunnen zijn, hè?'

'Nee. Nou, het is goed je te zien.'

'Ja. Ik heb een boodschap. Twee dingen: mam wil jullie allemaal uitnodigen voor een etentje vanavond. Als jullie kunnen.'

'O, dat is lief. Ik wilde haar net bellen om haar dezelfde vraag te stellen. Ik moet even bij Angelina checken of ze kan oppassen, want dat is te laat voor Immy en Fred, maar de rest komt graag.'

'En dan... eh... Is Alex in de buurt?'

'Vast wel. Zal ik hem voor je roepen?'

'Bedankt.'

Helena liep de hal in. 'Alex? Er is iemand voor je, lieverd.'

'Ik kom eraan,' kreunde een slaperige stem.

'Hij is er zo. Ik ben bang dat we allemaal tot vrij laat slapen tegenwoordig,' zei Helena verontschuldigend. 'Hoe gaat het met Viola? Ze is gisteren niet geweest.'

'Goed, hoor. Ze mist pap, en ze heeft ook last van de hitte.'

'Dat is heel begrijpelijk met haar rode haar en lichte huid.' Helena vond het moeilijk om het gesprek op gang te houden en was blij toen Alex verscheen. Ze zag zijn gezicht betrekken toen hij zag wie zijn bezoeker was.

'Hoi, Rupes,' bromde hij.

'Hoi, Alex.'

'Wat kan ik voor je doen?'

'Nou, eh, tja...'

'Zal ik jullie maar even alleen laten?' zei Helena vlug toen ze besefte dat ze hier niet nodig was. 'Tot vanavond, Rupes. Rond acht uur?'

'Ja, is goed.' Rupes schraapte zijn keel toen Helena de keuken had verlaten. 'Nou, je, eh, weet wat er met ons gezin is gebeurd.'

'Ja.'

'Het probleem is dat mijn ouders het zich niet meer kunnen veroorloven om me naar Oundle te sturen, zelfs met mijn sportbeurs. Die dekt maar twintig procent van het lesgeld, snap je.'

'Ik begrijp het,' zei Alex.

'Mam heeft contact opgenomen met de penningmeester, en hij zei dat ze misschien zouden overwegen om me een volledige beurs te geven, naar draagkracht natuurlijk. Ze willen me nog steeds hebben voor de rugby, weet je. Over een paar weken word ik gekeurd voor het nationale team voor spelers van onder de achttien.'

'Dat is dan goed nieuws, toch?'

'Een beetje wel, ja.'

'Dus?'

'Nou... De score van mijn toelatingstoets was niet zo denderend. Eerlijk gezegd had ik daar niet echt mijn best voor gedaan, omdat ik wist dat ze me voor het sporten wilden hebben. Maar om terug te komen op die beurs, ze willen dat ik over een week hun eigen toets maak.'

'O,' zei Alex. 'Juist, ja.'

'Maar als ik niet slaag dan moet ik naar een of andere openbare school.' Rupes liet zijn hoofd hangen.

'Oké, dat begrijp ik. Maar wat heb ik hiermee te maken?'

'Wat denk je?' Rupes zwaaide gefrustreerd met zijn handen. 'We weten allemaal dat jij een brein hebt zo groot als Rusland.'

'Rusland is tegenwoordig veel kleiner dan het geweest is, maar toch bedankt.'

'Alex.' Rupes legde zijn handen plat op tafel. 'Ik moet slagen voor deze toets, maar ik ben slecht in Engels, nog erger in Frans en wiskunde en natuurkunde lukken me net. Ik heb wat extra begeleiding nodig voor de geesteswetenschappen. Zou jij…' Hij schraapte zijn keel. 'Wil jij me helpen om hiervoor te slagen?'

Alex floot. 'Jeetje, Rupes, wil je dat ik je bijles geef?'

'Daar komt het op neer. Mam heeft wat oefentoetsen laten opsturen. Wil jij die met me doornemen?'

Alex steunde met zijn kin op zijn hand en zuchtte. 'Eerlijk gezegd weet ik niet of ik daar de aangewezen persoon voor ben, Rupes. Ik heb nog nooit iemand bijles gegeven.'

'Er is niemand anders. Ik betaal je, als je dat wilt. Ik heb wel wat geld gespaard, ook al hebben mijn ouders dat niet gedaan. Ik doe alles. Je bent mijn enige hoop.'

'Er is geen enkele garantie dat je het haalt. Je zult het uiteindelijk zelf moeten doen.'

'Ik zal keihard mijn best doen. Wat je maar zegt. Alsjeblieft!'

Alex knikte langzaam. 'Oké, maar ik wil geen geld. Alleen excuses omdat je je zo lullig hebt gedragen.'

'Goed dan.' Rupes ademde diep in en kromp ineen toen hij de lucht uitblies. 'Het spijt me.'

'Dat je je zo lullig hebt gedragen,' kauwde Alex hem voor.

'Dat ik me zo lullig heb gedragen,' mompelde Rupes.

'Mooi. Wanneer wil je beginnen?'

'Zo snel mogelijk.'

'Dan beginnen we meteen.' Alex stond op. 'Ik wil dat je vanmiddag een diepgaand opstel schrijft van vijfhonderd woorden over hoe naar jouw mening pesten van scholen kan worden verbannen en hoe pestkoppen gestraft zouden moeten worden. Ik zal er een cijfer voor geven en dan samen met jou je fouten doornemen. Oké?'

Rupes kreeg een rood hoofd, maar hij knikte. 'Oké, afgesproken. Dan kan ik nu maar beter gaan.'

'Tuurlijk. Tot straks, Rupes.'

'Ja, tot straks.'

'Lieverd, het is me eindelijk gelukt die la open te krijgen,' zei William toen hij die avond de slaapkamer in kwam.

'Echt?' Ze keerde zich vol verwachting naar hem om. 'En?'

'Leeg, helaas, al denk ik wel dat we het bureau tegen houtworm moeten laten behandelen. Die kleine ettertjes vreten dat hele ding op.'

'O,' zei ze teleurgesteld. 'Ik hoopte echt dat er een aanwijzing in zou zitten naar wie die mysterieuze geliefde van Angus was.'

'Nou, het is me in elk geval gelukt zonder het slot kapot te maken.' William keek op zijn horloge. 'Klaar om te gaan? Het is bijna acht uur.'

'Jules, je ziet er fantastisch uit! Toch, Helena?' merkte William op.

'Absoluut,' beaamde Helena. Jules was de afgelopen twee weken duidelijk een paar kilo afgevallen en haar strakkere figuur schonk haar een statige elegantie en benadrukte haar slanke, gebruinde benen. Haar normaal saaie bruine haar glinsterde nu door kastanjebruine lokjes die de zon tevoorschijn had getoverd. Haar jukbeenderen waren scherp afgetekend en haar donkere ogen blonken door een pas hervonden zelfvertrouwen.

'Stelletje vleiers,' antwoordde Jules koket, terwijl ze haar gasten naar het enorme terras van de villa bracht. 'Ik heb de laatste tijd gewoon niet veel trek gehad. Het lijkt erop dat een traumatische gebeurtenis het best mogelijke dieet is. En nog gratis ook,' zei ze met een lach. 'Is Chloë er niet?'

'Nee. Zij is weer eens op stap met Michel,' vertelde Helena. 'Ze hebben nog maar een paar avonden samen voor ze naar Frankrijk vertrekt.'

'Michel is een aardige jongen,' zei Jules. 'Hij kwam hier eerder vandaag langs om de airco te maken. Lust er iemand een drankje?'

'Hallo, tante Helena, oom William.' Viola gaf haar peetoom een kus en Helena een knuffel.

'Hallo, lieverd. Hoe gaat het met jou?' vroeg ze.

'Goed, hoor.' Ze knikte enthousiast. 'Raad eens? Ik mag een katje van mama!'

'O?'

'Alleen voor de vakantie, Viola,' corrigeerde Jules haar. 'Alexis zal ervoor zorgen als wij weg zijn.'

'Kom je naar haar kijken?' Viola trok aan Helena's arm. 'Ze ligt op mijn bed te slapen en ze is zó schattig!'

'Graag, lieverd.'

'Ik heb haar Aphro genoemd naar de godin, maar ook omdat ze van dat hele lange kroeshaar heeft,' legde Viola uit, terwijl ze Helena aan de hand meenam naar de villa.

Een paar tellen later verscheen Rupes in de deuropening. Hij gebaarde naar Alex, die knikte en hem naar binnen volgde.

'En, William,' zei Jules, terwijl ze hem een glas wijn gaf. 'Wat vind je ervan?'

Hij liep over de smetteloze crèmekleurige stenen tegels die er duidelijk nog niet heel lang lagen, en bleef toen staan om het landschap in zich op te nemen. 'Het heeft zeker net zo'n mooi uitzicht als Pandora.'

'Alexis heeft het speciaal zo laten bouwen dat het het beste uitzicht op zee heeft.' Jules wees naar de andere kant van de vallei. 'Precies tussen die twee heuvels door. Ik vind het geweldig. Alles is nieuw en fris en comfortabel. Ik zou hier dolgraag langer blijven.'

'Hoe staan de zaken er eigenlijk voor?' vroeg William. 'Ik heb niets meer van Sacha gehoord sinds hij naar Engeland is vertrokken, al heb ik een paar boodschappen bij hem ingesproken.'

'We communiceren via e-mail. Hij heeft me laten weten dat ze hem zes weken de tijd hebben gegeven om alles in te pakken en het huis te verlaten. Ik heb gezegd dat ik hem niet ga helpen. Ik zou dat eerlijk gezegd niet trekken, William. Had hij nu maar eerder het huis ook op mijn naam gezet, dan was het misschien een ander verhaal geweest.'

'Dat is goed mogelijk,' gaf William toe. 'Wat gaat er met al je spullen gebeuren?'

'Ik heb hem gevraagd die ergens op te slaan tot ik heb besloten waar wij met zijn drieën gaan wonen.'

'Heb je al enig idee?'

Jules haalde haar schouders op. 'Daar ben ik nog niet uit. Ik hoop dat het Rupes lukt die Oundle-beurs in de wacht te slepen, als hij die toets tenminste haalt. En als ik inderdaad terugga naar Engeland, dan zal ik waarschijnlijk in de buurt van zijn school iets huren. Viola zou daar dan tijdelijk naar een basisschool moeten gaan.'

'Dat klinkt allemaal heel verstandig.'

'Nou, ergens wil ik Engeland nooit meer terugzien, maar dat kun je je wel voorstellen. Ik vind het hier geweldig, maar ik zal natuurlijk weer aan de slag moeten gaan.'

'Wat ga je dan doen?'

'Ik was een vrij goede makelaar voor ik fulltime voor Rupes ben gaan zorgen, weet je nog? Ik weet zeker dat ik iemand kan vinden die me gezien mijn ervaring wel wil aannemen.'

'Ik ben blij dat je de draad weer oppikt, Jules,' zei William. 'Het is allemaal niet makkelijk voor je geweest.'

'Ik heb niet veel keus. Het is zwemmen of verzuipen. Alexis is geweldig geweest. Hij is in alle opzichten de tegenpool van Sacha. Hij heeft echt voor me gezorgd sinds ik hier ben komen wonen en niets is hem te veel. Hij eet ook mee, maar hij moest vandaag naar Limassol, dus hij zei dat hij wat later zou zijn.'

'Mama, tante Helena is dol op het katje,' vertelde Viola, toen ze samen met Helena door de openslaande deuren naar buiten kwam.

'Wie zou er niet gek op zijn? Ze is schattig.' Jules glimlachte naar haar dochter. 'Zo, zullen we gaan eten?'

William, Helena en Alex vertrokken vlak voor middernacht en reden naar huis.

'Zin in een cognacje op het terras?' vroeg William, toen Alex welterusten had gezegd en naar bed was gegaan.

'Nee, dank je, maar ik hou je wel gezelschap als je dat wil.' Helena ging onder de pergola zitten.

William verdween naar binnen om de fles te halen.

'Weer een heldere nacht,' merkte ze op toen hij terugkeerde en naast haar kwam zitten.

'Ja, die sterren zijn echt spectaculair.'

'Jules was vanavond anders. Ze kwam op de een of andere manier... zachter over.'

'Ik weet wat je bedoelt. Ironisch, op het moment dat ze alle reden heeft om verbitterd te zijn verdwijnt dat scherpe randje en ziet ze er gelukkiger en meer ontspannen uit dan ooit. Heb jij gezien wat ik vanavond zag?'

'Heb je het over Jules en Alexis?'

'Ja. Ze leken heel erg op hun gemak te zijn bij elkaar. Ik kan niet namens Alexis spreken, maar ik denk dat zij echt voor hem is gevallen.'

'Wie zal het zeggen? Ze kunnen allebei wel wat liefde en gezelschap gebruiken, dat staat vast.'

'Een paar weken geleden zou ik dat niet eens hebben gedacht, maar vanavond wel,' zei William peinzend. 'Ook al is het maar een korte affaire, ik denk niet dat het ze kwaad zou doen.'

'Alexis zou nooit iemand kwetsen, daar is hij het type niet voor. Het zal interessant zijn om te zien wat er gebeurt.'

'En als het wel meer wordt, hoe zou jij dat dan vinden?'

Helena pakte Williams hand stevig vast. 'Dat zou ik prima vinden, echt waar.'

DAGBOEK VAN ALEX

9 AUGUSTUS 2006

Ik begrijp nu waarom de mensen die de touwtjes in handen hebben zulke controlefreaks worden en doordraaien.

Henry VIII, die God dumpte en besloot dat hij die baan zelf wel kon vervullen.

Stalin, Hitler, Mao, die de verpersoonlijkingen van de duivel waren.

Bush, die wil dat zíjn God iedereen de baas is.

En Blair, die gehoorzame pup, die dankzij de Amerikanen gaandeweg zijn haar en zijn goede bedoelingen is verloren.

Vanavond, toen ik het opstel van Rupes las – wat op z'n zachtst gezegd verschrikkelijk was en hij zou er nog niet eens een kleuterschool mee binnenkomen, laat staan een van de beste Britse kostscholen – werd ik me opeens van een kleine mate van dat gevoel bewust. Terwijl hij me aankeek, wanhopig op zoek naar een positieve reactie, wist ik dat ik hem kon maken of breken.

Het was pure magie! Een paar tellen lang, in elk geval.

Toen kreeg ik medelijden met hem. Mijn goede hart zal voorkomen dat ik ooit een positie van echte autoriteit zal bekleden, want ik kan er niet tegen iemand te zien lijden. Een nogal meisjesachtige eigenschap, dat weet ik, maar zo ben ik geboren: om de andere kant van het verhaal te zien.

Als ik rechter was geweest bij de eerste rechtszaak tegen Saddam Hoessein dan weet ik wel wat er was gebeurd: ook al veracht ik die door en door slechte rotzak vanwege alle ellende die hij zoveel mensen heeft bezorgd, ik had hem dan voor me zien zitten als een zielige, gestoorde, gebroken oude man.

Hij had alleen maar iets hoeven zeggen in de trant van 'mijn moeder hield niet van me' en dan had ik hem misschien naar een comfortabele gevangeniscel gestuurd waar hij de rest van zijn leven therapie had ondergaan en herhalingen van *Friends* had kunnen kijken.

Ik vraag me dan toch wel af of het mijn lot is om liberaal-democratisch te stemmen.

Dus zelfs Rupes, mijn gezworen vijand, die meer ellende voor me heeft veroorzaakt dan Chinese watermarteling en muggenbeten bij elkaar, heeft me vandaag geraakt. Ik heb zijn kwetsbaarheid gezien.

Hij is een achterlijke, onnozele bruut, maar hij kan zijn toekomst wel vergeten als ik hem niet help. En dat doe ik natuurlijk wel.

Hij moet echt *tout de suite* leren spellen. Hij moet van mij het woordenboek bestuderen. Ik heb ook een lijst opgesteld van indrukwekkend klinkende bijvoeglijke naamwoorden die hij van buiten moet leren en die ad hoc kunnen worden ingezet om een opstel op te leuken.

Zijn Frans is afgrijselijk. Vanavond zijn we op het *un, deux, trois*-niveau, en ik denk dat ik de hulp van een expert zal moeten inschakelen willen we het een beetje kunnen redden. Ik zal het ultieme offer brengen en Chloë morgen vragen om met de Franse lessen te helpen, aangezien zij de taal vloeiend spreekt... Tenminste, als ze belooft om een sluier te dragen terwijl ze met hem aan zijn werkwoorden werkt, zodat hij zijn hoofd bij zijn werk kan houden.

Rupes, ouwe jongen, jij bent voor mij de ultieme uitdaging.

En hoe graag ik ook op een dag langs je heen wil lopen terwijl jij in de goot ligt, met alleen een hondsdolle, schurftige hond als gezelschap, ik weet dat ik niet aan jouw ondergang kan meewerken.

Ik heb ook zo het idee dat 'privéleraar' goed op mijn toekomstige cv zal staan.

Uiteindelijk lig ik lekker en probeer ik in slaap te komen. Rupes komt morgen om elf uur voor zijn bijles en ik denk na over hoe ik die lessen ga opzetten. Opeens ben ik dankbaar voor mijn nog altijd onbekende genenpoel die me een brein heeft geschonken dat vrijwel moeiteloos lijkt te functioneren.

Dat brengt me trouwens bij een ander onderwerp, dat van mijn eigen achtergrond. Hoewel ik de afgelopen weken heb genoten van het stressvrije bestaan, ben ik niet de vraag vergeten waar ik me had voorgenomen een antwoord op te krijgen alvorens Pandora te verlaten.

Pas maar op, moederlief, je gaat niet vrijuit. Ik ga die vraag stellen.

20

'Morgen, pap.' Chloë kwam slaperig de keuken binnen gesloft en gaf haar vader een kus op zijn wang. 'Was het leuk gisteravond?'

'Verrassend genoeg was het zelfs heel gezellig. Jules was in een heel goede bui.'

'Cool.' Chloë liep naar de koelkast, viste er een pak sinaasappelsap uit en nam een slok uit het pak.

'Eigenlijk wilde ik nog met je praten, Chloë.'

Ze draaide zich opeens snel om, helemaal wakker. 'En ik wil met jou praten.'

'Goed zo. Laten we dan maar samen gaan lunchen.'

'Alleen jij en ik?'

'Waarom niet? Je vertrekt al over een paar dagen en ik heb je voor mijn gevoel de laatste tijd nauwelijks gezien.'

'Ja, daar wilde ik het dus met je over hebben.'

'Waarover?'

'Over dat ik...'

'Lo, Chloë. Waar is Miesjl?' Fred kwam de keuken in gerend en greep aanhankelijk een van haar benen vast. 'Hij neemt een echt geweer mee. Daar schiet hij ratten mee.' Fred schoot door de keuken heen, doodde denkbeeldig ongedierte met een denkbeeldig wapen en schreeuwde keihard: 'BENG!'

'Hij komt later, moppie,' zei Chloë boven het kabaal uit.

'Zullen we rond twaalf uur even rustig gaan lunchen?' stelde William voor.

'Oké, maar ik moet voor drie uur terug zijn. Michel neemt me vanmiddag mee naar Adonis Falls.'

'Ik zorg dat je op tijd komt.' William greep een kronkelende Fred beet en zette hem op een stoel aan tafel. 'Zo, jongeman, jij gaat lekker ontbijten.'

William nam Chloë mee naar het restaurant vlak buiten Peyia waar hij met Helena had gegeten. Hij wilde niet gestoord worden door de piepkleine bevolking van Kathikas, van wie Chloë inmiddels de meeste mensen kende.

'Zo, wat wilde je me vragen?' William had een biertje voor zich staan, Chloë een colaatje.

'Of je aan mam wil vragen of ik hier de rest van de zomer mag blijven.'

'Aha. Dat is nogal wat.'

'Ik wil helemaal niet naar Frankrijk gaan. Mam is bij die vreselijke Andy, er is daar helemaal niets te doen en ik ken er niemand. Ik blijf véél liever hier bij jullie.'

'Lieverd, je bent er al bijna een maand. Denk je niet dat je moeder je graag zal willen zien?'

'De eerste paar uur wel, maar daarna negeert ze me en dan zit ik alleen maar in de weg in haar liefdesnestje. Andy mag me niet en hij is trouwens een echte engerd. Je zou de pest aan hem hebben. Mam heeft echt onwijs slechte smaak wat mannen betreft.'

'Bedankt!' William grinnikte.

'Ik had het niet over jou, pap, dat weet je.' Ze haalde nonchalant haar schouders op. 'Maar wil je het er met haar over hebben?'

'Eerlijk gezegd heb ik nooit goed met je moeder kunnen praten. De kans is groot dat ze ophangt zodra ze mijn stem hoort.'

'Papa, probeer het alsjeblieft, voor mij,' smeekte ze. 'Ik wil echt niet gaan.'

William zuchtte. 'Luister, lieverd, ik heb dit al talloze keren meegemaakt met je moeder. Ze zal me alleen maar beschuldigen van emotionele chantage en denken dat ik haar een hak probeer te zetten omdat je wilt blijven. Het spijt me, Chloë, maar zo is het nu eenmaal.'

'Je hoeft je niet te verontschuldigen. Ik weet hoe moeilijk ze is. Ik bedoel, ik hou van haar, ze blijft mijn moeder, maar ik kijk er niet van op dat je van haar bent gescheiden. Dat had ik waarschijnlijk ook gedaan, gezien de manier waarop ze met haar vriendjes omgaat. Ze moet de godganse dag het stralende middelpunt zijn.'

William hield even wijselijk zijn mond. 'Het enige wat ik kan zeggen is dat ik mijn best heb gedaan, lieverd. En ik vind het zo erg dat het niet genoeg was.'

'Ik weet ook dat ze het heel moeilijk voor je heeft gemaakt om mij te zien nadat je met Helena bent getrouwd.'

'Dat was niet omdat ik het niet heb geprobeerd, dat is zeker. Je moet weten dat ik altijd aan je heb gedacht.'

'O, ik had haar wel door toen ik een verjaardagskaart die je me had gestuurd versnipperd in de prullenbak vond. Toen wist ik dat je nog steeds van me hield en dat je me niet was vergeten. Maar ik moest het spelletje van mam meespelen. We weten allebei hoe wispelturig ze is, en ze is zó jaloers op Helena. Ze is een keer helemaal uit haar dak gegaan omdat ik zei dat ik haar heel aardig vond. Het is oké, pap, echt.' Chloë gaf hem een geruststellend klopje op zijn hand.

'Nou, ik vind het niet "oké", Chloé.' William zuchtte. 'Ik heb altijd gehoopt dat je niet bij onze problemen betrokken zou raken en niet als emotioneel chantagemiddel zou worden gebruikt, maar het is helaas anders gelopen.'

'Nou, het kan me niet schelen wat er tussen jullie is gebeurd. Je bent mijn vader en ik hou toch wel van je.'

'Ik bof maar met zo'n verstandige en prachtige dochter.' William schoot vol. 'Ik heb je zo erg gemist dat het pijn deed. Ik heb zelfs een paar keer overwogen om je te ontvoeren.'

'Echt? Gaaf!' Chloë grinnikte. 'Maar goed, papa, dat is nu allemaal voorbij. Ik word binnenkort vijftien en ik ben oud genoeg om mijn eigen beslissingen te nemen. Een daarvan is dat ik in de toekomst jou en mijn familie veel vaker wil zien, of zij dat nu leuk vindt of niet.'

'We weten allebei dat ze dat helemaal niets zal vinden.'

'Ja, nou, daar heeft ze niets over te zeggen. En als ze moeilijk doet, dan ga ik gewoon dreigen dat ik bij jullie ga wonen. Dat zou er een eind aan moeten maken,' zei Chloë met een grijns. 'Trouwens, als ze met Andy de klootzak gaat trouwen...'

'Chloë!'

'Sorry, maar dat is hij nu eenmaal. Als ze dat doet, dan wil ik toch niet meer vaak daar zijn. Dus zouden we haar misschien allebei kunnen vragen of ik hier kan blijven in plaats van naar Frankrijk te gaan?' drong ze aan, terugkomend op het oorspronkelijke onderwerp.

'Het is geweldig dat je het zo naar je zin hebt gehad bij ons, Chloë, maar laten we wel wezen. Ik denk niet dat je voor ons op Cyprus wilt blijven, toch?'

'O, papa, dat moet je niet zeggen.' Ze keek beledigd. 'Ik heb het hartstikke naar mijn zin gehad met jullie allemaal. Ik ben dol op de ukkies, Alex is superlief en Helena is zo aardig geweest en... Nou, we zijn net een echt gezin. Eerlijk gezegd had ik er van tevoren helemaal geen zin in. Ik dacht dat het onwijs saai zou zijn, maar het zijn de beste weken van mijn leven geweest.'

'En dat je Michel hebt leren kennen heeft ook geholpen.'

'Ja, natuurlijk,' gaf ze toe.

'Hij is een aardige knul, maar je zult er in de toekomst nog veel meer ontmoeten.'

'Niemand zoals hij.' Chloë schudde opstandig haar hoofd. 'Ik hou van hem.'

William volgde het advies van Helena op en liet zich niet op de kast jagen. 'Ja, dat geloof ik,' reageerde hij zwakjes toen hun mezze arriveerden. 'Laten we maar gaan eten.'

'Moet ik met Cecile praten of niet?' William zat op het voeteneinde van Helena's ligbed. Na hun thuiskomst was Chloë in een stofwolk achter op Michels brommer verdwenen.

'Dat is lastig. Als je het haar vraagt, dan zegt ze vast nee om jou een hak te zetten.'

'Precies.'

'Maar als je niet met haar praat, dan zal Chloë het gevoel krijgen dat je haar niet steunt. Wat dacht je van een soort compromis?'

'Zoals wat?'

'Nou, wat nu als je Cecile belt en heel subtiel voorstelt dat Chloë aan het eind van de vakantie in Frankrijk nog een paar dagen hier terugkomt? Dan krijgt Cecile haar zoals gepland te zien, maar zitten zij en haar vriend wel opgescheept met een meisje dat zich verveelt en naar Michel verlangt. Ik weet zeker dat Cecile haar tegen die tijd maar al te graag weer terugstuurt.'

'Dat is briljant, lieverd!' Hij zoende haar op beide wangen. 'Bedankt. Ik zal het Chloë vertellen.'

'Het is misschien niet precies wat ze wil horen, maar het is waarschijnlijk de beste oplossing voor iedereen.'

'Weet je, Chloë is echt een geweldige meid. Heel logisch en nuchter. Ze lijkt in elk geval haar moeder door te hebben en dat is mij nooit gelukt.' William zuchtte.

'Ze is zeker volwassener geworden tijdens deze vakantie.'

'Daar heb ik het liever niet over, als je het niet erg vindt,' mopperde William.

'Zo bedoelde ik het niet.' Helena ging rechtop zitten en sloeg haar armen om haar knieën. 'We hebben een goed gesprek gehad en ze weet waar ze mee bezig is, dus maak je geen zorgen.'

'Mam, telefoon!' riep Alex vanaf het terras.
'Ik kom eraan, lieverd.'

Een half uur later zat Helena tegenover Sadie in het restaurantje in het dorp. Ze had het ergste verwacht toen ze haar sos-telefoontje ontving; het einde van weer een prachtige relatie, een Sadie die was ingestort. Maar Sadie kwam allesbehalve getraumatiseerd over. Haar ogen sprankelden en ze straalde.

'Nou, waar is de brand?' vroeg Helena verward.

'Ik heb nieuws, liefie.'

'Dat had ik al door. Goed of slecht?'

'Dat hangt ervan af hoe je ernaar kijkt, denk ik. Misschien een beetje van beide.'

'Kom op, vertel.'

'Oké, oké, rustig maar. Een momentje...' Sadie rommelde in haar grote handtas, haalde daar een wit plastic staafje uit en gaf dat aan Helena. 'Kijk daar eens naar. Wat denk jij?'

'Dat is een zwangerschapstest.'

'Dat weet ik ook wel. Kijk er eens naar.'

'Ik kijk al. Daar staan twee roze streepjes, wat betekent... O, mijn god! Sadie!'

'Ik weet het!' Sadie sloeg haar handen in elkaar. 'Dat betekent dat ik het ben, toch? Jij hebt hier veel meer ervaring mee dan ik.'

Helena bestudeerde het staafje. 'Nou, ze zijn allemaal anders, maar er staat toch echt een streepje in dat andere vakje.'

'Dus dan ben ik het. Zwanger, bedoel ik.'

'Volgens dit ding wel, ja. Wauw.' Helena keek haar vriendin aan en probeerde haar gemoedstoestand in te schatten. 'Ben je er blij mee?'

'I-Ik weet het niet. Ik bedoel, ik weet het pas een paar uur. Het moet die eerste nacht zijn gebeurd dat we met elkaar naar bed zijn geweest, na dat apocalyptische feest bij de wijngaard. We waren allebei behoorlijk dronken en zijn niet voorzichtig geweest, als je begrijpt wat ik bedoel. Ik kan het gewoon niet geloven. Ik had eerlijk gezegd de hoop opgegeven dat het ooit nog zou gebeuren. Ik ben al negenendertig. Maar nu is het wél gebeurd.' Opeens sprongen de tranen in haar ogen. 'Ik ga een kindje krijgen, Helena. Ik word moeder.'

Helena dacht terug aan de tijd toen ze samen meisjes waren geweest die droomden over hun prins op het witte paard die ze zouden ontmoeten, over de mooie huizen waar ze in zouden wonen en de kinderen die ze zouden krijgen. Ze had Sadie de afgelopen jaren vaak horen zeggen hoe jammer ze het vond dat dat laatste nooit was gebeurd voor haar. Maar dat het er nú toch nog van kwam, vooral gezien Sadies huidige situatie… dat was andere koek.

'En hoe zit het met Andreas? Wat vindt hij ervan?'

Sadie viel even stil. 'Dat weet ik niet. Ik heb het hem nog niet verteld.'

'Aha.'

'Het is zelfs zo…' Sadie ademde diep in. 'Ik ben er nog niet uit of ik het hem überhaupt ga vertellen.'

'Ik denk dat hij dat over een paar maanden zelf ook wel doorkrijgt, denk je niet?'

'Niet als ik weer in Engeland ben.' Sadie streek met haar vingertoppen over de rand van haar glas.

'Hebben jullie ruzie gehad?'

'Hemel, nee. Het is eigenlijk vrij lastig om te ruziën in twee verschillende talen. Het gaat goed tussen ons.'

'Wat is dan het probleem?'

'Is dat niet duidelijk? Hij is timmerman in een piepklein Cypriotisch dorpje, spreekt nauwelijks een woord Engels en is veertien jaar jonger dan ik. Ik moet hier wel een beetje realistisch in zijn. Denk jij echt dat wij samen een toekomst hebben met een gelukkig gezinnetje?'

'Hou je van hem?'

'Nee.'

'Dat klinkt behoorlijk resoluut.' Helena schrok een beetje van Sadies eerlijke antwoord.

'Ik ben heel erg op Andreas gesteld, echt waar. Hij is zo'n lieve jongeman. En fysiek is het beter dan het ooit voor me is geweest.'

'Dat wil wat zeggen voor jou.'

'Het punt is dat hij een heerlijke zomerliefde is geweest. Je weet dat ik echt in zak en as zat toen ik hier kwam en Andreas is ontzettend goed voor mijn ego geweest, maar ik heb altijd geweten dat ik terugga naar Engeland. Volgende week gaat er op het werk een groot project van start. Mijn affaire zal een mooi souvenir zijn dat ik mee naar huis kan nemen.'

'Lieverd, als je het kind laat komen, dan heb je straks voor de rest van je leven een souvenir. Ik ben eerlijk gezegd een beetje geschokt. Ik weet echt niet wat ik moet zeggen.'

'Nou, ik wel. Het komt erop neer dat ik heb besloten dit kind te houden. Dit is waarschijnlijk mijn enige kans om er een te krijgen en ik weet dat ik er later spijt van zal hebben als ik het zou laten weghalen.'

'Ja,' zei Helena nadrukkelijk, 'dat is heel goed mogelijk.'

'Het echte dilemma is of ik Andreas voor mijn vertrek vertel dat ik zwanger ben. Dit is toch niet illegaal? Hij kan me er toch niet van beschuldigen dat ik zijn sperma heb gestolen of zo?'

'Dat zou ik niet weten, Sadie. Maar als hij het te weten komt, zal hij wel toegang tot het kind kunnen eisen.' Helena nam een slokje van haar bittere koffie. 'Luister, ik wil niet vervelend zijn of je betuttelen, maar zoals je weet heb ik dit zelf meegemaakt.'

'Wat?'

'Single zijn en zwanger. En het is moeilijk, op zoveel verschillende vlakken.'

'Ik weet niet hoe het voor jou was, Helena. Je hebt me nooit veel verteld over je tijd in Wenen toen Alex een baby was. Maar hoe moeilijk kan het zijn? Ik ben financieel onafhankelijk, ik heb een eigen huis en ik ben freelancer. Ik huur gewoon een nanny, zo simpel is het.'

Helena ademde diep in. Sadie liet het klinken alsof een kind krijgen maar een klein ongemak was dat kon worden opgelost door extra personeel in te huren. De ergernis die ze voelde werd veroorzaakt door de herinneringen aan de moeilijke periode die ze zelf had meegemaakt toen ze overal alleen voor had gestaan. 'Sadie, het gaat niet alleen om de praktische zaken, maar ook om alle emoties. Je zult zonder enige steun de zwangerschap en de geboorte meemaken. En dan, elke keer als de baby midden in de nacht huilt of als hij ziek is, zul jij als enige verantwoordelijk voor hem zijn, misschien wel voor altijd.'

'Ja, dat is zo. Maar, Helena, ik ben zwanger! Wat er ook gebeurt, ik red me wel. Echt.'

'Dat geloof ik. Ik ben een preek aan het afsteken. Sorry. Het is geweldig dat je er zo blij mee bent, echt waar. Het enige wat ik wil zeggen is dat je hier goed over moet nadenken voor je Andreas helemaal buitenspel zet. Ik vind trouwens dat hij moreel gezien het recht heeft om het te weten.'

'Misschien. Ik ga terug naar Engeland, dan is er meteen wat afstand tussen ons. Daar zal ik de knoop doorhakken of ik het hem al dan niet vertel. Maar mijn leven doorbrengen met iemand alleen omdat ik zwanger van hem ben is iets uit de middeleeuwen. Dat is voor geen van beide partijen goed. Ik kan dit alleen aan. Dat weet ik zeker.'

'Nou, ik wens je veel succes.' Helena plakte een glimlach op haar gezicht. 'Je weet dat ik je waar mogelijk zal steunen. Wanneer ga je naar huis?'

'Zo snel mogelijk, gezien de omstandigheden. Misschien dat ik William vraag om me morgen een lift naar het vliegveld te geven, als het me lukt dan een vlucht te boeken.'

'Andreas zal er kapot van zijn.'

Sadie keek Helena verrast aan. 'Serieus?'

'Ja!'

'Onzin! Zijn trots zal waarschijnlijk een tijdelijke deuk oplopen, maar zodra de volgende mooie en vast veel jongere vrouw opduikt, is hij me zo vergeten.'

'Daar zou ik niet op rekenen. Afgaand op wat ik heb gezien is hij helemaal gek op je.'

'Denk je dat écht?' Er was paniek van Sadies gezicht af te lezen. 'O, mijn god, je denkt toch niet dat hij zoiets gestoords zou doen als mij naar Engeland volgen?'

'Misschien. Wie zal het zeggen?'

'Godsamme, dat heb ik weer, hoor. Het lijkt mijn lot te zijn om verliefd te worden op mannen die me niet willen hebben! En als ze me wel willen, dan wil ik hen niet! Sorry, ik moet naar de wc. Ik ben hartstikke misselijk.' Sadie zag groen. 'Ik ben zo terug.' Ze rende naar het damestoilet.

Helena vroeg zich af waarom ze zich ietwat gedeprimeerd voelde. Sadie was er overduidelijk blij mee. Toen besefte ze wat het was: Sadie gedroeg zich als een man.

DAGBOEK VAN ALEX

11 AUGUSTUS 2006

De zakdoekpolitie heeft vandaag overuren gedraaid, hier op Pandora.

Sadie arriveerde met haar koffer. De kraan ging open toen ze afscheid nam van mam en met pap naar het vliegveld vertrok. Daar kan ik alleen maar uit opmaken dat het gereedschap van de houthakker niet langer in trek is en dat Sadie op weg is naar een nieuwe toekomst in Londen. Mam begon ook te sniffelen toen ze Sadie uitzwaaide. Ik vroeg haar waarom ze huilde, maar toen deed ze wat ze altijd doet en zei 'er is niets aan de hand', ook al stroomden de tranen over haar wangen en was er duidelijk wel iets aan de hand.

Chloë heeft de afgelopen paar uur letterlijk snikkend door het huis gedwaald. Ze is ontroostbaar omdat ze morgen naar haar moeder in Frankrijk moet vliegen en hier niet langer mag blijven. Ze hoopt voor het eind van de zomer nog terug te komen, al lijkt die gedachte haar niet veel troost te bieden. Eerlijk gezegd denk ik ook niet dat dat gaat gebeuren, gezien de logistiek en hoe haar moeder is.

'Michelle' is gekomen om afscheid te nemen, en ze hebben zich in haar slaapkamer opgesloten. Er verzamelt zich op het moment een kleine plas water voor haar deur.

Ik heb daar zelf in gestaan en mijn eigen kleine bijdrage geleverd vanwege de situatie. Ik zal Chloë ontzettend missen.

Immy heeft haar teen gestoten toen ze uit het zwembad kwam en die bloedde. Voeg daar het gebrek aan Barbie-pleisters aan toe en de traanbuisexplosie was onvermijdelijk.

En Fred, die zich volgens mij een beetje buitengesloten voelde, besloot een van zijn enorme, overdreven driftbuien te krijgen. Niemand weet helemaal zeker waar die door werd veroorzaakt, maar we denken dat het iets te maken had met een stukje chocolade. Hij is voor straf naar bed gestuurd en is boven nog steeds aan het gillen.

Ja, het is hier echt genieten.

Ik zit op het moment in mijn eentje op het terras. Mam neemt boven een bad en ik denk dat pap – die weer terug is van het vliegveld – bij haar is. Ik ben het Franse opstel van Rupes aan het nakijken en corrigeer zijn vreselijk slechte grammatica, nadat ik had besloten dat dit niet het moment was om Chloë te vragen vanavond zijn lerares te zijn. Daarom werk ik zelf maar langer door en probeer ik niet aan haar naderende vertrek te denken.

Ik leg mijn pen op tafel en staar omhoog naar de sterren. We zijn hier zeker nog twee hele weken, dus waarom voelt het alsof dit het eind van de vakantie is, terwijl dat helemaal niet zo is?

'Hoi, Alex.'

Ik draai me geschrokken om en zie mam staan.

Ze is zo stil als een spook achter me verschenen in haar witte kaftangeval.

'Hoi, mam.'

'Is het goed als ik bij je kom zitten?'

'Tuurlijk.'

Ze buigt zich over me heen. 'Wat ben je aan het doen?'

'Ik help Rupes een beetje met zijn voorbereiding. Hij moet een toelatingstoets maken om zijn beurs te krijgen.'

Ze gaat zitten. 'Dat is heel erg lief van je.'

'Is Fred al klaar met huilen? Ik hoor hem niet meer,' zeg ik in een poging het gesprek neutraal te houden. Ik heb het gevoel dat ze zich druk maakt over iets.

'Ja. Hij heeft het uiteindelijk opgegeven en is in slaap gevallen. Mijn hemel, wat kan dat kind krijsen.' Ze zucht. 'Is alles in orde met jou, lieverd?'

'Die vraag zou ik aan jou moeten stellen.'

'Ik was alleen maar van streek omdat Sadie vertrok, meer niet.'

'Maar je ziet haar toch weer in Engeland?'

'Ja. Ik denk dat het ook kwam omdat het voelde alsof de vakantie op zijn eind loopt.'

'Dat dacht ik net ook, maar dat is niet zo.'

'Nee.' Ze kijkt me aan. 'Weet je het zeker dat het goed met je gaat?'

'Jep. Al zal ik Chloë wel missen, hoor.'

'Je bent erg op haar gesteld, hè?'

Ik knik, pak mijn pen op en doe alsof ik verderga met het opstel van Rupes.

'Fabio, mijn oude danspartner, komt morgen logeren,' vertelt ze opeens. 'Ik moet hem rond de lunch oppikken van het vliegveld in Paphos. Hij is echt een leuke man… Of dat was hij in elk geval elf jaar geleden. Je kunt je hem vast niet herinneren. Je was pas twee toen hij je voor het laatst heeft gezien.'

Ik graaf in de mentale grijze waas van gezichten en beelden. 'Nee.'

'Hij heeft je Kaa gegeven, je konijn.' Ze glimlacht bij de herinnering.

Ik slik geschrokken. 'Is dat zo?'

'Ja. Hij kwam na jouw geboorte op bezoek in het ziekenhuis en heeft het konijn naast je in je ledikantje gelegd.'

'Maar… ik dacht…'

'Ma-maaa! Je móét komen!'

'Kom maar hiernaartoe, Immy. Ik zit op het terras bij Alex.'

'Dat kan niet. Mijn teen bloedt weer. HELP!'

Mam staat op.

'Mam!' protesteer ik.

'Sorry, Alex, ik ben zo terug.'

Die verrekte Immy! Ik kan dit moment niet zomaar voorbij laten gaan. Ik pak haar arm vast als ze langs me heen loopt. 'Ik dacht dat ik die van mijn va…'

'MA-MAAA!'

'Ben zo terug, lieverd.'

En ze is weg, naar binnen. Ik weet heel goed dat ze de komende tijd niet meer terugkomt. Haar 'ben zo terug' betekent medeleven, meer pleisters, een glas melk en waarschijnlijk een verhaaltje. Immy kennende wordt dat het verzamelde werk van Hans Christian Andersen, deel een tot en met zestig. Verdomme! Shit! Godver!

Ik geef Rupes een vinkje en daarna uit pure frustratie tien kruisjes. Het was me bijna gelukt. Ik weet bijna wel zeker dat ze me ooit heeft verteld dat ik het konijn van mijn vader heb gekregen. Dat is ook de reden dat ik bijna ben gestorven om zijn kale kont te redden.

Dus als ik gelijk heb, keert het ontbrekende deel van mijn persoonlijke puzzel over een paar uur terug in mijn leven: Fabio. Het is een geaffecteerde naam, maar hij heet in elk geval niet Archibald of Bert.

Er hangt thuis een foto aan de wand waarop hij met mam danst in een of ander balletstuk. Ze heeft een been om zijn rug geslagen en een knie tegen zijn kruis. Het is zeker intiem, hoewel hij meer make-up draagt dan zij, dus het is wat lastig om zijn gelaatstrekken duidelijk te zien. Niet dat ik ooit zo goed naar die foto heb gekeken.

Het spreekt natuurlijk voor zich dat ik morgen op elk detail zal letten.

Maar de vraag blijft: als Fabio mijn vader is, waarom heeft ze me dat dan nooit verteld?

21

Helena stond de volgende ochtend al om half zes op, op van de zenuwen en de spanning. Fabio had de vorige avond laat gebeld met de mededeling dat hij rond lunchtijd vanuit Milaan op Paphos zou arriveren. Ze zou hem daar ophalen. Weer had ze nauwelijks geslapen. Waarom was ze er in hemelsnaam akkoord mee gegaan dat hij naar Pandora zou komen?

Dat het contact jaren geleden was verwaterd had aan haar gelegen. Ze had hem kunnen opsporen via het New York City Ballet, maar dat had ze niet gedaan. Omdat dat gewoon te gevaarlijk was. Ze had haar verleden achter zich willen laten toen ze uit Wenen was vertrokken en daar had Fabio jammer genoeg bij gehoord, omdat hij te veel wist. Maar nu kwam hij dan en Helena werd heen en weer geslingerd tussen pure angst en blijdschap.

Ze besloot dat ze hem eerst mee uit lunchen zou moeten nemen. Ze had hem zoveel te vertellen, feiten waar hij van op de hoogte moest zijn voor hij haar gezin zou ontmoeten. Als hij zijn mond ook maar één keer voorbij praatte… Ze huiverde. De mogelijke gevolgen waren te erg om over na te denken.

Ja, het was een risico, maar de waarheid was dat ze hem wanhopig graag wilde zien: de enige die voor haar klaar had gestaan en haar had gesteund toen ze dat zo ontzettend nodig had gehad. Ze wist dat het hem moeite zou kosten om te geloven wat er was gebeurd sinds ze elkaar uit het oog waren verloren. Het kostte haar zelfs moeite om het te geloven.

Ze liep naar beneden en hoorde de achterdeur dichtgaan en daarna het knarsen van grind. Toen ze de keuken binnenkwam, zag ze tot haar verrassing Chloë stilletjes op een stoel zitten huilen. Ze keek uit het raam en zag Michel de heuvel op rennen. Met een zucht zette ze de waterkoker aan. 'Thee?'

'Ga je het aan papa vertellen, Helena?' Chloë keek haar gespannen aan.

'Dat Michel vannacht hier is gebleven? Nou, wat mij betreft heb ik hem niet gezien.' Helena pakte twee mokken uit de vaatwasser.

'Jezus, bedankt, Helena. Ik... We hadden dit nog nooit zo gedaan, maar het was onze laatste nacht samen, dus Michel deed gisteravond alsof hij wegging. Hij heeft zijn brommer op de heuvel in de wijngaard geparkeerd en is teruggekomen toen...'

'Ik wil het echt liever niet weten, Chloë.'

'O, Helena, hij is weg. Hij is weg, en ik weet niet wanneer ik hem weer zal zien.' Chloë wrong wanhopig met haar handen. 'Hoe kan ik nu zonder hem leven? Ik hou van hem. Zo ontzettend veel.'

Helena zette de mokken op het aanrecht, sloeg haar armen om Chloë heen en aaide over haar lange, zijdezachte haar. Het meisje snikte tegen haar borst.

'Ik wil niet naar Frankrijk gaan. Ik wil niet terug naar Engeland gaan. Ik wil hier bij Michel blijven,' huilde ze. 'Dwing me alsjeblieft niet om te gaan!'

'Ik weet het, lieverd. Je eerste liefde is altijd het ergst.'

'Nee, het is geweldig en dit is voor altijd. Dat weet ik zeker!'

'Tja, als dat zo is, dan kun je op een heel mensenleven toch wel een paar dagen zonder elkaar?' Helena trok een stoel naar achteren zodat ze naast Chloë kon gaan zitten.

'Maar hoe moet dat dan ná de zomer? Ik moet weer naar school en dat duurt... ééuwig!'

'Je hebt de vakanties en ik weet zeker dat Michel je ook in Engeland zal kunnen komen opzoeken.'

'Mam zou hem nooit bij ons laten logeren! Ze vindt hem vast een of andere Cypriotische boer. Ze wil dat ik met iemand met status trouw of met iemand die heel rijk is!' Chloë keek Helena aan. 'Zou hij bij pap en jou mogen logeren als hij me komt opzoeken?'

'Waarom niet? Michel heeft hier ook praktisch bij ons gewoond.'

Chloë pakte Helena's handen stevig vast. 'Bedankt, Helena. O, god!' Ze schudde droevig haar hoofd. 'Hoe ga ik het ooit redden?'

'Denk er maar aan dat Michel zich net zo ellendig voelt als jij. En dat als dit voorbestemd is, het allemaal goed komt.'

'Denk je echt dat hij zich ook ellendig voelt?'

'Zeker weten. Chloë, ik kan je met mijn hand op mijn hart vertellen dat degene die achterblijft zich altijd het ergst voelt. Zo, zullen we nu maar die kop thee nemen?' Ze maakte aanstalten om te gaan staan, maar Chloë hield haar vast.

'Jezus, was jij mijn moeder maar, Helena. Ik vind je geweldig. Echt waar.'

'O, Chloë.' Helena sloeg haar armen om haar stiefdochter heen en trok haar stevig tegen zich aan. 'Ik had je ook heel graag als dochter willen hebben.'

Een uur later bracht Helena William een kop thee. 'Je moet over drie kwartier naar het vliegveld. Chloë staat onder de douche.'

'Bedankt, lieverd. Aangezien ik toch die kant opga, wil je dat ik daar wacht tot Fabio er is?'

'Nee, dank je. Ik moet toch nog wat boodschapjes doen in Paphos en misschien is het leuk als Fabio en ik wat bijkletsen tijdens de lunch voordat we naar huis komen.'

'Oké. Je zult in elk geval een rustige ochtend hebben. De kinderen willen mee om afscheid te nemen, zelfs Alex. Ik denk dat hij een beetje verliefd is op Chloë. Wat denk jij?'

'Ja, dat is zo,' bevestigde Helena. Ze maakte maar geen vervelende opmerking in de trant van: 'En dat heb je nu pas door?' In plaats daarvan zei ze: 'Het is mooi dat ze haar allemaal willen uitzwaaien. Ze is een lieve meid.'

Op het vliegveld hielp William zijn gelaten dochter bij het inchecken, terwijl ze werd omringd door haar al even verdrietige stiefbroer en halfzus en -broer.

'Nou, dit is het dan.' Chloë ging op haar knieën zitten en gaf Fred een knuffel.

'Blijf hier, Cowie. Wij houden van je!'

'En ik hou ook van jou, broertje. Ik zou heel graag blijven.'

'Wie kijkt er nu Disneyfilms met ons?' zei Immy klagelijk.

'Dat doet Alex wel, toch?' Chloë keek hem aan.

'Eh, oké, ik, eh... zal het proberen.'

'Bedankt. Dag, Alex. Ik zal je missen.'

'Serieus?' vroeg hij verrast.

'Natuurlijk. Jij bent echt zó cool en schattig en slim.'

'Echt?'

'Ja!' Chloë kuste hem op zijn wang. 'Dat weet je heel goed.' Ze richtte haar aandacht op William en gaf hem een knuffel. 'Dag, papa. Het is super geweest. Bedankt voor alles.'

'Dag, lieverd. We zullen je allemaal missen, toch, jongens?'

'Ja!' riep de rest.

'Als het van mam mag kom ik terug, maar dat zal wel niet.' Er glinsterden weer tranen in haar ogen. 'Dag, allemaal.' Met een laatste zwaai verdween ze door de deuren naar de douane.

'Cowie, kom terug!' riep Fred. Immy huilde ook en Alex veegde stiekem met zijn hand langs zijn wang.

'Oké, jongens.' Williams stem klonk bars van emotie. 'Zullen we maar naar de eerste de beste McDonald's gaan om onszelf op te vrolijken?'

Een uur later was Helena ook op het vliegveld. Ze was op van de zenuwen en stond op Fabio te wachten.

'*Bella*! Helena!'

'Fabio!' Helena rende op hem af.

Hij ving haar rond haar middel op en draaide met haar in het rond, tot de fascinatie van voorbijgangers. Hij zette haar lachend neer en omhelsde haar.

'Het is zo goed je te zien,' zei Helena. Zijn vertrouwde geur riep zo sterk herinneringen op aan een andere periode van haar leven dat de tranen in haar ogen sprongen.

'Het is ook heerlijk om jou te zien, echt.' Fabio nam haar in zich op met zijn donkerbruine ogen. 'En je ziet er geweldig uit, cara, ietwat voller dan toen ik je al die jaren geleden over het podium gooide, maar, poef!' Hij haalde zijn schouders op. 'We worden allebei ouder. Kunnen we iets gaan eten? Ik heb ontzettende trek. Ik heb niets meer gehad sinds ik vanmorgen om zeven uur uit Milaan ben vertrokken. Je weet dat ik dat vliegtuigvoedsel niet wegkrijg.'

Ze reden het centrum van Paphos in en vonden een restaurant in het rustigere deel van de drukke haven, waar ze een tafeltje op het terras bemachtigden met tussen de palmbomen langs de havenmuur door een mooi uitzicht op de glinsterende zee.

Fabio bestelde een halve fles chianti voor zichzelf en cola voor Helena, haalde toen een leesbril tevoorschijn en deed er een eeuwigheid over om te beslissen wat hij zou eten. 'Ik haat dit Cypriotische voedsel! Ze kunnen hier niet koken,' klaagde hij op luide toon.

'Neem dan een salade. Daar kan niets mis mee gaan.'

'Je zou ervan opkijken! Zo! Ik heb besloten.' Hij knipte met zijn vingers naar een ober en legde hem toen tot in detail uit wat hij precies wilde.

Helena keek geamuseerd toe, herinnerde zich zijn excentrieke eigenschappen, die niet allemaal vertederend waren. Hij zag er goed uit, nog altijd slank en gespierd door zijn dagelijkse lessen, maar zijn haargrens – in de goede oude tijd al een bron van zorgen voor hem – was aanzienlijk naar achteren verschoven.

'Waarom staar je naar de bovenkant van mijn hoofd?' vroeg hij haar, toen hij de verwarde ober eindelijk had laten gaan. 'Is het je opgevallen dat ik mijn haar kwijt ben?'

'Nou, misschien een beetje. Sorry.'

'Het is anders wel zo en ik vind het vreselijk! Ik ben de paranoïde man van middelbare leeftijd en ik laat volgend jaar een haartransplantatie doen.'

'Fabio, zo erg is het niet. Eerlijk. Je ziet er fantastisch uit.'

'Het is alsof het eb is, maar dat het nooit meer vloed wordt. Daarom knap ik mezelf maar op. Kijk!' Hij ontblootte zijn tanden. 'Ik heb vorig jaar in LA nieuwe gekregen. Mooi, toch?'

Helena knikte. 'Ze zijn... indrukwekkend wit.' Ze probeerde niet te giechelen.

'Maar ook mijn voorhoofd.' Fabio wees ernaar. 'Dat is glad, si?'

'Heel erg.'

'Botox. Dat moet jij ook nemen, Helena.'

'Waarom? Heb ik het nodig?'

'Je moet ermee beginnen voor het anderen opvalt.'

'Juist,' zei ze gemaakt ernstig. 'Ik was vergeten hoe ontzettend ijdel je bent.'

'Tja, het is veel erger om oud te worden als je zo'n mooie jongen als ik was. Elke keer als ik in de spiegel kijk doet het zeer. Maar nu, cara, zal ik wat wijn drinken en zullen we elkaar vertellen over onze jaren zonder elkaar.'

Helena bedekte zijn hand die op tafel lag met de hare. 'Fabio, voor we de komende twee uur herinneringen ophalen en het over allerlei andere dingen hebben, moet je even goed naar me luisteren.'

Hij keek haar met gefronste wenkbrauwen aan. 'Aan je gezicht te zien is het ernstig. Je bent toch niet ziek?'

'Nee, maar omdat je mijn gezin gaat ontmoeten is er iets wat je echt moet weten.'

'Heb ik hier drank voor nodig?'

'O, ja.' Helena knikte nadrukkelijk. 'En ik zou ook een borrel nemen als ik niet moest rijden. Ik waarschuw je, je zult je oren niet geloven.'

Fabio nam een grote slok van zijn chianti. 'Oké, ik ben er klaar voor.'

William lag bij het zwembad terwijl de kleintjes binnen naar een Disneyfilm keken. Door de intense hitte voelde hij zich loom en slaperig.

De afgelopen drie weken waren heerlijk geweest, na de orkaan van de Chandlers en Helena's onthulling. En hoewel het moeilijk voor haar was geweest om het te vertellen was het in zijn ogen in elk geval een stuk minder erg dan wat hij zich in zijn hoofd had gehaald.

Natuurlijk wist hij dat ze hem niet alles had verteld. Toen hij haar elf jaar geleden voor het eerst had ontmoet in Wenen, had ze een mysterieuze uitstraling gehad. Hij had zich afgevraagd waarom deze prachtige, elegante vrouw – met een keurige uitspraak die haar gegoede achtergrond verraadde – als serveerster in een café werkte. Zodra hij haar had gezien was hij als betoverd geweest.

Toen had hij een praatje aangeknoopt en hij had haar impulsief uitgenodigd om een drankje met hem te drinken als haar dienst erop zat. Ze had geweigerd, zoals verwacht, maar zijn aanhoudendheid loonde zoals altijd. Vanaf dat moment had hij het verkennen van de prachtige stad uit zijn hoofd gezet en had hij in plaats daarvan met een boek in het café gezeten als zij dienst had. Uiteindelijk was ze met hem die borrel gaan drinken.

Ze had hem verteld dat ze ballerina was geweest en dat ze drie jaar eerder was gestopt met dansen toen ze zwanger was geworden. Ze had blijkbaar een zoontje en gezien de manier waarop haar ogen glommen als ze het over hem had, wist William dat de kleine Alex de spil van haar bestaan was.

Hij had geprobeerd meer informatie los te peuteren, maar het was vanaf het begin duidelijk geweest dat Helena niets over haar verleden of over de vader van Alex wilde loslaten. Zelfs toen hun relatie zich had verdiept en William haar, stapje voor stapje, het hof had gemaakt (een scenario waarbij hij maandenlang tijdens de weekenden tussen Londen en Wenen heen en weer vloog), was Helena terughoudend geweest om de details te bespreken. Eindelijk, na negen maanden, had hij haar ervan overtuigd om met hem terug te keren naar Engeland en had hij haar en de kleine Alex geïnstalleerd in het kleine huisje in Hampshire dat hij in alle haast na zijn scheiding had gehuurd.

Hij zag haar zo voor zich op hun trouwdag, beeldschoon in ivoorkleurig satijn. De perfecte bruid, zoals iedereen had gezegd. Maar toen ze naast hem voor het altaar was komen staan en de formaliteiten achter de rug waren, had hij de sluier opgelicht om haar een kus te geven en hij had durven zweren dat hij in plaats van de verwachte vreugde iets van angst in haar ogen had gezien...

William hoorde banden op het grind knarsen en keerde terug naar het heden.

'Mama is er weer, papa!' riep Immy vanaf het terras.

William trok zijn shirt aan en stond op.

'Papa, hij heeft een roze korte broek aan en een sjaal om zijn nek en hij loopt als een meisje,' fluisterde Immy, terwijl ze om de hoek gluurde naar de man die uit de auto stapte.

'Dat komt omdat hij een balletdanser is, Immy. En nu stil,' beval William toen Fabio naar hen toe kwam.

'Ciao, William! Na al die jaren ontmoet ik je eindelijk. Aangenaam.' Fabio maakte een lichte buiging, een teken van respect.

'Insgelijks, Fabio.'

'Hallo, kleintje.' Fabio bukte zich om Immy op beide wangen een zoen te geven. 'Jij lijkt sprekend op je moeder, ja? Ik ben Fabio. En dit moet *signor* Frederick zijn. Ik heb al veel over jullie gehoord.'

'Leuk u te ontmoeten, meneer Fabio. Waren u en mama beroemd?' vroeg Immy, terwijl ze hem met grote blauwe ogen aankeek.

'Ooit waren wij niet te stuiten, toch, Helena? De volgende Fonteyn en Noerejev... Ach, nou ja.' Hij haalde zijn schouders op. 'Jullie mama heeft iets veel belangrijkers gedaan met haar leven dan achter een droom aan jagen. Ze heeft een prachtig gezin.' Fabio keek om zich heen. 'Waar is Alex? Ik heb hem niet meer gezien sinds hij een peuter was.'

'Ergens in huis. Ik zal hem roepen. Thee, Fabio?' vroeg William.

'Koffie zou heerlijk zijn, maar ik drink alleen cafeïnevrij.'

'Volgens mij hebben we dat nog wel. Thee, lieverd?' William glimlachte naar Helena, die er in zijn ogen gespannen en nogal moe uitzag.

'Ja, lekker. Hallo, monster.' Met een glimlach tilde ze Fred op. 'Kom, Fabio, ga zitten en geniet van het uitzicht.'

'Het is oogverblindend,' kondigde hij aan, terwijl hij gracieus op een stoel plaatsnam. 'William is een knappe man. Ik haat hem. Hij heeft meer haar dan ik,' fluisterde hij haar luid toe.

Immy ging behoedzaam naast hem staan. 'Bent u echt een danser, meneer Fabio?' vroeg ze verlegen.

'Ja, dat ben ik. Ik heb mijn hele leven al gedanst.'

'Hebt u met mama in Wenen gedanst toen ze de prins heeft ontmoet?'

'Ah, de prins.' Hij knipoogde naar Helena. 'Ja, dat klopt. We dansten toch *Giselle*, Helena?'

'Het was eigenlijk *La Sylphide*,' corrigeerde ze hem.

'Je hebt gelijk,' zei hij, waarna hij zijn aandacht weer op Immy richtte. 'En toen, op een avond, kreeg je mama een boeket van hem.'

'Wat is een boeket?' wilde Immy weten.

'Dat zijn de bloemen die aan mooie dames worden gegeven die de hoofdrol dansen, maar in dit boeket zat een diamanten ketting. Toch, *mamma*?'

'Dat klopt.'

'En toen nodigde hij haar uit voor een bal in een echt paleis.'

Immy was verrukt. 'O,' zei ze ademloos, 'net als in *Assepoester*.' Ze keerde zich naar Helena toe en zette beschuldigend haar handen op haar heupen. 'En waarom ben je nu dan niet met hem getrouwd?'

'Je wilt weten waarom jij niet prinses Immy bent en waarom je in een gewoon huis moet wonen en genoegen moet nemen met mij als je vader?' zei William met een grijns toen hij de thee naar buiten bracht.

'Ik hield niet van hem, Immy,' antwoordde Helena.

'Ik was wel met hem getrouwd voor die diamanten ketting en het paleis.'

'Ja, jíj wel, Immy,' beaamde William. 'Koffie voor jou, Fabio.'

'*Grazie*, William.'

'En hebben jullie tijdens de lunch lekker kunnen bijpraten?' vroeg hij.

'Dat was pas het topje van de ijsberg, hè, Helena?'

'Ik heb vooral het woord gevoerd, dus er is nog veel wat ik niet over Fabio weet.'

'Helena vertelde dat je naar Amerika bent vertrokken vlak voor ik haar heb ontmoet. Klopt dat?' vroeg William.

'Ja. Daar ben ik bijna tien jaar gebleven. Ik danste bij het New York City Ballet en toen dacht ik vorig jaar: Fabio, het wordt tijd dat je naar huis gaat. Dus nu ben ik terug bij La Scala. Ik verzorg de ochtendles en speel de rollen die geschikt zijn voor een man van mijn leeftijd.' Hij haalde zijn schouders op. 'Ik verdien er mijn brood mee.'

'Fabio, je moet toch nog een stuk jonger zijn dan ik, maar als ik je hoor praten klinkt het alsof je al met pensioen hoort te zijn.' William grinnikte.

'Het leven van een danser. Het is zo ontzettend kort.'

'Heb je tegen Alex gezegd dat Fabio er is, lieverd?' vroeg Helena.

'Ja. Hij zei dat hij eraan kwam, maar je weet dat hij zijn eigen gang gaat.'

'Ik zal hem nog eens roepen en meteen bij het eten kijken.' Helena ging naar binnen.

William nam een slokje thee. 'Ik heb laatst nog tegen haar gezegd dat ik haar graag een keer had zien dansen.'

'Ze was geweldig! Zeker de beste partner die ik ooit heb gehad. Het is echt zonde dat ze na de geboorte van Alex het gevoel had dat ze er niet mee verder kon gaan. Ze zou zeker een van de groten zijn geweest.'

'Ik heb me altijd afgevraagd waarom ze is gestopt. Vrouwen kunnen vast nog wel dansen als ze kinderen hebben gekregen, toch?'

'Het was een zware bevalling, William, en ze was alleen en wilde er voor haar kind zijn.' Fabio zuchtte. 'Onze samenwerking was heel speciaal. Het is uniek om dat soort empathie te vinden en die heb ik dan ook nooit meer gevonden. Ook het succes dat ik met Helena had, heb ik niet meer kunnen evenaren.'

'Je was zo'n groot deel van haar leven. Ik moet toegeven dat het vreemd voelt dat ik er vrijwel niets van weet.'

'Net zoals ik pas van jouw bestaan en dat van jullie kinderen hoorde toen ik Helena een paar weken geleden sprak. We zijn elkaar uit het oog verloren vlak nadat ik naar New York ben vertrokken. Toen ik naar haar flat in Wenen belde, werd daar niet meer opgenomen. Niemand wist waar ze was.' Fabio haalde zijn schouders op. 'Maar ze was natuurlijk bij jou in Engeland.'

'Dus hoe heb je haar dan uiteindelijk gevonden?' vroeg William.

'Dat was het lot. Ik was bij het persbureau van La Scala en er lag een enorme berg enveloppen op het bureau die naar de mailinglist zou worden verzonden met de details over het komende seizoen. En daar, bovenop, lag een envelop die geadresseerd was aan mevrouw Helena Beaumont! Kun je dat geloven?' zei Fabio opgewonden. 'Ik heb het adres genoteerd en heb toen haar mobiele telefoonnummer opgezocht in het archief van La Scala. Voilà!' Fabio sloeg met een hand op zijn gespierde bovenbeen. 'Het heeft zo moeten zijn.'

'Mijn vrouw heeft het zelden over het verleden,' zei William peinzend. 'En jij bent de eerste uit haar verleden die ik heb ontmoet, op iemand na die ze hier op Cyprus heeft gekend. Dus vergeef me als je het gevoel krijgt dat ik je aan een verhoor onderwerp.'

'Soms is het beter om het verleden te laten rusten en je op de toekomst te richten, si?' Fabio deed alsof hij moest gapen. 'Ik denk dat ik me op mijn kamer ga terugtrekken, als je het niet erg vindt. Het was vanmorgen heel vroeg.'

Toen hij ging staan kwam Alex het terras op gelopen.

'Hallo, Fabio, ik ben Alex. Leuk je te ontmoeten.' Hij zette verlegen met uitgestoken hand een stap naar voren.

Fabio negeerde het gebaar, trok de jongen naar zich toe en kuste hem op beide wangen. 'Alex! Mijn jongen! Het is zo lang geleden sinds ik je heb gezien en nu ben je al helemaal volwassen!'

'Nou, nog niet helemaal,' zei Alex. 'Tenminste, ik hoop dat ik nog wat de lengte in ga.'

Fabio hield hem bij zijn schouders vast en tranen glinsterden in zijn ogen. 'Herinner je je mij nog?'

'Eh, misschien...' mompelde Alex. Hij wilde niet onbeleefd zijn.

'Nee, je herkent me niet, maar je was ook zo jong. Je moeder zegt dat je een ontzettend slimme jongen bent, maar wellicht geen danser.' Fabio bestudeerde het bovenlichaam van Alex. 'Misschien meer een rugbyspeler, ja?'

'Ik vind rugby leuk, ja.'

'Je moet me voor nu verontschuldigen, want ik ga even siësta houden. We zullen verder kletsen als ik geslapen heb. Dan kunnen we elkaar weer leren kennen, si?'

Alex plakte een glimlach op zijn gezicht. 'Si.'

DAGBOEK VAN ALEX

12 AUGUSTUS 2006

Denk ik eerst na over het goede of over het slechte nieuws?

Wentel ik me in vreugde elke keer als ik aan de laatste woorden denk die Chloë tegen me heeft gezegd?

'Cool'...

... en 'schattig'...

... en 'slim'.

Wauw!

Zo! Dat is het goede nieuws.

Dan volgt nu het slechte nieuws. En het is slecht.

Ik heb de man (en ik gebruik dat woord losjes) ontmoet die heel goed mijn vader zou kunnen zijn. Het doet er niet toe dat hij Italiaans is. Italiaans is goed. Ik hou van pasta en ijs. Het doet er niet toe dat hij een danser is. Dansers zijn fit en sterk en hebben goed ontwikkelde spieren.

Wat er wél toe doet is dit: alles aan hem, van zijn kleren, de manier waarop hij met zijn hand door zijn haar gaat tot aan de manier waarop hij praat en loopt, wijst voor mij maar op één ding: Fabio is... O, shit... O, godsamme... HOMO!!! En niets kan me van het tegendeel overtuigen.

Ik ben bereid om te accepteren dat een bepaald niveau van verwijfdheid nog altijd kan betekenen dat een man een man is en dat hij met een vrouw doet wat een man normaal gesproken doet, maar hij is een relnicht!

Ik probeer rustig na te denken over deze nieuwe informatie, maar ik trek een aantal verschrikkelijke conclusies. Zoals... wat nu als, lang geleden, Fabio in de categorie 'twijfelaar' viel wat betreft zijn seksualiteit?

Hij was toen natuurlijk de partner van mijn moeder en bracht zijn tijd door met het bepotelen van lichaamsdelen waar normaal gesproken alleen dokters toegang toe hebben. Ze werden na verloop van tijd verliefd en begonnen een relatie. Mijn moeder werd zwanger. Fabio steunde haar en was erbij toen ik geboren werd en speelde de plichtsgetrouwe vader. Maar toen, op een dag, bingo! Fabio besefte dat hij meer van de mannen was en hij wist niet wat hij moest doen. Hij hield nog altijd van mijn moeder en hopelijk ook van mij, maar hij kon niet met een leugen leven. Dus hij vertrok naar de Verenigde Staten om daar een nieuw leven te beginnen en liet mijn moeder alleen en gebroken met mij achter in Wenen.

Dat zou verklaren waarom ze niet met hem naar New York is gegaan en nooit meer heeft gedanst. En dat verklaart ook de allerbelangrijkste vraag: waarom mijn moeder me nooit heeft verteld wie mijn vader is.

'Eh, Alex, lieverd, weet je... Je vader, nou, hij is eigenlijk een relnicht, maar als je graag af en toe een weekendje met hem en zijn vriend doorbrengt om samen films van Liza Minnelli te kijken dan is dat prima.'

Ze weet dat ik me kapot zou schamen. Welke jongen zou zich daar niet voor schamen? Als ik alleen al denk aan mijn vrienden op school als Fabio ooit naar een rugbywedstrijd zou komen met de mededeling dat hij mijn vader is, dan snel een *entrechat* uitvoert op de zijlijn terwijl hij toekijkt hoe ik in actie kom op het veld, dan breekt het angstzweet me uit.

Het echte probleem is: is homoseksualiteit erfelijk?

O, shit!

Aan wie kan ik die vraag nu stellen? Ik móét het weten.

Hier wil ik ook even heel duidelijk maken dat ik geen homofoob ben. Ik heb er geen enkel probleem mee dat andere mensen hun leven leiden zoals zij dat willen. Ze kunnen zich helemaal uitleven zo vaak als ze willen, dat kan me niets schelen. En Fabio lijkt me een heel aardige kerel. Grappig en slim en H... O... M... O.

Hij kan zijn wie hij maar wil zijn. Zolang hij maar niet op mij lijkt. Of ik op hem.

22

Die avond verzamelde iedereen zich op het terras voor een drankje, behalve de twee kleintjes die vroeg in bed waren gestopt. Fabio had zich net gedoucht en droeg een blauwgroen zijden overhemd en een strakke leren broek.

'Gaat hij daar niet in zweten, pap?' vroeg Alex aan William toen ze in de keuken dienbladen aan het volladen waren om mee naar buiten te nemen.

'Hij is Italiaans. Misschien is hij aan de hitte gewend,' opperde William.

'Pap, denk je dat Fabio... nou, je weet wel is?'

'Homo?'

'Ja.'

'Dat is hij. Dat heeft je moeder me verteld.'

'O.'

'Zit dat je dwars, Alex?'

'Nee. En ja.'

'Op welke manier dan?'

'O, het is niet belangrijk. Kan dit dienblad naar buiten?'

Helena had Fabio gedurende de lunch van alles op de hoogte gebracht en daarom kon ze zich nu eindelijk ontspannen en van de avond genieten. Tijdens het eten hadden Fabio en zij herinneringen opgehaald. Alex en William hadden gefascineerd geluisterd naar de details van een deel van Helena's leven dat zij nooit hadden gekend.

'Weet je, we hebben elkaar ontmoet toen ik naar het Opera House in Covent Garden kwam,' legde Fabio uit. 'Helena was net tot soliste gepromoveerd en ik kwam voor een seizoen over van La Scala. Ze had echt een vréselijke partner die haar in de lucht gooide, maar dan vergat haar op te vangen...'

'Zo erg was Stuart niet. Hij danst nog steeds, weet je,' merkte Helena op.

'Dus ik kom daar als gast en Stuart is uitgeschakeld door de griep en ik word aan Helena gekoppeld in een matinee van *La fille mal gardée*.' Fabio slaakte een dramatische zucht. 'En de rest is geschiedenis.'

'Dus toen ben jij Fabio naar La Scala gevolgd?' vroeg William.

'Ja,' zei Helena. 'We zijn daar twee jaar geweest. Toen bood het Wiener Staatsballett ons een contract aan als de eerste solisten van het gezelschap. We konden niet weigeren.'

'Vergeet niet dat ik er in het begin niet blij mee was. Het is daar te koud in de winter en ik word dan ziek.' Fabio huiverde.

'Wat ben je toch een verschrikkelijke hypochonder,' merkte Helena met een lach op. 'Als we op reis waren met het gezelschap dan had hij een koffer bij zich alleen voor zijn medicijnen,' vertelde ze William. 'Ontken het maar niet, Fabio, je weet dat het waar is.'

'Oké, jij wint, cara. Ik ben doodsbang voor bacteriën,' zei hij minzaam.

'Ben je van plan om bij La Scala te blijven, Fabio?' William schonk hun glazen bij.

'Ik hoop het wel, maar er hangt veel af van Dan, mijn partner. Hij is decorontwerper in New York. Ik mis hem, maar hij hoopt binnenkort een baan in Milaan te vinden.'

'Ik ben zo blij voor je dat je je zielsverwant hebt gevonden, Fabio.' Helena glimlachte naar hem.

'En ik ben blij dat je die van jou hebt gevonden.' Fabio knikte galant naar het echtpaar. 'Zeg, ik heb foto's meegenomen van Helena en mij toen we samen dansten. Willen jullie die zien? William? Alex?'

'Die zouden we heel graag zien, Fabio.'

'*Prego*, dan ga ik ze halen.'

'En ik zal koffie zetten,' zei William.

Toen beide mannen naar binnen waren gegaan keek Helena Alex aan. 'Wat ben je stil, lieverd. Gaat het wel?'

Alex knikte. 'Ja, hoor.'

'Wat vind je van Fabio?'

'Hij is, eh, een heel aardige man.'

'Het is zo goed hem weer te zien,' zei Helena.

William keerde terug met een vol dienblad, een paar minuten later gevolgd door Fabio.

'Hier zijn ze!' Hij zwaaide met een uitpuilende envelop vol foto's en ging zitten. 'Kijk, Alex, hier dansen je moeder en ik *L'après-midi d'un faune*.'

'De middag van een faun,' vertaalde Alex. 'Waar gaat dat dan over?'

'Over een meisje dat wakker wordt als een faun door het raam van haar slaapkamer naar binnen springt,' vertelt Helena. 'Het is geen geweldig verhaal, maar de mannelijke rol is dat wel. Fabio vond het super, toch?'

'O, ja. Het is een van mijn favorieten... Een ballet waarin de man kan laten zien hoe goed hij is. Nijinsky, Noerejev... Alle groten hebben het gedanst. Zo, William, dit is je vrouw in *La fille mal gardée*. Is ze niet prachtig?'

'Ja, dat is ze zeker.'

'En hier zijn we bij het eindapplaus na *Het zwanenmeer*.'

'Die moet Immy zien, pap,' zei Alex. 'Mam heeft een tiara op en houdt allemaal bloemen vast.'

'En hier zijn we in ons favoriete café in Wenen met... herinner je je Jean-Louis nog, Helena?'

'O, hemel, ja! Hij was een heel vreemde man. Hij at alleen muesli, verder niets. Geef die foto eens door, Alex.'

'En hier is Helena weer in het café...' Fabio wierp een blik op de foto die hij aan William gaf en trok opeens lijkbleek weg. In pure paniek probeerde hij die uit Williams hand weg te grissen. 'Maar dat is niet belangrijk. Even kijken wat ik nog meer heb.'

William hield de foto vast. 'Nee, ik wil ze allemaal zien. Dus daar is Helena, en...'

Fabio staarde Helena vol afschuw aan. De blik in zijn ogen gaf aan dat er zich een ramp voltrok.

William keek haar verward aan. 'I-Ik begrijp het niet... Wanneer is deze foto genomen? Hoe is het mogelijk dat híj erbij was?'

'Wie?' vroeg Alex, en hij leunde naar voren om de foto te kunnen zien. 'O, ja. Wat doet híj daar bij jou, mam?'

'Maar... je kende hem toen helemaal niet? Hoe kan hij bij jou en Fabio in Wenen zijn geweest?' William schudde zijn hoofd. 'Sorry, Helena, ik begrijp het niet.'

Alle ogen waren op Helena gericht terwijl ze in stilte naar haar zoon en echtgenoot staarde. Het moment waar ze altijd voor had gevreesd, waarvan ze altijd had geweten dat het moest komen, was eindelijk daar. 'Ga naar je kamer, Alex,' zei ze stilletjes.

'Nee, mam. Het spijt me, maar dat doe ik niet.'

'Doe wat ik zeg! Nu!'

'Oké!' Alex stond op en beende naar binnen.

'Helena, cara, het spijt me echt zo erg.' Fabio wrong met zijn handen. 'Ik denk dat ik maar beter naar bed kan gaan. Jullie moeten samen praten. *Buona notte,* cara.' Hij keek alsof hij zelf ook elk moment in tranen kon uitbarsten. Hij kuste haar op beide wangen en ging naar binnen.

William wachtte tot Fabio weg was en wees naar de fles cognac die op tafel stond. 'Een borrel? Ik neem er zeker nog eentje.'

'Nee, dank je.'

'Oké.' William schonk zijn glas vol, pakte de foto en zwaaide er toen mee. 'Dus. Ga je me vertellen hoe het mogelijk is dat jij in de ogen van mijn beste vriend staart, een aantal jaar voor ik jou überhaupt heb ontmoet?'

'Ik...'

'Nou, lieverd? Kom nou, gooi het er maar uit. Daar moet toch wel een redelijke verklaring voor zijn?'

Helena bleef doodstil zitten en staarde in de verte.

'Hoe langer jij daar zit te zwijgen, hoe meer er gedachten in me opborrelen die... Jezus, ze zijn ondraaglijk, gewoon ondraaglijk!'

Ze hield haar mond.

Uiteindelijk sprak William weer. 'Ik zal het je nog een keer vragen, Helena. Wat doet SACHA op deze foto met zijn arm om je heen? En waarom heb je me in vredesnaam nooit verteld dat je hem al kende voor wij elkaar hadden ontmoet?'

Helena had het gevoel dat haar longen werden samengeknepen, dat ze nauwelijks lucht binnenkreeg. Uiteindelijk lukte het haar haar lippen te bewegen. 'Ik kende hem in Wenen.'

'Dat lijkt me verdomme wel duidelijk. En...'

'Ik...' Ze schudde haar hoofd, kon niet verdergaan.

William bestudeerde de foto weer. 'Hij ziet er vrij jong uit op deze foto. Jij trouwens ook. Deze moet jaren geleden zijn genomen.'

'Ik... Ja.'

'Helena, mijn geduld raakt toch echt op. Jezus, vertel het me nu gewoon! Hoe goed kende je hem, en waarom heb je me hier nooit eerder iets over verteld?' William sloeg hard met zijn vuist op tafel, waardoor de borden rinkelden en een van de koffiekopjes op de stenen vloer kapot viel. 'Godver! Niet te geloven! Ik wil nu meteen antwoorden!'

'En die zal ik je ook geven, maar laat me eerst zeggen dat het me echt zo, zo erg...'

'Deze foto doet me beseffen dat ik al jaren word belazerd door mijn beste vriend en mijn vrouw! Jezus, hoeveel erger kan het zijn? Geen wonder dat je altijd zo stiekem bent geweest over je verleden. Voor zover ik weet heb je mijn beste vriend geneukt! Misschien doe je dat zelfs nog steeds!'

'Zo was het niet. Alsjeblieft, William!'

Het kostte hem moeite om zich te beheersen, maar toen keek hij haar aan. 'Vertel het me dan, zeg het gewoon... Wat voor relatie heb je met Sacha gehad? En, Helena, bedrieg me niet zoals je dat verdomme zo overduidelijk de afgelopen tien jaar hebt gedaan!'

'William! De kinderen! Ik...'

'Het kan me geen klap schelen of ze horen dat hun moeder een leugenaar is die me heeft bedrogen! Dit keer kom je er niet onderuit, líéverd! Ik wil alles weten! Alles! Nú!'

'Oké! Ik zal het je vertellen. Schreeuw niet zo tegen me, alsjeblieft!' Helena bracht haar hoofd naar haar knieën en barstte in tranen uit. 'Het spijt me, William, zo ontzettend erg. Echt waar.'

William gooide in een keer zijn cognac naar binnen en schonk zijn glas weer vol. 'Ik denk niet dat sorry de lading in dit geval helemaal dekt, maar je kunt maar beter verdergaan met je zielige smoesjes. En nu begrijp ik natuurlijk waarom je Jules altijd zo hebt gesteund. Ik dacht dat het uit goedheid was, maar je deed het uit schuldgevoel, hè?'

Ze keek hem aan. 'Ga je luisteren of alleen maar schreeuwen?'

'Ik luister.'

'Oké, oké.' Helena ademde een paar keer diep in en uit. 'Ik heb Sacha in Wenen ontmoet, een paar jaar voor ik jou leerde kennen.'

'Jezus!' William streek gefrustreerd met een hand door zijn haar. 'De plek waar ik van hem heen moest gaan toen ik probeerde over mijn scheiding met Cecile heen te komen. En ik was nog zo'n sukkel dat ik ben gegaan ook. Hij had iets gezegd in de trant van: "Ik heb daar ooit liefde gevonden." Hij had het over jou, hè?'

'William, als je dit wilt weten, laat me dan alsjeblieft uitpraten! Ik zal je alles vertellen, dat beloof ik.'

Hij hield zijn mond.

Helena vertelde haar verhaal...

Helena

Wenen
September 1992

Was er iets mooiers op deze wereld? Dat vroeg Helena zich af toen ze door de elegante straten van Wenen dwaalde op weg naar het café. De late middagzon, ongebruikelijk warm voor september, weerkaatste tegen de deftige stenen gebouwen, liet ze in een gouden gloed baden in een perfecte weergave van haar stemming.

Helena was tegen het eind van de zomer hier gearriveerd om haar rol als soliste bij het Wiener Staatsballett te vervullen en ze was nu al dol op haar geadopteerde stad. Vanaf haar studio aan de Prinz Eugen Straße, dat uit een enorme kamer bestond in een gracieus achttiende-eeuws gebouw met grote ramen van de vloer tot aan het plafond en gedetailleerde kroonlijsten, was het een aangename wandeling van twintig minuten naar het centrum van de Oostenrijkse hoofdstad.

Ze stond altijd versteld van de bezienswaardigheden waar ze langs kwam, van de lanen die ingeklemd lagen tussen een betoverende architecturale mix van bouwwerken in klassieke en art-nouveaustijl tot aan de perfect onderhouden parken met oude muziektenten met spitse daken. De gehele stad was één groot feest voor de zintuigen.

Het had veel moeite gekost om Fabio ervan te overtuigen op het aanbod van Gustav Lehmann, de creatief directeur van het Wiener Staatsballett, in te gaan. Fabio, geboren en getogen in Milaan, had eigenlijk La Scala niet willen verlaten. Maar het duo was verleid met de belofte van een nieuw ballet dat speciaal voor hen was gecreëerd. Het zou de titel *De artiest* dragen en was gebaseerd op de schilderijen van Degas, met Fabio in de hoofdrol en Helena als zijn muze, het 'danseresje'. Het ballet zou aan het begin van het lenteseizoen in première gaan, en Fabio en zij hadden de jonge Franse choreograaf en de nogal innovatieve componist al ontmoet. Het zou een modern stuk worden, en bij de gedachte aan de nieuwe uitdaging liepen de rillingen van enthousiasme langs haar rug.

En nu, zo erkende ze gelukkig, was er nog iets anders hier in de stad wat haar hart liet zingen... Ze was verliefd.

Ze had hem pas een paar weken geleden ontmoet in de openbare galerie die verbonden was aan de kunstacademie, waar ze naartoe was gegaan om een expositie te bezoeken. Ze had met gefronste wenkbrauwen naar een bijzonder afgrijselijk modern schilderij gestaard met de titel *Nachtmerrie in Parijs* waar ze helemaal niets van snapte.

'Ik neem aan dat je dat schilderij niets vindt.'

Helena keerde zich naar de stem toe en staarde in de diepliggende grijsgroene ogen van een jongeman die naast haar stond. Met zijn warrige kastanjebruine haar dat over de kraag krulde van zijn verweerde fluwelen jasje en een zijden halsdoek die achteloos uit de openstaande hals van zijn witte overhemd kwam, had hij haar onmiddellijk aan een jonge Oscar Wilde doen denken.

Ze had haar blik losgerukt en zich in plaats daarvan geconcentreerd op de strepen en golfjes felrode, blauwe en groene verf op het doek voor haar. 'Nou, laten we het er maar op houden dat ik het niet begrijp.'

'Precies wat ik dacht. Al mag ik dat eigenlijk niet zeggen over het werk van een medestudent. Blijkbaar heeft dit stuk een prijs gewonnen in de afsluitende expositie van vorig jaar.'

'Studeer jij hier?' vroeg ze verrast, terwijl ze hem weer aankeek. Zijn accent was overduidelijk Engels. 'Messcherp', zoals haar moeder het zou hebben omschreven. Ze gokte dat hij waarschijnlijk maar een paar jaar ouder was dan zij.

'Ja. Of liever, dat ga ik doen. Begin oktober begin ik met een master. Ik ben geobsedeerd door Klimt en Schiele, vandaar dat ik heb gekozen om in Wenen te studeren. Ik ben hier drie dagen geleden aangekomen om een appartementje te vinden voor het semester begint en om mijn nogal weggezakte Duits bij te spijkeren.'

Ze glimlachte. 'Ik ben hier nu al drie weken, maar ik denk niet dat mijn Duits er al op vooruit is gegaan.'

'Kom jij ook uit Engeland?'

Hij staarde haar zo aandachtig aan dat ze haar wangen voelde gloeien. 'Ja, maar ik ben hier voor mijn werk.'

'En wat doe jij dan, als ik dat vragen mag?'

'Ik ben danseres bij het Wiener Staatsballett.'

'Ah, dat verklaart het.'

'Wat?'

'Je houding. Vanuit het oogpunt van een schilder zou jij het perfecte onderwerp zijn. Misschien weet je wel dat Klimt zelf bijzonder gefascineerd was door de schoonheid van het vrouwelijke lichaam.'

Helena had het nog warmer gekregen en had niet geweten hoe ze op zo'n compliment had moeten reageren.

Hij veranderde van onderwerp. 'Heb je toevallig zin om samen met mij de rest van de expositie te bekijken? Het is altijd goed voor een schilder om de onverbloemde mening te horen van een onbevooroordeelde toeschouwer. Daarna zou ik je een aantal van de meesterwerken kunnen laten zien in de permanente collectie. Dat is meer mijn stijl en, als ik zo moet gokken, ook die van jou. O, en ik ben trouwens Alexander.' Hij stak zijn hand uit.

'Helena.' Ze schudde die, terwijl ze overwoog of ze zijn uitnodiging moest accepteren. Normaal gesproken ging ze niet op avances van mannen in – die waren er genoeg – maar Alexander had iets... en opeens hoorde ze zichzelf 'ja' zeggen.

Naderhand waren ze ergens koffie gaan drinken en hadden ze het twee uur lang heel gezellig gehad over kunst, ballet, muziek en literatuur. Ze was te weten gekomen dat hij in kunstgeschiedenis was afgestudeerd aan Oxford. Na het als kunstschilder in Engeland te hebben geprobeerd waar hij, in zijn eigen woorden, net genoeg had verdiend om nieuwe doeken te kunnen kopen, had hij besloten zijn cv aan te vullen en meer ervaring op te doen door in Wenen te studeren.

'En in het ergste geval, als mijn schilderijen niet verkocht worden, dan zou ik met een master in de Beeldende Kunsten in elk geval op sollicitatiegesprek bij Sotheby's moeten kunnen gaan,' zo had hij het uitgelegd.

Ze had afgesproken om de volgende dag koffie met hem te gaan drinken, iets wat al snel een vaste gewoonte werd. Het was schrikbarend makkelijk om tijd met hem door te brengen, met zijn aanstekelijke lach en aparte gevoel voor humor waarmee hij vrijwel in alles iets grappigs zag. Hij was ook ontzettend intelligent, met een brein dat pijlsnel werkte, en hij was zo hartstochtelijk over de kunsten in het algemeen dat ze vaak verhitte discussies voerden over dit boek of dat kunstwerk. Alexander had regelmatig gesmeekt of hij haar mocht schilderen en uiteindelijk had ze toegegeven.

En toen was alles pas écht begonnen...

Toen ze voor haar allereerste sessie bij zijn appartementje annex studio was aangekomen, dat zich helemaal boven in een oud huis bevond aan de Elisabethstraße, had ze op de verweerde deur geklopt met een mengeling van zenuwen en opwinding.

'Kom binnen, kom binnen.' Zo had hij haar begroet, waarna hij haar naar binnen had gezwaaid.

Helena had nauwelijks een glimlach kunnen onderdrukken toen ze de algehele chaos in de kamer vlak onder het dak van het gebouw in zich had opgenomen. Overal lagen tubes verf en stapels boeken, en stonden potjes vol kwasten, gebruikte glazen en lege wijnflessen. Doeken leunden tegen de wanden en zelfs tegen de houten ombouw van het tweepersoonsbed in de hoek. Een ezel stond naast het grote, open raam.

'Voor je iets zegt, ik weet dat het op de set lijkt voor een uitvoering van *La Bohème*,' zei hij met een grijns toen hij haar verbijsterde uitdrukking zag terwijl hij een vergeefse poging deed om op te ruimen. 'Maar tegen zonsondergang is het licht hier gewoon geweldig.'

'Tja, ik denk dat het de perfecte zolderkamer is voor een berooide schilder,' plaagde Helena hem.

'Die omschrijving klopt wel.' Hij duwde een stapel kleren van een stoel, verschoof die toen een paar keer terwijl hij de lichtinval controleerde. 'Zo, ga hier maar zitten.'

Dat deed Helena.

Alexander nam zelf plaats op de lage vensterbank met een schetsblok en een potlood in zijn hand. Hij liet haar toen verschillende poses aannemen. 'Leg je arm op de rug van de stoel… nee, achter je hoofd… steun met je kin op je andere hand… sla je benen eens over elkaar,' en zo ging het tot hij tevreden was en begon te schetsen.

Daarna had Helena elke dag na haar ochtendles Alexanders appartement bezocht. Ze hadden wijn gedronken en samen gelachen en gekletst terwijl hij had geschetst, en ze had zich ontspannen en zorgeloos gevoeld in zijn aanwezigheid, zoals ze daarvoor zelden had ervaren. De vierde keer dat ze voor hem had geposeerd, had hij opeens het schetsblok met een gefrustreerde zucht aan de kant gesmeten.

'Hoe fijn ik het ook vind om je hier helemaal voor mij alleen te hebben, het werkt gewoon niet.'

'Wat werkt niet?' vroeg ze hem. Haar hart leek even stil te staan.

'De compositie. Die wil maar niet lukken.'

'Het spijt me, Alexander. Misschien ligt het aan mij. Dit is nieuw voor me en ik weet niet wat ik moet doen.' Helena stond met een zucht op.

Haar lichaam voelde stijf aan door zo lang in een houding te zitten, dus begon ze afwezig haar ledematen te strekken.

'Dat is het!' riep hij opeens. 'Jij moet helemaal niet stilzitten... Jij bent een danseres! Je moet bewegen!'

De volgende dag, nadat ze op Alexanders bevel hem in haar eenvoudigste jurk bij het Schiller Park voor zijn appartement had getroffen, had hij haar gevraagd voor hem te dansen.

'Dansen? Hier?' Helena keek om zich heen naar de mensen die picknickten of hun hond uitlieten, naar de stelletjes die gearmd over de paden slenterden.

'Ja, hier,' drong Alexander aan. 'Doe je schoenen uit. Ik ga je schetsen.'

'Wat moet ik dan dansen?'

'Wat je maar wilt.'

'Ik heb muziek nodig.'

'Ik zou wel voor je willen neuriën, maar ik heb geen oor voor muziek,' zei hij, terwijl hij zijn schetsblok tevoorschijn haalde. 'Je kunt de muziek toch wel in je hoofd horen?'

'Ik zal het proberen.' En toen stond Helena, die zich haar hele leven al met sprongen als een hinde over enorme podia had begeven voor uitverkochte zalen, voor hem als een verlegen meisje van vijf.

'Stel je voor dat je een blaadje bent... zoals dat daar dat net van die kastanjeboom is gevallen,' moedigde Alexander haar aan. 'Je zweeft op het briesje, zonder doel... Je geniet er gewoon van om vrij te zijn. Ja, Helena, dat is perfect.' Hij glimlachte toen ze even haar ogen dichtdeed en haar ranke lichaam in beweging bracht. Hij schetste vlug toen ze haar armen hoog boven haar hoofd hief en ze zich draaide en boog en wiegde, zo licht en gracieus als het blaadje in haar verbeelding.

'Wauw!' fluisterde hij toen Helena zich voor hem op de grond liet zakken, zich nu totaal onbewust van de voorbijgangers die waren blijven staan om naar haar prachtige optreden te kijken. Hij liep naar haar toe en pakte haar bij haar handen om haar overeind te trekken. 'Mijn god, Helena, je bent fantastisch. Echt fantastisch.'

Hij stak zijn hand uit om een blaadje uit haar haar te strijken, liet zijn vingertoppen langs haar wang glijden en hief haar kin. Ze staarden in elkaars ogen, waarna hij, heel langzaam, zijn lippen naar die van haar bracht...

Daarna was het onvermijdelijk dat ze samen naar zijn appartement gingen. Ze hadden samen in een heerlijke pas de deux gevreeën die een hartstochtelijk crescendo bereikte toen de zon achter de daken van Wenen verdween.

En nu was ze na de les op weg om hem in een van hun favoriete cafés te ontmoeten aan de Franziskanerplatz, een schattig plein van kinderkopjes op slechts een paar minuten lopen van het theater. Haar hart ging onwillekeurig wat sneller kloppen toen ze hem aan een tafeltje buiten zag zitten.

'Engel, je bent er.' Alexander kwam overeind toen ze naar hem toe kwam, pakte voorzichtig haar smalle schouders beet, trok haar naar zich toe en kuste haar teder op haar mond.

Toen ze gingen zitten en er een ober kwam om haar bestelling op te nemen, hoorde Helena een bekende stem.

'Helena, cara!' riep Fabio, terwijl hij over het zonovergoten plein naar hen toe liep, waarbij zijn zwevende tred en naar buiten gerichte voeten de toeschouwer een aanwijzing gaven over zijn beroep. Hij was zoals altijd flamboyant gekleed, vandaag in een geellinnen pak met chocoladebruine instappers. Zijn dunner wordende haar, iets waar hij veel over klaagde, ging schuil onder een panamahoed die heel dapper iets schuin op zijn hoofd stond en hij droeg een camera aan een riempje om zijn nek. 'Ik dacht al dat jij het was.'

'Fabio, wat leuk.' Helena kwam overeind en kuste hem op beide wangen, maar toen ze een stapje naar achteren deed, keek ze hem doordringend aan om hem duidelijk te maken dat dit niet uitkwam. Ze had het in het voorbijgaan met Fabio over Alexander gehad, maar was er nog niet klaar voor om ze aan elkaar voor te stellen. Geheel voorspelbaar liet Fabio zich daardoor niet afschrikken.

'En, Helena, ga je me voorstellen aan je... metgezel?'

'Alexander, dit is Fabio, mijn partner... Danspartner. Fabio, dit is Alexander.'

'Hallo, Fabio.' Alexander ging ook staan om hem de hand te schudden. 'Kom je anders even bij ons zitten?' vroeg hij beleefd.

'Dank je, heel even dan. Ik heb deze camera pas net, dus vandaag... Hoe zeg je dat ook alweer? Vandaag hang ik de toerist uit.'

Helena slaakte inwendig een zucht terwijl Fabio het zich gemakkelijk maakte en arrogant met zijn vingers knipte om de aandacht van een ober te trekken. Die twee hadden elkaar waarschijnlijk toch wel een keer moeten ontmoeten; ze had alleen graag zelf besloten wanneer.

Ze bestudeerde ze terwijl ze met elkaar praatten, vol ongemak toen Fabio Alexander als een beschermende vader ondervroeg. Ze stond op het punt om bezwaar te maken tegen zijn agressieve verhoor toen Fabio, misschien omdat hij haar ergernis aanvoelde, snel op een ander onderwerp overstapte en Alexander naar zijn werk als schilder vroeg.

'Mijn opleiding is nog niet begonnen, maar tot die tijd is er zoveel inspiratie hier in Wenen te vinden.' Alexander glimlachte naar Helena en legde een hand op haar arm.

'Dat is waar. Ik koester ook de wens om herinneringen aan de prachtige stad in de zon vast te leggen, vandaar dat ik vandaag op pad ben met deze camera. Misschien moet ik maar met jullie beginnen?' Hij pakte zijn camera en richtte die op hen.

'Fabio, moet dat nu echt? Je weet dat ik er een hekel aan heb om te worden gefotografeerd,' zei Helena smekend.

'Maar jullie zijn zulke charmante modellen, ik kan het niet weerstaan! Kom, lach voor me, cara. Jij ook, Alexander. Het doet geen pijn, beloofd.'

Fabio maakte de ene foto na de andere, gaf Alexander de opdracht dat hij zijn arm om haar heen moest leggen, en hij maakte zulke overdreven flatteuze opmerkingen dat ze al snel samen met hem lachten. Toen Fabio klaar was, ging hij staan. Hij nam een laatste slokje van zijn wijn en tikte de rand van zijn hoed aan. 'Nog een mooie middag samen. En ik zie jou morgen, Helena, voor onze eerste repetitie. Ik hoop dat je vanavond vroeg naar bed gaat om je daarop voor te bereiden.' Hij knipoogde, slenterde weg over het plein en verdween uit het zicht.

Fabio begon de volgende dag over Alexander toen hij na de les samen met Helena ging lunchen. 'Dus deze man, Alexander… Is het serieus?'

'I-Ik weet het niet. Daar is het nog te vroeg voor. We genieten van elkaars gezelschap,' vertelde ze aarzelend.

Fabio maakte een afwijzend handgebaar. 'Helena, cara, het is van je gezicht af te lezen dat je verliefd op hem bent. En ook al begrijp ik dat je de details ervan niet met mij wilt bespreken, het is ook duidelijk dat jullie al hebben toegegeven aan je passie.'

Helena voelde haar wangen gloeien. 'Nou en? Daar is toch niets mis mee?'

Fabio zuchtte dramatisch, veegde met zijn servet langs zijn mond en leunde naar achteren op zijn stoel om haar met een schrandere blik in zich op te nemen. 'Natuurlijk niet. Maar, Helena, je bent op bepaalde vlakken soms nog zo'n *bambina* dat ik me zorgen om je maak. Wat weet je nu echt over deze man?'

'Meer dan genoeg, dank je,' zei Helena opstandig. 'Hij is een getalenteerd kunstschilder, hij laat me lachen, hij...'

'Maar is het je niet opgevallen,' onderbrak Fabio haar, 'hoe weinig details hij gaf toen ik hem vragen stelde over zijn achtergrond? Hij was erg ontwijkend. Ik zal direct zijn: er is iets aan hem wat ik niet vertrouw. Noem het maar het natuurlijke instinct van een man over een andere man. Volgens mij is hij een hartenbreker en heeft hij iets te verbergen. Ik zag het in zijn ogen.' Hij zocht naar het juiste woord. 'Die zijn onbetrouwbaar.'

'Fabio! Mijn hemel! Je hebt hem een half uurtje gesproken! Hoe kun je dan zo'n aanname doen?'

'Geloof me...' Fabio tikte met een vinger tegen de zijkant van zijn neus. 'Ik heb altijd gelijk over de mannen.'

'Je zou haast denken dat je jaloers bent,' zei ze op scherpe toon. Ze stond op en gooide haar servet op tafel. 'Trouwens, het gaat je echt niets aan. Dus als je het niet erg vindt, wil ik het er niet meer over hebben.'

'Zoals je wilt.' Fabio haalde heel nonchalant zijn schouders op. 'Ik geef je je zin, cara. Maar zeg niet dat ik je niet heb gewaarschuwd.'

Gedurende de dagen daarna bleven Fabio's opmerkingen steken, en Helena bleef koel tegen hem toen de repetities voor het nieuwe seizoen serieus van start gingen, maar hij bracht het onderwerp heel nadrukkelijk niet meer ter sprake. Ze moest erkennen dat Alexander inderdaad niet veel details losliet als hij het over zijn leven in Engeland had. Ze wist dat hij in een klein huisje woonde ergens in het zuiden van Engeland, en dat zijn rijke ouders hem hadden onterfd omdat hij had geweigerd een 'fatsoenlijke' baan te zoeken. Ze vroeg zich wel een keer af hoe hij dan een dure opleiding in Wenen kon betalen en had hem die vraag gesteld toen ze hem weer zag. Zijn antwoord was dat hij daarvoor de laatste restjes van het geld had gebruikt dat zijn ouders voor hem opzij hadden gezet en dat het nu erop of eronder was.

Ze probeerde haar geluk niet te laten beïnvloeden door Fabio's opmerkingen. Hij was gewoon overbeschermend, dat was alles. En omdat ze nooit lang kwaad op hem kon blijven, keerden ze al snel weer terug naar hun gebruikelijke ongedwongen vriendschap.

Helena en Alexander bleven elkaar zo vaak mogelijk ontmoeten. Dat werd een stuk ingewikkelder doordat Helena het erg druk had met het gezelschap en Alexanders opleiding eindelijk was begonnen en hij een schema had dat buiten de lestijd om volgepropt was met lezingen, werkgroepen en opdrachten.

Nooit eerder had ze iemand ontmoet bij wie ze voor haar gevoel echt zichzelf kon zijn en hij leek net zo dolverliefd te zijn als zij. Hij liet kattenbelletjes voor haar achter als hij haar appartement verliet, schreef gedichten en vertelde haar de hele tijd hoeveel hij van haar hield.

Naarmate de band tussen hen dieper werd, begon Helena zich onwillekeurig een toekomst met hem voor te stellen. Ook al had Alexander het er nooit over en was hij onmiskenbaar vaag over zijn plannen voor als zijn opleiding de volgende zomer was afgelopen, droomde ze ervan dat hij dan misschien wel in Wenen zou blijven. Of misschien kon ze wel terugkeren naar Engeland en het Royal Ballet om bij hem in de buurt te zijn, als Fabio daarmee akkoord ging.

Want hoe zouden ze nu nog in hemelsnaam van elkaar gescheiden kunnen worden?

Het was toen ze samen in haar appartement in bed lagen, terwijl een kille herfstwind de oude ramen deed ratelen in hun sponningen, dat hij haar vertelde dat hij de volgende ochtend terug naar Engeland ging.

'Er is een probleem binnen de familie dat ik moet oplossen. Met een beetje geluk ben ik maar een paar weken weg.'

'Maar kun je die tijd wel missen?' vroeg Helena, terwijl ze op haar elleboog steunde en hem verbaasd aankeek. 'Je opleiding is net begonnen. Kan het niet wachten tot de kerstvakantie?'

'Niet echt, nee. Er zijn een aantal dingen die... die ik daar moet afhandelen.'

'Wat voor "dingen", Alexander?'

'Niets waar jij je druk om hoeft te maken. Ik ben terug voor je het weet, engel, beloofd.' Hij kuste haar.

Hij weigerde verder iets te vertellen over wat het probleem zou kunnen zijn en Helena moest tevreden zijn met het feit dat hij maar voor korte tijd weg zou zijn. Ze vreeën die nacht met bijzonder veel passie, en toen ze in slaap viel was ze tevreden en voelde ze zich vervuld.

Het bleek dat Helena heel weinig tijd had om Alexander te missen gedurende de dagen die volgden. Ze was nauw betrokken bij repetities voor de naderende voorstellingen van *L'après-midi d'un faune, La fille mal gardée* en *La Sylphide*. Daarnaast werkte ze ook twee middagen per week samen met de choreograaf en componist aan het nieuwe ballet, *De artiest*.

Toen de dag van Alexanders geplande terugkeer naar Wenen verstreek, probeerde Helena niet in paniek te raken, hoewel ze het mededelingenbord bij het theater in de gaten begon te houden als ze erlangs kwam, voor het geval er voor haar was gebeld. Stom genoeg was hij vergeten haar het nummer te geven waar ze hem in Engeland kon bereiken, ook al had hij gezegd dat hij het voor haar zou achterlaten.

Uiteindelijk, met december in aantocht, nam ze haar toevlucht tot een bezoekje aan zijn faculteit binnen de kunstacademie.

'Ik heb een vraag over een vriend van me die hier aan een master werkt. Ik moet weten wanneer hij terugkeert op de academie.'

De secretaresse keek Helena scherp aan over de rand van haar montuur. 'Dat soort informatie verstrekken we niet, *Fräulein*.'

'Alstublieft... Het is heel belangrijk. Hij is vertrokken om een noodgeval in de familie op te lossen en hij had nu al terug moeten zijn. Het kan toch zeker geen kwaad als u alleen maar in uw administratie kijkt?'

De secretaresse zuchtte verveeld. 'Wat is zijn naam?'

'Alexander Nicholls.'

'Ik zal eens kijken. Nicholls, zei u?'

'Ja.'

'Wacht u alstublieft hier.' De secretaresse verdween enkele minuten. Toen ze terugkeerde schudde ze haar hoofd. 'Volgens onze gegevens hebben we binnen deze faculteit geen student met de naam Nicholls.'

Bezorgd en verward vanwege het nieuws dat ze net had gekregen, maar vastbesloten om erachter te komen wat er met hem was gebeurd – misschien had hij een ongeluk gehad of was er iemand in zijn familie gestorven? – ging Helena naar zijn appartementengebouw. Daar kreeg ze van de portier te horen dat de jongeman van 14a bijna een maand geleden uit zijn zolderappartement was getrokken, en dat het al opnieuw was verhuurd.

Ze liep weg bij het gebouw, haar gespierde benen bevend alsof ze van gelei waren. Op de automatische piloot ging ze naar het park ertegenover, waar ze voor hem had gedanst terwijl hij haar had getekend. Ze redde het naar het dichtstbijzijnde bankje en ging erop zitten.

De kastanjeboom stond daar nu zonder bladeren, kaal en grillig in de sombere novembermist.

Helena begroef haar gezicht in haar trillende handen. Net als de bladeren die van de boom waren gevallen, leek Alexander, samen met hun liefde, in het niets te zijn verdwenen.

23

Helena was totaal uitgeput. 'Uiteindelijk besefte ik dat hij niet meer terugkwam. En dat was dat.'

Er viel een lange stilte voor William sprak. 'Natuurlijk weet je dat je niet bijzonder bent, toch? Hij heeft altijd al de concentratie van een mug gehad wat betreft mooie vrouwen. Hij is verliefd op verliefd zijn. Verbeeld je maar niets, Helena. Ik kan je verzekeren dat je er een van velen bent geweest.'

'Dat geloof ik.' Ze weigerde op die gemene opmerking in te gaan. Ze wist dat ze die had verdiend en nog veel meer dan dat.

'Ik kijk ervan op dat hij het nooit over je heeft gehad. Hij vertelde me normaal gesproken alle details van zijn buitenechtelijke veroveringen.' William lachte bruusk. 'Als ik je toen had gekend dan had ik je kunnen waarschuwen. Maar dat kon natuurlijk niet. En áls ik je had gekend... Nou, dan hadden we hier nu niet gezeten. Het laatste wat ik ooit had gewild was een van zijn afgelikte boterhammen.'

Helena trok zich helemaal in zichzelf terug om de kracht te vinden om niet weg te rennen voor de verschrikkelijke woorden van William. Hij was het slachtoffer in deze situatie; hij had het recht om te zeggen wat hij maar wilde. 'Ik begrijp het.' Ze staarde naar haar handen. 'Misschien heeft hij het je niet verteld omdat hij zich schaamde.'

'Sacha? Zich schamen omdat hij met een vrouw naar bed was geweest? Ik dacht het niet. Dat vond hij geweldig. Waarom zou hij zich in vredesnaam schamen?'

'Ik kwam er later, veel later, achter dat hij naar huis was gegaan omdat Jules in verwachting was van Rupes.'

'Aha.' William knikte. 'Nou, dat moet wel een schok zijn geweest.'

'Ja.' Ze keek hem aan. 'Maar dat wist ik toen niet. Net zomin als dat ik wist dat hij getrouwd was.'

'O, echt? Komt dat even goed uit.'

'Hij heeft het me niet verteld, William. Hij heeft zelfs nooit iets laten doorschemeren, dat zweer ik.'

'En is het geen moment bij je opgekomen toen je mij ontmoette dat jouw Weense minnaar dezelfde persoon was als mijn beste vriend?'

'William, toen jij het voor het eerst over je beste vriend had als Sacha Chandler die, toegegeven, samen met jou aan Oxford had gestudeerd en had voorgesteld dat je naar Wenen moest gaan... Hoe had ik toen moeten weten dat ze een en dezelfde persoon waren? Ik kende hem als Alexander Nicholls.'

'En ik weet zeker dat ik het je eerder heb verteld. Sacha is zijn bijnaam, overgebleven uit zijn kindertijd. En zijn volledige achternaam is in werkelijkheid Chandler-Nicholls. Ik vind het heel moeilijk om te geloven dat je dat niet wist, gezien hoe... "hecht" jullie toen waren.' Hij spoog die laatste woorden er bijna uit.

'William, onze relatie heeft maar een paar maanden geduurd. We waren twee vreemden die elkaar in een stad in het buitenland hadden ontmoet. Je kunt het naïef van me vinden, maar ik wist echt maar vrij weinig over zijn achtergrond. Ik probeer geen smoesjes te verzinnen, maar hoe had ik het kunnen weten voor ik hem op onze trouwdag zag?'

William keek haar kwaad aan.

Helena wist dat niets van wat zij kon zeggen de schok voor hem kon afzwakken.

'Nou, laten we maar doorgaan. Hij heeft je duidelijk in de steek gelaten.'

'Ja.'

'En wat is er toen gebeurd? Heeft hij contact met je opgenomen vanuit Engeland?'

'Nee. Ik heb helemaal niets gehoord. Ik weet nu dat hij een baan in de City had gekregen en dat Jules een paar maanden later van Rupes is bevallen...'

'Wacht eens even...' Er viel iets op zijn plek voor William. 'Shit!' Er verscheen een verafschuwde uitdrukking op zijn gezicht toen de werkelijkheid tot hem doordrong. 'Het is nog erger dan je me tot nu toe hebt verteld, hè, Helena? Veel erger?'

Ze zweeg. Wat was daar nog over te zeggen?

'Want... Alex en Rupes schelen maar vier maanden met elkaar. Toch, Helena?'

'Ja.'

William staarde omhoog naar de prachtige nachtlucht vol schitterende sterren. Die was er de vorige avond geweest en de nacht daarvoor, en die zou er morgen weer zijn. Maar toch was vanavond zijn hele leven onherroepelijk veranderd en het zou nooit meer hetzelfde zijn. Uiteindelijk stond hij op. 'Eindelijk begrijp ik het. Geen wonder dat je me nooit hebt verteld wie de vader van Alex is. Het enige wat ik kan zeggen is... Als hij dit allemaal hoort, Helena... God, die arme jongen. Die arme, arme zoon van je. Jezus!' Hij ijsbeerde afgeleid over het terras. 'Ik probeer een weg terug te vinden naar ons, maar op het moment kan ik die niet vinden.' Hij schudde zijn hoofd droevig. 'Er is geen troost te vinden. Nergens.'

'Ik weet het. William, ik...'

'Sorry...' William hield zijn handen op, alsof hij zich zo fysiek tegen haar beschermde. 'Ik kan het niet. Ik moet hier weg, nu.' Hij ging naar binnen.

Tien minuten later hoorde Helena een auto starten en wegscheuren over het grind, de heuvel op. Ze keek de achterlichten na tot die werden opgeslokt door het duister.

DAGBOEK VAN ALEX

12 AUGUSTUS (VERVOLG)

Ik zit op het voeteneind van mijn bed… Te wachten.

Ik wacht tot mijn moeder komt om me wakker te maken. Dan komt ze binnen en houdt ze me vast zoals ze dat deed toen ik klein was, aait ze me over mijn haar en vertelt ze me dat ik een nare droom heb gehad, dat dit allemaal niet echt is gebeurd, dat ik die verschrikkelijke woorden niet heb gehoord die vlak onder mijn slaapkamerraam werden gesproken. Dat mijn vader die niet mijn vader is ons niet in zijn auto heeft verlaten, om misschien nooit meer terug te komen.

Vanwege wie mijn echte vader is.

Mijn hoofd ontploft zo. Het zal in een miljoen piepkleine stukjes uit elkaar barsten en de wanden verschrikkelijk vies maken. Het kan deze kennis niet binnenhouden. Het weet niet hoe het deze informatie moet verwerken. Het maalt en kolkt en draait in cirkeltjes, maar bereikt niets. Het kan hier niet mee omgaan. Ik kan hier niet mee omgaan.

Ik sla met mijn vuisten op mijn knieën, doe mezelf pijn om de fysieke pijn erger te maken dan de mentale, maar het werkt niet. Niets werkt. Niets kan de pijn die ik voel wegnemen.

En het ergste is nog wel dat de enige die altijd alles beter kon maken die heeft veroorzaakt.

Dus ik ben nu alleen. In het donker.

Als mijn brein eindelijk die blokkade overwint, dan zal het beginnen de gevolgen te verwerken van wat ik net heb gehoord. Het enige wat ik weet is dat ik niet langer ben wie ik dacht te zijn.

En dat geldt ook voor mijn moeder.

24

Helena's handen beefden toen ze een glas cognac inschonk voor zichzelf. Ze dronk het in een teug leeg en voelde het haar maag verwarmen, maar wist dat het nooit de verschrikking zou kunnen wegbranden van wat er net was gebeurd. Ze ging staan en liep naar binnen, door de gang, naar de slaapkamer van Alex. Ze verzamelde elk restje kracht waar ze over beschikte en klopte op zijn deur. 'Mag ik binnenkomen?'

Geen reactie.

Ze duwde de deur open. Het was donker in de kamer. De openstaande luiken lieten de bleke gloed van het maanlicht binnen. Toen haar ogen zich hadden aangepast zag ze een silhouet op de rand van het bed zitten. 'Kunnen we praten?' vroeg ze stilletjes.

'Is pap weg?'

'Ja.'

'Wanneer komt hij terug?'

'Ik... weet het niet.' Ze liep door de kamer, tastte voor zich naar het bed en ging zitten voor haar benen het begaven. 'Heb je geluisterd?'

Het duurde lange tijd voor Alex antwoord gaf. 'Ja.'

'Naar alles?'

'Ja.'

'Dus... dan weet je nu wie je biologische vader is?'

Stilte.

'Begrijp je waarom ik het je nooit heb verteld? Of aan iemand anders, trouwens?'

'Mam, ik kan het hier niet over hebben... Echt niet.'

'Pap... William wilde het hoe of waarom niet horen. Ik begrijp dat jij dat ook niet wilt. Maar ik wil het verhaal afmaken, je uitleggen wat er is gebeurd nadat hij... Sacha, zoals jij hem kent, me in Wenen had achter gelaten. Luister alsjeblieft, Alex, het is zo belangrijk dat je dit weet. En het is belangrijk voor mij om uit te leggen waarom het ook vrij veel te maken had met Alexis en wat er hier is gebeurd.'

Er kwam geen antwoord, dus Helena begon.

'Ik kwam er vlak na de kerst achter dat ik in verwachting was van jou...'

HELENA

WENEN
DECEMBER 1992

Helena's adem verscheen in elegante, kronkelende wolkjes in de ijskoude lucht toen ze haar appartement verliet om naar de ochtendles te gaan.

De stad was rond deze tijd van het jaar bijzonder bekoorlijk; de prachtige stenen gebouwen waren versierd met traditionele feestelijke decoraties en twinkelende lichtjes, die op hun beurt weer werden verfraaid door een glinsterend laagje van de verse sneeuw die die nacht was gevallen. Het was de dag voor oudjaar en er leek overal een vrolijke, opgewonden sfeer te heersen waar iedereen aan bijdroeg.

Behalve zij dan. Helena vroeg zich af of ze ooit nog gelukkig of enthousiast of gewoon.... íéts zou zijn. Alexander was bijna twee maanden geleden vertrokken en de dagen vol wanhoop en de nachten dat ze zich in slaap had gehuild, hadden plaatsgemaakt voor een verdoofd gevoel dat tot de diepste krochten van haar ziel leek door te dringen. Ze had eindelijk geaccepteerd dat Alexander, om welke reden dan ook, nooit meer zou terugkeren naar Wenen. Of naar haar.

Helena bleef even staan voor de Wiener Staatsoper en keek op naar de goudkleurige stenen bogen die op spectaculaire wijze zouden worden verlicht. Wat ironisch, dacht ze, dat terwijl haar leven op emotioneel vlak het dieptepunt had bereikt, haar carrière tot nieuwe hoogtes steeg. Vanavond zou ze de hoofdrol spelen bij een gala-uitvoering van *La Sylphide*, en het nieuwe ballet, *De artiest*, kreeg al vorm en zou de grootste productie worden van het komende seizoen. Helena wist dat zowel haar carrière als die van Fabio een ongekende hoogte zou bereiken door de prestige van een speciaal voor hen gecreëerde rol, maar op het moment kostte het haar moeite om de energie te vinden om zich daar druk om te maken.

In elk geval hadden de discipline en veeleisendheid van haar professionele leven ervoor gezorgd dat ze niet helemaal gek was geworden van verdriet, zo dacht ze toen ze bij de artiesteningang kwam. Nadat ze de portier had begroet, liep ze door de doolhof aan gangen naar haar kleedkamer, waar ze haar jas met bontkraag van haar schouders liet glijden en zich omkleedde in haar balletpakje en beenwarmers. Ze trok haar favoriete, ietwat door motten aangevreten overslagvestje aan tegen de kou tot haar slanke lichaam de kans had gehad om op te warmen.

Ze trok haar bos blonde haar naar achteren en draaide het in een knotje en wikkelde de satijnen linten van haar spitzen strak om haar enkels alvorens de rust van haar kleedkamer te verlaten.

Verschillende leden van het gezelschap stonden al op het enorm grote podium te wachten, in groepjes met elkaar te kletsen of hun spieren te strekken aan de barre die daar voor dat doel stond. Ondanks haar sombere bui glimlachte Helena treurig toen ze stilstond bij het feit dat de hele gevarieerde verzameling oefenkleding – compleet met maillots met gaten erin – en de make-upvrije gezichten van de dansers zo'n enorm contrast vormden met hoe ze er die avond allemaal zouden uitzien op het podium. Ze huiverde enigszins toen ze zich omdraaide om even in de duisternis van het lege auditorium te staren, dat straks duizelingwekkend fel verlicht zou zijn om de pracht te onthullen van de vergulde balkons die gevuld zouden zijn met een verwachtingsvol publiek van meer dan tweeduizend mensen.

Ze begroette haar mededansers en zocht haar plekje aan de barre op. De *répétiteur* kwam om de les te begeleiden, een enkele pianist begon te spelen en de les ging van start met de gebruikelijke pliés. Helena hoefde niet over de oefeningen na te denken; haar lichaam had ze zo vaak uitgevoerd, duizenden keren, dat het die op de automatische piloot uitvoerde terwijl het zich voorbereidde op de veeleisende rol van de nimf uit *La Sylphide*. Ze hadden gisteren een volledige generale repetitie gehad en alles was goed verlopen, ook al was het de eerste keer dat ze de rol had gespeeld en was ze zenuwachtig en prikkelbaar geweest. Uit ervaring wist ze dat ze beter zou zijn voor een publiek als de adrenaline door haar lijf gierde.

'Goedemorgen, Helena, cara,' werd er achter haar gezegd. Fabio nam zijn plek aan de barre in.

'Je bent weer te laat,' vermaande ze hem, terwijl ze zich allemaal omdraaiden om dezelfde oefening op het andere been uit te voeren.

'Dat ligt vast aan de wekker, die is duidelijk kapot,' zei hij, waarbij hij ondeugend met zijn donkere ogen rolde.

Helena wist dat Fabio het daarmee over een spannende nacht had. 'Je zult me er na de les wel alles over vertellen.'

Die avond zat Helena in haar kleedkamer en legde ze kundig de laatste hand aan haar make-up. Het was een razend drukke dag geweest, de repetitie van die ochtend werd na de lunch opgevolgd door een hele rits interviews met de media. Ze had weinig tijd gehad om te rusten en ze voelde de zinderende spanning door zich heen trekken. Om zichzelf af te leiden pakte ze het kaartje op dat naast een weelderig boeket van witte rozen lag; het meest overdadige exemplaar van de verschillende bloemenofferandes in haar kamer.

Mijn liefste Helena,

Nogmaals bedankt voor je gezelschap bij het etentje van vorige week en omdat je hebt toegezegd om morgenavond met mij naar het bal te gaan. Veel succes vanavond. Ik zal voor in de zaal zitten om naar je optreden te kijken.

De jouwe, F xx
Prins Friedrich von Etzendorf

Op dat moment viel haar pas op dat er tussen de bloemen een klein, in zilver vloeipapier gehuld pakje verstopt zat. Ze pakte het uit en ontdekte een met fluweel bedekt doosje. Ze klapte het deksel open. Daar lag een ragfijn halssieraad, bestaande uit een drietal schitterende druppelvormige diamanten die aan een uiterst dunne ketting hingen. Ze leunde naar achteren, overweldigd door het extravagante geschenk. Terwijl ze naar haar evenbeeld in de spiegel keek, wist ze niet of ze moest lachen of huilen om de ironie.

Ze was een maand geleden op een receptie na een optreden voor het eerst voorgesteld aan prins Friedrich. Iemand had haar verteld dat hij een telg was van een van de oudste en rijkste families van Oostenrijk en dat hij bijzonder geïnteresseerd was in de kunsten. Ondanks dat hij knap en hoffelijk was, was het haar niet gelukt veel enthousiasme op te wekken gedurende hun gesprek. Hij was Alexander niet. Het feit dat

Friedrich – zeker zo op het eerste gezicht – ongeveer alles was wat een vrouw zich kon wensen was op de een of andere manier alleen maar nog deprimerender geweest.

De volgende dag had ze op zijn persoonlijke briefpapier een uitnodiging voor een etentje ontvangen. Ze wilde onmiddellijk weigeren, maar wist dat ze verder moest gaan met haar leven na de abrupte verdwijning van Alexander. Ze vertelde Fabio over de uitnodiging terwijl ze samen in de coulissen op hun opkomst wachtten. 'Moet ik gaan?'

'Helena, dit is een prins die zo uit een sprookje lijkt te zijn gestapt. Natuurlijk moet je gaan!'

Dus had ze met tegenzin de uitnodiging geaccepteerd.

En het was... prima...

Ze hadden elkaar sindsdien een aantal keer gezien. Hij was veel gretiger dan zij om zo vaak als haar schema het toeliet af te spreken. Friedrich leek echt te mooi om waar te zijn: knap, beschaafd, rijk en hij aanbad haar.

'Wat zou een vrouw nog meer kunnen willen? Ik begrijp je gewoon niet, Helena.' Fabio had met zijn ogen gerold vanwege haar overduidelijke gebrek aan enthousiasme toen hij had gevraagd hoe de relatie verliep.

Niets, had ze gedacht.

Het was alsof ze het vermogen om te voelen was verloren, zo mijmerde ze toen ze de ketting omdeed en zag dat die precies tussen haar sleutelbeenderen viel.

'Je bent mijn eigen Grace Kelly,' had Friedrich tegen haar gezegd, de laatste keer dat hij haar had gezien, terwijl hij aan hun tafel een kus op haar vingertoppen had gedrukt. 'Ik wil je tot mijn prinses maken.'

Dat was het moment dat hij haar formeel had gevraagd hem te vergezellen naar het Nieuwjaarsbal dat in het iconische Paleis Hofburg zou plaatsvinden. 'Ik wil daar met je pronken,' had hij gezegd.

Hoewel ze niet bepaald in een feeststemming was, had ze het ondankbaar gevonden om te weigeren, vooral omdat ze wist dat het een van de meest langverwachte gebeurtenissen was op de Weense sociale kalender. En het betekende dat ze in elk geval niet in haar eentje zou zitten huilen terwijl de klokken van de stad luidden om het nieuwe jaar te verwelkomen.

Nadat ze de uitnodiging voor het bal had geaccepteerd, had ze beseft dat ze niets gepasts had om naar zo'n gelegenheid aan te trekken. Ze had het hele verhaal verteld aan Klara, haar betrouwbare kleedster in het theater. Klara had haar als een echte petemoei meegenomen naar de kostuumafdeling, waar ze een schitterende lichtroze strapless baljurk voor haar hadden gevonden. Daarin zag ze er echt uit als een prinses.

Helena wierp er nu een blik op. Hij hing aan de stang in een beschermende plastic hoes klaar om met een paar kleine aanpassingen na de voorstelling van vanavond mee naar huis te nemen.

Als op commando kwam Klara in hoogsteigen persoon de kleedkamer binnen gesneld met de fladderende lagen witte tule, chiffon en lovertjes waar Helena's kostuum voor vanavond uit bestond.

'Kom, Fräulein Beaumont, u moet zich voorbereiden. Er is niet veel tijd,' beval ze met haar zware accent. Ze trok Helena's haar in een hoge knot, voegde er kleine clipjes aan toe met parels en strassteentjes die het licht zouden vangen. Toen bespoot ze het geheel met genoeg haarlak om een kernaanval te weerstaan en hielp Helena daarna in het kostuum, waarbij ze er heel goed op paste dat er niets van de zware toneelmake-up op kwam te zitten. Haar scherpe blik viel op het opengeklapte fluwelen doosje op de kaptafel. 'Is dat een cadeau?' Ze gebaarde naar het doosje.

'Ja.'

'Van wie?'

'Een vriend.'

'U bedoelt de prins?'

Helena knikte gegeneerd.

'U hoeft niet verlegen te zijn. U bent een mooie vrouw. Ik weet dat hij u morgenavond meeneemt naar het bal en deze ketting past perfect bij uw jurk.'

'Ja, dat zal wel.'

'En ik heb nagedacht, Fräulein Beaumont. Morgen kom ik naar uw appartement om u daar te helpen met de voorbereidingen,' kondigde Klara aan, alsof het daarmee vaststond.

'O, maar dat is echt niet nodig,' protesteerde Helena.

'Maar hoe wilt u de jurk dichtkrijgen zonder mijn hulp? Er zitten heel veel kleine parelknoopjes op de rug. En ik kan ook het kapsel maken waardoor u er op uw best uitziet.'

Helena gaf toe. Ze wist uit ervaring dat het geen zin had om je tegen Klara te verzetten. 'Bedankt, dat is ontzettend aardig.'

Er was verder geen tijd om te praten. Klara maakte een verontrust geluidje toen de bel klonk die aangaf dat ze nog maar vijf minuten hadden. Ze spoot een laatste wolk haarlak over het kapsel terwijl Helena opstond om zichzelf in de lange spiegel te bestuderen. Het schitterende kostuum, met het lijfje waar met het grootste geduld kraaltjes op waren geborduurd en de soepelvallende witte rok, waren het toonbeeld van de etherische eigenschappen van het personage dat ze over een paar minuten zou vertolken.

'U bent klaar.' Klara bewonderde zelf ook het resultaat van haar werk toen er 'Beginners' werd omgeroepen via de intercom. 'Succes,' voegde ze eraan toe, terwijl Helena de kleedkamer verliet.

Twee uur later bracht Fabio Helena naar voren om het daverende applaus in ontvangst te nemen dat het eind betekende van een fantastisch optreden. Het publiek ging staan en er werd gestampt en gejuicht terwijl ze samen keer op keer bogen en de boeketten in ontvangst namen die op het podium werden gegooid.

Toen het doek voor de laatste keer was gevallen, ging Helena terug naar haar kleedkamer. De adrenaline stroomde door haar heen en ondanks haar huidige problemen was ze nog steeds high. Er werd bijna onmiddellijk op de deur geklopt, wat het begin aangaf van een stroom bezoekers die langskwamen om haar te feliciteren.

Een knap gezicht, omlijst door lichtblond haar werd om de deur heen gestoken. 'Ik hoop dat ik je niet stoor?'

'Helemaal niet. Kom toch binnen, Friedrich.' Helena liep naar haar gast toe om hem te begroeten. Wat zag hij er toch gedistingeerd uit met zijn witte das en rokkostuum, met een scharlakenrode sjerp met zijn familiewapen over zijn brede borst gedrapeerd.

Friedrich pakte haar hand vast en drukte er een kus op.

'Ik kan niet onder woorden brengen hoe betoverend ik je optreden van vanavond vond. Je bent echt de belichaming van een sprookjesnimf. En ik zie dat je mijn bloemen hebt gekregen.' Hij gebaarde naar het boeket.

'Ze zijn prachtig. En de ketting is ook ongelooflijk mooi, Friedrich, maar dat is echt veel te gul...'

'Stil, mijn liefste Helena. Het is niet meer dan dat je verdient. Toe, ik zou het heel vervelend vinden als ik dacht dat je er niet blij mee was. Ik hoop eigenlijk heel erg dat je mijn geschenk naar het bal zult dragen.'

'Dan kan ik alleen maar zeggen dat ik dat zal doen, en dank je.'

'Het enige bedankje dat ik nodig heb is jou aan mijn zij terwijl we morgenavond samen Paleis Hofburg in lopen.'

Helena stond op het punt om te reageren toen er weer op de deur werd geklopt.

'Ik ga nu, Helena... en ik kijk ontzettend uit naar een fantastische oudejaarsavond.' Met die woorden maakte Friedrich een diepe buiging en hij verliet de kamer.

Een menigte mensen die haar wilde feliciteren kwam binnen en verdrong zich om haar heen.

Uiteindelijk was ze weer alleen in de kleedkamer. De adrenaline die haar de hele avond op de been had gehouden, had haar lichaam verlaten en ze was doodop, leeg. Toen Klara haar eenmaal uit haar kostuum had geholpen en ze haar zware make-up had verwijderd, trok ze haar spijkerbroek en trui aan, schoot haar jas en sneeuwlaarzen aan en verliet het theater.

De volgende dag had Helena met Fabio afgesproken bij Griechenbeisl voor een oudejaarslunch.

'Cara.' Hij stond op om haar te begroeten terwijl de ober haar naar de tafel bracht. 'Kom, ga zitten, we moeten het succes van gisteravond vieren.' Hij trok een fles champagne uit de wijnkoeler die al klaarstond, en schonk twee glazen vol.

'Op ons! En op het nieuwe jaar!' proostte hij, terwijl hij met zijn glas tegen dat van haar tikte. 'Ik heb de recensies van *La Sylphide* in de ochtendkranten al gelezen en ze zijn fantastisch. Er staat in dat jij een rijzende ster aan het firmament bent. Als we nu ons nieuwe ballet vertonen, zullen ze meer dan ooit weten dat ze rekening met ons moeten houden. We zijn op weg naar de top, Helena. Dat weet ik zeker.'

Helena probeerde Fabio's overduidelijke euforie te spiegelen, maar het lukte haar slechts een zwak glimlachje om haar mond te toveren.

'En je triomf op het podium van gisteravond daargelaten, vanavond ga je met de knappe prins naar het bal in Paleis Hofburg. Vind je het niet grandioos, cara? Dat moet toch wel de droom van elke vrouw én man zijn om zo'n avond mee te maken.' Hij grinnikte.

'Fabio, je begrijpt toch wel dat ik wat er gebeurd is niet zomaar kan vergeten?'

'Pfff!' Hij zwaaide nonchalant met zijn hand. 'Je hebt het nog steeds over die schurk, Alexander. Natuurlijk begrijp ik hoe erg hij je heeft gekwetst, cara, maar het is tijd om hem te vergeten en verder te gaan met je leven. Ik dacht dat je de prins aardig vond?'

'Ik... Dat is hij ook wel, maar... ik weet niet zeker of ik er wel klaar voor ben.'

'Misschien komt dat gewoon omdat je moe bent.' Hij leunde over de tafel naar voren en bestudeerde haar gezicht. 'Je ziet er bleekjes uit, Helena, en je hebt nog geen druppel van je champagne gedronken. Weet je zeker dat je niet ziek bent?'

'Nee, nee, ik ben niet... Het is gewoon... Ik ben moe, dat is alles.' Ze beet op haar onderlip.

'Zodra we klaar zijn met de lunch bel ik een taxi voor je die je naar je appartement brengt. Je moet rusten, zodat je klaar bent voor het bal. Ik wil dat je voor de verandering eens plezier hebt, Helena.'

'Ja, je hebt gelijk.' Het lukte haar hem een geruststellende glimlach te schenken. 'Het gaat wel weer na een dutje.'

Fabio keek haar eens achterdochtig aan, maar stapte over op een ander onderwerp: haar japon voor het bal. Daarna trakteerde hij haar zoals gebruikelijk op roddels over andere leden van het gezelschap. Toen hun eten werd gebracht en ze er nauwelijks van at, voelde ze zijn scherpe blik op zich rusten.

Het was, zo dacht Helena, alsof hij het al wist.

Na de lunch ging ze naar huis, waar ze Fabio's bevel opvolgde en op het bed ging liggen. Ze probeerde uit alle macht in slaap te komen, maar ze bleef maar piekeren en haar maag speelde op. Onbewust probeerde ze weer te berekenen of het echt mogelijk was, of dat dit gewoon paniek om niets was.

Kort nadat ze voor het eerst met Alexander naar bed was gegaan, was ze opgezogen in de maalstroom van het balletseizoen en had ze, zoals de meeste ballerina's, de pil doorgeslikt zonder de gebruikelijke stopweek om de maandelijkse bloeding te voorkomen. Dit werd als een essentiële gewoonte gezien voor het optreden. Daardoor wist ze niet wanneer ze voor het laatst 'normaal' had gebloed.

Maar... die misselijkheid, dat zware gevoel in haar buik, de vermoeidheid... Dat waren allemaal symptomen die ze zich maar al te goed herinnerde van de vorige keer...

Uiteindelijk gaf Helena haar poging om te rusten op en klom ze uit bed. Ze had het keer op keer uitgesteld, maar er was maar één manier om erachter te komen en het zeker te weten.

De apotheek om de hoek zou vandaag zeker eerder dan normaal sluiten. Ze trok vlug haar jas aan, griste haar tas mee en rende naar buiten. Nadat ze had gekocht wat ze dacht nodig te hebben, liep ze terug naar huis. Tot haar schrik zag ze Klara al staan wachten bij de hoofdingang van haar gebouw. Verdorie! 'Sorry dat ik je in de kou heb laten wachten, Klara. Mijn... tandpasta was op.'

Klara tuitte haar lippen, terwijl Helena de voordeur opendeed. 'We moeten nodig beginnen als je op tijd klaar wilt zijn.' In het appartement ratelde Klara maar door over die avond.

Helena was er met haar aandacht niet bij en knikte op wat haar gepaste momenten leken. Ze zat met haar gedachten totaal ergens anders: wat stom dat ik op de uitnodiging voor het bal ben ingegaan. Ik hou Friedrich aan het lijntje... Wat moet ik in hemelsnaam doen als...

Tegen de tijd dat Klara eindelijk tevreden was, kon Helena de spanning niet langer verdragen. Ze stond op, ging naar de badkamer en deed de deur achter zich op slot. Ze pakte de test uit het kastje waar ze die eerder snel had verstopt en haalde de inhoud uit de verpakking. Haar hart bonkte in haar keel terwijl ze er vol ellende naar staarde en toen het plastic omhulsel verwijderde. Ze bleef stokstijf staan toen ze de bel hoorde gaan en er daarna vrijwel onmiddellijk hard op de badkamerdeur werd gebonsd.

'Fräulein Beaumont! De auto is er! Uw prins wacht op u!' riep Klara.

'Ik kom eraan!' Helena aarzelde kort, maar stopte vlug het witte staafje in haar met kunstjuwelen versierde avondtasje voordat ze de badkamer verliet.

Klara stond op haar te wachten met een ragfijne zijden omslagdoek in een hand en een paar lange satijnen operahandschoenen in de andere. Nadat ze Helena had geholpen de handschoenen aan te trekken en ze de omslagdoek om haar slanke, blote schouders had geslagen, deed ze een stap naar achteren om haar pupil in zich op te nemen. Het aansluitende lijfje van de poederroze japon was zodanig gesneden dat Helena's mooie decolleté werd onthuld. Het zat strak om haar smalle taille, waarna de stof uitliep in een wijde, luchtige rok die uit verschillende lagen tere chiffon bestond. Haar blonde haar was hoog opgestoken en een paar lokjes ervan omlijstten haar gezicht. De diamanten glinsterden als piepkleine scherfjes ijs onderaan haar elegante hals.

'Je ziet er prachtig uit.' Klara slaakte een tevreden zucht. 'Zo, *liebchen*, nu moet je snel naar je prins gaan.' Ze joeg Helena de deur uit, naar de lift toe. 'Geniet ervan!' riep ze nog toen de deuren dichtschoven.

Friedrich, die er slank uitzag in zijn avondkledij, stond in de lobby te wachten en snakte hoorbaar naar adem toen Helena de lift uitstapte en naar hem toe kwam. Hij nam haar gehandschoende handen in de zijne en hield haar op een afstandje zodat hij haar goed kon bekijken, trok haar daarna naar zich toe en kuste haar zacht op haar wangen. 'Je straalt, mijn Helena,' fluisterde hij. 'Elke man zal vanavond jaloers op me zijn.' Hij bood haar zijn arm aan en ze liepen samen naar de limousine die buiten klaarstond.

Het sneeuwde heel licht toen de imposant gewelfde façade van Paleis Hofburg in zicht kwam, betoverend verlicht. Ze reden onder de hoge ceremoniële boog door, een enorme door lampen verlichte binnenplaats op waar een rode loper over de kinderkopjes was gelegd die naar de ingang leidde. De auto kwam tot stilstand. Helena stapte uit en nam de hand die Friedrich haar bood, waarna hij haar naar binnen leidde een grootse trap op die in een luxueuze staatsiezaal uitkwam waar een champagnereceptie al volop aan de gang was.

Helena nam een glas van een ober aan en nam een slokje in een poging haar zenuwen tot bedaren te brengen en zich moed in te drinken. Dat had ze wel nodig. Ze werd met respect begroet door een eindeloze stroom andere gasten die haar allemaal feliciteerden met haar optredens in het Staatsoper en de prins aan haar zij gedag wilden zeggen.

Uiteindelijk gingen ze naar hun tafel, waar er nog meer champagne op hen wachtte en obers ze overlaadden met schalen met daarop prachtig gepresenteerde canapés. Helena at niets, maar als haar gebrek aan eetlust of haar ingetogen spraakzaamheid de prins al opviel, dan liet hij dat niet blijken.

Toen de aankondiging kwam dat de gasten de hoofdbalzaal konden betreden, staarde Helena onwillekeurig vol ontzag naar de rijen marmeren pilaren die een cassetteplafond ondersteunden waar tientallen kristallen kroonluchters aan hingen. Een orkest speelde een Weense wals op een verhoogd podium onder een enorme klok die de minuten en seconden tot middernacht aftelde.

Er viel een stilte en rijen jonge vrouwen, allemaal in witte japonnen gekleed, kwamen de balzaal binnen aan de arm van hun jongeman.

'Wie zijn zij?' vroeg Helena aan Friedrich.

'Debutantes, en zij zullen nu een dans uitvoeren om hun officiële debuut in het Weense sociale leven te maken.'

Helena keek toe. Was ze bewusteloos geraakt en droomde ze nu over een ritueel uit een lang vervlogen tijd? Ze voelde iets van weemoed toen ze de onschuldige, opgetogen gezichtjes zag; zorgeloze jonge vrouwen die hun hele leven voor zich hadden.

Zo was zij ook ooit geweest.

Ze keerde met een klap terug in het heden toen de debutantes onder applaus weer heel rustig vertrokken. De rode koorden waarmee de andere gasten op afstand waren gehouden werden snel verwijderd zodat men kon dansen.

Helena verloor de tijd uit het oog toen Friedrich haar in zijn armen nam en wals na wals met haar danste op de goudkleurige parketvloer. Andere mannen wilden ook met haar dansen, en ze deed haar best om ze met een glimlach te charmeren als de prinses die Friedrich van haar leek te willen maken.

'Je ziet er vanavond zo beeldschoon uit, Helena. Je hebt mij en elke andere man hier werkelijk betoverd,' mompelde hij toen de band eindelijk iets langzamers ging spelen, en hij maakte daarvan gebruik door haar dicht tegen zich aan te trekken.

Helena werd zich bewust van het vreemde gevoel niet betrokken te zijn bij wat er gebeurde, alsof ze van bovenaf toekeek.

Friedrich boog zijn blonde hoofd en streelde zachtjes langs haar nek. 'Ik hoop dat jij en ik het komende jaar veel meer tijd samen zullen kunnen doorbrengen.'

'Ik... Dat zal vast wel lukken,' hoorde ze zichzelf zeggen.

Hij leek haar antwoord als een aanmoediging op te vatten en drukte zijn wang tegen haar haar terwijl ze in een elegante cirkel onder een kroonluchter zwierden. 'Helena, toe...' fluisterde hij in haar oor. 'Zeg dat je vanavond met mij mee naar huis gaat.'

Bij het horen van die woorden keerde ze abrupt weer terug in het hier en nu. Ze hief haar hoofd om hem aan te kijken en zag de overduidelijke aanbiddende blik in zijn vriendelijke ogen.

Waar ben ik godsnaam mee bezig, dacht ze in paniek. Ze keek naar de klok, voelde zich opeens ontzettend misselijk en heel zwak, en zag dat het over minder dan tien minuten middernacht zou zijn.

Friedrich keek haar onmiddellijk bezorgd aan. 'Helena, *liebling*, gaat het wel?'

'Ik weet het niet. Ik... voel me een beetje vreemd. Ik denk dat ik moet gaan zitten.'

Friedrich bracht haar hoffelijk terug naar hun tafel en vertrok toen om een glas water voor haar te halen. De ruimte bleef om haar heen draaien. Ze snakte er wanhopig naar om heel eventjes alleen te zijn, stond op en ging naar het damestoilet.

Nadat ze wat koud water in haar gezicht had geplensd voelde ze zich iets beter. Ze keek zichzelf in de spiegel aan en reikte naar haar handtasje om haar lippenstift te pakken. Ze rommelde met haar nog altijd bevende vingers met de opening en liet het ding vallen. De inhoud rolde over de vloer. Toen ze zich bukte om alles op te rapen, zag ze als een miniatuurversie van het zwaard van Damocles het witte staafje liggen.

Hoe kan ik zelfs maar overwegen aan een relatie met een andere man te beginnen terwijl deze kwestie boven mijn hoofd hangt, dacht ze, kwaad op zichzelf.

Ze wist dat Friedrich op haar stond te wachten, en dat dit echt niet het juiste moment ervoor was, maar ze wist ook dat ze het zeker moest weten voor ze weer helder kon nadenken.

Wat het nieuwe jaar haar zou brengen hing af van het voorwerp in haar handen. Haar hart bonkte razendsnel terwijl ze naar een hokje liep.

Drie minuten later had ze het antwoord.

Groepjes mensen dwaalden door de foyer en merkten nauwelijks de jonge vrouw op die over de marmeren vloer rende, terwijl de rokken van haar lichtroze baljurk achter haar aan wapperden.

Helena struikelde bijna op de trap die naar de hoofdingang leidde, bleef even staan om haar hooggehakte avondschoenen uit te trekken en gooide die achteloos aan de kant. Toen vluchtte ze op kousenvoeten de sprankelende, ijskoude nacht in.

Precies op dat moment begonnen de klokken van de Stephansdom te luiden om het nieuwe jaar te verwelkomen.

Ze voelde de kille sneeuw onder haar voeten nauwelijks toen ze over de binnenplaats rende, onder de gewelfde boog door en de straat op. Door het bonzen van haar bloed in haar oren heen hoorde ze in de verte een man haar naam roepen.

Ze keek niet om.

25

Helena keek omhoog door Alex' raam en zag de volle maan, net als die nacht dat ze uit het paleis was weggerend. De moeder van de hemel, die kalm de wacht hield bij haar menselijke kinderen terwijl ze onder haar struikelden en vielen, die hun pad in de duisternis verlichtte terwijl ze weer overeind krabbelden.

'Dus...' Helena maakte zich los uit haar herinneringen. 'Dat is het verhaal. Ik zou het graag mooier voor je maken, Alex, maar dat kan ik niet.'

Uiteindelijk sprak hij. 'Nee, dat kan inderdaad niet. Maar ik begrijp nog steeds niet wat dit met Alexis te maken heeft.'

'Ik...' Helena viel stil. Moest ze het hem nu vertellen of niet? Het was te erg voor woorden dat een zoon van dertien dit te weten moest komen over zijn moeder.

Alex leek haar gedachten te kunnen lezen. 'Wat het ook is, mam, je kunt het niet erger maken. Dus gooit het er nu maar uit.'

'Ik ben zwanger geworden van Alexis toen ik hier op Pandora logeerde.'

'Maar... je was pas vijftien.' De stem van Alex was nauwelijks meer dan een verstikt gefluister.

'Ja. Ik heb het niet gekregen. Voor mijn gevoel had ik geen keus. En het was echt zo, zo verschrikkelijk. Ik heb het mezelf tot op de dag van vandaag niet vergeven. Dus toen ik ontdekte dat ik jou kreeg, kon ik dat gewoon niet nóg een keer doen. Ik moest jou krijgen, ongeacht de gevolgen.' Helena hoorde Alex ademen, verder niets.

'Het nieuwe ballet zat eraan te komen en het was niet eerlijk om bij het gezelschap te blijven. Ik had het danseresje niet goed kunnen neerzetten bij de première in maart met mijn zes maanden zwangere buik. En het zou in de tussentijd niet eerlijk geweest zijn om het te verbergen. Ik heb tegen Fabio gezegd dat hij een andere partner moest vinden en ben eind januari bij het gezelschap weggegaan. Om verschillende redenen was het geen optie om terug naar Engeland te gaan, dus ik besloot in Wenen te blijven. Ik had nog wat spaargeld over van wat mijn moeder me had nagelaten en dat heb ik gebruikt om door de zwangerschap heen te komen, en ik ben bij Café Landtmann in de bediening gaan werken, niet ver van het operagebouw. Ze vonden het fijn dat ik zowel Engels als redelijk Duits sprak en ze zijn heel goed voor me geweest. Ik heb er gewerkt tot de dag voor jouw onverwachte komst. Je was meer dan een maand te vroeg. Maar alles was goed en je was gezond, en zo mooi.' Helena's adem stokte toen ze eraan dacht. 'Ik heb je Alexander genoemd, zowel ter nagedachtenis aan de kleine die ik nooit heb gehad als naar je biologische vader. Daar heb ik geen moment over getwijfeld.' Ze haalde met een glimlachje haar schouders op. 'En natuurlijk is je tweede naam Roedolf, naar Noerejev, de beroemde danser die zo tragisch op jonge leeftijd is overleden, maar een paar dagen nadat ik had ontdekt dat ik in verwachting was van jou.'

Alex zweeg nog steeds.

Wat had ze anders kunnen verwachten? Dus ze ging verder.

'Nadat ik van jou was bevallen volgde er een heel zware tijd. Als prematuurtje had je specialistische zorg nodig en daar kwam nog eens bij dat het met mij ook niet zo goed ging. Ik had last van een zeldzame aandoening genaamd zwangerschapsvergiftiging... Ik wil niet dramatisch doen, maar ik ben bijna gestorven, Alex, en dat hield in dat ik er veel langer over deed om helemaal gezond te worden. Daarna was het gewoon geen optie meer om weer te gaan dansen. Het klinkt misschien vreemd, maar een ballerina moet in net zo'n goede of zelfs betere conditie zijn als een topvoetballer. Maar ik werd langzaam weer beter, godzijdank, en dat eerste jaar was ik vooral blij om bij jou te zijn. En, Alex, Fabio was geweldig met je. Hij speelde met je, ging met je wandelen en was echt een vaderfiguur voor je. Zoals je weet heeft hij je ook Kaa gegeven, je konijn...'

Helena zweeg even. Het was onmogelijk de uitdrukking op het gezicht van haar zoon te zien in het donker en ze had dus ook geen idee hoe hij hierop reageerde.

'En dan was er nog Gretchen, die in het appartement boven ons woonde. Toen ik weer aan het werk ging in het café, omdat we dringend geld nodig hadden, paste zij op jou. Je was gek op haar, Alex. Ze was mollig en vrolijk en gaf je altijd zelfgemaakte strudels en pannenkoeken. Herinner je je haar nog?'

'Nee,' klonk het bruuske antwoord.

'Maar goed, toen ik sterker werd, moedigde Fabio me aan om weer lessen te volgen met de gedachte dat ik misschien weer zijn partner zou kunnen worden. Toen vertelde hij me dat hij een contract aangeboden had gekregen bij het New York City Ballet en hij smeekte me samen met jou met hem mee te gaan. Hij was nooit dol op Wenen geweest. Maar, Alex, ik wist dat ik bij lange na niet op het vereiste niveau zat. De dansers van dat gezelschap horen bij de meest atletische van de wereld. Ik wilde daar niet aankomen als Fabio's partner zonder het benodigde fysieke en mentale uithoudingsvermogen. Dan had ik hem tegengehouden in zijn carrière, en dat was niet eerlijk geweest.'

Ze ging verder. 'Dus ik heb hem verteld dat ik niet ons leven overhoop wilde gooien om naar New York te gaan. Je kunt je wel voorstellen dat ik er kapot van was toen hij Wenen verliet. Ik gaf de hoop op ooit nog terug te keren naar de danswereld en bleef als serveerster werken. Toen moesten we ons mooie appartement uit, omdat ik het me niet meer kon veroorloven en raakten we Gretchen ook kwijt. We trokken in een ijskoud hok boven het café waar ik werkte. Ik had mijn dieptepunt bereikt toen ik William een paar maanden later leerde kennen.'

Helena viel stil en probeerde de kracht te verzamelen om door te gaan.

'William heeft me weer tot leven gebracht, Alex, echt waar. Hij was zo lief en betrouwbaar, zo'n oprecht goed mens. Heel langzaam werd ik verliefd op hem. Niet op de manier van een eerste liefde, zoals bij Alexis, of op de doldwaze, roekeloze manier waarop ik van Sacha had gehouden, maar iets wat dieper en sterker was. Alex, ik vertel je dit allemaal omdat het de waarheid is en omdat het ook jouw verhaal is. Ik verwacht niet dat je het allemaal begrijpt of dat je het mij vergeeft.'

Ze keek naar het silhouet van haar zoon dat tegen het maanlicht afstak.

'Toen William me vroeg met hem terug naar Engeland te gaan, ben ik daar uiteindelijk akkoord mee gegaan. Ik had tijd nodig om er zeker van te zijn dat ik me niet om de verkeerde redenen aan hem vastklampte. Niet dat hij op dat moment bijzonder rijk was... Cecile had het huis gekregen bij de scheiding, dus hij woonde in een aftands huurhuisje. Maar we waren daar zo gelukkig, Alex, en ik wist dat het goed zat. Dus toen hij me ten huwelijk vroeg zei ik ja. Het lukte ons Cedar House bij een veiling te kopen en we maakten allerlei plannen om er een echt thuis van te maken. Echt waar, Alex, ik was nog nooit zo intens gelukkig en tevreden geweest als toen. Tenminste, tot onze trouwdag...' Helena viel stil.

'Wat gebeurde er toen?' mompelde Alex uiteindelijk.

'William had me over Sacha verteld, zijn beste vriend die hij al sinds de lagere school kende en met wie hij op Oxford had gezeten. Hij woonde in Singapore, maar zou speciaal voor onze bruiloft met zijn vrouw overkomen. Ik liep letterlijk over het gangpad van het gemeentehuis naar William toe toen ik hem geschokt naar me zag kijken. Later stelde William deze man voor als zijn beste vriend. Sacha, wat zoals ik nu weet een afkorting is van Alexander. Het is geen grap, ik viel bijna flauw tijdens het uitspreken van de geloften. Mijn hart bonkte in mijn keel.'

'Heb je hem daarna gesproken?'

'Nee, althans, niet onder vier ogen. William heeft ons aan elkaar voorgesteld, natuurlijk, maar je kunt je vast voorstellen dat Sacha daarna stomdronken werd en door Jules naar zijn hotelkamer moest worden gebracht. Maar niet voordat ze jou had ontmoet en ze me alles over Rupes had verteld, hun zoontje dat maar vier maanden ouder was dan jij. En toen wist ik natuurlijk waarom "Alexander" nooit meer bij me was teruggekeerd in Wenen. Jezus, Alex.' Helena verborg haar gezicht in haar handen.

'Het was vreselijk... Afschuwelijk. Het grootste deel van onze prachtige huwelijksreis in Thailand heb ik slapeloze nachten gehad terwijl ik probeerde te beslissen of ik William de waarheid moest vertellen, zodat ik dat maar had gehad. Dan zou het aan hem zijn of hij met me getrouwd wilde blijven of niet. Maar ik was te bang om hem kwijt te raken. Ik hield van hem, Alex. Ik was zo gelukkig, jíj was zo gelukkig... Ik kon me er niet toe brengen om de woorden uit te spreken die het sprookje in een nachtmerrie zouden laten veranderen. Ik troostte me met de gedachte dat Sacha aan de andere kant van de wereld woonde en dat, ook al waren ze beste vrienden, we elkaar niet vaak zouden zien. En die eerste paar jaar was dat ook zo. Het lukte me zelfs het soms te vergeten, het te verdringen.'

Helena haalde diep adem en ging met haar hand door haar haar. 'Natuurlijk weet ik achteraf gezien dat ik het William had moeten vertellen zodra ik Sacha had gezien. Alles was beter geweest dan met dit vreselijke geheim te leven en te wachten tot het uit zou komen. Zoals je weet, kwamen Sacha, Jules en de kinderen terug naar Engeland. We zagen ze nog steeds niet vaak, godzijdank. Ze kwamen soms voor een weekendje langs, en William sprak zelf af met Sacha in Londen.

Toen Jules hoorde dat we naar Cyprus gingen en in het huis zouden wonen dat ik had geërfd, heeft ze zichzelf uitgenodigd omdat ze vond dat ze er nodig even tussenuit moest. Ik kon niet weigeren, maar ik was doodsbang. Ik had er een heel slecht gevoel bij. En, mijn god, ik had gelijk.'

Ze schudde haar hoofd. 'En dat is alles. Echt waar, lieverd. Er is niets meer te vertellen. Het spijt me dat ik je pijn heb gedaan, Alex. Ik kan alleen maar mijn excuses aanbieden en je vertellen dat ik zo ontzettend veel van je houd. Ik heb het geheim bewaard om jou te beschermen, om William en ons gezin te beschermen.'

'En jezelf, mam,' mompelde hij hard.

'Ja, je hebt gelijk, en mezelf. Ik weet dat het allemaal mijn eigen schuld is. Het ergste is nog wel dat William een geweldige vader voor je is geweest en dat ik jou door mijn eigen stommiteit en egoïsme het enige wat ik altijd voor je heb gewenst heb afgenomen. Ik zou zo graag willen dat hij je echte vader was! Ik zou alles geven om de klok terug te kunnen draaien. Het spijt me zo ontzettend dat ik het allemaal verkeerd heb gedaan. Ik weet dat William het me nooit zal kunnen vergeven. Dit is wel het grootst mogelijke verraad. Maar ik hou echt van hem, Alex. Dat is altijd zo geweest en zal ook altijd zo zijn.'

'Weet Sacha het, of Alexander, of wie hij verdomme ook is? Dat ik zijn...' De stem van Alex stierf weg.

'Ja. Meteen die eerste keer dat hij je op de bruiloft zag. Vanwege alle betrokkenen is er altijd een stilzwijgend pact tussen ons geweest om het niet te vertellen.'

'Was je van plan het me ooit te vertellen?'

'I-Ik weet het niet. Ik kon je de waarheid niet zeggen, maar ik wilde ook niet tegen je liegen. Hij heeft je dan wel verwekt, Alex, maar hij heeft daarna geen enkele rol meer in je leven gespeeld.'

'Hou je nog van hem?'

'Nee. Het tegenovergestelde juist. Ik...' Helena hield haar mond voordat ze daar nog meer over zei. Alex was er pas net achter dat Sacha zijn biologische vader was, en het was niet goed om nu een negatief verhaal over hem af te steken. 'Ergens wens ik dat ik hem nooit had ontmoet, maar dan had ik jou niet gehad, lieverd.'

'Oké, en ga nu alsjeblieft weg,' zei hij.

'O, lieverd.' Helena onderdrukte een snik, stak voorzichtig haar hand uit en raakte nat bont aan. De tranen van haar zoon hadden zijn geliefde Kaa doorweekt. 'Het spijt me echt zo ontzettend. Ik hou van je, Alex.' Ze stond op en liep de kamer uit.

DAGBOEK VAN ALEX

12 AUGUSTUS (VERVOLG)

Ik
heb
niets
te
melden

26

Helena zat na een slapeloze nacht op het terras naar de ochtendschemer te kijken. Ze had geprobeerd zichzelf te troosten met de gedachte dat ze dit eerder had gevoeld: de ellende van verlies, dat het leven onherroepelijk was veranderd, dat de weg waar ze op had gereisd opeens geblokkeerd was. Er zou een alternatieve route zijn… die was er altijd. Ze zou het redden, ze zou het overleven, dat had ze altijd gedaan. Het verschil was echter dat het deze keer niet om háár ging.

Ze kon alles aan, behalve de gedachte dat haar kinderen zouden lijden. Nog erger was het besef dat zij dit verdriet had veroorzaakt. Haar hart trok zich weer samen bij de herinnering aan hoe ontredderd en ontgoocheld Alex was geweest. Haar taak als moeder was om hem te troosten, hem te beschermen en te sturen. In plaats daarvan had ze hem voorgoed beschadigd.

En dat gold ook voor William.

Helena liep naar de hangmat, uitgeput door alle emoties, en klom erin. Ze lag naar de lichter wordende hemel te kijken en begreep voor het eerst waarom sommige mensen geen andere uitweg dan zelfmoord zagen. Misschien, zo dacht ze, ging het niet alleen om gebeurtenissen van buitenaf, maar had het ook te maken met hoe je jezelf zag; het geloof dat je een goed mens was, dat je degenen om je heen met respect en liefde had behandeld, was alles. Nu voelde de gedachte elke dag van de rest van haar leven zichzelf onder ogen te moeten komen, terwijl degenen van wie ze het meest hield wisten dat ze geen goed mens was en dat ook niet was geweest, nagenoeg ondraaglijk.

Helena wist dat ze ergens de kracht vandaan zou halen om door te gaan, maar nu, op dit moment, ondanks de schoonheid van de warme zon die op het hemelse podium verscheen, had ze het net zo koud en voelde ze zich net zo ontredderd als op die dag dat ze in Wenen op dat bankje in het park had gezeten met het besef dat Alexander voorgoed was vertrokken.

Uiteindelijk liep ze vermoeid de trap op naar haar slaapkamer. De deur van de kast stond open: Williams kant was leeg. Zijn reistas was weg. Vol verdriet duwde ze de deur dicht. Ze ging op het bed liggen en sloot haar ogen.

'Mama, mama! Waar is papa? Ik heb een tekening gemaakt van jou en Fabio. Dansend. Kijk.'

Helena deed haar ogen open. De herinnering aan wat er de afgelopen nacht was gebeurd raakte haar als een mokerslag. De tranen sprongen in haar ogen.

'Mama! Kijk naar mijn tekening!' drong Immy aan. Ze hield de tekening voor de neus van haar moeder.

Helena kwam op haar ellebogen omhoog. 'Die is heel mooi, lieverd. Goed gedaan.'

'Mag ik die aan papa geven? Is hij beneden?'

'Nee. Hij is een tijdje weg, Voor zijn werk.'

'Maar we zijn op vakantie! Waarom heeft hij niet gedag gezegd?'

'Hij werd gebeld nadat je naar bed was gegaan en moest vanmorgen heel vroeg weg.' Helena verzon het verhaal ter plekke en walgde van zichzelf voor al die extra leugens.

'O. Komt hij snel terug?'

'Dat weet ik niet.'

'O. Mama?'

'Ja?'

'Waarom heb je je jurk van gisteravond nog aan?'

'Ik was moe, Immy.'

'Ik moet van jou altijd mijn nachtpon aantrekken als ik dat zeg.'

'Ja, dat is ook zo, hè? Sorry.'

'Ben je weer ziek, mama?'

'Nee, er is niets aan de hand.' Helena stapte uit bed. 'Waar is Fred?'

'Hij slaapt. Zal ik ontbijt voor je maken?'

'Nee, lieverd, het is al goed. Ik ga met je naar beneden.'

Op de een of andere manier lukte het Helena om de ochtend door te komen. Ze ging met Immy en Fred in het zwembad zwemmen. Haar hart brak toen ze hun blije gezichtjes zo vol vertrouwen zag. Hoe zouden zij zich voelen als ze begrepen dat het gezin waar ze ooit bij hadden gehoord in een oogwenk was vervlogen? Dat papa weg was en ongetwijfeld niet meer terug zou komen? En het was allemaal haar schuld…

Fabio kwam om half elf de keuken binnen.

Helena vond dat hij er bijna net zo afschuwelijk uitzag als zij.

Hij nam haar in zijn armen en hield haar teder vast. 'Bella, bella, het spijt me echt zo erg. Dit is allemaal mijn schuld.'

'Wees alsjeblieft niet lief tegen me, Fabio, alsjeblieft. Dan ga ik huilen. En dit is niet jouw schuld, maar honderd procent die van mij.'

'Helena, jouw echtgenoot, hij is een goede man en hij houdt heel veel van je. Hij zal nadenken, hij zal het begrijpen en terugkomen. Dit toeval wat je is overkomen... Dat is slechts een wrede speling van het lot.'

Helena schudde haar hoofd. 'Nee, hij komt niet terug. Ik heb tegen hem gelogen, hem ons hele huwelijk lang bedrogen.'

'Maar, Helena, je wíst het niet!'

'In het begin niet, nee, maar ik had het hem moeten vertellen zodra ik het wél wist.'

'Misschien, maar dat is makkelijk te zeggen als we er achteraf gezien op terugkijken, toch? Waar is hij heen?'

'Als ik moet gokken dan is hij terug naar Engeland gevlogen. Hij zou zeker niet op Cyprus blijven. William kennende wil hij zoveel mogelijk afstand tussen ons creëren.'

'Dan moet je hem volgen en het uitleggen.'

'Hij wil het niet horen. Ik heb het gisteravond geprobeerd.'

'Dat was de schok, cara. Geef hem tijd, toe.'

'Hoe kunnen we nu nog samen een toekomst hebben? Hij zal me nooit meer vertrouwen en dat neem ik hem niet kwalijk. Vertrouwen is alles in een relatie, Fabio. Dat wéét je.'

'Ja, maar als er liefde is, dan is er altijd een toekomst.'

'Fabio, stop,' kreunde Helena. 'Geef me geen hoop als die er niet is. Ik kan niet helder nadenken op het moment. En... Jules woont op het moment ook in Kathikas! Wat zal zij wel niet zeggen als ze het hoort? William zal het haar zeker vertellen. Dat zou ik ook doen als ik hem was. Ze denkt dat ik haar vriendin ben! O, jezus, wat een klerezooi.' Ze ging abrupt zitten en begroef haar gezicht in haar handen.

'Sì, dat is het,' beaamde Fabio. 'Maar het leven is rommelig. Je moet een manier vinden om het op te lossen.'

'Denk je dat ik naar Jules moet gaan? Om het haar te vertellen voor William dat doet? Dat is wel het minste wat ik haar schuldig ben.'

'Nee, Helena. Voorlopig hoeft ze het niet te weten. Je hebt me gisteren toch verteld dat ze gaan scheiden?'

'Ja.'

'Waarom zou je haar dan nog meer verdriet doen? Als William het haar vertelt, dan is dat zo.' Hij haalde zijn schouders op. 'Maar laat alles een beetje bedaren.'

'Het was mijn schuld omdat ik je zo graag wilde zien. Ik heb het lot getart. Ik had het verleden met rust moeten laten.'

'Ja, maar is het niet goed dat Fabio er is om de scherven bij elkaar te vegen? En vergeet niet het verdriet wat die slechte man je heeft aangedaan. Wat je hebt doorstaan toen hij vertrok. Ik geef hém de schuld van dit alles. Ik heb je toen al verteld dat ik meteen wist dat hij alleen maar voor problemen zou zorgen.'

'Dat is zo, en ik kan alleen maar wensen dat ik toen had geluisterd.'

'Maar aan de andere kant, dan had je Alex niet gehad, en dan had Alexander William niet naar Wenen gestuurd om daar zijn hart te laten helen. En dan had jij niet je leven samen met hem gehad of je prachtige kinderen. Nee...' Fabio sloeg met zijn vuist op tafel. 'Je mag van niets in je leven spijt hebben. Het verleden, goed en slecht, maakt je tot wie je bent.'

Helena pakte zijn hand vast en kneep erin. 'Ik was vergeten hoe wijs je bent. Bedankt, mijn liefste Fabio.'

'En Alex, hoe gaat het met hem? Geschrokken, neem ik aan.'

'Geschokt. Ik heb geprobeerd het hem gisteravond allemaal uit te leggen, maar elk woord moet als een pijl door zijn hart zijn geweest. Om er eindelijk achter te komen wie zijn vader is was al erg genoeg, maar om dan te moeten beseffen dat zijn moeder een verschrikkelijk mens is, dat ze tegen iedereen heeft gelogen... Ik hou zoveel van hem, Fabio, en ik heb hem teleurgesteld en gekwetst...' Ze brak en huilde op Fabio's schouder.

'Helena, cara,' sprak hij sussend. 'Alex is een slimme jongen. Dat wist ik al toen hij klein was. Toen hij twee was praatte hij al tegen me als een volwassene! Misschien zal hij nu eerst een hekel aan je hebben omdat je hem verdriet hebt gedaan. Maar dat moet je toestaan, want woede hoort bij het genezingsproces. Daarna zal hij gaan nadenken met zijn grote, zachtmoedige brein. Hij zal de feiten zien en het begrijpen. Hij zal weten hoeveel je van hem houdt, dat je een goede mama bent, dat je altijd je best voor hem doet.'

'Néé! Ik ben een verschrikkelijke moeder! Kun je het je voorstellen dat je moest aanhoren wat hij gisteren heeft gehoord? Ik heb hem ook over mijn abortus verteld, omdat ik vond dat hij moest weten waarom ik zo vastberaden was om hem te houden. Hoe kan hij me nu ooit nog respecteren?'

'Helena...' Fabio legde zijn hand onder haar kin. 'Hij zal nu moeten begrijpen dat je niet alleen een moeder bent, maar ook een mens. Een mens dat niet perfect is. Deze openbaring krijgen alle kinderen en die is moeilijk te accepteren, vooral op zo'n jonge leeftijd. Maar hij is wijs, dus hij zal het verwerken. Geef Alex tijd, cara. Ik beloof je dat hij zal bijdraaien.'

'Er zijn zoveel consequenties die hij moet verwerken, zoals het feit dat hij een halfbroer heeft die ook nog eens zijn aartsvijand is.' Helena huiverde bij die gedachte.

'Zal ik proberen met hem te praten?' stelde Fabio voor. 'Misschien kan iemand anders helpen het uit te leggen. Ik ken Alex toch al sinds hij een paar uur oud was.'

'Je kunt het proberen, maar ik heb vanmorgen al drie keer op zijn deur geklopt en elke keer heeft hij gezegd dat ik weg moet gaan.'

'Prego, ik ga naar hem toe en zal kijken of ik met hem kan praten.' Fabio keek op zijn horloge. 'Maar ik moet rond twee uur naar Paphos gaan om daar mijn huurauto op te halen.'

'Moet je al gaan?' Helena klampte zich aan hem vast. 'Kun je niet nog wat langer blijven?'

'Helena, je kent het schema van een danser. Ik zou graag blijven, maar dat kan niet. Misschien kun je volgende week naar Limassol komen om het optreden bij te wonen en dan kunnen we daarna samen dineren. Nu moet ik een taxi bellen die me naar Paphos brengt.'

'Nee, ik breng je wel. Het is beter als ik iets omhanden heb, en ik wil even weg van Pandora. Hoe mooi het huis ook is, het heeft me niets dan ellende bezorgd sinds ik hier ben gekomen.'

Fabio liep naar de deur.

'Alsjeblieft, zeg tegen Alex dat ik van hem houd en dat het me zo ontzettend spijt...' Helena's stem brak en ze haalde hulpeloos haar schouders op.

'Natuurlijk.' Fabio knikte. Hij liep door de gang naar de kamer van Alex en klopte zacht op de deur. 'Alex? Ik ben het, Fabio. Kunnen we praten? Ik wil het met je hebben over wat er is gebeurd.'

'Laat me met rust. Ik wil niet praten. Met niemand,' klonk het gedempte antwoord.

'Dat begrijp ik. Daarom zal ik hier blijven staan en praten en dan kun je luisteren als je dat wilt, si?'

Stilte.

'Oké... Ik heb maar één ding te zeggen, Alex, en dat is het volgende: ik was erbij toen je moeder ontdekte dat ze jou in haar buik droeg. Ook al heb ik haar gesmeekt om de baby niet te krijgen, om te beseffen dat er geen *papà* was, dat ze aan haar carrière moest denken en dat ze haar hele leven zou verpesten, stond haar besluit vast. "Nee, Fabio," zei ze, "ik moet deze baby krijgen." Ze wilde alleen maar jou op de wereld zetten. En toen je kwam was jij haar hele wereld. Er was alleen maar Alex, altijd.'

Fabio schraapte zijn keel.

'En toen het lot die situatie heeft veroorzaakt en ze die slechte Alexander, die nu Sacha is, op haar bruiloft zag, heeft ze besloten alles geheim te houden. Alex, ze heeft een vergissing gemaakt door dat te doen, maar ze heeft dat gedaan omdat ze zoveel van jou houdt. Dat moet je inzien. Ik smeek je om dat in te zien. Ja? Ze is de dapperste vrouw die ik ken, maar, Alex, ook zij heeft verdriet! En nu heeft ze jóú nodig, zoals jij haar nodig had toen je klein was. Je bent een grote jongen, met veel verstand. Jij begrijpt wel wat er is gebeurd. Help haar, Alex, help haar.'

Fabio haalde zijn zijden zakdoek tevoorschijn en blies daar hard zijn neus in. 'Zo. Meer heb ik niet te zeggen. Als God het wil zal dit allemaal worden opgelost en zal ik je binnenkort zien. Tot dan, mijn vriend, tot dan.'

Na de kleintjes te hebben omgekocht met de belofte van een bezoekje aan McDonald's op de terugweg, nam Helena ze mee om Fabio naar Paphos te brengen zodat hij daar zijn huurauto kon ophalen. Het was een opluchting om uit het huis weg te zijn. Alex weigerde nog steeds om zijn kamer te verlaten, maar Angelina zou nog een uur of zo op Pandora zijn om de boel schoon te maken, dus ze wist dat hij fysiek veilig was.

'Probeer je in elk geval volgende week naar Limassol te komen, Helena?' vroeg Fabio toen hij haar een laatste keer omhelsde.

'Ik zal mijn best doen, maar gezien de omstandigheden kan ik nu niets beloven.'

'Nee, maar er kan veel veranderen in een week,' zei hij met een meelevende glimlach. 'En ondanks alle negativiteit hebben we in elk geval onze vriendschap weer hervonden. Denk eraan dat ik altijd voor je klaarsta, cara. Bel me zo vaak als je wilt en hou me op de hoogte van wat er gebeurt.'

'Bedankt voor alles, Fabio. Ik was vergeten hoe erg ik je heb gemist.'

'Ciao, cara. Ciao, kleintjes.'

Ze zwaaiden hem uit, en ook al stonden Immy en Fred aan weerszijden van haar, Helena herinnerde zich op dat moment hoe het voelde om alleen te zijn.

DAGBOEK VAN ALEX

13 AUGUSTUS 2006

Ik werd vanmorgen wakker en wist dat ik moet gaan. Ergens heen, waar dan ook, weg van de pijn... en háár.

Ik lag gisteravond op mijn bed nadat Helena – ik kan haar op dit moment even niet mijn 'moeder' noemen – weg was gegaan, mijn hoofd vol beelden van in Chevrolets over uitgestrekte, kale Amerikaanse snelwegen rijden. Uiteindelijk zou ik bij een piepklein plaatsje aankomen, waar ik alleen zou stoppen om een hamburger te eten in een restaurantje en een kamer in een motel te huren om daarna de volgende dag meteen verder te gaan.

Toen herinnerde ik me dat ik te jong ben om te rijden. En nog belangrijker, niet volwassen genoeg om een baard te kunnen laten staan, wat een essentieel element is van alle roadtripfilms die ik ooit heb gezien.

Dus waarheen zou ik dan kunnen vluchten...

Diep in het Cypriotische binnenland de nachten onder een sterrenhemel doorbrengen, of in welk binnenland dan ook, trouwens, trekt me niet gezien mijn fobie voor muggen en andere enge beestjes. Ik heb echt de pest aan kamperen, dus dat idee valt bij voorbaat al af.

Het feit dat ik maar twaalf pond en wat centen op mijn bankrekening heb staan, aangezien ik de rest in één keer heb uitgegeven in een souvenirwinkel in Latchi, beperkt ook mijn mogelijkheden. Ik kan proberen mijn schatten te verkopen, maar ik denk niet dat ik veel zal vangen voor mijn laserpen, mok en houten sigarendoos met daarop '*Love from Cyprus*' gegraveerd.

Ik heb nog een tijdje gedoezeld, maar voelde me meteen weer belabberd toen ik wakker werd en het me allemaal herinnerde. Ik háát haar op het moment, deze vrouw die ik vanaf mijn geboorte heb aanbeden. Ze is van haar voetstuk gevallen en ligt in talloze stukken op de grond. Ik heb me ingebeeld op het restant van haar hoofd te stampen met mijn voet om het nog kleiner te krijgen. Daardoor voelde ik me iets beter, maar dat loste het probleem van haar verraad niet op. Wat verschrikkelijk is.

Ik begrijp nu hoe trauma en gebrek aan slaap het brein kunnen verkalken; ik weet eigenlijk niet zeker of ik er nog wel een heb. Ik verga ook van de trek en de dorst, maar omdat ik het risico niet kan nemen, écht niet, om een van mijn halfbroers of mijn halfzus op de gang tegen te komen, of Helena zelf, zit ik nog altijd in mijn Bezemkast. Ze blijft op mijn deur kloppen, en ik blijf zwijgen.

Ik wil haar straffen.

Maar opeens is het Fabio die op mijn deur klopt.

Hij praat tegen me over haar, en... O, shit, de woede begint weg te ebben. Hij zal het nooit weten, maar ik moet jánken aan de andere kant van de deur. En na zijn vertrek begin ik rationeler na te denken over wat ze me gisteravond heeft verteld.

Mijn perspectief, wat totaal was verdwenen en op een strand in de Bahama's bruin lag te worden, heeft besloten eerder terug te komen van vakantie en bij me terug te keren.

En hoe langer ik erover nadenk, hoe meer ik besef dat Fabio gelijk had: dit is niet haar schuld. Het lukt me zelfs wrang te glimlachen als ik denk aan het verhaal dat ze me heeft verteld over de avond dat ze naar het bal was gegaan. Het lijkt wel een of andere rare postmoderne remake van *Assepoester*. Immy zou zeker niet onder de indruk zijn geweest als de Disneyvariant waar ze zo dol op is zo zou aflopen, met Assepoes zwanger en helemaal alleen...

Toegegeven, ik ben niet blij met de gedachte dat de vrouw die mij het leven heeft geschonken het bed heeft gedeeld met welke man dan ook, laat staan met Hij Die Mij Heeft Verwekt, maar ze had me kunnen doden. En dat heeft ze niet gedaan.

Omdat ze van me houdt.

Inmiddels moet ik enorm nodig plassen. Zodra het rustig wordt in huis en ik autobanden op het grind hoor knarsen, sluip ik de gang in en ren ik naar de badkamer boven. Na te hebben geplast, zet ik de kraan aan en vul ik alle tandenborstelmokken die er zijn plus het gietertje waarmee Fred Immy pest in bad. Als ik halverwege mijn kamer ben met mijn watervoorraad hoor ik het geluid van zachte voetstappen in de hal.

'Hallo, Alex.'

Verdomme! Ik blijf abrupt staan en de helft van het water klotst over de randen van de bekers heen en belandt op de vloer.

'Je bent er dus wél. Dat zei Angelina al.'

Het is Viola. Precies wat ik nodig heb. Ze komt altijd alleen maar langs om me over haar problemen te vertellen. Vandaag heb ik op z'n zachtst gezegd genoeg aan die van mezelf. 'Dat klopt.'

'Gaat het wel, Alex?' Ze volgt me naar mijn kamer en kijkt naar mij, de plasjes water en de nu bijna lege mokken en gieter. 'Ga je planten water geven?'

'Nee,' zeg ik, als ik zie dat ze naar Freds gieter kijkt. 'Viola, het spijt me, maar ik heb nu geen tijd om te praten.'

'Dat is oké. Ik kwam alleen langs om je te vertellen dat mama en ik en Rupes aan het eind van de week naar Engeland gaan. Ze wil dat we voor de school begint in ons nieuwe huis zitten. O, en ik moest je van Rupes vertellen dat hij voor zijn toets is geslaagd en dat hij je bedankt voor je hulp. Hij is er erg blij mee.'

'Mooi, wat goed. Ik ben heel blij voor hem.' Blij voor Rupes. Mijn spiksplinternieuwe halfbroer. Ik moet opeens bijna hysterisch lachen om de absurditeit van de hele situatie. En om het leven in het algemeen. 'Oké, dan...' Ik doe een stap verder mijn kamer in. 'Bedankt voor je komst, Viola.'

Ze laat zich niet afschrikken. 'Papa is hier op Cyprus, Alex. Hij heeft gisteravond Rupes teruggebracht en geprobeerd mam over te halen om het nog een keer te proberen.'

'Wat heeft ze gezegd?'

'Nee. En toen zei ze dat hij een zatlap was en een klootzak en moest hij het huis uit.' Viola beet op haar onderlip. 'Ik maak me zorgen om hem. Jij hebt hem zeker niet gezien, hè? Ik dacht dat hij misschien naar Pandora was gegaan.'

Jezus. Deze fase van mijn leven wordt nu officieel een farce. 'Nee, Viola, sorry.'

'O.'

Ik zie de tranen in haar ogen springen en ik voel me meteen schuldig omdat ik zo kortaf tegen haar ben. 'Je houdt echt van je vader, hè?' Ik wilde er dolgraag aan toevoegen: 'Ook al is hij een regelrechte klootzak die het leven van jou en je broer en je moeder en dat van mijn moeder heeft verpest. En ook nog dat van pap – daarmee bedoel ik William – en Immy en Fred. En dat van mij trouwens ook.'

'Natuurlijk. Het was toch niet zijn bedoeling dat het slecht zou gaan met zijn zaak? Ik weet zeker dat hij zijn best heeft gedaan.'

O, Viola, als je het toch eens wist... Maar haar toewijding raakt me, vooral omdat ze niet eens een bloedverwant van hem is. Wat sommigen van ons helaas wel zijn. 'Dat zal best,' lukt me met op elkaar geklemde kaken te zeggen. Niets hiervan is toch de schuld van Viola.

'Nou, dan ga ik maar,' zegt ze. 'Ik heb *Nicholas Nickleby* weer meegenomen voor je. Het was het beste boek dat ik ooit, maar dan ook ooit heb gelezen.'

'Echt? Nou, dat is dan mooi.'

'Ja, en ik ga nu een boek van Jane Austen lezen, zoals je had voorgesteld.'

Ik knik. 'Goede keus.'

'O, en ik heb nog iets voor je, voor het geval ik je niet meer zie. Een bedankje omdat je de hele zomer zo aardig voor me bent geweest.' Ze geeft me een envelop en gaat dan verlegen op haar tenen staan om me een kus op mijn wang te geven. 'Dag, Alex.'

'Dag, Viola.' Ik kijk haar na terwijl ze door de gang loopt, waarbij haar sierlijke voetjes nauwelijks de vloer raken. Ze zweeft, net als mijn moe... ik bedoel, Helena.

Misschien is het alle stress en de vermoeidheid waardoor ik weer tranen in mijn ogen krijg als ik naar de envelop kijk waar heel zorgvuldig met een viltstift talloze bloemetjes en hartjes op zijn getekend. De liefheid van Viola raakt me en, terwijl ik al het water terug naar mijn kamer breng, wens ik uit alle macht dat ik genetisch aan haar was gelinkt in plaats van aan Rupes.

Ik ga op bed zitten, neem een paar flinke slokken water en maak de envelop open.

> *Lieve Alex, ik heb een gedicht voor je geschreven omdat ik weet dat je daarvan houdt. Het zal wel niet heel goed zijn, maar het heet 'Vrienden'. Ik hoop dat jij voor altijd mijn vriend zult zijn. Veel liefs en bedankt voor alles, Viola.*

Ik vouw het velletje met daarop het gedicht open en lees het. Het is eerlijk gezegd niet geweldig wat betreft jambische pentameter of rijmende coupletten, maar het komt recht uit het hart en er schieten alwéér tranen in mijn ogen. Ik had die gieter van Fred niet hoeven halen, ik ben er de afgelopen uren zelf een geweest. Geen wonder dat ik zo'n dorst heb.

Ik kijk naar Kaa, het knuffelkonijn dat mijn hervonden oom Fabio me al die jaren geleden heeft gegeven. En nu weet ik in elk geval waar mijn verschrikkelijke tweede naam vandaan komt. Het is zwaar geweest, de afgelopen dertien jaar geloven dat ik naar een rendier met een rode neus was vernoemd. Dan denk ik aan Viola, en haar onwankelbare liefde voor de dronken idioot die mij heeft verwekt.

Voor het eerst sinds gisteravond besef ik dat het erger had gekund. Op het verschrikkelijke toeval na dat de genetische 'pap' en... eh... 'pap' beste vrienden zijn, is mijn genenpoel blijkbaar van adellijke afkomst, en Sacha is bepaald niet dom. Als hij niet ladderzat is, in elk geval. (Dat is dus iets waar ik vanaf nu op zal moeten letten, aangezien ik vorige week nog heb gelezen dat verslaving genetisch bepaald is.)

Het andere goede nieuws is dat mijn biologische vader lang is. En hij heeft een mooie bos haar en een duidelijke taille. En mooie ogen...

O, mijn god! Ik ga staan en staar naar mezelf in de spiegel. En daar zijn ze dan, de aanwijzingen die er al die jaren al zijn geweest, recht in het zicht aan weerszijden van mijn neus. Het is meer een kwestie van dat niemand het wílde zien en dat geldt ook voor mij.

Dus ik ben geen afstammeling van een druivenpletter of een balletdanser die zo homo is als maar kan. Of van een piloot, of van iemand uit China... Ik ben de zoon van een welopgevoede Engelsman die ik al ken sinds mijn kindertijd.

De beste vriend van mijn stiefvader.

Pap... arme pap. Opeens leef ik ook met hem mee. De gedachte van je vrouw die je-weet-wel-wat met wie dan ook, laat staan met je beste vriend heeft gedaan moet onverdraaglijk zijn. Het was al erg genoeg toen Chloë met Vliegtuigvent en Michel had gezoend.

De vraag is of pap het Helena ooit kan vergeven?

Kan ik dat...

Opeens bedenk ik dat pap en ik op het moment in hetzelfde lekke schuitje zitten. Ik vraag me af of hij net zo erg als ik heeft gehuild. Op de een of andere manier kan ik me dat niet voorstellen. Maar als er iemand is die zich net zo lullig voelt als ik, dan is hij het wel.

En dan besef ik... we hebben eindelijk iets met elkaar gemeen. Het is geen voetbal of cricket, of die theepotten die hij zo fanatiek verzamelt; het is Helena en het verdriet dat ze ons allebei heeft aangedaan.

Mijn, eh, stammoeder, zijn vrouw.

Ik probeer tijdens het denken via de tuit Freds gieter leeg te schenken in mijn mond en bezorg mezelf in plaats daarvan een douche. Ik herinner me haar gesmoorde gesnik op het terras nadat ik haar gisteravond had gevraagd om weg te gaan. Ik denk weer aan wat ze me heeft verteld. Dan overweeg ik dat ze haar schitterende carrière als een beroemd en lenig iemand in lagen en lagen gaas heeft opgegeven, alleen om mij te kunnen houden…

En ik huil weer. Voor haar.

Een paar minuten later heb ik een besluit genomen en dan begin ik mijn plan uit te voeren.

27

Nadat Helena Fabio had afgezet, belde ze Angelina om te vragen hoe het met Alex ging en kreeg ze te horen dat Viola blijkbaar bij hem op bezoek was geweest en dat hij zijn kamer uit was gekomen om met haar te praten.

De rest van de middag werd gevuld met een bezoekje aan het strand met Immy en Fred. Om zes uur keerden ze met zijn drieën terug naar Pandora en Helena ging rechtstreeks naar de slaapkamer van Alex om op zijn deur te kloppen.

'Ik ben het, Alex. Mag ik alsjeblieft binnenkomen?'

Geen reactie.

'Oké, lieverd, ik begrijp het, maar je moet toch trek hebben. Ik zal een dienblad met iets te eten voor je deur zetten. Ik ga de kleintjes in bad doen, ze een verhaal voorlezen en ze in bed stoppen. Daarna kom ik terug.'

Om acht uur, terwijl ze in haar eentje op het terras naar de stilte had zitten luisteren van een huis dat tot gisteravond gevuld was met het geluid van gelukkige mensen, besloot ze terug naar binnen te gaan. Het dienblad dat ze had neergezet was niet aangeraakt. Ze klopte weer op de deur van Alex. 'Alex, lieverd, kom alsjeblieft naar buiten. De kleintjes liggen in bed en er is verder niemand. Kunnen we praten? Toe?' smeekte ze.

Niets.

Helena ging voor zijn deur zitten, nu wanhopig op zoek naar welke reactie dan ook. 'Alsjeblieft, Alex, zeg iets zodat ik weet dat het goed met je gaat. Ik begrijp dat je me haat en me niet wilt zien, maar hier kan ik niet tegen, echt niet.'

Geen reactie.

'Oké, lieverd, dan kom ik toch naar binnen.'

Helena ging staan en duwde de deurklink naar beneden, maar die ging niet open.

'Alex, lieverd, ik breek de deur open als dat nodig is. Alsjeblieft! Zeg iets!'

Helena was nu buiten zinnen. Verschrikkelijke gedachten borrelden in haar op. Tranen van frustratie en angst rolden over haar wangen. 'Alex! Als je me kunt horen, doe in godsnaam open!'

Toen op haar geroep alleen maar meer stilte volgde, rende ze naar het terras waar ze haar telefoon op tafel had laten liggen en ze belde met bevende handen Alexis.

Hij nam onmiddellijk op. 'Helena?'

'Alexis!'

'Helena, wat is er?'

'Ik... O, Alexis, kom alsjeblieft! Ik heb je nodig.'

Tien minuten later was hij er.

Helena stond hem bij de achterdeur op te wachten.

'Wat is er gebeurd?'

'Het is Alex! Hij doet de deur van zijn slaapkamer niet open. Ik denk... O, god...' Haar stem brak. 'Ik ben bang dat hij misschien iets heeft gedaan... Kom alsjeblieft nu mee!' Helena greep zijn arm vast en sleurde hem bijna het huis in.

'Waar is William?' vroeg hij duidelijk verbaasd.

'Weg, hij is weg, maar ik moet de kamer van Alex in zien te komen, nu meteen!' snikte ze, terwijl ze hem door de gang trok.

'Helena, rustig! Natuurlijk komen we daar wel binnen.' Hij probeerde de klink en kwam, net als Helena, tot de ontdekking dat er geen beweging in de deur te krijgen was. Hij duwde er met zijn volle gewicht tegen, maar tevergeefs.

'Alex? Kun je me horen? Zeg nou iets! Alsjeblieft!' Helena bonkte met haar vuisten op de deur.

Alexis trok haar opzij, nam een aanloop en gooide zijn volle gewicht tegen de deur, maar die gaf niet mee. 'Oké, ik ga naar buiten en dan probeer ik het via het raam.'

'Ja, ja!' zei Helena opgelucht. 'Het luik is open. Dat heb ik eerder gezien.'

'Mooi. Ik heb iets nodig om op te staan. Het raam zit te hoog om zo naar binnen te kunnen kijken.' Hij rende het terras op en sleepte een stoel naar de muur, onder het raam. 'Kun je me vertellen wat er is gebeurd, Helena?' vroeg hij toen hij erop klom.

'Dat zal ik je zo vertellen, maar kijk toch eerst of mijn zoon nog lééft!'

'Oké, oké,' zei hij sussend. 'Ik kijk naar binnen... Een momentje.'

Helena stond helemaal op van de spanning schuin achter hem. 'Is hij daar, Alexis? Is hij... O, god! O, god!' mompelde ze.

Alexis draaide zich om en stapte met een zucht van de stoel. 'Helena, de kamer is leeg.'

28

'Zijn rugzak is weg, en Kaa ook!' zei Helena, terwijl ze alle glasscherfjes, kussens en lakens van het bed veegde. Alex had duidelijk de deur achter zich op slot gedaan toen hij was vertrokken, en het was haar maar net gelukt door het raampje te klimmen nadat Alexis een ruitje had ingetikt om de schuif binnen open te doen en het open te maken.

'Maar waarom is Alex weggelopen?'

'Dat is een lang verhaal. We moeten de omgeving doorzoeken,' zei ze, terwijl ze de kamer uit rende.

'Ik denk niet dat Alex een rugzak zou meenemen om een wandeling door de tuin te maken, Helena.'

'Ik kijk toch, voor het geval hij zich ergens verstopt.'

Helena rende wanhopig over het terrein heen en weer en naar de bijgebouwen. Ze keek op alle plekken waar hij zou kunnen zijn. Alexis was met een zaklamp in het donker verdwenen om tussen de ranken voorbij het huis te kijken. Ze troffen elkaar uiteindelijk weer op het terras.

'Niets. Hij is weg, Helena. Dat weet ik zeker.'

'Ik zal hem nog eens bellen.' Helena pakte haar telefoon van tafel en belde het nummer van Alex. Weer kreeg ze zijn voicemail. 'Lieverd, met mam. Bel me alsjeblieft, alsjeblieft, zodat ik weet dat het goed met je gaat. Dag.' Helena ijsbeerde in een poging wat rustiger te worden, zodat ze kon nadenken.

'Als je me nu vertelt waarom hij is vertrokken,' drong Alexis aan, 'dan zou ik je misschien kunnen helpen nadenken.'

Helena bleef staan en keerde zich om naar Alexis. 'Hij is er gisteravond achter gekomen wie zijn vader is. William ook. Daarom zijn ze er niet. Ze hebben me allebei verlaten.'

'Ah. Kom, Helena, je bent uitgeput. Ga alsjeblieft zitten.' Hij pakte haar hand en nam haar mee naar een stoel. 'Ik zal iets te drinken voor je halen.'

'Nee, dat wil ik niet. Maar ik wil wel een sigaret.' Ze reikte naar het pakje dat sinds de vorige avond op tafel lag en stak er een op.

'Dus deze man, deze... vader van Alex? Hij is niet...' Alex zocht naar het juiste woord. 'Je man en zoon vinden deze man maar niets?'

'Nee. Bepaald niet. Weet je, Alexis...' Ze zuchtte. Het kon haar niet meer schelen wat hij van haar dacht. 'Het is Sacha, de man van Jules, die ik ooit heb gekend als Alexander.'

'Mijn naam en ook die van Alex.' Alexis keek haar geschokt aan. 'Nee, dat zal geen goed nieuws zijn geweest. Tja, er zal zeker een verklaring voor zijn, maar dit is misschien niet het juiste moment om het daarover te hebben.'

'Nee.' Helena inhaleerde de rook van haar sigaret. 'Je denkt toch niet dat Alex iets... iets doms zou doen, toch?'

'Nee, dat denk ik niet, Helena. Alex is een verstandige jongen. Misschien wil hij even alleen zijn om na te denken. Dat zou ik in zijn geval ook nodig hebben.'

'Ja, maar hij is ook een kind in een vreemd land. Waar zou hij in hemelsnaam heen gaan?'

'Dat kan ik niet zeggen, Helena, maar waar hij ook is, hij heeft het gepland.'

'Even denken...' Helena drukte haar vingertoppen tegen haar voorhoofd en keek toen Alexis aan. 'Hij zou toch niet naar Jules gaan? Om het haar te vertellen?'

'Ik was daar eerder op de avond en ik heb Alex er niet gezien. Maar ik betwijfel het.' Alexis haalde zijn schouders op. 'Ze hebben geen hechte band en hij heeft een hekel aan Rupes. Ik kan haar bellen als je dat wilt.'

'Nee, je hebt gelijk. Hij zou daar niet heen gaan, en ik kan op jou en Angelina na niemand bedenken die hij hier kent. Wat nu als hij in de problemen zit? Wat nu als hij alleen maar een wandeling wilde maken en...'

'Helena, probeer alsjeblieft rustig te blijven. Alex heeft zijn rugzak meegenomen. Hij heeft voorbereidingen getroffen. Wat is zijn doel? Dát is de vraag.'

'I-Ik weet het gewoon niet.' Ze zuchtte en drukte haar sigaret uit. 'Alex kennende gaat hij op zoek naar een plek waar hij zich veilig voelt, die bekend is.'

'Jullie huis in Engeland?' stelde Alexis voor.

'Maar hoe zou hij daar moeten komen?' Ze stond abrupt op. 'O, mijn god, zijn paspoort! Ik ga kijken!' Ze rende naar haar slaapkamer en trok de la open waar de paspoorten van de kinderen en de tickets voor de terugvlucht in lagen. Het paspoort van Alex ontbrak.

Ze rende naar beneden. 'Hij heeft het meegenomen. Hij kan overal zijn, overal...' Ze liet zich zwaar op een stoel zakken en snikte.

'Heeft hij geld?'

'Hij heeft een bankrekening en een pasje waarmee hij geld kan opnemen, maar ik heb geen idee hoeveel erop staat. Niet veel, Alex kennende. Hij heeft een gat in zijn hand.'

'En William? Waar is hij?'

'Dat weet ik niet!' riep ze.

'Dan gaan we dat achterhalen. Je moet hem bellen, Helena. Hij moet weten dat Alex vermist wordt.'

'Hij zal niet opnemen als hij ziet dat ik bel.'

'Dan bel ik.' Alexis pakte zijn telefoon. 'Wat is zijn nummer?' Hij belde het nummer dat ze hem gaf en wachtte. Een elektronische stem vertelde hem dat Williams telefoon uitstond en dat hij het later nog eens moest proberen. 'En jullie vaste nummer? Misschien dat William thuis is.'

'Als hij naar Engeland is gegaan dan zal hij daar zijn of in ons appartementje in Londen. Probeer ze allebei maar,' drong Helena aan.

Bij beide nummers kwam Alexis weer bij een antwoordapparaat uit. Hij sprak twee boodschappen in met het verzoek aan William om terug te bellen. 'Zal ik naar het dorp gaan om daar te vragen of iemand hem heeft gezien?'

'Ja, graag, Alexis.'

'Jij moet hier blijven voor het geval Alex terugkomt. Weet je hoe laat hij is vertrokken?'

'Ergens na één uur, nadat Angelina naar huis is gegaan. Ik had Fabio niet naar Paphos moeten brengen of naar het strand moeten gaan, maar ik had nooit verwacht dat hij zou weglopen! Ik...'

'Helena, je moet kalm blijven, voor Alex én voor jezelf.' Hij pakte haar handen stevig vast. 'We zullen hem vinden, dat beloof ik.'

Alexis keerde ongeveer een uur later terug uit het dorp.

Helena speurde gespannen zijn gezicht af naar wat het nieuws zou zijn.

'Niemand heeft hem gezien. We zoeken morgen verder. Op het moment kunnen we verder weinig doen.'

'Dan moeten we toch zeker de politie bellen?'

'Helena, het is na middernacht. Ze kunnen nu niets doen. Morgen bellen we.' Alexis keek haar aan en aaide met zijn hand over haar wang. 'Mijn Helena, misschien kun je het beste proberen wat te slapen. Je zult morgen al je kracht nodig hebben.'

'Ik kan niet slapen, Alexis. Dat kan ik gewoon niet!'

'Je zult het proberen, voor mij. Kom.' Hij pakte haar hand vast, nam haar mee naar de schemerige zitkamer en stond erop dat ze op de bank ging liggen.

'Blijf je nog even?' vroeg ze. 'Voor het geval...'

'Natuurlijk. Ik ben hier, zoals altijd,' zei hij zachtjes.

'Dank je,' antwoordde ze met zwakke stem, terwijl haar oogleden dicht zakten.

Alexis bleef rustig zitten terwijl Helena sliep. Hij dacht terug aan die avond, misschien vijftien jaar geleden, toen hij haar *De vuurvogel* had zien dansen met La Scala in het amfitheater in Limassol. Terwijl hij haar op het podium had zien optreden had hij nauwelijks kunnen geloven dat dit buitengewone schepsel dat tweeduizend mensen in de ban hield, ooit dat jonge meisje was geweest van wie hij zoveel had gehouden.

Natuurlijk had Helena niet geweten dat hij daar was, maar hij was die avond nooit vergeten. En nu hij zo alleen met haar was en naar haar staarde, besefte hij dat wat ze sinds die tijd ook had gedaan, hij in zijn hart nog altijd van haar hield.

Helena schrok wakker. Het was al ochtend. Ze ging rechtop zitten en pakte meteen haar telefoon. Ze had een berichtje ontvangen. Terwijl haar hart bonsde in haar keel klikte ze het open.

> *Gezien de omstandigheden wil ik zo snel mogelijk de scheiding in gang zetten. Stuur me aub de gegevens van je advocaat. W*

Helena liet zich wanhopig weer op de bank vallen.

Alexis had de politie gebeld terwijl Angelina, haar gezicht het toonbeeld van bezorgdheid, de kleintjes mee had genomen naar haar huis in het dorp. Helena ijsbeerde over het terras, belde Alex om de paar minuten als een mentale en fysieke mantra.

William had Alexis niet teruggebeld.

Helena had hun beide nummers in Engeland geprobeerd, maar kreeg meteen het antwoordapparaat. Toen belde ze Jules en Sadie.

Er was geen teken van hem.

Alexis begroette de politieagent bij diens auto en bracht hem daarna naar haar toe. 'Helena, dit is een goede vriend van me, hoofdagent Korda. Hij zal alles doen om Alex voor je te vinden.'

'Hallo.' Helena probeerde zich te beheersen en kwam overeind. Ze wist dat ze elk moment kon gaan gillen en dat ze daar dan niet meer mee zou kunnen ophouden. 'Gaat u alstublieft zitten.'

Hij knikte. 'Dank u. Ik spreek de taal wel een beetje, maar als Alexis op de hoogte is van de details, dan kan hij me die beter in het Grieks vertellen. Dat gaat sneller.'

'Oké. Wilt u iets drinken?'

'Water, graag.'

Helena haalde een kan en glazen uit de keuken. Toen ze die naar buiten bracht hoorde ze dat Alexis de situatie in het Grieks uitlegde. Ze trok zich terug in de keuken en maakte daar de boel schoon om zichzelf even af te leiden. Uiteindelijk ging ze weer naar buiten.

Hoofdagent Korda stond op het punt te vertrekken. Hij glimlachte naar Helena. 'Oké, ik heb de details. We zullen een foto van uw zoon nodig hebben. Hebt u er een voor me?'

'Ja, in mijn portemonnee. Ik zal hem halen.' Helena rende naar haar slaapkamer om haar tas te pakken. Ze viste haar portemonnee eruit en ging net zo snel weer naar beneden. 'Ik heb hem hier ergens.' Ze doorzocht de verschillende vakjes. 'Alstublieft.' Ze gaf het fotootje aan agent Korda en de tranen sprongen in haar ogen bij het zien van de spontane lach en appelwangen van Alex. 'Die is een jaar geleden genomen. Hij is niet veel veranderd.'

'Dank u. Ik zal die aan onze agenten geven.'

'Wacht eens even...' Helena keek nog eens goed in haar portemonnee. 'Het lijkt erop dat mijn pasje is verdwenen.'

'Pasje?' Korda keek Alexis vragend aan.

Alexis vertaalde het voor hem. 'Weet je zeker dat het weg is?'

'Ja. Denk je dat Alex dat misschien heeft meegenomen?' Helena keek hem aan. 'Hij kent mijn pincode, want ik vraag hem soms om geld voor me te pinnen als we in de stad zijn.'

'Dat is heel goed nieuws,' zei Korda met een knikje. 'Als uw zoon uw pasje heeft gebruikt, dan kunnen we de locatie terugvinden. Schrijft u alstublieft hier de gegevens van uw bank op.'

Helena noteerde de gegevens vlug in het notitieboekje van de agent.

'En ook graag uw adressen in Engeland. Ik zal contact opnemen met de Britse politie. We zullen alle vluchten vanaf Paphos vanaf vier uur gistermiddag controleren. En omdat u uw man niet kunt bereiken, zullen we de politie verzoeken naar beide adressen te gaan om te kijken of Alex daar is.'

'Bedankt voor alles, hoofdagent Korda,' zei Helena, toen ze alle gegevens waar hij om had gevraagd had opgeschreven, en ze met hem naar zijn wagen liepen. 'Mijn excuses voor al het ongemak. Dit is niet de schuld van mijn zoon, maar die van mij.'

Toen de hoofdagent wegreed sloeg Alexis troostend een arm om Helena's schouder. 'Ik moet naar mijn kantoor gaan om mijn e-mails te checken en ook om me wat op te frissen en andere kleren aan te trekken. Daarna kom ik meteen weer terug. Red jij je hier in je eentje voor een uurtje?'

'Ja, natuurlijk. Bedankt voor alles, Alexis.'

'Je weet dat je altijd op mij kunt rekenen, Helena. Tot straks.' Hij liep naar zijn auto.

Ze ging terug naar het terras en ging daar zitten. Ze probeerde nogmaals Alex, William, Cedar House en het appartement in Londen te bereiken. Tevergeefs. Haar blik viel op een van de T-shirts van Alex aan de waslijn. Ze stond op, trok die eraf en begroef haar neus in het materiaal om de nog aanwezige geur van haar zoon op te snuiven. Ze deed haar ogen dicht en bad.

Een paar minuten later stopte er een auto en verscheen Jules. 'Ik kom even kijken of er al nieuws is over Alex.'

'Nee. Helemaal niets.'

'O, Helena, wat verschrikkelijk. Ik vind het zo erg. Ben je hier alleen?'

'Ja.'

'Waar is William?'

'Dat weet ik niet.' Helena was te uitgeput om te liegen.

'Hoezo?'

'Hij is vertrokken. Ik heb geen idee waar hij heen is.'

'En Alex is ook vermist?' Jules nam haar in zich op. 'Er is iets wat je me niet vertelt, Helena. Kom op, gooi het eruit.'

'Niet nu, Jules, toe. Het is een lang verhaal.' Helena durfde haar niet aan te kijken.

'Dan zal ik het zelf moeten uitvogelen. Je hebt ze duidelijk iets verteld wat ze nog niet wisten, of ze zijn daar per ongeluk achter gekomen. Wat is het?'

'Kunnen we erover ophouden, Jules? Ik trek dit niet, echt,' smeekte Helena.

'Nee, dat kan niet, want ik heb zo'n gevoel dat ik weet wat het is.'

'Nee, dat denk ik niet.'

'Nou,' begon Jules langzaam, 'als ik zeg dat dit volgens mij bijna zeker allemaal te maken heeft met mijn dolende, weldra ex-man, dan zit ik er niet ver naast. Of wel soms? Hmm?'

Helena hief haar hoofd en keek Jules vol verbijstering aan.

'Het is al goed, Helena. Ik heb het altijd geweten van jou en Sacha. O, en dus ook van Alex.'

Helena zat daar met haar mond vol tanden. 'Hoe?' wist ze er uiteindelijk uit te persen.

'Nou, het was vrij duidelijk toen hij uit Wenen terugkwam dat er daar iets was gebeurd. Sacha kennende had dat vrijwel zeker met een vrouw te maken. Om te beginnen had hij maar een paar keer contact met me opgenomen nadat hij Engeland had verlaten. Onze relatie had eerlijk gezegd een crisispunt bereikt. We waren toen vijf jaar getrouwd, en ik wist al dat er zeker een aantal affaires waren geweest. Hij was diepongelukkig. Zijn schilderijen werden niet verkocht en ik draaide overuren bij het makelaarskantoor. Dus ik besloot dat we allebei wat ruimte nodig hadden en stelde voor dat hij een sabbatical zou nemen en een master ging halen. Als hij dat papiertje op zak had, dan zou hij in elk geval misschien aantrekkelijk zijn voor een galerie of zou hij als leraar aan de slag kunnen gaan. En trouwens, je kent die uitdrukking "als je van iemand houdt, dan laat je hem vrij". Dat heb ik dus gedaan.'

'Jules, dat was een enorme opoffering.'

'Ja, maar ik wist ook hoe Sacha was. Hij kan totaal niet voor zichzelf zorgen. Ik had gehoopt dat hij in Wenen zou beseffen hoe erg hij me nodig had en dat hij met de staart tussen de benen zou terugkomen. Ik had hem voor zijn vertrek verteld dat ik al die andere vrouwen niet langer zou pikken. Natuurlijk had ik er niet mee gerekend dat hij jou zou ontmoeten. Of dat ik er kort nadat hij weg was achter zou komen dat ik zwanger was van Rupes.'

Jules vertelde verder. 'Ik heb eerlijk gezegd een aantal weken getwijfeld of ik de zwangerschap moest beëindigen en het Sacha niet eens zou vertellen. Hij zou het nooit hebben geweten. Maar zoals je maar al te goed weet, Helena, hoe langer ik daarmee wachtte, hoe echter dat wezentje in me voor me werd. Dus uiteindelijk heb ik hem geschreven dat hij naar huis moest komen, dat er een kindje op komst was. Tegen de tijd dat hij dat deed, wist ik dat er geen weg terug was. Ik zou het kind houden.'

'O, mijn god...' fluisterde Helena, half tegen zichzelf.

'De eerste paar weken was het bijna alsof hij niet naar me kon kijken. Hij liep verdwaasd rond en bracht het grootste deel van zijn tijd door in zijn studio om daar te schilderen. Ik dacht echt dat hij op het punt stond bij me weg te gaan.' Ze keek Helena aan. 'Ik heb dorst. Mag ik een glas water pakken?'

'Ja, natuurlijk,' fluisterde Helena.

Jules stond op en ging naar binnen.

Helena kon nog altijd niet helder nadenken.

'Ik ben van gedachten veranderd. We nemen allebei een glas wijn. Het is na twaalf uur, dus we hoeven ons niet schuldig te voelen. Hier. Jij kunt het ook wel gebruiken.' Jules zette een glas voor Helena neer, nam een slok uit haar eigen glas en ging weer zitten.

'Dank je.'

'Maar goed, op een dag ging ik naar zijn studio om hem iets te vragen. Hij was er niet. Hij was op een van zijn lange wandelingen... Hij verdween vaak urenlang. Op zijn bureau lagen allemaal geweldige potloodtekeningen van een danseres. De titel was steeds "Helena".'

Ook al was Helena misselijk, ze nam een grote slok wijn.

'Ik ben bang dat ik ze allemaal heb verscheurd. Eigenlijk jammer, want zijn schetsen van jou waren het beste wat hij ooit heeft gemaakt. Hij heeft nooit echt veel talent gehad, weet je, maar de liefde heeft hem duidelijk boven zichzelf doen uitstijgen. Die avond was ik klaar voor een confrontatie. Ik wist dat hij de verscheurde schetsen op de vloer van zijn studio zou vinden. Tot mijn verrassing kwam hij binnen en nam hij me in zijn armen. Hij bood zijn verontschuldigingen aan omdat hij zo afstandelijk was geweest, met als excuus dat hij iets had moeten verwerken. Het is nooit echt uitgesproken, maar we wisten allebei over wat, en wie, hij het had.'

Beide vrouwen gingen even zwijgend op in hun eigen herinneringen aan dezelfde man.

'Hoe dan ook,' ging Jules verder, 'die dagen daarna hadden we het over de toekomst. Sacha wist dat hij op zoek moest gaan naar een fulltime baan, omdat ik moest stoppen met werken als de baby er was. In elk geval tijdelijk. Zijn schilderijen zouden niet genoeg opleveren om van te leven. Dus hij belde een paar oude vrienden van Oxford en kreeg een aantal sollicitatiegesprekken in de City. Uiteindelijk werd hem een baan aangeboden bij een beleggingsmaatschappij waar zijn vader jaren mee had gewerkt. Rupes werd geboren en Sacha ging aan de slag en hij deed het eigenlijk best aardig. Zoals je je wel kunt voorstellen deden zijn natuurlijke charme en knappe kop het goed bij rijke oude dames die geld wilden investeren.' Jules rolde vol walging met haar ogen en nam een flinke slok.

'Drie jaar later, vlak nadat we Viola hadden geadopteerd, kreeg Sacha de mogelijkheid om naar Singapore te verhuizen. Ik wilde dolgraag dat hij die kans zou aangrijpen zodat we echt met een schone lei konden beginnen. Ik vond het daar geweldig en hij ook. Alles was in orde... tot we een paar maanden later terugkwamen voor jullie bruiloft. Ik herkende je meteen van die schetsen, en de blik in Sacha's ogen toen hij je over het gangpad zag komen lopen was kostelijk!' Jules grinnikte grimmig. 'Zelfs als ik het niet had geweten, dan was dat voldoende geweest om me ervan te overtuigen dat er iets tussen jullie was geweest.'

'Jezus, Jules, het spijt me echt zo verschrikkelijk,' lukte het Helena te zeggen. 'Ik heb nooit beseft dat je het wist.'

'Tja, nou, hoe had je dat moeten weten?' zei ze kortaf. 'Van wat ik op de bruiloft te weten kwam wist ik dat ik gelijk had. Een van de gasten vertelde me dat je een ballerina was geweest, en toen zei William tijdens zijn toespraak dat hij je in Wenen had ontmoet omdat Sacha had voorgesteld dat hij daar de liefde moest zoeken...' Jules huiverde. 'Later op de receptie zag ik Alex, die als een verloren engeltje achter je aan liep, en ik wist het meteen. Hoewel Alex niet echt op Sacha lijkt, heeft hij wel de ogen van zijn vader.'

'Ja, dat is zo.' Helena keek naar de verbazingwekkende vrouw die bij haar aan tafel zat en heel kalmpjes vertelde dat ze alles wist, dat ze het altijd al had geweten. 'Ik weet echt niet wat ik moet zeggen, Jules, behalve dan dat ik zo ontzettend veel spijt heb van al het verdriet dat ik heb veroorzaakt. Het is geen excuus, maar Sacha heeft me daar nooit verteld dat hij getrouwd was. Hij zei dat hij Alexander heette. Hij heeft me trouwens nagenoeg niets verteld over zijn leven in Engeland.'

'Dat verbaast me niets.' Jules snoof afkeurend. 'Ik weet zeker dat hij zich toen maar al te graag helemaal opnieuw heeft uitgevonden en voor het gemak maar is vergeten dat hij getrouwd was.'

'Denk je dat Sacha wist dat ik met William zou trouwen?'

'Ik weet nog dat toen we de uitnodiging kregen, we allebei naar jouw naam naast die van William staarden: Helena. Maar ik weet zeker dat hij, net als ik, dacht dat dat een te groot toeval zou zijn.'

'Dat was het ook, dat ís het ook. En áls hij het wist... Ik heb me altijd afgevraagd waarom hij nooit contact met me heeft opgenomen om me te waarschuwen.'

'Tja, als ik hem, én jou, had willen laten lijden, dan was jullie op de bruiloft zo te zien voldoende. En dat moment dat Sacha Alex die dag voor het eerst zag... Nou.' Jules schudde haar hoofd en zuchtte. 'Ik weet zeker dat het verschrikkelijk is geweest, vooral voor jou, Helena. Ik heb het altijd geweten, maar William niet.'

'En heb je Sacha niet verteld dat je dacht dat Alex van hem was?' Helena was verbijsterd.

'Het was een schok dat Alex zo goed als zeker het kind van mijn man was, ja, maar wat had ik bereikt door er een heel circus van te maken en van hem te scheiden? Het was overduidelijk, aangezien we je enkele minuten nadat je met de beste vriend van Sacha was getrouwd hadden ontmoet, dat ik me geen zorgen hoefde te maken dat jullie er met zijn tweeën vandoor zouden gaan. Ik zag toen wel hoeveel jij en William van elkaar hielden.'

'Ja, dat was ook zo, tenminste...' Helena zweeg even. 'Ik hou nog steeds van hem. Ik weet echt niet hoe het je is gelukt dit allemaal te verwerken, Jules. Dat was mij niet gelukt.'

'Natuurlijk had ik liever gehad dat je geen hartstochtelijke affaire met mijn man had gehad terwijl ik eenzaam, verdrietig en zwanger in Engeland zat, maar je moet er rekening mee houden dat ik het dus wel wist. Kennis is macht, en het was mijn beslissing om bij hem te blijven. Het trok me totaal niet een alleenstaande moeder te zijn, dat heb ik aan jou overgelaten,' zei ze bits. 'Ik wilde een vader in de buurt voor mijn zoon. En zoals ik je al eerder heb verteld, ik hield toen van hem. Hij was een behoeftige man met gebreken, maar je kunt niet kiezen van wie je houdt, hè? En jij, meer dan wie ook, zou dat moeten kunnen begrijpen. Ik neem aan dat jij ook van Sacha hield?'

'Ooit wel, ja.'

'Ik heb eigenlijk altijd medelijden met je gehad, Helena, dat je met een leugen door het leven ging. Zeg eens... Hoe is William er eigenlijk achter gekomen?'

'Fabio, mijn oude danspartner, kwam logeren. Ik stond samen met Sacha op een foto die Fabio hem van Wenen liet zien.'

'Oepsie. Is hij kwaad? Dat zal wel.'

'Hij wil van me scheiden. Ik kreeg vanmorgen een berichtje van hem.'

'Heel begrijpelijk, zo'n eerste reactie.' Jules knikte koeltjes. 'En Alex? Helemaal overstuur bij de gedachte dat Sacha zijn vader is?'

'Ja, daarom is hij weggelopen. De politie is net geweest. De zoektocht heeft zich nu ook naar Engeland uitgebreid.'

'Alex duikt wel weer op. Hij komt over de schrik heen en vergeeft het je. Hij aanbidt je. En, wat nu? Nu William en ik uit beeld zijn, neem ik aan dat de twee voormalige geliefden verder kunnen gaan met hun *grande passion*.'

'Nee, Jules, ik...'

'Helena, je mag hem hebben, serieus. Ik heb het lang geleden al geaccepteerd. Deze scheiding is het beste wat ik ooit heb gedaan. Achteraf gezien had ik er geen idee van hoe ellendig die zelfingenomen eikel me heeft gemaakt. Als je hem wilt, dan kun je hem zeker zo krijgen. Hij heeft altijd geloofd dat jij de liefde van zijn leven was. Ik zie het elke keer als hij naar je kijkt. Al vraag ik me af of Sacha eigenlijk wel van iemand anders dan zichzelf kan houden.'

'Ik zweer het je, Jules, Sacha is wel de laatste man op aarde bij wie ik wil zijn. Hij heeft in Wenen tegen me gelogen. Hij is toen met de noorderzon vertrokken en heeft mij in de steek gelaten. Ik vind het eerlijk gezegd al moeilijk om in dezelfde kamer met hem te zijn. Ik hou alleen van William, en ik wil zo graag dat hij terugkomt... Sorry.' Helena veegde ruw haar tranen weg. 'Ik heb helemaal niet het recht om te huilen. Je moet me wel haten.'

'Die dag haatte ik de vrouw op de schetsen, ja, maar hoe kan ik jou nu haten, Helena? Je bent een oprecht aardige vrouw, die toevallig over het aangeboren vermogen beschikt om mannen verliefd op zich te laten worden. Maar het is niet alsof het je veel geluk heeft gebracht, of wel soms? Het heeft er zelfs veel van weg dat het je niets dan chaos en ellende heeft gebracht.'

'Ik...' Helena's telefoon ging en ze griste die meteen van tafel. 'Hallo? William, heb je het gehoord? Alex wordt vermist en... Echt? O, godzijdank, godzijdank! Ja, doe ik. Kan ik hem spreken? Oké, ik begrijp het. Zeg wel tegen hem dat ik van hem houd, oké? Dag.' Ze liet haar telefoon op tafel vallen en liet haar hoofd in haar handen zakken. 'Godzijdank,

godzijdank,' herhaalde ze, terwijl haar keel bijna werd dichtgeknepen door alle emoties.

'Alex is terecht?' vroeg Jules.

'Ja, hij is bij William in Engeland. O, Jules, godzijdank!'

Jules stond op en ging naar Helena toe. Ze sloeg haar armen om haar heen. 'Rustig nou maar,' zei ze troostend. 'Ik zei toch dat het wel goed zou komen? Hij redt zich wel, net als zijn vader. Nu ik het over Sacha heb... Ik heb hem gisteravond het huis uit gezet. Hij kwam ongevraagd over uit Engeland met Rupes. Ladderzat, zoals altijd, en hij smeekte me om hem terug te nemen. Het was echt heel fijn om hem te vertellen dat hij moest opzouten. Hij heeft vannacht waarschijnlijk onder een stel druivenranken geslapen. Jezus, wat stonk die man.' Jules rimpelde haar neus. 'Hij heeft serieus hulp nodig, maar gelukkig ben ik niet langer degene die hem ervan moet overtuigen hulp te zoeken.'

'Nee.' Helena luisterde maar half. De opluchting dat Alex veilig en wel bij William was in Engeland was overweldigend.

'Nou, wij vertrekken over een paar dagen. Ik heb een schattig huisje gevonden in de buurt van de nieuwe school van Rupes. Toegegeven, het is niet waar we aan gewend zijn, maar ik heb al contact opgenomen met een paar makelaars uit de buurt en heb ook al een aantal sollicitatiegesprekken ingepland. Het zal goed voor me zijn om weer aan het werk te gaan. En er is daar ook een goede basisschool voor Viola.'

'Ik dacht dat je het hier geweldig vond?'

'Dat is ook zo, maar laten we wel wezen, Helena, ik zou gewoon weglopen voor mijn problemen. Ik moet ook aan de kinderen denken.'

'Ja, dat is ook zo. Ik... Ga je ze vertellen dat Alex de zoon van Sacha is?'

'Nee, ik denk dat ze op het moment al genoeg op hun bordje hebben. En trouwens, het is Sacha's taak om ze het slechte nieuws te geven, niet die van mij, al denk ik niet dat hij dat zal doen. Daar is hij te laf voor.' Jules zuchtte. 'Dus het is tijd om afscheid te nemen. Bedankt voor je steun deze zomer, Helena. Misschien kunnen we nu de lucht geklaard is echt vriendinnen worden. Laat vooral wat van je horen als je weer in Engeland bent, oké?'

'Natuurlijk. Al heb ik geen idee waar ik ga wonen.'

'O, daar zou ik me niet al te druk om maken,' zei Jules heel luchtig toen ze opstond. 'In tegenstelling tot Sacha houdt William te veel van je om je te laten gaan. Tot snel... Ciao.'

DAGBOEK VAN ALEX

14 AUGUSTUS 2006

Zo... Het is een avontuur geweest, dat staat vast. Gedurende de afgelopen vierentwintig uur ben ik veranderd van een onbekende, mollige jongen van dertien met totaal geen kenmerkende eigenschappen in een stelend, gezocht weglopertje dat door heel Europa op de vermistenlijst staat.

Ik vraag me af of er contact is opgenomen met Interpol. Ik hoop het wel, want dat staat vast goed in mijn toekomstige biografie.

Toen ik eenmaal had besloten om twee vliegen in één klap te slaan, was ik snel in actie gekomen. Ik wist waar mam mijn paspoort en haar Engelse bankpasje bewaarde én een stapel Cypriotische ponden. Ik heb het taxibedrijf gebeld dat zij gebruikt en heb een erg aardige man die wat Engels sprak zover gekregen om me naar het vliegveld in Paphos te brengen. Onderweg heb ik een heel verhaal opgehangen over dat er een noodgeval in Engeland was – god zegene haar, ik heb de slechte gezondheid van mijn toch al overleden oma als smoes gebruikt – en tegen de tijd dat we bij het vliegveld kwamen, begon ik zelf te geloven dat ze nog maar een paar uur te leven had. Maar de chauffeur ook.

Ik heb hem een grote fooi gegeven en gevraagd of hij me kon helpen een ticket voor de volgende vlucht naar Engeland te kopen bij de balie van Cyprus Airways, omdat ik geen Grieks spreek. Ik heb hem ook wijsgemaakt dat mijn vader, die me daar zou treffen, me net een berichtje had gestuurd om me te vertellen dat hij wat vertraging had opgelopen, maar dat ik alvast het ticket moest kopen. Ik had al opgezocht dat kinderen boven de twaalf bij bepaalde luchtvaartmaatschappijen alleen mochten vliegen, maar dat ze bij andere vergezeld moesten worden door een volwassene.

Toen bemoeide het lot zich ermee. Ik was aan de praat geraakt met een lief oud dametje dat voor me in de rij bij het inchecken had gestaan. Ik had haar koffer op de weegschaal gezet en haar geholpen toen zij zenuwachtig met bevende, fragiele handen in het plastic mapje naar haar paspoort en ticket had gezocht. Ik had die samen met mijn eigen paspoort en ticket aan de dame bij de incheckbalie gegeven. We kregen stoelen naast elkaar toegewezen en gedurende het lange wachten in de vertrekhal zijn we bevriend geraakt. Met dezelfde techniek zijn we door het boardingsproces gekomen. Ik gaf onze paspoorten tegelijk af, waarbij ik het duidelijk maakte aan de dame die ze controleerde dat ik als begeleider optrad voor de oude vrouw. Hopelijk dacht ze dat het een bejaard familielid was. Oma's – dood, stervend of levend – bleken erg goed van pas te komen bij mijn plan om naar Engeland te ontsnappen.

Toen we eenmaal aan boord van het vliegtuig waren viel mijn 'leenoma' vrijwel meteen naast me in slaap. Dat gaf me de tijd die ik nodig had om na te denken tijdens de terugvlucht. Er kwamen gedachten in me op die ik nog nooit had gedacht.

Tijdens mijn fanatieke levenslange zoektocht naar mijn ware genenpoel had ik niet gezien wat er recht voor mijn neus stond.

Dus nu ben ik terug in Engeland. Ik ben hier voor mezelf én voor haar. Ik sta op het punt om het belangrijkste gesprek van mijn leven tot op heden te voeren. Ik moet ons redden.

Omdat ik van mijn moeder houd… én van mijn vader.

29

William zette de waterkoker aan om thee te zetten en staarde door het keukenraam naar de tuin. De schommels en het klimrek van Immy en Fred stonden in een hoek en Freds geliefde watergeweer, bijna net zo groot als hij zelf was, lag op het gras waar hij het had laten vallen.

Ze hadden Cedar House, aan de rand van het mooie dorpje Beaulieu in Hampshire, vlak voor hun huwelijk als een bouwval gekocht. Langzaam maar zeker hadden hij en Helena het opgeknapt. Aangezien het vlak na zijn scheiding was en vóór zijn architectenbureau echt succesvol begon te worden, hadden ze krom moeten liggen om wat een nogal donker en sober negentiende-eeuws huis van rood baksteen was geweest om te toveren tot iets speciaals. Gelukkig had het niet op de monumentenlijst gestaan, dus ze hadden naar hartenlust de grote veranderingen kunnen doorvoeren die William had bedacht. Hij had de enorme, lichte keukenuitbouw zodanig ontworpen dat die dankzij de grote ramen die van het plafond tot aan de vloer reikten naadloos door leek te lopen naar het terras en de tuin. Hij had ook de kleine, donkere kamers groter gemaakt door muren te verwijderen, waardoor het licht naar binnen had kunnen komen. Toen de bouwtechnische werkzaamheden eenmaal klaar waren had Helena het fantastisch ingericht. Ze had een flair voor het combineren van kleuren en materialen en voor het uitzoeken van meubels die perfect in de betreffende ruimtes pasten, waar ze door de jaren heen stukken aan had toegevoegd die ze had opgeduikeld in antiekwinkeltjes en tijdens verschillende vakanties op het vasteland. Het was ze gelukt om van bakstenen en cement een eclectisch, uitnodigend en warm thuis te maken.

William huiverde. Hij was altijd zo trots geweest op wat ze hier hadden bereikt, maar vandaag voelde het huis troosteloos.

Hij liep naar de koelkast. De deur zat vol tekeningen van Immy en Fred die met magneten op hun plek werden gehouden. Hij pakte de melk uit de koelkast die hij op weg naar huis bij het benzinestation had gekocht. Waarschijnlijk zou hij bij deze scheiding, net als bij de eerste, zijn huis kwijtraken; aan Helena, of door het aan een ander, gelukkiger gezin te verkopen. Bij die gedachte ontstond er nog een barst in zijn toch al toegetakelde hart.

'Alex, thee!' riep hij naar boven.

'Kom eraan, pap,' riep Alex terug.

William liep door de keuken, deed de openslaande deuren open en stapte het zonnige terras op. Hij ging op het gietijzeren bankje zitten dat in een honderd jaar oude blauwe regen genesteld stond, met aan weerszijden ervan zoet geurende rozen. Tijdens de afwezigheid van hun meesteres hadden ze zich tegoed gedaan aan het zonlicht en nu waren ze dik, opgeblazen en moesten ze nodig worden gesnoeid.

Bedankt, pap.' Alex bracht zijn thee mee naar buiten en kwam naast hem zitten.

'Het voelt vreemd om thuis te zijn, hè?'

'Ja,' zei Alex. 'Dat komt omdat het zo stil is. Het was me voor vandaag nooit opgevallen hoe lawaaierig we allemaal zijn.'

'Je moet wel moe zijn na je gedenkwaardige reis.'

'Niet echt. Het was eigenlijk wel heel spannend.'

'Nou, doe het alsjeblieft niet nog een keer. Ik heb van mijn leven nog nooit zo hard gereden. Ik was hier maar tien minuten voor jou.'

'Was je in het appartement in Londen toen de politie kwam?'

'Ja. ik moet toegeven dat toen ze daar voor de deur stonden, ik me de ergste dingen in mijn hoofd haalde. Ze zeiden dat je gisteren op de avondvlucht naar Gatwick zat en dat het vliegtuig vlak voor middernacht was geland, maar dat ze niet wisten waar je daarna naartoe was gegaan.'

'Sorry.'

'Het is al goed. Ik dacht dat je waarschijnlijk deze kant op zou komen.'

'Nou, als ik had geweten dat je in Londen was, dan was ik daarheen gegaan. Ik heb de nacht doorgebracht op Waterloo Station, omdat de laatste trein naar Beaulieu al uren daarvoor was vertrokken. Dat was eigenlijk best eng,' vertelde Alex. 'Onwijs veel dronken zwervers en ik.'

'Dat geloof ik graag.'

Ze dronken gezamenlijk van hun thee.

'Hoe gaat het met mam?' vroeg Alex.

'Beter nu ze weet dat je veilig bent, maar ze was natuurlijk radeloos.'

'Ja... dat was een lullige actie, maar ik had er zo mijn redenen voor.'

'Hoe ging het met haar na mijn vertrek?' vroeg William voorzichtig.

'Heel slecht. Ze is naar mijn slaapkamer gekomen om het uit te leggen. Ze heeft me alles verteld over wat er is gebeurd toen ik geboren werd. Wist je dat ze bijna dood is gegaan toen ze mij kreeg?'

'Nee, dat wist ik niet, maar er is duidelijk heel veel waar ik niet naar ben blijven luisteren.'

'Vind je mam een slecht mens?'

'Nee, niet echt.'

'En een "leugenaar" die je heeft "bedrogen"?'

William keek Alex aan. 'Jij hebt meegeluisterd.'

'Ja. Sorry.'

'Natuurlijk denk ik dat niet echt. Ik was gewoon heel erg… boos, dat is alles. Dat ben ik nog steeds.'

Alex knikte. 'Ik was ook heel boos. Echt heel erg. Maar ik ben nu kalmer.'

'Waarom?'

'Omdat ik denk dat ik het begrijp.'

'Je begrijpt dat je moeder jou én mij jarenlang heeft voorgelogen?'

'Nou, als ik heel eerlijk ben heeft ze niet precies tegen me gelogen, maar heeft ze het me gewoon niet verteld.'

'Nee, dat is ook zo.'

'Ik zat tijdens de vlucht te denken aan wat ik had gedaan als ik haar was.'

'En?'

'Ik denk dat ik ook had gelogen. Wat had jij gedaan?'

William haalde zijn schouders op. 'Ik zou het echt niet weten.'

'Maar dat is het hem juist, toch? Ik bedoel, niemand weet wat hij zou doen in een bepaalde situatie tot ze in die situatie zitten.'

'Daar heb je gelijk in.' William zuchtte. 'Maar ik ben bang dat het niets uitmaakt. Ik vind het erg dat ik je dit moet vertellen, Alex, maar ik heb je moeder verteld dat ik wil scheiden.'

'Dat is oké. Ik begrijp het.'

'Is dat zo?'

'Ja, maar het is wel jammer. Jij houdt van mam en zij houdt ontzettend veel van jou, vooral nu ze niet meer tegen je hoeft te liegen. En Immy en Fred… Nou, dat wordt voor die twee ook geen pretje. Maar als ik in jouw schoenen stond zou ik vast hetzelfde voelen.' Alex schopte met de punt van zijn sneaker tegen het mos dat tussen de tegels uit piepte. 'Het gaat toch om die hele mannelijke trots, hè?'

'Tja, een beetje wel, denk ik,' gaf William toe.

‘Als je er goed over nadenkt dan besef je dat dit allemaal is gebeurd voor jullie elkaar hebben ontmoet. Mam is er toch niet met een ander vandoor gegaan en heeft niet iets verschrikkelijks gedaan sinds jullie getrouwd zijn, of wel soms?’

‘Voor zover ik weet niet. Het is goed mogelijk dat ze sindsdien nog met hém heeft afgesproken. Misschien is ze nog steeds wel verliefd op hem. Weet ik veel.’ William was verbijsterd dat hij dit gesprek voerde met een dertienjarige jongen.

‘Als ze bij hem had willen zijn, denk je dan niet dat ze lang geleden al bij je weg was gegaan?’ Alex schudde zijn hoofd. ‘Nee, ze houdt niet van hem, maar van jóú.’

‘Het feit blijft dat ze tijdens ons hele huwelijk tegen me heeft gelogen, Alex.’

‘Tja... Maar we weten allebei waarom ze dat heeft gedaan. Pap?’ Hij keek William aan. ‘Hou je van haar?’

‘Dat weet je heel goed.’

‘Waarom ga je dan van haar scheiden?’

‘Alex, ik weet dat je volwassen bent voor je leeftijd, maar er zijn echt dingen die je niet kunt begrijpen.’

‘Ik begrijp dat je ervoor kunt kiezen om van mijn moeder te scheiden. Die mogelijkheid heb ik niet. Ik zit voor altijd aan haar vast. Dus in welk opzicht is dit erger voor jou dan voor mij? Ik moet ook nog eens het feit verwerken dat Sacha mijn biologische vader is.’

‘Dat weet ik.’

‘Hij heeft mam ook nog eens in de steek gelaten toen ze in verwachting was. En ik zat eerder te denken...’

‘Ja?’

‘Nou, mam zei dat hij haar had verteld dat zijn naam Alexander Nicholls was.’

‘Blijkbaar. Maar op een bepaalde manier ís dat ook zijn naam.’

‘Maar iedereen kent hem als Sacha Chandler. Vrijwel zijn hele leven al. Dus waarom zou hij dat doen?’

‘Ik weet het niet, Alex, echt niet. Misschien probeerde hij een soort alter ego te creëren.’

‘Nou, ik denk dat hij mam bewust heeft voorgelogen. Hij was toen al getrouwd met Jules. En hoe kon mam nu weten dat hij en jouw beste vriend een en dezelfde persoon waren? Totdat ze dat wist, natuurlijk...’

‘Ik begrijp wat je bedoelt, Alex, maar toen ze het eenmaal wist had ze het me moeten vertellen. Het punt is dat ze me niet heeft vertrouwd. Ze heeft me nooit vertrouwd.'

'Misschien niet, maar ik weet het niet hoor...' Alex zuchtte. 'Misschien is het gewoon moeilijk voor haar om mensen te vertrouwen. Ze heeft zo te horen een behoorlijk slechte jeugd gehad. En haar moeder had haar volgens mij eigenlijk helemaal niet willen hebben. Ze heeft alles zelf moeten uitzoeken.'

'Ja. Uit het weinige wat ze me heeft verteld heb ik opgemaakt dat het allemaal geen rozengeur en maneschijn was.'

Ze zwegen allebei.

'Weet je wat het ergste is?' zei Alex uiteindelijk, terwijl hij William aankeek. 'Rupes is mijn halfbroer! Dat is echt een knelpunt voor me. Ik vind het verschrikkelijk dat wij dezelfde bloedlijn delen, maar dat is wel zo.'

'Genen zijn rare dingen, Alex.'

'Ja, maar aangezien ik niet van mijn moeder kan scheiden of bij haar weg kan gaan, moet ik het wel accepteren. Dat, én het feit dat Sacha mijn biologische vader is. En je mag echt wel kwaad zijn omdat je beste vriend iets met mam heeft gehad, maar dat was wel voor jij haar hebt ontmoet. Het feit dat hij je beste vriend is... of was... moet toch betekenen dat hij ook zijn goede kanten heeft? En alleen omdat jullie dezelfde smaak in vrouwen hebben wil dat toch niet zeggen dat Sacha opeens een heel ander mens is? Hij is precies dezelfde die hij altijd is geweest. En mam ook. Het enige verschil is dat jij én ik nu het geheim kennen.'

William keerde zich langzaam naar hem toe en schudde zijn hoofd. 'Hoe ben jij zo wijs geworden?'

'Dat zit in mijn genen. Of misschien ook niet.' Alex haalde zijn schouders op en grinnikte even.

'Zou je met hem willen afspreken?'

'Als mijn "vader", bedoel je? Om een band op te bouwen en al die zooi?'

'Ja.'

'Wie weet? Daar moet ik over nadenken. Op het moment walg ik van hem om wat hij heeft gedaan, maar misschien denk ik daar over een tijdje anders over als de eerste schrik is verdwenen.' Alex zuchtte. 'Maar dat is niet belangrijk. Dat is het nooit geweest, maar dat is pas net tot me doorgedrongen.'

'Wat bedoel je?'

‘Bijvoorbeeld… Weet je nog die keer dat ik van het klimrek viel, met mijn kop op de grond en je me meteen naar het ziekenhuis bracht?’ Alex wees naar de toestellen aan de andere kant van de tuin.

‘Natuurlijk. Mam was in verwachting van Immy. Ik dacht dat ze misschien zou moeten bevallen als ze zag hoe het bloed eruit gutste.’

‘En toen je me leerde fietsen? Je bent over de weg met me naar de tennisbanen gelopen en hebt daar de zijwieltjes eraf gehaald. Je bent hijgend en puffend rondjes met me blijven rennen en toen liet je me los en fietste ik wiebelend verder.’

‘Dat weet ik nog,’ zei William.

‘En die keer dat ik niet werd toegelaten tot het rugbyteam en ik helemaal over de zeik was. Jij vertelde me toen dat jij ooit was afgewezen voor het cricketteam van je school en dat je het ook zo erg vond, maar dat je het jaar daarop wel werd toegelaten?’

‘Ja.’ William knikte.

‘Pap?’

‘Ja?’

‘Weet je…’ Alex pakte Williams hand beet en kneep erin. ‘… jíj bent mijn vader.’

30

Jules vertrok vlak nadat het nieuws was gekomen dat Alex in orde was, en Helena besloot dat ze de ontleding van dát gesprek voor een andere keer zou bewaren. Het feit dat haar leven in duigen was gevallen stelde niets voor bij het nieuws dat haar zoon veilig was.

Nadat ze iedereen had gebeld om ze te vertellen dat Alex oké was, ging ze naar boven om een douche te nemen. Ze kwam er verfrist onder vandaan en ging naar beneden om Angelina te bellen en haar te vragen of ze Immy en Fred terug wilde brengen zodra dat haar uitkwam. Ze wilde dolgraag hun stemmen horen. De genadeloze stilte in het huis herinnerde haar steeds aan wat ze was kwijtgeraakt en aan de sombere toekomst die haar nu te wachten stond.

Ze liep naar haar hangmat en klom erin, te moe om helder te kunnen nadenken. Daarvoor had ze rust nodig. Ze deed haar ogen dicht en dutte, gerustgesteld door de zacht wiegende beweging. Toen hoorde ze een auto tot stilstand komen. Dat zou vast Angelina zijn die de kinderen terugbracht. Ze was halverwege de trap naar het terras toen Sacha de hoek om kwam.

'Hallo, Helena.'

'Wat moet je van me?' Helena liep langs hem heen het huis in.

'Wijn is lekker, of whisky als je dat hebt?' grapte hij, terwijl hij haar naar de keuken volgde. 'Ik neem aan dat het hier ook geweldig is geweest sinds alles uit de klauwen is gelopen? Ik ben net naar het huis gegaan om afscheid te nemen van de kinderen en Jules vertelde me dat William het van onze verhouding weet en is vertrokken.'

'Zo zou je het kunnen zeggen. Je zou ook kunnen zeggen dat het de ergste vierentwintig uur van mijn leven zijn geweest. Alex is weggelopen en ik heb pas net gehoord dat hij in orde is.'

'Hij is toch in Engeland bij William?'

'Ja.' Helena gaf hem een glas wijn.

'Bedankt.' Hij dronk het dorstig leeg en gaf het meteen terug om opnieuw te laten vullen.

'Dus wat kom je hier doen?' vroeg ze vermoeid, en ze zette de fles terug in de koelkast.

'Is dat niet duidelijk? Ik ben hier voor jou.' Sacha kwam naar haar toe en sloeg zijn armen om haar middel. 'Waar zijn de kleintjes?'

'Die kunnen elk moment terug zijn, met Angelina.' Helena probeerde bij hem weg te komen. 'Sacha! Laat me los!'

'Helena, verzet je niet.' Hij streek met zijn lippen langs haar nek. 'We hebben jaren op dit moment gewacht, toch, schoonheid?'

'Nee! Hou op!' Ze rukte zich los. 'Waar héb je het in vredesnaam over?'

'Helena, je moet wel hebben geweten wat ik al die jaren voor je heb gevoeld. Ik heb moeten aanzien dat je samen met William was, terwijl ik elk moment heb gewenst dat je de mijne was. Herinner je je Wenen nog? Dat waren de mooiste weken van mijn leven. Nu kan niets ons er nog van weerhouden om bij elkaar te zijn. We zijn vrij, engel!' Hij deed een stap naar voren.

Ze deinsde achteruit. 'Het enige wat ik me herinner is een man die had beloofd bij me terug te komen, maar dat nooit heeft gedaan.'

'Ben je daarom boos? Nog steeds, na al die jaren? Je begrijpt toch wel waarom dat niet ging? Jules was zwanger. Ik kon toch niet bij haar weggaan? Maar ik ben altijd aan je blijven denken, altijd.'

'En ik ben nooit vergeten dat je hebt verzwegen dat je getrouwd was.'

'O, dat heb ik je vast verteld. Je wilde het gewoon niet weten.'

'Nee! Heb vooral niet het lef om me die onzin op de mouw te spelden! Je hebt het me niet verteld en ik heb helemaal niets meer van je gehoord na je vertrek.'

'Ik heb je toch zeker geschreven om alles uit te leggen?'

'O, godsamme, Sacha.' Helena sloeg de deur van de koelkast dicht. 'Jij bent echt te zielig voor woorden.'

'Jij houdt niet van William, hè, Helena? Hij was toevallig in de buurt om je te redden toen je iemand nodig had.'

'Ik ben niet geïnteresseerd in jouw mening.'

'Gaat hij van je scheiden? Ik durf te wedden dat hij dat doet. Die goede, oude Will, de braafste jongen van de klas. Joost mag weten waarom hij mij ooit als beste vriend wilde hebben. Wij lijken totaal niet op elkaar,' sprak hij met dubbele tong.

'Hou je bek, Sacha! Ik zal altijd van hem houden, of we nu bij elkaar zijn of niet.'

'En Alex? Hoe zit het met hem? Hij is toch mijn zoon. Ik heb tot nu toe om duidelijke redenen mijn afstand bewaard, maar misschien wil ik hem wel wat beter leren kennen.'

'Ik...' Helena deed haar best om haar woede in te tomen. 'Ik zou het heel erg op prijs stellen als je geen contact opneemt met Alex. Als hij jou wil leren kennen, dan zal dat zijn beslissing zijn.'

'Hij is mijn zoon. Ik kan doen wat ik wil.'

Helena's hand jeukte om hem een klap in zijn egoïstische, opgeblazen gezicht te geven, maar ze besefte dat het niets zou opleveren om hem tegen zich in het harnas te jagen. 'Oké, dan smeek ik je, ook voor het welzijn van onze gezinnen, om hem met rust te laten tot hij in elk geval de tijd heeft gehad om dit allemaal te verwerken. Als je dat niet voor mij wilt doen, doe het dan voor je beste vriend, die zich verraden voelt.'

'Dus je beschermt hem nog steeds?' Sacha klapte langzaam in zijn handen. 'Netjes, hoor, Helena. Maar je hebt altijd al gewild dat iedereen je als perfect ziet, hè? Ik zal Jules natuurlijk wel de waarheid over Alex moeten vertellen.'

'Ga je gang. Ze weet het al,' zei Helena zacht.

Sacha keek haar geschokt aan. 'Hoe dan?'

'Ze wist het meteen, op de bruiloft. Zij vindt dat Alex jouw ogen heeft.'

'Shit. Daar had ik geen idee van.' Sacha ging abrupt zitten. 'Ze heeft er nooit iets over gezegd.'

'Nee, jouw vrouw is eigenlijk een fantastisch mens. Ze hield genoeg van je om ons verraad en jouw blijkbaar talloze andere avontuurtjes door de vingers te zien. Het is verbijsterend.'

'Nou... Nu voel ik me pas echt een klootzak. Ik neem aan dat jij er hetzelfde over denkt?'

Helena weigerde te happen. 'Wat ik denk is dat ik een andere vrouw ben dan ik in Wenen was. Het probleem is alleen dat jij nog precies dezelfde bent.'

Sacha ging met zijn vingers door zijn vettige kastanjebruine krullen. 'Wil je nu zeggen dat zelfs als je vrijgezel was, je het niet nog een keer met me zou willen proberen?'

Helena moest zich inhouden om niet hysterisch te gaan lachen. 'In een notendop: nee. Ik heb het je al verteld: ik hou van William. Dat is altijd al zo geweest, punt uit. En zelfs als dat niet zo was, dan zou ik er nog hetzelfde over denken. Het spijt me.'

'Kom nou, engel, je bent gewoon nog kwaad dat ik toen niet ben teruggekomen.'

'Denk wat je wilt, Sacha, maar wij hebben geen toekomst samen. Nooit. Begrepen?'

'Begrepen.' Hij knikte. 'Het is nog te vroeg voor je. Ik had een paar dagen moeten wachten om langs te komen. Je moet nog bijkomen van alles wat er is gebeurd.' Hij stond op. 'Ik geef het niet op, schoonheid, echt niet.'

'Wat jij wilt, Sacha. Maar ik beloof je, je verspilt je tijd. Je hebt een zoon en een dochter, niet te vergeten een vrouw, van wie je heel recentelijk het leven hebt verpest. Misschien wordt het tijd om volwassen te worden en de verantwoordelijkheid voor je daden te nemen. En voor jezelf.'

'Oké, Helena, maar je verandert wel van gedachten als je eenzaam en alleen achterblijft. Jij houdt het niet lang vol zonder een man. Dat is niet echt jouw stijl, hè?'

Helena negeerde zijn venijn. 'Het is tijd dat je gaat.'

'Prima. Ik ga al!' Hij liep op onzekere benen naar de deur, maar keerde zich toen abrupt om met een berouwvolle uitdrukking op zijn gezicht. 'Vergeef me, engel, alsjeblieft.'

'Dat heb ik al gedaan. Lang geleden.'

'Ik hou van je, weet je. Echt waar.'

'Dag, Sacha. Veel succes met je leven.' Ze zag hem wankelend naar zijn huurauto gaan en instappen. 'Ik denk dat je beter niet kunt rijden!' riep ze hem na bij de achterdeur, maar ze wist dat hij haar negeerde toen het portier dichtklapte en hij in volle vaart de heuvel op reed. Ze voelde opeens een enorme opluchting.

Wat de toekomst ook zou brengen, het verleden was eindelijk afgesloten.

DAGBOEK VAN ALEX

14 AUGUSTUS (VERVOLG)

Ik heb pap maar alleen gelaten.

Na ons gesprekje werd hij heel erg stil. Toen zei hij opeens dat hij het gras moest maaien. Ik heb hem door mijn slaapkamerraam in de gaten gehouden. Hij zat uren op zijn dierbare zitmaaier en reed rondje na rondje door de tuin en scheerde het gras kort met de scherpe messen. Dit is de eerste keer dat ik medelijden heb gehad met grassprietjes.

Toen kwam hij binnen. Hij is ergens beneden, maar ik heb het gevoel dat ik hem niet moet storen. Het wordt nu donker en het is stil in huis. Daar ben ik niet aan gewend en ik vind het maar niets.

Besloot hij nu maar eens wat hij gaat doen. Scheiden of niet scheiden, dat is de vraag. Dan kan ik eindelijk naar beneden gaan om een potje noedels te halen. Dat is het enige wat we in huis hebben (ik heb het eerder gecontroleerd) en ik verga van de honger.

Dus nu ben ik aan het mijmeren om de tijd door te komen. Wat is dat toch met mannen en emoties? De verschrikkelijke waarheid is dat het grootste deel van mijn geslacht liever zou sterven dan toegeven dat ze doodsbang zijn. Dan denk ik aan de loopgraven van de Eerste Wereldoorlog en al dat kanonnenvoer. Die mannen leken over de rand te klimmen alsof ze een aangename wandeling door de vrije natuur gingen maken.

'Daar ga ik, meneer!'

'Goed zo, Jones, en veel succes. Doe een goed woordje voor me bij de Grote Baas als je hem ziet, oké?'

'Doe ik, meneer. Vaarwel, meneer!'

En daar ging Jones dan, om door kogels doorzeefd te worden of het te overleven minus een ledemaat of twee, terwijl zijn geest net zo was toegetakeld als zijn lichaam.

Jezus, ik kan wel janken als ik alleen al aan die arme kerels denk. Recht op hun onvermijdelijke dood af. Bijna honderd jaar later huiver ik bij de gedachte, omdat ik weet dat als ik daar was geweest, ik het jankend in mijn broek had gedaan. Ze hadden me waarschijnlijk plat moeten spuiten om me daar te krijgen en me dan in coma neer moeten leggen om me als schietschijf te gebruiken.

Wat me trouwens weer bij mijn huidige onderwerp brengt. Wat willen vrouwen toch van ons?

Chloë, bijvoorbeeld, de Liefde Van Mijn Leven (tot op heden), was in eerste instantie helemaal hoteldebotel van die achterlijke Rupes. Ze was gek op zijn stoere houding, zijn brede, gespierde neanderthaligheid en ze had er geen moment aan getwijfeld dat hij met een enkele klap een wolharige mammoet had kunnen vellen, om die vervolgens over zijn schouder te slingeren en die naar hun perfect ingerichte grot te brengen.

Toen (na een kortstondig gefriemel met Vliegveldvent) ging ze in één moeite verder naar 'Michelle'. Ook al is hij een aardige gast, de manier waarop hij heel opschepperig wheelies deed op het grind als hij aankwam maakte me duidelijk dat hij, ondanks zijn meisjesachtige naam, kon worden beschouwd als 'stoer', 'mannelijk'... terwijl ik nog met mijn knuffelkonijn Kaa slaap.

Ik ben een gevoelige man. En, o mijn hemel, wat wil ik Chloë graag aanraken, niet alleen fysiek... ook emotioneel. Doet het feit dat ik empathie heb af aan mijn aantrekkelijkheid?

En toch... Al mijn bronnen over dit onderwerp, vooral een artikel dat ik gisteren op de terugvlucht in de *Daily Mail* heb gelezen met de titel 'De vijf belangrijkste redenen voor een scheiding', hebben me laten geloven dat vrouwen een man willen die ze emotioneel begrijpt. Zoals Sadie mam begrijpt.

Dus eigenlijk willen ze dat hun vent hun beste vriendin is. Maar hoe kunnen wij als man dat nu allebei zijn? Tegelijkertijd de typische eigenschappen van man én vrouw belichamen?

Ik denk dat vrouwen niet weten wat ze willen. En dat betekent dat wij het als man verdomme nooit goed kunnen doen. En pap is echt zo'n man... Ik zucht. Ik hoop maar dat mam weet wat zij wil. Ik hoop ook dat pap begreep waar ik het over had. Na al die tijd op de maaier moet hij er wel over hebben nagedacht: over mam en mij, Immy en Fred en nu ook, zo hoop ik, over Chloë. Ons gezin. Het is misschien een beetje apart, maar dat maakt het niet verkeerd of slecht. We vormen het beste gezin dat ik ken. In het vliegtuig heb ik nog zitten denken aan hoeveel lol we samen hebben, aan hoeveel we lachen en aan hoeveel ik van hem houd… mijn vader. Er was een 'echte' voor nodig om me te laten beseffen hoe erg ik de zogenaamde zou missen als hij er niet meer was.

Wat nog altijd heel goed mogelijk is. Als hij die S doorzet.

Hij heeft me al die tijd als zijn eigen zoon behandeld. Ik kom bij hem hoe dan ook niet in aanmerking voor een voorkeursbehandeling, positief of negatief. Het feit dat hij het frustrerend vindt als ik een van mijn buien heb komt niet doordat ik niet van hem ben, maar gewoon doordat ik zijn zoon ben en af en toe irritant kan zijn. En hij ergert zich aan me, net zoals elke biologische ouder zou doen.

Hij – William – is niet perfect. Hij heeft zijn gebreken. Net als alle andere mensen. Net als mijn moeder. Maar zij én hij zijn meer goed dan slecht en misschien is dat het beste waar je op kunt hopen, want ik heb beseft dat we ons allemaal ergens op een spectrum bevinden, met aan de ene kant zwart en aan de andere kant wit. De meesten van ons lijken iets links of rechts ten opzichte van het midden te blijven hangen, binnen een kleine marge.

Zolang niemand van ons te dicht bij een van beide uitersten komt dan zijn we eigenlijk wel oké. Ik, mam en pap, en zelfs Sacha en de gevreesde Rupes vallen (voor nu) ergens in dat centrale gebied.

In gedachten breng ik de brokstukken van mijn moeders standbeeld weer bij elkaar, maar ik laat haar voetstuk weg. Ze zal vanaf nu op eigen benen staan, op de grond: geen heilige, geen zondaar, maar een mens. Net als pap.

En áls, en het is een twijfelachtige als, hij besluit dat hij zijn trots aan de kant kan zetten en mijn moeder terugneemt, dan ga ik hem vragen of hij me wil adopteren. Dan regelen we het allemaal officieel, en als teken van mijn respect en liefde zal ik dan zijn achternaam aannemen en eindelijk helemaal bij de rest van de familie horen.

Alexander R. Cooke.

Mijn hemel, kan het niet wat sneller? Ik verga hier van de honger, aangezien ik gisteren in het vliegtuig voor het laatst heb gegeten.

Nou, ik ben dus mijn hele leven op zoek geweest naar iets wat ik dacht dat ik wilde… en nu ik het heb, wil ik het helemáál niet. Niet eens een klein beetje. Ik wil gewoon weer wat we hadden.

Wacht eens even! Pap klopt op mijn deur. Mijn hart bonkt in mijn keel. Nou, niet echt, want dat zou niet passen. 'Binnen.'

Pap steekt zijn hoofd om de hoek. 'Heb je honger?'

'Echt wel.'

‘Zin in Indiaas?’
‘Tuurlijk.’
‘We kunnen maar beter iets typisch Engels eten nu het nog kan,’ grapt hij.
‘Hoezo?’
Hij wendt even zijn blik af, maar glimlacht dan naar me. ‘We gaan morgenochtend terug naar het Land van Feta en Visstrontsaus. Ik heb net onze vlucht geboekt.’

31

Helena werd wakker. Het was weer een prachtige dag. Ze stond versteld van hoe goed ze had geslapen en, heel ironisch, hoe vredig ze zich voelde.

Ze stapte uit bed, trok haar balletpakje en spitzen aan en ging naar beneden, naar het terras. Ze begon met pliés en haar lichaam nam de routine over, waardoor ze rustig verder kon denken.

Het huis… Pandora… Dat voorgevoel wat ze erover had gehad, had geklopt. De doos was geopend; de stoffige inhoud was uit de donkere hoekjes vrijgekomen en was de wijde wereld in gevlogen waar die chaos en verdriet had veroorzaakt. Maar toch was er, net als in de mythe, één ding achtergebleven: hoop.

Er waren geen geheimen meer, niets om te verbergen en ze zou niet langer worden geplaagd door schaduwen. Wat er ook gebeurde – en ze was zich er heel goed van bewust hoe verschrikkelijk een wereld zonder William zou zijn – het zou in elk geval oprecht zijn. Vanaf nu zou ze enkel nog met de waarheid leven, of die nu positief of negatief was.

Alexis kwam om tien uur langs, net toen Helena, Immy en Fred een laat ontbijt aten op het terras.

'Lo, Lexis,' zei Fred. 'Krijg ik een dootje?'

'Fred!' zei Helena vermanend. 'Hij stelt iedereen die vraag als ze aankomen, en dat is ontzettend onbeleefd.'

Alexis kuste haar met genegenheid op beide wangen. 'Hoe gaat het?'

'Veel beter. Bedankt voor al je hulp, en het spijt me dat ik zo hysterisch was.'

'Maar ik begrijp het. Als je kind verdrietig is of in gevaar verkeert, dan is dat het ergste wat er is. Dat weet ik uit ervaring.'

'Lust jij koffie, Alexis?' vroeg Immy, terwijl ze naar de pot wees.

'Ja, hoor, Immy.'

'Ik ga een schone beker uit de keuken halen.' Ze liet zich van haar stoel glijden.

'Ik ook.' Fred volgde haar naar binnen.

'Helena, jouw kinderen, ze zijn geweldig. Echt waar.'

'Voor de verandering wel, ja. De afgelopen vierentwintig uur zijn ze bijzonder braaf geweest.'

'Misschien wisten ze dat hun moeder dat nodig had.'

'Dat is ook zo. Je hebt gelijk.'

'En, wanneer komt Alex terug?'

'Dat weet ik niet. Ik heb hem gisteravond een berichtje gestuurd met de vraag of hij wil dat ik naar huis kom. Ik heb nog geen antwoord gekregen. Hij is ongetwijfeld nog heel erg boos op me, maar ik weet in elk geval dat hij veilig is.'

'Dus je gaat misschien ook heel binnenkort weg?'

'Als Alex me in Engeland nodig heeft, dan ga ik natuurlijk meteen.'

'Helena, dan is er iets wat ik je moet laten zien.'

Wat keek hij haar ernstig aan. 'Alexis, wat is er?'

'Ik ben hier zo vaak geweest om het je te vertellen, maar...' Hij haalde zijn schouders op. 'Het was nooit het juiste moment ervoor. Is Angelina er ook?'

'Ja, ze is boven de bedden aan het opmaken.'

'Kan zij op de kinderen letten? We moeten ergens naartoe. Geen zorgen, het is niet ver.'

Ze kreunde. 'Alexis, toe, geen slecht nieuws. Dat kan ik echt niet aan.'

'Nee.' Hij legde geruststellend zijn hand op haar schouder. 'Dit is geen slecht nieuws. Het is alleen iets wat je moet weten. Vertrouw me.'

'Oké. Ik zal het aan Angelina vragen en dan kunnen we gaan.'

'Waar breng je me in hemelsnaam naartoe?' vroeg Helena een paar minuten later, toen ze Alexis naar het zwembad volgde.

'Dat zie je zo.' Hij liep naar de andere kant van het zwembad en opende een paneel van het houten hekwerk dat het terrein scheidde van de olijfgaard die Pandora omringde.

'Hemeltje, die poort is me nooit opgevallen.'

'Nee, dat was ook de bedoeling. Die was geheim.'

'Wie heeft die gemaakt?' vroeg ze, terwijl ze achter Alexis aan tussen de bomen door liep.

'Geduld, Helena, alsjeblieft.'

Ze wandelden verder, ontweken de takken van de dicht op elkaar staande bomen, tot ze bij een kleine open plek kwamen. Ze stonden naast elkaar naar de bergen om hen heen te kijken, naar de olijfgaard die zich tot in de vallei onder hen uitstrekte en het smalle, glinsterende reepje zee in de verte.

'Is dit wat je me wilde laten zien, Alexis?'

'Dit is de plek, ja.' Hij keerde zich iets naar rechts en wees. 'Maar dát is wat ik je wilde laten zien.'

Helena keek in de richting waar zijn vinger naar wees en liep erheen. 'O, wat mooi. Dat is een beeld van Aphrodite, toch?' vroeg ze, toen ze ervoor stond.

'Nee. Niet helemaal.'

Ze keek hem aan. 'Maar wie is dat dan, en wat doet het beeld hier?'

'Kijk naar de onderkant, Helena. Kijk naar de naam.'

Ze bukte zich. 'Dit is nauwelijks leesbaar. Het is zo versleten.'

'Je kunt het lezen, als je het probeert.'

Helena veegde de blaadjes weg die zich bij de kleine sokkel hadden verzameld en veegde met haar vinger over de gravering. 'Ik zie een "I" en een "E"... en een "N"... En de eerste letter is een "V". Ik...' Ze keek Alexis verward aan. 'Daar staat Vivienne.'

'Ja.'

'Maar dat is de naam van mijn moeder.'

'Dat klopt, ja.'

'Wat betekent dit? Moet dit haar voorstellen? Als Aphrodite?' Helena liet haar hand over het albasten gezicht glijden.

'Ja.'

'Maar waarom, Alexis? En waarom staat het hier?'

'Angus heeft het laten maken na haar dood,' vertelde hij. 'Dit, zo heeft mijn grootmoeder Christina me verteld, was haar favoriete plek.'

'Maar...' Helena legde haar hand op haar voorhoofd. 'Ik weet dat ze regelmatig naar Cyprus kwam en dat ze er dol op was, maar ik...' Ze keek Alexis aan en begreep het opeens. 'Wil je me soms vertellen dat Angus verliefd was op mijn moeder? Is dat het?'

'Ja, Helena. Vivienne was heel vaak te gast op Pandora. Ze was zowel hier in het huis als in het dorp bekend.'

'Echt? Dus... daarom hebben zoveel dorpelingen gezegd dat ik ze aan iemand doe denken. Ik weet dat ik op haar schijn te lijken.'

'Dat is ook zo. Mijn grootmoeder kon de gelijkenis niet geloven toen ze laatst op bezoek kwam.'

'Ik heb haar op de oude foto's gezien die we uit die kamer vol dozen hebben opgediept.' Helena dacht koortsachtig na. 'Dus al die brieven die Alex heeft gevonden, waren die aan haar gericht? Was zij de mysterieuze vrouw?'

'Ja, inderdaad.'

'Maar hoe weet je dat allemaal?'

'Helena, Christina heeft hier bijna dertig jaar gewerkt. Ze zag alles. En die brieven... Je vader heeft die teruggestuurd naar Angus.'

'Dus hij wist het?'

'Zeker weten, als hij de brieven heeft teruggestuurd.'

'Nou...' Helena probeerde wat Alexis haar had verteld te verwerken. 'Mijn ouders leken tijdens mijn jeugd nooit zo hecht te zijn. Mijn vader bracht steeds meer tijd door in Kenia en ik zag hem zelden.'

'Misschien was het een regeling die voor hen allebei werkte. Elk huwelijk is toch anders.'

'Misschien, maar waarom zijn Angus en mijn moeder dan nooit bij elkaar gekomen? Uit de brieven die hij heeft geschreven blijkt wel dat hij haar aanbad.'

'Wie zal het zeggen? We weten allebei dat er veel redenen zijn waarom mensen die van elkaar houden niet hun leven met elkaar doorbrengen,' merkte hij stilletjes op.

Helena staarde naar de verdorde blaadjes die van de olijfbomen waren gevallen. Ze pakte er een op, voelde de ruwheid ervan. 'Angus heeft alles aan mij nagelaten.'

'Dat klopt.'

'Ik was zijn petekind.'

'Inderdaad. En...'

'Wat, Alexis?'

'Christina heeft zich altijd afgevraagd of je meer dan dat was.'

'Wat wil je daarmee zeggen?'

'Ik denk dat je dat wel weet, Helena.'

'Ja,' fluisterde ze.

'Die brieven kwamen vlak na je geboorte terug. Mijn grootmoeder kan het zich nog levendig herinneren. Ze trof Angus huilend aan achter zijn bureau. Je moeder is daarna nooit meer gekomen.'

'Maar ik wel.' Helena dacht na. 'En dat was slechts een paar maanden na het overlijden van mijn vader.'

'Misschien toonde je moeder haar liefde door jou hierheen te sturen.'

'Waarom is ze zelf dan niet meegegaan?'

'Dat weet ik niet. Misschien dacht ze dat het beter was om het vuur niet opnieuw te laten oplaaien. Misschien was het leven hier niets voor haar, zoals het ook niets voor jou was geweest.'

'Misschien... maar dat kan ik haar niet meer vragen. Net zoals ik nooit meer kan achterhalen wie nu echt mijn vader was.'

'Doet dat ertoe? Angus hield van je als van een dochter. Hij heeft je Pandora geschonken. Ik hoop dat dit je duidelijk maakt dat iedereen geheimen heeft. Dat niemand is wie je denkt dat hij is.'

'Ja, je hebt gelijk. Heb jij geheimen?' vroeg ze hem met een wrange glimlach.

'Voor jou niet, maar voor mijn vrouw wel. Ze wist niet waarom ik niet genoeg van haar kon houden. Daar voel ik me nog altijd schuldig over. Kom, we kunnen maar beter teruggaan.' Alexis bood Helena zijn gebogen arm aan.

'Bedankt dat je me dat hebt laten zien,' zei ze, terwijl ze naar het huis liepen.

'Nou, je kunt gerust zeggen dat dat nog eens een vrouw op een voetstuk zetten is.' Hij grinnikte.

Helena zuchtte. 'En het is heel gevaarlijk om dat te doen, Alexis.'

Na het vertrek van Alexis liep Helena de keuken in en ze trof daar Immy en Fred aan tafel aan. Ze ging zitten, opeens uitgeput na nog meer onthullingen.

'Je bent terug! Ik heb iets gemaakt met honing wat heel erg plakkerig is, met sesamzaadjes erop!' zei Immy.

'Ik ook, Immy,' voegde Fred eraan toe.

'Mama, je ziet er raar uit. Voel je je raar?' Immy klom op Helena's knie en sloeg haar armen om haar heen.

'Mama is raar!' aapte Fred giechelend zijn zus na. Hij probeerde ook op schoot te klimmen.

Helena trok hem op het stukje knie dat Immy niet had ingenomen. Ze hield hen allebei stevig tegen zich aan.

'We houden van je, mama.' Immy kuste haar gezicht. 'Hè, Fred?'

'Ja!'

'En ik hou ook van jullie.' Ze kuste haar kinderen op hun plakkerige wangen. 'Hebben jullie zin om naar het strand te gaan?'

'Jaaa!' riepen ze.

Ze keerden terug toen de zon onder begon te gaan.

Helena gaf de kleintjes te eten, stopte ze in bad en zette daarna de dvd van *Assepoester* voor ze aan in de zitkamer.

Ze nam een glas wijn mee naar haar balkon en zag dat het al schemerde, ook al was het pas net zeven uur.

De zomer liep op zijn eind.

Zou ze hier kunnen wonen nu ze niet langer welkom was in Cedar House? Het antwoord was nee. Zoals zij, en misschien haar moeder voor haar, al die jaren geleden al had geweten, lag haar toekomst elders. Waar, met wie en hoe... Dat wist ze nog niet.

Toen werd ze overweldigd door eenzaamheid, en het gemis van haar man en zoon deed fysiek pijn. Ze liep naar binnen en sloot de balkondeuren achter zich, nam een douche en ging aan de kaptafel zitten om haar haar te borstelen. Ze legde haar borstel neer, liet haar vingertoppen over de krullen van ingelegd parelmoer glijden op het deksel van de sieradendoos die Alexis van de stort had gered.

'De doos van Pandora,' mompelde ze.

En toen zag ze het.

Subtiel verwerkt in de versiering op het deksel stonden de initialen van haar en haar ouders. De tranen sprongen in haar ogen.

Uiteindelijk ging ze naar beneden om bij de kinderen te kijken. Ze gingen helemaal op in het verhaal van *Assepoester*, dus ze liet ze rustig zitten en stapte het terras op. Ze schrok zich kapot toen er twee gestaltes opdoemden uit de donkerder wordende schaduwen en het trapje vanaf het zwembad op liepen.

'Hoi, mam. Pap en ik hebben een frisse duik genomen om af te koelen na de reis.'

'Alex!'

'Jep, ik ben het. Je kunt me niet knuffelen, want ik ben nat.'

'Dat kan me niets schelen.'

'Oké.' Hij liep zo haar armen in.

Ze trok hem stevig tegen zich aan. 'Hoe gaat het met je?'

'Goed, heel goed.' Hij keek haar aan en de blik in zijn heldergroene ogen maakte haar duidelijk dat dat inderdaad zo was. 'Ik hou van je, mam,' fluisterde hij.

'Ik ook van jou, Alex.'

'Waar zijn de ukkies?'

'Ze kijken in de zitkamer naar een dvd.'

'Ik heb Chloë beloofd dat ik zou proberen naar een Disneyfilm te kijken, dus dat doe ik dan maar. Tot straks.'

Hij liep soppend in zijn schoenen naar binnen, maar ze riep hem niet na dat hij moest oppassen met de damasten bekleding van de bank. Dat was totaal niet belangrijk.

'Hallo, Helena.'

Ze had zo'n grote brok in haar keel dat ze niets kon zeggen.

William stond voor haar, ook drijfnat. 'Hoe gaat het?'

'Prima.'

'Echt? Waarom huil je dan?'

'Omdat als je hier alleen maar bent om Alex te brengen en je weer weggaat... Dat kan ik niet aan.'

'Nee. Nou, kan ik in elk geval vannacht blijven? Om Immy en Fred te zien?'

'Ja,' zei ze troosteloos, 'natuurlijk.'

'En misschien ook morgen nog? En de dag daarna?'

'Ik...' Ze keek hem aan, onzeker over wat hij daarmee wilde zeggen.

'Helena, jij hebt... wíj hebben een geweldige zoon. Hij... Alex heeft me de weg terug laten zien... naar jou.'

'Is dat zo?'

'Ja.' Williams stem brak. 'En ik wil nooit meer bij je weg. Ik hou van je.'

'En ik hou van jou, lieverd. Geloof me.'

Ze stonden tien meter bij elkaar vandaan, allebei smachtend tot die afstand was verdwenen.

'Maar, Helena, je moet me wel beloven dat er geen geheimen meer zijn. Alsjeblieft, als er nog iets is wat ik moet weten, vertel me dat dan nu.'

'Nou,' zei ze langzaam, 'er is hier eerder vandaag iets gebeurd.'

'O?' Williams gezicht verstrakte.

'Ja.' Ze knikte. 'En het is een gróót geheim. Misschien wel het grootste van allemaal. En...'

'O, god! Wat?'

Ze glimlachte. Haar blauwe ogen straalden toen ze naar hem toe liep. 'Ik kan niet wachten om je er alles over te vertellen.'

DAGBOEK VAN ALEX

25 AUGUSTUS 2006

We gaan morgen naar huis.

Met 'we' bedoel ik het hele gezin. We laten Pandora en haar doos achter. Mam heeft me er alles over verteld. Over de doos, bedoel ik, en ze heeft me het beeld van mijn naakte oma in de olijfgaard laten zien.

Ook al is het moreel gezien verwerpelijk, alle betrokkenen zijn dood. Op mijn moeder na dan, die er geen probleem mee lijkt te hebben, dus in plaats daarvan kan het beeld nu bewonderd worden.

We hebben nu iets met elkaar gemeen, mijn moeder en ik. Dat is fijn. En trouwens, ik heb twee voor de prijs van een gekregen: ontdek wie je vader is en ontvang opa er gratis bij!

Ik ben blij dat Angus en ik waarschijnlijk familie zijn. Hij was een echte man en deed stoere dingen, zoals ten strijde trekken en legers aanvoeren. Maar tegelijkertijd huilde hij tranen met tuiten en wist hij hoe hij van iemand moest houden.

Nu heb ik naast mijn vader nog een voorbeeld.

De naamlabelmensen bij Cash en de advocaat zijn op de hoogte gebracht. 'Beaumont-Cooke' gaat het worden. Ik heb besloten allebei mijn ouders te eren. Dat leek me wel zo eerlijk gezien de omstandigheden, want anders had mam zich misschien buitengesloten gevoeld.

Pap en ik zullen over een paar maanden 'officieel' aan elkaar vastzitten, maar voorlopig zal ik mijn achternaam illegaal gebruiken als school begint. Ik denk na of ik verdrietig ben om naar huis te gaan, maar besluit dat dat niet het geval is.

Ik heb nog nooit een vakantie gehad die zo'n emotionele, mentale en fysieke stormbaan was. Het hele gezin heeft zelfs een intense work-out gekregen, waardoor we hopelijk goed voorbereid zijn op wat de toekomst ons zal brengen.

Ik heb gisteren ook een goed gesprek gehad over dat hele schoolgedoe. Het blijkt dat mijn moeder me helemaal niet wil missen en dat pap gewoon oprecht trots is dat ik die beurs heb gewonnen en dat hij het een fantastische kans vindt.

Ze dachten allebei dat ik graag wilde gaan. Ik heb ze uitgelegd dat ik dacht dat zij wilden dat ik ging. Het resultaat is dus dat ik ga, in elk geval voor een semester of twee, en als ik het verschrikkelijk vind, dan kan ik naar huis komen.

Nu ik weet dat ze geen feestje gaan geven voor al hun vrienden in mijn lege slaapkamer op de avond dat ik en mijn koffer naar mijn nieuwe Bezemkast zijn vertrokken, vind ik het allemaal een stuk minder spannend. Ze willen alleen maar wat het beste voor me is.

Ik ben de afgelopen weken ook gegroeid. Letterlijk.

Toen mam een paar laatste dingen opmat voor dat afgrijselijke schooluniform dat ze voor me gaat bestellen, was ik bijna een meter vijfenzestig lang.

Dus, zo denk ik, wat heb ik tijdens deze vakantie geleerd?

Dat er allerlei vormen van liefde zijn en dat die zich in verschillende gedaantes en vormen aandienen.

Het kan worden verdiend, maar er kan niet voor worden betaald.

Het kan worden gegeven, maar nooit gekocht.

En als het waarachtig aanwezig is, dan houdt het stand.

De liefde.

ALEX

Pandora, Cyprus
19 juli 2016

Ik sla de bladzijde om en zie dat de rest van het dagboek leeg is. De toekomstige lezers zouden zomaar kunnen denken dat ik de volgende dag misschien wel het loodje had gelegd.

Ik werp een blik op mijn horloge en zie dat het middernacht is, plaatselijke tijd. Ik pak het dagboek, loop naar binnen en doe de luiken achter me dicht. Die eenvoudige handeling herinnert me aan hoeveel er is veranderd sinds ik hier voor het laatst was. Ik ben nu de volwassene die zich verantwoordelijk dient te gedragen en die men die verantwoordelijkheid ook toevertrouwt.

Na een korte wandeling door de gang aarzel ik onderaan de trap, maar dan loop ik verder naar mijn Bezemkast. Ik trek de deur open, knip het licht en de ventilator aan, die kreunt nadat hij zo lang niet gebruikt is.

Er liggen geen lakens op het veldbed, ook geen panty met kruisje om me mee te beschermen tegen wat me dan ook gedurende de nacht zou willen bijten.

Maar ik ben sinds die tijd naar Zuid-Amerika geweest en heb vier lange nachten in een tent in de Amazone doorgebracht. Ik ben spinnen tegengekomen zo groot als borden en vliegende kakkerlakken die een maaltijd voor twee personen zouden zijn. Muggen zijn inmiddels alleen maar irritant.

Ik trek mijn kleren uit, doe het licht uit en ga liggen. Dan voel ik Pandora zich om me heen sluiten. Gezichten uit het verleden trekken in polonaise achter mijn gesloten oogleden voorbij. Ze herinneren me aan het feit dat alle hoofdrolspelers van die dramatische zomer van tien jaar geleden hier over minder dan achtenveertig uur zullen zijn.

Op één na...

Dan slaap ik, diep en vredig, en voor de verandering kan ik me mijn dromen niet herinneren als ik weer wakker word. Ik voel op de tast naar mijn telefoon om te kijken hoe laat het is: tien uur. Ik sta op, loop voorzichtig om het bed heen en ga naar boven om een ijskoude douche te nemen. Nadat ik me heb aangekleed zet ik koffie. Ik ga met mijn mok bij de achterdeur staan en drink die langzaam leeg, terwijl ik als een mol met mijn ogen knipper tegen het felle ochtendlicht.

Ik kan maar beter naar boven gaan om de slaapkamers te luchten, zodat die geur van leegstand verdwijnt. Het is niet dat we met opzet tien jaar weg zijn gebleven. Het is gewoon zo gelopen.

In elke kamer zet ik de luiken open en ik ben blij te zien dat de bedden al netjes zijn opgemaakt met schone witte lakens en dat er handdoeken klaarliggen bij het voeteneind. Angelina lijkt door de jaren heen geweldig voor Pandora te hebben gezorgd. Ik ga naar het terras om te bedenken wat ik nu moet doen en hoor autobanden op het grind knarsen. Als ik me omdraai, zie ik een wit busje het huis naderen. Twee bekende figuren stappen uit en komen naar me toe.

'Alex! Mijn god! Ben je het echt?'

Een Alexis die lijkt te zijn gekrompen loopt naar me toe. Terwijl hij me in zijn armen trekt voor een mannenomhelzing, dringt het tot me door dat ik hem recht in de ogen kijk. 'Ja, ik ben het echt,' verzeker ik hem.

'Hoe gaat het? Het is allemaal veel te lang geleden. Maar ik begrijp waarom,' verzucht hij, en hij wenkt de vrouw die verlegen achter hem staat naar voren te komen, 'En natuurlijk herinner je je Angelina nog?'

'Natuurlijk. Haar bakkunsten zijn tot op heden nog door niemand geëvenaard.' Ik glimlach.

'Hallo, Alex.' Ze geeft me op allebei de wangen een zoen. 'Zo, jij bent nu een heel knappe man. Je doet me aan Brad Pitt denken!'

'Echt?' Ik besluit dat ze nog aardiger is dan in mijn herinneringen.

'Ja. Zo, ik heb heel veel eten in het busje staan en ik moet met de voorbereidingen voor morgen beginnen.'

'Misschien kun jij me helpen de wijn en de glazen uit te laden, Alex?'

We lopen gezamenlijk naar het busje en brengen het eten en daarna de dozen wijn en de glazen naar de voorraadkast aan de achterkant van het huis. Ondertussen bestudeer ik Alexis. De jaren, zo denk ik, zijn mild voor hem geweest, en met de zilveren plukjes in zijn donkere haar ziet hij er gedistingeerd uit.

'Laten we naar de keuken gaan en wat water drinken,' stelt Alexis voor, als we de laatste dozen neerzetten en het zweet van ons af gutst.

Angelina staat al bij de koelkast om daar allerlei soorten kaas en salami in op te bergen.

Ik kijk verrast toe als Alexis naar haar toe loopt, zijn handen op haar schouders legt en haar boven op haar hoofd kust als hij naar binnen reikt om de fles water te pakken.

'Alsjeblieft.' Hij geeft me een glas water.

'Bedankt.'

'Alex, je kijkt verbaasd. Wat is er?'

'Ik... Horen jullie twee... bij elkaar?'

'Ja,' zegt hij met een glimlach. 'Toen Pandora na het vertrek van jullie gezin niet langer Angelina's hulp nodig had, heb ik haar als huishoudster in dienst genomen voor mijn familie. Het een leidde tot het ander. We zijn zes jaar geleden getrouwd en ik ben twee jaar geleden vader geworden, op de dag dat ik vijftig werd!' Alexis grijnst. 'Ik heb er nog een zoon bij.'

'En ik leef in een huis vol mannen!' Angelina grinnikt gelukkig. 'Nu wil ik dat jullie allebei mijn keuken verlaten zodat ik met de voorbereidingen voor het feest kan beginnen.'

'Ik moet terug naar kantoor.' Alexis keek op zijn horloge. 'Kom als je tijd hebt naar de wijngaard. We zijn twee keer zo groot geworden. Dimitrios helpt mij bij de productie en de verkoop van de wijn.'

'En Michel?' vraag ik voorzichtig.

'Hij bestiert de internetverkoop voor het bedrijf. Het is dus een echt familiebedrijf. Je zult mijn zoons later vandaag zien, want we moeten hier nog veel doen. Bel me als je ook maar iets nodig hebt, Alex, en ik kijk ernaar uit te horen wat jíj de afgelopen tien jaar hebt meegemaakt.' Hij blaast zijn vrouw een kus toe en loopt de keuken uit.

Ze kijkt hem met een liefdevolle blik in haar donkere ogen na.

'Kan ik iets doen, Angelina?' vraag ik beleefd.

'Niets, Alex. Ga toch lekker zwemmen.'

Het is duidelijk dat ze me hier niet kan gebruiken en ik volg haar voorstel op. Ik ga zwemmen. Terwijl ik in het diepe duik, herinner ik me de gruwelijke redding van mijn arme, verdrinkende konijn. Meer en meer krijg ik hier een Alice in Wonderland-gevoel. Het zwembad lijkt ook te zijn gekrompen als ik met vijf slagen in plaats van tien de andere kant bereik.

Na een kort bezoekje aan mijn Bezemkast om een droge korte broek en een T-shirt aan te trekken pak ik het verzamelde werk van Keats.

Verscheidene velletjes papier dwarrelen eruit. Ik kijk er met een genegen glimlachje naar, maar één vel brengt daadwerkelijk tranen in mijn ogen. Ik lees de tekst en mijn hart begint onmiddellijk sneller te kloppen.

Zou ze komen?

Ik weet het gewoon niet.

Wat is het toch met Pandora, dat hier allerlei emoties vrij lijken te komen? De muren lijken een bepaald soort energie in zich te hebben die je beschermende laag wegneemt en tot diep in je doordringt om de bron van je verdriet te onthullen, als een scalpel die moeiteloos door verziekte ingewanden snijdt.

Jeetje, denk ik, als het nu al is begonnen, dan ben ik morgenavond een jankend wrak.

Ik schuif de gedichten weer in het boek en zet dat terug op de plank. Dan pak ik het dagboek er weer bij. Aangezien er verder niets te doen is, haal ik een pen en mijn zonnebril uit mijn rugzak, een koud biertje uit de keuken en ga dan aan de tafel op het terras zitten.

Ik sla het dagboek op een lege bladzijde na de laatste vermelding open. Alleen maar omdat ik niet van onafgemaakte zaken houd. Zo zit ik nu eenmaal in elkaar. En over vijftig of zestig jaar zou het abrupte eind me onwijs frustreren.

Natuurlijk win ik het niet van de ambtenaar Samuel Pepys die negen jaar lang elke dag trouw zijn dagboek bijhield en zal het eindresultaat slechts mijn 'memoires' zijn, een samenvatting van mijn leven van de afgelopen tien jaar, maar het is in elk geval iets. En zoals iedereen weet is iets beter dan niets.

Of toch niet?

We zullen zien…

MEMOIRES VAN ALEX

SEPTEMBER 2006 – JUNI 2016

SCHOOL

Die school waar je in rokkostuum en met een witte stropdas om je ontbijt eet. Het kan me niet schelen hoe politiek correct iedereen kostscholen tegenwoordig vindt, mijn eerste semester was een ramp, met andere woorden: VUR-SCHRIK-KU-LUK!

Tegenwoordig ziet men pesten bij zulke instellingen niet langer als 'jongemannen weerbaar maken'. Er is het nodige veranderd sinds de goede oude tijd toen de leraren de pestkoppen nagenoeg vanaf de zijlijn aanmoedigden. In plaats daarvan is het onzichtbaar en geniepig geworden.

De pestkoppen zijn net losgeslagen folteraars die getraind zijn door de Special Air Service, een van de meest gevreesde special forces-eenheden ter wereld. Het soort dat je uitdaagt tot een 'vriendschappelijk' kussengevecht. Maar terwijl jij je donzen exemplaar gebruikt, wordt jouw hoofd ingeslagen met een katoenen sloop vol dossiermappen. Of je wordt uitgescholden via berichtjes van een prepaidtelefoon waarvan de eigenaar niet te achterhalen is. Of ze naaien je op Facebook en veranderen je status in 'in een relatie met een travestiet'.

Gelukkig had ik mijn lesje op Cyprus geleerd wat betreft Kaa. Dat is zo'n beetje het enige waar ik Rupes echt dankbaar voor ben. Kaa kwam mee in een katoenen omhulsel dat ik heel stiekem met veiligheidsspelden onder mijn bed tussen de houten latten door aan mijn matras bevestigde. Dat betekende dat ik gedurende de nacht, ook al werden we gescheiden door een matras, in elk geval mijn arm onder het bed kon steken om zijn kale velletje aan te raken en door de latten heen tegen hem te fluisteren.

Ik moet bekennen dat ik gedurende die eerste afschuwelijke weken bijna weer was weggelopen. Maar ik wilde Rupes niet het plezier gunnen zich te verkneukelen over mijn vertrek en trouwens, het onderwijs was geweldig.

En het werd beter, zoals dat meestal gaat, naarmate ik lichamelijk en geestelijk groeide. In het zesde leerjaar stond ik er wat punten betreft dan ook uitstekend voor. Vijftig jaar eerder had ik ook een *fag* gehad, met andere woorden een doodsbange eerstejaars die alles had moeten doen wat ik maar wilde: mijn schoenen poetsen, hout op het vuur gooien en mijn broodjes erboven roosteren. Aan die gewoonte was in de jaren zeventig een eind gekomen en dat is maar goed ook, al gedroegen een aantal leeftijdsgenoten van me zich alsof dat nooit was gebeurd. Zij zagen het als een overgangsritueel.

Fag. Ik ben onlangs te weten gekomen dat de oorspronkelijke betekenis...

***

Ik hef mijn hoofd en vraag me af of iemand die dit dagboek over vijftig of zestig jaar leest echt geïnteresseerd zal zijn in de herkomst van het woord 'fag'. De kans is groot dat we tegen die tijd allemaal Mandarijn als voertaal gebruiken, afgaand op het aantal Chinese leerlingen op mijn school.

Maar goed, het eindresultaat van mijn tijd op die school was dat ik een plekje op Oxford had verworven, waar ik filosofie heb gestudeerd.

***

FAMILIE

Mam, pap, Immy en Fred gingen verder met hun eigen leven. Het lukte Fred om mijn goudvis binnen twee weken na mijn vertrek te vermoorden. Toen ik vroeg of hij hem een fatsoenlijke begrafenis had gegeven, vertelde hij me dat hij hem door de plee had gespoeld, omdat hij vond dat de vis in water begraven moest worden.

Mam kwam meer ontspannen en tevreden over dan ik haar ooit eerder had gezien. Té tevreden, blijkbaar, want zodra Fred naar school ging kondigde ze haar besluit aan om een eigen dansschool op te richten.

Het volstaat te zeggen dat de Beaumont Dansschool snel tot iets uitgroeide wat als een multinational kon worden beschouwd. Op het geld na dan wat zo'n onderneming hoort te genereren. Mam, zoals mam is, leek het gros van haar leerlingen gratis les te geven. Het kwam maar zelden voor dat ik tijdens de schoolvakanties thuiskwam en dat er geen huilend individu in een balletpakje aan de keukentafel zat, die misbruik maakte van haar luisterend oor om haar over al haar problemen te vertellen.

Tenminste, dat was tot de woorden die iedereen boven alle andere vreest aan diezelfde keukentafel werden uitgesproken. Mam had opeens weer meer dan genoeg aan haar eigen problemen.

***

Hier haal ik mijn pen weer van het papier, omdat ik nog altijd niet onder woorden kan brengen hoe verschrikkelijk dat moment was dat zij en pap het me vertelden. Ik ga staan en haal nog een biertje uit de koelkast om die herinnering te verdrinken en beslis dat ik de details daarvan later wel zal aanvullen.

***

FAMILIE (VERVOLG)

Op mams probleem na, waar we natuurlijk allemaal ondersteboven van waren, lijken Immy en Fred alleen maar stilletjes langer te zijn geworden. Misschien zat er niet veel anders op, gezien de omstandigheden.

Het was pap die veel van de druk op zich nam als mam het allemaal niet aankon. Hij is nu een expert met de droogtrommel en kan een aardig noedelgerecht samenstellen met verse ingrediënten. Hij is serieus een goede vent, mijn vader. Het beste wat ik ooit heb gedaan is hem en zijn achternaam wettelijk adopteren.

Wat betreft de biologische vader, hij verscheen ongeveer een jaar na de apocalyptische zomer, de dag na kerst, bij Cedar House en eiste zijn 'zoon' te zien. Mam kwam naar mijn slaapkamer met die bezorgde uitdrukking op haar gezicht die ik zo goed ken. Ze vertelde dat Sacha beneden was, maar dat ik hem niet hoefde te zien. Ik zei dat ze zich geen zorgen moest maken en dat ik naar beneden zou komen.

Eenmaal daar zag ik dat hij aan de keukentafel zat en het ongetwijfeld alcoholische drankje dat mijn vader net voor hem had ingeschonken in een keer naar binnen klokte. Hij zag er vreselijk uit. Zijn handen beefden en zijn perkamentachtige huid was strak over zijn botten gespannen. Ondanks mijn voornemen om hem te haten, kreeg ik zoals gebruikelijk medelijden met hem.

Hij wilde weten of ik een 'band' met hem wilde opbouwen.

Van alle mensen op de hele wereld stond deze arme, zielige man niet bovenaan mijn relatielijst. Dus met veel moeite heb ik nee gezegd. Dat heb ik trouwens zo vaak gezegd dat ik het gevoel kreeg een mantra op te dreunen. Tot pap doorkreeg dat ik er genoeg van had en hij Sacha mee de keuken uit nam om hem naar het station te brengen.

Ik heb hem niet meer gezien en niets meer van hem gehoord tot…

Ik zal verder vertellen.

DE REST VAN DE PANDORA-POSSE

Sadie heeft haar baby gekregen, een lief meisje dat ze Peaches heeft genoemd – typisch Sadie – al had het net zo makkelijk Melon of Apple kunnen zijn… en ze heeft míj tot peetoom benoemd!

Dat was heel aardig hoor, ook al kost het me elke keer als ik Peaches zie moeite om haar naam hardop te zeggen, vooral in het openbaar. En het is echt een van die namen die je niet kunt afkorten. Ik heb ooit een keer 'Pee' geprobeerd, wat dus totaal niet werkt, dus nu vermijd ik het haar ook maar iets te noemen. Ze is een lief kind dat heel kalmpjes een opeenvolging van 'ooms' heeft geaccepteerd, omdat Sadie de ene vriend inruilt voor de andere zoals ik dat vroeger deed met voetbalkaartjes. Wat dat betreft lijkt mijn eigen jeugd een fluitje van een cent.

Andreas de Timmerman heeft nooit van het bestaan van zijn dochter geweten. Achteraf gezien is dat misschien wel de reden dat Sadie mij tot haar peetoom heeft gemaakt. Misschien denkt ze dat wanneer Peaches ooit ontdekt dat het gedrag van haar moeder niet bepaald geweldig is geweest, ze haar naar mij kan sturen voor begeleiding.

Wat betreft de familie Chandler: Jules is met Rupes en Viola naar haar huisje vlak bij Oundle verhuisd en heeft zich daar gesetteld met de vastberadenheid van een pitbull. Volgens haar jaarlijkse overzichtsbrief met de kerst – zoals altijd op 1 december gepost zodat die op 4 december aankomt, wanneer elke andere sterveling net is begonnen aan het opstellen van hun lijstje van Mensen Die Een Kaart Moeten Krijgen – heeft ze zich daar in no time gevestigd als voorzitter van elke oudervereniging en elk goededoelencomité in de buurt. Ik stel me zo voor dat als daar een feest, partijtje of bazaar wordt georganiseerd, zij aanwezig is om tijd en geld van de andere ouders af te troggelen.

Het komt erop neer dat ze met Rupes naar school is gegaan (die uiteindelijk aanvoerder van het rugbyteam is geworden, dus hij was blij). Intussen lukte het haar iedereen bij elkaar te houden door als makelaar te werken.

Je moet het Jules nageven: ook al is ze een van de meest irritante mensen die ik ken, ze krijgt de dingen wel voor elkaar. Zij zou het geweldig hebben gedaan in het leger.

En wat betreft Viola, haar naam werd altijd in die brief vermeld, dus ik nam aan dat er niets ernstigs met haar was gebeurd. Al heb ik haar niet meer gezien tot...

Ik wil even van dit moment gebruikmaken om mijn excuses aan te bieden aan de lezer voor alle 'tots'. Er is veel te vertellen en het zal heel pittig zijn om sommige dingen op te schrijven, dus heb alsjeblieft geduld met me.

En last but not least is Chloë er nog. Op de een of andere manier heb ik haar de afgelopen tien jaar best vaak gezien. Het bleek dat onze scholen inderdaad samen dansfeesten organiseerden, die helemaal niet zo stijf maar meer een kleffe worsteling op een geïmproviseerde dansvloer in de aula waren.

Omdat ze toen nog altijd verliefd was op Michel, zocht ze mij steevast op om haar te 'beschermen' tegen de aandacht van andere jongens en zaten we samen ergens in een hoek frisdrank te drinken uit flesjes terwijl ze haar hart luchtte en me vertelde hoe erg ze hem miste.

Ze bracht ook behoorlijk veel tijd met ons door in Cedar House. Ze werd echt onderdeel van het gezin... En dat was hard nodig, zo bleek later, vooral voor de ukkies.

Ik wachtte rustig af in de hoop dat haar Michel-fixatie zou verdwijnen. Dat gebeurde niet. Dat gold ook voor mijn fixatie op haar. We waren zeker hecht genoeg; ze noemde me haar beste vriend. Maar zoals elke beste vriend van een vrouw weet, de mogelijkheid om de relatie van dat naar 'iets anders' waar ik elke nacht van droomde te transformeren leek steeds meer onmogelijk te worden.

Toen ze klaar was met school, ging ze er een jaar tussenuit en daarna vertrok ze naar Londen om daar mode te studeren. Toen ze afstudeerde was de betovering die Michel over haar had uitgesproken eindelijk verbroken. Ze huilde uit op mijn schouder en vertelde me dat ze nog altijd van hem hield, maar dat de afstand uiteindelijk de nekslag was geweest voor de relatie en dat het voorbij was.

Rond dezelfde tijd veranderde voor mij ook alles.

32

Ik leg mijn pen neer en rek me uit, slaperig door de zon en het bier, maar ook door de herbeleving van wat er de afgelopen tien jaar allemaal is gebeurd. Ik lees wat ik heb geschreven en vraag me af of ik iemand heb weggelaten. Ja, dus. Mezelf. Of in elk geval de rest van mijn persoonlijke verhaal tot op heden. Maar ik heb het te heet en ben te moe en verdrietig om verder te gaan.

Trouwens, er zijn net een auto en een wit busje tot stilstand gekomen op het grind. Ik zie twee mannen uit het busje komen die ik meteen herken als de zoons van Alexis. Uit de auto stapt Alexis zelf, gevolgd door een peuter die zijn hand vastpakt als ze naar me toe lopen. Dimitrios en Michel hebben de deuren aan de achterkant van het busje opengedaan en tillen er nog meer dozen uit.

Het kleine jochie – het evenbeeld van Angelina, zo zie ik als hij dichterbij komt – kijkt me verlegen aan.

'Zeg maar hallo, Gustus,' moedigt zijn vader hem aan.

Gustus geeft niet thuis en verstopt zich achter de lange benen van Alexis.

'We zaten eraan te denken om wat lampjes op het terras op te hangen en lantaarns aan de olijfbomen in de gaard,' gaat Alexis verder.

'Goed idee,' zeg ik.

'Dit moet toch een feest zijn?' Alexis bekijkt me eens goed.

'Ja,' zeg ik vastberaden. 'Dat moet het zeker zijn.'

De uren daarna werken we ons weer in het zweet, terwijl we met zijn vieren snoeren vanaf de balkons naar de pergola spannen. We hebben het over koetjes en kalfjes. Mannenpraat, waarbij het vooral over voetbal gaat.

Tijdens mijn reizen in het buitenland is me opgevallen dat het feit dat ik Engels ben me – in elk geval in de ogen van alle buitenlanders – tot een expert maakt op het gebied van de Premier League en in dit geval Manchester United, het team dat alle Lisle-mannen steunen.

Aangezien ik zelf meer een rugbyfan ben en ik geen intiem inkijkje heb in de slaapkamer van Wayne en Coleen Rooney, moet ik moeite doen om ze de informatie te geven waar ze naar op zoek zijn. Ik werp heimelijke blikken op Michel, die zelfs nog knapper is dan de laatste keer dat ik hem heb gezien. Ik wil hem vragen of hij een vriendin, een verloofde of zelfs een vrouw heeft, maar dergelijke persoonlijke informatie wordt niet besproken.

Angelina brengt een grote kan zelfgemaakte limonade naar het terras, op de hielen gezeten door de kleine Gustus. Hij klimt meteen op de knie van zijn vader als we op de stoelen gaan zitten en drinkt dorstig.

'Het kan vreemd lopen, hè, Alex?' Alexis grinnikt. 'Ik had zo gehoopt om grootvader te zijn. Nu heb ik weer een kleintje en moeten mijn zoons zelf nog kinderen krijgen.'

'Papa, ik ben pas begin dertig en Kassie is negenentwintig,' vermaant Dimitrios hem rustig. 'Daar is nog genoeg tijd voor. En trouwens, je laat ons te hard werken. We hebben geen tijd voor kinderen,' voegde hij er met een glimlach aan toe.

'Jij bent niet getrouwd, Michel?' vraag ik.

'Nee,' zegt hij stellig.

'Volgens mij is mijn zoon een verstokte vrijgezel.' Alexis zucht. 'Geen enkele vrouw lijkt hem in haar net te kunnen vangen. En jij, Alex? Heb jij de liefde van je leven gevonden sinds we elkaar voor het laatst hebben gezien?'

'Ja,' zeg ik na een korte stilte. 'Inderdaad.'

'Papa.' Gustus wijst met een vinger naar zijn open mond en zegt iets in het Grieks.

'Ah, Gustus heeft trek. Tijd om naar huis te gaan,' vertaalt Alexis.

Hij roept Angelina, die naar buiten komt en me een waslijst aan instructies geeft die erop neerkomen dat ik niets in de keuken of in de voorraadkast mag aanraken tot ze er morgenochtend vroeg weer is. Alsof ik alles gedurende de nacht in mijn eentje zou kunnen opeten.

'Alex, heb je zin om met ons mee naar ons huis te gaan voor het avondeten?' vraagt Alexis.

'Dat is heel aardig van je, maar het wordt morgen een lange dag en ik denk dat ik vanavond vroeg naar bed ga.'

Alexis neemt een tegenstribbelende Gustus in zijn sterke, gebruinde armen. 'Dan wensen we je welterusten.'

De hele familie klimt in de auto en in het busje en vertrekt. Het begint te schemeren als de zon weer achter Pandora verdwijnt, zoals die dat de afgelopen tien jaar ook heeft gedaan zonder dat de schoonheid ervan door mensen is gewaardeerd. Ik loop de keuken in en zie dat elk oppervlak vol staat met schalen en bakken die zijn afgedekt met aluminiumfolie. De voorraadkast puilt ook uit van de mysterieuze desserts in alle vormen en maten. Ik schep een deel van de moussaka op die Angelina me met tegenzin heeft toegewezen voor het avondeten.

Ik eet mijn eenzame avondmaal op op het terras en hoop maar dat Alexis het niet onbeleefd van me vond dat ik nee heb gezegd op zijn uitnodiging. Ik heb een avond in mijn eentje nodig om mijn gedachten op een rijtje te zetten en kracht op te doen voor morgen.

Dan trek ik het dagboek naar me toe. Misschien dat het wel helpt als ik het allemaal opschrijf.

MEMOIRES VAN ALEX

'IK' (VERVOLG)

De helft van mijn sabbatical heb ik gebruikt om geld te sparen voor mijn reizen door bier te tappen in de plaatselijke pub, en de tweede helft met het overwinnen van mijn fobieën voor vrijwel alles wat ik kon bedenken. Onderweg heb ik er weer een aantal andere bijgekregen, zoals reizen in het buitenland.

Toen ging ik filosofie studeren aan Oxford, aan de *college* van pap en Biopap. Drie jaar later, toen pap naar mijn afstuderen kwam, stonden er naderhand tranen van pure trots in zijn ogen terwijl wij zo'n mannenomhelzing deden.

Ik las gisteravond nog in mijn tien jaar oude dagboek dat ik me niet kon voorstellen dat hij zou huilen. Nou, helaas heeft hij sindsdien nogal veel gehuild.

Ik heb nog een jaar in Oxford gezeten om een master te doen (over dát jaar later meer). En toen, net op het moment dat ik zo'n beetje de handdoek in de ring wilde gooien wat betreft alles en op het punt stond genoegen te nemen met het academische leven, een 'doctor' te worden en uiteindelijk een professor in de filosofie, stuurde mijn eigen professor een e-mail aan me door.

Die was afkomstig van een overheidsinstelling in Millbank, op steenworp afstand van het parlementsgebouw. Het kwam erop neer dat ik werd uitgenodigd voor een baan in een overheidsbeleiddenktank.

Ik moet toegeven dat toen ik dat las ik op mijn smalle bed in mijn armoedige onderkomen in Oxford een gigantische lachbui kreeg. Blijkbaar wilde de regering die een jaar oud was, ik citeer, 'de input van de intelligentste jonge denkers meenemen bij beleidsbeslissingen over de toekomst van het Verenigd Koninkrijk.'

Op de agenda stonden het EU-referendum, wat er met Schotland moest gebeuren, de gezondheidszorg, immigratie…

Met andere woorden: ALLES.

Zo hé!

Eerlijk gezegd ben ik voor de lol gegaan, gewoon zodat ik kon zeggen dat ik het had gedaan en het op Facebook en Twitter kon zetten om indruk te maken op mijn vrienden. En dan vooral op bepaalde vriendinnen, die misschien wel zouden kijken, zelfs al zou ik dat niet weten.

Het was toch waar we allebei van hadden gedroomd...

Ik zat daar in dat deftige kantoor – het zenuwcentrum van de Britse overheid – en keek opgewonden om me heen of ik ergens de rode knop zag waarmee de Derde Wereldoorlog in gang zou worden gezet. Toen keek ik of het mogelijk was om vanaf hier rechtstreeks signalen te sturen naar het MI6-gebouw aan de overkant van de Theems.

Ze stelden me tal van vragen, al waren het misschien strikvragen, aangezien ze ongelooflijk makkelijk waren. Oké, het was lastiger dan anders om me te concentreren. Ik stelde me steeds voor dat Daniel Craig binnen zou komen vallen om me te vertellen dat ik uiterst vertrouwelijke informatie doorspeelde aan een stel Russische spionnen, gevolgd door een schietpartij waarbij hij mij, het sulletje, redde.

Jammer genoeg waren Mark en Andrew – 'noem mij maar Andy' – een stelletje nogal saaie ambtenaren van middelbare leeftijd, die grondig mijn vrij haastig opgestelde cv doornamen en me daarna vroegen mijn mening te geven over wat 'de jeugd van tegenwoordig' er volgens mij van vond dat de *Tories* weer aan de macht waren. En wat ik zou doen om hun (schijnbaar negatieve) mening te veranderen.

Ik heb niet veel van de Kantiaanse citaten gebruikt die ik paraat had. In plaats daarvan trakteerde ik ze op het gezonde boerenverstand dat ik als kind al instinctief had begrepen, omdat ik aanvoelde dat Mark en 'Andy' een man van het volk meer op prijs zouden stellen dan een bolleboos met praatjes.

Naderhand liep ik daar grinnikend weg. Wat een belachelijke situatie. Ik heb zelf altijd op de Liberaal-Democraten gestemd tot ik met de rest van de faculteit Filosofie naar links opschoof, en nu werd me gevraagd om voor de andere kant aan de slag te gaan.

Nadat ik een Snapchat-filmpje had gemaakt op Millbank met de melding waar ik was en waar ik mee bezig was (waardoor ik waarschijnlijk meteen uit de running was, aangezien je je heel discreet dient te gedragen als je voor de overheid wilt werken, maar... boeien), liep ik langs Westminster naar het metrostation in de wetenschap dat ik die baan nooit zou krijgen. Als ik op één vlak niet op andere gedachten kan worden gebracht dan is dat wel wat betreft mijn fundamentele overtuigingen.

Gelijkwaardigheid, Egalitarisme en Economie...

Interessant genoeg weet ik nog wel dat toen ik het trapje naar de metro af liep, ik dacht dat die laatste overtuiging het enige was wat bij het huidige overheidsmanifest paste. Feit: als je hard werkte, dan zou je daarvoor beloond moeten worden. Feit: de kapitalistische landen van de wereld worden het rijkst. Feit: die kunnen dan de meest kwetsbaren onder ons voeden, onderwijzen en voor ze zorgen.

Of dat zouden ze in elk geval moeten doen. In Utopia, en in mijn dromen.

Niemand kende meer filosofische stellingen dan ik. Maar wat ontzettend irritant (en eindeloos fascinerend) was, was dat er altijd een ander oogpunt of andere mening bestond; de een sprak de ander tegen. Jammer genoeg had ik me ook gerealiseerd tijdens mijn vier lange jaren van theorieën opbouwen over menselijkheid en de wereld, dat op papier zoveel weten over wat mensen motiveerde als iemand van mijn leeftijd waarschijnlijk kon weten me totaal niet had geholpen in mijn privéleven. Wat op dat moment op z'n zachtst gezegd een ramp was.

Ik was er ook niet van overtuigd dat het in de praktijk een ander zou helpen. Door dit dagboek te lezen besef ik dat, ondanks dat ik mezelf op dertienjarige leeftijd als een lastpak heb omschreven, ik helemaal niet zoveel ben veranderd. Ik heb alleen geleerd om mijn gedachten en gevoelens uit mijn kindertijd op een academische manier te formuleren.

Een week later viel er een brief op de mat met het bericht dat ze me de baan graag wilden aanbieden.

Weer lag ik op mijn smalle bed hysterisch te lachen. Ik las de brief toen wat zorgvuldiger door en bezigde taal die ik zelf afkeur toen ik naar het salaris keek dat ze me boden.

Tja. Nou... Godverdomme!

En toen heb ik gehuild. Luid en genotzuchtig en rommelig, waarbij ik zeker tien minuten lang het snot bij mijn neus heb weggeveegd.

Zielig, eigenlijk, maar begrijpelijk gezien de omstandigheden.

Want er was iemand met wie ik dit moment dolgraag wilde delen, maar die persoon was niet bij me en zou waarschijnlijk ook nooit meer bij me zijn.

Hier zit ik dan, een paar weken later, na te denken over het feit dat ik waarschijnlijk een pak zal moeten dragen of in elk geval een colbertje en een pantalon als ik over minder dan een maand aan mijn nieuwe baan begin. Het is niet in de City, maar het is nog altijd een kantoorbaan.

Ik hoop dat ik mijn invloed ten goede kan gebruiken zolang ik daar ben. Dat is in elk geval mijn bedoeling. Maar door mijn studie van mensen is me duidelijk dat politici, al geldt dit trouwens voor alle mensen, geloven dat ze goed zullen doen, maar dat de macht ze corrumpeert. Ik heb er eigenlijk geen idee van of je in een denktank gecorrumpeerd kunt worden, maar niets is onmogelijk. Vorige week ontving ik nog een envelop; deze was van dik, crèmekleurig papier met daarin een uitnodiging om naar Downing Street 10 te komen om een 'kopje thee' te gebruiken met de aldaar wonende hoge pief. Ik bedoel, de PREMIER! Blijkbaar wil hij al zijn nieuwe jonge denktankers persoonlijk leren kennen.

Hij wil míj leren kennen.

33

Ik leg grinnikend mijn pen neer en ga naar binnen, waar ik overal de luiken sluit en het licht uitdoe. Er branden sinds vanmiddag aanzienlijk meer lampen. Als ik mezelf er eindelijk van heb overtuigd dat ik niet samen met het huis zal worden opgeblazen omdat de toch al antieke elektra van Pandora overbelast raakt, sluit ik mezelf op in mijn Bezemkast. Ik zet de ventilator aan en ga op bed zitten, dan haal ik de restanten van Kaa uit mijn rugzak.

'Kun je geloven dat ik de premier van Groot-Brittannië slash het Verenigd Koninkrijk ga ontmoeten? Of liever, mijn kostbare konijn, het-niet-zo-geweldige-Groot-Brittannië en het Ontregelde Koninkrijk, gezien de situatie met Schotland,' voeg ik er nuchter aan toe. 'Maar toch, het is verrekte indrukwekkend op drieëntwintigjarige leeftijd.'

Dan duw ik hem onder mijn oksel. Ik heb vanavond de troost van zijn aanwezigheid nodig om de dag van morgen het hoofd te bieden.

Ik dut net in als ik mijn telefoon hoor. Ik ben gewend geraakt aan die gemiste hartslag, de angst die me overspoelt elke keer als de telefoon gaat.

'Hallo?' zeg ik op barse toon.

'Alex, met mij.'

'O, hoi, Immy. Hoe is alles thuis?' vraag ik zenuwachtig, zoals altijd tegenwoordig.

'Prima. Ik bedoel, Fred en ik zijn alleen op het moment, maar alles verloopt volgens plan.'

'Gaat het goed met jou?'

'Ja, hoor. Alles oké op Pandora?'

'Het is hier bloedheet, maar alles is klaar.'

'Cool.'

Het is een troost voor me dat in elk geval één woord – hoe waardeloos ook – de tand des tijds heeft doorstaan bij meisjes van vijftien.

'Staat de taxi klaar als we aankomen?' vraagt ze.

'Als het goed is wel. Ik heb hem gereserveerd. Heeft Fred zijn tas al gepakt?'

'Soort van. Je weet hoe hij is… Hij vergeet waarschijnlijk schoon ondergoed mee te nemen, maar ik ben het zat om hem er de hele tijd aan te herinneren.' Immy zuchtte. 'Hoe dan ook, we zien je morgen.'

'Inderdaad. En Immy?'

'Ja?'

'Het wordt een geweldige avond.'

'Dat hoop ik, Alex, echt waar. Trusten.'

'Trusten.'

Ik ga liggen met mijn handen om mijn achterhoofd gevouwen. Dit is zo zwaar geweest voor die twee. Ik heb mijn best gedaan, net als Chloë en pap, maar we kunnen die zware jaren nooit compenseren. Chloë en ik hebben ze zelfs mee naar therapie genomen. We kregen allemaal te horen dat wat er ook met mam gebeurde, wij ons niet schuldig moesten voelen omdat we ons eigen leven leidden of omdat we ons druk maakten over onze eigen problemen. Hoe onbelangrijk die in vergelijking ook leken te zijn.

Ik denk dat ik er eerlijk gezegd veel meer aan heb gehad dan zij. Ik heb daar altijd al een zwak voor gehad.

Dus nu gaan mijn gedachten naar mijn eigen relatieproblemen en elke spier in mijn lichaam verkrampt bij het hartverscheurende idee dat zíj er morgenavond niet bij zou zijn. Ik heb er natuurlijk voor gezorgd dat ze de uitnodiging kreeg, maar ik heb niets van haar gehoord.

En wie zou het haar kwalijk kunnen nemen als ze niet kwam?

Jezus! Waarom is het leven zo ingewikkeld?

Ja, technisch gezien zijn we ergens familie, en ja, het was ingewikkeld, maar we híélden van elkaar, verdomme!

Nou, hier lig ik dan, op hetzelfde verrekte bed, in hetzelfde verrekte huis waar het allemaal is begonnen. En ondanks alles moet het toch allemaal ook weer goed komen?

Alleen maar omdat…

Dat moet!

Opnieuw slaap ik als een marmot en de volgende ochtend op Pandora is weer net zo prachtig.

Ik neem snel een douche, kleed me aan en tref daarna Angelina in de keuken aan.

Ze is al hard aan het werk. Ze wijst naar de cafetière met koffie die ze voor me heeft klaargemaakt.

In elk geval hoef ik niet naar de hemel te kijken en te gokken of het vandaag gaat regenen of niet. De regen die haast de personificatie lijkt te zijn van de Haatdragende Britse God Van Openluchtgebeurtenissen. Elke 'opgewekte' foto die ik ooit heb gezien van Britse mensen, genomen op bruiloften, zomerfeesten, concerten en ga zo maar door, betekent niet noodzakelijkerwijs dat ze in de lens glimlachen omdat hij of zij net met hun ware liefde is getrouwd of omdat iemand het spelletje raad-de-naam-van-de-cavia heeft gewonnen. Ze glimlachen uit opluchting omdat het evenement niet verregend is.

Misschien dat ik wel op Cyprus wil trouwen, dat zou in elk geval een risico minder zijn op zo'n dag...

Ondertussen is buiten op het terras iedereen al hard aan het werk. Dimitrios en Michel zetten schraagtafels klaar waar bier, wijn en glazen op kunnen worden gezet. Onder de pergola is er een net gewassen tafelkleed op de lange ijzeren tafel gelegd zodat Angelina's feestmaal daarop kan worden uitgestald.

'Goedemorgen, Alex.' Alexis verschijnt uit het niets en geeft me een harde klap op mijn rug. 'Hoe laat komen de eerste gasten?'

'Halverwege de middag, verwacht ik. Laten we hopen dat iedereen het redt.'

'Ja, laten we dat hopen.'

Vanaf dat moment heb ik het druk. Af en toe kijk ik op mijn telefoon, naar Facebook en Twitter – alsof ze me een tweet zou sturen, serieus? – voor nieuws over of ze komt. Ik weet dat ik later een astronomisch hoge rekening zal krijgen omdat ik dataroaming heb aangezet, maar dat kan me niets schelen. Er zijn echter geen berichten. Er is niet eens een geautomatiseerd voicemailbericht over een banaal aanbod van een of andere maatschappij.

Ik neem snel een duik om af te koelen van al het harde werk dat nodig is om een feest voor te bereiden en als ik uit het zwembad klim, kijk ik op mijn horloge. Over minder dan een uur komen de eerste gasten. Dan schiet me te binnen dat mijn roze overhemd – inderdaad een meisjesachtige kleur en het doet me altijd aan Rupes denken, maar een kleur waarvan ik heb geleerd dat de meeste vrouwen die onweerstaanbaar vinden – opgepropt onder in mijn rugzak zit. Ik ga wanhopig op zoek naar een strijkplank en een strijkijzer, dingen waar ik al jaren strijd mee lever.

Uiteindelijk vind ik een verroest, piepend exemplaar in de voorraadkast. Godzijdank ziet Angelina het verkreukelde vod in mijn hand en krijgt ze medelijden met me, dus ik laat het overhemd in haar vaardige handen achter.

Dan been ik door het huis als een of andere gestoorde wachter die aan het patrouilleren is. Alles is klaar. Ik wéét dat het klaar is. Maar net als het controleren van mijn telefoon, is het ijsberen een tic geworden. Het geluid van mijn voetstappen geeft me iets om me op te concentreren, want ik durf niet te denken aan wie er vanavond al dan niet zal zijn.

In dit huis. Over een paar uur.

Ik ben radeloos – ook zo'n belachelijke omschrijving, denk ik zomaar – en besluit dat ik het laatste hoofdstuk van mijn memoires zal schrijven om mijn gedachten te verzetten. Ook al zal ik de ontknoping pas later op de avond weten.

De eerste taxi komt tot stilstand en net als tien jaar geleden (bijna dan) stappen Jules en Sadie uit. Dan komt Rupes, gevolgd door de kleine Peaches, Sadies dochtertje. Mijn hart stottert als ik naar hen toe loop, maar ik plak een glimlach op mijn gezicht. Drie van de passagiers zien er nagenoeg hetzelfde uit als toen: Jules oververhit en boos, Sadie ongepast gekleed en Rupes met een rood gezicht en koppig als altijd.

Dit keer ben ik in elk geval voorbereid op zijn handdruk. Ik trek zelfs mijn buik in en span mijn schouderspieren aan om te voorkomen dat mijn arm eraf wordt gerukt.

'Jezus, die reis is er echt niet beter op geworden!' Jules puft en hijgt. 'En dat huis is er zeker nog erger aan toe dan ooit. Het is tien jaar ouder en zal ongetwijfeld achteruit zijn gegaan.'

'We zijn allemáál tien jaar ouder geworden, Jules,' zeg ik, in de hoop dat ze begrijpt wat ik bedoel.

Sadie rolt met haar ogen en geeft me een knuffel. 'Negeer haar,' fluistert ze in mijn oor. 'Ze is geen spat veranderd. Zeg eens gedag tegen je peetoom, Peaches, lieverd,' zegt ze tegen het kind naast haar.

Ik til Peaches op en geef haar een stevige knuffel. 'Hé, moppie, hoe gaat het met jou?'

Ze giechelt van plezier. 'Goed, hoor, oom Alex. En met jou?'

'Heel goed, Peaches, bedankt.'

Terwijl ik tegen haar lieg, tikt Sadie me op mijn schouder en wijst me erop dat Jules nog iemand uit de taxi helpt.

'Ik waarschuw je maar vast, Alex, als je Jules al erg vindt, wacht maar tot je haar nieuwe vriend ontmoet,' mompelt ze zacht.

Een man die schrikbarend veel op Rupes lijkt, minus het haar, gekleed in een felrode pantalon en een geruit overhemd, komt met veel moeite uit de passagiersstoel. Hij klampt zich aan de arm van Jules vast en loopt onzeker over het grind onze kant op.

'Mijn god! Zo te zien is hij oud genoeg om haar vader te zijn!' fluister ik tegen Sadie.

'Dat is hij waarschijnlijk ook, maar blijkbaar bezit hij de helft van Rutland en heeft hij een stal vol met volbloedpaarden. Jules is een huurder op zijn landgoed en ze hebben elkaar ontmoet toen hij haar, eh, bevroren leidingen kwam controleren.' Sadie grijnst.

Jules stelt hem aan me voor als Bertie, terwijl hij met afgrijzen naar het huis staart.

'Je had me verteld dat ik me op het ergste moest voorbereiden, maar we maken er maar het beste van,' zegt hij heel bekakt. 'Kom op, Jules, ouwe meid, laat me onze suite maar eens zien!' Met die woorden geeft hij haar een klap op haar achterwerk.

Jules giechelt meisjesachtig.

Sadie en ik, en zelfs de kleine Peaches maken zacht kokhalzende geluiden.

'Is hij niet verschrikkelijk?'

Het dringt tot me door dat ik Rupes helemaal ben vergeten. Ik draai me om en zie dat hij vlak achter ons staat, met zijn handen in zijn zakken. Wij zwijgen en krijgen ongetwijfeld net zo'n kleur als hij van nature heeft.

'Ik heb tegen mam gezegd dat ze moest vragen of hij mee kon komen, maar ze zei dat ze hier toch altijd in een tweepersoonsbed heeft geslapen dus dat het geen probleem zou zijn. Maar goed, hoe gaat het, Alex? Ik heb gehoord dat het je op het moment nogal voor de wind gaat?'

'Goed, hoor, Rupes. Dank je. En ik heb gehoord dat jij leraar gaat worden?'

'Ja.' Hij lacht hard en kijkt me met opgetrokken wenkbrauwen aan. 'Ironisch, toch? Gezien de laatste keer hier op Pandora? Ik ga geen klassieke talen doen, zoals je je wel kunt voorstellen, maar sinds ik professioneel rugby heb opgegeven vanwege mijn knieblessure heb ik trainingen gegeven en dat vond ik heel erg leuk. Dus ik dacht: waarom niet? Helaas is er zoals je weet geen erfenis om op terug te vallen.'

'Nou, Rupes, ik denk dat je het heel goed gaat doen als gymleraar,' zeg ik gemeend. Die van mij waren allemaal opgeleid door sadisten met een voorliefde voor geweld.

'Dank je.'

'Zin in een biertje?'

'Waarom niet?'

'Sorry, Alex? Zitten wij in dezelfde kamer waar ik de vorige keer sliep?' vraagt Sadie.

'Ja. Angelina heeft er een veldbed bij gezet voor jou, Peaches. Daar slaap ik ook op in mijn Bezemkast.'

'Slaap jij in een kast?' vraagt ze gefascineerd.

'Niet echt. Dat is eigenlijk meer een koosnaampje, omdat de kamer zo klein is,' leg ik uit, terwijl we allemaal naar binnen gaan.

'Blijf jij hier maar bij Rupes, ik weet waar we heen gaan,' zegt Sadie, en ze lopen naar de trap toe.

'Meneer Rupes!' Angelina komt de gang in. 'Hoe gaat het?'

Ik kan haar wel zoenen. Het laatste wat ik nu wil is een diepgaand gesprek met mijn halfbroer, die niet eens weet dat hij dat is.

'Goed, hoor, Angelina,' zegt hij, terwijl hij haar op beide wangen een zoen geeft.

'Kom naar mijn keuken, Rupes. Ik heb de cakejes gemaakt die je vroeger zo lekker vond.'

Ik volg ze de keuken in en terwijl Angelina hem bestookt met vragen, geef ik hem een biertje. Terwijl ik naar zijn beleefde antwoorden luister kom ik tot de conclusie dat Rupes duidelijk een stuk rustiger is geworden sinds ik hem voor het laatst heb gezien. Hij had toen gehuild, maar dat was waarschijnlijk meer voor zichzelf geweest, wat vaak gebeurt bij dat soort gelegenheden.

Ik kijk op mijn horloge. Het is bijna zes uur. Nog iets meer dan een uur voor het feest officieel begint en de hoofdrolspelers van het drama van vanavond hun opkomst zullen maken.

'Rupes, als je het niet erg vindt ga ik snel even douchen,' zeg ik.

'Tuurlijk.' Hij knikt. 'Waar slaap ik?'

'Op de bank in de zitkamer, ben ik bang. We zitten vanavond tot aan de nok toe vol.' Ik loop weg voor ik hem de vraag kan stellen die op mijn lippen brandt. De kans is groot dat hij het antwoord trouwens toch niet weet, en hij zou me de verkeerde informatie kunnen geven, wat het alleen maar tien keer zo erg zou maken. Dus ik hou mijn mond.

Vermoeid loop ik naar de badkamer boven. Als ik druipend onder de douche vandaan kom, lees ik een berichtje van Immy dat duidelijk pas net heeft besloten zich door de Cypriotische ether heen te wurmen.

Vlucht vertraagd. Landen nu pas om half zeven.

Verdomme! Dat betekent dat ze er pas op zijn vroegst om half acht zullen zijn, als het feest al is begonnen. Wat nu als ze zelfs nog later komen?

Beneden zitten Jules en Bertie aan een van de kleine cafétafeltjes die op het terras zijn neergezet. Ik zie dat ze zelf al wijn hebben gepakt, en ik hoor hem luid over de kwaliteit ervan klagen. Ik ben me aan het inhouden om hem geen klap te verkopen als Sadie gelukkig door de openslaande deuren naar buiten komt.

'Hallo, liefie. Is alles klaar?'

'Ik denk het wel, ja. Er ontbreken alleen een aantal belangrijke gasten.'

'Ze komen er zeker aan. Het is heel lief van je om dit te organiseren, echt waar.' Sadie geeft me spontaan een knuffel.

Zo weet ik dat zij ook emotioneel is.

'Trouwens…' Ze laat haar stem zakken als Peaches langs ons heen loopt naar de bak chips die ze net op een tafel heeft zien staan. '… je denkt toch niet dat, eh, Andreas er vanavond zal zijn?'

'Dat weet ik echt niet. Dat kun je beter aan Alexis vragen. Hij heeft de Cypriotische gastenlijst opgesteld.'

'O, dat zal ik doen.' Ze kijkt naar Peaches die haar mond volpropt met chips. 'Hij zal niets doorhebben, toch?'

Ik werp een blik op Peaches: een klein blond evenbeeld van haar vader. 'Dat betwijfel ik,' lieg ik.

Rupes komt over het terras aan geslenterd.

We draaien ons allemaal om als we een auto over het grind horen rijden en die daarna in de richting van het huis zien hobbelen.

'Dat zijn Alexis en zijn gezin,' zeg ik. 'Oké, Rupes, ik denk dat het tijd is om de flessen witte wijn uit de koelkast te halen, wat jij?'

Tegen half acht staat het terras vol mensen die ik me nauwelijks herinner, maar die mij allemaal lijken te kennen. Net als ik me zorgen begin te maken dat ik dood word geknuffeld, tikt er iemand zacht op mijn schouder.

'Alex! Ik ben het! Ik heb het gered!'

'Fabio! Gelukkig!' Het is mijn beurt om hem te omhelzen. Hij is de afgelopen jaren een rots in de branding voor ons geweest, vooral voor mijn vader.

'Kijk? Ik heb Dan meegebracht. Nu kunnen jullie elkaar voor het eerst ontmoeten.'

Een lange, donkere man, die – eng genoeg – maar een paar jaar ouder dan ik lijkt te zijn, doet een stap naar voren en kust me op beide wangen. 'Aangenaam u te ontmoeten,' zegt hij met een nadrukkelijk Amerikaans accent.

'Noem me toch Alex. En het is fijn dat je er bent.'

'Het is ook fijn om er te zijn, Alex.'

'Dus...' Fabio kijkt om zich heen. '... waar is de rest?'

Gelukkig voorkomt hij zo dat ik weer iets banaals zeg. 'Het vliegtuig heeft vertraging opgelopen, dus ze komen later. Ik hoop dat ze er zijn voor iedereen naar huis gaat.' Ik gebaar gespannen naar het terras waar het bandje zich aan het voorbereiden is.

'Ze komen, Alex,' zegt Fabio geruststellend. 'En nu willen we graag de wijn proberen die de kennis van je moeder maakt. Daar heb ik de laatste keer dat ik hier was zo van genoten.'

Ik neem ze mee naar de tafel en terwijl ik verder met Dan klets over zijn worsteling om Italiaans te leren en me afvraag of ik de naam en het adres van zijn cosmetisch chirurg moet vragen, bonkt mijn hart in mijn keel.

Waar blijven ze, verdomme?

Ik besluit een kalmerend biertje te gaan halen, maar ik word onderweg steeds aangesproken door gasten en Angelina stelt me allerlei vragen over hoe laat ze het warme eten moet serveren en of de band nu al iets moet spelen?

Ik moet me inhouden om niet te snauwen: 'Heet, koud of bevroren, wat maakt dat verdomme uit?' Zo gespannen ben ik. Want dat doet er nu echt niet toe. Ik heb net de tafel met de drank bereikt als er een arm om mijn schouder wordt geslagen.

'Alex, ze zijn er.'

'Godzijdank,' zeg ik opgelucht als ik me omdraai en Alexis door de menigte volg. 'Met hoeveel?'

'Sorry, daar heb ik niet op gelet.'

We lopen samen snel om het huis heen, naar de oprit die nu vol staat met auto's. Ik zie in de verte schaduwen uit de auto stappen en tel er...

maar vier. Mijn hart breekt, want ik weet dat dit de laatste vlucht van de avond vanuit Engeland was.

Immy is er als eerste. Ze ziet er net zo gespannen uit als ik me voel.

'Sorry, Alex, maar ik kon er niets aan doen. Ik moest daar op Gatwick doen alsof er niets aan de hand was omdat het vliegtuig te laat was. Fred heeft totaal niet geholpen. Zoals gewoonlijk.' Ze rolt met haar ogen als een slungelige tiener, ons broertje, naar ons toe komt geslenterd.

'Hoi, Fred. Goede vlucht?'

'Sa-haai,' zegt hij nonchalant.

Dat lijkt op het moment het enige woord te zijn in zijn dertienjarige vocabulaire.

'Ik zal de gasten vertellen dat jullie er zijn,' zegt Alexis tegen Immy. 'Jij brengt ze maar naar het terras, Alex.'

'Ja.' Ik kijk naar de twee mensen die langzaam naar me toe komen met een verbijsterde uitdrukking op het gezicht. 'Hoi, mam. Hoi, pap,' zeg ik, terwijl ik schuldbewust achter hen kijk om te zien of er verder nog iemand in de auto zit.

'Wat is er in hemelsnaam aan de hand, Alex?' vraagt William.

Mam geeft me een knuffel.

'Nou… dat zullen jullie zo zien. Hoe gaat het, mam?' Ik speur haar gezicht af naar aanwijzingen.

'Heel goed, hoor, Alex,' zegt ze met een glimlach.

Het is niet de pijnlijke niet-echt-maar-voor-jou-doe-ik-alsof-glimlach waar ik de afgelopen drie jaar aan gewend ben geraakt. Het is er een die ik geloof.

'Je moeder is gisteren gezond verklaard,' vertelt William.

En weer zie ik de tranen in zijn ogen opwellen.

'Het is eindelijk voorbij.'

'O, god, mam! Dat is fantastisch nieuws! Geweldig!'

'Bedoel je dat je helemaal beter bent?' vraagt Immy, die naast me staat.

Zelfs Fred lijkt te luisteren.

'We wilden het jullie allemaal tegelijk vertellen. Het komt helemaal goed met me.'

'Echt waar, mam?' vraagt Immy voor de zekerheid.

We hebben eerder valse hoop gekoesterd.

'Echt waar.'

'Voor altijd?' vraagt Fred. Zijn onderlip beeft net zoals toen hij klein was.

Ik ga beschermend naast hem staan en leg een hand op zijn schouder. Dit is een heel gevoelig punt voor hem.

'Nou, dat kan niemand beloven, maar vanavond heb ik het gevoel alsof dat wel zo is, lieverd.' Mam geeft hem een kus.

Dan volgt er wat men over het algemeen ook wel een groepsknuffel noemt en moeten er tranen worden weggeveegd om presentabel te zijn.

'Oké,' zeg ik, na mijn keel geschraapt te hebben, 'dan kunnen we maar beter in actie komen. Jammer dat Chloë er niet is.'

'Ze zei dat ze het zou proberen, maar je weet hoe veeleisend haar baas kan zijn,' zegt mam, terwijl ik ze in de richting van het huis drijf.

'Ze krijgt in elk geval gratis designerkleding, dat is meer dan wat ik krijg voor babysitten,' merkt Immy op.

'Wil jij dan een gratis baby, Im?'

'O, hou je mond, Fred! Wat ben je toch een eikel.'

'Alex, wat er is er hier allemaal aan de hand?' vraagt mam.

'Dat zie je zo.'

'Dat had je me weleens mogen vertellen, Immy. Ik ben niet echt gekleed op een speciale gelegenheid.' Mam gebaart naar haar spijkerbroek, teenslippers en dunne witkatoenen blouse.

'Dat mocht niet van Alex. Hij had me vermoord. We zijn echt eeuwen bezig geweest met het plannen.'

En ik besef dat we allemaal weer van die zwartgallige uitdrukkingen mogen gebruiken zonder in elkaar te krimpen. 'Ik ben zo blij, mam,' fluister ik tegen haar. 'Dat is het beste nieuws wat ik ooit heb gehad.'

'Je bent geweldig geweest, Alex. Dank je.'

Er volgt weer een knuffel, maar nu alleen wij met z'n tweeën. Ik probeer eraan te denken dat wat er vanavond níét is gebeurd er in het grote geheel niet toe mag doen.

'Dus...' zeg ik, terwijl ik me verman en we bij de rand van het terras komen, waar een verwachtingsvolle stilte heerst. 'Mam en pap, dit is een cadeau van al jullie kinderen. Gefeliciteerd met jullie twintigste trouwdag!' Met die woorden leid ik ze naar voren, waar iedereen hetzelfde in het Grieks roept en begint te juichen en te klappen. Champagnekurken knallen en mijn ouders worden gekust en omhelsd. Mam kijkt ongelooflijk blij als ze Fabio en Sadie ziet.

Natuurlijk heb ik dit voor haar georganiseerd. Gedurende die zware jaren na die eerste diagnose, toen we geen idee hadden of de behandeling zou aanslaan of niet, heb ik hier vaak aan gedacht. Hier op Pandora zijn er zoveel herinneringen voor haar, en hoewel ze niet allemaal gelukkig zijn, zijn die in elk geval van een tijd voor ziekenhuisbedden en pijn.

Op het moment kan ik niet echt bevatten dat het voorbij is. Ze blijft leven!

Dus vanavond zal ik mijn best doen om dat andere vreselijke verdriet opzij te zetten; het verdriet dat niet met leven of dood te maken heeft, al voelt het wel zo. Vanavond vieren we – letterlijk – het leven van mijn moeder.

De avond verstrijkt en de sterren werpen hun licht op dat kleine groepje feestende mensen. Het geluid van de bouzouki voert me terug naar die nacht tien jaar geleden, en ik hoop maar dat er geen soortgelijke onthullingen komen die het moment verpesten als Alexis opnieuw om stilte roept en een toost uitbrengt. Ik drink meer bier dan ik zou moeten doen, om het herstel van mijn moeder te vieren maar ook om mijn stille verdriet te verdrinken.

'Bedankt, lieve Alex, dat je de meest geweldige verrassing hebt georganiseerd die ik ooit heb gekregen.'

Mam gaat op haar tenen staan, slaat haar armen om me heen en kust me.

'Graag gedaan, mam.'

'Dit is perfect,' zegt ze met een lach.

'Weet je zeker dat je echt honderd procent beter bent, mam? Je zou toch niet tegen me liegen, hè?' vraag ik haar weer. Ik kan het nog steeds niet geloven.

Ze glimlacht. 'Nou, ík misschien wel, zoals je weet, maar pap zeker niet. Serieus, Alex, ik voel me geweldig, echt waar. Ik kan eindelijk verdergaan met mijn leven. Het spijt me dat ik er de afgelopen drie jaar niet voor je heb kunnen zijn zoals ik dat had gewild, maar het lijkt erop dat je je prima hebt gered zonder me. Ik ben zo trots op je, lieverd!'

'Bedankt, mam.'

'O, Alex!' Mam draait zich om en wijst. 'Kijk eens wie er is! Laten we gedag gaan zeggen.'

Ik draai me ook om en zie tot mijn verwondering en verbijstering dat bekende, geliefde gezicht dat ons glimlachend aankijkt. Mijn hart stottert op die vreselijke manier die zowel enthousiasme als angst aangeeft, maar boven alles… liefde.

'Chloë! Mijn hemel. Hoe ben jij hier beland?' vraagt mam, als we bij haar zijn.

'Breek me de bek niet open, Helena. We zijn via Parijs gekomen. Gefeliciteerd!' Chloë omhelst haar met een grijns. 'Hoi, Alex.' Ze kust me op mijn wang. 'Ik had toch beloofd dat ik je niet zou teleurstellen?'

'Dat heb je inderdaad gedaan.' Ik concentreer me niet echt op wat ze zegt, want vlak achter haar staat het onderwerp van mijn dromen en nachtmerries van het afgelopen jaar half verscholen in haar eentje in de schaduw van het huis. 'Pardon.'

'Natuurlijk.' Chloë knipoogt bemoedigend.

Ik loop naar haar toe.

'Hallo,' zegt ze verlegen, dan wendt ze gegeneerd haar prachtige blauwe ogen af.

'Ik dacht niet... Ik had...' Ik slik. Tranen springen in mijn ogen en ik probeer ze uit alle macht te onderdrukken.

'Ik weet het.' Ze haalt haar schouders op. 'Het is...' Ze kijkt overal naar, behalve naar mij. '... zwaar geweest.'

'Dat begrijp ik.'

'Maar Chloë heeft me geholpen. Ze heeft me uit de put gepraat. Ze is geweldig geweest, Alex, en ik denk dat we allebei wel heel veel aan haar te danken hebben.'

'Is dat zo?'

'Ja, zij heeft me overgehaald om vanavond te komen. En ik ben blij dat ik er ben.' Ze steekt haar smalle, bleke hand uit.

Ik pak die meteen beet.

'Ik heb je gemist, Alex. Echt heel erg.'

'Ik heb jou ook gemist. Veel erger dan "echt heel erg", om eerlijk te zijn. Ik zou het zelfs willen omschrijven als "hartverscheurend", "levensbedreigend".'

'Zo.' Ze giechelt. 'Dat is typisch iets voor jou. Maar het is echt oké, hè? Dat wij bij elkaar zijn?'

'Tja, het is niet gebruikelijk, maar onze kinderen zullen in elk geval niet zes tenen krijgen. Het is alleen dat de bewoordingen... ingewikkeld zijn.' Ik slik weer. 'Het spijt me zo ontzettend erg dat ik het je niet eerder heb verteld.'

'Mij ook, maar nu begrijp ik waarom.'

Ik móét de vraag stellen voor we verder gaan met dit mogelijk gevaarlijke, ongemakkelijke gesprek. 'Ben je hier omdat je het nog een keer met me wilt proberen?' Instinctief steek ik mijn vrije hand uit om een lokje van haar prachtige rode haar uit haar gezicht te strijken.

'Nou, ik hoop eerlijk gezegd dat het niet bij proberen blijft.'

'Is dat ja op zijn Viola's?'

'Ja, maar je begrijpt toch wel waarom ik wat tijd nodig had om het allemaal te verwerken?' Ze slikt hard. 'Ik was er kapot van.'

'Dat weet ik. En natuurlijk begrijp ik het.' Ik kom een stapje dichterbij, sla mijn armen om haar heen en trek haar tegen me aan. Ze smelt. Ik kus haar en ze kust me terug, en meteen wil ik dingen met haar doen die helemaal niet gepast zijn op het feest voor de twintigste trouwdag van mijn ouders.

'Dames en heren,' klinkt de stem van Alexis luid vanaf het terras.

'Kom.' Ik neem haar aan haar arm mee. 'We moeten erbij zijn voor de toespraken,' zeg ik, terwijl we door een zee van mensen slalommen die zich verzamelen om te luisteren. 'En trouwens, mijn moeder is helemaal beter. Ze is genezen verklaard.'

'O, Alex! Dat is fantastisch nieuws!'

'Ja.' Ik kijk haar aan. 'Er is vandaag veel fantastisch nieuws.'

MEMOIRES VAN ALEX

VIOLA

Het begon allemaal iets meer dan een jaar geleden, toen mijn moeder me belde.

'Alex, sorry dat ik je in je voorbereiding op de tentamenperiode stoor, maar er ligt hier een brief voor je van Sacha.'

'O?'

'Ja, hij ligt in een ziekenhuis in Londen. Pap is een paar dagen geleden gebeld door Viola. Sacha wilde hem zien. Ik ben bang dat het geen goed nieuws is. Hij heeft blijkbaar een heel zware hartaanval gehad, en zijn lever is natuurlijk aan gort...'

Ik weet nog dat haar stem wegstierf en dat ik dacht dat het goed mogelijk was dat ik over een jaar geen van mijn beide biologische ouders meer zou hebben. 'Wat wil hij?'

'Hij vroeg pap of jij binnenkort bij hem op bezoek wil komen. En ik denk dat de nadruk op binnenkort ligt. Alex, dit is jouw beslissing. Ik weet dat je na de afgelopen twee jaar je buik wel vol hebt van ziekenhuizen.'

'Geef me het adres en dan denk ik erover na. Oké?'

Dat deed ze.

Ik vroeg haar ook de brief naar me door te sturen. Toen die twee dagen later arriveerde, ook al wist ik al zo'n beetje wat erin stond en had ik me voorgenomen me er niet door te laten raken, gebeurde dat natuurlijk toch. Sacha wilde afscheid nemen.

Dus op de zondag voor mijn laatste tentamens zouden beginnen, toen iedereen in Oxford zich had opgesloten om koortsachtig te leren, bij te komen van een kater of zelfmoord overwoog, nam ik de trein naar Londen, waar ik de metro pakte die me van Paddington naar Waterloo bracht. Daarvandaan liep ik naar het St Thomas' Hospital.

Ziekenhuizen zijn altijd deprimerend, maar op de een of andere manier is dat in mijn ervaring op zondagen toch altijd nog net iets erger. De doffe stilte werd niet verstoord door de gebruikelijke doordeweekse drukte en de stank van gekookt rundvlees en drassige kool – de zielige replica van een traditionele zondagse lunch – hing in de lucht.

Ik kon niet zeggen dat Sacha er erger uitzag dan de laatste keer dat ik hem zes jaar daarvoor had gezien, alleen maar ouder. Toch was hij even oud als pap, vijfenvijftig. Dan ben je tegenwoordig nagenoeg een tiener.

Hij lag op de intensive care, aangesloten op allerlei slangetjes en monitoren die piepten en rammelden. Hij had een enorm zuurstofmasker voor zijn gezicht met in het midden een grote pomp, waardoor hij er bizar genoeg uitzag als een olifant. De vriendelijke verpleegster legde uit dat hij het masker droeg omdat zijn longen zich na de hartaanval met vocht hadden gevuld en zijn hart er niet genoeg zuurstof doorheen kon pompen om daar vanaf te komen.

Hij sliep toen ik aankwam, dus ging ik rustig bij hem zitten om het verlengstuk van het fysieke zaadje dat me had verwekt te bestuderen, misschien wel voor de laatste keer.

Terwijl ik dat deed, zag ik een jonge vrouw, of moet ik zeggen een perfecte engel, door de afdeling naar me toe komen lopen. Lang en tenger, met een gave, blanke huid en hartvormig gezicht met roze lippen en opvallend blauwe ogen. Haar lange rode haar viel tot over haar schouders en deed me onmiddellijk denken aan een figuur op een Rossetti-schilderij. Heel even vroeg ik me oprecht af of ze een beroemd model was wiens gezicht – en lichaam – ik overal op reclameborden had gezien.

Maar toen ze dichterbij kwam besefte ik dat het Viola Chandler was. Die lieve kleine Viola; dat meisje van de hazentanden en sproetjes, die een voorliefde had om bij mij uit te huilen. 'Godsamme!' mompelde ik zacht toen ze aan het voeteneind van het bed bleef staan en me vragend aankeek.

'Alex?'

'Ja,' lukte het me te antwoorden, aangezien ik de afgelopen negen jaar mezelf erop had getraind daadwerkelijk iets te zeggen als ik werd benaderd door een mooie vrouw. 'Ik ben het.'

'O, mijn god!'

En toen liep dat hemelse wezen naar me toe en sloeg ze haar armen om me heen.

'Het is zo fijn je te zien!' zei ze, terwijl ze haar hoofd tegen mijn schouder legde.

Oké, zo werd ik dus normaal gesproken niet begroet door bloedmooie vrouwen.

'Wat doe jij hier? Ik bedoel...' Ze corrigeerde zichzelf. '... het is heel aardig van je en zo, maar...'

Ik zag de verwarring in haar ogen en besefte dat de kans heel groot was dat Jules en de Olifantenman in het bed naast me haar niets hadden verteld over mijn genetische link met haar vader. En als dat zo was, dan was dit niet het juiste moment om dat te doen. Mijn shirt was nat van haar tranen. Van zo dichtbij zag ik, terwijl ik naar haar prachtige gezicht keek, de donkere kringen onder haar ogen en het verdriet dat eruit straalde.

Misschien, zo dacht ik, zou ik het later heel nonchalant vertellen bij een kop koffie. Of zoiets.

We bespraken fluisterend hoe ernstig de situatie was, maar zij zei dat ze de hoop nog niet had opgegeven.

'Wonderen bestaan, toch, Alex?'

En toen ze me wanhopig aankeek, net zoals al die jaren geleden – met een blik die een irrationeel geloof uitstraalde dat ik alles beter zou kunnen maken en alle antwoorden wist – knikte ik. 'Zolang er leven is, is er hoop, Viola.'

Ze vertelde me dat Sacha de afgelopen achtenveertig uur steeds vaker wegzakte, dat ze haar moeder had gebeld, die had geweigerd te komen, en dat ze Rupes had gesproken, die had gezegd dat hij misschien zou komen.

Ze zuchtte. 'Maar ik betwijfel het. Hij heeft het pap nooit vergeven wat hij die nacht op Cyprus heeft gedaan. Dat hij mam zo te kijk heeft gezet op het feest en ons toen zo goed als berooid heeft achtergelaten.'

We gingen naar beneden om in de kantine een kop koffie te drinken.

'Maar ongeacht wat er in het verleden is gebeurd, een zoon zou toch zijn vader moeten bezoeken op zijn... zijn sterfbed?'

Ik slikte hard toen ik dat hoorde en besefte dat ze het waarschijnlijk dus écht niet wist. 'Ja.'

'Bedankt dat je er bent, Alex. Je vader is vorige week geweest, maar verder...' Ze haalde haar schouders op. 'Niemand. Niet veel voor een heel mensenleven, hè?'

Ze vertelde me toen dat ze de afgelopen twee weken hier in het ziekenhuis was geweest, dat ze in de familiekamer had geslapen omdat ze Sacha niet alleen wilde laten.

'Dat betekent dat ik volgende week niet mijn tentamens op de uni kan maken om het eerste jaar af te sluiten, maar ze hebben gezegd dat ze gezien de omstandigheden bereid zijn me een geschat punt te geven, gebaseerd op wat ze tot nu toe al van me hebben beoordeeld.'

'Waar zit je?'

'Op University College London, niet ver van hier. Ik studeer Engelse literatuur en Frans. Gelukkig is het grotendeels op essays gebaseerd, dus ik zou er dit jaar niet al te slecht vanaf moeten komen. Weet je, Alex, het is begonnen toen jij me *Jane Eyre* te lezen gaf,' vertelde ze op zachte toon. Voor het eerst verscheen er een zweem van een glimlach om haar lippen. 'Ik was altijd van plan om je te schrijven en je daarvoor te bedanken, maar...' Ze zuchtte. 'De tijd vliegt, hè?'

Ik knikte.

'Zelfs onze families zijn elkaar uit het oog verloren. Dat zal wel komen omdat pap is vertrokken. Het was altijd de vriendschap tussen hem en je vader die ons bij elkaar bracht. En misschien wilde mam na de scheiding helemaal opnieuw beginnen.'

Onder andere...

'Hoe gaat het met je moeder?' vroeg ik beleefd.

'O, hetzelfde als altijd.'

Een tijdlang kletste ze over wat er de afgelopen negen jaar allemaal was gebeurd en ik luisterde. En keek. Mijn hart begon zo vreselijk te bonken, net zoals het dat al die jaren geleden bij Chloë had gedaan.

'Ik heb het van je moeder gehoord. Ik vind het zo erg, Alex. Hoe gaat het met haar?'

'O, je weet wel, ze heeft goede en slechte dagen. De eerste behandeling is niet aangeslagen en het is op een andere plek teruggekomen, maar ze hebben nu goede hoop dat ze het allemaal weg hebben gekregen.' Ik deed mijn best om luchtig te klinken.

'Jezus, Alex.' Viola beet op haar onderlip. 'We zijn me het stelletje wel, hè?'

O, Viola, ik hoop het zo... Ik hoop echt dat we een stelletje zouden kunnen zijn.

Ik knikte wijselijk en zei dat we maar beter weer naar boven konden gaan om bij haar vader te kijken.

We gingen bij Sacha zitten en ik hoopte vurig dat hij niet wakker werd, mij zag zitten en dan riep: 'O, mijn god! Mijn lang verloren zoon is gekomen om afscheid van me te nemen!' Viola's overduidelijke uitputting en kwetsbare emotionele toestand lieten dat niet toe. Dus na een eindeloze zit van anderhalf uur terwijl hij bewegingsloos tussen ons in had gelegen, stond ik uiteindelijk op.

'Het spijt me heel erg, Viola, maar ik moet gaan. Ik heb deze week tentamens, weet je, en…'

'Alex, je hoeft het niet uit te leggen. Ik loop wel mee naar de uitgang.'

'Oké.'

Ik boog me over de man die technisch gezien mijn vader was en kuste hem op zijn voorhoofd, probeerde alles te denken wat op zo'n levensbepalend moment door je heen hoorde te gaan, want ik wist instinctief dat dit vaarwel was.

Er kwam niets in me op, omdat mijn hoofd zo vol was van háár.

Ik wierp een laatste blik op hem en volgde Viola de afdeling af.

'Ik kan je niet vertellen hoe dankbaar ik ben voor je bezoek,' zei ze weer toen we buiten stonden naast de drukke straat bij het ziekenhuis. Ze stak met ietwat bevende handen een sigaret op. 'Dat is echt typisch iets voor jou, Alex. Ik ben nooit vergeten hoe aardig je voor me was die zomer, toen alles zo moeilijk was.'

'Ach, Viola, Londen is niet zo ver van Oxford.' Ik voelde me schuldig dat ze dacht dat ik alleen bij Sacha op bezoek was gekomen omdat ik een aardige vent was.

'Ik zal hem vertellen dat je bent geweest als hij wakker wordt. Hij was altijd op je gesteld. Ik weet nog dat ik hem vertelde dat je bij Oxford was aangenomen… Je weet wel dat jouw vader, mijn peetoom, me met kerst altijd een cheque stuurt en een kaart met al het nieuws. Pap keek zo ontzettend trots! Ik dacht echt dat hij in tranen zou uitbarsten. Maar goed, je kunt maar beter gaan als je je trein wilt halen.'

'Ja, dat is zo.'

'Ik… Zou je het erg vinden om me je telefoonnummer te geven? Dan kan ik je een berichtje sturen als…' Haar stem stierf weg terwijl ze op zoek was naar haar telefoon, haar hoofd gebogen om de tranen te verbergen die ongetwijfeld in haar prachtige ogen glinsterden.

'Natuurlijk.'

We wisselden nummers uit en ik zei dat ik van me zou laten horen.

'O, Alex, ik…'

Toen deed ik het enige wat ik kon doen en nam haar in mijn armen. Heel irrationeel hoopte ik dat ik voor altijd zo kon blijven staan.

'Dag, Alex,' zei ze uiteindelijk.

Ik liep weg en wist dat ik verloren was.

Ik belde pap zodra ik weer terug in Oxford was om te vertellen dat ik Viola in het ziekenhuis had gesproken en dat Sacha de afgelopen dagen nagenoeg niet meer bij kennis was geweest. Toen vroeg ik hem of Sacha zijn kinderen ooit had verteld dat ik zijn zoon was.

'Dat betwijfel ik, Alex,' zei hij. 'Rupes heeft toch al de pest aan hem en zoals je weet aanbid Viola hem. Ik denk niet dat Sacha de relatie met die twee verder had willen verpesten, vooral niet met Viola. Ze is de afgelopen jaren eigenlijk de enige geweest die hij nog had.'

'En Jules? Denk je dat zij iets zou hebben gezegd?' vroeg ik. Voor het eerst in mijn leven hoopte ik dat ze haar grote mond had opengetrokken en het eruit had geflapt, want dat zou betekenen dat ik dat niet hoefde te doen.

'Dat zou ik aan mam moeten vragen. Zij was degene die het gesprek met haar heeft gehad toen alles naar buiten kwam op Cyprus. Maar ook dat betwijfel ik. Jules mag dan moeilijk zijn, maar aangezien ze net hun huis, geld en hun vader kwijt waren, denk ik niet dat ze ze had willen opzadelen met een buitenechtelijke halfbroer... Jezus, sorry, Alex,' zei hij onmiddellijk toen hij besefte hoe bot dat klonk.

'Het is oké, pap.' Ik wist dat hij altijd recht voor zijn raap was.

'Ik zal het aan mam vragen. En nog succes met je tentamens komende week.'

Hij had het inderdaad aan mijn moeder gevraagd. Ze belde me vrijwel onmiddellijk met de boodschap dat Jules toen had gezegd dat ze het Rupes en Viola niet zou vertellen.

'Als ik het me goed herinner zei ze: "Het is Sacha's taak om ze het slechte nieuws te geven, niet die van mij, al denk ik niet dat hij dat zal doen. Daar is hij te laf voor." Iets in die trant, in elk geval.'

'Vind je dat ik het Viola moet vertellen, mam?'

'Niet op dit moment, nee. Zo te horen heeft ze nu genoeg op haar bordje. Maar er is toch geen haast bij?'

'Nee. Bedankt, mam. Ik spreek je snel.'

Die nacht besloot ik meteen na mijn tentamens naar Londen te gaan om Viola de waarheid te vertellen. Die hele situatie was toch niet mijn schuld?

Maar het lullige toeval wilde dat ik om vijf uur 's ochtends op de dag van mijn laatste tentamen mijn telefoon naast me voelde trillen. Het was een gemiste oproep van Viola en de voicemail bezorgde me het nieuws dat ik had verwacht. Ik belde haar meteen terug en luisterde naar haar terwijl ze huilde. Ik vroeg haar wie er bij haar was, en ze zei niemand.

'Rupes zegt dat hij het te druk heeft. En ik moet allemaal van die verschrikkelijke dingen doen, zoals overlijdensaktes regelen, een begrafenisondernemer zoeken en...'

Er klonk een vreemd geluid en ik wist dat ze met haar hand langs haar neus veegde.

'... allerlei andere dingen.'

'Hoor eens, mijn laatste tentamen zit er om twaalf uur op. Ik neem dan de trein naar Londen en dan help ik je.'

'Nee, Alex! Je moet het vanavond vieren! Toe, maak je geen zorgen...'

'Ik sms je wel als ik in de trein zit en dan tref ik je voor het ziekenhuis. Maar hou het tot die tijd vol, moppie. Oké?'

Dus in plaats van twaalf uur lang met mijn medestudenten op kroegentocht te gaan langs de bars en clubs van Oxford, was ik in Londen om de onverbiddelijke formaliteiten af te handelen rond het overlijden van mijn vader, samen met zijn ontroostbare dochter. Die niet echt zijn dochter was. En die niet wist dat ik in werkelijkheid wel zijn zoon was...

En ze was zo verrekte dankbaar en zo schrikbarend mooi in haar verdriet. Ze keek me aan alsof ik haar held was, haar enige reddingsboei, en bleef me maar bedanken tot ik wel kon kotsen door al dat bedrog.

Al was het niet echt bedrog, want of Sacha nu wel of niet mijn vader was, ik was er toch wel voor haar geweest. Het enige wat ik wilde doen was haar beschermen, een instinct dat ik me nog levendig herinnerde van onze tijd samen op Pandora. En gezien haar toestand kon ik met geen mogelijkheid mijn geweten volgen en haar de waarheid vertellen. Ik was namelijk bang dat die haar zou breken. Dus dat deed ik niet.

Die avond gingen we naar een vage pub ergens in Waterloo waar ik drie *pints* dronk en Viola twee glazen witte wijn. Ze legde uitgeput haar hoofd tegen mijn arm en ik probeerde me te concentreren op alles wat de volgende dag gedaan moest worden.

'Waarom ben je zo aardig?' vroeg ze opeens, en keek op met haar lieve roze en witte gezichtje (nu wat opgezet en bleek).

'Ik... Dat wilde ik.' Ik haalde mijn schouders op. Voor de verandering wist ik niet wat ik moest zeggen. 'Nog een drankje?' vroeg ik, terwijl ik opstond.

'Bedankt.'

Ik kwam terug bij de tafel, terwijl ik onderweg al een derde van mijn nieuwe pint naar binnen had geklokt, en troostte mezelf met de gedachte dat mijn lever in Oxford veel meer schade had opgelopen. Ik ging zitten.

Ze pakte mijn linkerarm en trok die om haar schouder heen zodat ze weer tegen me aan genesteld zat.

'Wij zijn eigenlijk familie, toch, Alex?'

Ik stikte bijna in mijn bier.

'Ik bedoel, jouw vader is mijn peetoom, en pap en hij kenden elkaar al vanaf hun jeugd. En we hebben heel veel tijd samen doorgebracht toen we jong waren, hè? Alex, mag ik je iets vragen?'

O, help! 'Ja.'

'Die zomer op Pandora... Was jij verliefd op Chloë?'

Ik keek haar met gefronste wenkbrauwen aan. 'Hoe weet jij dat?'

Ze giechelde. 'Omdat ik jaloers was!'

'Jaloers?'

'Was dat niet duidelijk? Ik was echt onwijs gek op je.' Ze zwaaide met haar vinger naar me.

Het drong tot me door dat ze aangeschoten was en dat ze waarschijnlijk al in geen dagen iets had gegeten. 'Dat was eerlijk gezegd niet bij me opgekomen, Viola.'

'Niet eens nadat ik er bijna twee uur en twintig minuten over had gedaan om al die hartjes en bloemetjes op die envelop te tekenen? En dan heb ik nog niet eens de tijd meegerekend die het me heeft gekost om dat gedicht te schrijven dat ik je heb gegeven.'

'Ik herinner het me nog.' Jezus, was ik even blij dat ik dat nog wist. 'Het heette "Vrienden".'

'Ja, maar heb je tussen de regels door gelezen?'

'Nee.' Ik keek haar aan. 'Je was toen pas tien.'

'Ik was eigenlijk bijna elf, maar twee jaar en vier maanden jonger dan jij,' antwoordde ze stijfjes.

'Je was nog een klein meisje!'

'Net zoals Chloë zeker dacht dat jij een kleine jongen was.'

'Ja.' Ik zuchtte. 'Dat is waarschijnlijk zo.'

'Eigenlijk is het best grappig, toch?'

'O?'

'Ergens wel, ja. Jij droomde van Chloë en ik droomde van jou.'

'Misschien wel.' Al wilde ik haar vertellen dat die specifieke dromen van mij voorbij waren.

Ze ging recht zitten en keek me aan. 'Ben je nog steeds verliefd op haar?'

'Nee.' Dat was de makkelijkste vraag die ik ooit had beantwoord.

'Oké.'

Ze keek me aan alsof ze meer opheldering verwachtte, maar die kon ik haar niet geven zonder haar te vertellen dat zijzelf die betovering slechts een paar dagen geleden had verbroken. Dat kon ik echt niet maken gezien de reden dat we hier zaten. Als ze uiteindelijk de waarheid te weten kwam over waarom ik opeens weer in haar leven was opgedoken, dan kon ik het wel schudden als ze ook maar dacht dat ik misbruik van de situatie had gemaakt.

'Verder valt er niets over te zeggen.' Ik was opgelucht toen ze weer tegen me aan leunde.

'Mooi. Want het is toch een beetje vreemd om verliefd te zijn op je stiefzus, vind je ook niet?'

'Dat weet ik niet, hoor, Viola.' Ik probeerde mijn stem rustig te houden, want, jezus, nu moest ik haar toch wel een overtuigend antwoord geven. 'We zijn geen bloedverwanten of zo. En laten we wel wezen, in de goede oude tijd was er in de meeste kleine gemeenschappen inteelt. En dan hebben we het nog niet eens over generaties van koninklijke families gehad. Neven en nichten trouwden vaak met elkaar, dat was heel normaal. Maar dat weet jij ook wel na alle romans van Jane Austen die je ongetwijfeld hebt gelezen sinds ik je voor het laatst heb gezien,' voegde ik er voor de zekerheid nog aan toe.

'Ja, dat is ook zo. Ik heb Chloë de laatste tijd trouwens best vaak gezien,' zei ze, totaal onverwacht.

'O?'

'Je weet vast wel dat ze hier in Londen stage loopt bij *Vogue*. Ze was zo lief om me een berichtje te sturen en me uit te nodigen met haar te gaan lunchen toen ik net op de uni begon. Volgens mij had je vader haar gevraagd dat te doen.'

'O.'

'Ja, en ik moet zeggen dat ik begrijp waarom je altijd zo gek op haar bent geweest. Ze is echt bloedmooi en dan ook nog zo lief. Weet je dat ze me heeft gevraagd of ik bij *Vogue* langs wilde komen om de moderedacteur te ontmoeten? Ze zei dat ik zo als model aan de slag zou kunnen gaan. Ik weet wel dat ze het uit aardigheid zei, hoor, want wie zou mij nou mooi vinden?' Viola grinnikte bij die gedachte.

Ik, Viola, net als elke andere man én vrouw die je op straat passeert.

Maar ik begreep waarom Viola dacht dat Chloë alleen maar vriendelijk was. Dit was een typisch geval van het lelijke eendje dat een mooie zwaan werd.

'Ze gaat in de herfst naar Parijs,' ging Viola door. 'Ze heeft een baan aangeboden gekregen als juniorontwerper bij een modehuis daar. Het is nieuw met een naam die met geen mogelijkheid uit te spreken is. Jean-Paul nog iets, was het volgens mij...' Ze viel opeens stil en slikte. 'O jee, het schiet me net weer te binnen.'

'Wat?'

'Sorry... Ik was het heel even vergeten en dat was fijn. Maar pap is vanmorgen gestorven, toch? O jee, o jee...' Ze keerde zich om en duwde haar gezicht tegen mijn oksel.

Ik hoopte vurig dat ik voldoende deodorant op had gespoten om de stank te maskeren van mijn laatste tentamen, gecombineerd met het effect dat zij op me had en het feit dat mijn biologische vader vandaag was overleden. 'Kan ik iets te eten voor je halen?' vroeg ik in een poging iets praktisch te zeggen, zoals mijn echte vader dat zou doen.

'Nee, dank je,' werd er tegen mijn oksel gefluisterd.

'Viola,' zei ik op dezelfde vaderlijke toon, 'ik denk dat je nodig naar bed moet gaan om te slapen. Je moet doodop zijn.'

Ze hief haar hoofd en keek me aan. Ze probeerde zich te vermannen. 'Ja,' antwoordde ze dapper. 'En jij moet terug naar Oxford.'

'Ik hoef niet terug te gaan. Tot september is daar niets meer te doen. Ik slaap vanavond in het appartement van pap en mam. Ik heb ze in de trein gebeld om te vragen of dat mocht.' Ik keek op mijn horloge. 'Ik kan trouwens maar beter gaan. Die gestoorde oude vrouw die in de kelder woont en de sleutels bewaart, gaat om tien uur naar bed en dan kom ik er niet meer in.'

'Natuurlijk,' zei ze. 'Dan gaan we.' Ze dronk haar glas leeg. De blos van de alcohol verdween toen ze opstond en ze fronste haar voorhoofd.

We liepen zwijgend de pub uit.

'Nou, nogmaals bedankt, Alex. Je bent geweldig geweest.' Ze gaf me een zoen op mijn wang. 'Welterusten.'

'Viola!' zei ik toen ze aanstalten maakte om zich om te draaien. 'Waar ga je heen?'

'Naar huis,' zei ze mat.

'Wacht er iemand op je?'

Ze haalde haar schouders op.

'Zeg, wil je met mij mee naar huis gaan… Je kunt vanavond vast wel wat gezelschap gebruiken?'

'Dat is zo lief van je, Alex, maar ik denk dat je genoeg hebt gedaan.'

Viola, voor jou, nooit, maar ik heb dan ook allerlei plannen voor ons…

Ik pakte haar vast en trok haar naar me toe. 'Doe niet zo gek. Ik laat je vanavond echt niet alleen.' Ik nam haar in mijn armen en toen ze haar gezicht hief met ietwat getuite lippen, deed ik alsof ik dat niet merkte, maar drukte onhandig mijn mond tegen haar elegante oortje.

Toen we bij het appartement in Bloomsbury kwamen, wat op slechts een paar straten afstand bleek te liggen van waar Viola woonde, lukte het me het oude vrouwtje zover te krijgen naar de deur van haar kelderflat te komen. Ze liet de veiligheidskettingen aan de binnenkant erop zitten en gaf de sleutel aan door de smalle kier. Haar magere arm deed me denken aan de twijg die Hans in het sprookje had uitgestoken om de heks voor de gek te houden.

Eenmaal boven liet ik Viola zien waar de badkamer was, aangezien ze zei dat ze die wilde gebruiken. Ik stond in de slaapkamer om een trui uit mijn tas te halen – het was fris in het appartement – toen Viola achter me naar binnen kwam en zich op het bed liet vallen.

'Sorry, Alex, maar…. O, mijn god, wat ben ik moe!' Ze deed haar ogen dicht.

'Dat geloof ik. Weet je zeker dat je niets wilt eten?' vroeg ik, terwijl ik naar haar keek zoals ze daar als een nimf op bed lag met haar haar uitgespreid over het kussen, haar lange benen elegant en fotogeniek gepositioneerd, ook al had ze zich er letterlijk op laten vallen.

Er kwam geen reactie. Ze was in slaap gevallen.

Ik stelde toen maar een vreemde maaltijd samen van witte bonen in tomatensaus en een blikje tonijn dat ik in de kast had gevonden en at dat op terwijl ik naar het nieuws keek (geen idee waarom). Tijdens het eten probeerde ik mijn gedachten op een rijtje te zetten en probeerde ik ook vast te stellen wat mijn eigen reactie was op de dood van Sacha. Maar Viola had helder nadenken onmogelijk gemaakt en elke keer als ik eraan dacht dat Biopap in een diepvrieskist lag in het mortuarium en me afvroeg wat ik daar nu precies bij voelde, zag ik haar voor me en schoot mijn geest een totaal andere kant op.

Trouwens, naast het feit dat ik het zonde vond dat iemand veel te vroeg aan zijn eind was gekomen, was de verschrikkelijke waarheid dat ik er helemaal niets bij voelde. Toen hoorde ik Viola door de dunne wand heen snikken en ik ging naar haar toe. 'Wat is er?' Ik kon mezelf meteen wel voor mijn kop slaan vanwege die belachelijke vraag.

Ze gaf geen antwoord.

Ik tastte om me heen op zoek naar een hoekje vrij matras zodat ik niet op haar zou gaan zitten.

'Ik droomde... dat hij leefde...'

'O, Viola.'

'Ik weet dat dat niet zo is.'

Ik voelde dat ze met haar arm langs haar gezicht streek, om de tranen weg te vegen en wenste dat ik hetzelfde verdriet om onze vader kon voelen als zij, maar dat lukte me niet en daardoor voelde ik me nog slechter.

'Ik vind het zo erg, mop,' zei ik zachtjes. 'Maar dat is niet zo.' En op dat moment vervloekte ik Jules en Rupes. Ongeacht wat Onze Vader Die In De Hemel Zijt wel of niet had gedaan, hij was nu ook weer geen Saddam of Stalin of Mao of zelfs een superslecht mens. Hij was gewoon gebrekkig en egoïstisch en zwak, en nogal zielig. En een moeder en een broer – geadopteerd of niet – hoorden toch het enige familielid te steunen dat genoeg van Sacha had gehouden om kapot te zijn van zijn overlijden? 'Ik ben het maar.'

'O, Alex, dat moet je niet zeggen.' Met de hand waarmee ze haar tranen had weggeveegd zocht ze naar die van mij.

Ik pakte die beet en ze kneep erin. Heel stevig.

'Zo bedoelde ik het niet. Ik weet dat pap dood is. Ik bedoelde alleen maar dat het je niet hoeft te spijten dat jij als enige bij me bent. Er is niemand die ik liever bij me zou hebben. Het is net een surreële droom. Echt waar.' Ze greep mijn hand nog steviger vast als een soort nadruk op die laatste twee woorden. 'Alex?'

'Ja, Viola?'

'Zou je... Zou je me een knuffel willen geven?'

Jezus!

'Natuurlijk.' Dus ik stond op en liep naar de andere kant van het bed, ging weer op zoek naar een stukje leeg matras en ging naast haar liggen. Ze kroop tegen me aan alsof we twee puzzelstukjes waren die jarenlang in twee verschillende dozen hadden gelegen, maar eindelijk weer bij elkaar waren gebracht. Ik sloeg mijn arm om haar middel en boog mijn knieën die zo perfect achter die van haar pasten.

'Dank je,' zei ze uiteindelijk.

‘Hoezo?’ Ik dacht net dat ze in slaap was gevallen.
‘Omdat je bij me bent. Omdat je jij bent.’
‘Het is al goed.’ Toen dacht ik écht dat ze in slaap was gevallen, aangezien het heel lang stil bleef. En geloof me, ik hield het verstrijken van de seconden bij.
‘Alex?’ mompelde ze slaperig.
‘Ja?’
‘Ik hou van je. Het klinkt suf, maar dat is altijd al zo geweest en ik denk dat het ook altijd zo zal zijn.’
Het ergste was dat ook al wilde ik dolgraag hetzelfde tegen haar zeggen, ik dat voor mijn gevoel niet kon maken. Weer dacht ik aan hoe ze zich zou kunnen voelen als ze achter de waarheid kwam.
Die nacht was een van de meest frustrerende van mijn hele leven. En dat kwam niet omdat ik net mijn vader was verloren, maar juist omdat ik mijn toekomst had gevonden. De hele nacht lag ik daar, klaarwakker, terwijl Viola onrustig in mijn armen sliep. Elke keer als ze zich bewoog, bracht ik de hand die op haar middel lag naar haar zijdezachte haar. Dan aaide ik erover terwijl ze jammerde, tot ze weer rustig verder sliep. ‘Ik hou van je,’ zei ik geluidloos in haar oor. ‘Ik hou van je.’
Ik daag elke man uit om zes uur lang een van de mooiste vrouwen op de planeet in zijn armen te houden zonder fysiek naar haar te verlangen, zelfs zonder de verboden aard van mijn relatie met Viola.
Viola…
Ik moet op een bepaald moment hebben gehallucineerd, want ik zag opeens een instrument voorbij zweven, gemaakt van glanzend donkerbruin hout, compleet met snaren.
Viool, cello… trompet!
Misschien dat ik die nacht af en toe ben ingedut, maar dat was dan heel licht want ik kan me herinneren dat ik op een gegeven moment dacht dat we ons eerste kindje misschien maar ‘Harp’ moesten noemen, maar dat me toen te binnen schoot dat we er alleen maar een ‘er’ aan vast hoefden te plakken om met dezelfde naam te zitten als het kind van een beroemde voetbalspeler en zijn even bekende vrouw.
Trom? *Of misschien dan Fagot*?
Ergens die nacht moet ik echt in slaap zijn gevallen, want het volgende waar ik me bewust van werd, was de sterke geur van koffie bij mijn neus.
‘Alex?’

Mijn roodharige muze boog zich over me heen. Haar haar was nog nat van de douche. Ze stak een mok naar me uit.

'Wakker worden.'

'Ja, dat ben ik al. Ik kom eraan.'

'Hier, ik heb koffie voor je gezet.' Ze zette de mok op het nachtkastje naast me neer. Daarna liep ze naar de andere kant van het bed en ging in kleermakerszit op het matras zitten met pen en papier in de aanslag. 'Oké. Wat had je ook alweer gezegd dat we vandaag moesten doen?'

Sacha's uitvaart vond plaats in de kapel van Magdalen, het oude college van hem en pap. En nu ook dat van mij. Ik geef toe dat ik wat heb geregeld toen Viola het erover had dat het wel mooi zou zijn als het daar kon plaatsvinden. Aangezien Sacha's leven niet bepaald gunstig zou afsteken bij wat zijn mede-alumni hadden gepresteerd, hield ik zelf maar een praatje. (Er moesten toch voordelen zitten aan de afgelopen drie jaar filosofie studeren; daar hadden ontzettend veel theologielezingen bij gehoord van de kapelaan van het college.)

Samen was het ons gelukt om ervoor te zorgen dat er zeker dertig mensen aanwezig waren: de Pandora-posse plus een aantal oldtimers die pap had overgehaald om te komen om de groep aan te vullen met (ongetwijfeld) de belofte van een enorm zuipfestijn in de collegebar naderhand. Hoe dan ook, iedereen was er op tijd.

Net toen ik naar mijn ouders wilde lopen, pakte Viola mijn hand vast. Ze stond erop dat ik naast haar op de voorste bank kwam zitten. Rupes zat naast mij en Jules naast Viola.

'Alex is super geweest,' vertelde ze haar moeder en broer.

Dus daar zat ik dan vooraan te rouwen om mijn vader, naast mijn halfbroer – die als een klein kind zat te janken – en Viola, mijn... eh... Wat was zij eigenlijk van me, verdomme?

Het grootste deel van de uitvaart heb ik me daarover het hoofd gebroken. Uiteindelijk kwam ik tot de conclusie dat ze helemaal niets van me was. (Al was ik van plan het voor de zekerheid nog even na te kijken op het internet.) Ik bedacht opgelucht dat dat inhield dat we samen een toekomst konden hebben en daarna voelde ik me stukken beter.

Wat mam er ook van vond dat ik werd ingeklemd door Chandlers op de uitvaart van Sacha/Alexander als het spreekwoordelijke koekoeksjong, ze zei er niets van. Ze zat samen met William, Chloë, Immy en Fred vlak achter ons.

Ik hield me op de achtergrond tijdens de dodenwake, waar ik Jules' blik op me voelde rusten, of dat nu echt of ingebeeld was. Op een gegeven moment bedankte ze me wel omdat ik zo aardig voor Viola was geweest.

Rupes, die was bijgekomen van zijn huilbui, vroeg me alleen maar of ik dacht dat er een testament zou zijn. Ik verzekerde hem ervan dat dat er niet was. Viola en ik hadden dat al nagevraagd, en Sacha had er niet eens een laten maken. (Godzijdank.)

Onze vader bezat niets wat hij aan iemand kon nalaten.

Vlak voor mijn ouders vertrokken, kwam mijn moeder naar me toe. 'Viola zegt dat je heel lief voor haar bent geweest.'

'Niet echt, mam.'

'Je hebt het haar zeker nog niet verteld?'

Ik schudde mijn hoofd.

'Alex.' Ze nam mijn handen in die van haar, zo angstaanjagend knokig, en ik dacht eraan hoe breekbaar ze eruitzag. 'Toe, leer van mijn fouten. Hoe sneller, hoe beter...'

Toen kuste en omhelsde ze me met al haar kracht, wat op dat moment niet veel was, en nam afscheid.

Die nacht lukte het me twee kamers te bemachtigen in het college: een voor mij en een voor Viola. Ze had duidelijk veel te veel gedronken. De alcohol en haar emoties hadden zich tot een dodelijke combinatie vermengd van kunstmatige euforie en wanhoop.

Ze ratelde maar door over hoe ze haar moeder haatte. Ja, háátte! Blijkbaar had Jules ooit een keer iets te veel gedronken en gezegd dat Sacha degene was geweest die haar had willen adopteren.

'Vanaf nu kan ze de pot op,' kondigde Viola aan. 'Ik wil haar én die randdebiel van een broer van me nooit meer zien!'

Ik wist dat ze dat niet echt meende. Ze was gewoon van streek en oververmoeid. Maar ik begreep hoe ze zich voelde. Toen liet ze zich in míjn kamer op het bed vallen, niet in die van haar. Weer was ze hartverscheurend aan het huilen en vroeg ze me om haar vast te houden.

En mijn voornemen om haar de waarheid te vertellen vervloog.

Morgen dan, dacht ik.

Maar die 'morgen' kwam nooit. Gewoon. Niet. En toen stelde ik een paar weken later 's avonds een keer voor dat het misschien goed voor haar zou zijn om er even tussenuit te gaan en dat ze met mij mee kon komen naar een nogal deftig feest in Italië waarvoor ik was uitgenodigd door een vriend uit Oxford. Eenmaal daar verdween mijn goede voornemen als sneeuw voor de zon. De gastheer nam aan dat we een stelletje waren. En daar, in onze prachtige Florentijnse slaapkamer, hebben we voor het eerst gevrijd.

Daarna was alles zo ontzettend perfect dat ik het niet kon verdragen – net als mijn moeder voor mij – om het verschrikkelijke nieuws te vertellen. Zo ging het maar door... Tegelijkertijd nam mijn schuldgevoel toe tot ik iemand werd die van buitenaf op Alex leek, maar die in werkelijkheid een lelijke, kleine, liegende en bedriegende trol in zich huisvestte.

Die paar maanden waren ogenschijnlijk de beste van mijn leven. Ik werkte die zomer in Londen, waar het me was gelukt een stage te bemachtigen bij de British Library bij King's Cross. Daar sorteerde ik de gedrukte exemplaren van filosofische werken en legde ik de digitale details ervan vast.

Overdag werkte ik met literaire kunstwerken en de avonden bracht ik door met Viola, het meest perfecte levende kunstwerk dat ik me ooit zou kunnen voorstellen.

Aangezien Viola had geweigerd voor de zomer terug naar het huisje van haar moeder te gaan – ze wilde nog steeds niets te maken hebben met Jules of Rupes – had ze een baan gevonden bij de buurtsuper. Ze had me aarzelend gevraagd of ze bij me mocht intrekken, omdat ze zelf geen onderdak had. Ik zei meteen ja.

Op sommige ochtenden als ik over Euston Road naar mijn werk fietste – ja, fietste – kwam de hele situatie me voor als iets uit een roman. Mijn wereld was volmaakt. Op het feit na dat het een leugen was.

Elke dag zat ik in een kelder, omringd door boeken vol wijze woorden, in de wetenschap dat ze me allemaal, van Sophocles tot aan de moderne zelfhulpexemplaren, zouden vertellen dat ik het geheim moest opbiechten. Elke avond nam ik me tijdens de gestoorde race naar huis om zo snel mogelijk bij haar te zijn voor dat het vanavond dan eindelijk zover was. Dan kwam ik thuis en had ze iets heerlijks gemaakt van producten die afgeprijsd waren omdat ze bijna over de datum waren. Ze was zo mooi en zag er zo fragiel uit dat ik het gewoon niet kon.

Uiteindelijk werd de lucht koeler, een teken dat de herfst eraan kwam, en Viola trok in het konijnenhok waar ze het komende academische jaar zou wonen. Ik begon mijn spullen te pakken om terug te keren naar Oxford om daar mijn master te halen.

We vonden het allebei verschrikkelijk dat ons liefdesnestje ruw werd verstoord door zoiets als het dagelijkse leven. Tegen die tijd hadden we alle namen voor onze baby's verzonnen en trouwplannen gemaakt, wat helemaal niet meer zo onvoorstelbaar was aangezien we allebei in de twintig waren. Het was heel goed mogelijk dat het ook echt zou gebeuren. We zaten aan elkaar vastgeplakt door een soort onzichtbare lijm en toch hadden we geen van beiden iemand iets verteld over de prachtige nieuwe wereld die we bij elkaar hadden ontdekt. Gewoon voor het geval dat ze die zouden verpesten.

Ook al was het nog geen uur van Londen naar Oxford en hadden we al een schema opgesteld waarbij we afwisselend tijdens het weekend de ander zouden opzoeken, herinner ik me die laatste nacht samen als net zo pijnlijk als dat ik voor drie jaar, of voor eeuwig, over de wereldzeeën zou zwerven. We waren vergeten hoe het was om zonder elkaar te bestaan.

De eerste weken vlogen voorbij in een waas van gemis, en mijn normaal onoverwinnelijke concentratie was nergens te bekennen terwijl ik dagdromend bij lezingen en werkcolleges zat. Gelukkig verging het Viola even slecht. Toen het tegen kerst liep, vroeg ik aan mam en pap of ze mee naar huis kon komen. Ze wilde pertinent niet de feestdagen met Jules en Rupes doorbrengen.

'Weet je, ik ben altijd naar paps flatje gegaan om hem gezelschap te houden,' legde ze uit. 'Hij had verder niemand.'

Mijn moeder, die godzijdank goed leek te herstellen van haar laatste behandeling, nam me meteen even apart toen we aankwamen en zei nogmaals dat ik écht iets moest zeggen. Weer beloofde ik dat te zullen doen, maar ja... het was nu kerst en Viola zag er bij mijn warme, verwelkomende familie gelukkiger en relaxter uit dan ik haar had gezien sinds de dood van Sacha.

Dus vertelde ik het niet.

In het nieuwe jaar keerden we terug naar onze vaste routine, al had ik al wel besloten dat ik mijn best zou doen om een baan in Londen te vinden als ik mijn master had gehaald. Al zou ik de straten moeten schoonvegen, dat zou me niets kunnen schelen zolang ik Viola maar zou kunnen vasthouden zodra ik 's avonds stoffig en stinkend thuiskwam.

Het werd Pasen, en Viola moest voor een maand weg voor een of ander uitwisselingsprogramma over Franse literatuur. De avond voor haar vertrek brachten we door in de flat in Bloomsbury. Ze vroeg of ze mijn reistas kon lenen, en terwijl zij haar spullen inpakte haalde ik voor deze speciale gelegenheid een Indiase maaltijd en een fles wijn.

Toen ik terugkwam riep ik haar terwijl ik door de gang naar de zitkamer liep. Daar zat ze dan, in kleermakerszit op de vloer, met de brief die Sacha me vlak voor zijn dood had geschreven in haar handen.

Ik bleef stokstijf staan, doodsbang.

'Ik... Hoe heb je die gevonden?'

'Die zat in het vakje van je reistas.' Haar gezicht was bleek en nat van de tranen. 'Het is allemaal een leugen geweest, hè?'

'Nee, Viola, natuurlijk is het geen leugen geweest!'

'Nou, wat mij betreft wel,' fluisterde ze, bijna alsof ze het tegen zichzelf had. 'Ik dacht dat je genoeg om mijn vader gaf om die dag naar het ziekenhuis te komen... Jezus! Al die mensen die ik heb verteld hoe geweldig jij wel niet was... terwijl je daar voor jezelf was en helemaal niet voor mij!'

'Je hebt gelijk. Die eerste dag kwam ik omdat ik me daartoe verplicht voelde, maar zodra ik jou op me af zag komen in die zaal veranderde alles.'

'Alex, hou nou toch alsjeblieft eens op met liegen!'

'Viola, ik begrijp dat dit een schok is, maar de afgelopen maanden, na alles wat we hebben gedeeld... Dat kan toch geen leugen zijn? Toch?'

'Maar jij bent niet degene wie ik dacht dat je was. Die lieve, zorgzame Alex, die de hele tijd alleen maar deed alsof hij voor mij klaarstond... En weet je wat nog het ergste is?'

Ik kon heel veel 'ergste' dingen bedenken, maar daar hield ik mijn mond over.

'Nee.'

'Ik ben jaloers op je. Omdat jij zijn échte kind was, en ik niet.'

'Viola, serieus, hij betekende niets voor me...'

'O, dank je!'

'Zo bedoelde ik het niet! Maar toen ik erachter kwam dat ik zijn zoon was vond ik dat verschrikkelijk...' Ik corrigeerde mezelf snel. 'Ik was geschokt, bedoel ik.'

'Zoals ik dat nu ben.'

'Ja.' Ik klampte me aan die strohalm vast en liep naar haar toe. 'Natuurlijk ben je dat. Het is verschrikkelijk om dat te ontdekken en het spijt me echt zo ontzettend erg, Viola. Je weet niet hoe vaak ik het je heb willen vertellen, maar je was zo van streek dat ik het niet kon. En toen was je… waren wíj zo gelukkig. Zo gelukkig dat ik het niet wilde verpesten. Begrijp je dat?'

Ze wreef op die vreselijk schattige manier van haar over haar neus en schudde heftig haar hoofd. 'Op het moment begrijp ik helemaal niets. Alleen maar dat ik in een of andere rare relatie zit met een… een familielid!'

'Viola, wij zijn totaal niet aan elkaar verwant. Dat weet je heel goed.'

'En mijn vader… Hoe heeft hij dit kunnen doen? Jezus, ik aanbad hem, Alex. Dat weet je. Geen wonder dat mijn arme moeder hem haat.' Ze keek op. 'Weet ze het?'

'Ja.'

'Sinds wanneer?'

'Het kwam allemaal naar buiten tijdens die laatste dagen op Pandora. Blijkbaar heeft zij het altijd al geweten.'

'Jezus! Mijn hele leven is een leugen!'

'Viola, kom, ik weet dat het misschien zo voelt, maar…'

'En hoe zit het met jouw moeder?' vroeg ze agressief. 'Waar was die heilige Helena, zoals mijn moeder haar altijd noemde, mee bezig? Met míjn vader neuken?'

'Luister, het is een lang verhaal. Zal ik die fles wijn opentrekken? Dan…'

'Nee!' De blik die ze me toewierp was er een van pure minachting. 'Zelfs jíj kunt dit niet beter maken, Alex. Het ergste is nog wel dat ik jou als enige vertrouwde, maar dat jij net als alle anderen tegen me hebt gelogen en nog wel over het belangrijkste in mijn leven! Ik dacht dat je van me híéld, Alex. Hoe kun je al die maanden met me hebben doorgebracht terwijl je dit wist?'

'Ik… O, god, Viola, het spijt me. Echt. Alsjeblieft,' smeekte ik, 'probeer alsjeblieft te begrijpen waarom.'

'Ik moet hier weg. Ik kan dit allemaal niet aan. Ik moet alleen zijn, proberen na te denken.' Ze stond op en pakte de reistas.

Tot mijn grote schrik zag ik dat die al helemaal ingepakt was.

'Viola, toe! Ik smeek het je! Laten we er tenminste over praten.'

Ze liep vlak langs me heen, de zitkamer uit, naar de voordeur toe.

'Nee, ik… kan het niet.' De tranen glinsterden in haar mooie ogen. 'Jij bent niet de enige die met een leugen heeft geleefd. Dat geldt ook voor mij. Ik weet gewoon niet meer wie ik ben.'

'Kom je nog terug? Ik hou van je, Viola, zo ontzettend veel! Je moet me geloven!'

'Ik weet het niet, Alex. Dag.'

Met die woorden trok ze de deur open en sloeg die hard achter zich dicht.

Achteraf gezien was het enige wat voorkwam dat ik me die nacht in een coma zoop, met misschien nog een paar potjes met pillen erbij, het feit dat mijn moeder me zomaar belde om bij te kletsen. Misschien had ze wel iets aangevoeld.

Zoals altijd was zij de eerste die ik instinctief had willen bellen gedurende die afgrijselijke stilte na Viola's vertrek. Maar zoals elk kind met een zieke ouder weet, vond ik dat ik haar niet met onbelangrijke dingen als het instorten van mijn wereld kon lastigvallen. Ik bedoel, mijn moeder bracht elke seconde door met het besef dat het voor haar elk moment helemaal afgelopen kon zijn.

Maar goed, ik had haar aan de lijn en huilde. En toen huilde ik nog wat langer. Twee uur later stond ze als een genadige engel bij me op de stoep. We hebben die nacht veel gepraat, terwijl ze haar grote, volwassen zoon in haar armen hield, over de gelijkenissen tussen haar situatie met William en die van mij met Viola. Natuurlijk nam ze alle verantwoordelijkheid op zich omdat zij die had veroorzaakt, en dat was ook zo. Maar als ik ooit nog twijfels had gehad waarom ze het William niet had verteld nadat ze Sacha op de bruiloft had gezien, dan waren die compleet verdwenen. Want nu begreep ik maar al te goed waarom ze dat niet had gedaan.

Uit pure angst.

'Wil je dat ik met haar praat?' stelde ze voor.

'Nee, mam, ik moet mijn eigen boontjes doppen.'

'Ook al is dit probleem veroorzaakt door wat ik heb gedaan?'

'Ik weet het niet.' Ik zuchtte. 'Ik weet alleen dat ik van haar houd, en dat ik me een leven zonder haar niet kan voorstellen.'

'Geef haar tijd, Alex. Ze heeft het nodige voor haar kiezen gekregen en moet dat allemaal verwerken. En, denk erom, ze rouwt ook nog steeds om haar vader. Het is goed dat ze naar Frankrijk gaat. Dat geeft haar wat lucht. Kennelijk heeft ze in Parijs met Chloë afgesproken.'

'Jezus, mam.' Ik schudde mijn hoofd. 'Dit trek ik toch niet?'

'Dat moet. Een van mijn verpleegsters heeft me een keer verteld dat iedereen in het leven krijgt wat hij kan verdragen,' zei ze filosofisch.

'Tenzij ze dat niet kunnen en zelfmoord plegen,' antwoordde ik somber, terwijl ik met mijn hoofd op haar knie lag en ze me over mijn haar aaide alsof ik nog een kind was.

'Nou, ik denk dat ze gelijk heeft. Neem mij nu, bijvoorbeeld. Ja, er is veel pijn en verdriet geweest, maar ik weet dat ik er een beter mens door ben geworden en dat geldt volgens mij ook voor de rest van het gezin. Ook al is het het zwaarst geweest voor Immy en Fred, ze zullen er uiteindelijk bijna zeker onafhankelijker en sterker door worden. En je vader is natuurlijk geweldig geweest.'

Ik keek mam aan en zag de liefde in haar ogen, wat me weer herinnerde aan de liefde die ikzelf kwijt was en dat maakte me opnieuw depressief.

'Ik zie het leven vaak als een treinreis,' merkte ze opeens op.

'Hoezo dat dan?'

'Tja, daar zitten we dan, op weg naar de toekomst. Af en toe zijn er dan van die momenten dat de trein tot stilstand komt bij een mooi station. Daar mogen we dan even uitstappen om een kop thee te drinken. Of een biertje, in jouw geval, Alex.' Ze grinnikte zacht. 'Dat drinken we daar op terwijl we naar het prachtige uitzicht kijken, kalm, vredig en tevreden. Ik denk dat dat de momenten zijn die de meeste mensen als geluk zouden omschrijven. Maar dan moet je natuurlijk weer de trein in en ga je verder met je reis. Maar je zult die momenten van pure vreugde nooit vergeten, Alex. Die geven ons de kracht om de toekomst het hoofd te bieden; dat geloof dat we die weer zullen beleven. En dat gebeurt natuurlijk ook.'

Ik weet nog dat ik daar versteld van stond en dat ik dacht dat ik mijn filosofische kronkelingen misschien niet alleen van mijn vader had geërfd. Dat was vrij goed voor een amateur.

'De afgelopen maanden heb ik wel duizend "biertjes" gedronken en ik zou er zo ontzettend graag nog wel honderdduizend meer drinken,' mompelde ik verdrietig.

'Kijk?' Mam glimlachte. 'Je koestert nu al de hoop dat dat zal gebeuren.'

34

Ik sta alleen op het terras. Viola is samen met Chloë naar boven gegaan om zich op te frissen. Het kost me moeite om te geloven dat het leven me een tweede kans heeft gegeven, dat ze er weer is. Ik wil naar de dichtstbijzijnde kerk rennen om me daar op mijn knieën te laten vallen en de godheid te bedanken die me dit heeft gegund. En ik zal zweren dat ik geleerd heb van mijn fouten.

Dat is het enige wat wij mensen kunnen doen.

Ik begrijp ook dat mijn persoonlijke trauma's – en die van de rest van de Pandora-posse – onbeduidend zijn vergeleken met wat er in de rest van de wereld gebeurt. Niemand van ons heeft oorlog of een hongersnood of genocide meegemaakt. Mijn dagboek dat een periode van tien jaar beslaat is slechts een momentopname van kleine levens die in een oneindig universum worden geleefd.

Maar het zijn ónze levens, en onze problemen zijn allesomvattend voor ons. Als dat niet zo was, dan betwijfel ik of de mensheid er nog was geweest, want, zoals mijn moeder zo wijs tegen me heeft gezegd (en ik weet zeker dat Pandora het ermee eens zou zijn), we hebben allemaal het aangeboren geschenk van hoop toebedeeld gekregen.

De menigte begint te dansen als de band de smaak te pakken krijgt. Ik zie Jules op de dansvloer met Bertie, en Alexis met Angelina. Dan zie ik een bekende man intens naar de kleine Peaches staren, die met haar moeder danst. Andreas, of Adonis, zoals mam en Sadie hem vroeger noemden. Haar vader.

Ik slik zenuwachtig en vraag me af of ik een of andere vreemde, karmische buitenlichamelijke ervaring heb en het moment herbeleef dat Sacha míj voor het eerst zag al die jaren geleden op de bruiloft van mam en pap. Misschien moet ik later maar even met Sadie praten om te proberen haar te laten profiteren van mijn ervaring op het gebied van datgene wat de aanleiding is geweest voor de grootste ellende van de meeste aanwezigen hier (die niet Cypriotisch zijn).

Het fantoom op dit feest – degene die hier níét is – is natuurlijk mijn vader. Sacha, Alexander, het is wel duidelijk over wie ik het heb.

Slechts een man, geboren uit een vrouw...

Ik loop naar de rand van het terras, steun met mijn ellebogen op de balustrade en staar naar de sterren boven me. Zou hij op ons neerkijken terwijl hij een fles whisky soldaat maakt, lachend om alle chaos die hij hier beneden heeft veroorzaakt?

En voor het eerst voel ik daadwerkelijk iets. Medeleven, voor hem. De laatste tijd heb ik mijn leven ook niet echt op de rit gehad; ik heb een eenvoudige, menselijke fout gemaakt en ben toen bijna verloren wat me het meest dierbaar is.

Ik weet dat ik de rest van mijn leven mijn best zal doen om een betere man te zijn, al weet ik nu ook al dat ik daar niet altijd in zal slagen. Ik kan alleen maar proberen om de beste versie van mezelf te zijn.

'Alex! Kom erbij!'

Mam en pap en Immy en Fred houden elkaars hand vast en staan in een kringetje.

'Dag, pap,' fluister ik tegen de adembenemende nachtlucht. Ik loop het terras op en pak de hand van mijn moeder en die van Immy vast. We dansen in het rond op een heel vreemde bouzoukiversie van wat volgens mij oorspronkelijk een nummer is dat 'Pompeii' heet. Dat is in elk geval wat Fred me vertelt, aangezien hij tegenwoordig degene is die op de hoogte is van dat soort feitjes.

Dan zie ik Chloë staan.

Als mam gebaart dat ze bij ons moet komen, zie ik dat iemand anders naar haar kijkt. Michel is als betoverd. Het is alsof hij door de blik van de Griekse Medusa in steen is veranderd.

Ik kijk gefascineerd toe als Chloë een paar stappen zet, maar dan blijft staan, alsof ze zijn blik op haar rug voelt branden. Ze draait zich langzaam om en kijkt naar hem. Ze glimlachen allebei. Ze geeft hem een nagenoeg onopvallend knikje, pakt dan de hand van haar vader beet en sluit zich aan bij onze familiekring, terwijl de band weer begint te spelen.

Daar is Viola, achter haar. Ze heeft zich omgekleed in een witte jurk met één schouderband, waardoor ze heel erg lijkt op het beeld van de naakte oma, of Aphrodite.

Jules loopt naar haar toe.

Viola kijkt haar moeder onderzoekend aan, doet langzaam een stap naar voren en kust haar op beide wangen.

Het is geen omhelzing, maar het is een begin. Een olijftak. Het is het begin van begrip, en van vergiffenis.

Viola keert zich naar ons toe en trekt Jules met zich mee, die op haar beurt Rupes meeneemt. Onze cirkel wordt groter. Weldra volgen Alexis met Angelina, dan Fabio en Sadie en Peaches en, uiteindelijk, alle anderen om ons heen, tot we één lange menselijke ketting vormen, die hand in hand het leven vieren.

De muziek houdt op en we geven een daverend applaus. Dan wordt er geroepen om een herhaling van Alexis en Helena's optreden van *Zorba* van tien jaar geleden.

'Hallo,' zeg ik als Viola naar me toe komt. 'Je ziet er mooi uit.'

'Dank je.'

Ze praat zachtjes verder in mijn oor, maar ik word afgeleid door de uitdrukking op het gezicht van mijn vader als mam naar Alexis loopt en zijn hand vastpakt. Dan blaast ze pap een kusje toe en zegt ze geluidloos 'Ik hou van jou' terwijl ze naar het midden van de kring wordt geleid.

Pap glimlacht ook, knikt en blaast een kusje terug.

Ik kijk Viola aan. 'Sorry, wat zei je?'

Ze grinnikt. ' Ik zei dat ik van je houd, Alex. Dat is altijd zo geweest en dat zal ook altijd wel zo blijven.' Ze haalt haar schouders op. 'Het is gewoon zo.'

Ik kijk haar in de ogen als de eerste pakkende klanken worden gespeeld, en dan besef ik dat ze wil dat ik ook iets zeg.

Immy pakt mijn schouders beet en dwingt Viola en mij om ons aan te sluiten bij de kring van wiegende lichamen en in elkaar gehaakte armen.

'Opletten, Alex!' zegt ze streng.

'Sorry, Immy, dat gaat niet.'

Ik trek Viola mee en verlaat het terras. De menselijke keten sluit zich snel achter ons. Als dieven in de nacht rennen we naar Ouwe. Zijn takken dragen lantaarns die meebewegen op de zachte bries. Hier kunnen we samen zijn, alleen. Ik neem haar gezicht tussen mijn handen, terwijl het wordt verlicht door de gloed van de maan.

'Ik hou ook van jou. Dat is altijd al zo geweest en dat zal ook altijd zo zijn.'

Dan kus ik haar hartstochtelijk.

Ze reageert met evenveel passie.

Terwijl ik de muziek boven ons een climax hoor bereiken, weet ik zeker dat onze levensdans samen pas net is begonnen.

Dat is gewoon zo.

DANKWOORD

Ik ben tien jaar geleden begonnen met het schrijven van dit boek na een vakantie met het gezin naar Cyprus. We logeerden in een prachtige oude villa vlak buiten Kathikas, waar *De olijfboom* zich afspeelt. Op dat moment waren onze vijf kinderen van dezelfde leeftijd als de kinderen in het boek en hadden wij ook vrienden over de vloer die bleven logeren. Ook al is het grootste deel van het verhaal en van de personages natuurlijk fictioneel, het is een feit dat ik nooit eerder op deze manier gebruik heb gemaakt van mijn eigen levenservaring als moeder, stiefmoeder, echtgenote en een getrainde danseres…

Ik heb het manuscript weggelegd en pas afgelopen jaar weer gevonden toen ik de la van mijn bureau opruimde. Mijn kinderen zijn nu natuurlijk tien jaar ouder en het was fascinerend om de omschrijvingen terug te lezen die ik had vastgelegd toen ze jong waren. Op een bepaalde manier was het míjn dagboek van hun kindertijd, dus ik besloot dat ik het moest afmaken. En ja, het was totaal iets anders, zonder een 'overweldigende' historische achtergrond of een tijdspanne van honderd jaar. Alleen maar tijd die werd doorgebracht in hetzelfde huis, met een kleine groep personages. Ik heb zoveel geleerd tijdens het schrijven van dit boek.

Dus natuurlijk gaat mijn eerste en grootste bedankje naar mijn fantastische gezin: Olivia, Harry, Isabella, Leonora, Kit en natuurlijk Stephen, mijn man, omdat zij mij hebben geïnspireerd.

Mijn dank gaat ook uit naar mijn geweldige groep internationale uitgevers die me het zelfvertrouwen hebben geschonken om het boek af te maken en het daarna ook naar hen op te sturen: Jez Trevathan en Catherine Richards van Pan Macmillan, Claudia Negele en Georg Reuchlein van Goldmann Verlag, Knut Gørvell en Jorid Mathiassen van Cappelen Damm en Donatella Minuto en Annalisa Lottini van Giunti.

Hetzelfde geldt voor 'Team Lulu': Olivia Riley, Susan Moss, Ella Micheler en Jacquelyn Heslop; mijn zus Georgia Edmonds en mijn moeder Janet.

Al mijn geweldige lezers over de hele wereld: bedankt.

Lees ook de betoverende roman *De nachtroos*

Vlak voor het uitbreken van de Eerste Wereldoorlog vertrekt de Indiase Anahita naar Engeland. Daar maakt ze kennis met Donald Astbury, erfgenaam van het prachtige, afgelegen landgoed Astbury. Een eeuw later ontmoet actrice Rebecca Bradley op het inmiddels vervallen landgoed Anahita's achterkleinzoon Ari Malik, die naar Astbury is gekomen op zoek naar zijn familiegeschiedenis. Samen ontrafelen ze de duistere geheimen rond Astbury Hall en komen steeds dichter bij de waarheid die decennialang verborgen bleef.

***De nachtroos* is nu overal verkrijgbaar**